两种孤寂

TWO SOLITUDES

(加)休·麦克伦南 著
Hugh MacLennan

斯钦 译

南方出版传媒
花城出版社
中国·广州

图书在版编目（CIP）数据

两种孤寂 /（加）休·麦克伦南著；斯钦译. -- 广州：花城出版社，2021.3
书名原文：TWO SOLITUDES
ISBN 978-7-5360-9400-0

Ⅰ.①两… Ⅱ.①休…②斯… Ⅲ.①长篇小说－加拿大－现代 Ⅳ.①I711.45

中国版本图书馆CIP数据核字(2021)第033464号

合同版权登记号：19-2017-053号
Copyright：© 1945 by Hugh MacLennan, © 2003 by the Estate of Hugh MacLennan.

出 版 人：肖延兵
责任编辑：揭莉琳
技术编辑：凌春梅
封面设计：庄海萌

书　　名	两种孤寂 LIANGZHONG GUJI
出版发行	花城出版社（广州市环市东路水荫路11号）
经　　销	全国新华书店
印　　刷	佛山市浩文彩色印刷有限公司（广东省佛山市南海区狮山科技工业园A区）
开　　本	880毫米×1230毫米 32开
印　　张	16.125 1插页
字　　数	358,000字
版　　次	2021年3月第1版 2021年3月第1次印刷
定　　价	78.00元

如发现印装质量问题，请直接与印刷厂联系调换。
购书热线：020-37604658　37602954
花城出版社网站：http://www.fcph.com.cn

爱存于
两颗孤寂的心中,他们彼此爱护
彼此依偎,彼此敬重

　　——雷纳·玛丽亚·里尔克

前　　言

　　我不喜欢给故事加上前言，但这篇前言是必要的，因为这是一部关于加拿大的小说。这意味着它的场景是建立在一个拥有两种官方语言——英语和法语——的国家。也就是说，书中有些人物只会说英语，有些只会说法语，而很多人都能说两种语言。

　　在加拿大，没有一个词可以让人满意地指出这两个民族都是这个国家的本地人。当说法语的人使用"加拿大人"这个词时，他们几乎总是指自己。他们把说英语的同胞称为英国人。讲英语的公民也遵循同样的原则行事，他们自称为加拿大人，把说法语的人称为法裔加拿大人。

　　我想尽可能强调，这本书是一个故事，绝不是纪录片，所有的人物都是虚构的。如果使用了真实人物的名字，无论是在世的还是已故的，都是我想尽量避免的巧合。故事中被称为圣马克的教区也是虚构的。在魁北克省也许有地名叫圣马克，但它们并非我的小说里的。

（编者译）

目录
Contents

篇一　1917—1918　/　1

篇二　1919—1921　/　251

篇三　1934　/　317

篇四　1939　/　405

篇一

1917—1918

一

在蒙特利尔的西北地区，渥太华河穿过劳伦琴高地的低矮山脉蜿蜒而来。它一路流经安大略省的新教徒地区，之后进入天主教徒的地盘——魁北克。在蒙特利尔岛的低洼地段，黄色宽阔的渥太华河和流经这里的圣劳伦斯河相遇，两条河流汇在一起，浩浩荡荡，奔向东北方向一千英里①外的大海。

自然界里还没有一条像圣劳伦斯河如此浪费的大河。只因魁北克省的大部分地表覆盖着坚硬的岩石，这条足以灌溉整个欧洲大陆的河流不得不白白流入大海，仿佛亿万年前有把利剑直直劈入从大西洋到五大湖的岩石地貌中，然后狠狠地扭了一下，结果，北美大陆的蓄水库——清澈的，几乎没派上什么用场的湖水就这样给控干了。夏天，河流上方的天空铺满了无边无际的积云，只有太阳四周的云层被光芒冲散殆尽。冬天没有暴风雪的时候，天空寂寥、清冽，太阳像神话里的独眼巨人，冷冷地俯瞰着这片大陆上的寒冰和皑皑白雪。

在圣劳伦斯河和山区之间分布着已经被开垦多年的平原。从安大略省的边界算起一直到圣劳伦斯河入海口，这一带的农田沿河形成两道狭窄的长条。沿河而建的各个小镇的主街衔接起来，

---

① 1英里约等于1.61公里。后同。——编者注（本书脚注除特殊说明外，均为译者注。）

在大河两岸形成两条平行于河流的大道。这块平原土地肥沃且所有的土地都完成了分配，一开始分给各个封建领主和他们的子孙们，再后来分给雇农和他们的子孙。地与地之间用木篱笆隔开，光秃秃的篱笆像一条条和河流夹成直角的线，把每块土地画成长方形，已经开垦过的土地像是一片巨大空旷的障碍赛场上静止不动的跑道。这里的每一寸土地都被公证员严格测量过，被神父赞美过。

从河边向北眺望，穿过大片的平原，可以看到篱笆之间坐落着许多农庄，从农庄再往北则是沿坡而上参差错落的森林，穿过分水岭后，森林变成了灌木，这些四季常青的植物向北一直延伸到冻土地带，其间往往有不知名的小湖点缀。冻土再往北就是北冰洋南部的海峡。在那片冻土区域，偶尔会出现几个探矿人、矿工和骑警的身影，剩下的活着的东西就是动物了；夏天这里飞舞着密密麻麻的蚊蝇，冬天一到则成了雪国，凛风猎猎，哀号一般。远处的地平线上，北极光变换色彩撕裂着沉沉夜空，仿佛是死亡星球上的神明在用咆哮的方式对话。

两条河交汇处的蒙特利尔岛则没有北边那种广袤无际的荒凉感。信奉不同宗教的两个民族在这个地区创造着属于自己民族的传奇历史。蒙特利尔仿佛这片开阔延展的大陆的心脏，它的每一次脉搏悸动通过河流铁路传导到北美的其他地方；虽然这颗心脏的每一次搏动是缓慢的、迟滞的，但是她的每一次跳动都牵扯着两个民族的血脉，此起彼伏，生生不息。

二

这是一九一七年秋天的一个下午,博宾神父站在自己教所①的阳台上,打量着四周。十月的空气寒冷到让人觉得鼻孔都缩紧了似的。天空高远,深不可测的蓝色一直延伸到九天之外。

神父刚刚吃过午饭,烤鸭子的美味以及来自教会兄弟姐妹的祝福让此时此刻的他感到十分满足,他深深吸进几口清新干冽的空气,内心充满了对上帝的感恩。七年前,博宾神父来到圣马克教区工作,那时的他还是一个风华正茂的青年,经过七年勤勤恳恳的耕耘,这一刻他终于可以好好歇歇了,因为就在上个星期天,大主教为新建好的圣马克教堂主持了奉献礼,这意味着由他主持的这一地区最大的教堂已经落成。除了这件喜事,今年的收成也很不错,特别是最近几年,由于战争的影响,粮食价格居高不下,卖得很好。

神父脚步轻快地在阳台上踱着步,黑色长袍的底边儿发出窸窣的响声。这是个中年人,高高的颧骨,嘴巴宽而直,鼻翼两侧的纹路像是两道深长的分水岭般一直探到嘴角。厚厚的镜片下是一双被夸张放大的眼睛。头发显然刚刚修剪过,远看像是戴了一顶黑色的修士帽,黑色长袍遮不住他厚实宽大的肩膀,那是一副常年在地里忙碌的庄稼人才有的强壮体格。

突然,寂静的天空被两声枪响打断,神父扭头向枪响的地方望去,天空中出现三个灰点儿,接着又是两声枪响。他已经好几

---

① 教所(presbytery):教堂专门辟出的一块供主事神父居住的地方。

年没摸猎枪了，听到枪声心里自然有些痒痒，打猎是他唯一的爱好，除此之外，还真没什么其他他喜欢做的事情。当他还是个孩子的时候，农活儿已经足够让他忙碌，哪里还有时间把精力花在打猎上。更何况那时穷得要命，根本没钱去给叔叔的那杆老猎枪买弹药筒。

多年来神父养成了对这个教区的一丝风吹草动都有所警觉的习惯。即便散步的时候，他的脑子里也是想着教区的事情，不夸张地说，他认为上帝给他的使命就是对教区的每一个人负责。

这个村子是圣马克教区的中心。星期六的下午，村子里僻静冷落，每家房子的门廊前不见一个人影。几条狗穿过村里的房子和土路，静悄悄地消失在村口大道的尽头。这个时间点，村子里的男人们带着大一点的孩子去了地里，小点的孩子往往在睡觉，女人们则在厨房里忙着。神父向大路走去。阳光下，德劳因小店门前金属广告牌上那几行法文和英文闪闪发光：罗宾汉面粉、黑马啤酒、神奇发酵粉、吸烟密友。店里空荡荡的，只有一年显得比一年衰老的奥维德·比索内特一个人和衣趴在堆满了衣服的桌子上。他的两条腿无力地垂着，眼睛虽然睁得老大，却给人一种茫然空洞的感觉。店主人波利卡普·德劳因则躺在厨房的摇椅上酣睡着。

神父走下台阶，穿过自己教所门前的那片荒草地，在落叶的沙沙声中，向新教堂的方向走去。教堂的两个拐角处分别屹立着一棵橡树和一棵枫树，橡树的叶子已经又黄又干，而那棵枫树那棵橡树如一座顶风站立的厚实木塔，像是寒天里的神迹，在这个季节里，猩红色的干巴巴的叶子小心翼翼地挂在枝条上，接踵而来的第一场大风很快就会把这座树塔吹得七零八落，到时候密密匝匝的落叶将会盖满周围的草坪和大路。

在落叶沙沙的响声中，神父来到教堂门前的那条石子小路上站着，两只手握着胸前的十字架，仰头静静看着教堂顶端那两个高耸的塔尖。自打上星期起，好几个晚上他只睡几个小时就醒了。有时候他穿好衣服从侧门进到新教堂里，在黑暗中看着神像前燃烧着的蜡烛，头顶上是巨大的圆形穹顶，脚下的石头仿佛墓碑一般冰凉，整个教堂被罩在巨大的阴影里，四周静谧无人，静到神父几乎能听见自己身体里血液流动的声音，他知道那是上帝的声音。

神父的目光落在那些灰色的石头上。不管别人怎么反对，说什么新教堂的规模太大了，但它还是给建起来了。表面上神父尽量保持谦虚的态度，但心里其实是骄傲的：是上帝给了他建这样一个纪念物的许可。它甚至比蒙特利尔最大的新教教堂都大——那个教区可住着好多个百万富翁。在圣马克教区，即使你把所有的人家都算上，也只有一百三十多户，然而他们却建起了这样一个论规模在方圆四十里内都数得上的教堂。

当然，新教堂也有不尽如人意的地方：单从外面看，教堂已经竣工；漆成亮色的铁皮房顶和那两个尖塔在太阳底下看上去夺目耀眼，但教堂里面还需要一套好一点儿的取暖设备，这样冬天才能好过一些。此外，教堂还需要一个新铃铛，现在的这个铃铛没风时还好，一刮风时，铃铛的声音就给风声淹没了，结果教区边缘的地方根本听不到敲钟声。除此之外神父还想在教堂门前安一座二十五英尺[①]高的圣主青铜像，那将是圣主张开臂膀的一个塑像，头顶上方还要做一个彩色灯的光环。

---

① 1英尺约等于0.3米，后同。——编者注

想到这儿,神父不由得攥紧胸前的十字架,嘴里呼出一口长气。教堂建成后,主教亲自祝贺,但也提到了建教堂欠下的债务。现在是战争时期,粮食价格居高不下,卖粮食的收入可以帮着快一些还债,但是战争不会一直僵持下去,一旦战争结束,粮食价格一降,那还债这事就不那么轻松了。圣马克教区里住的都是些农民,他们的手头可没有闲钱。不过,即使这样,神父还是对圣马克教区还清这笔债信心满满——上帝会庇护这个教区的。

想到战争,神父的眉头皱了起来。到目前为止,圣马克教区只有一个教民主动请愿要去打仗。说起来那人压根儿就不是什么好人,连这里的教民也都很少搭理他。听说当征兵的人找到他时,那人正喝得醉意醺醺。从今年开始,受英国人控制的那几个省的政府开始号召在全国征兵,想再一次强迫魁北克人从军打仗,征兵办公室就设在邻近的圣贾斯汀教区,他们像贼一样瞄上这里的孩子们——这些法国人的后代,极力拉拢他们去参军。

神父咬了咬牙根。教会上面命令他不要对教民进行反战宣传,他谨慎地遵守着。 他也从来不去质疑教会上层那些人的智商。他认为他们对这个世界的了解应该比他这个做下属的多。不过他自始至终都觉得自己至少应该让圣马克教区的教民知道他对战争和英国人的看法。他讨厌战争,更讨厌英国人,这些英国新教徒凭什么要求这片土地上的法国人效忠他们!法国人才是真正的加拿大人! 可是话又说回来,在这片土地的法国人是被抛弃了的子民,那些在欧洲的法国人把他们这些人留在北美,留在冰天雪地的劳伦斯河岸,然后在欧洲老家杀了他们自己的君主,转向无神论。如果一个民族摒弃了上帝,早晚一天它会受到惩罚!法国正是这样的例子!上帝正在惩罚那帮在欧洲的法国人!当然,他也不希望德国人打赢这场战争。他对那个国家一无所知。

神父重新踱回到自己教会宅子的大门前。就在他弯腰拾起一颗掉在地上的橡果时，从林里传来两声枪响。神父没去理会枪声，用拇指和食指把手里的橡果揉搓干净，心想：这颗橡果就像圣马克，独一无二且完美得无可挑剔。如果你把它埋进泥土，上帝就会用他的神力让它长成一株参天大树。想到这儿，神父愈加思绪起伏：法国人在加拿大占据的这块地即是上帝播撒种子的沃土。他们的神学会所一直在法国人的教区里传播自己诺曼祖先传下来的朴素法语，一直坚持和改革派做斗争①。在圣马克教区，这里的人自打祖辈起就互相很熟悉，教民几乎都是和本教区的人结婚生子，除了偶尔会有少数几个男女因为婚姻搬到邻近的教区。很多人年纪很小就进教会当了修女和修士，终身不嫁不娶。就让那些英国人去打仗吧！他们借打仗谋来杀去，借做生意大肆欺骗，用那些所谓的新发明打破宁静，破坏和平，学美国人金钱为上，可在魁北克，上帝还活在人们的心里，这才是最重要的。

正当神父准备回去的时候，从圣贾斯汀教区进村子的那条大道上传来一阵踢踢踏踏的马蹄声。晚饭前神父看见阿萨纳斯·泰拉德和帮阿萨纳斯打理农场的布兰切特一起驾着马车出了村子，现在这两个人又返了回来，神父记得这个时间段有趟从蒙特利尔市开过来的火车，看样子这两个人刚才是去圣贾斯汀车站接客人。不知怎的，神父总觉得那越来越近的马蹄声里隐藏着一丝让人不安的成分。

---

① 对于欧洲来说，16世纪是改革的100年，出于对基督教罗马天主教滥用教会权利的不满，出现了新教主义。宗教改革的呼声在德国、英格兰和苏格兰尤为高涨。

在圣马克地区，阿萨纳斯·泰拉德是唯一一位敢于挑战神父权威的人。泰拉德家族在法国殖民初期就是称霸一方的庄园主，可以说，两百多年以来一直是泰拉德家的大掌柜和教会里的神父一起平分对这片土地的话语权。到了十九世纪末，这个家族四分五裂，走上败途，再也不能依赖收租过活，即便这样，泰拉德家还称得上是这一地区无人能比的富户，传到阿萨纳斯这一代，他从其祖上继承的土地是一般人家的三倍还多。这里的许多人都是他的雇工。不仅如此，他还拥有流经这个教区的一条河流的过桥费所有权，后者带给他的收入远远高于从土地上赚来的利润。可以说他从这里的人身上得到的敬畏之情一点儿也不比教会里的神父少，而天生的绅士气质又替他加分不少。

圣马克人也以泰拉德家族为荣耀，他们觉得泰拉德家族既是邻居也代表了这块土地的渊源，是自家人的感觉。泰拉德家族的名声并不局限于圣马克，出了这地界也有响当当的名气。自从美国内战后，各省归属加入加拿大自治领国，十八世纪时就进入贵族行列的泰拉德家族总是能出至少一个议员在渥太华的议会中参政议事。

荣耀归荣耀，遗憾还是有的，那就是历代泰拉德家人丁都不兴旺。到了阿萨纳斯·泰拉德这一代，他是家中独子，结了两次婚，也只是生养了两个儿子。还有，泰拉德家虽然信奉天主教，但是对服务教会的神职人员并不客气，而且，这好像已经演变成这家子的传统了。直至今日圣马克人还常常说起阿萨纳斯外祖父的逸事，说有一次他用鞭子把一个神父抽得在村子里满街乱跑。

神父的视线里先是出现了泰拉德家的那匹马，接着是马屁股后面的车厢，车厢里坐了四个人，两前两后。神父看见马车停在了德劳因的小店门前，布兰切特从马车上跳下来，他对车上的阿萨纳斯脱帽致意后就去了店里。马车继续前进，经过教会的房子时，阿萨纳斯对神父点点头算是致意，不等神父点头回礼，阿萨纳斯将马鞭子朝空中一挥，优雅地甩出一个鞭花，马车一路沿着河边的大路向村子那头儿驶去。

突然，博宾神父想到了什么，刚刚张开的大手下意识地又紧紧地握在了一起，马车经过的画面在他心里重新闪过，他蓦地意识到车厢后排坐着的那两个男人是英国人，他们的脸和穿着打扮是典型的英国人模样！他快走几步来到路边，盯着马车的背影，马车越跑越远，直至变成一个灰点，消失在由高大枫树遮掩的大路转弯处。神父一动不动地站着，手里紧紧攥着挂在胸前的十字架，眉头紧皱，心里暗自思忖：转弯的地方是德斯里太太的土地，看来这辆车上的人并不是奔着阿萨纳斯·泰拉德先生的庄园去的。他知道德斯里太太的一些情况，那女人是个寡妇，一直对教会慷慨解囊，但最近债务缠身，准备出卖自己的土地。

神父正想着，忽然听见身后传来一阵脚步声，他转过身，看到布兰切特胳膊底下夹着个包裹从德劳因的小店出来，上了大路，朝自己这边走来。还隔得很远，布兰切特便摘下帽子，彬彬有礼地向神父行礼致意。在外人看来，这两个男人的面孔都带着显著的法国诺曼人后裔的特征，深色的皮肤，大手，黑头发黑眼睛。因为同根同族的关系，这里的人彼此无须过多交谈就能明白对方的意思。

"你好，约瑟夫[①]。"

[①] 对布兰切特的昵称。

布兰切特用手碰了一下帽子，说："您好，神父。"

"泰拉德先生还好吧？"神父问。

"他还行，神父，这些天他忙得很，你知道的，打起仗来，人人都……"

两个人都在试探对方。在圣马克这个教区，人群分成两拨——亲教会的和亲泰拉德家的。布兰切特自然是和阿萨纳斯·泰拉德走得比较近，但这也并不意味着他对神父或者其他人有敌意，这里的人们还是因为脾气个性相近而扎堆儿，不过自从打仗后，因为阿萨纳斯支持英国人征兵政策，一些原本亲阿萨纳斯的人有意无意地疏远了他。

神父眼睛盯着脚下，说："泰拉德先生的朋友们是要在这里过周末吗？"

布兰切特没有马上回话，眼睛看着脚底下，过了好一会儿才说："这个我也不太清楚，神父。那两个人是泰拉德先生刚从车站接回来的。"

"这么说那些人是他的老朋友啰！"

"我看不是。其中的一个人他根本不认识。"

"他们是来看德斯里太太的房子的？"

"我猜是这样。"显然，这两个男人都知道对方在想什么。

"他们看上去像是从城里过来的。"神父说。

布兰切特揉捏着手里的帽子说："他们是英国人没错，神父。"说完想了想，又补充了一句："其中一位客人的一条腿是木头做的假腿。"

神父看着布兰切特，布兰切特也在看他，神父没有再问下去，点点头后掉转身往自己的教所走去，布兰切特也蹒跚着下了大路，一只胳膊底下紧紧夹着那只包裹。

站在教所阳台上神父陷入了沉思。他很难相信连阿萨纳斯·泰拉德这样的人也来掺掇这里的法国人把自己的土地卖给英国人，要知道这里的地曾经属于他的家族。而且迄今为止，还没有一个英国人敢跑到这个村子来安家立业。

神父心里飞快地盘算着。他想自己要不要以教会的名义买下德斯里太太的地，但转念一想又觉得没多少必要，因为圣马克没有吸引英国人的地方，它不像镇东边那些紧挨英国人社区的教区。在那些地方，教会若想买地就得出手快些，也顾不上计较卖地的主家是英国人还是法国人，但是圣马克不同，很少有英国人对圣马克感兴趣。细细琢磨一番后神父觉得自己没必要现在就摆出一副草木皆兵的架势，毕竟，他骨子里还是一个相信眼见为实的人。

神父朝大路方向最后望了一眼，返身走进自己的教所，关上了大门。

三

两个小时后阿萨纳斯·泰拉德把客人领进了自己的那座大宅子。白桦木头在被烟熏得黝黑的石头砌成的壁炉里烧得正旺，主人和客人在炉子前面站了好久才暖和过劲儿来。三人一边寒暄一边眺望着窗外的风景；一条两边种着杨树的小路从教堂阳台一直延伸到圣劳伦斯河边，此时正好是夕阳西下，河面上波光粼粼，景色美不胜收。

虽然这三个男人并没有刻意显示自己，但言谈举止和装扮表明他们是从三个不同的地区来的。阿萨纳斯是个高个男人，身材适中，贵族特征明显。唇上的白色胡须凸显出他深色的皮肤，他身形敏捷，手指修长，身上有一种一触即弹的活力，举手投足间颇显高贵。

站在阿萨纳斯旁边的人叫马奎因，此人在蒙特利尔的财经圈鼎鼎大名。他出生于安大略省一个名不见经传的小地方，至今仍是单身，人很虔诚，按时去教堂做礼拜，财也发得快，目前已经位列加拿大富豪之列，不过很少有人知道他的身世来历。虽然年纪刚过四十，但他衣着品位不俗，举止颇显老练，给人的感觉倒像是和阿萨纳斯一般年纪。虽然两人曾经在渥太华见过几面，但彼此并不熟悉。

第三个男人叫约翰·亚德里，来自新斯科舍省[①]，曾经是一位船长来着。他和阿萨纳斯年纪相仿，都是快六十岁的人了，个头也差不多一般高。亚德里脸上架着一副无框眼镜儿，看人说话时喜欢眨眼睛，灰白色的头发剪得很短，几乎要贴着头皮，两只风扇一般的大耳朵支棱着。身材瘦削的他因为一条腿是假腿，走起路来跛得厉害，不过即便如此，整个人看上去还是很健壮，明眼人从那张还留着风吹日晒印记的脸上便能猜出这个男人曾经过着怎样漂泊而危险的生活。这次会面其实是亚德里船长提出来的。他的女儿嫁入了蒙特利尔的一个名门望族，在那个城市已经生活了好多年。亚德里是通过女儿认识的马奎因，然后又由马奎因安排了他和阿萨纳斯的这次会面。

安顿好两位客人后，阿萨纳斯松了口气。他对客人解释说自

---

① 新斯科舍省（New Nova Scotia）：加拿大东部的一个省。

己的妻子这些天身体偶染微恙,所以他得先离开一会儿去照看一下妻子,很快就会回来。

房间里就剩下亚德里和马奎因了。亚德里打量了一眼屋子,感慨道:"这屋子恐怕在整个加拿大也算得上是数一数二的老屋了!"他问马奎因:"您比我了解魁北克,您觉得这屋子有多少年头了?"

"这个问题我还真能回答得了您。"马奎因说,"这屋子是一六七二年第一批来到这里的法国人建的。一会儿阿萨纳斯回来你完全可以拿这屋子的年头恭维他一番。法国人喜欢别人夸自己的屋子就像他们不介意被称为处处找别扭的'撒旦'一样。"

听到马奎因这样说,亚德里笑了笑,换了个话题:"真是不巧,阿萨纳斯夫人生病了。不然的话我们可以拜访这位夫人了,特别是我们可能成为邻居呢!"

"你确定你不要想清楚再做这件事?"

"为什么还要想呢?我已经想得很清楚了,既然找到了合适的卖家,剩下的就是谈好这笔买卖。"

马奎因看了亚德里一眼,没有马上说话,似乎在琢磨船长话里的意思。马奎因的脸很圆,形状像是满月,但某些地方又显出一种说不清道不明的硬朗。鼻子很突出,眼睛聪慧有神,单看马奎因的那张脸感觉这人很强势,不过这样的强势并没有体现在他那圆滚滚的身材上。他走起路来有点踮脚,仿佛每一步都夹着小心似的。马奎因走到窗户前站定,眼睛从左到右地逡巡着,嘴里说:"我做事不爱着急。匆匆忙忙从来都搞不定事情。"

"自从我来到蒙特利尔,每个人都这样对我说。可是我不喜欢一件事情好长时间定不下来。从来都不喜欢那样做事情。" 亚德里说起话来声音洪亮，抑扬顿挫。

马奎因从窗边踱回到屋子里，先是瞟了一眼门口，然后微微抬起一侧嘴角压低声音说道："和这些法国人打交道很难说。我了解这些人。就说这屋子的主人吧，娶了个和自己女儿差不多大的爱尔兰女人，女人几乎一句法语都不会说，挺奇怪吧？据说阿萨纳斯是个很有女人缘的人！我还真想见见那个女人。眼见为实嘛！"

看见亚德里没有接自己的话茬儿，马奎因转过身去，打量起书架上的书来："谁能想到在这屋子里还有一个图书馆呢？都是些好书。看来这是个读书人。"他摇摇头补充道："差不多和我的藏书一样多。"

亚德里一瘸一拐地走到窗边。宽广的圣劳伦斯河河面上，一艘轮船正在缓缓行驶。因为距离远，轮船看上去不是很高大，亚德里兴致盎然地观察起那艘船来。这是一艘巡逻船，船头很高，船身被漆成红白两色，驾驶舱建在船身靠前靠下的地方，烟囱则建在宽而矮的船尾，船长正看得出神，屋外传来一阵动静，他转过身来，看见一个小男孩站在门口，正在向屋里张望。

"你好啊！小家伙儿。"亚德里说，"你是从哪儿冒出来的？"

可能因为害羞，男孩等了一会儿才腼腆地回答道："我一直在这儿住。"说完笑了笑，这一笑露出了两颗大门牙。这是个长相清秀的男孩儿，一双好奇的大眼睛躲在毛茸茸的眼睫毛下面，头发是深色的，看模样还不到七岁。他显然没有注意到屋子里还有一个人，只是一个劲儿地看着亚德里。亚德里一瘸一拐地走过去，向男孩儿伸出右手，男孩儿羞涩地握住亚德里伸过来的手。

"你的手可真大！"男孩儿说。

"可不是。我比你稍大点儿的时候,我得像只猴子那样用手干活。猴子的手和它的身体比起来算得上大了。"

马奎因站在角落的书架旁边没有动,他看着亚德里和那孩子,脸上却换上了一副大忙人需要停下来去恭维邻居孩子的表情。男孩儿跟着亚德里进到房间里,两个人一同走到窗户跟前。

"我十四岁就出海了,那时候都是让男孩儿爬桅杆!每次我们都得爬到桅杆最上面,那杆子有一百五十英尺高,人爬到上面,杆子晃来晃去,人也跟着晃来晃去,下面泛着白沫的碧绿碧绿的海水,往下瞅一眼都能吓死人!更别说那个站在甲板上监督我们干活儿的可怕的家伙!"

保罗显然被亚德里的话吸引住了,嘴巴不自觉地张开着,脸上显出一副急于知道下文的表情。亚德里弯下腰用手摸着自己的左腿,语气和蔼地鼓励保罗:"来,你摸摸看。"

保罗伸出一根手指,轻轻地戳了戳那条腿,说:"好硬!"

"以前和我一起出海的一个家伙也有一条这样的腿。"亚德里说。

两个人正说着话,阿萨纳斯回来了:"茶一会儿就好,先生们。"他招呼着客人,一眼看到在一旁的马奎因正在打量自己书架上的那些书,一边看一边轻轻摇着头。

亚德里问阿萨纳斯妻子好点没有,阿萨纳斯回答说好多了。这时他看到躲在窗帘后面的保罗,马上换了一副责备的口吻说:"你跑到楼下来干什么?和你说过多少遍了,有客人来的时候不要来这里。"

"我们已经是老朋友了……"亚德里赶忙替保罗打圆场。

阿萨纳斯不再说什么,叮嘱儿子道:"要有礼貌,保罗。这位是亚德里船长,这位是马奎因先生。"

保罗马上站得笔直,郑重其事地伸出手和两位客人握了握,礼节性地点点头说道:"您好,先生。"做完这些他离开房间,快步朝着门廊那头厨房的方向走去,眨眼间便消失在长走廊的尽头。

"这孩子英语说得比我强多了!"亚德里说,"这是您的孙子吗?"

"是我儿子。保罗会说两种语言,船长。"阿萨纳斯的语气听上去有点儿生硬。

"是吗,那您可真幸运,阿萨纳斯先生,有这么一个好儿子。"

阿萨纳斯看了亚德里一眼,刚刚在脸上浮起的不悦神色消失了,看得出来他对这个出过海的船长存有好感。这时候厨子端着茶盘进了屋子,盘子里放着茶和点心。阿萨纳斯赶忙拉开椅子招呼客人来到壁炉前坐下,三个人开始吃东西,顾不上再多说话,吃完喝完,阿萨纳斯和亚德里把茶杯放在一旁,掏出烟斗抽了起来。

阿萨纳斯和亚德里两个人一边抽烟一边轻松地聊着天,坐在旁边的马奎因一直很少说话,只是用圆滚滚的手捻搓着深色领结上的珍珠领针,两条给紧紧裹在裤子里的腿看上去也是圆滚滚的,这是一个善于察言观色不喜欢抢风头的男人。作为一个在安大略省出生的长老会教徒,他从小就被灌输一件事情,那就是加拿大的法国人是不如自己这些英国人的。第一因为这些法国人是罗马天主教徒。第二是因为他们是法国人。在蒙特利尔住了十八个年头,他这个观点已经有所改变,但变化并不大。此时,他看到和亚德里交谈的阿萨纳斯举止优雅,说话得体大方,心里不由地暗暗佩服,他抛掉以往对法国人的成见研究起阿萨纳斯来:有一点无须怀疑,面前的这个法国人很有威信力;他在交谈中爱用手势,这是法国人的习惯,即使不是因为法国后裔的关系,也说明他是一个情感丰富的人。马奎因还注意到阿萨纳斯的脸上时不时流露出有点不耐烦的表情,行为上也能看得出来,这么说阿萨纳斯是个失意的商人也不一定。

阿萨纳斯并没有觉察到马奎因正在观察自己,和保罗一样,他正在饶有兴致地听着亚德里讲自己是如何丢掉那条腿的。

"那家伙直接就朝我们来了,离着我们有大约两千英尺远,雾气中一看见那个大脑袋,我就知道是条德国船,丑了吧唧的,也不可能是别的国家的船,本来从澳大利亚出来后一路上我们都没有碰到什么情况,结果冷不丁就撞见了这条德国船。那东西斜斜地掉了个头,船上的机枪枪口对准我们这条船,当时情况十分吓人!" 亚德里说到这里停顿了一下,看没有人说话,就继续说道,"事情发生得特别快,你都来不及准备,就这样,德国佬拿走了我这条腿。"

一直没有说话的马奎因脸上突然露出惊讶的表情,插了一句:"但是珍妮特从来没提起过您是在德国人的伏击中丢掉的这条腿,所以我一直以为您这条腿是因为发生了什么交通意外丢掉的。"

"我女儿不清楚这件事,"亚德里说,"那孩子有些神经过敏,这一点和她妈妈很像。她丈夫被派去欧洲驻防,已经够她操心的了,再说和女人讲打仗的事情相当于对牛弹琴,没什么意义。"

壁炉里,一块木头烧裂了,火星星点点地冒出来。马奎因从马甲口袋里拿出金表看了一眼。注意到马奎因的举动,阿萨纳斯也掏出表看了下时间。"去蒙特利尔的火车还有一个半小时才路过这里,"他说,"从这儿到车站三十五分钟就到了,不着急。"

其实马奎因心里惦记的是另外一件事情。一个星期前，在渥太华碰见阿萨纳斯时他替亚德里安排了今天这个会面，当时阿萨纳斯很痛快地答应了他，说自己可以去车站接亚德里，然后带着他一起来圣马克看看那块地，但他又提醒马奎因说这件事肯定不那么容易，很少有教区里的法国人肯把地卖给英国人。做事向来讳莫如深的马奎因并没有告诉阿萨纳斯他自己也会陪着客人一起来圣马克，所以当他下车后看见阿萨纳斯见到自己时露出的诧异表情，心里甚至有几分得意。

"据我所知，"马奎因一字一句地斟酌着说道，"在离您这个教区南边不远的地方有一座很大的瀑布？"

阿萨纳斯脸上又一次露出了惊讶的神情。"这里是有一个瀑布，"他说，"年轻的时候，我常常去瀑布下面的大塘子里钓鱼。"

"河里的东西可不止鱼。"

"可不是！"阿萨纳斯微笑着说道，"我一半儿的收入都是从那条河上挣的，我在那条河上有个收费卡。"

马奎因摇着脑袋说："封建领地那一套也许能挣到钱，阿萨纳斯，不过，你若是在瀑布上建个大坝，那可就发了！"

"圣马克地区要大坝干什么？"

马奎因不再晃脑袋，目光掠过阿萨纳斯的肩头望向窗外，说："那要看水量有多大，这得请个工程师来看看。建工厂会给地方带来很多收入。"他把目光转向阿萨纳斯，继续说道："我看到您村子里刚建了个教堂，这个教区现在肯定欠了一大笔债吧。"

"建教堂嘛！肯定是要借钱的。"阿萨纳斯说。

一旁的亚德里默默地看着阿萨纳斯和马奎因两个人在那里说

话；此时的马奎因更像一个正在反刍的动物。而阿萨纳斯说话的时候，手腕随意地悬在空中，修长的手指很自然地舒展着，优雅的神态仿佛一个演员。

"您知道，阿萨纳斯，"马奎因说，"如果法国人自己不开发这些资源，那外人肯定也会替他们开发。这一点是肯定的。"

"那些人已经这样做了，马奎因先生。说起来您那些蒙特利尔的朋友，他们可没少从法国人身上捞油水。"

马奎因摇摇头，伸出食指说："我明白您的意思，这事我本人再清楚不过，有些基金是非常不负责任的，但我不同，我希望这里的法国人自己开发这个能源，我也无意于跑这里抢他人的饭碗，还有，我做事一向喜欢为各方利益考虑。"

阿萨纳斯看着马奎因，脸上露出警觉的神色："您是说把圣马克地区变成一个厂区？这就是您关于发展的观点吗？"

"如果那条河流具备足够的水力资源，我认为建厂是早晚的事。"马奎因从椅子上站起来，从口袋里掏出怀表看了看，"还有点时间，我们可否利用剩下的这点时间去看一下那个瀑布？说实话，虽然一开始我没有和船长说，但我今天过来的主要目的是去看看那个瀑布。"

阿萨纳斯看看马奎因又看看亚德里，他看见船长的脸上也露出和自己一样惊讶的神情，这时马奎因已经一个人向门口走去，阿萨纳斯只好站起身，耸耸肩膀说："时间上来得及，如果您专程为瀑布而来，我很乐意带您去看看，那里的风景很美，这点我可以担保。"说完他紧走几步，领着客人一起向停在门口的马车走去。

在圣贾斯汀，阿萨纳斯把马奎因和亚德里送上回城的火车，驾着马车往圣马克走的路上他陷入了沉思：马奎因见到瀑布的时候表现得很兴奋，仿佛看到了什么发财的路子似的。这个人显然不是一般人，至少外表上看上去让人捉摸不透。乍一看他笨重的身形和笨手笨脚的样子有点招人发笑，但是他站在激流汹涌的河岸边时脸上的神情十分严肃，他还报出了瀑布的大约落差和每小时从瀑布流下的水立方数字，并提到涡轮机在哪里安装是最好的这样的话。阿萨纳斯和亚德里站在那里，一句话都说不出来。也就是那一刻阿萨纳斯突然明白了为什么这个男人能在短时间内迅速挤进蒙特利尔成功生意人的行列，虽然像自己这样的法裔加拿大在嫉妒之余常常对那些人来钱的门路持怀疑态度，可是真要论起挣钱的本事来，他们的确比不过人家。

一路上阿萨纳斯软声细语地吆喝着自家的那匹母马，马也听话似的加快了步子。随着车子的颠簸，阿萨纳斯浮想联翩：过去他不是没想过瀑布能发电这回事儿，但是需要什么样的技术和生意渠道去开发利用这条河流他还真没有好好想过。虽然他心里不愿意承认，但马奎因提到这个计划确实激起了他对这件事儿的兴趣。自己设在桥上的收费卡不定哪天政府就得给收了去。虽然政府一定会付给他补偿金，但数目肯定多不到哪儿去。真要那一天来了，他的收入一定会少好多。其实，他心里明白，真正让他对马奎因的计划感兴趣的是长期以来潜伏在他心里的不安分的性格。他在政治上不可能有什么前途了，除非能进入内阁，在里面混个位置，可要想做到那样，只能指望自己被某个国会议员看上，认为他阿萨纳斯具备像马奎因那样的人的影响力（不用多，十分之一就行）。说到底自己和这里的法国人没什么两样，喜欢只说不做，认为出人头地的路子只有一个，那就是从政，可在他们喋喋不休的时候，嘴巴闭得紧紧的英国人早就行动上了。

马奎因是对的。如果法国人自己不开发这片土地上的资源，那么过不了多久这些资源就会被那些英国人拿了去，而法国人只能沦为给英国人打工的角色。和英国人相比，法国人只占少数，是少数族裔，再加上法国人里懂技术的人可谓是凤毛麟角，导致的结果就是法国人在这个国家的工业里分不到一杯羹。

在魁北克这个地方他说话还是有点分量的，即使如此，为什么他不能利用这一点为这个省做点事情呢？想到这里，阿萨纳斯皱了皱眉头，嘴里轻轻地吆喝了一下母马。在圣马克建个工厂可不简单，马奎因可能对发生在蒙特利尔圣詹姆斯大街上的商业策略耳熟能详驾轻就熟，可他不了解这里的法国人，魁北克人可是出了名的固执，特别是他们一向痛恨工业革命，比如说博宾神父，这个人就竭力反对把教区变成一个工业城，而且像博宾神父这样的力图使自己的教民依靠土地来维持生计的神职人员在魁北克这个地方比比皆是。

阿萨纳斯脑子里刚想到神父，一抬眼发现神父正在村口大道离自己不远的地方站着，看起来好像在专门等他似的。他急忙吆喝住马，博宾神父走到马车跟前，神色严肃地仰头看着他，阿萨纳斯没有下车，坐在马车椅子上，居高临下地对神父说：

"别担心，神父。德斯里并没有卖她的地。"

阿萨纳斯单刀直入的态度显然惹恼了博宾神父。他本来是想慢条斯理地切入正题，而不是一上来就听到这样直截了当的答案。

阿萨纳斯摆出一副大咧咧的态度，说："不过如果那个人非得要买的话，我建议德斯里卖了它。"

神父放在马车座椅扶手上的手握成了个拳头:"可是泰拉德先生,你要记着买主是英国人!是新教徒!"

阿萨纳斯笑了,说:"我倒不讨厌那个英国人,神父。如果他要买的话,他会付现金,现金呢!"他朝着不远处教堂的方向点了下头,"好长时间我们这个地方都没有出现过这样直接付现金的买卖了!"

神父并没有放阿萨纳斯走的意思,手还是抓着马车轮子不放:"这件事没有那么简单。阿萨纳斯先生,一个英国人跑到这个教区来买地,能是好事儿吗?如果德斯里非得要卖地,您,您可以买下来啊!"

阿萨纳斯朝教堂方向点点头说:"好了,神父,说话得有个谱儿,我已经给教堂捐了不少钱了。"

神父眼也不眨地盯着阿萨纳斯,终于,阿萨纳斯先把眼光移开转向别处。表面上看,阿萨纳斯在神父面前的倨傲态度是因为他认为自己比神父年长,但主要原因还是他性格里喜欢反抗他人命令的特点,同样的,博宾神父也是一个喜欢针尖对麦芒的人。两个人身上都有诺曼人倔巴巴的性格特点。

"听着,神父,"阿萨纳斯说,"假如这个英国人买了那块地,他总得雇人干活吧!那我问您,我们这里需不需要雇主?圣马克年富力强的年轻人需不需要工作?他们要不要继续留在圣马克?可是如果皮特·詹德鲁一直在圣马克找不到工作他会怎么办?他是不是得离开圣马克去城里谋生,走奥利弗·梅森的老路?您不是上个星期天还在教堂里说谁若是去了城里,就面临着灵魂迷失的危险!"

神父没有说话。阿萨纳斯的话让他感到屈辱。可即便这样,他还是仔细咂摸着对方话里的含义。皮特是詹德鲁家那一堆孩子中最小的一个,如果这个孩子为了谋生不得不离开这块生他养他的土地,那无疑是他这个做神父的失败。可是在圣马克年轻人找不到工作是事实。看来自己还是需要做点事情,帮助这些孩子,避免他们落得去城里讨生活的下场。

阿萨纳斯很快恢复了彬彬有礼的口吻:"你想得太多了,神父。这个英国人和我的年纪差不多,他没有儿子,所以也不会永久地留下这块地给他自己或家人。他来这儿住也不会贻害别人,话说回来,也许人家还不想在这儿待呢!但是有一条,如果他来住,我不想见到任何人跑来打搅他,我先把话撂这儿,这人是个好人!"

谈话打住了。神父知道再说下去是白费口舌。两个男人站在那里,在昏黄的光线里,用目光对峙着,谁都不再说话,最后还是神父先说了声"晚安",掉转头向教堂方向走去。他走得很慢,身上的袍子发出窸窣的响声……

四

阿萨纳斯·泰拉德再次回到圣马克的家中度周末已经是一个月后了。他很愿意离开渥太华那个让他感到压抑的地方,特别是最近,处于风口浪尖的他已经受到某些和他意见相左的魁北克议员的冷遇,那些人抵触英国人下达的在全国征兵的命令,而他提出的全面参与战争的提议似乎对哪一方来说都是弃之如敝屣的东西。

现时的渥太华笼罩在一片不明朗的政治局势中,可谓人人忧思重重。战争局势进一步恶化;在英国人的指挥下,加拿大军人在巴雪戴尔①的泥泞中像苍蝇一样成群死去。阿萨纳斯心里烦透了英国人，仿佛自己也是倒下去的军人中的一个。他竭力说服魁北克的法国同胞和英国人一起并肩战斗，可是加拿大军队却在巴雪戴尔被打得一败涂地！也难怪这里的法语报纸开始猛烈抨击征兵政策，说就为了争夺那几英亩泥地，几千士兵搭上了性命。

和以前一样，每逢他心烦的时候，回到圣马克的家心里就能轻松些。地里干得要命，土壤一点也不松软，树木在清冷的蓝天下越发显得枯瘦伶仃。整个国家似乎都处在一种观望待命的状态里。大雁几个星期前就南飞了，村民们早早给地里施了肥，囤积了喂牲口的饲料。从现在起，第一场雪说来就来。

吃完晚饭，阿萨纳斯驾着马车去了德劳因的店里，名为买烟，实则是想听听村子里有哪些议论。星期六晚上来德劳因小店的人本来就多，今晚上更是来了不少人，而且都是些趁农闲时节跑到店里凑热闹的农民。阿萨纳斯进去的时候，好几个男人已经喝得脸色微醺，台球桌前围满了等着打台球的人。

今天晚上没人谈论打仗的事儿，所有的话题都围绕着刚搬来圣马克居住的亚德里船长身上。十天前，船长从德斯里太太手里买了地和农庄，跟着就搬了进去。卖给亚德里地和农庄的德斯里太太则去了河下游她妹妹家住。上个礼拜天人们看见亚德里去了教堂，虽然他一没有在圣坛前屈膝二没有画十字，而且在外人看来这个新搬来的居民甚至不知道什么时候应该下跪什么时候应该站着，但是他一直坚持到整个弥撒活动结束。人们看见他后来跟

---

① 此处指巴雪戴尔战役（Battle of Passchendaele），又称第三次伊珀尔战役（Third Battle of Ypres），是第一次世界大战期间协约国与德意志帝国之间的一场战役。此次行动中牺牲的联军约25万名。

着博宾神父去了教堂的工作室，还听说他一下子拿出二十加元为教堂买了一个捐款箱。船长每天都来这个店里待上一会儿，每次都用现金付账。他虽然能讲一些法语，但是一说话就冒出好多语法错误，中间还夹杂着英语单词，口音也很重，照德劳因的话说就是，船长讲法语比印第安人还糟糕。

阿萨纳斯只是听着，并不加以评论。他从不在酒馆里和村民们搅和着说些什么，因为他觉得这么做很容易招惹是非。不过，一旦他站在村民的立场上发表点儿意见啥的，一种朋友般的关系自然而然就在他和村民间形成了，就像他们从来就认同彼此，认同他们这些人是从一棵抽枝散叶的大树树干上延伸出来的不同枝条。

阿萨纳斯看出村民们对刚搬来这里居住的船长并不反感。村民们议论说船长和他们眼里的英国人[①]很不一样。亚德里人很友好，从来不会摆出一副高高在上的姿态，也不故作神秘，他喜欢征求别人的意见，特别是他很熟悉农活儿，这在一个会航海的船长身上可不多见。神父安排皮特给船长干活，皮特评价船长是个好老板。只有神父还没和旁人提起他对船长的感觉。即使对亚德里有好感，可村子里的人在阿萨纳斯·泰拉德面前提到船长时，还是小心谨慎，话说得并不敞亮。

在店里晃悠了一个多钟头的时间，阿萨纳斯赶着马车回了家。暮色里，马蹄发出踢踢踏踏的声音，心情颇好的阿萨纳斯坐在椅子上面，脸上挂着隐隐的微笑——看来亚德里还是有些办法的。德斯里太太的那块地属于在这里世代居住的法国人，圣马克人的祖先二百年前就来到这里，精心侍弄这些土地，可有一天突

---

① 这里指英裔加拿大人。

然来了一个外人以这种方式把地拿过去,在当地人看来,这跟抢差不多。如果船长选择长住圣马克,肯定会被这里的人当作外乡人看待,不过从目前的情势看,亚德里船长似乎能应付得了,那些和船长见过面的村人都挺愿意接近他,就连博宾神父到现在也没说过船长什么,要知道他的态度或多或少都会影响到亚德里能否在这个教区站得住脚跟。

阿萨纳斯觉得自己应该为亚德里高兴。一个英国人跑到圣马克定居这事儿听上去是挺奇怪,但他肯定有自己的理由,而且总有一天人们会知道这理由的。他这么想着,心里提醒自己明天得给船长打个电话,约好见上一面。

第二天早晨,阿萨纳斯从门厅的架子上给自己挑了一根较粗的拐棍,叫上儿子保罗,父子俩向船长家方向走去。阿萨纳斯走在前面,他走得很急,一步紧接一步,显然并没有替跟在他后面的儿子着想。保罗抽着鼻子小狗似的忙不迭跟在爸爸后面。大路上弥漫着一股呛鼻的燃烧麦草的烟味,那是布兰切特正赶着在下雪之前烧掉地里的最后一点麦草。父子俩下了大路,老远看见船长正在给窗户换上新的封条。等到走近了,阿萨纳斯注意到船长忙碌的样子显得十分老到熟练,看来这是个经常干活儿的人。

听到脚步声,亚德里从梯子上一步一蹬儿地走下来,他上身穿一件毛衣,外面罩一条连身工装裤,看到是阿萨纳斯父子俩,咧开嘴笑了,高兴地说:"你好啊,泰拉德先生。我还一直记挂着您呢!看报纸,渥太华现在可是闹腾得很啊!我看您回来这里心里还能高兴点儿。"

阿萨纳斯耸耸肩膀:"也不是闹腾,就是事情多而已。"两个人握了握手后阿萨纳斯说:"我昨天晚上回来的,今天过来看看您,欢迎您来圣马克安家!"

"多谢您的好意。"亚德里搂过站在阿萨纳斯旁边的保罗,说:"我常看见保罗打我门前路过,好几次我都希望这孩子能进来看看我。"听了船长的话,保罗的脸上露出害羞的神情。

船长邀请父子俩进屋,扭头又对保罗说了一句:"孩子,一会儿我要给你看样东西。"

屋子里显得很空荡,除了一张桌子和两把椅子外,几乎没有什么家具。桦树木头在客厅壁炉里毕毕剥剥地燃着。一只黑乎乎的在魁北克人家里常见的火炉孤零零地摆放在屋子中间,黑色的烟筒从炉盘上伸出去连向通往屋外的烟囱管道。地板上放着几个大木头箱子,盖子已经被撬开,里面放满了书。

亚德里指着地上的箱子说:"这些书都是我平时收集的。里面有莎士比亚全套的书。在海上的时候看书能让我心情好点,不至于感觉太孤单,不然的话……"说完船长又从角落的架子上拿起一块表面被打磨得十分光滑的白松木头,对保罗说:"等我做完这个,就给你。"

保罗显然不是很明白船长话里的意思,可是又因为害羞而不敢张口询问。他眼睛盯着那块木头,双手局促地张开来又握起,当他意识到亚德里是把那块木头递给自己,赶忙伸出手接了过去。

"这是我要拿来做模型船的木头,这种有好几个桅杆的船现在很难看到,但以前新斯科舍省常造。等做完后把每个桅杆上都挂上船帆,那到时候这块木头看上去就漂亮多了!"说完他从保罗手里取走那块木头,重新放回架子上。

一旁的阿萨纳斯也来了兴致,他问:"做这个是不是太耗时间了,船长?"

"冬天的晚上给自己找点活儿干，反正这里的冬天也长。"船长扭头看着地上那几个敞着盖子的木箱子对保罗说，"你能帮我把那些书从箱子里拿出来吗？就堆在地板上好了。我们大人说会儿话去。"

亚德里领着阿萨纳斯去了房子后面的阳台，两个人并排坐在台阶上，亚德里先开口道："我挺喜欢您儿子，泰拉德先生。我要有个儿子多好，您很幸运。您只有这一个孩子吗？"

阿萨纳斯没有回答，从台阶上站起身来，向房子拐角处的马棚走去。亚德里连忙跟上去。路上阿萨纳斯问船长："您为什么问这个问题呢？是不是村子里有什么风言风语传到您耳朵里了？"

"没有，"亚德里急忙说，"没人和我说过什么。是我自己猜您肯定不是就这一个孩子。"

可能是觉得自己神神秘秘的样子有点儿傻气，阿萨纳斯换了一副解释的口吻："您别误会，我也就是随便一问，说句实话，如果真是什么重要的事，比如和钱有关，或者是一个家里很深的秘密，这儿的人嘴巴闭得像蛤蜊似的……我还有个儿子，比保罗大，是前一段婚姻留下来的，那孩子叫马里厄斯，是他妈妈给他起的名儿，现在在蒙特利尔大学读一年级。"说完他莫名其妙地问了一句："我不在圣马克的时候马里厄斯没在这儿游荡？"

亚德里用拐杖支撑住自己的身体，神情认真地回答道："这我可不知道，泰拉德先生。我才到这个地方，也许我压根儿不该提这事儿。"阿萨纳斯的问题显然让船长感到紧张，他镜片后的一双蓝眼睛露出严肃的神色。

阿萨纳斯摆摆手道："没关系。要我说这个省可不是个容易让人搞明白的地方。你们英国人一向有什么说什么，过后忘得也快。这地方的人忘性可不大。虽然大部分人还算老实，只想管好自己的事情，平和点儿生活。但是有些人不一样，他们从来都没忘记对英国人的敌视，我的那个大儿子就是其中之一。他是个民族主义者。我对战争的立场……"说到这儿，他突然打住了，好像意识到自己把话题扯远了。

两个人走进牲口棚子，棚子里弥漫着麦草的甜味、酸兮兮的肥料味儿以及消毒剂的味道。亚德里显然是个有想法的人，他给阿萨纳斯说着自己的规划，哪里应该加固，哪里应该扩大一下，中间阿萨纳斯提起拐杖指了指阁楼和栅栏问亚德里："您把这里的东西也买下来了？"

亚德里点点头："德斯里夫人这些库存的东西还好用。我一直想着弄几头牛过来，但是得等我把眼前的这点儿东西搞利索了再说。"

两个人在棚子里转悠了一圈后来到太阳底下。阿萨纳斯好奇地问船长："有一件事我想问问您，船长，到底是什么让您决定到圣马克生活的？是马奎因的主意还是您自己的决定？"

"这话说起来可有年头了！有时候晚上我自己坐着烤火的时候，想起这事儿，都觉得挺不可思议的。"

阿萨纳斯沉默着，他似乎可以体味到船长内心的孤独感，他尊敬这样的人。

"事情嘛，"船长说，"总是这样，说不清也想不清！以海为家的人总觉得岸上有个家心里才会踏实些，可是当他真上了岸，再也不漂了，他才发现唯一的家园是自己那些位于五湖四海的朋友。"

"马奎因提起过您有个女儿，她是住在蒙特利尔吗？"

亚德里的脸色马上柔和了许多:"是的,还有两个外孙女。可我自己觉得住在蒙特利尔不习惯。"

亚德里一瘸一拐地陪着阿萨纳斯回到屋门前面,保罗站在门口,他张嘴刚想说什么,看见两个大人还在交谈,马上闭上了嘴巴。亚德里问保罗:"你把那些书都拿出来了?"

保罗摇摇头说:"我留了一些在箱子里,地板上有些脏,我怕弄脏了书,实在没有多余的地方放剩下的那些书了。"

"也是。"亚德里转过身对阿萨纳斯说,"这小家伙儿心细得很呢!"

保罗去粮仓自己玩去了,亚德里掏出烟丝口袋请阿萨纳斯抽一口,阿萨纳斯拒绝了,船长自己往烟斗里填了些烟丝,用手挡着风,小心地划着火柴,慢悠悠地抽了起来。

"我猜您来这儿住,是因为这里离着女儿还近些。"阿萨纳斯说。

"那倒不是!"亚德里把烟斗从嘴里拔出来,让烟锅冲着风的方向,"我要是和您说实话,您或许觉得我挺傻的,但是我确实一直都想搬来圣马克住,听上去没啥道理,可就是这么回事儿。"

"那您是怎么听说我们这个地方的?"

"哦,是这样的。三十五年前,我的一位船友就是圣马克人,他老是和我讲圣马克。一来二去,我就对圣马克有印象了,而且这印象还挺深。所以一听说这个机会,我就在蒙特利尔待不住了,总想着鲁克或许也会搬回这里住,或许我们还能见上一面。"

阿萨纳斯摇了摇头说:"可是这里的人还真没有谁是去海上谋生的。"

"您从来没有听说过叫鲁克·伯根荣的?"

"墓园那儿埋了好多姓伯根荣的。倒是听说过曾经有一个叫伯根荣的,也是四海为家,到处漂泊。不过那是很久以前了。他早就不在这里住了。"然后他看着船长说,"这么说您那个朋友叫鲁克·伯根荣?"

"是的。'法国人鲁克',我们都这么叫他。有一次我们从哈利法克斯港①出发,在海上走了整整两百八十七天,最后停在西贡②的海滩上。鲁克、我,还有一个从巴巴多斯③来的黑鬼,我们三个人常在一起,我在船上负责升帆,鲁克是水手长,那个黑鬼是厨子。要知道那是一八七七年,当时在船上找份活干可不是件容易的事。"

保罗也凑了过来,两只又黑又圆的大眼睛一个劲儿地盯着船长,合不拢的嘴唇下,白白的两颗门牙若隐若现。

"我老是一个人待着,所以见了人能唠叨。蒙特利尔人是这样的,你起了个话头儿,然后自己说呀说,等你停下来,才发现根本没人接你的话茬儿。那里的人似乎不爱聊天,可能是因为他们太聪明了,蒙特利尔人就是这样,他们不想知道太多,也不是听风就是雨,外人说什么就信什么。"

阿萨纳斯笑了,他看了一眼倚在阳台上的保罗,保罗正眼也不眨地盯着船长。

"嘻!扯远了。"亚德里重新把话题拉回来,"就这样我们在西贡上了岸。当我和鲁克跳上码头时,鲁克惊讶得不得了,

---

① 哈利法克斯港(Halifax Harbour):哈利法克斯是加拿大新斯科舍省的首府,港口城市;哈利法克斯港是其大西洋沿岸的一座天然港。
② 西贡:越南城市。
③ 巴巴多斯:位于东加勒比海小安的列斯群岛最东端的一个英联邦成员国家。

因为住在西贡的白人,除了苦力,大部分人都说法语。鲁克喜欢这一点。可是有一天,我们在岸上碰到一群法国人,不知怎么,那群人笑话起鲁克的法语来,他们说他的法语难听极了——就和英国人笑话我的法语一样——鲁克按捺不住火气,和他们打了起来,虽然他拳脚厉害,踹起人来力气大得像个伐木工人,可是架不住对方人多势众。等警察来时,我们三个早都给揍趴下了。后来我们被警察扔进了监狱,等我们从监狱里出来,船已经开走了,不得已我们和一条去南中国海的法国船签了合同,在那条船上混了四年。鲁克后来成了那条船上的大副,我是二副,黑人是水手长,也就是在那条船上,我学会了法语。"

亚德里的故事逗乐了阿萨纳斯,他呵呵地笑起来,一旁的保罗也跟着笑了起来,亚德里没有笑,板着面孔继续一本正经地说:"在东方的那四年,鲁克总是一个人待着,几乎听不见他讲话。"

"如果他真是山那边儿伯根荣家的鲁克,"阿萨纳斯笑着接过船长的话茬儿,"那倒一点儿都不奇怪,那个地方的人多半都是文盲。"

"鲁克不识字。"亚德里拿出手绢擤了擤鼻子,声音太大了,他道了句歉后继续说道,"有意思的是,我总觉得我还能碰到他。圣马克这地方不错,再加上我一直想买块地,所以当马奎因提起您,说您在圣马克居住,我一下子就想起了鲁克和我说过的那些关于圣马克的故事,这也算是天时地利人和,促成了这桩事。"

亚德里慢悠悠地抽着烟,眼睛眺望着远处,一条大路穿过田野一直延伸到大河边上。天空中浓云密布,圣劳伦斯河变成了蓝灰色。

阿萨纳斯用手杖戳了戳阳台的边缘,说:"船长,您需要什么尽管说，我很乐意能帮助您！也希望在圣马克这个地方能常常见到您，在渥太华嘛，就不用那么频繁了。"

"谢谢您的好意。"亚德里说，"有时候想想，我来这个地方，就像是探路。但这是我自己的决定。唯一不方便的是我这条腿。医生和我说这是假肢里最新式的，可是伙计！如果哪个拖着木头墩子的独脚海盗手扶得起犁的话，他也能比我耕田耕得好，还好神父给我找了个好心眼儿的人，能帮着我干干重活儿。"

"医生？！我的医生说我高血压。他们没发明血压计前我活得好好的，可现在呢？高血压！"阿萨纳斯说道。

阿萨纳斯叫上保罗准备离开，又想起他的帽子还落在房间里，于是三个人重新回到客厅里。

亚德里拖来放置在炉子前的两把椅子，两个大人重新在屋子里坐下，保罗自己一个人蹲在壁炉前，眼睛盯着壁炉里那琥珀色的火苗，耳朵却一直在听大人说话。阿萨纳斯显然忘了找帽子的事儿。

"还有一件事儿我得当面问问您，泰拉德先生。我不是罗马天主教徒，是不是这个身份把我和这里的人区别开来。"

"是这样的，船长。"阿萨纳斯慢悠悠地说，"这里和魁北克的其他教区没什么区别，神父对地区的掌控很强。虽然我自己是天主教徒，但我还是认为神父有点过于控制这里的教民。"他把手从手杖上松开，抬起手比画了一下，"在魁北克，教堂和这里的人的生活息息相关。如果你不了解这一点你就不会理解魁北克，包括这里的教堂、百姓，还有土地。在圣马克这样的乡村教区生活，人不能期望太高。"

空荡荡的屋子里，火苗映着阿萨纳斯立体的脸庞，长长的鹰钩鼻子在他脸上投出一道阴影，耳朵紧贴着又高又窄的脸颊，灰色的头发整齐地向脑后梳拢过去,脸愈往下愈显得窄,下巴颏很尖。他的眼睛是棕色的,眉毛微微上挑,当那张脸很平静时,你依然可以感觉到这张脸的主人的敏感,嘴巴看上去有点偏,嘴角带着些嘲讽的意味。如果阿萨纳斯在下巴上留一簇山羊胡子,他看上去绝对很像黎塞留红衣主教[①]。旁边的亚德里和阿萨纳斯一比,则显得憨厚老实,看上去像个工人。

"自打我来到这里,神父倒是帮了我很多忙。"亚德里说。

阿萨纳斯摆摆手道:"博宾神父工作很努力。他是个爱管事的人,连女孩儿穿的裙子太短他都得管。他要是看见男孩儿在满月夜里搂着女孩儿,他一准认为他们是被魔鬼附体了。现在他的新教堂让教区负上了一笔很大的债务。我自己嘛,还是觉得人活着应当有点儿乐趣。"

亚德里笑了笑,没有说话,阿萨纳斯接着问:"您想过转教这件事吗?"

"没有。如果那样的话,我心里不踏实。我小的时候,我父亲老是在我面前抨击基督教长老会的教义,可是如果真让我转教的话,我会觉得自己在做一件很奇怪的事情。"

阿萨纳斯高声笑了起来:"我们不说这个了,船长,反正圣马克的人也会认为你是个异教徒的。"

谈话愉快地进行着,壁炉里的火渐渐熄了,两个人似乎忘了时间。言谈间亚德里说起自己和女儿之间的感情,说这么些年来他一直在海上漂来漂去,直到现在才发现很难和女儿建立起一种

[①] 黎塞留红衣主教(Cardinal Richelieu,1585—1624):法国神职人员、贵族和政治家。

亲密的感情，说这些话时，他的声音里明显带着一种既渴望又失落的情绪。他说妻子一直想把他们的女儿培养成一个大家闺秀，当他当了船长，能独当一面，家里有了些进项的时候，妻子马上把女儿送到位于蒙特利尔的女子学校学习，那所学校的确把他们的女儿培养成了一个大家闺秀，不过这样的结果反倒让船长感觉不是滋味儿，因为他发现他和女儿很难聊到一起，原因是不知不觉中父女俩已经成了不同阶层的人。亚德里的妻子多年前就去世了，女儿和她自己的两个女儿，还有丈夫的家人——梅休因家族的人住在蒙特利尔一座豪宅里，那是一座石头建成的老屋，坐落在皇家山的南坡。梅休因家族很富有，算是蒙特利尔的豪门望族，他们投资政府债券，投资酒厂、木材厂、矿山、工厂、铁路等项目，家族子孙都住在皇家山上的豪宅里，屋子里装饰得很庄严，酒红色的厚重窗帘，四面墙上挂着各种各样的镶在金框里的名画。亚德里又说起梅休因家族，他说梅休因家的人很讲究礼节，待人也周到和善，但是他从来不知道他们心里想什么。每次他和女儿的夫家人待在一起，女儿就很紧张，生怕他这个父亲说出什么不得体的话来，所以他觉得自己还是不要住在蒙特利尔，找一个离蒙特利尔不太远可以随时过去看看女儿和两个外孙女的地方住下来最好。这个夏天女儿会带孩子们来圣马克度假，没有梅休因那家人在场，也许父女俩相处起来会更轻松些。

阿萨纳斯附和着点点头道："梅休因家族在加拿大是名门望族。我猜那就是他们的生活方式。"

"嗯，我不是很了解蒙特利尔，但是我注意到一点，如果一个人和酿酒公司或者加拿大太平洋铁路有点联系的话，通常这样的人都是有点头脸的人物，和英国的公爵们有得一拼！"

"那绝对是水塘里的大鱼,像那样的大人物,我们法国人只有保持微笑看着的份儿。"阿萨纳斯说完站起来,找到帽子后做着手势说,"整个国家都是这样,太多的小水塘,可每个小水塘里都有条大鱼。这么跟您说吧,十年以前我游遍了整个加拿大,也见识了在这个新兴的国家发生的很多事情。当我第一次在这个国家旅行的时候,特别是刚刚走到西部,我觉得自己就是哥伦布,我对自己说,'上帝,这都是我们的土地!'可是等我回到东部,经过安大略省的一些地方,感觉自己怎么净碰到一些保守得不能再保守的人。不管是多伦多的卫理会教徒还是住在蒙特利尔大街上的长老会教徒,还是遍布魁北克省的天主教徒,一律都很保守,谁都觉着自己的教会才是最好的。让我感觉这里的法国人比欧洲的法国人还要像法国人,这里的英国人比大不列颠岛上的英国人还要英国。后来我进了渥太华的议会,发现那里的首相大人也是如此,保守得要命,就好比一个人弯着腰抱着脑袋,耳朵快被土塞满了,还撅着屁股,一副对外部世界不闻不问的模样。您若是见到这样的人,您会怎样?骂娘?"亚德里没有回答,又掏出手绢大声地擤起鼻子来。

看到爸爸要走,保罗赶忙从壁炉前站起身来,跟上爸爸,看来父子俩准备告辞。

亚德里说:"泰拉德先生,有一点我不能理解,您为什么不从议会中退出来呢?如果您有这样的想法,在圣马克这里还有块儿地,我觉得您肯定不愿意离开这里,搬到别处去住。"

阿萨纳斯耸了耸肩膀向门口走去:"我在这里可不是什么大人物,我只是有几块地罢了,要是一直住在这儿没准我自己也会觉得烦呢!我自己没什么事干,地里的活儿都交给布兰切特和他手下人打理,你见过布兰切特吧?那可是个老实人。"说完又斟酌着说道:"我觉这儿的人对土地的感情和欧洲人差不多。他们非常热爱土地,这话儿听上去有点儿煽情,但这也是事实——他们伺候自己也没有伺候土地那么周到细心,这里的人可喜欢囤地了,说起来您还真是胆子不小,敢一个人搬到这里来住,希望您将来别后悔就好。"

亚德里挠挠头说:"我也有这种感觉。说实话为了买这点地我把自己的大部分积蓄都拿了出来,而且买的时候我就是打算长住的,我认为自己还是很能在乡下生活的。"

阿萨纳斯微笑着点点头说道:"事情会越来越往好的方面走的。没人会找您麻烦的,不过您住在这里也许会感到孤单,我自己有时候都有这种感觉,还有我的妻子,她也觉得待在这里很孤单。"

两个人像老朋友似的握手道别。临了阿萨纳斯高兴地问亚德里:"您下象棋吗?"

"我下啊!我还有一副从印度买的象棋呢,不过这副棋的'象',棋子雕成大象的样子,和我们的'象'看着不一样。"

"我还是喜欢我们的'象',喜欢对角线走棋的路子。"阿萨纳斯一边说一边向门口走去,保罗跟在父亲后面,父子俩顺原路返回他们在圣马克的宅子。

这天下午,从东北方向吹来的朔风带来了刺骨的冷空气,风越刮越大,傍晚时分,天开始下雪,一开始是冰碴儿似的细小雪粒,之后变成了大片大片的雪花,在寒风无情的鞭打下,大地渐渐由灰转白。夜深了,风声依旧肆虐着,一直到第二天清晨,这场暴风雪才停歇下来，周围已经变成了一个白雪皑皑的世界，冻住的河流仿佛一道泼在茫茫雪野上的黑色墨水。没过几天，又一场暴风雪不期而至，这场雪给已经结冰的河面覆盖了一层厚厚的白雪，世界彻底被染白了，白天的阳光照在白雪上，反射出刺眼的光。从栅栏里传来牲畜走动的闷闷的声音，牲口棚外，肥料堆得老高，像是污染了白色绷带的碘酒。这样的景象一持续就是好几个月。

五

马里厄斯独自一人站在父亲的书房里。窗外是四月的黄昏，如水的夕阳静静地洒在白雪皑皑的平原上。矗立在大路两旁的白杨树早已被风扯光了树叶，光秃秃的枝干像一把把扫帚，在晶莹纯白的雪地上投射出长长的暗沉的影子。大路尽头处是那条覆盖着皑皑白雪的大河，河水已经开始出现融化的迹象，底层的冰面融化后产生的水汽向上钻入最上面的积雪中，制造出一道道黄色的污迹。河面上，一辆破冰船正在朝上游蒙特利尔的方向行进，虽然距离和环境的单调把船身衬托得又小又矮，但是依旧能看得出这是一艘马力十足的船只，此时，它尖尖的船头正在破冰前进，伴随着吱吱嘎嘎的声音，裂开的冰层逐渐往前延伸。船身后面拖着的一缕白烟给开阔的河道蒙上了一层轻纱。

马里厄斯站在窗边，望着屋外那银装素裹的世界，不禁深深吸了口气，此时此刻，他感觉天地间只有自己一人，心里情不自禁升腾起一种自己是大人物的神秘感觉。他想着自己刚才进屋时看到的那些古董家具；客厅里挂着精心雕琢的水晶吊灯，那是一百多年前当地的一个手艺人做的；楼上走廊里摆放着松木雕刻的柜子，一排至少有两百年历史的铅锑合金的酒杯整整齐齐地摆放在柜子里面的架子上。泰拉德家族自从法国人占领圣劳伦斯河时就在这个地方扎下了根基。正因为如此，马里厄斯总觉得自己身上有一种旁人一眼就能感觉到的纯法国人的气质。不过有些老百姓第一眼见到他时，往往并不在意，所以这个年轻人的心底里对平民百姓也有些下意识的不满。

马里厄斯折过身来，书房里阳光照不到的地方显得很旧，但并不破败，反倒带着一种古老的气派，或者说是贵族气的东西。书架上的线装书弥漫着古董的气息，让他禁不住想起三年前他在蒙特利尔神学院就读时常常在图书馆见到的那些书籍。

他走到父亲的书桌旁，思忖片刻后伸手去抬那张书桌的桌盖，但没成功，桌盖只是微微晃动了一下。他离开桌子走到书房门口，打开门后向左右张望了一下，正对面的墙上挂着一只麋鹿脑袋的标本，在走廊阴暗的光线下，麋鹿十四只尖尖的角若隐若现。

马里厄斯顺着橡木楼梯扶手向二楼望去，楼上静悄悄的听不到一点儿动静，整幢屋子里只有厨房里传来人走动的声音。他带上门，重新回到书房里，房间里阴冷幽暗，桌子和壁炉台上放着两盏大理石基座的油灯。书桌旁的台子上固定着一个小篮子，里面也放着一盏油灯，一缕蓝色的火苗若隐若现。对面的墙上，被木头熏得黝黑的壁炉像极了一个深不见底的洞口。

马里厄斯没有点油灯，也没急着给壁炉生火，而是重新走到那张桌子前面，拉开桌子最下端的抽屉，把手伸进里面摸索着。过了一会儿，他手里多了一把形状略显弯曲的小钥匙。他坐回到桌子后面的转椅里，用手里的钥匙打开桌盖和桌身之间的锁，抬起桌盖,神色紧张地翻看起里面的文件来。他先拿起最上面放着的上个星期的一份通报,略微扫了几眼题目便知这是一篇关于德国人在圣昆汀附近攻破英国人防线的通报。"看来英国佬又挨揍了!"马里厄斯把通报重新放回那摞文件里,心想,"圣昆汀防线被突破对英国人意味着什么呢?那帮英国佬可不会承认挨揍,他们只会把责任丢给法国人,或者找别的借口为自己开脱。看这次英国佬还会找啥借口给他们自己开脱!"马里厄斯心里不希望德国人打赢这场战争,不过他也不介意看到英国人终于低下头,承认自己被别人打败这样的事情,而且,他心里一直觉得德国人能打到英吉利海峡。

马里厄斯继续在塞满了账单和信的抽屉里翻着,同时心里默记下那些东西的次序和位置,以便过后能把它们准确地放回原处。翻着翻着,一张已经有些发黄的上面记了一些东西的文件纸出现在一沓信纸的最底下,从字迹上看那是阿萨纳斯写的。马里厄斯拿起来,刚看了一眼便意识到那上面是父亲为写书做的笔记。在他的印象里,父亲阿萨纳斯几年前起就开始念叨,说他要写本书,马里厄斯一直以为父亲只是说说而已。借着从窗户透进来的光线,他一边辨认着上面的字迹一边小声念道:"马克思说宗教是人民的鸦片,他的话只说对了一半。宗教也许会把很多人变成绵羊,但是也把不少的人变成了老虎。宗教的历史其实充满了暴力。看看阿兹特克人①、穆罕默德②和托尔克马达③就明白了!"

马里厄斯皱皱眉头:这不是他想找的东西。不过纸上的文字却激发了他的好奇心。他歪着身子坐在椅子上,支棱起耳朵重新听了一会儿外面的动静,确定走廊里和刚才一样安静后,抬手往脑后捋了捋头发,低下头继续读那张纸上的文字。他读得很专心,一绺儿头发耷拉下来,贴在他窄小的额头上。他的脸看上去苍白而没有血色,眼睛遗传了父亲阿萨纳斯的特点,很大,显得过于严肃。暗淡的灯光在他高高的颧骨下面投出一抹阴影,紧拧的双眉在额头中间挤出一道很深的皱纹。

为了搞明白父亲手稿上那些文字的意思,他仔细地读着:"大规模群众性的宗教如果想生存下去必须依赖这种恐惧。这样的宗教既不需要神秘性也不需要知识。这就是为什么新教教会因为要解释清楚一切而导致自我毁灭。没有神秘感就没有宗教。没有地狱,教会就不会存在。"

马里厄斯想:这些论点算不算异端邪说呢?这些话字里行间流露出教会有控制世俗社会的意图。他继续读下去:"大众是让自己的罪恶感给控制了。这就是为什么说'民族主义'和'性'总是能被一小撮人群当作控制大众的工具。每当极端爱国主义者把手里的铁锤和纯粹的理想结合在一起吆喝时,你总是能发现被他们搞得晕头转向的'大众'。只要他们能够证明'大众'不

---

① 阿兹特克人(Aztec):北美洲南部人数最多的一支印第安人,14—16世纪期间曾经在当今的墨西哥地区建立起一个庞大的帝国。
② 穆罕默德:伊斯兰教真主的使者。
③ 托尔克马达(Torquemada,1420—1498):西班牙第一位宗教裁判所大法官,被认为是"中世纪最残暴的教会屠夫"。

是很爱国，或者他们不是纯粹的理想主义者，就会让对方产生罪恶感。"

由于不是很明白这些话里隐含的意思，马里厄斯的眉头皱得更紧了："如果神父们不注意他们的言行，那么我们的教会就有可能变成民族主义者的集会场所。可以说，某些处于底层的根本给不了教区群众真正启蒙的神职人员正在把教会变成这样的场所，对于那些受过良好教育的有智慧的高层神职人员来说，这是他们不想看到的。还有，除非我们把多年形成的对英国人的戒备恐惧之心连根拔掉，才能让教区朝着好的方向发展。"

纸从马里厄斯的手里滑落到桌上。这几句话绝对是异端邪说！意图指出为上帝服务的神父的动机并不比政治家好到哪里去的观点就是异端邪说！他以前一直认为父亲是一个思想自由散漫的人——父亲对英国人的好感以及他纠结不清纷乱复杂的私生活足能说明这一点。可现在他突然觉得自己的父亲是个骗子，纸上的这些话就是证明！表面上父亲按时去教堂做礼拜，也不少交给教堂的份子钱，可是谁能知道他内心竟然是这样认为宗教的，显然父亲缺乏勇气公开他自己内心的想法，更不敢承担说出这些异端邪说的后果！现在，马里厄斯知道父亲不光在政治立场上背叛法国同胞，就连在宗教信仰上他也是个忘本的叛徒！

想到这里，马里厄斯突然有点不耐烦，他拉开桌子上方的小方格抽屉，把手伸进格子里仔细搜寻着，却一无所获。突然，从房间外传来某种声音，马里厄斯不由得一惊，手忙脚乱地把文件和信放回原处，迅速放下桌盖，锁好后把钥匙放回抽屉原处。做完这一切后他快步走到书房门口，打开门，竖起耳朵听着动静，走廊里寂静无人，注意到自己的手心里全是汗水后他小声骂了一句，关上门重新回到房间里。他把两只手揣到裤兜里，嘴里吁出一口长气，半晌没有动弹。

因为没找到钱，马里厄斯的心里涌起一股烦躁的情绪。自打他是孩子起，每次需要零花钱时，爸爸总是从这张桌子的抽屉里拿出钱给他，抽屉里常常散落着些面值不同的纸币，零零碎碎的加起来怎么也得有个百十来加元，可是今天却一张钱都没有，这让他感觉自己像是被父亲愚弄了似的。母亲去世时曾留给他五百加元，阿萨纳斯把这笔钱放在一个信托基金里，但法律规定马里厄斯只有过二十一岁生日后才能支取那笔钱，可是他现在就需要钱，如果能从抽屉里找到钱，就当是自己从那五百加元里提前支取的，没什么不妥。

让马里厄斯感到恼怒的另外一个原因是通常父亲对钱的态度很大方。用法国人的话讲就是：他对钱没概念。如果他开口要的话，要多少父亲会给他多少，可是他无论如何不想直接去问父亲要东西。

平复情绪后马里厄斯重新走到窗边。想到自己刚才的发现，一种复杂的感情像小刀子一般划过他的心头，那是一种发现秘密的兴奋，同时夹杂着既难过又高兴的情绪。他的父亲竟然是个反宗教分子！他心里涌起一种巨大的报复心理：父亲从来只考虑他自己的感受，不在乎旁人的感受。现在父亲的秘密给他发现了，真相大白之下，整个世界都会看清孰对孰错！到底是哪一个人受到了不公平对待！

马里厄斯又听了听书房外面的动静。确认没什么声音后他走到父亲书桌旁的那排书架前跪下来。书架最下面的架子上摆放着一排很薄的册子，里面是阿萨纳斯多年以前从巴黎买回来的艺术书籍。马里厄斯抬起手,修长的指尖轻轻地滑过那几本书,最后落到那本他想看的书上,他抽出它回到窗户边儿上,用微微颤抖着的手打开。

光滑的书页上印着几个裸体女人。随着书被一页页地翻开,越来越多的裸体女人出现在马里厄斯眼前,出现在提香、科雷乔、波提切利、鲁本斯和安格尔的画作中。马里厄斯看着画中那些美丽的女人,脑子里开始浮想联翩,身体也有了反应,他似乎感觉鲜血正在自己身体内汩汩流动。这些女人是他见到的最近的裸体。此时,画家笔下每个女人的特点都丢失了,在马里厄斯看来,这些裸女即是他对女性的理解,她们美丽但贻害无穷,是罪恶的源头。马里厄斯的手指抖得更厉害了。

他突然担心起自己的手印会留在书页上。要是有一天爸爸知道他总是偷看他的这些书怎么办?这种担心让他再一次感到恐慌。他倒不是害怕爸爸会把这件事看得多么严重,他只是不愿意别人知道他脑子里的想法和心思,这一点对他来说很重要,虽然他第一次翻看这本书时只有十三岁。

他把书放回原处,一屁股坐在壁炉前的皮扶手椅上,脑袋后面的椅子皮透出阵阵凉意。他知道父亲阿萨纳斯十分爱护这个书房,在某种程度上马里厄斯也为这个书房感到骄傲,仿佛它是泰拉德家族的一部分一样。

楼梯上传来脚步声。马里厄斯赶忙把脸冲着房间门口,紧张地在椅子上坐好,等在那里。门开了,凯瑟琳出现在门口,她显然并没有想到书房里有人,脸上愣怔了一下,"老天!"她看了一眼马里厄斯,嘴里冒出一句英语,"你在这里做什么?"

马里厄斯脸上立刻换了一副冷漠的满不在乎的神情,身体往后一仰，躺倒在椅子上。

"发生什么事了？"凯瑟琳问马里厄斯，"你碰到麻烦了吗？"凯瑟琳低沉的嗓音略微有些嘶哑，不过马里厄斯还是能感觉到里面的温暖和善以及坦率。

"我不能回这个家吗？想回来就回来，这有什么错吗？我就在这个屋子里出生的，难道不是吗？"

"你怎么能这么说话呢？这里是你的家，但是你现在不应该在蒙特利尔吗？学校下个月才放假。你这时候跑回来你父亲会怎么说你？"

"关你什么事？！"马里厄斯回答。

沉默片刻后凯瑟琳说："我没有恶意，可我不明白为什么你总这个样子跟我说话。"

"你说你不明白？！"

凯瑟琳没有理会马里厄斯的诘问，径直走进来，从桌子上的碗里挑了一根长杆火柴，擦亮后点着桌上的油灯，然后又擦着另一根火柴把壁炉台上放着的油灯也点着。做完这一切后她转过身，微笑着说："这样好些。一有灯光就暖和多了。"

壁炉里，已经切好的木头整齐地搁置在铁架上面，凯瑟琳弯下腰，把黄铜小罐子里的煤油淋在木头上，然后擦着一根火柴，丢在淋了油的木头上。火苗噌地燃了起来，轻烟打着圈儿在石壁边缘盘旋，很快又给烟囱吸得干干净净。一股燃烧木头的香味在房间里快速弥漫开来。马里厄斯伸直双腿，半躺在椅子上，两只手揣在裤兜里，从后面默默地看着这个被他叫作"我父亲的妻子"的女人那从容而略带慵懒的身影。

看到壁炉里的火燃起来，凯瑟琳站直身子从壁炉边回到房间里,她问马里厄斯:"你肯定碰到麻烦了。你不想和我说说吗?"

"为什么要和你说?这个家谁会在意我的事情?你想知道什么?"

凯瑟琳刚从桌子上拿起一本书,听到马里厄斯这么说,马上把书放下,看着马里厄斯,眼神却依旧温和。她今年三十一岁,而马里厄斯已经是二十岁的青年。她和丈夫的年龄差距远远比和这个继子的年龄距离要大,凯瑟琳和马里厄斯都很清楚这点,但谁都不愿意点破。"你这时候回家不是为了玩,从你的样子我就能看出来你这时候的心情,我很了解。"凯瑟琳说。

"我知道,你当然了解男人,知道他们脑子里是怎么想的!"

凯瑟琳有些恼火:"如果你总是用这样语气和我说话,那我必须得告诉你父亲。"

马里厄斯眼睛盯着凯瑟琳,嘲笑似的说:"你不敢。"

马里厄斯的话显然惹恼了凯瑟琳,她冲着马里厄斯的方向过来,可是只是迈了一小步便停住了脚步:"你凭什么说我不敢?"

马里厄斯笑了,露出洁白的牙齿:"因为你怕惹麻烦。"

凯瑟琳耸耸肩膀,重新从桌子上拿起那几本杂志蹾齐了放好。一本杂志掉到了地板上,她弯下腰去捡,微微开启的双唇看上去风情万种,马里厄斯一动不动地盯着继母,心想:上帝!她可真美!

九年前凯瑟琳嫁到圣马克,从那时起,这个房子就给了马里厄斯一种说不清道不明的邪恶感。房子有了女人,似乎温暖了许多,但马里厄斯却觉得这温暖的内核里隐藏着罪恶。他常常无来由地生气,表面上看他是气父亲找了一个年龄上足可以做他女儿的漂亮女人做妻子,但实际上他是恨自己被凯瑟琳的美搅得心神不宁。凯瑟琳的皮肤有着爱尔兰人特有的白皙,再配上漆黑的头发,黑白对比绽放出一种让人惊艳的美丽。她的嘴唇很丰满,胸部也是,腰肢纤细,曲线分明。每次看到凯瑟琳走路时的样子和看自己时的眼神,他总是控制不住地胡思乱想。马里厄斯正在神不守舍地想着,忽然看到凯瑟琳从桌旁站起来,看向自己这边。他赶忙垂下眼帘,把视线转向房间的一个角落,嘴上没有说话,心里却还是拉扯不住地想:她是父亲的妻子,也是自己同父异母的弟弟的母亲。弟弟保罗只有八岁,还是个单纯的孩子,还不懂家里这些关系;但是弟弟是面前这个女人的亲生儿子。当自己的父亲第一次碰见她的时候,她的年龄也许还没有自己大呢!

　　凯瑟琳当然不知道继子脑子里的念头,她用平静的口吻问马里厄斯:"你是害怕那些人把你抓去当兵,是吗?马里厄斯,你是因为征兵的事情跑回来的,对吗?"

　　马里厄斯抬起眼皮看了凯瑟琳一眼,两个人的目光刚一相遇,马里厄斯便垂下眼帘,红着脸说:"我不是因为害怕打仗才不去当兵,我不害怕任何事情!他们也甭想抓到我!"

　　"不说这个了,总之我很高兴你能回家来。你父亲会帮你的。你就在家里等着他好了。"

　　"你以为我会央求他帮我?"

　　"怎么是央求呢?他是你父亲!如果你同意,我可以和他讲。"

　　"我不需要你和他讲!在他心里,战争只是一出精彩绝伦的戏剧。也对!反正他是安全的。他太老了,所以不用去送死。他早就投靠英国人了。"

　　"噢,别那样说你父亲,他有他自己的看法,他可不糊涂。"

　　"你凭什么说他不糊涂?!"

"你这个年龄的孩子怎么能比你父亲还了解打仗是怎么一回事儿呢?你应该为他感到骄傲才是,他可是渥太华议会里的议员。"

"骄傲?!上帝!每次我看见他的名字出现在报纸上,我就得替自己的父亲向我周围那些朋友道歉!我得和他们说:'我知道我父亲出卖了我们,但是我不是他。我不会上他的当……'这就是我必须做的!我必须得这样和那帮人议论我的亲生父亲!"

马里厄斯的话显然惹恼了凯瑟琳,她不耐烦地摆摆手。马里厄斯开始怀疑凯瑟琳是否已经看穿了他的内心,洞察了他的那些只有自己才知道的秘密。在马里厄斯看来,这个继母有一种能看穿任何站在她面前的男人的心思的能力。

"你父亲一直都和英国人相处得很好,我倒想知道为什么他不能向着英国人。那些英国人和这里的人一样都尊敬他。"凯瑟琳说。

"你去听听我那些同学是怎么评价他的,你就知道他有多受人尊敬!"

"学生怎么评价他?英国人没有那么坏,他们不会跑来招惹我们这些法国人的。"

"我们?"马里厄斯大笑起来,"从什么时候起你成了我们中的一个?你连法语都不会说。"

凯瑟琳耸耸肩膀,掉转身做出要走的样子:"真不知道你究竟是怎么了。为什么你就不能学着对人和善些、正常点?英国人怎么惹着你了?我看下次你就会说亚德里船长也在出卖我们了。"

凯瑟琳的话彻底激怒了马里厄斯。他从椅子上站起来,在房间里走来走去,一边走一边嚷:"他算什么!一个不中用的老傻瓜!虽然他那些朋友倒很精明。看看马奎因!这个国家最会赚钱的人帮他在圣马克买到了最便宜的土地。我的父亲也帮了他!"他的两只胳膊在空中甩来甩去,人好像在舞台上表演一般,"父亲他不是也很愿意买便宜货吗?"

"你疯了,你父亲不是商人。"

"可是他买下了你,不是吗?!"

屋子里的气氛一下子变得紧张起来,两个人彼此瞪着,一秒钟后,马里厄斯突然意识到了什么,他猛地跳开,同时伸出手去,捉住了凯瑟琳抡在半空中的手,这样一来凯瑟琳几乎要冲到马里厄斯的身上。马里厄斯感觉到继母那柔软弹性的身体,一双眼睛正直勾勾地盯着他,有一瞬间马里厄斯几乎忘了父亲的存在,只是紧紧地攥住凯瑟琳挥起的手腕,和她对峙着。终于,马里厄斯垂下眼皮推开凯瑟琳,一脸羞愧地向门口溜去。他感觉自己的脸像是着了火似的,烫得厉害。

走廊里突然传来一阵脚步声。"谁在那里?"手刚搭上门把儿的马里厄斯立刻喊了一句,声音尖厉。

凯瑟琳平静地看着马里厄斯。经过刚才的争执,凯瑟琳此时表现出来的镇静让马里厄斯有些无所适从。凯瑟琳换上了和往常没有任何不同的声调,说道:"也许是亚德里船长。他要来吃晚饭。"

"他在哪里住?住在这里还是他自己的房子?"

"他和你父亲关系很好。"凯瑟琳也向门口走来,"你父亲今天晚上从渥太华回来。吃完晚饭两个人要下象棋,这已经是习惯了。"

马里厄斯打开门向楼梯那边走去,迎面碰上了刚从厨房里出来开门的朱利恩。朱利恩一脸意外地看着马里厄斯,显然,她并不知道马里厄斯回来。马里厄斯一把揪住朱利恩的胳膊,警告道:"别和任何人讲我在这儿,明白吗?我马上就回城去!"

朱利恩看着马里厄斯上楼的背影摇了摇头,抿着嘴没有说话。马里厄斯和主人之间总是有麻烦。不过那不是自己该关心的事。朱利恩打开大门,门外站着亚德里船长,雪把他的身体衬托得越发瘦削。

楼上,马里厄斯站在自己的房间里,昏暗的光线中,他浑身颤抖,继母丰满的身体在他眼前晃来晃去,他为自己脑子里的龌龊念头感到害臊,甚至感到恶心。他找到一根火柴,划着后用手捧着,在房间角落里找到一根蜡烛点着,然后又划了一根火柴把房间里的另外五根蜡烛也点着。橘黄色的烛光里出现了一个祭坛,祭坛很小,上面摆放着一个小型十字架。这个祭坛是马里厄斯三年以前在自己房间里亲自设置的。那时他还在神学院里读书,梦想着成为一名神父,也满以为自己未来会成为一名神父。

马里厄斯的目光落在十字架上,转过身去时眼睛里已噙满了泪水。祭坛旁边的墙上挂着一幅照片。照片的女人垂着眼帘,仿佛是在躲照相机的镜头。她看上去很消瘦,头发整洁,从额头中间分开向两边梳去,模样圣洁得像一个修女,这便是马里厄斯的亲生母亲——玛丽-阿黛尔。

摇曳的烛光映照出沉浸在回忆之中的马里厄斯的身影,他双手合十跪在房间的祭台前,泪水不停地流过他的脸颊,刚才对父亲的恨早已消失殆尽,取而代之的是一种孤独而悲苦的情绪。在他内心深处,他一直渴望得到父亲的肯定,可是倔强和骄傲的性格又让他不肯按照父亲安排好的那样去做。还有凯瑟琳,他对继母的不敬想法虽然不会给他带来肉体上的疼痛,但是心灵上的折磨让他成了一个仿佛被搁在地狱之火上炙烤着的人。

他开始祈祷。祷告声渐渐地抚平了他的心绪,祈祷完后他没有马上起身,继续跪在祭坛前,久久不愿起来。他想一直跪到理清自己的思路为止:战争终于要把他也给卷进去。他害怕参军打仗,想到是那些英国人强加给他这场邪恶的战争,他心里更是怒火中烧。愤怒和害怕的情绪甚至让他忘了刚才因为凯瑟琳而引起的羞愧之情。

昏暗而不透气的房间里,烛光模糊了马里厄斯的身影,他站起身,看了看表,心想,从城里到圣贾斯汀的火车应该已经到站了,父亲很快就会到家,自己大老远从城里回到家里本来是想拿点钱回学校,可现在还是要两手空空地回去,还有,要抓紧时间走了,不要误了那趟往西走的火车。

马里厄斯踮起脚尖往楼下走去,到大厅后他穿上大衣,戴上围巾,尽量不发出一丁点儿声音。他看到书房的门半掩着,从里面传出说话声、酒杯碰撞的声音、凯瑟琳浅浅的笑声和亚德里的声音。"我们老家那边喝德姆拉拉酒①,好多人都喝它,我那时候岁数小,经常因为不敢喝纯度德姆拉拉酒而感到惭愧,喝纯的德姆拉拉酒你得有副野牛的生猛劲儿才行。"这是亚德里在说话,声音非常清晰。

马里厄斯没有听清凯瑟琳说了什么,然后又是亚德里的声音传来:"绅士们一般喝巴巴多斯酒②。"过了好一会儿,马里厄斯又听见一句:"看来泰拉德先生坐的车又要晚点了。"

"不用担心他,他一会儿就到。"这是凯瑟琳的声音。马里

---

① 德姆拉拉酒(Demerara):一种朗姆酒。德姆拉拉是圭亚那的一个地名,过去曾先后是荷兰、英国的殖民地,以盛产蔗糖出名。
② 巴巴多斯酒(Barbados):一种烈性朗姆酒,最初产于南美的巴巴多斯。

厄斯想，凯瑟琳这会儿一定站在门口那里，因为这次他能听见她说话。

马里厄斯站在黑乎乎的大厅里，偏着脑袋竖起耳朵想听得更清楚些。再听下去自己可能会耽误火车，他想，可是不知怎的，从那间有亮光的房间里传出来的轻飘飘的声音好像挠着他的心似的，让他控制不住地想要继续听下去。

"阿萨纳斯很担心，总是忧心忡忡的。他变了，不再是我第一次碰到他时的那个人，过去他可是很有情调的一个人。"是凯瑟琳的声音。

"凯瑟琳，这场战争要这么打下去，换了谁都要忧心忡忡一番。"

马里厄斯想，亚德里称呼她的继母为凯瑟琳而不是泰拉德夫人似乎也没什么。她是性情十分和善的女人，男人本能地会和她走近些。

"你还是想回到城里去住？"亚德里问。

"光能想一下又有什么用呢？"

"其实好多地方住着都不如圣马克舒服。"

"哪些地方？"

大厅里的马里厄斯动了动身子。接着是凯瑟琳的声音："您可以选择这世界上的好多地方住下来，为什么最终选了圣马克，这是让我好奇的地方。"

"其实我自己也没想到我到了这把年纪还得奔波。好在我身体还算健康，所以不觉得有什么。"

凯瑟琳的声音透着一如往常的温暖和慵懒。"您来这里住对我来说挺好的。阿萨纳斯对我总是不理不睬的，这您也知道。

其实我和您一样,感觉自己也是在漂着。我猜其他人也是这样,只不过漂到哪里要看个人运气。"说到这儿,凯瑟琳轻轻一笑:"好在我也有过运气好的时候。"

马里厄斯往大门走去,手已经抓到了门把手,又被亚德里的声音拽住了脚步:"马奎因说的那个建发电厂的事怎么样了?泰拉德先生有兴趣吗?"

"噢,他这些天总是在说这件事。"

听凯瑟琳的口气,她似乎并不关心这件事情,马里厄斯有些生气,在他看来,这是自己这个晚上听到的最重要的事情,他们在说工厂,什么工厂?

"在圣马克,说是一回事,做则是另一回事,人们已经习惯了敷衍了事那一套。"这是凯瑟琳的声音。

"要我看泰拉德先生可不是一个光动嘴皮子的人,他是一个勇于担当的人。"

马里厄斯想象着凯瑟琳耸耸肩膀的样子,每次她耸肩时都是轻轻地抬起一端,好像是刚刚卸下肩膀上的负担似的,但给人的感觉又是那么灵活。

"也许他对战争很了解,可对于我来说,自从打仗后,我就很少见到他,我呢,困在这里什么也干不成。马里厄斯今天也回来了。他从来就不待见我。现在上面要他参军,听他的口气好像这都是他父亲的错似的。还有,用他的话来说,我也有错。"

大厅里的挂钟大部分隐没在黑暗中,只有一个小角被书房里漏出来的灯光照亮,这时那钟突然当当地敲了起来,声音响亮。

"我只有见到那个工厂建起来了才会相信这事儿。"凯瑟琳说,"我内心还是希望这里建座工厂的。那样就会迁进来些人。

这里的人可没管理一座工厂的本事。"

"你知道吗，凯瑟琳，"亚德里的声音里有点犹豫不定，"我其实不喜欢建工厂的想法。可是看了那个瀑布后，我觉得不管我们怎么想，建厂是早晚的事。"

听到这里马里厄斯突然感觉心里一阵阵发紧，他生气地想：把圣马克变成一个工厂？！把一个古老精美的教区建成一个厂区？！他眼前出现了一幅画面：田野上根根直立的烟囱上黑烟盘旋，粗制滥造的新房子组成的村子一个挨着一个，里面住在从外地来的廉价的工人。与村子形成对比的是几座孑然而立的屋舍，它们给粉刷得鲜亮，那些英国佬住在里面，俨然一副造物之神的模样。这不是征服是什么！英国人从接管法国人的政府开始，一直到让法国人在英国人的工厂里充当廉价的劳动力。

一股烤猪排的香味飘了过来，马里厄斯不由得抽抽鼻子，想到朱利恩可能刚刚从烤箱里端出她做的美味，他立刻感觉肚子咕咕直叫，可是不能，他不能留下来吃晚饭。房门被轻轻打开了，马里厄斯的身影消失在夜色中。太阳这时已经下到地平线以下，橘红色的天际尽头，几片红云在缓缓飘移，覆盖着冰层的河面反射出粼粼的微光，几颗明亮的星星在纯净清澈的夜空中眨巴着眼睛，似乎在给走夜路的人指引着一条希望之路。春天就要来了……

走在大路上的马里厄斯早已把乘火车回蒙特利尔的计划抛到了脑后，他眉头紧蹙，一副忧心忡忡的模样。他要去找博宾神父，只有神父能阻止那些人建厂的计划，他要在这件事还没开始前尽快告诉博宾神父。

书房里，凯瑟琳举着酒杯，对着光亮研究着杯里的一圈儿晕黄。"我敢肯定他这副态度绝不是因为我是他的继母,"她说,"而是他一直都和他父亲对立。我也想知道那到底是为什么。马里厄斯这么不快乐,说起来可不是什么好事。"

六

马里厄斯有点飘飘然。人群里的他时不时变一下站姿,让身体重量从一侧换到另一侧,间或还把抱在胸前的两只胳膊伸到空中挥舞着。他脸色苍白,稀薄的头发紧贴在长而窄的脑袋上,他也冲人微笑,露出白白的牙齿,但那笑容里明显带着一丝嘲讽的意味。

大会还没开始,马里厄斯等在那里,他心里并不知道自己一会儿上台演讲时该说些什么,他唯一知道的是他的心里有一口深井,而他只想把井里攒了十年的郁闷和绝望的情绪一股脑全倒出来。看到台下的听众热切地往讲台前拥过去,马里厄斯心里生出一种莫名的快感。他心里清楚,台下的这群人在给予他快感的同时也附带了一个条件,那就是,他必须说点什么。他还知道的是,虽然此时此刻自己面对的是一群陌生人,但他们已经成为一个彼此关照的团体。

轮到马里厄斯了,他往讲台走去,人群分成了几小拨儿,给他让出一条路来。走过第五排时,艾米莉那张宽宽的、单纯无邪的面庞闪了过去,大厅后面站着四个身着厚厚的黑大衣、身上斜挎着子弹袋的警察。警察们抱着胳膊站在那里,白色的子弹袋还有头上戴的皮帽子让这几个警察看上去颇像拿破仑的卫兵。

马里厄斯身后坐着大会主席马钱德。此刻,他饶有兴致地看着自己手中马里厄斯的简历。这是一个秃顶、皮肤暗淡、腆着大肚子的中年男人,从那双眯缝着的眼睛和嘴唇就足以判断此人是典型的政客。就是他让大学里的辩论社团派一个学生过来参加这次的反征兵大会的。其实这个提议并没有经过马钱德的深思熟虑,充其量不过是他即兴想起来的主意而已;最初马钱德是希望请到亨利·博拉萨①——著名的民主主义领袖来演讲,但是领袖同志因为有事不能来。于是他想拉个学生来凑个数,没想到歪打正着,效果竟然比他预想的还要好。马钱德心里暗自窃喜:这就是学生啊!谁会想到泰拉德的儿子能跑到这种地方来呢?

讲台上,马里厄斯正在做最后的发言:"大河纵横的魁北克,它属于我们这些法国人,是我们的家园。我们只有一遍遍告诉那些英国人,这里是我们的,才能让那些英国人明白魁北克属于法国人。这里有我们的亲人,有我们的信仰。说起来我们要得不多,只是自己的一块地方而已。我们支持'取消征兵'的政策,并不是害怕打仗,而是要推翻外来的暴政和干涉!我们要……"

马钱德早就猜到马里厄斯在大会上要说些什么。毕竟,这个年轻人在开会之前就已经和他说了不少。对马钱德来讲,这只是由他组织出面,在蒙特利尔东部一个脏兮兮的大厅里开的一个小型聚会而已。从一九一七到一九一八年一年间,为了抗议那几个英语省份强加给魁北克的征兵计划,魁北克省开了上百个类似的大会。如果今天晚上能请到有影响力的演说家博拉萨来讲,那

---

① 亨利·博拉萨(Henri Bourassa):第一次世界大战期间在加拿大法裔商人群中特别有影响力的一位领导人,同时也是一位资深记者。1910年创办《责任报》。1918年的春天,博拉萨抨击帝国主义造成的不平等,反对征兵政策。

第二天这个会议就会见诸报端。没有了博拉萨的参加，这个会就开得没多少意思，最多也就是请人用长篇大论熄灭一群法裔加拿大人心中那点不忿而已。魁北克省的东面和西面都是讲英语的省份，南边则是美国，因为这样的地理位置，魁北克人总是觉得他们是被裹在紧身衣中而无法伸展手脚的少数族裔。而在那些不理解法国独特价值观的美国人和外省人眼里，魁北克人就是一群跟不上发展潮流的"乡巴佬"。

这次大会还是能有点收获的，马钱德想，作为一个政客，自己的目的就是通过组织大会树立自己的形象，这样战争过后，在魁北克人的眼里，他就成了一个在危急关头挺身而出的人，从而被人们铭记。

马里厄斯演讲完毕，台下的人站起来向他欢呼致意。当马里厄斯从讲台上下来向门口走去时，还能听到有人在喊他的名字。马里厄斯的脸泛着红光，嘴角挂着微笑。他想，几个小时前自己还是一个名不见经传的小人物，可一场演讲过后，已经有这么多人认识了自己，看来成为名人也并不是那么难。

马钱德在门口拦住了马里厄斯，揪着马里厄斯的胳膊把他拽到大厅一侧的接待室里。他用手绢擦着脑门，嘴里嘟嘟囔囔道："谁把几个流浪汉放进来的？那些人身上的汗臭味简直熏死人！"抱怨完了，他看着马里厄斯，脸上换上了一副笑容，两颗金牙在唇边闪闪发光，说："不过没关系，那些流浪汉可不是我们要关心的对象。"

马里厄斯说："可是他们也是需要我们去拯救的人。"

马钱德似乎并没有听见马里厄斯说什么，门口站着的几个熟人吸引了他的注意，他正在忙着冲他们挥手致意。

"拯救他们什么,老弟?"一句带着英国腔的英语在马里厄斯的身后响起,声音很是刺耳。

马里厄斯应声回头望了一眼,那是一张棱角分明的脸,头上戴着一顶军帽。士兵抵着大门站着,眼睛一直看着马里厄斯,嘴上挂着一丝冷冷的笑。马里厄斯张了张嘴没有说话——他说不出来。

看到他的窘样,士兵冷冷地说道:"不用解释,说得太多不是什么好事。"说完转身向门口走去。

马里厄斯不知如何是好,解嘲似的咧嘴笑了一下。他看了一眼马钱德,那人正在忙不迭地招呼从另外一扇门进来的几个人。马里厄斯想,看来这家伙根本没有听到那个士兵的话,不过,一个英国人的话有什么关系呢?他站在那里,等着马钱德转过身来,希望从对方那里再听几句表扬自己的话,但是没有,马钱德一直在和别人打哈哈,一副根本顾不上马里厄斯的模样。马里厄斯从敞开的大门望出去,看见艾米莉脸上带着崇拜的神情站在门口,胳膊上搭着自己的大衣。马里厄斯冲艾米莉笑了一下,艾米莉也对他笑了笑。 艾米莉是个性情单纯的女孩儿,想到自己今晚的演讲引起了艾米莉的注意,他心里隐约有些兴奋。

马钱德和那些人打完招呼后转过身来,把两只大拇指钩在外衣里面那件马甲的口袋上说:"这么说你是阿萨纳斯·泰拉德的儿子?"

马里厄斯有点不情愿地承认道:"是。"

"你多大了?"

"过几天就二十一岁了。"

"今年就大学毕业了?"马钱德每次一张嘴,两颗金牙就露了出来。

"是的,明年秋天我就去学法律。"

"你的意思是……你希望去学法律?"马钱德大笑起来,肚腩上的肉随着笑声一抖一抖的,"年轻人,你讲得很好,可惜你父亲不在这里。"

两个人说着话,马钱德看着马里厄斯那由于兴奋而睁大的双眼,心里暗暗地想:面前的这个孩子对自己能有什么用呢?每年都有成百的学生从古典人文学院毕业,但这些孩子除了空谈什么都不会。他们当中偶尔会出现几个像马里厄斯这样的孩子,尽管从未在教会工作过,但言行颇像思想激进的神父。如果能碰到这样的男孩,他马钱德当然要好好利用一番。

"你父亲的问题在于,"马钱德说,"他平日接触不到没有文化的这帮人,但是你完全可以呀!"他话锋一转,刚才还在抖来抖去的大肚皮也停止了颤动。"听着,"他说道,"你刚才说的那些反对英国资本家的话,到底是什么意思?我听见你还提到了亨特利·马奎因的名字,谁告诉你他通过卖医疗品发的大财?"

"那个,所有的人都知道他干那个发财啊?!"

"也许他们是那样做的。但是你那样说,明天给那家伙读到的话他不会高兴的。"马里厄斯心里还是有些畏惧那些大人物的,经马钱德这么一提醒,无形中好像给两只手掐住了脖子似的难受。"我不过是讲了真话而已。"他嘴里还在犟着,脸上却已挂上了一层闷闷不乐的表情。

"你还有很多要学的,"马钱德说,"如果你说话不注意的话,小心他们告你污蔑,把你抓起来关到监狱里。"

马里厄斯看了一眼马钱德,嘴里小声说:"是你要我来这儿演讲的。"

马钱德露出一副不耐烦的神色，摆摆手说道："听着，你可以在公共场合大骂政治人物，这没问题。你也可以大谈法国人的权利，这也没问题。但是在我们这个国家，英国人管理的地方是由几个大生意人控制的，这几个大人物可不喜欢自己的名字在大众面前被议论来议论去，除非你说的是他们当上了某某医院委员会的委员或者进了某个慈善机构的委员会，他们可能不在意，明白吗？"马钱德朝门口瞥了一眼，"记住我说的，那几个有钱人宁愿自己给人骂是英国人也不愿听到人们要求涨工资的话。还有，看在老天的分上，你得明白这儿的法国人宣称的民族主义和布尔什维克的那些东西压根儿沾不上边。"

马钱德的话彻底打击了马里厄斯，刚才还沾沾自喜的他心情骤然低落了不少。看见马里厄斯不说话了，马钱德耸了耸肩膀走到门口去招呼出租车，临走时他转过身来问了马里厄斯一句："你怎么没有去参军？"

"我上个星期才接到通知。"马里厄斯闷闷不乐地回答。

"学校还没发成绩单？"

"没有。"

马钱德大笑道："他们肯定会找到你的，今天晚上你等于自己送上门了，年轻人。"

一阵说不出来的委屈和愤怒的情绪冲上马里厄斯的心头。马钱德的这番话让他尝到了被欺骗的滋味，这些老东西都是说话不算数的骗子！他心里憎恶起马钱德来。不过生气归生气，表面上他还得要摆出一副畏惧这些"老东西"的样子，于是他苦着脸说："我是按照您教我的去说的！"

"也对!"马钱德说,"你的演讲还是不错的!如果你能躲开英国人,不给他们抓去打仗或者扔到监狱里,你就来找我。我这里一直经营得不错。"说完这几句话后他就直接向停在街旁的出租车走去,也不等马里厄斯的回答。马里厄斯只好看着马钱德的背影消失在大街上。

马钱德走后,马里厄斯感觉自己的心思放松下来。也许马钱德是嫉妒他呢!因为他没有勇气像自己这样说出心里的想法!艾米莉还在门口等他,他走过去接过女孩儿递过来的大衣穿上。两个人往前走去,艾米莉很兴奋,她一个劲儿地夸着马里厄斯,说他讲得太好了,但马里厄斯却有点心不在焉,只顾自己往前走着,他想起那些从大老远跑来听他演讲的学生,他们怎么想?他们会嫉妒他的成功吗?还是觉得他的演讲太一般?也许那些学生已经等在那儿,准备向他祝贺一番呢!意识到他把艾米莉落在了后面,马里厄斯停下脚步等着艾米莉,就在这时他觉得有人用手碰了碰他的胳膊,一个声音飘了过来:"和你说话的那个王八蛋,他怎么能那样和你说话!"马里厄斯眼前出现一张疲惫的脸孔,他看不出那人的年纪,只是观察到他身上的大衣又脏又旧,头上戴一顶破布帽子,身上发出难闻的气味——看来他好久都没有洗澡了。"别理那个王八蛋!"那张脸凑近马里厄斯,"你的演讲是最好的!我一直在听。从你身上我看到了劳里埃[①]和博拉萨,今天晚上能听到你的演讲太好了。"

那人和马里厄斯握过手后便走了。大街上空空荡荡,马里厄斯眼里却闪着小火苗似的光芒,有人拿他和劳里埃和博拉萨相

[①] 劳里埃(Sir Wilfrid Laurier,1841—1919),加拿大第八任总理。——编者注

比！虽然赞美他的人看上去是一个没受过什么教育的人，而且对方也没说出什么特别有深意的话来，但是这个人的行为表明了一点，那就是，他马里厄斯的演讲打动了这些下层的人。想到这里，马里厄斯用手揉揉眼睛，心说："上帝！这种感觉太好了！"

等艾米莉赶上来后，马里厄斯挽起艾米莉的胳膊说："走吧，已经快十二点了，我送你回家。"

正当两个人准备离开时，马里厄斯注意到马路边儿上站着一个人，借着半明半暗的路灯灯光，他认出站着的人正是刚才那个打断他和马钱德说话的英国士兵。士兵向马里厄斯投来鄙夷的目光，马里厄斯没有理会，继续和艾米莉向东走去。风里有一股春天般的清新气息，让人沉醉，马里厄斯看着街对面的旧房子，心想：这么大一片区域，里面住的都是些一无所有孤苦无助的穷人，他们需要有人站出来替他们说话。搞政治，说白了就是会演讲，政治就是演讲，演讲就是政治，二者没啥区别，如果自己能把演讲的本事学好了，总有一天能出人头地。

街角处的路灯底下站着三个士兵，其中一个人戴着军队的荣誉绶带，另外两个缠着绷带，士兵们用法语小声交谈着，这让马里厄斯恼怒不已。他仿佛这才意识到不是所有的加拿大法国人都反对战争的。他猛地想起在大英帝国的军队里，有一个军团里全是法裔加拿大人，而且这个团是最能打仗的团之一。

他听到艾米莉说："你是不是很开心，马里厄斯？你在台上看上去棒极了！我都给打动了！"

马里厄斯紧紧地抓着艾米莉的胳膊："我感觉还可以。不过我也有些担心。"

"傻瓜！和那些著名人物一个台上演讲有什么好担心的！"

"他们可不是什么著名人士。"

"不是吗？好了，不管怎么说，你都是个聪明的人。"

马里厄斯笑了，听到艾米莉这么说他很高兴。虽然艾米莉只是一个从乡下来的傻姑娘，不会知道他心里的想法，但她来自自己要争取的那个阶层。

潮湿的气息扑面而来，空气已经带了点暖意。从古老破旧的房子里散发出来的霉味弥漫在蓝色的弧形路灯底下，像是给四周蒙了一层不透明的东西。

两个月前艾米莉随家人来到蒙特利尔，初到蒙特利尔，艾米莉就碰到了马里厄斯。她知道马里厄斯的出身要比自己高很多。每次听他说话，她都是似懂非懂，因为马里厄斯说出来的那些词比她在村子里听到的神父说的那些话还要让人费解。即便有这样的感觉，她还是安慰自己说也许两个人之间的差距并没有她想的那么大。马里厄斯受过良好的教育，可他的房间看上去又脏又乱，而且马里厄斯也总是不开心，像是迷路的小狗。在艾米莉看来，马里厄斯需要一个理解他的人，而这个人便是她艾米莉。

"希望你父亲不会担心，"马里厄斯说，"我也没想到今天会这么晚。"

"没事儿的，我爸爸不介意的。"

艾米莉其实很想对马里厄斯说"没有人会理睬自己父亲"这样的话，不过她还是咽了下去。父亲在农场里干了一辈子，春夏秋季在位于圣劳伦斯河下游的一小块儿土地上耕耘，到了冬天则要去北边的林子以伐木头为营生。人住在林子里唯一的食物是猪肉和豆子，一年四季都是这样，所以父亲的身上起了很多疖子，几年前他的肺又出了问题。后来一家人连农场也维持不了，不得不卖了它还债，搬到蒙特利尔来住。父亲在蒙特利尔的一家军工厂里找了个扫地打杂的活儿，对于他这样的人来说，哪里有什么社会地位？父亲在小地方住了一辈子，在那里人们彼此认识，虽然他们家很穷但至少是个家庭，可是来到蒙特利尔后，他们连仅有的东西都失去了。每个星期父亲都会说他们现在挣得比以前多很多，但是谁都看得出来他并不高兴。城市里的物价那么高，挣的那点钱转眼就花得精光。星期天一家人去做弥撒，把自己挣来的十分之一拿出来放在盘子里，祈祷上帝保佑一家人的平安。每个星期父亲都会把攒下来的几个钢镚儿放在厨房的盒子里，可每次数完盒子里存下的钱后他都是默默地摇摇头——照这样的存钱速度，他们永远都甭想赎回卖掉的那块地。赎回农场的念头除了折磨人外没有任何意义。

艾米莉在圣卡瑟琳街道东头的一个小饭馆里找了份工作，就是在那间饭馆里她遇见了马里厄斯。那天她收到一个顾客用英语写的订单，不懂英语的她正在为难之时，马里厄斯走过来给她解释那份菜单顾客订的是什么。等顾客走了以后，马里厄斯走过来约艾米莉下班后出去走走。

一开始艾米莉对马里厄斯是怀有戒心的，不过她看出他人还很规矩，从来没有向她提出过什么非分要求，甚至没有亲过她。艾米莉还保留着处子之身，像所有贫苦人家的女孩子一样，她知道这是她唯一珍贵的财产。两个人在一起的时候，艾米莉很少说话，总是在倾听，她渴望理解马里厄斯，也渐渐地越来越理解这个男孩儿，可以说她对马里厄斯的理解程度甚至超过了马里厄斯对自己的认识。只是每次马里厄斯提到他的父亲时的态度让艾米莉有点惶然，不管他的父母是怎样的人，可一个人居然那么恨自己的父母,这事儿本身就很可怕。马里厄斯说过他的父亲是议员,艾米莉并不知道议员意味着什么,她对社会职务的无知让她还不能完全意识到她和马里厄斯之间社会地位的悬殊。

一路上马里厄斯都在说自己的事情,不知不觉两个人已经走到了艾米莉住的地方,这是一座外观沉闷的三层小楼。一层是一排卖东西的小商铺。铺子灰突突的后窗上贴了许多广告标语,其中基齐纳爵爷的照片看上去相当显眼,旁边还有一行字:我要你。在爵爷的照片旁边,一个面带忧愁之色的男人的肖像下面写着一行法文广告标语:**你也有死皮吗?**①

马里厄斯站在门廊的阴影底下,嘴里不停地说着什么,两只手在空中挥舞着,脸上的神情似乎很不耐烦:"……英国人和别人吹牛,说我们这些法国人只是一帮廉价工人。"

艾米莉心里并不认同马里厄斯的看法,她想劝他,但是不知如何开口,她用试探的口吻说:"可是有了那些工厂,我爸爸才找到一份工作,不是吗?我们原先一直挨饿。爸爸说他的领班也是法国人,还有……"

"领班肯定是法国人了!"马里厄斯打断艾米莉道,"他们把法国人当廉价劳动力使唤,拿我们当垫背的!"

"我不知道这些事。那个英国老板上个星期和我爸爸谈过话,他说我爸爸干活挺好的。"

"说几句好话能让他损失什么?他问你父亲住在什么样的地方了吗?想必你爸爸也没有问他的老板住哪里吧?"

"我不知道你为什么一说起这些事情来总是那么激动。我们

---

① 原文为法语。——编者注

住的地方还可以，过不了多久我们还能搬到更好的地方去住。也许我们还会买座农场。"

在马里厄斯看来，艾米莉的回答听上去愚蠢得要命，同时他觉得自己肩负的使命更重要了。在加拿大，很多英国人和法国人一起做工，一起去同一家商店，他们相处融洽，可马里厄斯并不喜欢见到这一幕。在他看来，很多人压根儿看不透事情的真相，而他一眼就能看出来，英国人一直对他们这样的法国人抱着敌对的态度。虽然他唯一认识的英国人只是他的继母凯瑟琳，可这并不影响他想投身于唤醒法国人对英国人仇恨的事业中，在他看来，以牙还牙才是正道。

艾米莉挨着马里厄斯站着，门道里很暗，几乎看不到光亮，马里厄斯挽住艾米莉的腰，脸凑上来吻艾米莉，艾米莉也把嘴唇迎上来，双手就势搭在马里厄斯的肩膀上。马里厄斯搂着艾米莉紧实矮小的身体，心想，这是个很结实的女孩儿，他开始疯狂地亲吻艾米莉，可亲着亲着又猛地停下来，示意艾米莉回去。

"晚安，艾米莉。"他说，"我过一两天来找你。"

马里厄斯转过身朝原路走去，他没有回头。昏黄的街灯下只有他一个人的身影，轻松和欣喜交替着冲上他的心头。他抬眼往上看去。夜色中，依旧有残云压在暗沉的屋檐轮廓的上方，可月亮却义无反顾从乌云中冲了出来。春天的气息眷顾了这座城市。马里厄斯突然想起很久以前他站在圣马克教区后面的那座小山上俯瞰山下的一幕，也是这样的夜晚，也是这样的让人感到温馨和激动。

马里厄斯走到拐角处等着电车。就在那时他看见了那个士兵——那个在大会上警告他的士兵。这个人跟了他一路，现在在这里等着他。马里厄斯想躲开,可是那人快走几步跟上了他。马里厄斯迅速地看了一下四周,大街上一个人影都没有。头顶上的弧形路灯发出的微蓝灯光洒在石子路面上,而街的对面理发店门前的柱子被路灯的光分割成一条条的形状。

士兵往马里厄斯这里凑过来,几乎要抵着马里厄斯的身体,嘴里威胁道:"听着,臭大粪!嘴上把好门!我今天只是跟着你,明天就有人把你嘴给缝起来!"

恐惧让马里厄斯脑子里没了主意,他用英语回答那士兵道:"我不知道你在说什么。"

"不知道?行,那我告诉你。"士兵凑近马里厄斯,一股酒味儿扑面而来,"我在法国待过,明白吗?那里打仗,我的兵里有很多从这里过去的法国人。他们在为这个国家做事。可是却有你这样的王八蛋让他们蒙羞。有像你这样懦弱的胆小鬼在这里信口开河。"

马里厄斯转过头看着那个士兵的脸。那是一张典型的英国人的脸。他心里不由得涌上一股仇恨。

"你倒是跑呀?!"士兵又说,"胆小鬼,骗子!"

马里厄斯曾经在圣马克见过一个伐木工是如何把一个醉鬼撂倒在地的。他脑子里想着伐木工的动作,腿下出其不意地朝对方踢了过去。士兵疼得跳了起来,没等他喊出声,马里厄斯又给了他一下,士兵立刻倒在地上,空气里传来一声脑袋撞击到地面发出的声音。马里厄斯扑过去,用膝盖朝那人的脸上狠劲一抵,空气里传来门牙裂开的声音,一抹鲜血从那人嘴里流了出来。马里厄斯站起来,看着在地上蜷成一团的士兵,心里突然害怕起来,身体也开始发抖。他快速地扫了一眼大街两边,依稀看到大约两个街区开外一个男人的身影向自己这边走来，马里厄斯吓得赶紧弯下腰去，把耳朵贴近士兵的胸口，看对方还有没有气息。躺在地上的人有了反应，挣扎着想揪住马里厄斯的脖领，马里厄斯挣脱士兵的揪扯站起身来，那个士兵像是一个被人打倒在擂台上的拳击手，摇摇晃晃地想坐起来，月光下可以看到他张着的嘴巴四周全是血。

马里厄斯紧走几步捡起落在几米开外的帽子，扭头朝另一个方向跑去，他的眼前不停地闪出士兵那挂着鲜血的嘴唇，耳朵里响着门牙裂开的声音。跑了一阵后，他扭过头去朝刚才那个路口看去，士兵已经踉踉跄跄地站了起来，一个警察站在士兵旁边，似乎正在盘问他。

马里厄斯见状赶紧拐进旁边的一条小街，寂静的深夜把他的脚步声衬托得格外清脆响亮。他跑过三个街区，又拐进一条小巷，这才停下。汗水浸透了他身上的衬衫，后背感觉黏糊糊的。他弯着腰大口地喘着粗气，直到呼吸顺畅了，肺里重新感觉到丝丝凉气儿才站直身体。他拉低帽檐，使劲儿抻了抻衣服下摆，再把衣领翻上去，把手揣进衣服兜里向圣丹尼斯大街方向走去。灯光把圣丹尼斯大街照得雪亮，几个醉鬼和流浪汉在街上晃来晃去，偶尔也会有一两个上夜班的工人从他身边经过，一个妓女走过来和他搭讪，马里厄斯没有理睬那女人，径直上了一辆电车，找到车厢中部的一个座位坐了下来。

车厢的长排柳条椅被灯光镀上了一层麦草一样的黄色。马里厄斯心里感到说不出的舒坦，好像只有今晚，他才扔掉了长久以来束缚在自己身上的锁链。他心里意气风发，豪迈得不得了，衣服下的胸膛感觉鼓鼓的，他微微笑着想：那些英国人肯定会来抓他，也许还会在英语报纸上印上他的照片通缉他。但是他们抓不着他的！现在抓不着，以后也抓不着！他现在就回宿舍，打好行李离开学校，在蒙特利尔找个藏身的地方躲起来。如果两个星期以前他回圣马克那次能找到点钱的话，事情可能更好办一些。不过即便这样他也能对付过去。肯定会有很多人愿意帮助他，帮助像他这样违反英国人征兵政策的法国人。他要养精蓄锐，在和英国人对着干的这条路上一直走下去，虽然这注定是艰难的，就像十字军东征般艰辛异常。

七

冬季如此漫长，就在保罗开始担心会不会永远都是这样严寒的天气时，春天来到了魁北克；那些常年在田里忙乎生计的村民也在焦急地等待土地解冻，他们看着挂在厨房墙上的圣主画像，眼睛充满了期待和渴盼的神色。天空里出现了北飞的雁群，春天里的风起势很猛，有时候半夜里，保罗甚至会被风掠过老枫树的枝子发出的吱吱嘎嘎声吵醒。

在保罗的脑子里，春天是四季里最坏的季节。圣主就是在春天被钉在十字架上的。圣周里用的东西在他脑子里栩栩如生：钉子和锤子，梯子和海绵，蒙着面纱的圣人画像，笼罩世界的黑暗[①]。只有秋天才是让他感到惬意的季节；秋天里，湖水仿佛一面镜子，款款地映出天空的模样，酒红色的枫叶打着转儿从树上飘下，静静地落在湖面上，再随波流向远方。秋天是这样的安静，有

---

① 这里指描绘基督被钉在十字架上以及人们解救他的画像。

时候在满月夜里,你甚至能听到几英里外一只发情麋鹿的咳嗽声。

可惜现在是春天,秋天似乎遥遥无期。一个星期六的早晨,保罗走在大路上,去村子里取信。他走得很慢,挨着大路的地里,有些地方的雪已经化了,远看像是刚刚苏醒的动物。下河滩的土地给雪水浸润得湿糯松软;乌鸦在树上啄来啄去,忙着为洞里刚刚钻出蛋壳的乌鸦宝宝找食吃。田野上的天空暗淡而变幻莫测。北风掠过时,云仿佛被撕成碎片的衣服,星星点点,占据了整个天空。

河边的大路旁立着一座圆锥顶的木头房子,过去曾经是一座磨坊来着,是泰拉德家族的产业,每到收获季节,附近居住的农民都要把麦子拿到这里来磨,不过那是在保罗出生之前的事了,如今磨坊里只剩一个巨大的圆形磨盘,孤零零地躺在地上。每到夏天,这座早已废弃不用的磨坊就成了燕子的乐园,它们在屋檐缝里忙进忙出飞来飞去。保罗看着那座空荡荡的磨坊,想起自己曾经在爸爸书房里读到一本记载着自己曾祖父英勇事迹的书,那还是八十年前,英国人前来进攻圣马克,保罗的曾祖父召集村人抵抗英国人,他们利用山上的枫树做掩护和穿着红色军服的英国人周旋,最终打跑了英国人。

说到打仗,保罗想起自己在爸爸的书房里看到的杂志,上面有许多关于眼前这场发生在欧洲的战争的报道,联想起船长说过他的腿便是在三年前的海上被炸弹炸飞的,心里感觉战争似乎就在自己身边。虽然在圣马克看不到行军的男人和征召兵役的告示,大街上也没有奏乐行进的士兵,但战争带来的影响依旧像一个徘徊在地平线上的幽灵,威胁着这里的每一个人。在爸爸订的报纸里,他看到过伦敦特拉法尔加广场和巴黎的凯旋门的漫画。

因为这些报纸,法国和英国似乎变得比自己的国家都重要,也因为那些报纸,他的脑子里一天到晚都是打仗的画面:"无敌号"①在日德兰海战②中爆炸,爆炸过后,小船上只有六个水手活下来,他们在桅杆上抱成一团,向海上疾驰而来的其他轮船上的人呼叫求救。还有,凡尔登战役中,法国军人在雨中的铁丝网后抱在一起的画面;圣所林③里,皎洁的月光下,加拿大军人和德国人英勇拼刺刀的漫画。

德劳因的小店既卖东西也负责为这个地区收发往来信件,相当于一个小型邮局。为了吸引路人的注意,德劳因特意装饰了一下两扇窗户玻璃,左边的玻璃上写着"杂货店④"的字样,右边的玻璃上写着"大众商店⑤"的字样,不巧的是德劳因把这几个单词粘上去刚一个星期,"杂货店"中间的两个字母就掉了,而德劳因也再没有找新的字母贴上去。窗户看上去像是花花绿绿杂志的封底,窗框上钉满了各种颜色的锡纸标签,每个标签的设计都力求从一大堆锡纸中脱颖而出,吸引路人的眼球。最近几年,德劳因又在店门前安装了一个加油泵,每天都有好多过路人在这里停车加油或者买烟,他们当中的大部分都说一口流利的英语。

店门口放了一个小架子,上面挂着三面颜色发白的小旗。其中一面是英国商船的红色旗子,上面还有加拿大的徽章。另外一

---

① "无敌号"(Invincible):英国海军战列巡洋舰旗舰之一,1916年在日德兰海战中被德国人炸沉。
② 日德兰海战:1916年5月31日至6月1日,是英德双方在丹麦日德兰半岛附近北海海域爆发的一场大海战。
③ 圣所林(Sanctuary Wood):比利时地名,第一次世界大战的战场之一。
④ 原文为英法双语。
⑤ 原文为英法双语。

面旗子蓝底儿上面有白色的十字，四角是鸢尾花的标志，那是魁北克省的旗子。第三面也是中间那面是黄白两色的教皇旗帜。

保罗推开门，店里的光线很暗。过了好一会儿，他才感觉眼睛适应了这里的光线；德劳因两手托着腮帮子俯身倚在柜台上，铁匠弗雷内特坐在柜台边，奥维德·比索内特嘴里嚼着烟丝儿跷着腿坐在堆满了衣服的桌子旁。看见保罗进来，德劳因掉头从身后的架子上拿出三封信和两沓厚厚的报纸递给保罗。保罗把信放在夹克口袋里，把报纸夹在胳肢窝里。一般人家只是偶尔有亲戚去世或者生病能收到一两封信，可是泰拉德家每天早晨都有人雷打不动到店里取信，这也让其他人意识到泰拉德家族在圣马克的地位。

"我爸爸说要一磅①烟丝儿，"保罗对德劳因说，"他说您知道他要哪个牌子的。"

德劳因从一堆烟盒中找出"哈得孙湾"牌子的香烟罐儿笑眯眯地交给保罗。他那张长脸上笑的时候现出迷宫般层层叠叠的皱纹，鹰钩鼻子长长的，像是一个水龙头。

"你爸爸昨天晚上从渥太华回来了？"

"是的。"

"肯定有一大摊事情等着他处理。"

保罗没有回答，只是摇摇头。

"你爸爸抽烟太多！他别抽出炎症来。"德劳因又说。

保罗马上瞪大了眼睛，脸上露出急切的神情，问："什么是炎症？"

---

① 1磅约等于0.45千克，后同。——编者注

"抽烟太多得的一种病。我有个叔叔,是个大烟筒,一天到晚地抽,就得了那个毛病,去年死了。"

弗雷内特和奥维德在旁边一直没有说话,因为彼此太熟悉,所以没什么好聊的,最多也就是说说天气,就连天气两个人刚才也聊完了。保罗离开柜台,晃悠着向窗边走去,透过窗户上的食品广告,他想看亚德里船长是否也来了。船长答应保罗今天早晨他们在店里碰头的。确定外面并没有船长的身影,保罗重新回到店里,店里充斥着一股浓重的机油味和烟丝燃烧的味道,保罗并不讨厌这样的味道,除此之外,他还对那些成袋的草料和农机具很感兴趣,也喜欢听那些人说话时的腔调。

弗雷内特斜着身子倚靠在柜台旁,一副懒洋洋的样子,他身上穿一身普通的工作服,脚上穿着一双地里干活的人常穿的靴子,整个人看上去像是一只水桶。他凑到保罗跟前,用黑乎乎毛茸茸的大手指了一下保罗手里的报纸,脸上带着神经兮兮的表情问保罗:"今天报纸上登啥消息了,保罗?"

不等保罗开口,弗雷内特已经从保罗的胳膊肘底下抽出报纸铺在柜台上。他把那份英文报纸撇到一边,用指头指着法文报纸上的标题一个字一个字地大声念了起来,一边念一边嘴里还嘟囔着:"不好啊,嗯?你看这个。英国人让所有的人都去打仗,可打了半天还是给打败了。"

保罗耐心地等着弗雷内特念完报纸上的标题后从对方手里要回报纸,夹到胳肢窝里准备离开。这时,店门开了,从外面进来两个人,保罗认得他们,一个人是在上河滩那边住的农民,另外一个则是亚德里邻居的雇工。这两个人身材瘦削,脸膛给晒成了土褐色,胡子贴着嘴巴,他们眯缝着眼走到柜台边上(因为常年在太阳底下干活，这里的大多数人都有爱眯缝眼睛的毛病），冲旁边的人点点头，算是打过了招呼。

"这天气，可真够讨厌的。"其中一个人寒暄道。

德劳因从货架上拿下两包烟丝扔到柜台上。那两个人从口袋里摸索出一个一毛的硬币放在柜台上，然后拿起烟丝，咬掉其中一个烟嘴咀嚼起来，顺手把其他烟丝放进口袋里，动作熟练，一气呵成。

"我再要三磅的糖。"从上河滩那边过来的人说。

磅秤被德劳因拿在柜台上摆好，德劳因从放在柜台后的一个大袋子里盛出糖来倒在秤盘上，买糖的农民仔细盯着秤砣，一副生怕德劳因在秤上动手脚的模样。德劳因把称好的白糖倒在纸袋子里，把纸袋子搁到柜台上。农民付钱后并没有马上拿起白糖袋子走人，而是问德劳因：

"听说了吗？圣贾斯汀那里传来的消息。"那个雇工问他们。

德劳因摇了摇头表示没有。弗雷内特立刻警觉地扬起脑袋，生怕漏了什么消息似的，他旁边的伯斯耐特则木呆呆地没有任何反应。

"听说一些士兵昨天晚上开进去了，他们在镇子上打探消息，为了知道那些躲征兵的人藏在哪里，他们用酒贿赂知道内情的人，半夜的时候，他们去了艾蒂安家，把他大儿子拿破仑直接从床上给拎起来抓走了。"那人说。

"这帮家伙想干啥？"弗雷内特大声地问了一句。

那个雇工没有理弗雷内特，接着说道："艾蒂安老婆叫喊得像只夜猫！那些王八蛋说什么他们有逮捕令。连衣服都没让那老婆子的儿子穿，只穿内裤就给带走了。"

弗雷内特喊了一声:"神明在上!"两只胳膊在空中舞动着。保罗看见弗雷内特这个样子,想起自己以前听到过的一些事情:弗雷内特在林子里靠砍树谋生的时候,一到星期六晚上,几口烧酒下肚,谁若是不小心惹恼了他,他准得和人家打上一架才算完。

"那老太婆到现在还没缓过劲儿,嘴里一直念叨着说她儿子穿着内裤就给那些当兵的拉走了,而且是那条旧内裤,说拿破仑还有一条内裤,不过她还没来得及给儿子洗!你说,那老婆子对这件事倒是耿耿于怀……"

没等那人说完,弗雷内特一拳头砸在柜台上,嘴里大声嚷道:"那些英国佬!让他们来抓我试试!他们怎么抓我我就怎么对付他们!"

"得了吧!那老两口怎么能抗得过英国人呢?怎么说他们的儿子也得去当兵啊!"

"你们这些王八蛋!就知道坐在这儿卖弄嘴皮子!我们必须得做点什么阻止那帮英国佬。"弗雷内特继续嚷着。

德劳因从柜台后边往前探出身子说:"泰拉德先生也许能做点什么。"他一边说一边用目光扫了一眼四周,看到保罗还在店里便立刻闭上了嘴巴。

早在那两个男人刚一进店里时保罗就离开柜台,走到那匹马的塑像后头躲了起来。这是一匹波特伦种马的塑像,有真马大小,摆放在房间中间的地板上,马背上还套着马具。塑像是德劳因在圣贾斯汀买的便宜货。德劳因很喜欢自己花钱买来的这个摆设,认为这件摆设比教堂里的那些马的雕塑好看多了。保罗表面上在摸马,实际上却在竖起耳朵听那几个人谈些什么。他想,这些人不是第一次这样议论爸爸了!光他听到就有好几次,他们说起这些话来往往忘了他也在店里,想起时又赶紧闭上嘴巴,装出一副事不关己的样子。

弗雷内特问保罗:"保罗——你哥哥怎么样了?我听人说他很快就要去参军了?"

德劳因咳嗽了一下,似乎提醒弗雷内特不要这么问,但弗雷内特没有领情,继续追问道:"这是真的吗?"保罗从马雕塑的身后探出脑袋,害羞似的回答道:"马里厄斯在上大学。"

"是,是,"弗雷内特说,"但是……"

"嗨!如果那些人把泰拉德先生的儿子都拉去当兵,你以为他也会忍气吞声吗?"德劳因把两只手掌撑开架在柜台上,似乎是在量布。"你别把他逼得太急了,"他用手一边比画一边说,"逼急了你小心他……"

坐在桌子那边的奥维德·比索内特像刚从睡梦中醒过来似的,哑着嗓子插嘴问了一句:"你们说什么呢?泰拉德先生?他怎么了?"

保罗好奇地朝奥维德看过去。这里每个人都知道奥维德是个疯子,听人说多年以前他去了很远的北边做捕猎的营生,因为受不了那地方的孤寂冷清就疯了。回来后他什么也干不了,除了每个星期一早晨必须把教堂台阶上的那些烧过的柴火灰烬打扫干净,余下的时间便在这个小店里待着。人们看见他时,他总是趴在桌子上睡觉,偶尔会抬起头来,从怀里取出用来祷告的珠子念念有词地说一些旁人听不懂的话。保罗看见他突然伸出鸡爪子似的手,冲着柜台前的那几个男人嚷道:"泰拉德!他下不下地狱没人知道。但是他老婆,肯定得下地狱,肯定!"

"你给我闭嘴!"德劳因呵斥奥维德,随后讪笑着对保罗说,"别理这家伙,保罗。他是个疯子,不知道自己在说些什么。"

可保罗已经听到了奥维德的话。神父曾经讲过地狱,他说地狱里燃着的是真火,一下子就能把人吞噬,而且那火永远都不灭,一直燃烧着。保罗这时真希望亚德里船长能快点过来。他重新躲到那匹马雕塑的后面,打量起墙边那一溜儿摆着的耙子、大斧头、小斧子、锄头、铁锹、镰刀和小铲刀等各种各样的农具来。他从里面挑出一件锛子,拿在手里掂量着,心想,亚德里船长可会使这个东西了!他亲眼看见过船长用这个东西做出了一条模型船的龙骨。

柜台前,几个男人还在聊着。"这场战争应该结束了。"一个人说。

"早就该结束了。"

"你知道吗?住在后面街区的那个皮特里夫人,她……"

"她怎么了?"

"打仗前她有七个孩子,都活得好好的。打仗以后就只有三个了,其余的都死了。要我说这场战争早就应该结束了。"

"英国人最讨厌,太拗,干啥事情都要拼个你死我活,没有中间余地。要我说,我不反对打一下,但总不能没完没了地打下去吧。"德劳因说。

保罗走到窗前,看见亚德里船长一瘸一拐地从大路那边向这里走来,于是赶紧跑到店门外等着船长。两个人见了面,船长搂着保罗进到店里,和所有人打过招呼后船长笑眯眯地问德劳因有没有自己的信件。德劳因递给他一封信和一份报纸后礼貌地说:"您给我们看看今天的报纸有没有登啥好消息。"

亚德里读着报纸，嘴巴抿得紧紧的。

"是不是我们要给打败了，船长？"弗雷内特问。

亚德里摇摇头说："不是。"

"可很多人都认为我们要败了呢！"

亚德里看了一眼铁匠，笑着用糟糕的法语说："你听着，你这家伙这样说就是想让我生气，你他妈很清楚我们输不了，而且你也不想我们输了这场战争。"

弗雷内特也笑了。要是别的英国人这样和他说话他可不干，不过船长除外，他已经和船长很熟了，他喜欢亚德里，所以他不介意从船长嘴里说出这样的话来。

"我从来没有说过我们最好输了这场战争这事儿，压根儿不会往那方面想。但是船长，你得告诉我如果我们输了会咋样。"

"我告诉你输了会怎么样，听好了啊！"旁边农民模样的人抢着回答弗雷内特道。

"好吧，那你说说看。"亚德里说。

农民模样的人不慌不忙地说："现在是冬天，我和我儿子，我们去北边伐过木头。俺们两个合伙起来拉大锯，给英国人工作。"

"锯一天木头他们付给你多少钱？一加元五十加分？"德劳因问。

那个人没有理会德劳因，自顾自地说道："假如我们打赢了，可又能怎样？我和我儿子，我们还是得去北边伐木头，和以前没什么两样。"他说话时音量很高，但嘴里像嚼着东西似的，含糊不清。那人停了一下，又接着说道："但是如果打输了能怎么样呢？我觉得我还得靠锯木头生活，但是这次不一样了，这次也许就不是我儿子和我面对面地拉大锯，而是换了一个英国人和我一起拉大锯。"

他的这句话惹得店里的其他人哄堂大笑起来，亚德里也咧嘴笑道："没错，如果我是你保准也会这么想的。"

保罗跟着船长出了德劳因的小店来到外面。云低低地悬在空中，空气里弥漫着刚刚翻过的土地散发出的气息。亚德里心里突然想念起大海来。他想，自从自己来到魁北克后，唯一让他感觉不适应的便是这里反复无常的天气。在新斯科舍省，人们提前几个小时就能预知天气的变化。你只需看一下桅杆上的旗子、烟囱里飘出的烟便能估摸风力有多大。可是在阴晴不定的魁北克，你就是时时盯着温度计都没用。

船长对保罗说："再过两个月我那两个外孙女达芙妮和海瑟要来这里住上一段时间，到那时候我带上你们一起去钓鱼。"

保罗一本正经地回答船长道："可是我爸爸不让我去钓鱼。"

"那是他忘了你已经长大了，是个大孩子了。我像你这么大的时候，已经会干好多活儿了。"

"您那时候干什么活儿呢？"

"我跟着人一起出海网鱼，那时候我也就你现在这样的年纪，身上穿着防水的油布衣服，下到海里去把躲在暗礁下的鳕鱼赶出来。我通常负责下饵，用蛤蜊做饵，那几个人负责网鱼。所以你怎么不能去？你已经是个大孩子了，你这点力气完全能划得动船。"

听了船长的话，保罗很高兴。他一直很佩服船长。两个人向村外走去，风越来越大。

保罗刚说了一句"亚德里船长……"，一阵突如其来的大风把他呛住了，头上的帽子也差点给风吹走，他赶紧用手按住帽子,另一只手把报纸抓得紧紧的,生怕给风刮走。大风过去后,保罗却不说话了。

船长低下头,看到保罗犹豫的样子,就鼓励道:"没事儿,保罗。你尽管和我说好了。"

保罗还是没有说话,默默地走了一会儿后才开口道:"那些人在店里议论马里厄斯,还有我爸爸。"

"噢,这一点儿都不新鲜。他们肯定会议论的。"

"那马里厄斯必须得参军吗?"

"这一阵子好多人都去打仗。当兵不是什么坏事。"

船长加快了脚步,心想:看来这孩子是在担心什么。村子里已经出现了反对阿萨纳斯的声音。如果马里厄斯去参军的话,村里肯定会有人站出来公开反对阿萨纳斯,就连他这个外人也能看出来这一点。在圣马克,阿萨纳斯支持魁北克的法国人参战的观点一直不被这里的人理解。如果马里厄斯真的是让征兵办的人抓走了,而作为父亲的阿萨纳斯却不闻不问,那阿萨纳斯的罪过可就大了,肯定不会被这里的人理解原谅,人们会认为他是一个不负责任的人。这么一想,亚德里觉得自己还是不要当着保罗的面说马里厄斯的事情为好,省得让这个小孩子担心。他曾经见过马里厄斯一次面,时间虽然不长,但他已经看出来那孩子属于喜欢和人对着干的那一类年轻人。但亚德里认为马里厄斯之所以是这样的性格,和这个国家的民族对抗以及他的家庭很有关系。

"可是马里厄斯恨英国人!"保罗说,"所以他也恨我妈妈。"

"别担心,孩子。他不恨你妈妈。"

"他恨。我知道。我觉得他也恨爸爸,不过他更怕他。"保罗接着又说,"亚德里船长……"

"嗯？"

"如果那些英国人非得逼马里厄斯去打仗，他会杀了他们吗？"

"他不会杀人。"

"杀人很难吗？"

"我们不说这些事了，孩子。"

"您有没有杀过人，船长？"

"从来没有。但是我曾经见过和我一起干活儿的一个黑人杀死了另外一个人。"

听到船长这么说，保罗马上不走了，停在马路中间问船长："他是怎么杀的人呢？"

船长用轻松的语气回答保罗："那个黑鬼嘛！他胡子留得老长。胡子太长了，所以他睡觉的时候就把胡子捋到耳朵后面，然后在脑袋后面打个反结。不然的话他在吊床上睡觉的时候会招东西爬在他胡子上。有一天晚上——"

保罗怀疑地问："一个留着长胡子的黑人？"

"正是。"

保罗笑了："可是黑人不留胡子的，船长。他们真的不留胡子。我在书里读过的，他的皮肤真的很黑吗？"

"黑？这么说吧！如果是晚上，他要是躲在船上一个黑灯瞎火的地方，连猫都看不见他。有一次，我们船上来了一个年轻的西班牙小伙子，这人趁着黑人睡觉的时候拿刀把他的胡子割断了。黑人醒来用手去摸他的胡子，却怎么也摸不到，当他发现自己的胡子只剩了一半时马上惊慌地叫了起来，那声音，也就是黑人能喊出来。他的胡子可是留了七年呢！"亚德里笑着看着保罗，"就在那个年轻人和别人一起哈哈大笑的时候，黑人猛地扑到他身上，没等其他人反应过来，黑人咔嚓一下子扭断了那个西班牙人的脖子，声音连站在甲板上的人都听得一清二楚。"

保罗边听边笑，船长说话的口吻一点都不像在讲述一个悲惨的故事。正当他揣着船长问这故事是不是真的时，博宾神父从大路那边迎面走来。神父的黑袍子给大风吹得飘飘忽忽，胸前的十字架也晃来晃去。亚德里赶忙和神父打招呼，神父一脸严肃地点点头，连个笑容也没有。

神父走远后，保罗说："上个星期我在店里时听见有人说神父不喜欢我爸爸。"

亚德里赶忙笑着打岔："他们是说神父不喜欢我吧！"

"不，他们说的是我爸爸。"

"他们是说我。"

"他们为什么要说您呢？"保罗严肃起来，"这里的人很喜欢您呀，神父怎么会不喜欢您呢？"

"我猜是博宾神父不想让我住在圣马克，原因是我是长老会①教徒。你看，仅仅因为我是长老会教徒就不能住在这里，一想到这件事，我就高兴不起来！"

"您说我能成为一个长老会教徒吗？"

"这个嘛，"亚德里说，"很少有人愿意做长老会教徒。那都是没法子的事。"

说话间两个人走到了沿河的那条大路上，风从北面持续地猛烈地吹过来。河面上泛着阵阵波浪。

"亚德里船长，"保罗问，"您喜欢蒙特利尔吗？"

---

① 长老会属于新教的一个流派。

"不喜欢。为什么这么问?"

"我妈妈喜欢。她想回蒙特利尔住。"

亚德里没有说话。

"等我长大了,我要去所有的城市,"保罗说,"我还要去海上,像您那样。我要去尤利西斯去过的地方。"

亚德里暗自思忖:年长的人总是猜错小孩子的心思。他们总觉得这个年龄段的孩子没有长大。保罗记得他在书里读到的所有东西,也记得自己听到的事情。其实保罗这个年纪的孩子,他们已经知道了人生中应该知道的十分之九的事情。

保罗心里很高兴,他想起了《奥德赛》那本书。书里描述的那片蔚蓝的大海在他眼前栩栩如生,海水是咸的,男人们个个鼻梁挺直,女人们则穿着飘逸的长袍;书里,尤利西斯叫人把他绑到桅杆上,耳朵里塞着蜂蜡的水手齐心协力划船经过那座住着海妖的小岛,小岛上,那个有着白皮肤黑头发、像妈妈一样美丽的女人站在一堆骨头上唱着美妙的歌儿,歌声诱惑着船员。保罗想:尤利西斯叫自己的船员用蜂蜡堵上耳朵的做法是对的。在大海的另一边就是耶稣诞生的神圣之地,保罗猜那里一定是肃穆的。想着想着他高兴地咧开了嘴。这一刻他觉得自己开心极了,虽然有点莫名其妙。

走到亚德里家门口,船长说:"你先把报纸送回家去。出来太久,你爸爸会生气的。过几天天气暖和了,我带你出去玩去,找点有意思的事情做。"

"好的!"保罗摘下帽子,认真地给船长敬了个礼,回家了。

大路两旁,光秃秃的树枝给大风吹得摇摇晃晃,保罗的身影变得越来越小。一股悲凉之情突然像大浪一样包围了船长,一向乐观的他蓦地意识到美好的事物是那么的柔弱,那么不堪一击……是的,这世间所有的事情都可以更好,即使衰老像一艘被晒得发白的船,但如果它的上面载着一群勇敢的人,一群从不盲目指摘自己邻居的人,那也是很精彩的人生一部分。如果能生活在一个和平的世界里,生活在一个战争从来不会像针一样戳进来扰乱生活的世界里,那你就不会惧怕衰老。

虽然亚德里从来没有接受过教育,但经年累月的漂泊生活让他学会了读书和思考问题。从水手到船长,他深知漂泊异乡的孤寂。在他看来,所有通过读书和思考得来的对生活的领悟就像是一块蒙在心上的画布,画布后面是没有人可以一个人长时间孤独地面对生活的现实,它被隐秘地遮在了画布的后面。对于亚德里来说,他从来不害怕死亡,那种终极的孤寂,因为他很少让自己去想这件事。但是他知道一旦他开始想,恐惧就会伴随着孤寂。

有一次在热带,他们的船迷了路,最后停靠在距离地图上标明的宿营地有几百英里远的一处海角。把船停泊在背风的地方后二副带着一些船员去岸边找水,亚德里留在船上,他倚在船杆上观察海面时看见了让人惊叹的一幕:当时正值夕阳西下,余晖像是金色的火焰,点燃了海面以下十英尺深的水域,把正在水底游弋的鲨鱼和梭子鱼照得栩栩如生,这些美丽而危险的海洋生物从隐藏在海角底下的洞穴里游出来,在船身底下游进游出,有时又摆成扇形跑到船的前面,转个圈儿后重新游回水洞里。它们在给夕阳照得透亮清澈的海水里摆动着身体,一分钟前还是水里不可一世的生物,眨眼间又倏忽而逝。船长看着这些海洋生物陷入了深深的沉思,直到二副回来才回过味儿来。对那片海水的记忆永久地印在了船长的脑海里,他这辈子都不会忘记那些鱼游来游去的样子：美丽、危险、骄傲、自由自在的生物，这才是这些生物的本来面目。

虽然搬到圣马克是他自己的意愿，但来到这里后他总是感觉很孤独。由此他想到保罗，他一直把保罗当成自己的孩子那样对待，虽然这孩子是泰拉德家族年纪最小的成员，但有一天也许这孩子不得不面对这个家族里的这些矛盾。除此之外，他未来的生活肯定也规避不开那些民族和道义上的冲突强加给他的东西，就因为在这个国家，人们宁愿举起"主义"的大旗也不愿意通过思考去发现事情的真相。

亚德里一瘸一拐地回了家，脑海中想到一幅保罗被夹在泰拉德家族人群中的画面：马里厄斯和凯瑟琳一边一个拽着保罗的两只胳膊不放手，阿萨纳斯捧着保罗的脑袋，博宾神父则紧紧抓着保罗的双脚。想到这儿，船长不由得微微笑了，自己怎么会这么想呢？大风天总是让人神思恍惚，特别是对一个孤单的男人，心里总是惶惶然不知该干些什么。

船长关上门，往炉子里扔了些木头，然后去厨房给自己热了一碗汤，切了片面包就着吃起来，这就算是他的午饭了。

八

从渥太华到蒙特利尔的客车车厢里坐满了人，这些人大多是回乡下度周末的政客和靠在议会走廊游说挣钱的说客。阿萨纳斯·泰拉德也在里面，他独自一人坐在座位上，膝盖上摊着刚刚浏览过的法文和英文报纸。看了一会儿窗外的风景后，他拿起报纸，翻到编者按那一栏里，读了起来：

"泰拉德先生的遭遇只能说明墙头草做不得,至少在魁北克省行不通。在他最近一次的演讲里,上半场他告诉我们说这个国家的其他地方不了解魁北克。下半场他说话的口气像是一个来自多伦多的好战分子。他不配做我们加拿大法国人的代言人!泰拉德的演讲除了骗骗他自己骗不了任何人。你要不站在我们这边,要不就站在英国人那边。但是绝不能做骑墙派,一面支持那些英帝国主义,一面又在我们面前装出另一副面孔。"

阿萨纳斯不想看下去了。这样的评论让他觉得很受伤,甚至气愤难抑。他扔掉手中的报纸,打开那张英文报纸,可是在这份报纸的编者按里,他同样看到这样一行字:"泰拉德先生,过去总是以一个开明的法裔加拿大人出现在公众面前,这次的发言却让人深感遗憾,他昨天的讲话显而易见是为了抚慰那些持不同政见的言论……"

阿萨纳斯气愤地丢了手中的报纸,任由它们散落在车厢的地板上;你能指望从这些政见里看见理性和智慧?那些报纸的内容就像是孩子打架,派系分明,然后去和人干仗。战争危机只是让这帮人越来越不像话,他们骨子里的那些东西一点都没变。

他抬起头朝前面几排座位看去,眼前是一溜儿的秃脑袋,那些人不是政客便是商人。车厢里还坐着一个身着军人制服的人,从服装可以判断那人是蒙特利尔军区的一个文职陆军少校。虽然他靴子擦得锃亮,军服扣子也系得紧紧的,但是气质上并不像军人,明眼人一眼看去便知属于在军队里混日子的那一类人。此时,这个军官打扮的人正摆出一副无所不知的派头和坐在他旁边椅子上的一位政客东拉西扯地聊着。两个人的谈话隐隐约约传到阿萨纳斯耳朵里。

"比较麻烦的是,对这场战争,魁北克人并不买账。"

"战争还能做交易?"

"任何事情都可以拿来做交易。"

阿萨纳斯看着那军人微驼的脊背,心想:三年的军人生涯也没有让这种人改掉弯腰驼背悄悄咬耳根子说话的习惯。

"要想解决魁北克问题,政府首先得搞清楚这里法国人的想法。政府从多伦多派几个橙带党员[①]过来蒙特利尔帮着我们一起征兵。可这里的法国人根本就不买那些橙带党员的账。不信走着瞧好了……"

阿萨纳斯闭上眼睛:战争对这样的人来说不过是一个有军衔的工作和能挣到口袋里的钱而已。他不想再听下去,只盼望打个盹休息一会儿。可是心思却控制不住地转到圣马克的事情上;现在是五月的第一个星期,地应该干得差不多了。布兰切特肯定已经为播种做好准备,也可能从下星期一起就要往地里播种了。

坐在火车车厢里的阿萨纳斯看上去颇像一只歇脚的雄鹰,虽然上了年纪,但刮得干干净净的胡桃色的脸庞流露出高贵俨然的气质。他又困又累,想睡觉,心里却乱糟糟地没个头绪,各种各样的想法让他无法安心,直觉告诉他除非自己现在就把一件件事理清楚了,否则的话他会崩溃的。 好吧,他想,最起码有一件事已经十分清楚:他的政治生涯完结了。 他支持加拿大人卷入这场战争的做法两头都没有讨到好处,可以说这件事毁了他的好日子和以前的工作成绩。

[①] 橙带党员 (Toronto Orangemen):又译奥兰治党,是起源于北爱尔兰的新教兄弟会组织。这里指橙带党在加拿大的分会。很多橙带党员在加拿大历史上起过重要影响,曾经有四届加拿大总理都是橙带党员。

他记得自己曾经是个很容易开心的人；喜欢美食，偶尔喝点酒，酒后也会插科打诨地戏谑一番，但绝不惹事。有时候他和凯瑟琳结伴去看赛马，回来的路上两个人总是特地在城里逗留一段时间看场戏。和凯瑟琳结婚之前他常常去看冰球比赛。有一阵子他还是某个冰球职业俱乐部的股东，大半年他都可以和那些场下队员坐在一起看球，他和队里的每个人都混得很熟。法式冰球通常都选身材像啤酒桶一样结实的队员做守门员，前锋则选矮小精悍的队员。每年都会有从小地方来的队员加入联赛，赛季开始前他们这些股东联合职业经理和教练穿着皮大衣坐在空旷的开着窗户的溜冰场里评估那些新来的年轻队员。他还记得好多队员很年轻就不再打比赛了。有好几次，联赛结束时，提供赞助的啤酒厂送来啤酒，一帮人坐在一起吃烤肉喝啤酒，闷热的房间里，汗味儿和药膏味道混在一起，年轻人走来走去，彼此轻松地吹吹牛逗逗乐。只要有冰球的地方周围都变得美好起来。可是因为这场战争，那些好日子都溜了。

"喂，泰拉德！你好啊！"

阿萨纳斯睁开眼睛，眼前出现了马奎因的那张圆脸。阿萨纳斯摘下眼镜，用手揉揉眼眶后戴上眼镜坐直身体，他还没来得及招呼对方，马奎因已经一屁股坐在他旁边的空位上。

"圣马克这些天怎么样？亚德里船长在那儿怎么样了？"马奎因问。

"他很好，一切顺利。"阿萨纳斯说。

火车正在驶过渥太华河下游靠近迦帝诺山脉的河谷地段，明媚的阳光洒在河面上，快速行驶的火车迅疾地把河岸边一个又一个的农庄丢在后面。马奎因盯着窗外看了一会儿，扭过头来，皮笑肉不笑地说:"您儿子最近发表了一篇很不错的演讲呢!"

阿萨纳斯看着马奎因问:"什么演讲?"

"您还不知道吗?我还以为您看了报道呢。大约两个星期前,贵公子在蒙特利尔召开的一次大会上做了一次演讲。"

阿萨纳斯摇摇头:"我怎么从来没听说?是在大学里演讲吗?我知道他是学校辩论社团的会员。"

马奎因伸出胖胖的手掌做了一个反驳的手势:"不是在大学,是在马钱德搞的反征兵集会上。实际上,他还提到了您——我是说您的儿子在演讲上提到了您。"

"这我可一点都不知道。我应该替他道个歉吗?"

"当然不用,谁也不会预料到会发生这种事。不过换了是我也会反感自己的名字见诸报端的。"

一股热血直冲阿萨纳斯的脑门儿,他咬咬牙没有说话,心里暗暗地问自己:难道说自己除了给马里厄斯付上学受教育的费用就很少过问是错了吗?在自己和儿子之间到底隔着什么?凯瑟琳吗?也许这是一部分原因,但肯定不仅仅限于此。

阿萨纳斯带着歉意说道:"那孩子容易冲动。男孩子在他这个年龄是个麻烦。"

"当然,当然。"马奎因声音里有了些同情的意味,"噢,对了,他演讲完就消失了,这事儿您知道吗?"

阿萨纳斯的脸上露出痛苦的表情,但声音依然很平静:"不知道,我没有听说过。也许他是不想去打仗吧,所以逃了。"

"政府新出台的征兵政策确实是个错误。"马奎因附和道,"这就像是迎着风浪游泳。参战从来就没有什么意义。"

阿萨纳斯的脸上突然恢复了原先那种桀骜不驯的劲儿:"问

题出在强迫征兵上。你们这些英国人……为什么你们不能理解，魁北克人从来都不喜欢被别人强迫做事情呢？"

马奎因眉毛一挑："可是，您自己不也是——"

"我知道你想说什么，你想说我不也支持这个法案吗？没错，我是支持在魁北克征兵的法案，可那是因为我知道说英语的省份不会喜欢魁北克人抱团反对他们这种事情。如果魁北克想造反的话，他们会毫不留情地打压下去。我不想看到这种内斗，所以站在支持征兵的立场上。当然，我一个人的力量很薄弱，现在看确实也没有起到什么作用，这里的人根本不理解我的初衷。除此之外，这里的法国人一直和欧洲大陆的法国站在一起。"

自从欧洲打起仗后，阿萨纳斯心里总有一种隐隐的恐惧，他害怕法国会因为这场战争而四分五裂。自从他在巴黎上学以后，他就有一个认识：法国是他们这样的人的骄傲，看看它贡献给世界的文化和艺术就可以看出这个民族的伟大。也因为这样的想法，他觉得作为一个法国人，远远比做英国人、美国人更值得骄傲。当战争让欧洲大陆上的英法两国组成联盟，他还希望这股联盟的风潮也影响到加拿大，把过去这两个民族之间的历史恩怨统统抹去的地步。如果现任政府能做到对两个民族之间的不和情绪客观对待的话，两个族裔的人或许可以联合起来。可是现实却不尽然，那些讲英语的省份的人总是喜欢强迫他们这些法裔加拿大人。

"好吧。"马奎因若有所思地说，"战争不能做到把不同的人群永远地团结起来，可短期还是可以的，而且恐怕只有合适的组织机构才能做到。"他停顿了一下似乎在确认阿萨纳斯是否明白他的观点，"泰拉德先生，说起来我一直没有忘记去年秋天我们在圣马克说起的那个项目。"

"项目?"

"是啊,在圣马克建水力发电厂的项目。"

"噢,那个啊!"

"那是个非常好的项目,泰拉德先生,我做过调查。当然,这事儿不用太着急……"马奎因往前坐了坐,伸出手轻轻拍了一下阿萨纳斯的膝盖,说:"泰拉德先生,对我来说,搞这个项目绝不仅仅是为了赚钱,我对那些百万富翁——铁路巨头们吸纳投资的能力一向很尊敬,但我对成为一个铁路投资人没什么兴趣。我希望我们这个国家能走上一条健康发展的道路,也就是实业发展道路,这是一个潮流,而任何一个明白人都不会逆着时代潮流走,这很好理解,不是吗?跟着潮流而动永远没错,如果在魁北克省建厂这件事是由法国人出面而不是英国人来全盘操作,那岂不是更好?相信我……"

马奎因在给阿萨纳斯分析这件事的时候语调里明显带上了使命感,摆出的姿态颇像教堂里正在布道的神父。车窗外传来火车进站时的鸣笛声,阿萨纳斯循声望去,一列火车正在缓缓驶入站,另外一道铁轨上停着一列满载士兵的火车,车厢里坐满了汗流浃背的士兵,他们敞着怀,连过道和座位之间也站得满满的。阿萨纳斯意识到这列满载士兵的火车是要开往哈利法克斯港口,在那里这些人将会像罐头里的鱼一样给塞进一艘轮船漂洋过海送上欧洲战场。而从这里到哈利法克斯至少还有三十个小时的车程。

"发生在战争国家的活生生的一幕,不是吗?简直令人作呕!"阿萨纳斯冲着车厢前方那几个政客和游说家的方向摆了下手,"我们真应该为自己感到丢脸!"

马奎因说:"您太认真了。"

"也许，但是如果那些人，"阿萨纳斯冲着隔壁的那辆列车点了下头，示意给马奎因，"如果那些士兵也认真的话，事情会怎么样？"

马奎因撇撇嘴道："他们不会像您那么想的，他们是小人物。"

"可是正是这些小人物在为我们这个国家出生入死。"

"当然，他们总是冲在最前面的人群。"

列车开始减速，车身猛地抖了一下，然后缓缓地停住，不动了，可是马奎因仍在揪扯着建厂的事情说个不停："说到在圣马克建个工厂……"

阿萨纳斯终于觉得自己可以清净一会儿已经是半个小时以后的事情，看着马奎因摇摇晃晃走开的背影，他心里想：这个人又来聒噪他，搞得自己的心思又开始活动。本来他是想好好休息休息，可是这么一来事情仿佛洪水一样冲进他的脑海里。如果在政治上自己已经无路可走，那还能做点什么？虽然打仗之前的五十八个年头里他也没做出过什么惊天动地的伟业，但是这场战争确实让他对任何事情都打不起精神。

有的时候他甚至觉得自己像做了场噩梦。毫无疑问在政治上他失败了。虽然他一直以来都想成为一个在魁北克说了算的人，一个特殊的有影响力的人物，可魁北克的水蹚起来太深。不过话说回来，他也不曾全心全意地试过，他在政治上的作为与其说是想干一番事业倒不如说更像投机行为，或者说是幻想。阿萨纳斯闭上眼睛，心里却感觉那个幽魂一样的东西又开始烦扰他。他已经记不清自己在仕途上究竟失去了哪些机会，但是对那些曾经出现在自己生活中的女人的记忆此时却仿佛触手可及。

女人在他的记忆中仿佛是名贵的玻璃杯，而他是一个善于把玩那些玻璃杯的收藏者。他的生活中离不开女人，只有女人才能填满他对生活的向往，也只有女人才能让他的生活鲜活起来。想到女人，阿萨纳斯的脸上现出一丝微笑，可随即又消失得无影无踪。他想起了玛丽-阿黛尔——他的第一任妻子。

玛丽-阿黛尔对他来说是个苦涩的回忆。婚后他很快发现玛丽-阿黛尔——这个他自己选的妻子根本就不喜欢和他有任何"性"的接触。这是他婚前没料到的。对居住在加拿大的法国人来说，婚姻是一件很严肃的事情，人们轻易不会以离婚的方式摧毁这个严格的业已形成的社会体系的基石。玛丽-阿黛尔天真无邪敏感脆弱，无疑对当时颇有诗人气质的他具有吸引力。他曾经想象自己是皮格马利翁①，把妻子玛丽-阿黛尔当成世界上唯一的女人来爱，执着地认为自己总有一天会改变这个娇小可人，让人怜惜的妻子。

在生下马里厄斯之前玛丽-阿黛尔就已经开始疏远他。马里厄斯出生后玛丽-阿黛尔越发沉迷于祷告和冥想之中，宗教渐渐地占据了她全部的生活。她已经死了九年了，可是圣马克的人还对她跪拜在圣像前的样子记忆犹新；不管白天还是傍晚，人们总是能见到她双手合十跪在教堂的圣女像前，仰起的脸上写满了虔诚和圣洁。

面对妻子对自己的抗拒，阿萨纳斯很恼火，但他还是要求自

---

① 皮格马利翁（Pygmalion）：希腊神话中的塞浦路斯国王，善雕刻。他用神奇的技艺雕刻了一座美丽的象牙少女像，在夜以继日的工作中，皮格马利翁把全部精力和热情都赋予了这座雕像。他像对待自己的妻子那样抚爱她、装扮她，为她起名加拉泰亚，并向神乞求让她成为自己的妻子。爱神被他打动，赐予雕像生命，并让他们结为夫妻。

己做个有绅士风度的丈夫，他也确实做到了，但随着时间的流逝，他逐渐意识到自己根本不可能改变这个女人。他本是个倔强的人，却不得不让步于她的倔强——她追求精神世界的坚持和倔强远远超出他的想象。即便没有肉体上的亲密关系，他们还是在一个屋檐下生活，因为离婚是根本不可能的，他也不会朝那方面想。随着马里厄斯的渐渐长大，阿萨纳斯体内的动物本能也变得越来越迫切，他需要女人的陪伴。在发现自己对女人还有吸引力后，有一段时间他很放得开，通过在外面不停地找女人来满足自己生理上的需要。他也有过一些美好的时光，但是若干年后对那段日子他还是懊悔莫及，感觉自己浪费了生命。他愈来愈觉得自己既不是百分百的禁欲主义者，但也绝不是一个愤世嫉俗吊儿郎当的花花公子。如果他喜欢一个人，保持对对方忠诚对他来说不是问题。

他不知道马里厄斯了解多少真相。那个孩子一直对母亲念念不忘。想到这儿，阿萨纳斯不由得长叹一口气：马里厄斯和他之间总是隔着一层很难揣摩的东西，连他自己也搞不懂那究竟是什么。他爱这个孩子，至今都是，但是没有彼此的理解，父爱似乎很难维系。

沐浴在夕阳中的田野广袤美丽连绵不绝。火车正在通过法国人的地盘，佝偻着腰在地里劳作的农民的身影三三两两出现在列车两侧的田野中，他们是这片土地上的风景里不可或缺的一部分。这些在农场里操劳的法国人的后代天生对土地有着深厚的感情。对于他们来说，土地和家庭才是他们永久的归宿。土地拴住了他们，而他们也甘心情愿俯下身子为它操劳直到步履蹒跚，直到双手宛如盘根错节的树根。他们对外面的世界不感兴趣，在他们眼里，只有土地，只有和他们一起生活在这片土地上的手足同胞才是最重要的。魁北克人这种特殊的对土地和土地上的人的感情组成了魁北克历史的一部分。虽然阿萨纳斯有时候会对这种顽固落后的思想感到恼火，可内心还是为自己也是这群人中的一员而感到骄傲。

车厢过道上，那两个人正在旁若无人地交谈，阿萨纳斯听见其中的一个人说："这个省就是没救了，这些人根本不会打算，在多伦多我们……"

阿萨纳斯面无表情地看着窗外，心里却升起一股怒火，他对这两个人谈到魁北克时语气里流露出的扬扬得意的口吻感到愤怒。

"劳动力在这里很便宜。这一点确实不错。但是在这里做生意，你得和那些神父、书记员没完没了地打交道，搞得你都找不着北，上帝！在多伦多……"

阿萨纳斯猛地把自己的座椅掉了个个儿，背对着那两个人，心里生气地想：如果这些从安大略省来的英国人评论魁北克的时候带一点点善意，有一点点为魁北克着想的意图，那么英国人和法国人之间怎么会有这么尖锐的矛盾？他眉头紧皱，嘴里吁出一口长气，又深吸进几口新鲜空气，直到情绪渐渐平复，思绪一点点地回来。

马奎因刚才的那番劝说无非是要拉他入伙，逼他尽快做出决定，可是他真的不喜欢在这时候做出决定。马奎因说服人很有一套办法，这一点和他浑圆的外表极不相称。他显然掌握了很多关于那条河的数据，可以随时随地拿出来说服人。他说他很快会派搞勘测的技术人员来圣马克测量土地，还要派人测量这段河流的水力发电能力，如果报告让人满意的话，他会马上成立一个公司计划建水电厂的事情，而且未来还要再在圣马克建一座纺织厂，到那时他会聘阿萨纳斯做管理上的合伙人。毫无疑问，一旦这条瀑布的发电能力被证实的话，马奎因肯定会落实他的计划，他看得出来，马奎因对圣马克建厂肯定会赢利这事儿极有信心。

阿萨纳斯叹了口气，搓着下巴的胡茬儿，想：这绝对是个挑战。魁北克包着一层硬壳不假，但马奎因正试着从另外一个比较现实的角度钻进来，这一点连政客也做不到。其实每个年代都有人站出来，号召人们改变魁北克这种亘古不变的模式，但无一例外地失败了，那些人通常都是一厢情愿地希望凭热情去改变魁北克，结果热情过了头又会搞到和那帮英国佬搅和到一起反对自己人。这似乎都已经成为一种模式了。可是，变革那一天终究会来，这种要求不是来自那些英国人美国人就是来自像他这样的法国后裔。保守的理念绝对经不起科学观念的冲击。早晚魁北克模式要被科学观念打破，早晚那些宗教神话会给科学击得粉碎。

火车轰隆隆向前冲去，沿途经过车站、大桥、小岛，然后抵达蒙特利尔岛顶端的圣安贝尔维火车站，在那里停了几分钟后继续向前驶去。

最近几年阿萨纳斯没少读科学书籍，在着迷于书里的那些科学道理的同时，他开始反省天主教的那一套东西。马奎因提出的这个计划之所以能够打动阿萨纳斯，是因为他知道那是科学，科学着眼于未来而不是沉溺于过去的事情。他早已意识到科学进步的力量。即使他对技术方面的事情一窍不通，可是潜意识里他并不想失去参与其中的机会。旧时代给予信仰和土地以至高无上的声望和地位的那一面现在正在被科学打破。在阿萨纳斯看来，声望地位的实质即是权力，而终有一天，科学将会统治整个世界。

魁北克也是如此，要么掌握科学，要么就是被那些懂得如何利用机器的民族踩在脚下。但是魁北克人要怎么做才能既着眼于未来又能不丢掉自己的传统呢？他们要怎么融进美国人那种工业社会而又不会成为美国人呢？他们要怎么做才能在追求科学技术的同时还能保存住自己独特的传统呢？

阿萨纳斯能感觉到自己心里的彷徨。魁北克要的是面子而不是变革。这里的法国人骨子里对美国人那种变来变去的社会模式不感兴趣。他们认为美国人的搞法不仅残酷而且盲目，甚至很难控制社会的发展方向。他们更愿意平和地想事做事。在科学和宗教的问题上，虽然阿萨纳斯更倾向于为科学辩护，对宗教持否定的态度，但这更多的是因为他反对神父手中有那么大的权力。

当他静下心来，他不得不承认多年来自己一直不是很主动主要源于内心的某种分裂状态。每次当他想做点什么事情的时候，总有一双看不见的手来干扰他，这里的人也一样，他们不愿意改变，更不愿意被英国人逼着去改变现状。而阿萨纳斯的内心其实也认同圣马克人这种顽固保守的态度。

火车飞快地行驶着，车轮在铁轨结合处发出喀喇喀喇的响声，车窗外是一幅春意盎然的景象，绿油油的青草和麦苗覆盖了田野，枝头上挂着萌芽不久的新叶。只有自己的头脑还是旧的，阿萨纳斯想，就像是一间会议室，午饭时间政客们去吃饭，空空荡荡的房间散发着一股子馊味，好在自己还没有给那股子陈腐味熏到麻木不仁的地步，当务之急要为儿子保罗找一个英国人开的学校接受教育，孩子的未来在很大程度上取决于他上的学校，如果自己现在不给儿子做好规划，那儿子的前程很有可能和他一样，落得个不尴不尬的境地。所以把保罗送到英国人那里接受教育是明智之举，只是这么一来他又得面对村人的质疑。

经过蒙特利尔郊区时，火车开始减速，最后在温莎车站停了下来。阿萨纳斯和谁都没打招呼，拿上包敏捷地下了火车，接着又登上停在几条铁轨之外去圣马克方向的火车。等这趟火车到了圣贾斯汀站后，他下了车。这时候，太阳已经落山了。

车站外，一匹备好轩辕的马车等在那里。拉车的黑马正在慢条斯理的咀嚼燕麦，时不时把脑袋探进嘴边的草料袋子里搜寻着食物。赶车人拉特里普看阿萨纳斯过来，忙弯下腰把自己马车车厢前排的座位放平请阿萨纳斯坐，又从车上下来把草料袋子从马嘴边拿开，重新坐回到座位上，二十年了，拉特里普一直在圣贾斯汀车站做接站生意，这里的人几乎没见过他和谁说过话，不过也没人关心这赶车人究竟是哑巴还是只是不愿意开口这件事。

阿萨纳斯上车后，拉特里普吆喝起那匹老马，马车载着阿萨纳斯向圣马克的方向驶去。

阿萨纳斯半倚着坐在车厢里，沉醉在温暖和煦的夜色中。太阳刚刚落下，田野被一层暮色笼罩。离岸边不远的河面上，一艘运煤船的推进器不停地拍打着水面，溅起阵阵水花。远处的水面上还有一艘船正在行驶，灯光中船的轮廓依稀可辨。这一定是从英国出发到蒙特利尔的轮班。阿萨纳斯想，不知这艘船上的人几天前在灯火管制的贝尔岛海峡区域航行时是怎么熬过来的，船上的人肯定都要冻僵了。

夜色里处处彰显着春天的气息：新翻过的土地被太阳晒了一天，本来已经松散干透的土壤在日落后重新透出凉意；光秃秃的树干上，摸上去黏手的芽点即将冒出新的叶芽；河水湿漉漉的气息扑面而来。马蹄有节奏地击打着地面，坐在座位上难得挪动一下身子的拉特里普散发出马身上才有的气味，仿佛只有这个气味才证明坐在阿萨纳斯前面的这个身影还活着。马车终于进了村子，从神父的教会住宅和德劳因的店里透出蒙眬的灯光。过了那个老磨坊后即是泰拉德家的地盘，两排白杨树从路口起一直通到古宅门口，显得非常有气派。一只大乌鸦从白杨树的顶端飞起，在马车上方盘旋一圈后落到他家门口的篱笆上。乌鸦黑色的羽毛配上它那正襟危坐的样子活像一个正在祈祷的神父。西面的劳伦琴山脉完全笼罩在橘红色的夕阳里，而此时的安大略已经是日落时分，西面的落基山则将近傍晚，在不列颠哥伦比亚省①还是下午三点左右。

教区后面那座山上的枫叶林在夕阳的余晖中轮廓分明，阿萨纳斯深深吸进一口新鲜空气，心想，这里的一切看上去都是那么美，为什么非要改变呢？这一切原本就完美无瑕……

阿萨纳斯给了拉特里普车马费后走进自家宅子。凯瑟琳不在客厅，他上楼去了书房，发现凯瑟琳也不在楼上。朱利恩听见动静从厨房里出来，告诉他凯瑟琳以为他明天回来，所以今晚到船长家做客去了。

"保罗睡了吗？"阿萨纳斯问。

"已经脱了衣服躺在床上了，应该是睡了，不过他现在还在床上看书也不一定。我把他照顾得很好，您不用担心，泰拉德先生。"朱利恩早已成为这个大宅子的一部分。她已经习惯了阿萨纳斯对自己那种漫不经心的态度。

"其他没什么事情吧？"

---

① 不列颠哥伦比亚省（British Columbia）：加拿大最西面的一个省。

朱利恩打开了话匣子，从天气说到布兰切特明天打算播种再到保罗过去三天下午一直待在亚德里船长家。最后还是阿萨纳斯打断了她："晚饭准备好了吗？"

"厨房里有腌肉和冷的烤牛肉。我可以再给您热点儿土豆，几分钟就能做好。"

"好吧，朱利恩，我一会儿就下去吃。"

阿萨纳斯回到自己房间，他脱下身上那件从城里穿回来的衣服，准备换件舒服的衣服。神经依旧还是紧绷绷的，这让他担心今天晚上自己能不能睡个好觉。镜子里的他裸露着不再年轻的身体，肌肉松弛不说，还有点皮包骨头；胸膛干瘦扁平，小腿的汗毛已经没有多少——他不再是年轻小伙子了。他想着凯瑟琳，心里涌起一阵孤独感；妻子过一会儿回来，可是那又怎样呢？他曾经很为之骄傲的健壮的身体已经不再年轻，他老了，他抿了抿嘴唇，暗暗问自己和年纪比自己小很多的凯瑟琳结婚是不是自己众多错误抉择中的一个？他们刚结婚的时候他感觉很好，他还记得自己在大学里时听到的索福克勒斯①的名言，大意是说人因为年纪大了而不再需要女人是挺好的一件事——"好像是从一个蛮横的主人那里成功地逃了出来！"只可惜他不是索福克勒斯，不能那样想。凯瑟琳的活力让他自惭形秽。他真希望自己重新回到年轻的时候。

阿萨纳斯重新打量着镜子里的自己：只有脸看上去还像那么回事儿，他有点不相信这是自己的脸，看上去还是很有魅力。可是对于凯瑟琳来说，一个脸蛋漂亮的丈夫有什么用呢？

---

① 索福克勒斯（Sophocles）：古代雅典三大悲剧作家之一。

阿萨纳斯换好衣服，端上油灯去了保罗的房间。保罗已经睡着了，棕色的头发在枕头上卷成蓬蓬的一小团儿，两瓣嘴唇微微张开。看着儿子，阿萨纳斯的眼睛湿润了。这个小儿子一直都很听话，很少让他们操心，他把手轻轻地放在儿子的额头上，保罗醒了。

"爸爸？"

"嗯？"

保罗笑了："您回来太好了！"

阿萨纳斯心里涌起一阵感动："爸爸没想把你吵醒。继续睡吧，好吗？"

"我已经睡好了。"

"可是只睡了一小会儿呀。"

"睡了好长时间呢！"

阿萨纳斯笑了。他如果在家，每天清早叫醒儿子的任务就是他的。他常常会看见儿子半跪在床上出神地看着窗外的圣劳伦斯河。现在的保罗好像是刚从清晨中醒来，精神抖擞准备迎接新的一天的模样。

"爸爸？梦有多长时间？"

"噢，差不多半秒吧。"

"才不是呢！"保罗咯咯地笑了，"不可能，怎么可能？我刚才梦到了好多事情，梦到那么多事情肯定要好长时间。"

"告诉爸爸你梦到什么了。"

"我忘记了。很难再想起来。但是你进来的时候我还在做梦呢。"

"睡觉吧，好吗？"

"好的!"

阿萨纳斯弯下腰亲了亲保罗的额头,儿子的额头凉凉的。他重新端起油灯出了保罗的房间,下楼去饭厅吃饭。

吃完晚饭阿萨纳斯重新穿戴好衣帽,然后冲着在厨房里忙碌的朱利恩说:"不用等我回来,我要去趟亚德里船长那里。"

他拿起拐杖打开房门走了出去,门在他身后被轻轻带上了。朱利恩还在厨房里忙着,阿萨纳斯想:不知这个女人会不会也感到孤独呢?

九

阿萨纳斯终于睡了个安稳觉。星期六早晨起来他决定继续写自己那本关于宗教的书,六年前他就有写书的想法,却一直只是零零散散地记录而不能成书。他特意挑了一支好笔,往松木桌子上铺展好一张白纸,尝试着把脑子里早已想好的东西写下来:

"所有宗教信仰的根基都源于人们幼儿时期对黑暗的恐惧。成人后这种恐惧从表面上看似乎消失了,但其实它们一直处于蛰伏状态。人类给自己发明了一套信仰体系,目的是消除人类内在的恐惧。在原始时代我们管这套信仰叫作迷信,但是在具备文明的国家,这套信仰有了个更体面的名字——宗教。于是'上帝'这个字眼成为比'车轮'还早的人类发明之一。这本书的目的就是溯源并且解释……"

写到这儿阿萨纳斯搁笔打住,眼睛看着窗外,心想,自己并不想在这本书里追本溯源地去证明什么,他只是想摆出观点,刚才的那几行就是如此,你要么看透了真理要么压根没有看到,多写几页纸证明那些显而易见的事情只是在浪费时间。

他重新读了读刚才的句子,脸上竟自露出扬扬自得的表情:他的这些想法看上去很有深度,也清楚地表达了他内心的想法。他甚至有些怀疑这是不是自己写的。他看了一眼挂在桌子上方的伏尔泰的画像,得意地举起手放到嘴边亲了一下,以此庆幸自己还能写出这样意味深长的句子来。

他给自己的烟斗里添上哈得孙湾牌子的烟丝,吸着烟看着窗外春意盎然的景色。他十分享受待在自家这个书房里的时光;椅子和被烟熏得黑黑的石头壁炉都有几十年甚至上百年的历史,墙上挂着卢梭和伏尔泰的画像。画像里头戴皮帽的卢梭看上去像早年间从法国跑来加拿大讨生活的皮毛贩子。他想:是不是他这样保守的人总是认为熟悉的事物就是最好的? 也许别人并不这样认为。意识到自己的思绪有点漫无边际,他下意识地把自己重新拉回到面前要写的书上。这时,保罗手里攥着几张纸走了进来。

阿萨纳斯从保罗的手里接过纸,搁在桌子一端,叫住准备离开的儿子:"保罗,爸爸送你到外地上学怎么样?"

保罗进门后一直低着脑袋,听到父亲问他话,站好后温顺地回答道:"我也不知道。"

"我们总不能一直待在圣马克这个地方吧!所以爸爸打算明年送你到外地的一所学校去上学。"

保罗的脸上现出不安的神情。阿萨纳斯注意到儿子的脸上常常会出现这种表情,好像总是在担心什么似的,于是安慰儿子道:"好儿子,你会喜欢上学的。我们选一个英国人开的学校。在那里你可以学到很多科学知识,明白很多科学道理,包括是什么让地球旋转这样的科学道理。"

"爸爸，地球不是自己可以转的吗？"

看到爸爸笑了，保罗似乎有点后悔自己刚才的回答有点莽撞。

"是自己转的，"阿萨纳斯说，"但是到时候你就会明白为什么它是自己转的。"

"难道不是上帝让它转的吗？"

"不是，我就知道你会这么说。"阿萨纳斯从桌上拿起一张纸，展开后说道，"下一年你就要去一个英国人办的学校上学。学校是好学校，不过你要记住，你还是一个加拿大人，走到哪儿都不能忘了。"

保罗出去了。阿萨纳斯伏在桌边想继续写下去，却发现有点接不上刚才的思路，卡在那里不知如何下笔。他不由地对着那几张手稿皱起了眉头：显然他给自己找了个难为之事，关于宗教的书可不容易写。他心里暗暗叫着苦，一抬眼却看到妻子凯瑟琳在书房门口站着。

"进来。"阿萨纳斯心里松了一口气：终于可以为自己找个停下手里的活儿的借口了。凯瑟琳进屋后没有和阿萨纳斯说话，而是径直向窗户走去，她显然刚刚起床，头发没梳，身上很随便地套了件衣服，整个人看上去比三十一岁的实际年龄显得要老。河面上的来风拂过窗外那些刚冒出头儿的杨树幼芽儿，也吹得藕白色的窗帘呼啦啦直响。凯瑟琳聚精会神地看着窗外，一只手却下意识地摸了摸窗沿儿，然后抬起来举到眼前检查上面有没有沾染上灰尘，完了还把手放在裙子上蹭了蹭。阿萨纳斯坐在椅子上，看着妻子的一举一动，也不说话，他在等凯瑟琳先开口，可聊天显然不是看上去有点慵懒的凯瑟琳来书房的目的。

"过一会儿我去找布兰切特，你愿意和我一起去吗？"阿萨纳斯问。

"不去了。" 凯瑟琳转过身走到书架前。她走路的样子像极了一只踮着爪子走路的懒洋洋的小猫。

"多出去走走对你有好处。今天天气暖和,你应该出去走走。"

"我不喜欢出去。"凯瑟琳说起话来声音很甜,同时又带着点儿漫不经心的色彩和爱尔兰人讲话时惯用的轻松活泼的声调。阿萨纳斯看见她在书架前来回走,似乎在找什么,他知道她肯定不是在找书。果然,他看见她打开书桌边角的一个抽屉,从里面掏出一盒香烟来。

"那烟过期了,"阿萨纳斯阻止妻子道,"给你,抽我这个。"

凯瑟琳没有理会丈夫。她从刚找到的烟盒里抽出一支衔在嘴里,又在堆满了卡片、纸张和旧信封的壁炉台上摸索着找火柴。阿萨纳斯知道她有丢三落四的习惯,不过她找东西时从不急三火四,而且早晚那东西都能被她找到。果然眨眼的工夫她已经从烟灰缸里找到一根没用过的火柴,就着壁炉的石面儿擦着火,点着烟后转过身来,徐徐吐出一口,说:"麦克去哪儿了?" 阿萨纳斯看着妻子嘴边袅袅散开的烟雾,回答说:"它招跳蚤,我把它赶出去了,我看你也别再让它跑屋子里来。让它待在农场好了。"

"那只猫身上没有跳蚤。"

又来了!妻子的反驳让阿萨纳斯一下子失去了刚才的兴致,脸上顿时换上了一副闷闷不乐的表情,他不自觉地用手里的铅笔重重地敲了下桌子。这几年凯瑟琳总是动不动顶撞他,而且越来越不加掩饰,仿佛只有这样她才不会觉得委屈,而阿萨纳斯似乎也在如何应对妻子的情绪上越来越感觉无可奈何。他原本想帮助这个年龄比自己小很多的妻子在心智上成长得快一些，可是他现在才明白这想法太荒唐。不仅是阿萨纳斯这么想，连性格温顺的凯瑟琳也对阿萨纳斯的这一做法颇有微词且觉得委屈。他和她结婚是贪图她的年轻貌美而非其他，这一点两人都很清楚。现在两个人待在一起新鲜感已不似从前，然而在阿萨纳斯眼里，妻子的一笑一颦、一举一动还是那么美；婀娜丰满的身材，乳白的肌肤反衬出漆黑的头发，想到这里，阿萨纳斯心头竟涌起一股子冲动。

"工厂那边怎么样了？"凯瑟琳问，"马奎因也在火车上？"

阿萨纳斯皱着眉头说："他对建坝的事很认真。这些英国人做生意很奇怪，他们做起决定来非常快。他说战争结束后，纺织业肯定要发达起来。也许……"

"也许什么？"

"也许……也许我会和他一起做这件事。毕竟也不是第一次听说这种事情，我老早也想过类似的事情。一个发电厂若是做好了，能赚好多钱，同时也意味着我们这里的许多事情会发生变化。"

凯瑟琳耸了耸肩膀说："听上去没有那么简单，我觉得你如果想做成这件事，运气很重要。"

"和马奎因一起做事可不是指望运气。他懂科学，他知道自己要做什么。"

"或许吧。"

"没什么或许，是肯定知道，"阿萨纳斯斟酌着说道，"我自己也要做很多的安排……做什么都不容易。真不敢相信这事儿这么麻烦，我自己要拿出所有的本钱才能占个说了算的股份，相当于抵押自己的财产。"他又摇了下脑袋，"即便我一点都不喜欢抵押这种方式。"

"那是，"她说，"肯定要担风险。如果这意味着只有这样我们才可以离开圣马克，那肯定有风险。"

阿萨纳斯的目光落在手里的铅笔上，看着它轻轻地一下接着一下地敲打着桌面，心想：凯瑟琳总是觉得他应该为把她丢在圣马克而自己去渥太华工作这事儿感到歉疚，可是他们总不能为了两个人待在一起而把保罗一个人留在这里。虽然朱利恩能照顾保罗，可长久来说不是个办法。阿萨纳斯拿出儿子为自己找理由，安慰自己，其实内心他知道真正原因是因为他不相信妻子可以在渥太华过得舒心。

想到这儿他轻描淡写地说了一句："我只是希望你快乐。"

"什么样的快乐？"凯瑟琳反问了一句，声音里夹杂了一丝不悦，"你所认为的快乐吗？"

"我们已经谈过好多遍了。"阿萨纳斯显然被激怒了，声音严厉起来，眼睛却还是盯着自己手中那支不停地敲打着桌面的铅笔。"我知道你又要说什么。什么你在这里半死不活？！可是你要为保罗着想不是？这里对他的成长有利。"说完他命令似的对凯瑟琳说，"来我这儿！"

凯瑟琳没有动："你刚才和儿子说要把他送到别处的学校读书，为什么你不提前和我商量一下？你想到过问问我后再做决定吗？"

"听着，这件事早晚都要做，这你还不明白吗？保罗已经八岁了。你也知道他得去上学。我今天早晨告诉他这个事情是因为我也是刚刚定下来。"说完阿萨纳斯又下命令似的对妻子说，"我们这样争来争去没什么意义！来这里。"

"过去干吗？你从来都不愿意和我说任何事情。在你眼里，我差点就变成朱利恩那样的仆人角色了！"

凯瑟琳嘴里抗拒着，显得很不情愿，但最终还是走过来坐在桌子的一角，她的脚指头钩着拖鞋，拖鞋跟儿有一搭没一搭地蹭着地板。阿萨纳斯的目光在妻子的腰部、大腿和纤细的脚踝上游移，手放在她的大腿上轻轻抚摸着，可是凯瑟琳却没什么反应，似乎很冷淡。

"你喝酒了？"他问。

"我冷。"

"怎么会冷呢？"他等着妻子像以往那样坐过来，如果是在过去，他若是这样把手放在她腿上，是很可能要发生什么的。在性爱上凯瑟琳从来像个孩子，不做作，如果她有欲火，她绝对会放开，甚至还会用言语来表示。可现在她是如此冷淡，为什么？是他自己对妻子的疏忽和漠不关心导致了两个人之间不再有以前的那种吸引力了吗？还是只是因为是老夫老妻了？要不就是他在妻子的眼里已经成了一个毫无吸引力的老头儿？

"你不该吃饭前喝酒，这你应该知道。"阿萨纳斯提醒妻子。

凯瑟琳没有回应丈夫的关心，耸耸肩膀说："阿萨纳斯，保罗在学校肯定不会开心的。你怎么舍得让他那么小就离开家去学校？！"

"我不想宠坏了孩子。另外你也知道他不能在这里一直待下去。就这儿的学校——饶了我吧，你觉得他应该在这里成长吗？"

"在这里他不会被宠坏的。这里有让他学坏的东西吗？"听到妻子这样说，阿萨纳斯瞪了妻子一眼，这才注意到凯瑟琳的眼睛里已经噙满了泪水。

"带我离开这里吧，阿萨纳斯。"凯瑟琳的声音里充满了委屈。

阿萨纳斯把手放在凯瑟琳的膝盖上，摩挲着。"圣马克有那么难以忍受吗？"他说。

"我在这里快要闷死了。即使我讲法语，我还是爱尔兰人，圣马克的人还是把我当外来的人对待。不管怎么样，就因为是你的妻子，我就得受到这样的冷落吗？这里所有的人都为难我，只因为我和你结了婚，只因为你的……"凯瑟琳突然不说话了，她从桌子上起来重新走到窗户边上，额头抵在窗户玻璃上目不转睛地看着窗外，大路上，一辆老牛破车正在缓缓地向前走着。阿萨纳斯瞥见妻子的举动，心里暗自觉得这女人好美，凯瑟琳走起路来透着一点慵懒的神态和一种独特的不经世事的温柔劲儿，这让她看上去很性感、风韵十足。

"在圣马克怎么会有人敢对我们说三道四？"阿萨纳斯说。

"你忘了马里厄斯怎么说的吗？"

"噢，又来了，又拿他来说事儿了！"

"他不会忘记的。"凯瑟琳停顿了一下，"他两个星期前回过家。"

阿萨纳斯抬起头，看着妻子的背影，质问道："为什么过了这么久你才告诉我这件事？"

凯瑟琳从窗户前转过身来，看着阿萨纳斯，用不情愿的口吻说："马里厄斯不想让你知道。我也不知道他为什么不想让你知道，再说他也没说什么。朱利恩和我说马里厄斯离开这里后去了教堂，在教堂里住了一晚才走。"

"他去那里干什么？"阿萨纳斯显然很生气，嘴里嘟囔出一句脏话，"他以为博宾神父能帮他逃脱服兵役？"

"噢，我忘了告诉你了，博宾神父上个星期来咱们家问了好多问题。"

"都问了些什么？"

"记不大清楚了。不过他知道你想建工厂的事情，也许是马里厄斯告诉他的。可是我不知道马里厄斯是怎么知道这事儿的。"

"老天！"阿萨纳斯喊了一声，"每次都是这样！一只狗迎风叫一声，整个地方都知道了！"

凯瑟琳看到丈夫生气了，急忙走到房子中间的桌子前，拉开桌子抽屉找药，嘴里提醒阿萨纳斯说："你别太激动了，这对你血压不好。"

"我的血压没什么事。我要愿意还能走十英里路。"他做了个手势仿佛是要让自己从愤怒中抽离出来，"博宾神父是怎么说建厂的事情的？"

"说？"凯瑟琳笑着说道，"这里的人还能和我说什么？神父没明说，是我猜的他指建工厂的事情。不过我也没和他说什么。"

"你真的没和他说建发电厂的事？"

凯瑟琳耸了耸肩膀，转过身去说："我怎么说？我了解这事儿吗？我什么都不知道。你又没有告诉我。但是我知道神父和这里的人一样不喜欢我。他说话的态度让我觉得瘆得慌。"

"不用管他。那人怎么好意思以上帝的名义来找别人麻烦？！他以为自己是谁？我爷爷，"阿萨纳斯刹住了话头，胡子都快参起来了，"就拿马鞭子抽过这里的神父。"

凯瑟琳看着丈夫，语气缓慢地说："你要是这样说话，就快遇上麻烦了。你要是这样说你自己教堂的神父,那离坏运气就不远了。"

"什么好运气坏运气的!人云亦云!你太迷信了,你去教堂就学了这些?"

凯瑟琳没有反驳,她的心思被正在院里逗小狗玩的保罗吸引了过去。她快步走到窗户前,很有兴趣地看着院子里正在活蹦乱跳和小狗玩得正欢的保罗,脸上露出骄傲的神色。阿萨纳斯观察着妻子的侧影,心想:这母子俩似乎很少对话,至少当着他的面很少说话,可是他能感觉出母子俩之间的不需要语言的默契。保罗做什么凯瑟琳都依着他,保罗可以把玩具和衣服扔得到处都是,剩下凯瑟琳跟在后面毫无怨言甚至是满心欢喜地帮他放回原处。保罗从仓库带回来的猫狗给家里传染跳蚤她也不介意,只是一笑了之。她有点过于溺爱这个孩子。保罗对于凯瑟琳就像她生命的一部分,她接受他的一切,就像是她接受了阿萨纳斯给她的生活一样。当然,圣马克除外。

"也许你说得对。"凯瑟琳从窗户边走到屋里。

书桌上的小表嘀嘀嗒嗒地走着,指针摆动的声音和大厅里那座古董钟的声音混在一起。院子里,保罗的小狗兴奋地叫着。阿萨纳斯微笑着看着凯瑟琳,凯瑟琳也看着丈夫,两人的目光交会在一起。存在于这对夫妇之间的情感纽带似乎很虚幻,但某一时刻它又确实把两个人结结实实地联系在一起,这是一种说不清道不明的东西。

似乎注意到自己的衣服脏了,凯瑟琳下意识地用手掸了掸衣服,动作轻柔舒缓,富有韵律。阿萨纳斯看着妻子的一举一动,抬起手搓揉着下巴,脑子里思忖着:他还能做到让自己面前的女人的身体再燃起欲火吗？他曾经那么沉迷于她的身体，喜欢看她在自己身下娇喘吁吁、香汗淋漓的模样，可是，他还能让这个女人恢复活色生香的姿态吗？也许做不到了……他和她的结合是个错误。他总是想改变一个人，彻底改变一个人，可这种想法一点都不现实。他甚至都不能改变自己！

他有意放缓语气："在这里你感到孤独，是吗？亲爱的。"

凯瑟琳显然无心理会丈夫眼里的欲火，而是转过身看着正在窗外玩耍的儿子。院子里，保罗正和小狗跑来跑去，玩得不亦乐乎。

阿萨纳斯心里想：真是没必要让母子俩再在这里待一年了。让他们住在这里只是他一厢情愿的想法，就因为他祖祖辈辈都在这里住，就因为他已经习惯了这里，就得让保罗也过这样的生活？既然他已经下定决心送保罗出去上学，那就更不应该把凯瑟琳一个人留在这里。搬到城里后，他们还可以夏天回圣马克，在圣马克度个假，凯瑟琳肯定不会有意见。当然了，供两处房子，花销肯定要大很多，好在他负担得起。如果他和马奎因一起建电厂的事情有着落的话……

"凯瑟琳，"他说，"明年冬天我们就去城里租个房子。"

她并没有对他的话做出什么反应，只是摇摇头："你都说过多少遍了。"

"这次是真的。"阿萨纳斯站起来走到窗户旁和凯瑟琳站到一起，一只手绕过去轻轻揽住凯瑟琳柔软的腰肢，"如果你能在这里过完夏天，等到秋天，保罗去了寄宿学校，我就带你去蒙特利尔住。"

凯瑟琳看着阿萨纳斯，好像在判断丈夫话里的真实性。

"下个星期一我去渥太华时带上你，我们坐同一列火车，不过你是在蒙特利尔下车，"阿萨纳斯说，"你自己在蒙特利尔待一个星期，我从渥太华回来时再把你带回来。春天了，你也应该出去走走，你需要给自己放个假。但是你得……"他亲昵地用食指点了一下凯瑟琳的鼻尖，微笑着说，"……在那里给我们租个房子，你来做这件事情。"

凯瑟琳脸上的表情很复杂，那是既怀疑又期待的表情，仿佛一个孩子，盼望事情的到来，却又害怕等待她的不过是又一次的失望。自从她和阿萨纳斯结婚后丈夫还从来没有在任何一件事情上让她自己拿主意。她也不知道丈夫到底有多少家业，钱在她眼里只是他定期给她的生活费。

"毕竟，"阿萨纳斯揣度着凯瑟琳脸上的表情，"你也不能什么事都靠我，你也是成人了。"

说完他便不再言语，似乎在等着凯瑟琳的表示，他以为妻子会高兴，展露出她生动的笑容，但是没有。阿萨纳斯不免有些失望，于是问："你今天怎么了？不高兴吗？"

"我不敢相信你说的是真的。"凯瑟琳嘴里这样说，但眼睛里分明一点点地焕发出她是相信丈夫的话的神色。她抓着阿萨纳斯的手问道："亲爱的，你是为了我才要这么做吗？"

"也许吧，但是我应该早做这件事的。"

"你真的想搬到蒙特利尔去住？"

阿萨纳斯脸上露出不好意思的神情，说："我爱你，凯瑟琳。"

凯瑟琳扭身用手臂钩住阿萨纳斯的脖子，亲亲他的脸颊，身体也紧紧地贴了上来，过去她以这样的方式显示自己的亲昵时总是能勾起他的欲望，可是今天阿萨纳斯似乎对妻子的这一举动并不感兴趣，僵硬的身体传达出抗拒和摆脱的意思。凯瑟琳没有强求,她松开胳膊,没有继续纠缠丈夫,脸上挂着喜滋滋的神色离开了房间。

"我这就去告诉朱利恩,我们下个星期就走,"凯瑟琳的声音传回来,"真是让人难以置信,我们就要离开这里了!"

阿萨纳斯重新坐回桌旁,他想起布兰切特说过今天要和他商量关于地里的一些事情。虽然布兰切特这么说,但实际上地里的事情阿萨纳斯基本上不过问。两个人在一起无非也就是说说天气好坏、时令节气以及一些家长里短的小事。布兰切特在泰拉德家已经帮了二十五年的工。等过些时候,他会送给布兰切特北面一块好地,算是对他这么多年一直忠心耿耿做事的补偿。当然了,布兰切特也得出点钱,但肯定很少,那点钱只是为了堵住众人的嘴,省得外人说布兰切特白拿人家的地。

他觉得自己今天做出了一个很勇敢的决定,既勇敢又果断,而且,这让他有成就感。他走出书房,来到楼下的大厅,戴帽子穿大衣的时候心里暗自思忖:人这一生只有快走到头的时候才能学到些生活经验和智慧。他脸上露出一丝笑容,想起博宾神父常说的一句话:如果生不是为了死,那是为了什么?

十

阿萨纳斯迎面碰上了在储藏室里玩耍的保罗:"你躲在这里做什么?怎么不去外面玩呢?"

"我在帮拿破仑找它的球。"

"哦,那你也帮爸爸找找拐棍,就是那个圆把手的爱尔兰拐棍。"

阿萨纳斯走到一排桶前,弯下腰,眼睛来回打量着桶后面的角落。

保罗说:"爸爸,这里没有拐棍。"

"你怎么知道不在这里?帮我找找嘛!"

保罗表面上跟着爸爸一起找拐棍,心里却明白拐棍不在储藏室里。他常来这个屋子里玩,对这里很熟悉,在圣马克的庄园里,他最喜欢的地方就是这间储藏室,它几乎有半个厢房那么大,里面能放很多东西。秋天收割季节过后,成桶成桶的苹果和面粉以及装着甜菜、萝卜和土豆的麻袋把房间堆得满满的,房梁上吊挂着灌好的香肠和刚腌的培根(有的冬天还可以看见一整只切开的牛也挂在上面),地上放着好些装果冻的罐子,人一走进房间,马上被一股泥土、蔬菜、水果的味道包围,有时候还能闻到烟味儿和煤油味。保罗喜欢来这里玩,他觉得待在这里舒服极了。神父博宾说过埃及曾发生过一次大饥荒,如果圣马克也闹《圣经》里说的那样可怕的饥荒的话,躲在这里绝对可以让他像一只在洞里过冬的松鼠那样不愁吃喝安安全全。

"拐棍不在这儿,真的不在这儿,爸爸。"保罗从一个盛着苹果的大桶后面探出头来,嘴里嘟囔着。

"那就别找了,人家船长一条腿都能走遍整个国家,我好歹还有两条腿可以使唤。我现在要去糖屋①,你和我去吗?布兰切特可能也在那儿。"

保罗答应着跟着爸爸出了储藏室,父子两个朝着屋后山坡上的那片枫林园的方向走去,小狗拿破仑跟在他们后面,一边跑一边在地上嗅来嗅去,时不时汪汪叫上两声。

---

① 糖屋:用来熬枫糖浆的小屋。

"去年那些人熬完枫糖浆后把屋子搞得乱七八糟，"阿萨纳斯说，"屋子都不打扫就走了，今年你去过那里吗？"

"嗯。屋子他们拾掇好了，爸爸。"

"哦，去看看。"

保罗已经习惯了爸爸和自己说话时那种不经意的态度，在他心里，只有亚德里船长才会把他当大人一样和他说话。

保罗跟在爸爸后面，父子俩穿过屋子后面的谷仓和车棚，绕过盛鸡饲料的一溜儿长槽，再迈过一道儿篱笆，来到那条上山的小路上。小路两旁的山坡上种了很多枫树，在这个季节，新长出的枫叶还没有完全遮盖住像钢笔画一般线条清晰的枝杈，高大挺拔的树干和蓝天交相辉映，煞是好看。父子俩刚刚走到和山坡紧挨的那块地头儿，就看见一个佝偻着脊背的身影从篱笆那儿一瘸一拐地迎着他们走来，保罗指着那个身影喊道："看！布兰切特。"

阿萨纳斯不再往前走，站在地头等着帮他打理农活儿的布兰切特过来。布兰切特费劲地迈过条状的地垄，快到父子二人跟前时他摘下帽子，恭敬地对阿萨纳斯说："泰拉德先生，大老远地让您亲自跑过来一趟，地里的活儿已经忙得差不多了。"

"我看也是。"

听到阿萨纳斯这样说，布兰切特点点头。他是圣马克公认的老实人，身上一年到头散发着马厩和汗水混杂在一起的味道，在那张布满皱纹的古铜色的脸膛上，原本漆黑的胡子已经掺杂了些灰白的颜色，光看那张脸和那双深褐色的大手，便知这是个一天到晚和土地打交道的人。实际也是这样，在混账国王威廉一世占领英格兰之前，他的祖上就是诺曼底的农民。他常年穿着灯芯绒质地的裤子，褪色的红色衬衫外面套了一件看上去皱巴巴的工作服。衣服穿在他身上好像是长在上面一样,就像是猎鸟犬紧紧贴在身体上的羽毛,虽然不是皮肤,但也是身体的一部分。阿萨纳斯四处打量的工夫,站在地头的布兰切特一直不说话,过了好大一会儿才问:"您看收拾得还行吗,泰拉德先生?"

"看上去收拾得不错。今年你手底下那些人怎么样?"

"那个路易丝·博杰龙,我一早和您说过这人不可靠。"布兰切特用大拇指钩着腰上的皮带慎重地说道,他说话的口吻仿佛是在提及一个经过深思熟虑后得出的结论。

"还真让你说对了。"阿萨纳斯说。

"是您去年雇的他,泰拉德先生。"

"嗯。"

"就是他把糖浆房给搞得乱七八糟,还偷了差不多有四加仑①的糖浆。那是个混账家伙!"

"嗯,我不会再雇他了。"

"那最好。"布兰切特说。

两个人不再说话,默默地打量着眼前的土地。过了一会儿,阿萨纳斯开口说道:"你觉得北面坡上那块地怎么样?"

"地是好地。"布兰切特低头磕着粘在靴子上的湿土,眼睛习惯性地打量着脚下还未干透的土壤。

阿萨纳斯是指那块四百米左右宽窄的上坡地,布兰切特和他老婆还有七个孩子就住在那块地边缘的一间小屋里。

"你好像一直喜欢上坡地?"

"这里所有的地都是好地。"从眼前这个男人嘴里说出来的

---

① 1英制加仑约等于4.55升,后同。——编者注

简简单单的一句话便能概括他对土地的全部感情。他出生在山里，那里的农民一年四季累弯了腰也只能从石头缝儿里刨出点儿土豆来。

"你跟着我也有些年头了，"阿萨纳斯继续说道，"最近，我一直在想给你转块地出去……"

布兰切特抬头看了一眼远处，低下头不再说话，脚底下不停踢来踢去，一会儿田垄上便给他踢出了一个小坑，他在掩饰内心的喜悦和激动。过了好一会儿布兰切特仿佛是有意岔开话题似的说道："这个新银行在圣贾斯汀，泰拉德先生，你听说了吗？"

"听说了，怎么了？"

"那个银行信得过吗，泰拉德先生？"

阿萨纳斯微微笑了一下："那可是加拿大皇家银行，约瑟夫。"

"嗯，他们也这么说。"布兰切特停了一下，挠了挠头，说，"嗯，不过我还是觉得把钱放在您那儿放心。"

在过去的二十年里阿萨纳斯只给布兰切特发一半儿的工钱，另一半则留在他这里保管。这是这地区的农民常用一种存钱方式：把钱存在他信任的人那里。布兰切特信不过公证员，他听说二十年前河对岸教区的一个公证员就拿着农民存在他那里的钱跑了。他也不相信银行，他觉得钱放在银行比放在公证员那儿更不保险。道理很简单，哪个聪明人会不嫌麻烦去盖一座银行，再雇一堆员工在里面忙，除非他们能挣到钱。可是他们从哪里挣钱？还不是从别人存在银行的钱堆里拿钱？所以布兰切特觉得自己的钱还是放在阿萨纳斯那里比较好，反正阿萨纳斯欠他的每一分钱他都记得清清楚楚。

"好的，"阿萨纳斯说，"你打算什么时候播种？"

"也许下星期一。上个星期日神父博宾为我们主持了春耕播种前的祭拜仪式。"说完他看了看天,"估计会下雨。"

两人一左一右向阿萨纳斯的房子走去,保罗蹦蹦跳跳地跟在两个大人后面,小狗在田垄间跳来跳去。

"燕麦今年价格会涨吗,泰拉德先生?"

对于布兰切特来说,这是个必须要问阿萨纳斯的问题。阿萨纳斯是议会里的议员,他应该比报纸消息灵通得多了。其实这里的人常常会跑来问阿萨纳斯类似的问题,每到这时,阿萨纳斯都会一本正经地回答那些人说,他和他们一样从报纸上得到答案,要不就是等着别人来告诉自己。"所有的东西都得涨价,求上帝保佑我们这个国家,她可经不起战争带来的物价飞涨!"连阿萨纳斯自己都觉得最后一句说得真没必要。

"约瑟夫,如果你自己能有块地的话,你觉得怎么样?"阿萨纳斯用一种漫不经心的态度说道,"你那个大儿子也长大了,看样子能帮忙了。一个男人还是应该自己有块地不是。"

"是,他长大了,能帮忙了,泰拉德先生。"布兰切特说着,往地上吐了口唾沫,混着烟草渣儿的唾沫带着力道糊在一块石头上,发出清脆的响声。

阿萨纳斯说:"我看你一直很喜欢坡上挨着你房子的那块地,把它好好收拾收拾,以后那块地就归你了。"

布兰切特用手背揉揉眼睛。

阿萨纳斯看在眼里,装作不经意的样子说:"圣马克也许会有变化,不过你最好先别对外人讲。"他心里明白,如果自己这样嘱咐布兰切特,对方就和老婆也不会讲的,他接着又说:"我会找个公证员来,让他起草份地契。下个月就把这件事办了。"

布兰切特一声不吭,低垂着那张被太阳晒成灰褐色的满是皱纹的脸,一双眼睛死死盯着脚下的土地。只有在这种时候,阿萨纳斯才能感觉到自己和布兰切特之间那层莫逆于心交谊笃实的关系,这种感觉让他觉得今天早晨周围的一切都是那么美好,他心里觉得畅快极了。一旁的保罗见状,开口问布兰切特:"今年您能教我撒种吗,布兰切特先生?"

"当然可以,如果你爸爸同意。"

"您答应过我,说可以给我一个园子,让我自己种东西。"

"我会的,保罗。你可以在园子里学着种些甜菜和生菜。种这两样东西侍弄起来比较简单,很容易长好。"

保罗明显有些失望:"可我想种些难种的。"

布兰切特冲阿萨纳斯眨了下眼睛,转头对保罗说:"这样吧,你和我一起去谷仓看看,也许能给你找到些别的可以种的作物的种子,比方说胡萝卜,它长得慢。"

"我能看看那些种子吗?"保罗征求父亲的同意。

"你带他去吧,约瑟夫,"阿萨纳斯说,"也就你会教孩子种地,我不行。"

阿萨纳斯看着保罗领着小狗,跟在步履蹒跚的布兰切特的身后,穿过田野向谷仓方向走去。站在地头的阿萨纳斯深吸一口长气,空气新鲜,有机肥散发出的味道和露天木头房里的云杉散发出来的香味让他心里舒坦了不少。这样的日子太舒服了,他想,凯瑟琳和医生总是对他的血压大惊小怪。可渥太华那些破事才是干扰他血压的始作俑者。他一直指望那帮政客做出理智的决定,现在看来自己这样想就是愚蠢,而且是不可救药的愚蠢!还有,除非未来自己能进入内阁,否则的话一直在议员的位置上不上不下纯属浪费时间。党里有人说他缺乏领导能力。让他们见鬼去吧！阿萨纳斯想，渥太华的那些政客，特别是那些英国佬，以为像他这样的法国人不过是些自以为是的傻瓜，待在议会里也只是做做样子，干不了什么实事，撑死干个登记土地的活。可是他们怎么知道他阿萨纳斯的能力？他是见过世面的人，知道如何和英国人打交道。就让他们等着瞧好了！

阿萨纳斯回到大屋，从门口的衣服架上取下一根较粗的拐棍，挂着它出了大门，向村子外的河边走去。有了拐棍帮助脚力，他走得很快，刚到桥头，坐在小亭子里收费的那个人就跑出来和他打招呼。大车从这座桥过必须要给阿萨纳斯交三毛钱的过桥费，这个人的职责就是每天坐在这里给他收过桥费。

过了桥，阿萨纳斯顺着河边紧挨林子的小路向峡谷方向走去。此时正是洪水季节，水势汹汹，水花甚至能跳到岸上来，似乎离岸也十英尺之内如果有匹马都能给卷下去。沿河走了一段后，他掉头向山上走去，脚下的路越来越不好走，步子也越迈越沉，走累了他就停下来歇歇脚。就这样走走停停，一直到了山涧最陡峭的地段才打住。眼前赫然出现一道瀑布，周围喧声如雷，雾气仿佛一团凝滞不动的云，雾的下方像是一口烧沸了水的大锅，水汽氤氲缭绕。离瀑布不远的陡坡有一百多英尺高，坡下是用来养牛的天然草场，坡上是特伦布莱家的地。阿萨纳斯心里估算着特伦布莱家那块地大约是始于哪里。心想，如果要在这儿建一座大坝，看来先得把特伦布莱家的坡上的几块地买下来。

突然间阿萨纳斯感慨万千：他在这里住了一辈子，可却从没有想过就在他鼻子底下可以建座水坝用来发电，而马奎因那家伙只是瞅了这个瀑布一眼就什么都想到了。为什么他只有等到有人给指出来才能看到眼前现成的事情？

他甚至仿佛看见已经建好的工厂就清晰矗立在自己眼前，水泥砌的墙里包围着一湾河水，厂房里中部安装的发电机看上去气派非凡。瀑布发出轰隆隆打雷一般的声音。能量！这片属于他自己的土地即将被改头换面，而这将让他人生的这后十几年里找到奋斗目标和意义，想到这里他竟然有点得意。

阿萨纳斯做事一向跟得上潮流，眼前这个建发电厂的计划对他来说自然有很强的吸引力。历史上，自打雅克·卡蒂亚①踏上圣劳伦斯流域不久，阿萨纳斯的先祖便追随弗隆特纳克②一路沿圣劳伦斯河而上来到这片流域，虽然那时候的圣马克还是一片人迹罕至的原始森林，但泰拉德家族的这位老祖无师自通地嗅到了森林底下这片土地的肥沃气息，具备军人远见的他认识到这片区域是一处易守难攻之地：魁北克像个瓶塞子，堵住了英国人的舰队，而在这条河的一侧，地形呈扇面状打开，东面则有阿巴拉契亚山脉作为屏障。历史上记载，那位老祖和他一个当官的弟弟曾经计划过一个规模庞大的圈地运动：那就是在蒙特利尔、底特律、匹兹堡、圣路易斯分别修建城堡，一直通到墨西哥湾，只给英国人留大西洋沿岸的一窄溜土地。不过最后这个计划的大部分都没有实现。如果当时凡尔赛宫的那些大人物们也这么想并给予支持的话，那整个大陆估计就是法国人的天下了。

---

① 雅克·卡蒂亚（Jacques Cartier, 1491—1557）：法国探险家，发现并命名了加拿大。
② 弗隆特纳克（Frontenac）：这里指路易斯·德·博拉德·德·弗隆特纳克（Louis de Buade de Frontenac, 1622—1698），他在1672—1682年和1689—1698年之间任法国在加拿大地区殖民点的总督。

英国人一开始只是零散占了一些地方，他们是奔着挣钱来的，所以对这块土地并没有什么宏图大计，可最后还是英国人占领了除圣劳伦斯河流域以外的大部分土地，原因很简单，法国国王身边的那些政客们认为这块大陆常年积雪结冰，没什么价值，甘愿出让给英国人。自那以后，留在这里的法国人能做的就是尽力保持自己的法国传统。这么多年下来，留在这块殖民地上的法国人奇迹般地做到了这一点，与此同时，他们也被保护传统这条链子束缚住了，变得保守、僵化和谨小慎微，比如说这条河在法国人眼里也就是拿来建桥收费，或者运运木头什么的，可英国人不然，他们想的是开发这条河。话又说回来，那些英裔加拿大人做事喜欢在攫取利润和财富分配做文章，除此之外也没有什么特别高明的地方。

这是个机会，阿萨纳斯看着面前从峡谷倾泻而出的浪花，心想，建发电厂这事儿意义重大，好处很多：首先，发电厂的建立会提高就业机会，让这里的人在圣马克就有工作可干而不用去城里谋生，到时候这里的人的生活水平自然会提高，还清建教堂背负的债务指日可待，未来他们还可以在圣马克建座学校，教授当地人现代科学知识。再往后随着医院、公共图书馆、广场、剧院等公共设施的建立，圣马克将会发展成一座城市。所以说，建发电厂实际上是揭开了改革的序幕，而他将是这场改革的领头人。有了马奎因的技术和资金方面的支持，这件事肯定能做成。

顺原路返回的路上，阿萨纳斯感觉身心彻底放松下来，他心里已经打定了主意，下个星期一和凯瑟琳进城时，去找马奎因，告诉那家伙自己决心已定。

到家后他才开始觉得浑身疲惫不堪。他脱掉大衣和帽子，嘴里喊着妻子的名字。凯瑟琳从楼上听到声音跑了下来，脸上挂着数月来都不曾有的喜悦之色，开心地说："我这就告诉朱利恩你回来了，我们五分钟后开饭。"

　　阿萨纳斯先去了趟书房。他把自己放倒在椅子上，想轻松一下，但疲劳带来的虚脱反应却仿佛海浪一样侵蚀着他的身心。身体稍微松快点后，他开始想建工厂一事面临的种种困难和风险：这事很可能像参与了一场赌局，也许马奎因是在骗他，也许修水坝建工厂本身就是一个很愚蠢的决定，自己是在把钱投在一个他压根不了解的行业上。还有那个博宾神父，如果那家伙知道他准备在他的教区建一个发电厂准得气疯！神父曾经在一个工业镇子里做过教会的副手，那镇子是烂得不能再烂的一个教区。如果博宾神父知道圣马克未来也可能发展成一个工业镇子，圣马克周边的区域将会出现那些不受他管辖的信奉新教的英国人经理的宅子，他会有什么反应呢？

　　阿萨纳斯咬了咬腮帮子：即使他能搞定博宾神父，那么主教呢？工厂一旦建起来，那些工人肯定会把自己信封里的工资的一部分捐给教会，教会的钱也就会多起来；那些英国人对工人这样做肯定没意见，反正不是他们的钱，而教会可以让工人更安分守己地工作。

　　阿萨纳斯抬起手，反复揉着两个眼眶之间的部分：要是自己多年前就想到建厂子这件事就好了，至少那时年轻，有的是精力！可那时候他净想着享受生活了，很少去学着掌控自己的生活方向。也是，待在巴黎肯定比待在让人忧心忡忡的圣马克和渥太华舒服得多。他还记得自己在巴黎的第一顿早餐是在圣米歇尔广场附近的一条小街的咖啡馆里吃的，切成小块的黄油散发着淡黄色的色泽，上面的水滴在晨光中熠熠闪光。从那里走不多远就是巴黎圣母院，在清晨动人的阳光中，他坐在街边吱吱作响的椅子上，看着另一张桌子旁微笑着忙碌的女店员，感受着巴黎的气息。对他来说，每次去巴黎就像回到家乡似的，听着带巴黎口音的法语，他总是情不自禁地和老一点的魁北克人说的法语发音做一番对比，比较里面的不同。有意思的是，每次和当地人说起自己是从加拿大来时，那些人脸上总是露出诧异的神情。而且，他一直固执地认为那些待在伦敦的美国人或者是加拿大的英国人绝对不会有自己这种在巴黎的感受的。因为这是属于法裔加拿大人的一种独特的感受。二百年过去了，他们这个民族在四面楚歌的环境下仍旧固守着自己的语言和传统并为此而感到骄傲。

当晚饭的铃声响起时，阿萨纳斯还沉浸在回忆中，原本线条分明的脸看上去柔和亲切了许多。去大厅时，他想起自己曾经模模糊糊地想过把法国革命的精神带回到魁北克这片古老的由冷漠的神职人员控制的诺曼式的土地上。可是想归想，他从未为此努力过。也许没人可以做到。从另一角度说，如果法国精神不能在魁北克生根发芽，新世界的精神未来肯定会在这片土地扎下根来。毕竟，法裔加拿大人也是北美人的一部分。

面对脑子里突然冒出的这么多想法，阿萨纳斯觉得累了。他大口地喝着汤，看着坐在对面的凯瑟琳，开心又不失庄重地冲着妻子眨了眨眼睛。

十一

星期一早晨，离九点半差两分钟，马奎因从一辆凯迪拉克的轿车下来走进圣詹姆斯街银行大楼。他穿一身黑色制服，外套和帽子也是黑色的，深蓝色的领带上别着一枚珍珠领夹。

经过大楼那扇青铜色大门时，站在门口戎装打扮的警卫朝他敬了个礼，马奎因没有理睬，径直往大堂里面走去。大理石装饰的墙壁显得整个大堂内里十分庄严，一群西装革履的中年男人和几个年长者齐齐等候在电梯门口。电梯下来了，人群走进去，有几个人交换了一下眼神，仿佛是说这个周末平安度过，没什么大事发生，其余的人则面无表情看着前方，任由这个小笼子带他们去自己的楼层。

电梯上到第二层，鲁珀特·艾恩斯先生走出电梯。他身材魁梧，头、脸、下巴和肩膀都是方的；分头梳得整整齐齐。大部分加拿大人见过鲁珀特·艾恩斯这张脸，因为从东海岸到西海岸，从哈利法克斯到温哥华，鲁珀特·艾恩斯的肖像被挂在每间银行的墙壁上。照片里的他和现在一样，脖子抻得笔直，那是在谈判桌上随时要保持下巴收紧养成的姿势。

电梯到了第四层，浑圆身材的麦金托什走出电梯快步走进他的办公室。他看上去忧心忡忡，也难怪，他脑子里可是装着三个金属矿的统计数字，两个化工厂外加一个内衣厂以及几家位于伦敦和纽约的国际公司的事情。

到了第七层，明托电力集团的大老板走出电梯去了他的办公室。明托电力集团在世界上最宽最深的几条河上都有自己的发电厂。集团老板明托知识渊博，聊起希腊的四元素体系滔滔不绝。他身材瘦削，从修剪得整整齐齐的胡子和笔直的裤缝上看出这是一个十分注意细节的男人。在圣詹姆斯这条街上，明托集团的老板以热心参与文化活动而著称。他所在的文学社团聚会时必须读几篇他写的文章；他在那个社团里也算得上是凤毛麟角的人物，原因是他出版了一本题为《国王绅士！》的书，其实那本书里无非记录些自加拿大加入英联邦后，英王室成员每次出行这个国家时一些鸡毛蒜皮的事情。

再往上一层希斯莱托的楼层到了，此人涉足领域包括镍矿、铜矿和煤矿，似乎每个行业的董事会都有他的身影，而且这人有个特点，那就是嘴巴特别严，这一点就连马奎因也自愧不如。

电梯往最上面的一层楼升去，留在电梯里的马奎因想：如果这个电梯在第一层和第二层之间发生事故掉下去，那就意味着五十万工人都可能失去了他们的老板。这个想法还真不是耸人听闻，但是从另一方面说又有点夸大其词。因为那些高层人士离被他们管理的那些人在地理上是如此遥远。也因为这种悬臂式的非直接管理，即使电梯里的这几个人消失于人世，也不会扰乱身处万里之外的工人们的好梦——距离弱化了这种因果效应。马奎因继续着自己的思考：这种由几个人管理整个国家财政、同时这些人又得听命于谨慎小心的议会的模式让人感觉国家财政体系非常脆弱，似乎稍稍喘口气都可能让财政大厦面临倾覆的危险。不，自己不应该这么想，马奎因微微一笑，心里宽慰自己说：这种结构其实也很结实。电梯里的这些人都是长老会的信徒，定期去教堂做礼拜，做事稳妥，稳妥到即使他们自己的老婆也不会知道丈夫的心思。比如说鲁珀特·艾恩斯，压根就没结过婚，听说他对预定论①那套非常迷信。

电梯上到大楼的最高一层停住了,马奎因走了出来。马奎因的公司便位于这一层,可以看出接待前台装修得很气派,五六个小一点的办公室里面坐着负责公司各个事务的总经理一类的角色。马奎因的办公室位于最里面的套间,他的秘书——德鲁小姐在套间外面的小房间里办公。

马奎因朝自己办公室走去,同时没忘冲坐在大房间里的那几个打字员和接线生敷衍地笑笑。他有把可以打开走廊外面那个小门的钥匙,从那里可以直接进到自己的办公室,但是他很少那么做,而是选择经过接待台的路线去自己办公室。

马奎因打开门,秘书抬起头来和他打招呼,脸上堆着早已准备好的笑容。

"早上好,马奎因先生。"

"早上好,德鲁小姐。"

"今天天气不错。"

"嗯,看上去是个好天。"马奎因漫不经心地回应着秘书的问候,脸上虽然挂着笑容,但那笑容是僵硬的,里面没有一丁点的温暖。办公室里,马奎因脱掉衣服和帽子,有条不紊地把它们挂在衣橱里。做完这一切后,他紧紧领带,使劲抻了抻衣服后襟,然后走到窗户前,向外望去。

每天开始工作前,马奎因都要凭窗眺望一番,这已经成了他

---

① 原文为"predestination",这里指和加尔文、诺克斯和新教教条主义的理论紧密相关的一种学说。预定论认为有些人死后注定要下地狱,而有些人(被上帝选择)死后一定能得到救赎。书里的意思指迷信这条理论的鲁珀特·艾恩斯认为自己高人一等。

的习惯。他的办公室正对着蒙特利尔港口,从这里向南望去,映入眼帘的是大片的平原和环岛一圈儿的圣劳伦斯河,平原后面则是美加边界的群山。眼皮底下则是堆满了层层叠叠的货箱的码头,今天,码头上的船只并不多。仅有的几只船全部漆着"北大西洋"的字样,船尾的帆布下面,露出几个黑洞洞的机枪枪口。自打战争后,大部分海上货船都转到哈利法克斯港停泊整修,往返皆由巡海军舰护航。

港口的风景给马奎因带来极大的满足感,仿佛自己和那些掌管铁路轮船的大亨一样,身处整个国家的经济中心地带,呼风唤雨好不得意。在马奎因看来,圣詹姆斯大街虽不如华尔街和伦敦市街那样名声在外,但是对比这个国家寥寥的人口数,这条街上的生意人的财力还是相当厉害的。这条街上的人知道什么是闷声发大财,知道如何把现金装到口袋里,而且做起事来也是雷厉风行毫不含糊。他们懂得如何利用美国人和英国人互相较劲的态势从中获利,这么一来反而赢了这两个对手。想到这儿马奎因微微一笑:美国人说得多做得少,而英国人也一向不把圣詹姆斯街看在眼里。正因为美国人和英国人这样,反而让他们这些加拿大生意人占了便宜。鲁珀特·艾恩斯爵爷就不止一次在生意场上打败过美国人,听说爵爷的手下败将中有几个甚至是在国际上都能排得上号的生意人。

马奎因转过身,打量着房间里的摆设。办公桌对面的墙上挂着马奎因母亲的肖像画。画像下面摆着一个花瓶,里面的鲜花正开得娇艳。马奎因要求德鲁小姐每天早晨都买上一束鲜花放在花瓶里,不过他对德鲁小姐选的花总是不太满意,觉得它们不够漂亮。地板上铺着东方风格的地毯。靠窗户的沉木架子上,一个巨大的地球仪看着煞是惹眼。办公桌后面的墙壁上挂着一张几乎有一面墙那么高的加拿大地图,地图上星星点点标着马奎因众多企业所在的地区。马奎因在这条街上的名声和他办公室的装修豪华程度很有关系。只有不多的几个人来这里参观过,回去后逢人便说,口吻夸张,似乎自己很荣幸。马奎因看似高调的作风并没有让这条街上那些生意人看轻他,原因是他嘴巴很牢,平时聊天最多也就是聊聊琐事,所以他的成功在外人看来很神秘。

马奎因走到母亲的画像前,扬起头,画像里的母亲身躯娇小,脸色忧郁,额前的头发稍显凌乱,脖子给衣服箍得紧紧的,这种衣服样式在当时很流行,是亚历山大皇后带起来的流行款式。母亲嘴唇紧抿,身上带着苏格兰人特有的忧郁气质,给人一种冷峻严肃的感觉。苏格兰人就是这样,他们似乎只有在忧伤中才感到愉悦。办公室有人的时候马奎因很少去端详母亲的画像,但是每到他要做重大决定的时候,他都把自己锁在办公室里,默默地看着画像里的母亲。他总觉得每当自己长时间看着母亲的画像的时候,母亲也在看着他,告诉他应该怎么做。这是马奎因的秘密,是他所有秘密中最隐秘的、最不愿意给别人知道的秘密。

马奎因从画像前走回桌旁,那双处处透着精明劲儿的蓝眼睛里蒙上了一层雾状的东西,动作也看上去迟缓了不少。他手里哗哗地翻着桌子上的信件,似乎要故意弄出些动静来。他把那些信件全部翻了一遍,完后按了按桌子上的铃铛。

德鲁小姐轻手轻脚地走了进来,她动作轻捷地帮马奎因打开窗户,然后找个地儿站好了等着马奎因发话。这是一个头发灰白、五十岁上下的女人,春夏秋冬总穿同一件套装,二十年前马奎因刚开始自己在安大略省打拼时她就给他当秘书。在马奎因眼里，这个女人对自己企业的了解和他一样清楚，但是她肯定不具备自己身上那种平衡全局、掌控全局以及对事情进行逻辑分析的能力，正是这种天生就具备的能力让他能够做到审时度势，剥茧抽丝般做出恰当准确的投资判断。

戴着眼镜的德鲁小姐看上去有些憔悴。看到对方手里的笔记本和铅笔，马奎因知道她已经做好了听写的准备，于是示意德鲁小姐坐下，德鲁小姐搬过来一把椅子放在马奎因的办公桌旁，端坐好开始听写马奎因的指令。

听写好那几封信用了大约四十五分钟。从始至终马奎因的声音听上去没有任何感情色彩，他用的字眼也是那种好多人不再用的商业字眼。他的信有点啰唆，许多信原本只要一半的字数就能说清楚事情。听写完马奎因又检查了一遍，然后才递给德鲁小姐，德鲁小姐接过来，重新整理了一下，站起身准备离开。

"有电话吗？"马奎因问。

"麦斯特曼先生的秘书打电话来提醒星期五的会议。布查那先生也来过电话，电话内容我写在纪要里，和信件一起放在桌上。另外泰拉德先生也来过电话。他说今天午饭之前他要来您办公室。"

"什么？！"马奎因显然很诧异。

"我告诉他十一点十五分再打过来，又问他要了他旅馆的房间号码，万一他听错了时间没准时来这儿，我们可以打电话给他。"

"嗯。不错，不过先别给他打电话。他若是来了就直接带他来我办公室。"

"什么时候劳埃德银行收到电报的？"马奎因问，手上的大拇指钩着马甲上衣的口袋。

"您离开的头一天晚上。"

马奎因点点头。如果伦敦传来任何消息,德鲁小姐肯定会第一时间通知他。只是因为他心里一直牵挂着这件事,和德鲁小姐提一下似乎能让自己的内心稍微放松一下。一九一三年那年,因为预感到战争要爆发,他从一家外国公司讨价还价买了三艘航船。两个星期前其中的一艘航船在爱尔兰海被鱼雷击中,十一条人命随着沉船一起烟消云散。消息传来,马奎因彻夜难眠。这消息对马奎因来说仿佛有人在割他肉似的,而不仅仅是报纸上的标题和那些他可以估算的统计数字。

"还有什么其他事情没有?"他问。

"今天是梅休因夫人[①]来拿她投资利息的日子。"

"知道了,你帮我把她的文件拿进来,顺便把架子上的汉密尔顿公司的文件也拿过来。"

德鲁小姐轻手轻脚地带上门出去了。过了一会儿她重新回到办公室,把手里的两个文件夹递给马奎因。马奎因接过来大致扫了一眼,随手放进旁边的抽屉里,问道:"梅休因夫人什么时候来?"

"十点四十五分。"

"时间安排得正好。你忙吧,我这里现在不需要什么。"

马奎因开始看那份汉密尔顿工厂报告书,他安静地审阅着纸上的数字,脑子想着产出、原材料购买等细节,心里估算着维持这样一家机床厂要牵涉到的利润和风险。这家机床厂是他最早的企业,几乎没花什么钱便建立起来了,他一直很看重自己的这间工厂,但是最近艾恩斯盯上了它,提出要把他自己的一间工厂和

---

① 这里指珍妮特·梅休因。

马奎因的这间工厂合并在一起。马奎因看得很清楚,这种并购方式无非就是大鱼吞小鱼的游戏,他不想让艾恩斯占这个便宜。

马奎因放下文件,心里盘算着:在这个问题上,光看这些报表没什么大用处,无法帮他做出正确的决定。根据艾恩斯一贯的行事风格来看,他的目的不在拿下自己这个机床厂,他真正的目的是要马奎因听他的,屈从于他。艾恩斯这个人,很少自己去成立企业,他更关心的是如何去用投资控制别人,在这方面这家伙可以说是个天才。他很善于利用人,但绝对不是做企业的能手。若是给他看见意志坚定、有能力不依附于别人做事的后起之秀,他便会坐卧不安极力打压——这也是艾恩斯招来骂名的地方。

马奎因思忖着。他可以暂时答应艾恩斯的并购要求,从而从对方那里得到财力支持,等到那家伙想控股的时候,他再和对方一拼到底。但转念又一想,不,不能那样做,能打赢艾恩斯当然是件大快人心的事,但是那样做是愚蠢的。因为就投资实力而言,他拼不过艾恩斯那家伙,即便他可以和艾恩斯斗智斗勇,但很难避免被那家伙抓住空子,一旦让艾恩斯占了先机,那家伙完全可以毁了他。所以,若想取得最后的胜利,就得先在艾恩斯面前学会服软,尽量避免和对方叫板。

这么一想,马奎因打定了主意,他对自己说,现在是修身养性的时候,犯不着去和自觉高人一等的艾恩斯争强斗狠,而且,谈判的时候他一定要给艾恩斯造成一种错觉,让对方以为自己不过是井底之蛙,根本不是他的对手。想到这儿马奎因心里微微一笑:他可不会介意让自己在艾恩斯面前显得犹豫不定和小心翼翼。他甚至都能想象得到艾恩斯那一双凶巴巴的小眼睛看自己时候的眼神。他想,自己就像一个垫子,遇到压力时退缩,当压力消除就会重新恢复到原有的状态。此时的马奎因看上去已经完全没有了刚才的那股强硬劲儿,而是软绵绵笑眯眯的,只有他自己知道,他自己的这个特点曾经帮了他多少忙,让他在和竞争对手的斗争中占了多少先机。

当珍妮特十一点准时到达马奎因的办公室时,马奎因的脸上还挂着若有似无的笑容。一贯准时的马奎因确实没有想到珍妮特这次会准时赴约。在蒙特利尔,女人迟到是经常的事情。每次珍妮特迟到,他都不高兴,还曾经就迟到这个事情提醒过珍妮特。可今天珍妮特准时到达马奎因的办公室,反倒惹得他有点不高兴。也许是看出了马奎因的不耐烦,珍妮特有点不太自然。看到珍妮特这副样子,马奎因也有点不太自然。在男人面前,马奎因总是一张面无表情的脸,但是在女人面前他的脸上却往往带着大男孩儿第一次参加舞会时流露出的那种羞涩不安的表情。他习惯用一种笨拙的唐突来掩盖自己内心的羞涩。

"请坐,珍妮特,"他说,"快请坐。"

珍妮特·梅休因先打量了一眼房间,然后朝马奎因这边过来。东方风格的地毯吸走了她的脚步声,在珍妮特眼里,这样的环境更像是一个豪华的会客厅而不是办公室。马奎因帮珍妮特拉过来一把椅子,珍妮特坐好后说:

"不好意思总是麻烦您。可我对生意上的事一窍不通,您知道我得……"

"哈维怎么样?有没有他的消息?"马奎因说。

"没有任何消息。"

"您是说最近没有收到他的消息?"马奎因加强了语气。

"是的,自从上次见面后一直到现在我都没有我丈夫的消息。我也不知道原因。"

珍妮特把手中的提包搁在桌子，又用戴着手套的手压了压。马奎因拿起桌上的债券记账本，透过夹鼻眼镜的镜片，他看出珍妮特的局促不安。这个嫁到上流社会的女人显然已经学会了如何把人分成三六九等。这一点马奎因也不及她。珍妮特的公公是声名远扬的梅休因将军，喜好交友，不过将军可不知道马奎因和他交往的真正目的。

珍妮特打量着办公室豪华的摆设，一双圆圆的大眼睛越发衬出她脸庞的娇小可人。看得出这是一个神经绷得很紧的女人，年纪三十出头，很瘦，从身材上完全看不出她已经是两个孩子的母亲。除了瘦像她父亲亚德里，其他一点都看不出亚德里的影子。她头上戴一顶黑色的宽檐帽子，上身穿一件平布套装，里面的乔其纱衬衫一直开到胸口，更显出她平平的胸部。马奎因喜欢平板身材的女人，在他眼里，大胸女人可不像贵妇人。当然，珍妮特对此并不知情。

德鲁小姐出去了，房间里只剩下他们两个，珍妮特言语间恢复了寒暄自然的语气，不似方才那么拘谨客气："亨特利，真的是不好意思打扰你，我昨天还和梅休因将军说……"

马奎因低头看着账本，做了个手势，示意珍妮特不用客套，同时低声说道："我答应哈维要帮着照顾您家的事情，当然要说话算话。"说完便不再讲话，只是专心地看着面前的账本。

为了打发时间，珍妮特摘下手套拿起桌子旁边的一张《公报》浏览起来，报纸上一篇关于征兵的文章吸引了她。

"亨特利，你觉不觉得这些法国人太过分了。"

"嗯？"

珍妮特指着那篇文章给马奎因看,说:"幸好哈维看不到这些令人恶心的文章。"

马奎因却说:"稍等,珍妮特。等我忙完这些。"

"不好意思。"珍妮特急忙道歉,然后继续看她的报纸,没读几行又担心马奎因生气,偷偷抬起头来瞟了一眼对方。马奎因很专注地看着账本,似乎忘了珍妮特还在自己办公室里。几分钟后他把桌上的文件收好放在一旁,摘下眼镜,这才开口说道:

"我认为你最好还是把这些矿业股票转成战争债券①。目前这些股票没什么问题,但以现在的时局来看……"

"怎样都行,你看着办好了,反正我也不懂。"

珍妮特的话让马奎因不高兴,但他还是耐着性子说:"珍妮特,你得学着了解这些理财手段,我想哈维也希望你能学会打理这些事情。"

接着,马奎因不厌其烦地给珍妮特解释如果她把一种债券转成另外一种会产生哪些费用,这些费用会对她的收入有何影响。"这就需要全面分析后做出判断。虽然这样做近期在钱上会有损失,但损失不大,甚至可以说微不足道。从另一方面说,战争过后,矿业投资市场疲软的可能性是存在的,所以现在转成战争债券还是明智的。再说了,单从爱国的角度说也应该投一点,你明白我的意思吧。"

"我明白,我们现在就转,可以吗?"珍妮特急不可待地回答。

---

① 战争债券:是政府发行的一种投资产品。投资人的投资被用于战争时期的军事行为。为了控制通货膨胀,理论上这些债券不进入市场流通。

马奎因点点头说:"其他的投资就都不用动了。你的投资计划总体来说比较保守。从长远来看会有好的赢利的。"说完他笑了笑,转移话题道:"说点儿别的吧,孩子怎么样?还有你自己,都还好吧?我们差不多有一个月没见面了。"

"我们都还好。"珍妮特重新从桌上拿起刚才那份报纸,指给马奎因看那篇征兵的文章,"亨特利,你说我们是不是应该把写这种文章的人关到监狱里去?"

"那不行。那样做太草率了,要知道写这些文章的人可是法国人。"

珍妮特把报纸折好放回到桌子上:"但是梅休因将军说正是这些人在打击我们的士气,不是吗?虽然战前将军也支持这些法国人和多伦多那帮英国人对着干过,可现在他对这帮人非常失望。"

"你没必要为这些人生气。"

"我做不到!我就是生气!"

是的,马奎因想,毫无疑问,珍妮特太累了!蒙特利尔每个战时委员会里都有她的身影,还要每天花两个小时待在火车站的餐厅里,安置从战场上回来的士兵,要知道那工作可不好干,她曾经和马奎因说过,去年冬天她们和一些士兵交谈时遭到了对方的谩骂,为此她特地跑来问马奎因那些军队里的士兵是不是好士兵。

不仅如此,珍妮特还严格要求自己的食物配给量,每周都要看英国食品配给报告,然后根据报告里英国人的口粮配给数字来分配自己的食物。为了学英国人的顽强精神,她随时做好了挨饿的准备。

"哈维有什么消息吗?"马奎因问。

"一点儿消息都没有。"

"你是说……你最近这几天才没他的消息的?"

"不是,从上一次咱们见面后,一直到现在都没有哈维的消息。一点音信都没有。"

珍妮特眼睛里有恐惧,马奎因瞧得出来。看着珍妮特那不再圆润的脸庞和突出的鼻子,想到这张脸很快会衰老憔悴,他心里不由得一番慨叹:这是个娇小美丽的女人,在这段困难时间里一直表现得很勇敢。事实上,这几年她过得并不容易,所以每次马奎因想起珍妮特时,心里也很感伤,可怜这个女人。珍妮特当然不知道马奎因的内心活动,她忙忙叨叨地把话题转到了女儿身上,说着这两个宝贝给她惹的一些麻烦,马奎因听着,脑子里回忆起四年前第一次见到珍妮特时的场景。

那时候马奎因和梅休因将军属于同一个长老会教堂,都是教堂的信托人。有一次,马奎因帮教堂去谈一个合同,前来招标的两家公司都想和教堂签下这个合同,马奎因利用双方的心理从中讨价还价,最后事情以其中一个建筑商同意给主事神父另建一座住宅圆满结束,建宅子的价格当然很低,几乎是成本价。马奎因的机灵给将军留下了深刻印象,从那以后,将军便高看马奎因几分,并邀请他去自己的宅子做客,马奎因当然很高兴。梅休因家族是名门望族,自蒙特利尔建城时起就已经是有头有脸的人家,而那时候艾恩斯的祖上还是扛活的出身,特别是骁勇善战的将军本人,在波尔战争[①]里便已由中尉升到上校,现在已经做到了地方志愿军准将的位置。对马奎因来说,成为将军家的座上客意味着

---

① 波尔战争:指1899年10月11日至1902年5月31日英国同荷兰移民后裔布尔人建立的德兰士瓦共和国和奥兰治自由邦为争夺南非领土和资源而进行的一场战争。

除了他的数目不菲的银行存款和在圣詹姆斯街上积攒的名声外，又多了一个后台和资本。

也是在那天的晚宴上，马奎因结识了珍妮特和哈维·梅休因。在马奎因眼里，哈维·梅休因是典型的天之骄子，他英俊潇洒，彬彬有礼，一副运动员的身板惹人羡慕。他会打高尔夫和网球，有时候也打马球，他不仅马骑得好，还是一家打猎俱乐部的会员。他修完皇家军校的课程后就在军队里担任了军官。他身上的衣服来自伦敦裁缝街老字号铺子，脚上的鞋是达克斯名牌，嘴上叼的烟斗是登喜路的牌子，嘴里念叨的也是属于他的那个阶层的观点。他身材高大，卷头发，言语坦率。但是在马奎因看来，哈维是个没什么雄才大略的男人，不过这又有什么关系呢？像哈维·梅休因这样的男人不需要有本事。至于珍妮特，虽然她出身寒门，但是能够嫁给哈维·梅休因意味着她手中有了一张通往上流社会的通行证。参加完那天的晚宴以后马奎因便一直谨慎而小心地维持着自己和这个名门望族的关系。

"亨特利，你说战争还要持续多久才会结束？"

珍妮特的问题把马奎因从思绪中拽了回来。珍妮特的声音里夹杂着疲惫和一种热切的同时又不无担忧的期盼，自从一九一四年哈维所在的兵团去英国参战后，焦虑就在这个女人的生活里扎了根。

"至少三年吧。"马奎因回答说。

珍妮特突然不说话了，低下头，用手捂住脸不再说话。马奎因马上意识到自己说错了话，他有点后悔，为了安慰对方，他语调一转："我刚才只是随口说说而已，战争不会持续太久的，圣诞节前差不多就能结束。"

珍妮特抬起头，眼睛里闪出一缕希望："你不用安慰我。我还好。毕竟，我也没有为这场战争做点什么。"

马奎因心想：哈维差不多走了有两年半了，早就超过了服役的时间，听说一年前他在战场上受了伤，伤好后直接去了法国。若是像珍妮特说的那样，很长时间都没有收到哈维的消息，那么能活着回来的可能性几乎没有，除非奇迹发生。

"不过距离上次的信已经有五个星期了，哈维一点音信都没有，时间太长了。"珍妮特焦灼无奈的语气里带着浓浓的英国腔。马奎因想，看来她妈妈没白把她送到女子学校，那些管理学校的英国女人还确实把她训练出来了，珍妮特言谈举止颇像英国女人，完全不像这里的女人。

"别担心，加拿大军队最近没有给派到前线去的，这个我敢肯定。"

"哈维他现在不在加拿大军队里。去年一月他就转到英国军队里了。他喜欢上战场。"珍妮特说话的语气里重新带上了骄傲的成分。

"噢。"

"我们还是没有收到第五军团的消息，这是真的吗？"

当然不是真的，马奎因心里说，那帮人很清楚第五军团发生了什么。他心里突然很想安慰一下面前这个女人。他站起来，绕过桌子，把手搭在珍妮特瘦弱的肩膀上，他的手掌几乎能感到她骨头的突兀嶙峋。她太瘦了！他想。珍妮特不自然地闪躲了一下，马奎因赶忙收回手，脸不由自主地红了：所有的女人似乎都很不情愿让他碰触。他重新回到自己的椅子边儿，重重地坐了下来，表情有点沮丧。

"别担心,如果真有什么不好的事情发生,他们肯定已经通知你了。也许他给你写信了,只不过信在路上丢了。"为了让自己的声音听上去更浑厚,马奎因几乎动用了全身的力气。

珍妮特掏出手绢,擦擦眼睛和鼻子,站起身来,身体重新恢复到紧绷绷的姿态:"谢谢你,亨特利。我这样是不是显得有点傻!"

"当然不是,这是人之常情,"马奎因示意珍妮特坐下,"你刚才提到海瑟和达芙妮来着,这两个孩子还好吧?"

珍妮特仍旧站着,手搭在椅子背上,脸上的表情轻松了很多,马奎因也站起来。

"要照顾她们真是很操心。那两个孩子性格一点儿都不像,海瑟就是个野丫头,和我父亲很像,待不住。"珍妮特皱着眉头说道。

"亚德里船长人很好!"马奎因语气轻松地为船长辩护道,"他那个年纪还能买个农场自己一个人经营是很不容易的,特别是现在这个时候,国家最需要农民的时候!我猜您父亲肯定会把那个农场打理得很好的。"

"他一直就是那样。"珍妮特说,"脾气犟,不肯听劝。买农场的事我以为他只是说说而已,没想到他是当真的。他在圣马克买房子根本没和我商量,我不明白他为什么喜欢和法国人掺和到一起!就连梅休因将军也不理解他为什么会搬去圣马克住!"

"达芙妮还好吧?"

"这孩子比较虚荣。"珍妮特皱着眉头说,她是那种心里有事脸上便会显露出来的人,"对了,你觉得让达芙妮进布洛克学校怎么样?"

听到珍妮特这样问，马奎因暗自得意，原因是他刚接到一个很多人求之不得的邀约——成为布洛克学校的校董。要知道那个学校可是由金融城里的几个财团资助的，进了这样一个私立学校的董事委员会，意味着他的社交圈又扩大了一层。"那个学校名气很大，"他说，"我可不觉得达芙妮这孩子虚荣心强。也许是你对孩子要求太高了。看妈妈就知道那孩子错不了。"

"噢，亨特利！"珍妮特似乎并没有被马奎因的恭维话打动，也没有注意到马奎因的脸微微有点泛红。她自顾自地说："我的海瑟很少看不起人，这一点像我父亲——喜欢和人相处。昨天——"

马奎因用手托着下巴，脸上挂着微笑，听着珍妮特滔滔不绝地讲着那两个孩子。这时，桌子上的铃响了，珍妮特有点不知所措，回过神她主动告辞要走，马奎因连忙送珍妮特出去。其实那铃声是事先设定好的，这样好让客人自己知趣地离开。珍妮特当然不知道这个秘密。

就剩下马奎因一个人了。他看了看表，已经是十一点三十分了，看来阿萨纳斯·泰拉德要迟到了。这么说法国人也有不守时的毛病？阿萨纳斯·泰拉德虽然是法国人，可是他一直在英国人的地盘上生活，按道理不应该这样。

马奎因凝视着自己母亲的画像。他们母子二人相依为命风风雨雨。他一直认为自己现在苦尽甘来是因为母亲一直在庇佑着他。母亲已经去世二十多年了，可是他总觉得母亲从来没有离开过自己，不管她生前还是身后，不管自己做什么、去哪里，他们母子二人一直在一起。

马奎因的父亲是安大略省一个小镇上的长老会牧师。马奎因还是孩子时，父亲就死了。父亲死后母亲带他来多伦多投奔舅舅，可是为人刻薄的舅舅自有一套理论，那就是资助别人钱财只能让对方更加无能，所以他从来没有对马奎因娘俩伸出过援手，最多不过是在每年圣诞节请他和母亲去吃顿饭而已。家里全靠母亲去给学生补课和给一个宗教出版社整理编辑主日学校季刊才得以维持生计。出版社给母亲的薪水很少，他们常和母亲说的一句话是刊物不挣钱，只是为宣扬主的荣耀才在做。他们用这句话说服母亲留下来继续为他们干活。

马奎因在一间公寓里长大，房间里最不缺的就是烫金的祈祷卷文。母亲整理编辑的文字至今还在，和马奎因的那些商业信件混杂在一起。在公立学校读书时，他很胖，常常受欺负，不过因为学习好，成绩优异，高中毕业后他取得了去多伦多大学读书的奖学金。

但他最终没有成为一个教书匠。完成学业那年，舅舅死了，他继承了舅舅的模具厂，虽然那只是一间处于破产边缘的厂子，但上天对马奎因不薄，他只用了五年就让这家模具厂起死回生，赚够钱后以高价转卖给了别人。五年的历练让他成了一个技术能手，眼光独到的他很快在汉密尔顿另开了一家机床厂，也就是那年他碰到德鲁小姐，雇她成为自己的秘书。

当马奎因把办公室搬到圣詹姆斯大街时，他已经是名声在外的企业家了。他在一场罢工事件中出了名，通过提议建立一个"工会和管理层联合管理委员会"，他成功地瓦解了一场罢工，到最后他竟然可以做到像上校使唤自己的勤务兵那样使唤那几个罢工委员会委员，以至于后来那几个人不仅不再领着工人闹事，而且还想尽办法帮他提高产量，而他只需给工人增加一点点工资就达到了目的。他的这个做法在这个国家是第一次，因此他也成了其他人眼里的能人。

经过这次洗礼后，马奎因发财的路更顺了。他把自己的钱全部用于投资，而且他的投资之路也是出奇地顺利，很少有闪失。当麦克斯韦尔·艾特肯①从水泥行业中挣了大钱时，马奎因也在里面分得一桶金。他在铁路业和轮船业投资中挣到了不少钱，再加上他对战争的准确估计，到一九一七年时，他已经跻身加拿大百万富翁的行列中。人们给他贴上了暴发户的标签，但马奎因并不在乎，他一直认为自己在投资行业里的成功得益于自己对市场的理智分析和雷厉风行的行事风格。他是个虔诚的信徒，并且博览群书，就因为他会投资，就得忍受那些人的辱骂吗？好吧，让他们去骂吧，总有一天那些骂他的人会改变对他的看法的。当和平到来的那一天，这里的人会意识到在这个国家里还没有一个比他马奎因更优秀的人。

不过最近几年马奎因开始不太想在投资这行倾注精力，而是想往实业靠拢。他认为发展实体经济是一种世界趋势，而他一定要跟上这个趋势。在他看来，光靠投资赢取利润已经不那么重要，通过创立实业维持好阶层秩序才是自己最应该做的。

在加拿大做实业似乎是个不可能实现的艰巨任务；这也是投

---

① 麦克斯韦尔·艾特肯（William Maxwell Aitken, 1879—1964)：比弗布鲁克男爵一世，英国著名的加拿大裔报业人。第一次世界大战中他在劳合·乔治政府中任信息部部长。第二次世界大战中在丘吉尔政府中任飞行生产部的部长。但是他的事业是在加拿大打下基础的。他于1879年出身于加拿大安大略省一个贫穷的新教牧师家庭，长大后他成为银行以及钢铁水泥等公司合并的专家并借此发家。曾经成功运作13家水泥公司的合并，套现500万加元。他于1908年离开加拿大去英国发展，当时还不到30岁，从此开始他的政治以及新闻生涯。

资行业大部分人的观点。实业经济从来都是自北向南发展,特别是向南部的美国转移,却从来没有以向东向西横跨国家的趋势发展过。不过在马奎因看来,这件事并不是不可能的。如果一个男人能够拥有并控制足够多的生产厂家,那么二十年后他或许可以完成这个曾经做梦也不敢想的事情。他要拥有自己的冶金厂、木材加工厂、纺织厂、包装厂、建筑公司、工程……他想实现自己的宏伟蓝图。把目光再往远放,他想让自己的企业遍布这个国家,让自己的影响无处不在。那个艾恩斯公爵虽然有银行,有许多公司,也具备马奎因所没有的影响力,可是他始终把精力放在投资上,通过投资赢利,而不是通过经营生产企业赢利。

虽然从大的方面来看马奎因还没有一个具体的蓝图规划,但是从小的方面他已经开始付诸行动。他谨慎地搭建着自己的蓝图大厦,尽量不浪费一砖一瓦,如果某个项目被证明不可行,他要确保自己在成为笑柄之前就能收手。在他从不示人的文件夹里搁着很多项目规划。其中就有一个在圣马克建纺织厂的项目,不过到目前为止,马奎因从来没有在魁北克做过投资建厂的事情。在他看来,即便魁北克的劳动力很便宜,可那地方是法国人的地盘,在这样的地区建厂相当于赌博,首先他不了解那地方的人,再者听说魁北克的法国人很难捉摸。还有,若是真想在魁北克做点事情,教会的势力是不得不考虑的一个因素,这样的话,他首先得找一个能给自己和教会之间牵线搭桥的人,现在看来,这个人非阿萨纳斯莫属。

桌子上的铃又"嗞嗞"地响起来,马奎因脸上挂着微笑,心里想着:"把面包扔在河上。"嘴里嘟囔出后半句话:"总有一天你会得到回报。"

十二

一直到星期三凯瑟琳才定下来他们要租的房子。这是一座带点乔治亚风格的三层小楼,楼梯狭窄,外墙的砖头用灰泥抹成,门框上开着扇形的窗户,房子后面带一座很小的花园。这个城市仍保留着几条类似英国伦敦风格的街道,倒不是街道的设计模仿伦敦,而是街道散发出的气味和灰突突的轮廓让人感到有伦敦的影子。房子坐落在布勒里大街稍微偏西一点的地方。附近的居民大部分说英语。布勒里大街横穿蒙特利尔,仿佛一道分水岭,把蒙特利尔城一分两半,一边是法国人的地盘,另一边是英国人的地盘。

房子并不很合凯瑟琳的心意,实际上她更中意风格现代一点的建筑,可时间仓促,加上阿萨纳斯一向喜欢老式房子,所以即使这房子的租金比阿萨纳斯提前给她规定的最高能付的租金数要高些,凯瑟琳还是租了下来,她知道阿萨纳斯会同意自己的决定的。

房子的问题解决后,凯瑟琳独自一人去了剧院。看完戏出来,她步行走回酒店,一路上她感觉自己似乎从来没有这么放松过:大街上,行人来来往往,虽然天色将晚,但空气中还残留着暖春的气息。几片云被轻柔的西风推着飘过不远处的皇家山顶,云过处,屋顶上撒下一片阴凉。进酒店前,凯瑟琳先在门口的报摊上买了一份《星报》,然后拿着报纸进了酒店大堂,找了个位置坐下来,打开报纸,翻到戏剧专栏那一页,瞟了几眼后便无心再看下去,她收起报纸,专心打量起周围环境来。

大堂里看起来很拥挤。她的对面站着几个忙忙碌碌的穿制服的办公人员，离自己不远的地方坐着一个头发花白、穿着讲究、面无表情的英国男人。挨着那英国男人的皮沙发上，三个讲话带布鲁克林口音的上了年纪的美国男人一边抽着雪茄一边在谈生意。大厅里总有人进进出出，有的人看上去很悠闲，而有的人则是一脸的谨慎小心。凯瑟琳安静地坐在椅子上，观察来来往往的人，注意他们走路的步态，打量他们陌生的脸孔，长久以来不曾有过的高兴劲儿又重新回到她的心里。

看够了，凯瑟琳站起身，穿过酒店长廊来到电梯入口处，准备回楼上自己的房间。一个袖子上别着少校军衔徽章的男人低着头等在电梯前，凯瑟琳走过去时，那人抬起头瞟了凯瑟琳一眼，然后低下去头继续看着脚下。电梯来了，男人侧过身子示意凯瑟琳先进，凯瑟琳进电梯时注意到对方在看着自己，于是把目光转向别处。电梯往上开去，狭窄的空间里只有她和那个男人，借着刚才在大堂里攒起来的高兴劲儿，凯瑟琳偷偷往男人那边乜斜了一下眼睛，发现那个男人也在往自己这边看着。凯瑟琳并不矮，但因为是在空间狭窄的电梯里，身旁突然多出来这么一个高大挺拔的男人，便觉得自己的身形娇小了很多。那男人一头红色卷发，宽肩阔背，两只青筋凸出的大手垂在身体两侧，借助电梯反射出的影子凯瑟琳看出那人要比自己高一头还多。

三楼到了，凯瑟琳走出电梯。走廊里黑暗且闷热，厚厚的红色地毯吸走了行人的脚步声，人仿佛行走在教堂的密室里。凯瑟琳突然察觉到电梯里的那个男人一直在后面稍远的地方跟着自己，心里顿时紧张起来。还好，她用钥匙打开房间门时那男人头也不回地从她身后走了过去。凯瑟琳进了自己的房间，关好门，脱掉外衣和鞋子，换上丝质碎花睡衣和拖鞋，走到窗户旁的椅子上坐好,从开着的窗户里打量着楼下的街道。

以前那种对这座城市的感觉又回来了;她想起自己的少女时代。街车停在十字路口时发出的刹车声、汽车喇叭声、行人匆匆的脚步声让她感觉窗户底下的人群仿佛就在自己身边。她闭上眼睛,把胳膊绕过去抱住后脑勺,两条颀长的双腿伸展开,脸上微笑着。这种宁静的感觉真好,她仿佛变回原先的那个自己——那个喜欢生活在人群中的凯瑟琳。

她讨厌圣马克那地方。如果不是为了保罗她也许早就和阿萨纳斯分手了。在圣马克,她不是凯瑟琳而是阿萨纳斯·泰拉德的妻子。就因为她不是法国人,那里的人便可以看不起她,在背后议论她,说什么像她那样身材的女人应该臊得慌,因为她不能一年生一个孩子。还有那些年轻人,即使他们对她心里藏着羞于启齿的欲望,但在背后议论起她时说出来的话可能更恶心。她很清楚那些人脑子里的想法:这些人恨不能看到她脱光了站在他们面前,但表面上却从不敢挑逗她,他们没那个勇气,他们似乎只愿意充当占有她身体的志愿者。当然,他们不敢说出这些想法,而且这胆怯中摆明了带着几分狡猾。他们除了认为她是个邪恶的女人,还想当然认为她不是个好女人。在圣马克,她感觉自己一举一动都在被监视中,有一次她穿了一件自己很喜欢的衣服,没承想却招来神父的指责,说她穿着"太暴露",害得她再出去时只挑那些"得体"却丑得要命的衣服穿。她更不敢对丈夫讲这些事情,因为阿萨纳斯知道后只会跑去和神父大吵一架,让事情变得更糟糕。夏天快点来吧,这样便可以早早搬离圣马克,现在她只想搞清楚搬家这事儿的可能性到底有多大。

窗外飘荡着春天的气息,现在已经是吃晚饭的时间,但夜色尚未完全降临。凯瑟琳并不感到饿。她站起身，走到立柜镜子前，看着镜子里的自己；睡衣从她身上滑落下来，掉在地上，她索性连内衣和袜子一起脱掉，又顺手抓过把梳子，一边梳头发，一边打量镜子里自己的裸体。随着那只抓梳子的胳膊从前往后有节奏地摆动，她的脸上渐渐地现出一副沉思的表情。

她知道自己需要什么。她需要男人，但绝不仅仅是一个为了做爱而和她做爱的男人，不见得非得常常抚摸她拥抱她，但是当她需要他的抚摸和拥抱时，他总是在她身边，深情款款地望着她。她需要一个因为听到一个笑话而和自己一起开怀大笑的男人，而不是一个从早到晚绷着脸，三句话离不开魁北克问题、安大略问题和宗教问题的男人。在凯瑟琳看来，这个国家的问题只有一个，那就是每个人都爱管别人的闲事，每个人都不喜欢看到别人开心。

她想起自己当年在蒙特利尔的生活，那时候的她是多么自由自在啊！也许那些位高权重的人不会有这种感觉，可是大多数像她这样的普通人其实是有自己的自由的。凯瑟琳在僭越街上长大，住在那条大街上的人家有的人工作有的人不工作。谁要是生病了，邻居们偶尔会来帮个忙，最多也就是这样，没人去管别人的事情，你想做什么就做什么，没人跑来指手画脚地管你。在那条街上长大的人都知道去在乎别人怎么活一点意义都没有。坏运气和好运气的事情都在这条街上上演过，但是没人天天想着自己的未来会是什么样。运气来了你跟着走就是，好运气没了就是没了。

在僭越街拐角处有一家妓院，可这条街的居民似乎从未注意到它的存在。妓院窗户从早到晚都有百叶窗遮挡着，凯瑟琳的家就在妓院的旁边，她在这条街住的二十年间，还从来没见过那家妓院的窗户透出过灯光,这让她觉得这家妓院倒比任何一间教会还要安静。打从她记事起,妓院就一直是那个样子,从来没有变过,估计现在也还那样。光顾这家妓院的男人都是一副急匆匆的模样,他们把头上的帽子压得很低,低到遮住了额头,上衣领子也翻上去,尽量地遮着脸。完事后出门下台阶时依然一副目不斜视只顾着脚下的路的模样。每到星期天,一身黑衣的妓院老鸨挺着肥厚下垂的胸脯(从胸到脚踝看着像一个肉墩墩的直角三角形)从大门出来,迈步走下台阶,戴着手套的手里紧紧握着一本黑皮祷告书。凯瑟琳十四岁那年,曾经听隔壁一个叫里奥瑞恩的男孩说那老鸨可厉害了,从来不允许人在她的妓院里骂人或者喝酒闹事什么的。

这家妓院在他们这条街上无疑是不掀波澜的。因为里面的女人从不招惹这条街上的男人。虽然在僭越街的居民大部分是工薪阶层,但因为孩子们不都是在一个学校念的书,语言也不同,所以这里的人并不团结。法国人的孩子去法语学校,那里的老师通常是说法语的修女,爱尔兰人和波兰人去教会设立的说英语的学校。英国人和犹太人去新教学校,那里的老师的薪水和一个非技术机械师的工资一样多,孩子们接受的教育模式三十年如一日,没有人去检查它的缺点。

凯瑟琳是家里四个孩子中最小的。她跟着家人租住在一座有三层楼的大屋里,他们住在第二层。一楼是一户从加利西亚搬来的犹太人家,三楼住着一个自称是伯爵儿子的疯狂的英国人,那人总口口声声地说自己住在这样一个地方怪丢人的。

母亲去世的那一年凯瑟琳只有十岁,是姐姐担起了操持家务的琐事,姐姐出嫁搬到马萨诸塞州的伍斯特后,打扫房间、做饭、缝补衣裳的担子便落到了凯瑟琳的身上。放学后的第一件事是回家做家务。十五岁辍学开始帮衬家里。哥哥一开始在蒙特利尔的一家车厢工厂工作,结婚后和老婆去了赫尔,在一个火柴厂找到了工作。弟弟一直想成为一个职业的冰球运动员,可二十五岁那年,一场意外导致他大腿骨折,右膝盖软骨撕裂,不得不放弃了打球的梦想。弟弟受伤后一直在不停地换工作,即便找到工作也是没什么技术含量的工作。凯瑟琳过去很为这个弟弟骄傲,可现在她认为弟弟的生活只能用"随波逐流"这样的字眼来形容。她最近从弟弟那里得到的消息是他结婚了,搬去了加利福尼亚州的奥克兰。

家里只剩下凯瑟琳和在商业街上的一间沙龙里做酒保的父亲,父女俩相依为命。每个星期三和星期天父亲不用去做工,天气好的时候父亲便到阳台上坐着,眼神茫然地望着街对面。街区里的所有房子看上去都是大同小异。夏天天气好的时候,每家的阳台上都坐满了人,一家人坐在摇椅里,大眼瞪小眼,晃着身子底下的摇椅。

凯瑟琳出落成了一个漂亮的姑娘。父亲好像很为她骄傲,常常斜眼打量着她说(好像平生第一次看见这个女儿似的):"老天,孩子,你长得可真像朵小花儿!"完了还要加上一句,"长成你这模样,准可以嫁给酒厂老板。"

酒是父亲的镇静剂,他每天要喝掉四瓶莫尔森麦芽啤酒,星期六则换成爱尔兰威士忌。他似乎很为自己只喝莫尔森牌子的啤酒骄傲。他常常和人吹嘘说自己和莫尔森本人握过手。不过这话似乎并不可信,因为没有人见过他和莫尔森握手的那一幕。

凯瑟琳还没长到十八岁,父亲就死了,死于肝硬化,他虽没给子女留下任何债务,但除了房子里的那几件家具也没给他们留下什么财产。父亲死后的三年,凯瑟琳生活得无拘无束,仿佛自由之门在她面前打开。这所城市是她唯一了解的地方,所以在她心里,她从没有对它产生过恐惧。她认为这里是她最真实的家。即使她在这座城市里没有任何社会地位,可这座城里依然有她凯瑟琳的股份。有时候站在多尔齐思特大街上,看着斯特拉思科纳勋爵①的豪宅,心里不由得暗自感叹:自己所在的这个城市居然能建造出这样一座中世纪城堡;而且,这样的可以上杂志封面的建筑物在蒙特利尔城里比比皆是。

凯瑟琳没上过几天学,也没学过什么本事,但她从来不担心自己会找不着工作。她一直渴望进入舞台表演这一行,可是在蒙特利尔没有一家本地剧院,说白了全加拿大也找不到一家本地人开的剧院。美国机会多,她又没有钱去。后来她在一家剧院(每年都有来自英国和纽约的剧社来这里演出)找到一份当售票员的工作,在那个小得不能再小连转身都困难的亭子里卖了六个月的票后,她彻底打消了当演员的想法。这以后她在百货店里找了份卖文具盒以及贺卡的工作,薪水比在剧院卖票稍好一点。有一阵子她还在一间时装批发公司工作过,做销售女郎和时装模特儿,薪水少得可怜不说,老板还成天撺掇她和那些嘴里嚼着烟丝儿心里对她想入非非的主顾出去应酬。

最终她还是找到了一份自己喜欢的工作,那是一家时尚酒

---

① 斯特拉思科纳勋爵(Lord Strathcona):原名唐纳德·亚历山大·史密斯(Donald Alexander Smith),1820年出生于苏格兰,1838年来到加拿大时是哈得孙湾公司的一名管理人员,后升职至公司的最高层。他的名字和加拿大铁路以及其他许多企业都有关联。

店,她在酒店的衣帽间做服务员。除了看管客人(大部分是男性)的帽子、大衣和拐杖,她还可以和他们开开玩笑,聊聊对方的家庭情况,偶尔她也和一两个客人出去找个僻静的地方吃个饭啥的。她心里并不厌烦男人的讨好恭维,很乐意接受他们送给她的小礼物,因为这让她感觉在这个酒店里有自己的位置。性格温顺的她喜欢和人打交道,喜欢笑,待人接物也很大方,遇事不爱多问也不爱多想,很少杞人忧天,这份工作很适合她,她自己也很满意。

她和阿萨纳斯就是在那时候相遇的。那时的阿萨纳斯虽然头发已经白了,但整个人看上去很精神,风度翩翩,说话机智风趣,两个人很快就被对方吸引住了。凯瑟琳从来不排斥和比自己年龄大很多的男人交往,原因是她觉得岁数大的男人懂得珍惜,知道体贴女人,而且她也的确喜欢像阿萨纳斯这样不拿腔作调的老男人。喜欢归喜欢,当阿萨纳斯向她求婚时,她并不是一点意外的感觉都没有。如果阿萨纳斯是英国人,她可能会拒绝他的求婚,因为在酒店工作,她见过太多的英国人,她总觉得如果自己嫁给了一个英国人,光是应付对方朋友的挑剔就够她受的。还好阿萨纳斯是法国人,于是她就答应了。可让她没想到的是,来到圣马克后,她才意识到法国人家庭生活中的规矩礼仪更多,比起英国人来,他们更保守,更喜欢按部就班地遵循老一套规矩。

圣马克的生活一开始还好。住在乡间古宅,有仆人做家务,生活安闲舒适,这些都是她以前没有经历过的,这样的生活对她来说充满了新鲜感。很快,保罗出生了,她把所有的心思都放在了儿子身上,渐渐地保罗长大了,不需要她时时刻刻地陪着了,她开始厌烦起圣马克的生活来。然后战争来了,阿萨纳斯在渥太华的事业受到了挫折，他变了，人老了很多。更要命的是她发觉在他诺曼人的倔强性情前，她所具备的爱尔兰人的和善天性毫无用武之地。

凯瑟琳放下手里的梳子，心不在焉地打量着镜子里的自己。这时，床头的电话突然响了起来，凯瑟琳有些吃惊，电话响了一会儿后她裸着身体走到床边坐下，提起话筒说："喂？"

一个男人的声音从话筒那端传来："您能否赏光今晚和我一起吃晚饭？我们不认识，但是半个小时之前我们一起坐电梯上来的。我不喜欢一个人吃饭。希望您也是不喜欢一个人吃晚饭。"对方说话时声音压得很低，但语气里却很是自信。

电话里的措辞显然经过了仔细斟酌，凯瑟琳的俏脸上绽露出一丝笑意，她手里抓着话筒，头微微低着看着自己裸露的小腿，对着话筒说了句："请先等一下。"

她放下话筒伸手去够刚才掉在地板上的睡衣和拖鞋，然后才重新拾起话筒，却并不急于开口说话，仿佛在等话筒那端的人再一次打破沉默。话筒里传来浅浅的嗡嗡声，过了一会儿，凯瑟琳说："我们认识吗？我没有晚上和别人出去的习惯——"

"女士，"电话那头的男人打断了她，"您不觉得在这个国家，大家都习惯了按套路说话吗？"

凯瑟琳把脑袋稍稍偏离开话筒，垂下眼帘盯着手里的话筒。话筒里，对方开始自言自语似的解释他为什么要给她打这个电话，凯瑟琳没有说话。这男人应该是受过教育的人，他的语气里有一种强烈的似乎是无法抑制的情绪，这种情绪让他的话里平添了一种无法言喻且出人意料的温柔。凯瑟琳极力回想着电梯里的男人的那张脸，那人看上去很年轻，似乎还不到四十岁的样子。

过了一会儿,她听见对方说:"您不觉得自己太沉默了吗?"

凯瑟琳不知该如何回答才好,额头上沁出一道细纹:"可是我已经计划好了,今晚要去剧院。"

"您确定不会接受我的邀请吗?"男人的声音还是那么急切。这倒不是坏事,凯瑟琳想,如果他听上去这样热切紧张地邀请自己,那说明他不是一个采花老手。话筒那边的男人笑着说:

"请允许我先介绍一下自己,我叫丹尼斯·莫里,住在温尼伯①,刚从法国回来。"电话那头,男人停顿了一下,"海上非常冷。"这一句在凯瑟琳听来有点莫名其妙。

"我可不想对一个刚从战场上回来的人持不友好的态度。"

"您真好!"听得出男人特意强调了"好"这个字,这让他听上去有点轻浮,"您叫什么名字?"

"凯瑟琳。"

"还有呢?"

"凯瑟琳难道不足够吗?"

男人的声音也正式起来。

"我去您房间找您,还是我们在大堂见面呢?"

"我们七点三十分在楼下见面好了。"

凯瑟琳不等男人回答就挂断了电话,脸上浮现出一丝笑容。一分钟后她从床上站起来开始穿衣服化妆,脸上的笑意依旧没有褪去。在圣马克她从未如此开心。悸动的情绪像是在血管里肆虐奔跑的酒精,以前那种对生活的感觉又回到了她的身体里,仿佛是久旱后的甘霖兜头泼来,可是动作上她却依然不紧不慢。七点

---

① 温尼伯(Winnipeg):又译温尼伯格,加拿大中部的一座城市。

四十五分,凯瑟琳出现在大楼的电梯旁,丹尼斯已经在过道那一头等着她了。看见她,丹尼斯快走几步迎了过来,凯瑟琳注意到对方虽然身形高大,但脚步却十分轻快有力。

晚饭用去了一个半小时。饭菜很丰富,依次是开胃小菜、马铃薯奶油汤,第一道主菜是烤鲭鱼,皮酥香脆,然后上了烤鸭子,之后侍者端来法国糕点和盛在精致铝制小壶里的咖啡。除此之外他们还要了与汤相配的雪莉酒以及度数很低的搭配鱼和鸭子喝的夏布利酒和香槟。

酒足饭饱后,丹尼斯把身体往后一仰,整个人靠在椅背上,又顺手把皮袋的扣眼往后松了一个,瞥了一眼手表,看着坐在他对面的凯瑟琳,笑了笑说:"现在我们可以好好聊聊了。"

凯瑟琳微笑着回答道:"刚才那两个小时您一直在干吗?"说完她略略低下头,烛光下细嫩的脖颈一览无余。

"您也许不相信,过去的三年里我几乎没有说过话。"男人说。

凯瑟琳抬起头,举起酒杯漫不经心地看着酒杯里的酒,直觉告诉她此时自己最好还是听对方说。

"哦,您的一举一动真让人着迷,我觉得让我一个晚上坐在这里看着您,都看不够。您走路的样子真美。"

凯瑟琳明白对方在向自己示爱。在她看来,他的话也如音乐一般,听上去是那么悦耳。看到他在看着自己,凯瑟琳问:"您说您沉默了三年,是什么意思?你当时在哪里?"

"在部队里。待在朗斯[①]、蒙奇[②]附近的战壕、山洞、防空洞

---

① 朗斯(Lens),法国城市,位于法国北部。——编者注
② 蒙奇(Monchy),法国地名,位于法国北部,是一个重要的战略位置。——编者注

和掩体工事里,说实话我真想忘掉它们。"

"到处都是乱七八糟的声音?"

"是,他们放留声机听。等哪天我去地狱报到,一定有留声机。所有的留声机都放一首歌:《长长的小路》。"

"我以为您喜欢音乐呢?"

"像您这样的音乐,我孜孜以求。"丹尼斯突然正经起来,"可是我已经老了,连追求女人的权力都没了。我是听下流话长大的孩子。真的,上帝,你要是听听那些清教徒①谈论女人!不管他们装得如何像个正人君子,内心该怎么龌龊还是怎么龌龊。"

"您看上去一点都不老。"

丹尼斯没有理会凯瑟琳的恭维,兀自说着:"有一些跟着英国人后面跑的家伙也是一副刻板相,说起话来一副执行命令的样子。我们都挺刻板的,但是有些人你离着老远就能感觉出来。"男人打住了话头。"这些话听上去没意思吧?我自己也觉得没意思。"

"你挺有意思。一点都不像——"

"像什么?"

"没什么,请继续您的故事。"

"我只想看着你。上帝,您看着特别可爱!"

凯瑟琳不由得笑了,她看着丹尼斯,他也在微笑。一股暖流涌上凯瑟琳的心头,人顿时感觉轻松了不少。丹尼斯身子往前贴着桌子,肩膀在胳膊肘的支撑下略略前倾,给人一种很有力量的感觉。眼前这个男人的气质让凯瑟琳意识到长久以来自己是多么渴望这种力量,但是她最喜欢的还是对方那种除了凯瑟琳对周围

---

① 清教徒:新教的一种。他们严格遵循教义,奉行加尔文主义。

一切都不关心的态度。饭馆里只剩下他们两个客人,侍者摆出一副恨不得希望他们马上离开的样子。凯瑟琳用余光向门口瞟了一眼,看见烛光下领班仿佛红衣主教,一动不动地站在那里。而丹尼斯似乎一点想走的意思都没有。

凯瑟琳看着丹尼斯,看到对方也在专注地看着自己。她友好地说:"和我说说您的妻子好吗?"

"您怎么知道我是已婚男人呢?"他嗓音略微有点沙哑,语气却依然很友好。

"那您怎么知道我不是一个没了男人的寡妇?"凯瑟琳反问道。

侍者走过来,给两个人的杯子斟满酒。烛光下,搁在白色桌布上的酒杯闪着细碎的光芒。多像宝石!凯瑟琳想。她出神地看着手中的酒杯,玻璃随着她手的动作变幻出多彩的光线。

"她是个好女人,"他说,"是孩子们眼里的好母亲。至于我,我只能说我对她还算忠心耿耿,在这个国家里的人的眼里,我们那里的人要笨一些,但有一点,我们对婚姻还算忠诚,因为我们是清教徒,我也是这样的一个人。"

凯瑟琳看见丹尼斯举着酒杯的手似乎越来越紧,突然酒杯裂开,两片碎玻璃掉在铺着桌布的桌子上。丹尼斯却无动于衷,继续说道:"当我刚刚参军时我就想,反正也是死,不如去参军。实际上战争对那些失意的人、醉鬼、被社会淘汰的人是巴不得的事情,还有那些对一成不变的生活感到厌倦的人,他们也是……这群人是战争初期第一批冲进征兵办公室的人。后来才是那些稳重的市民加入队伍里。我告诉你,哪里征兵都是这样。求死比求活容易。"丹尼斯翻了个白眼,脸上露出一丝苦笑:"当然了,等你死的那天,会发现这句也是胡说八道。"

丹尼斯掐灭手里快抽完的香烟,重新点着一支抽了起来,说:"一聊天我就离不开战争。今晚我终于感觉到自由了,而且有您在这里陪着我。"

凯瑟琳没有说话,也没有任何表示。

"去过温尼伯吗?"

凯瑟琳摇摇头。

"温尼伯本来应该是世界上数一数二的好城市。那座城里住了世界上最好的人。当然了,因为我们是清教徒,所以上帝一直在眷顾这座城市……不过为什么在美丽的女人面前,那里的男人总要摆出一副清心寡欲的姿态?让人搞不懂!"

侍者不声不响地过来,安静地收拾着桌子上的玻璃碎片,把烟灰缸里的烟灰倒在要收走的盘子上,再把空了的烟灰缸放好。等侍者做完这一切后,丹尼斯用他那双像是雕塑家的大手把桌布抻展,重新把胳膊倚在桌子上。

"你现在想象眼前有一个平原,"他说,"不是像圣劳伦斯河旁边这些窄巴巴的平原,而是一眼望不到边际的大平原。平原从四面八方延伸出去,想象一下,它是那么绿,平原上方是蔚蓝的天空,蓝得炫目,天空上布满了一团又一团的白色积云,想象整个天空都在移动。"丹尼斯看着凯瑟琳的眼睛,"天空像是一个倒扣着的有魔力的碗,它的下面是平坦的大地,天空是赠予者,而土地是被赠予者。就像是男人和女人。"

凯瑟琳看着丹尼斯,似乎被对方的描述打动了。

"现在,"丹尼斯继续说,"想象一间房子,外观是灰色的大理石,想象它是用苏必利尔湖最好的铁矿煅烧的钢筋建造而成。想象一下这房子,它简洁、明亮,像是一把闪着光芒的长剑插在那里。想象这长剑有六百英尺高,平地拔起,仿佛一座尖塔,从塔底延伸出去的地方,平坦得仿佛甲板,那是上帝要走在上面,巡视大地。想象天是蓝的,白云飘过塔尖儿,如此接近,你站在那里,看着这座塔,以为这塔也在移动,想象它——"说到这里,他开始一字一顿,"干净——锋利——中和——纤细,轻柔却折磨,还有,它是全新的,是上帝的旨意……像是建造它的这个国家。"

丹尼斯突然打住了,脸上的神情变得郁郁寡欢起来,凯瑟琳不说话,两个人沉默着,过了一会儿,丹尼斯苦笑着说了一句:"也许最好不要去想象。加拿大永远都不会允许这样一座建筑物存在。"声音里明显带着倦意。

"为什么不?它很好啊!"

丹尼斯摆了摆手不屑地说:"为什么不?上帝!看看这座城市!像利物浦一样,灰暗肮脏,除了模仿还有什么?可以说这座城市的建筑一点品味都没有。如果我是在蒙特利尔最时髦的俱乐部里说这番话,说它像利物浦——上帝,他们还很高兴呢!蒙特利尔给建成这样全托那帮英国人的福——是他们建造了这个畸形的城市[①]。"

凯瑟琳有点懵,她对建筑物什么的不是很了解,不过她并不介意,因为她觉得一个城市是谁建的并不重要,"你不喜欢英国,是吗?"

[①] 1760年英法战争以后,蒙特利尔落入英国人手中,包括蒙特利尔在内的六万多居民的"新法兰西"正式归属大英帝国。

"我没说我不喜欢英国。正相反,我喜欢那个国家。可我们不是英国,虽然很多有钱人自欺欺人地认为加拿大是英国,而且,因为他们有钱,所以他们有话语权。可是,我们西部那些平原看上去像英国吗?既然不像,那为什么非要搞个英国式的建筑摆在那里?"丹尼斯耸了耸肩,"再过一阵那些人可能又变了,变成紧跟美国,认为我们应该和美国一样,然后他们又会模仿美国的形态意识。但是美国有圣劳伦斯河谷吗?美国和我们这里有一点相像的地方吗?"

凯瑟琳听得有点糊涂,她把身体重新靠回椅子背上,笑着说:"不知道您在说些什么?这些和您的妻子有关系吗?"

"当然没关系。"丹尼斯的声音重新变得乏味,"和任何事都没关系。我妻子嘛,她是个好女人,喜欢吃牛肉烧土豆,一个星期五天吃这个菜都不会烦。她是个虔诚的教徒,每个星期天雷打不动去教堂两次。她还是帝国女儿团①的成员,工作勤勤恳恳。她用我的军饷把三个孩子送到好学校里读书,毫无保留地为这个家和孩子们操劳,从不抱怨。我喜欢建筑和艺术,可她觉得那些东西对我们这个家庭来说是奢侈品,也对,我们确实没钱买艺术品。唯一的一件艺术品是挂在走廊里的一个麋鹿脑袋的标本,那是她在一场拍卖会上买的。那时候还没打仗,她盼着平平安安,安安稳稳地和她把日子过下去,她从来没有做过一件对不起人的事,也没对任何人说过刻薄的话,即使是对我也没有说过。她今

---

① 帝国女儿团(Imperial Order of the Daughters of the Empire):1900年由来自蒙特利尔的玛格丽特·波尔森·默里(Margaret Polson Murray)女士在现加拿大新不伦瑞克省的弗雷德里克顿市发起成立的一个组织,该组织鼓励妇女投身社会,为大英帝国服务。

年三十五岁,长得还算漂亮,但缺乏想象力,更没有幽默感,可她是个好女人,我说这些绝对没有看不起她的意思。"

丹尼斯突然站起身说:"走吧,我们这就回酒店吧。"因为起得太猛,桌子给他带着晃了一下。

凯瑟琳没有动。刚才发生在两个人之间的那种奇妙的感觉突然被什么东西卷走了,她不想让那种感觉溜走。

"忘了告诉您了,"丹尼斯换了一副诚实的口吻,"我从来就不是什么建筑家,那只是我的梦想。我在农场干过活,卖过保险,为加拿大太平洋公司和哈得孙湾公司工作过,倒腾过小麦期货,可现在我真不知道自己脱掉了军服后还可以做什么。不过不管做什么,我肯定都不会喜欢的。我明天就回家了,过去的生活结束了,宝贝。"

他拿起账单,看了一眼,往桌子上扔了几张钞票,向侍者点点头。凯瑟琳站起来向门口走去,丹尼斯跟在她后面。在门口,丹尼斯戴好帽子,手挽着凯瑟琳的胳膊,领着她下了台阶。两个人来到空荡荡的大街上,站在树底下,夜色很深了,夜幕上缀满了星星。丹尼斯俯下身子,亲了一下凯瑟琳的耳朵,嘴里喃喃地说道:"你真美,宝贝。无须多说,你知道我心里怎么想的。"

凯瑟琳没有说话。两个人向拐角处走去,丹尼斯的手一直挽着凯瑟琳。他们上了一辆出租车,往酒店驶去,车里,两个人一直没有说话。即将走进酒店大厅时,丹尼斯从口袋里掏出钥匙,对凯瑟琳说:"你前面先走,我们去我的房间?"

凯瑟琳惊诧地睁大眼睛:"可是我,我不……"

"什么都不用说了。"

凯瑟琳环顾四周,她想逃走,或者说逃避,逃避心里涌起的激动情绪。"我们可以再去喝杯咖啡,多聊会儿。"她说。

"那就去我房间说话呗!"丹尼斯微笑着看着凯瑟琳,"你心里也是这样想的,不是吗,宝贝?"

"我不去你的房间!我不会去的!"

丹尼斯把钥匙重新放进口袋里,脸上还是微微笑着:"好吧,我记得你房间的门牌号。我先去买包香烟。"

凯瑟琳向电梯走去,丹尼斯则向卖报纸的地方走过去。他把买好的香烟放进口袋,往柜台上扔了个钢镚儿后从旁边的架子上拿了一份《公报》读了起来。报纸上登着联军撤退的消息,读到那些他熟悉的即使活到一百岁也忘不了的英国地名,丹尼斯嘀咕了一句:"见鬼去吧!"——他太知道那些名字后面意味着什么了。

一个小时后,凯瑟琳出神地看着这个男人的脑袋,在床头灯下丹尼斯的脑袋像是庞然大物。他的嘴唇在她身上游弋,嘴里喃喃自语:"你真是个尤物!你一直都是这样?"

"你呢?"

"不是。"

"我也不是。"

"那是因为你身体里有冲动,我第一次见到你的时候就感觉到了。你不知道你做爱时有多美。"

"比别的女人美?"

"比任何人都美,和你做爱就像欣赏艺术——舞蹈那样的艺术。"

"也许——也许我们是天生的一对?"

丹尼斯抬起头看着凯瑟琳,把一只指头按在她的唇上说:

"别这么说,即使心里那么想,也没必要说出来,没有谁和谁是天生的一对。"

"可我认为有些人就是天生合适。"

"像你我这样的人……也许我们合二为一只是一分钟的时间,可这一分钟比任何事情都值。继续这样下去也不是很难,可是已经足够了。"男人在她身上活动着,灯光打在他的肩膀上,终于,他放松下来。

凯瑟琳觉得周身放松了,舒展了;身体变成了一汪湖水,各种各样的想法像是湖面上方无忧无虑的白云,在她的脑海里飘过来又飘过去。她感觉着男人那强有力的进入,他的手指像是铁器支撑着她柔软的肩,划过她凹凸起伏的背部。罪恶感重新占据了凯瑟琳的心,一个声音在谴责她:这是罪孽,你是个坏女人。可在谴责她的那个声音里,那些像云朵般飘来飘去的声音又来告诉她:她之所以这样做是顺从了自己的内心,对于别人来说这是罪过,可是在这一时刻对她凯瑟琳是好的,如果没人知道的话,是不会伤害到别人的。

凯瑟琳静静地躺在床上,看着旁边已经睡着的丹尼斯,凯瑟琳感到无与伦比的满足,可随后便觉得自己真是没救了,居然能做出这样的事情。她想到了保罗,这是她今晚第一次想到儿子。

十三

火车离开了蒙特利尔岛。客车车厢里的座位一半都是空的。火车经过大桥时车身抖动得很厉害,夕阳透过车窗玻璃照进来,细小琐碎的灰尘在红色的光束中起落飘浮。在低沉的隆隆声中,凯瑟琳出神地看着窗外的日落景象。对面的椅子上，阿萨纳斯正在看《快讯》，脸躲在展开的报纸后面。

凯瑟琳坐在座位上，手脚发软思绪恍惚，感觉自己好像是做了场梦，丈夫似乎并没有怀疑自己，这让她的心思松弛了不少。阿萨纳斯的确没有注意到妻子有什么异样，他的心里彻底被建工厂的计划占据了，从渥太华到蒙特利尔后他一直在和马奎因商量建厂的事情，两人一直谈到中午吃饭前才结束，后来他抽出半个小时的时间去看了看凯瑟琳新租的房子，二话没说就签下了租约。

火车驶过圣劳伦斯河后，车厢内的隆隆声消失了。窗外出现了一幅平原景象，农庄、谷仓和篱笆在地上拉出长长的影子。夕阳把圣劳伦斯河河面染成橘红色，沿河而站的树木矮小单薄，乍一看像是远处垛好的谷堆。阿萨纳斯把报纸收起来放在旁边的座位上，上半身微微向前探着，手搭在妻子的膝盖上，凯瑟琳冲丈夫笑了笑，有那么一秒的工夫，两人仿佛是老朋友一般。阿萨纳斯原先的活泼劲儿好像又回来了，脸上恢复了自信的神态，人瞬间年轻了不少。阿萨纳斯用手轻轻地敲着脚下鼓鼓囊囊的行李箱，说："我得赶紧回学校去，马奎因给了好多东西，都得看……"说完搓了搓手，"要想解决问题，就得依靠事实，而不是光听别人说说完事……"

凯瑟琳静静地听着阿萨纳斯的讲述。和丹尼斯的一夜缠绵刚过去没有几天，虽然这件事带给她很多回忆，虽然这回忆让她感到温暖，可也许再过几个星期，这件事遥远得就像是发生在别人身上一样。坐在对面的阿萨纳斯一直表现得很兴奋，很明显他对自己和丹尼斯的那一晚艳遇并不知情。如果阿萨纳斯没有拉着她说个没完没了，此时的她可能就会被自己的不忠所困扰，这听上去似乎有点不合逻辑,但是保持沉默,做阿萨纳斯的听众的态度的确让她精神上松懈许多。

自打从阿萨纳斯那里听到要在圣马克建工厂的事情,凯瑟琳的心便提了起来,生怕自己再也逃不出圣马克这个地方。直到阿萨纳斯给她解释说只有技术部门的管理人才必须待在圣马克,其他人比如说管钱和做市场管理的人员都是在蒙特利尔工作时,她才彻底放下心来。

"当然了,我得经常待在工地上。对我来说,这可不仅仅是一个工厂的事情。"阿萨纳斯再一次和妻子强调,说自己准备把房产抵押出去,还说他已经把手头的债券转换成公司的股票,这样等公司成立后他将会变成这家公司的第二大股东。

凯瑟琳没有说话,脸上依旧露出一副专心听丈夫讲话的模样,从丈夫的念叨中她明白了一点:那就是,事情发生了变化。他们一家将要搬到蒙特利尔来住。如果真是那样的话,再过一段时间,她可以尝试说服丈夫带自己出去玩一趟。凯瑟琳的脑子里出现纽约那些大酒店的影子,皎洁的月光底下,她在棕榈树旁和着乐队音乐翩翩起舞。她还可以和阿萨纳斯去更远的地方游玩,去弗吉尼亚也不一定。

当车子沿着两旁都是白杨树的大街向自家宅子的方向驶去时,凯瑟琳心里已经放松了不少;这次能和阿萨纳斯出去,而且在蒙特利尔待了一周的时间,她心里还是很高兴的。圣马克的家里还是老样子,保罗高兴地扑上来迎接妈妈,汇报这几天自己做的事情,母子俩搂抱着上了二楼的房间,保罗忙着铺床,凯瑟琳则给儿子讲自己在城里听了哪些音乐会。洗漱完后保罗躺在床上听妈妈说话,脑子里想象着城里新学校的模样。妈妈终于回来了,他下一年也要去城里上学,世界又变得明亮,仿佛到处都是奇迹。

十四

感觉春天轻轻一跃,这一年的盛夏就来了。某天醒来,树芽已经抽出片片嫩叶,泥泞的土地变得松软干燥,轻轻一碰就碎。播种完毕后圣马克教区的教民们便开始为盛大的祭祀活动做准备。远方的森林里,黑蝇从云杉树里钻出来,没多久它们的身影便出现在圣马克后山上的枫树园子里。等到五月二十四日——英国皇后的生日那天,天气已经热得仿佛盛夏。平原上空,热浪犹如薄纱,云在清晨的天空变换着形状,到了下午,河流上空便铺满了大块的云朵。阳光下,发芽的种子顶出地面,这些首先长出来的庄稼将会在举行祭天仪式那天被圣马克人拿来作为贡品。

一天下午,保罗露着两只被黑蝇咬得肿得老高的耳朵来找朱利恩,朱利恩找来月桂油不耐烦地给保罗擦着耳朵,一边擦一边问他有没有感觉耳朵疼,收到否定的回答后显出一副不甘心的样子。每年天气酷热的这两天她都会头痛,看来她把求助的保罗当成了自己的出气筒。好多年了,朱利恩一直有一个好不了的毛病,那就是每到十二月,气温稍一降到零摄氏度以下,她的耳朵就开始疼。她用一片煎好的洋葱片,捅进耳朵眼儿里,外面再塞上一小片棉花以防洋葱片掉出来。阿萨纳斯一看见她这样做就会和她吵起来,往往要威胁朱利恩说如果她再这么治她的耳朵疼,就带她去医生那里,为的是她别自己给自己治聋了。就这样争争吵吵一直到季节过去,朱利恩的耳朵也不再感觉疼为止。

六月的天气，气温慢慢升高。村里的人在河那边的大路旁设了一个圣坛，专为在"圣体圣血节"祭拜那天用。圣坛设在一片树荫里，四周种满鲜花。祭拜那天，整个教区的人举着旗子从村里向着圣坛出发。儿童和唱诗班里的大孩子走在最前面，后面是村子里的妇女，没结婚的走在前面，博宾神父一个人走在一群结了婚的妇女的后面，他的身后，为教堂义务工作的几个人抬着作为贡品的食物面点。男人们走在最后面，德劳因和弗雷内特也在队伍里，穿得整整齐齐，头发刚刚剪过，猛一看差点都认不出来。出村子后，唱诗班的孩子们唱起了圣歌。一望无际的平原上空，白云一朵连着一朵，这一行沿着大路行走的队伍看上去规模并不大。到达圣坛以后，众人齐齐跪倒，一直等到献祭的贡品被抬到圣坛上才站起身。祭拜完毕，整个队伍按原路回到村子。当天晚上，一场大雨落在圣马克教区，所有的人都松了一口气：从今天起，这一年的收成就仰仗上帝的庇佑了。

进入七月后，保罗在谷仓后面的小花园里种下的豌豆、大豆、胡萝卜和洋葱已经是一幅郁郁葱葱的景象。大田里的燕麦、大麦和干草也都长到一人多高。布兰切特今年特别高兴，他终于有了自己的土地，这块地紧挨着泰拉德的大田，每次走在长满了庄稼的地里，布兰切特总要捡起一块土坷垃，看着它，用手指慢慢地碾碎。如果碰巧这时从远处传来教堂的钟声，这个男人便会恭敬地低下头，嘴里念念有词，跟着钟声一起祈祷，每到这时，在布兰切特心里，那钟声是上帝专门为他敲响的。

对亚德里来说，看着田里的庄稼一点点成熟是一种全新的体验，这让他感到生活是那么美好。他地里的庄稼长势喜人，估计再有一年，投在庄稼上的成本就能收回来了。如果行的话，他还可以再多买几头牛。明年他准备养群鸡，如果还能添几头猪就更好了。每天晚上，给牛挤完奶后，他便来到自家的后阳台上，用望远镜观察河面上往来的船只。他看得很仔细，一边看一边估摸每条船的新旧程度，猜度船上都装了哪些物资货品，船要开去哪里等。有时候看着看着，一股孤独的情绪便会涌上他的心头，不过孤独归孤独，他对这种独居乡间的生活还算满意，特别是想到女儿珍妮特说要带孩子们来这里过暑假，他心里更是热乎乎的。还在冬天他就已经重新给她们腾出了一间卧室，还在卧室旁边单独建了一个洗澡用的房间，除此之外，他还把房子四周的花园苗圃拾掇得利利索索并赶在播种之前特地抽空去了趟镇子，让摩根商店里那个女店员帮着自己选了窗帘和床单。他还给两个外孙女买了几个挺大的玩具娃娃，摆在给孩子们建的那个洋气的小屋做装饰。

这年夏天议会关得很早，阿萨纳斯回到圣马克，打算在这里过几天轻松愉快的生活。过一阵子马奎因派来的那些勘探人员要来圣马克为工厂选址——因为打仗，很难找到合适的人做活儿，不然为工厂选址这件事应该老早就完成了。阿萨纳斯在圣马克等着马奎因派人过来，同时心里决定让自己好好享受一下这片刻的悠闲。他让人把摇椅搬到阳台上，每天都去阳台上读会儿书，有时候一待就是好长时间。这段日子以来，他对自己的事业前途又充满了希望，他提醒自己应该好好注意身体，保持健康的体魄，于是决定戒烟，虽然最后他还是叼起了烟斗，但抽烟的次数明显比以前少了很多。

清闲归清闲，有时候他心里也会升起一股无名之火：这场战争让他心里不舒服，就像是海边走路的人，鞋里总免不了灌满沙子。他心里依旧为马里厄斯担心，自打春天起就再没有这个孩子的消息。前一阵子他收到一封从圣马克地区征兵委员会发来的信，信里询问他马里厄斯的下落，阿萨纳斯没有回信，且不说他并不知道马里厄斯现在去了哪里，即使知道的话也不会告诉那些人的。他心里猜测马里厄斯可能躲在蒙特利尔的某个朋友家里，他为马里厄斯担心，怕他吃不饱、没有地方睡觉。对自己这个孩子，他内心总是充满了矛盾，一方面他为马里厄斯躲避兵役的行为感到丢脸，另一方面又为这孩子的倔强个性感到骄傲。不过有一点他心里很清楚：不管马里厄斯在哪里都不会高兴，这孩子的心里总是积攒着愤怒，他未来的路是个问题。过去他还为马里厄斯祈祷过，不过现在他已经对这个儿子不抱什么希望了。

博宾神父的心里也不踏实。阿萨纳斯·泰拉德成了他的一块心病。虽说在圣马克，神父之于教民的地位比一个船长在船员面前的地位都高，可自打他来到圣马克后，阿萨纳斯就从来没给过他面子，老是和他找别扭，特别是最近一段时间，两个人之间的不和越来越明显。因为这块心病，他每天祷告时都要祈求上帝，求圣主给自己指出一条明路，但祷告并没有减轻他心里孤独和无助的情绪。其实在神父内心深处，他感到非常失落，因为他很明白自己不过是一个领着大家做做弥撒的神职人员，神迹从来没有因为他的努力在这个村子显现过。他想起三年前，圣马克地区发大水，大水冲破了堤坝，淹没了邻近两个农场，导致那一年庄稼颗粒无收。可是作为一个神父，他也只能眼睁睁地看着洪水一个劲儿地涨上来，直至冲破堤坝。过后阿萨纳斯经常拿这事取笑他，说是他追寻上帝的旨意允许洪水一个劲儿地上升泛滥的。神父听到后当然很不舒服，从那以后，阿萨纳斯·泰拉德在他心里便成了崇尚物质主义的代表,而在神父看来,物质主义无疑是对加拿大法国人所在地区的一个威胁,特别是对圣马克教区更是如此。

神父想,如果自己想心安的话,唯一能做的就是收集阿萨纳斯做的事情,然后公开谴责。两个月以前的一个夜晚,马里厄斯跑来他这里,和他说了很多关于阿萨纳斯的事情。神父相信马里厄斯的话大部分是真的,只不过这孩子当时看上去有点过于激动,好像对他父亲泰拉德怀有深仇大恨似的。在神父看来,既然泰拉德家族也在他的教区管辖之内,那么肩负教会权威的他替他们着想是理所当然的事情。但是阿萨纳斯却总是找麻烦,嘲笑教会的权威,让神父的工作很难开展。

博宾神父心里很清楚一点:自己从来没和阿萨纳斯·泰拉德这样的在教区一直维持着上佳形象的家族领导人打过交道,神父本人出生于魁北克市南边位于圣劳伦斯河下游地区的一个教区里。那里的情形和圣马克截然不同,所有的人家都一贫如洗,没有谁家能雇得起人,农田里的活计大部分都是父亲和儿子们一起完成的。在家里主事的男人们对神父言听计从,就连土地也是神父分配的。在博宾神父看来,泰拉德结了两次婚也只生了两个儿子,单这一条也足以说明是泰拉德不敬上帝的。

神父下定决心,在对付泰拉德的问题上,他必须采取行动而不仅仅是祈祷了事!他决定前去拜会泰拉德。这一天,神父行色匆匆地出现在泰拉德家门口的小路上,他来到枫树做的木头门前,提起正中的狼头形状的铁环叩响了大门;除了脸和手背因为太阳的曝晒微微泛着红色,一身黑袍的神父站在被雨水冲得发白的石头院墙前,像极了一只蹲踞在泰拉德家宅子大门前的乌鸦。

朱利恩开门后看到是博宾神父,连忙紧走几步屈膝行礼,毕恭毕敬地接过神父递来的黑草帽，把神父引进大厅里。这时从书房传出阿萨纳斯喊神父的声音，神父捋了捋剪得很短的头发，跟着朱利恩来到书房。

"哦，神父，——很荣幸。"阿萨纳斯一脸严肃地迎上来。两个人握完手后，神父在阿萨纳斯对面的一张椅子坐了下来。他用手掸了一下自己身上的长袍，两只手规矩地放在膝盖上，脸上的神色看上去并不轻松。

看到神父坐下了，阿萨纳斯回到自己的转椅上坐好，他架起二郎腿，眼睛直视着客人。神父瞟了一眼墙上伏尔泰和卢梭的画像，可能是为了迎合阿萨纳斯娴熟优雅的待客方式，他率先开口寒暄道："这些画看上去有年头了，这是您先祖的肖像吗？"①

"不是，神父。"

厚厚的眼镜片下放大了神父的两只眼睛，它们不停地扫视着房间四周，这是他第一次来这个房间，除了神学院的图书馆，他这辈子还没见过这么多的书摆在一个房间里。当看到书架上有很多英文书时，一种将信将疑的神色重新浮现在神父脸上，他看着阿萨纳斯说："我是抽不出时间来看书，马里厄斯告诉我说您正在写一本关于宗教的书，我还奇怪您哪里来的那么多的空闲时间。"

阿萨纳斯眉毛一扬，说："马里厄斯知道什么？都是些空穴来风的东西，我们很少交谈。"

博宾神父两个膝盖微微外撇，身上的黑袍像吊床一样展开在他两腿之间。他把手按在大腿上，往前探了探身子说道："哦。

---

① 虽然伏尔泰和卢梭很有名，但因为两人都是法国启蒙运动代表人物，批判宗教，崇尚自由平等，所以神父并不熟悉他们的面孔。

我这次来不会占用您太多时间，主要是想和您说几件事，第一个就是马里厄斯。"

阿萨纳斯的眉毛拧了起来："我知道不久前他去您那里住了一个晚上。"

火药味儿在房间里弥漫开来，两个男人盯着对方，像是两条即将开咬的狗。阿萨纳斯显然不想给神父面子。虽然神父早已预料到事情不会很顺利，可是阿萨纳斯的态度还是让他感到吃惊和难以接受。阿萨纳斯·泰拉德和他打过交道的其他人完全不一样。有一次，那时他在一个工业镇子做助理牧师，那里的人的身体被工厂的劳作彻底毁了，他参与到调解劳动纠纷中去。那帮工人并不相信他，也是这样一副冷冰冰的态度，但是那些人是对外界一无所知的文盲，他们表达反感的方式就是沉着脸不说话，他在某种程度上有些同情那些人。神父看看眼前的阿萨纳斯也摆出一副阴沉着脸的模样，心里的怒火腾的一下就燃了起来——教区里谁不知道他博宾神父是上帝爱的使者，替上帝监督着他们，谁不知道他身上的衣服就让他比那些俗人高出几分。

"您的大儿子非常优秀，也很虔诚。"

"优秀？希望如此吧。不过他可不虔诚。"

"说到虔诚，我也许比您看人要准些。"

"也许吧，不过我知道很多事情都是靠打着宗教的幌子掩盖自己的想法。"

神父搁在膝盖上的两只手一会儿打开，一会儿又攥在一起："您的儿子曾经一度被上帝感召，他说他想成为一个牧师。"

"不，我不认为一个不成熟的孩子的想法可以被称作上帝的声音。对，马里厄斯是想过追随上帝。您知道那意味着什么。"

阿萨纳斯说得很慢,还耸了耸肩膀。

"我只知道在您这座房子里,不再回响上帝的声音。"

阿萨纳斯的脸一下子涨得通红:"博宾神父,我讨厌你用这种态度对待我!有些事你并不知情,那我就告诉你好了,当初马里厄斯在神学院学习,后来又被阿诺德主教劝退,理由是他不相信马里厄斯会成为一个合格的神父。"阿萨纳斯加重了语气,"主教从来不喜欢那种把自己搞得像村子里的沙皇一样的神父,他们不是神父,是政客,他们喜欢做的是站在教会门前的台阶上咆哮民族主义,或者和某些政客搅和在一起,把魁北克这面大旗举得哪儿都是。主教就是担心马里厄斯会成为那样的神父,所以才不等马里厄斯在神学院完成学业就让他离开,还有,"阿萨纳斯又加了一句,"大主教和主事主教都是在法国接受的神学教育。"

面对阿萨纳斯的冷嘲热讽,神父连脸上的肌肉都没动一下。他这辈子受到的冷落够多了!他知道阿萨纳斯瞧不上像他这样的在村子里传教的神职人员,别说他了,那些地位显赫的教会人员在阿萨纳斯眼里又算得了什么!在某些国家,比如说法国,很多人都是无神论者,这导致教会里的人的权利被限制住。可是,如果说在魁北克,天主教比世界上的其他任何地方都要影响广泛且深入,那些天主教会的上层人员还真得谢谢像他这样的人,谢谢他们这些身在乡村为教会服务的神职人员,他们虽然普通,但他们踏踏实实地遵循上帝的教诲,他们了解底层人群,他们并不是神秘主义者。

神父眼睛一眨不眨地看着阿萨纳斯:"我知道自己对主教的责任,泰拉德先生,而且我也知道,在上帝面前我要负起对教民的责任。"说到这里他一抬下巴,"您的家族和这里所有的天主教徒一样，三百年前就在这个地方待下来，但是为什么您从来不参加弥撒，也不做忏悔？"

阿萨纳斯的脸因为生气涨得通红："参不参加弥撒和忏悔是我的事情。我无须和您商量，神父。"

"我也不是来这儿和您讨论这个的。您是个见过世面的人，泰拉德先生，可即便有一天您当了首相，不也还是教会的会员？不也得遵守教会的规矩，既然我是这里的神父。"意识到他的这番话为自己打开了一个缺口，神父乘胜追击道，"我就得为这个教区的每一个子民负责。我这次来是想问您，您为马里厄斯是怎么打算的？"

阿萨纳斯眼睛看着别处，嘴里说道："我还能做什么？我已经尽力了。"

"我劝您好好想想，泰拉德先生。他是您的儿子，也是您的继承人。你有没有给过他一点父爱？你有没有想过为他做点什么？做点什么可以帮到他。"

阿萨纳斯的目光重新回到神父身上，厚厚的玻璃镜片后面，神父的一双眼睛睁得老大。"面前这个人虽然没什么本事，但他分明知道他手里握有特权。"阿萨纳斯这样想着，心里开始动摇，到底是什么让他感觉慌乱他也说不清楚。

"我尽力了，神父，马里厄斯并不是一个很容易相处的孩子。"

"如果您坚持马里厄斯去参军，定会酿成大错，那种可怕的生活会毁了他。想想他会在一种什么样的条件下生存！被村舍里那些异教徒包围，和驻地附近的那些姑娘鬼混，有那么多的士兵都没有……"

阿萨纳斯打断神父道："就因为我在议会里支持打仗，您就断言我认为战争是好事？还有，在马里厄斯参不参军这件事上，我无能为力,这个国家的法律也不是我制定的。"

两个人都不说话了。神父思忖着下一步应该怎么说,其实他也不确定自己接下来的话是否能够打动对方,停顿几分钟后他开口道:"您的家族在圣马克地区一直都很受尊敬。毫无疑问,这样的事情发生在您家里不是什么好事,父亲和儿子这样敌对,对整个教区来说都是负面的,是一个坏的榜样,可是——"

"我心里对自己儿子没有任何敌意,至于马里厄斯怎么想,我管不了。"

"那我得问问您,泰拉德先生。最近一段时间您不再来教堂礼拜,也没有因着上帝的名义做些事情,这一点这里的教民都看见了。他们也在议论您。如果像您这样根本就不尊敬教会,我却无动于衷,这里的人会怎么看我?"

阿萨纳斯想:又来了,神父这种带着威胁意味的谈话,仿佛他掌握着自己什么秘密似的,他耸了耸肩膀,没有回答。

神父没有停下来的意思:"自从我来这个教堂后,您就一直反对我。那时候朱尔斯·特伦布莱不愿意帮他父亲在这里干农活儿,一门心思要离开这里去政府工作,您一点都不为老特伦布莱着想,鼓动朱尔斯·特伦布莱离开这里。还有,那次发大水,我要教民做连续九天的祷告,您还嘲笑我。您彻底忘了在这个教区,我是上帝的代言人,只有我能为上帝发声。"

阿萨纳斯不耐烦地摆摆手,反驳道:"我从来没想嘲笑任何人,发洪水的时候我向您建议过如果我们能在河岸挖一道引水渠,那肯定会解决洪水的问题。多少年了,洪水一直困扰着这里的人,您来这个教区服务以前我就有带领大伙儿挖渠的想法。"

神父不说话了,阿萨纳斯不停地用手搓揉着桌子上的那几页纸。过了一会儿，他站起来走到窗户那里，手一挥打开窗帘，眼睛眺望着窗外。此时他很想到阳台上去，在太阳底下好好喘口气儿，放松放松。他不想让这样的事情打扰自己，他一生都不信权威，除非那是他心里认可的权威，是合理思考的权威。仅仅就因为屋子里的这个人是神父……大厅里，那座古老的大钟开始报时，钟声叮叮当当，声音里透着庄严的意味，这钟是从阿萨纳斯爷爷那辈传下来的老物。阿萨纳斯等到钟响完最后一下，震动声停止才转过身说道：

"我无意于和您在这儿争论不休，神父，我从来不想惹是生非。但是我要告诉您，我不想和您讨论灵魂这样的问题。我自己对我自己的灵魂负责，我不对您或者别的任何人的灵魂负责，至于我如何修炼自己的灵魂，我想我不需要您来教我怎么做。"

博宾神父伸出一只手好像是要制止阿萨纳斯继续说下去，又好像是在躲避阿萨纳斯的话传到耳朵里。他费了好大的劲儿才让自己平静下来："泰拉德先生，不管您喜欢还是不喜欢，您的家人和您本人都在我的教区管辖范围之内。"

阿萨纳斯回来，走到椅子边儿上一屁股坐下："听着，神父——我们没必要这样彼此给对方制造麻烦。如果我很没礼貌那我道歉。这样争执下去没什么意思，总之我不会打扰您在教区的工作，您也别来打扰我的生活。"

神父猛地一摆手，说："您正在成为一个扰乱上帝工作的人。大家都知道你要把保罗送到英国人办的学校里读书，你这样做，这里的人会怎么想？"

阿萨纳斯重新点着一根烟，狠狠地吸了几口后说："即便是去英国学校，他也还是一个法国人。"

"去英国新教学校?"

"他还是一个天主教徒。"

"你为什么不直接把他送到法国人的天主教学校读书?"神父目光坚定,"您在我面前没必要藏着掖着,泰拉德先生。事实最能说明问题,保罗已经受过天主教洗礼。您究竟想做什么?——毁了他的灵魂吗?"

"我只是想让他学会和英国人的孩子相处。我从来不信我们这样人为地分成两拨儿有什么好处。我只想让大家也意识到整个加拿大都将会是孩子们的——可是我们不该让自己的孩子认为只有魁北克省才是他们可以生活学习的地方。另外,我希望保罗能学习科学知识。"

"你是说他自己同胞的学校和信仰不好?"

"在某些方面,"阿萨纳斯内心愤慨不已,可脸上还是尽量微笑着说,"某些方面我们是很好。"刚说完这句他便再也伪装不下去了,语气也变得强硬起来,"听着,神父——你少在我孩子上什么学校的问题上指手画脚。这不在你的管辖范围之内,也不是你该操心的事儿。"

神父从袍子底下抽出手绢,揩着额头和脸颊上的汗珠。屋子里变得静悄悄的,只有墙上的挂钟发出滴滴答答的声音。擦完汗神父把手绢重新塞回到袍子里,站起身。"圣马克是个很好的教区,"他的语气平静下来,"它土地肥沃,民风淳朴,是任何一个信仰上帝的农民想生活的地方。您再看看圣马克之外的其他地方,魔鬼已经在那里留下了他的足迹,泰拉德先生,请别在我面前摆出一副傲慢不听劝的样子,看在上帝的分上,您好好看看这场战争,看看它给人们的灵魂带来了什么;您再看看美国人鼓吹的物质主义,它除了给美国人带来庸庸碌碌的生活还带来了什么?你怎么指望一个思想单纯的农民看到邪恶盛行,心里还依旧相信上帝?城市的生活对一个农民来说是有诱惑力,可是城市生活能带给他信仰吗?除了一年比一年糟糕的来自魔鬼的诱惑还能带给他什么?"神父的声音变得越来越低沉、浑厚、坚定,"对我来说,如果看见这些邪恶却听之任之,这本身就是一种邪恶。"

阿萨纳斯的脸上浮起一抹嘲讽之色,他撇了撇嘴说:"你的世界太简单了,神父,我尊重你,不过我相信即使我们意见相左,你还是会收下我的份子钱的,就像你收下我捐赠给教区的那些面额不小的支票一样。"

这句话显然刺痛了神父,他扭过头去。两个人对事情的看法迥然不同,存在明显的对立。阿萨纳斯和神父同为诺曼人后裔,都很固执,有一股不屈不挠的劲儿。不过即使有对立,两个人对对方都还是存有敬畏之心的,也不想让这种敌意永久地存在两个人之间。

终于,神父郑重其事地说:"我警告您,泰拉德先生,我会全力捍卫我的教区。上帝不是可以随意嘲笑的。"

阿萨纳斯没有反击,而是径直走到书房门口打开门。两个人各不相让地盯着对方,之后神父大踏步走出书房,身上的黑袍急速地摆动着。阿萨纳斯没有挽留神父,跟着神父到了走廊,看着神父自己打开大门,走下台阶,走出院门。其实在阿萨纳斯的心里,他并不想把和博宾神父的关系搞得这么糟糕,也一直想和神父好好聊聊,对神父说一间教会比教区里的任何一个人都重要,当然这任何一个人里也包括像他这样的教区精神上的引领者。他还想对神父说有很多为教会工作的神职人员值得他阿萨纳斯尊敬。阿萨纳斯回到书房。虽然他把思想和道理搁在第一位，但还是隐约感觉到神父的特权。他有点后悔：不管自己心里怎么想，当面还是不应该摆出看不起神父的姿态。他一屁股坐在椅子上。疲倦的感觉又向他袭来，头也痛得要命，身体在不停地出汗，汗水很快打湿了里面的衬衫。

十五

七月初的一个早上，在德劳因的小店里，珍妮特手里拿着一封加拿大国防部的来信仔细读着，等她再次抬起头时，脸上已换了一副茫然的表情。她向店门口走去，可没走几步，便绊倒在店中央那匹大马雕塑的脚下，她用手撑着身体从地上坐起来，胳膊无力地垂在身体两侧，一只手里抓着信皮儿，另外一只手则紧紧抓着信纸。

满脸皱纹的德劳因赶紧从柜台后面跑出来，眼神里流露出善意，用温和的口吻问珍妮特："您没事儿吧，夫人？"

珍妮特费力地扭过头来，苍白的脸上像是蒙了一层未漂白的薄纱，她的视线里出现了德劳因那形状仿佛水龙头似的大鼻子。看到德劳因正在用满是皱纹的双眼疑惑地打量着自己手里的信，珍妮特马上矜持地抬起下巴。

"我给您拿杯水喝，好吗？"德劳因问。

珍妮特没有动，只是喃喃地说："我很好，谢谢。"声音仿佛一台留声机从其他房间发出的沙哑动静。

德劳因急匆匆去了屋后的厨房，回来时手里多了一杯水，由于匆忙，水洒了一些出来。珍妮特接过德劳因递过来的水杯，脸上露出一丝僵硬的笑容，小声感谢道："我很好，谢谢。"

此时此刻，珍妮特的心里不自觉地重复着好几个月前她在一本杂志上读到的一句话："我绝不让人们看出来……我绝不能让人看出来……绝不能……"那些话在她心里翻来覆去地响着，像是从傻子嘴里嘟囔出来的含混不清的话语。

店里还有一个顾客，一看就是当地的农民，他是来店里买沥青油毡的。显然，他也看见了珍妮特手里的信封和信封一角印着的"加拿大国防部"的字样。他看了德劳因一眼，两个人会意地点点头。

"你去拿把椅子来，亚科斯，"德劳因用法语对农民说，"给这位女士坐。"没等那人把椅子搬过来，珍妮特已经离开了。德劳因见状摇摇头，重新回到柜台后面站好，说："刚才真够吓人的！"

"也许是她男人的信？"农民反问道。

"船长说她男人在国外。"德劳因说。

农民挠挠头没说话。

德劳因说："我今天早晨看见那封信就跟我老婆说，看信皮就不是个好兆头，从渥太华政府来的信就没有什么好消息。"

农民模样的人又挠了挠头，说："不过没见这女人哭，也许她不喜欢哭哭啼啼的。"

德劳因身子往前倚在柜台上，两手托着下巴说："英国人就是这样，你摸不透他们心里怎么想的。"说完像想起什么似的又加了一句："船长这下要伤心了。"

平原上，北边森林的大火散发出的烟雾几乎遮住了太阳的光芒。一艘笨重的轮船正在河面上缓缓地行驶着；马路上，一辆装满了热气腾腾的大粪的马车从珍妮特身边驶过，赶车人手抓缰绳站在车上，他的给烟草熏得变了颜色的大胡子被夕阳染成了橘红色。等吱嘎作响的马车过去后，珍妮特停住脚步，嘴里大口地喘着气，她茫然地往旁边看了一眼，确定自己四周没有人家，也没有一个熟悉的身影后，才用手背擦了擦眼睛，向父亲亚德里的房子走去。她走得很快，脑海里轮流闪过自己曾经读过的那些故事里的人物——当他们面对亲人离去的消息时尽力压抑自己悲伤的样子。头脑里的东西变得混乱，到最后，每个人都成了她，变成了那个不愿意把自己的伤悲带给别人的珍妮特。她想起了自己以前的生活。

很多年以前，当她还在学校读书时，是一个特别容易害羞的女孩儿，家境困窘，却待在那些富人家的女孩堆里。她周围的那些女孩都是一起长大的，只有她和她们任何一个人都不熟。当女孩儿们的目光针对性地落在她的衣服上，打听她来自何处时，珍妮特往往闭口不言——她们的问话让她感觉自己是从小地方来的人。她的父亲长年出海，在世界各地漂着，她的母亲则带着她从一个港口到另一个港口，只是为了父亲靠岸时能离他近一点。在去蒙特利尔的学校上学之前，珍妮特已经意识到一个体面人应该是作为乘客排好队上船，而不是作为水手待在海上。从那时起，她就不再对外人提起自己父亲的职业；和外人提提妈妈还能让她感觉好点，因为妈妈毕竟出生于英国。

她的母亲乌苏拉的价值观和她那个阶层的人如出一辙，而她所在阶层的人大部分都是些在殖民地落脚生活的英国人。乌苏拉的父亲是个干啥啥不行的废物，却固执地抱着白人高人一等、白人永远都是对的的愚蠢想法不松手，整天幻想着什么时候自己能在萨塞克斯郡退休。乌苏拉自己也总觉得嫁得不如意,她总是和旁人念叨她在英国的生活。可惜亚德里挣的那点钱连让乌苏拉回到英国过上她母亲过的生活都不可能。就这样,乌苏拉一直在英国的殖民地上漂着,在这个国家待一段时间,在那个国家待一段时间,她自己也很清楚:与其回英国过穷日子还不如在殖民地过穷日子。乌苏拉死的时候珍妮特还在上学。她死在蒙特利尔,直到咽下最后一口气时,她还为自己最终没能回到英国而觉得遗憾。

即使和哈维·梅休因结婚后,珍妮特的自卑感还是持续了很长时间。她和哈维在舞会上一见钟情,嫁给这个男人后才发现自己其实是嫁给了一个部落,而不仅仅是一个男人。梅休因家的人天生对蒙特利尔这个城市有归属感,在他们眼里,梅休因家族就好像蒙特利尔市周围的群山一样,是这个城市不可分割的一部分。这是一个典型的苏格兰长老会教徒之家,家族成员每个星期天都去教堂做礼拜,每年冬天在圣安德鲁日[①]上就着美酒大啖哈吉斯[②],男人们上完皇家军事学院后就入伍当兵。多少年以来,梅休因家族一直过着富裕而低调的生活,他们用钱生钱,收益来自利滚利的回报以及投资加拿大铁路的所得。作为在学校和大学的委员会说了算的人物,他们定期给大学和慈善机构捐款,以社会信托人的角色提倡艺术。就连有权有势的英国人也得给梅休因家的人面子。这个家族里的成员认为他们来自从大不列颠岛延伸出来的那一部分土地。他们的身体里流的是苏格兰人的血,也因为这一点,他们认为自己比英国人要更精明强干,作为长老会的会

---

① 圣安德鲁日(St. Andrew's Day):苏格兰节日,每年的11月30日。
② 哈吉斯(haggis):苏格兰传统名菜。

员,他们的道德感也比英国人强。但凡家里来了英国客人,如果客人恭维说梅休因家的人一点都不像美国人,那一定说到了这个家里所有人的心坎儿上。

梅休因家族并不看重女人貌美与否,也从来不会信任任何一个美貌的女人。在他们看来,女人的美貌让一个大家族四分五裂的事情很多,看看那些巴比伦人、希腊人、罗马人、法国人、意大利人、西班牙人、葡萄牙人、奥地利人、俄国人还有其他弱小民族的历史就知道了。在他们的意识里,嫁到梅休因家族的女人们不光要在德行上无可挑剔,还得任劳任怨,肩负起抚养梅休因家族下一代的任务。

这个家族接纳了珍妮特,在他们的眼里,她是一个贤良的女子,可珍妮特却从来就没有觉得在这个家自在过。如果丈夫在她身边她还觉得有依靠,因为哈维在家里很有地位,所有的人都尊敬他,视他为典范。哈维是个很自信的人,他很容易就开怀大笑;他是这个家里唯一一个和她开玩笑的人,能逗她开心的人。战争开始后哈维去了欧洲那边打仗,从那时起珍妮特的心里便一直惴惴的,她想念哈维。如果没有了哈维,很难想象梅休因家族还能对她像以前那样,她害怕自己不能做到梅休因家族对自己期望的那样。

自从哈维走后,珍妮特开始做一些奇奇怪怪的梦。梦里,她走进梅休因家豪宅的书房,看见身为将军的公公身板笔直地坐在沙发里读一本杂志,红色的窗帘拖曳在地上,墙上是一幅镶着金框的风景画,画里一个法国农民跟在一匹白马和一匹黑马后面,在暴风雪中艰难地跋涉前行。在珍妮特的梦里,她的裙子褪到脚踝，身上只穿着合唱团里的女孩儿才会穿的紧身衣①。梦里，梅休因将军没有理睬珍妮特，只是深深地叹了口气，而后继续看他手里的杂志。

珍妮特沿着河边的那条大路走着，她走得很快，"哈维死了！离开了我"的念头不停地在她脑海里出现，她被这些念头击打得毫无还手之力，只能任由它来来回回地折磨着自己。妈妈那张冷峻的脸和自己读过的那些痛失亲人的故事也浮了出来，她听到自己在说："我不能让外人看出来，我不能让他们看出……"声音仿佛从留声机里发出的，无休无止地响着。

达芙妮和海瑟突然出现在大路前面。珍妮特不由自主地停住了脚步，手不自觉地掩住嘴巴——这两个孩子肯定是去了前方拐弯处的枫林园。"我不应该让孩子们看见自己这个样子。"一个声音提醒珍妮特。这时，另外一个身影从树林子蹿了出来，珍妮特认出是泰拉德家那个叫保罗的小男孩儿。男孩儿的手里捧着一只死鸟，一只小狗跟在他身后。珍妮特把手放下来，想：这孩子看上去不像个坏孩子，听说保罗的妈妈是爱尔兰人，不过保罗长得像他爸爸，一看就是法国人的后代。

海瑟看到妈妈过来，隔着老远便喊了起来："看，妈妈！看我们找到了什么！"

小狗一路叫冲到珍妮特跟前，在她脚边转着圈儿，差点绊倒她。随即赶过来的三个孩子把珍妮特围在当中。三个孩子中达芙妮个子最高，一头亚麻色的头发梳得整整齐齐，身上的水手衫看着也是干干净净的。一旁的海瑟则像个泥猴儿，条纹罩衫上面满是泥手

---

① 这里寓意珍妮特为了迎合梅休因家族以及社会的要求，压抑自己的欲望。

印子，惹得达芙妮躲着她，生怕挤在一起蹭脏了自己的衣服。

"拿破仑在那边沼泽地找到的。"保罗伸着脏兮兮的两只手给珍妮特看他手里那只死去的小鸟儿。

"不是拿破仑咬死的，我们刚刚看到的它！您看它的脚，妈妈！这是一只苍鹭，对吗？妈妈！"海瑟在一旁着急地说。

保罗把鸟儿往珍妮特眼前一送，珍妮特看到那鸟少了一只脚。

"这种鸟是用一只脚站的，所以它也不需要另外有一只脚。"保罗说。

"它是鹤吗，妈妈？"海瑟问妈妈。

"这是蓝色苍鹭，我在学校里见过。"达芙妮说。

珍妮特脑子里一片空白，根本听不见几个孩子的吵嚷。海瑟看出来了，问："妈妈，您怎么了？"

"没怎么，有什么不一样吗？"

"我也不知道，就是觉得您和平常不太一样。"海瑟说。

"爸爸来信了吗？"达芙妮问珍妮特，接着又加了一句，"妈妈是因为没有收到爸爸的信才不高兴的。"

女儿的话触动了珍妮特，她感觉膝盖一软，眼前一阵晕眩，脚下的土地好像突然塌陷下去。她竭力撑着不让自己倒下去，强打起精神嘱咐孩子们说："就在这里玩玩就行了，不要去沼泽地那里玩。"

"可是妈妈，为什么不可以去沼泽地玩？"海瑟问，"沼泽地那里才好玩！"

"那里太脏了，海瑟。你看看你！总是把自己搞得脏兮兮的！为什么你不学姐姐，穿衣服干净些。"

"可是妈妈！"海瑟还在为自己辩解。珍妮特没有再说什么，她不再理睬孩子们，自己沿着大路向前走去，三个孩子紧紧跟在她后面。

达芙妮问了一句："为什么爸爸一封信都不写给我们？" 接着她又对保罗说："我爸爸是少校，他现在在法国！"

"我知道，你爸爸真了不起！"保罗说。

说话间几个人到了亚德里家的大门口。远远看见亚德里、阿萨纳斯和凯瑟琳坐在阳台上。珍妮特嘱咐孩子们道："你们去远一点的地方玩儿吧！"

"那我们能去沼泽地玩吗？"海瑟问妈妈，"您总让我们去别的地方玩，可又不让我们走远了。"

大路上，拿破仑正在追赶一只松鼠，松鼠三下两下蹿上路边的一棵大树，拿破仑追过去，不甘心地绕着树干叫来叫去。保罗看到后扔下手里的死鸟去追拿破仑，海瑟也跟了过去，达芙妮没有动，转过头看着珍妮特告状说："妈妈，海瑟说话太吵了。"

珍妮特把手放在达芙妮的额头上，爱抚地说："乖，去和他们玩一会儿。"达芙妮听话地走远了，珍妮特正要往屋子里走去，突然眼前一阵眩晕，四面天旋地转，身体也开始摇晃。她强撑着不让人看出来，朦胧中她看见阿萨纳斯站起来和自己打招呼，同时听见自己对阳台上的人说："你们坐着。今天没有信件，一封都没有。我？我没事儿，我得去楼上写几封信。"

珍妮特打开房门，房间好冷啊。她小心地一步步踩着楼梯，等到了楼上的房间时已经是筋疲力尽。她一头栽倒在床上，大口地喘着气。从窗子里隐约传来说话声和笑声，其中父亲的说话声听上去分外洪亮，他好像在给凯瑟琳和阿萨纳斯讲故事，泰拉德嘿嘿地笑着，凯瑟琳也笑得很开心，笑声让珍妮特绷紧的神经松懈下来。

"这匹马叫作'好的',我从来没见过名字这么好听的马。跑起来和兔子一样快,从来没有失过蹄。马主人靠着它挣了好些钱。那人叫凯文·斯利普,是我见过的安纳波利斯河谷[①]那地方最迷信[②]的人,其他人和他比起来不值一提。凯文会给马看病,他拿这个手艺赚钱,人也非常聪明,真的,你要是和他玩牌,他能让你把衣服都输没了。他总带着'好的'去沿海省份的那些展览会和交易会,每年都去,后来他得了痔疮,很厉害,连车都坐不成,没办法,他只好雇了一个人给他赶马车……"

刚刚才稍微放松下来的珍妮特听到父亲的话,心里又开始难受起来。父亲怎么可以讲这样的故事,也不顾及旁边还坐着泰拉德先生的妻子。多少次在蒙特利尔她被父亲的这些故事搞得尴尬得不行! 她爱父亲,可心里却又常常瞧不起一向疼爱自己的父亲。现在哈维死了,自己应该怎么办?怎么和孩子说呢?告诉孩子们她们的爸爸死了? 可怜的孩子们。整个世界仿佛坍塌下来,恐惧像海浪一波又一波冲向她,珍妮特咬咬牙从床上坐起来,嘴里开始嘟囔:"上帝,求您给我力量吧,求您帮帮我!"

亚德里的说话声从窗口一波接一波地传进珍妮特的耳朵:"他们那个镇子里还有一个人,也是浸信会的,名字叫卢瑟·斯伯里。这人是教堂里的执事,比凯文更迷信,他自己也参加骑马比赛,他有一匹母马,叫'小妞'。那马和'好的'一样棒,只不过一个是母的,一个是公的,结果镇子上马房的骑手就起了个

[①] 安纳波利斯河谷(The Annapolis Valley):加拿大新斯科舍省西部的一个山谷地区。
[②] 原文说凯文·斯利普是hardest—shell Baptist,意思是他是一个对自己的宗教信仰非常虔诚的浸信会教徒。

念头,他们觉得如果让'小妞'怀上'好的'的种,生下来的肯定跑得快,在世界比赛上拿奖杯都不一定。可问题是,凯文讨厌卢瑟,因为是卢瑟让他没当上执事,他劝那几个人趁早死了这条心,'小妞'想闻闻'好的'都没门儿。于是有一天……"

珍妮特去了卫生间。看着镜子里自己那苍白的脸庞,她不由得闭上眼睛。她把手放在眼眶上面使劲儿按下去,直到感觉疼了才松手,洗脸时她感觉不到水的冰冷,整个身体似乎丧失了知觉,浑身麻木得不行,而且这麻木的感觉一直停留在她体内,不肯离去,既不强烈也不微弱,但是带给她一种虚幻的不真实的感觉。珍妮特使劲儿盯着镜子里的自己,她害怕起来,害怕这种麻木的感觉最终会让自己疯狂。她擦干净脸,回到卧室里。

"有一天晚上,"父亲的声音还在回响着,"卢瑟和那几个年轻人给'小妞'套上笼套,牵着它进了凯文家的后院。那是十月份,秋天天气很好,尤其是赶着马往回走,感觉舒服极了,人和马踩着地上厚厚的落叶,脚下发出唰唰的响声,月亮把树干的影子投射在地面上。'小妞'开始嘶叫,'好的'在马厩里,闻到'小妞'的味道,也开始不安地尥起了蹶子。旁边就是浸信会的教堂,里面都是人,风琴声祈祷声,就那首歌,《拯救教区》啥的,每个人都可劲儿地亮着嗓门。那几个年轻人乐得不行,他们知道凯文就在教堂里呢,肯定也在那里唱着圣歌。他们打开马厩门……"

珍妮特走到窗户边儿上,视线被房檐角挡住了,看不见阳台上的三个人,不过她可以想象得到下面的画面:父亲把他那条木腿架在另外一条好腿上,凯瑟琳站在他旁边,两个人挨得很近。珍妮特痛恨其他女人和自己父亲亲近,泰拉德先生脸上挂着往常那种带点挖苦人的笑容,在珍妮特看来,她从来也摸不透那样的笑容究竟意味着什么。

"伙计,'好的'把那匹母马好一顿折腾!可以说最甜蜜的一幕都让他们看见了。结果第二天当凯文去马厩的时候……"

空气里突然传来珍妮特的一声尖叫,声音刺耳,听得人毛骨悚然,然后又是一声尖叫,随即传来珍妮特的喊叫声:"别说了!看在老天分上别说了,求求你,安静点!"

屋里,珍妮特离开窗户一头扑倒在屋子中间的铁床上,身体蜷缩成一团,两只胳膊抱着脑袋,身体颤抖,嘴里发出干涩的抽泣声,脸上却没有一滴眼泪流下。外面的亚德里往楼上冲去,木头腿敲击楼梯发出嘚嘚的声音,他走进房间来到床前,把手放在女儿后脑抚摸着。珍妮特没有起身,头依旧伏在胳膊上,嘴里还在抽泣,身体一直在抖,过了一会儿,空气里传来亚德里抚平信纸的窸窣声。

亚德里看完信坐下,床被他坐得凹陷进去一块。"噢,孩子,"亚德里充满怜爱地说,"我可怜的孩子!"一边说一边扶起女儿,搂在自己的臂弯里,珍妮特倔强地扭过脸,不看父亲,亚德里看着女儿,过了一会儿,珍妮特把脸转过来,当目光和父亲的目光碰到一起的一刹那,她又闭上了眼睛,嘴巴控制不住地翕动着,上下牙齿却咬得紧紧的。

"哭吧,孩子,"亚德里压低声音劝慰着女儿,"哭出来就好了。"

珍妮特没有号哭,父女俩就那么坐着。一阵微风从河面而起,带走了平原上的烟雾。一辆装满干草的马车隆隆地驶下大路,马车碾过的路面上,七零八落地躺着几束干草。

十六

那一年的夏天，圣马克的人们看着那些庄稼，河流以及教区后面那一片郁郁葱葱的森林，很难相信今年已经是这个国家卷入战争后的第四个年头了。而且，战争至今还没有结束，还在地平线那一端徘徊，和许多曾经不属于这个国家的事物一样，威胁着魁北克人的生活方式。战争不仅仅意味着战斗和残酷的杀戮，也意味着战争引发了一场工业发展的洪流，带来一个全新的工业机械产业为主的社会，随着它的疯狂发展，越来越多的人被送上祭坛。

在加拿大其他地方，在每个火车轨道沿线的小镇上，战争吞噬着每个人的心。白天，他们被各种各样的战争消息包围，到了晚上则夜不能寐，人们紧张地关注着每一场战斗，对伊普尔[1]、库塞莱塔[2]、朗斯[3]、维米[4]、康布雷[5]、阿拉斯[6]、索姆[7]这些地名的熟悉程度丝毫不亚于他们对弗雷德里克顿[8]、摩斯乔[9]、萨德伯里[10]、鲁珀特王子岛[11]这些地理名字的熟悉。

在魁北克，河流带给人们的宁静安详的感觉让在这片土地上生活的人确信他们对战争的认识是对的：战争是破坏传统的城市的产物，是英美两国商业和重工业发展的产物，是工业建设的产

---

[1] 伊普尔（Ypres）：比利时西部的一个小城。第一次世界大战期间，协约国军队同德军于1914年、1915年和1917年在伊普尔地区进行了三次战役。
[2][3][4][5][6][7] 库塞莱塔（Courcelette）、朗斯、维米（Vimy）、康布雷（Cambrai）、阿拉斯（Arras）、索姆（Somme）全部为法国地名，第一次世界大战中，若干著名战役在这些地区发生。其中的维米岭战役是一战中加拿大所参与最有名的战役之一。
[8][9][10][11] 弗雷德里克顿（Frederickton）、摩斯乔（Moose Jaw）、萨德伯里（Sudbary）、鲁珀特王子岛（Prince Rupert）为加拿大地名，以制造业或者矿业著名。

物，是银行和信托机构发展的产物。魁北克人对战争的看法招来了暴风骤雨般的指责，人们诟病这个地区的贫穷落后以及不思进取，声称是落后守旧让魁北克人不能正确理解战争的意义。然而在整个劳伦琴山区的乡村地带，中世纪的传统依旧被那些稣尔比斯会[①]修士、耶稣会[②]修士、多明我会[③]修士、本笃会[④]修士、圣方济各会[⑤]修士、特拉普派[⑥]修士、圣母玛利亚会[⑦]修士、加尔默会[⑧]修士、乌尔苏拉会[⑨]的修女们传承着，依旧被那些身着灰袍的修女、修道院的僧侣、俗家修士和修女、主教、教区神父、代理神父遵循着，依旧被拿来教导着那些在神学院学习进修的学生。在每一个侍奉上帝的天主教信徒的心里，这场战争和上帝的永恒之光相比，不过是人类历史上带着野蛮印记的一小段插曲而已。

这个国家的人们在仲夏季节里苦苦思索着，融合和非融合的话题变得如此微妙以至于人们学会了回避和忽视。不过，即使两个民族并不想联合成为一体，即使没有任何人可以让这两个民族融为一体，他们依旧宿命般不可分割。

十七

八月的第一个星期，马奎因派来的勘探专家来到圣马克，他们住在泰拉德家里，在教区待了整整六天。这六天里，这些人每天都要扛着水平仪、经纬仪和笔记本等工具徒步走到峡谷附近工作。他们以瀑布为起点在那条小河的上方横着拉了很多根绳子，

[①②③④⑤⑥⑦⑧⑨] 稣尔比斯会、耶稣会、多明我会、本笃会、圣方济各会、特拉普派、圣母玛利亚会、加尔默会、乌尔苏拉会，全部为天主教会的修会，致力于培养传教士。

一直拉到大路那里。勘探者把平底船固定在河面上方的绳子上,自己坐到船里,然后再从船上把挂在硬电线上的铝螺旋桨放到河里以测量河流速度,他们在好几个点重复着同样的步骤。测量工作完成后,他们规划出专门服务这座工厂的铁路的路线。因为铁路路线经过好几个农庄,阿萨纳斯·泰拉德亲自去和那些农民解释,说这些勘探者在做一件很重要的对这个地区的发展有利的事情。有人听说阿萨纳斯私下里告诉特伦布莱说他可能会把特伦布莱的一块地买下来,让他挣笔大钱。

马奎因派来的人回去后没几天,阿萨纳斯便收到一封马奎因给他的信,信里让他马上来趟蒙特利尔,帮着一起筹备公司成立的事情。这样,没等博宾神父和圣马克其他人找到机会盘问阿萨纳斯,他已经离开圣马克去了蒙特利尔。

在蒙特利尔,马奎因已经开始着手准备公司成立的事情,他告诉阿萨纳斯说发电厂的前景预测非常好,一是这条河有巨大的电力资源,二是这一带的地形也不会给建发电厂造成困难。马奎因还说他的工程师已经完成了发电厂的蓝图规划。阿萨纳斯仔细地审核了那几份图纸后便决定把自己在圣马克的宅邸抵押给马奎因,又把自己手里的债券卖了,用卖债券的钱买了新公司的股票。这么一来等于他把所有的鸡蛋都放在了建发电厂的这一个篮子里。有时候夜深人静只剩他一个人独坐时他会猛不丁地对自己这个决定感到恐惧。可当白天来临,听着打字员咔嗒咔嗒的打字声以及"嗞嗞嗞"的电话铃声,看着办公室里的抽屉里那各式各样的文件和信以及参与工程的建筑师、工程师、商业经理、纺织厂专家们的身影和速记员自信的脸庞,兴奋之情便油然而生,鼓舞起他的干劲。那几天里,他和大家一起处在会议的漩涡当中,每一个参加会议的人各抒己见，热烈地讨论着。一切都让阿萨纳斯倍感踏实愉快。

有一天，从渥太华传来了一纸消息：只要建工厂的地基建好，政府就准备着手修建规划中的那条铁路。阿萨纳斯读着信，脸上漾出了笑容：自己对这个计划的政治考量算计得很好，这也是马奎因希望看到的。渥太华那边看来并没有想剥夺他在议会里的席位，而这条铁路的建设肯定会给他在下届的选举中加分。

与此同时，圣马克却是谣言四起，谣言在德劳因的小店蒸腾发酵，随后在整个圣马克地区弥漫开来。德劳因自作聪明地对村民们说建厂意味着一场选举，因为只有政府才会在选举前指使人来这里，所以那些手拿水平仪和经纬仪的人肯定是政府派来的。弗兰特说这个教区将要被分成两个部分，瀑布附近会新建一座教堂。伯根荣则说泰拉德先生正在解决这个问题，这样的话整个教区就会交给英国人。奥维德·比索内特没有像其他人猜来猜去，但是他认为不管未来会发生什么，都肯定不是什么好事。特伦布莱和几个土地被那些人测量过的农民则选择闭嘴，什么都不说。两周以来，总有人跑去和神父汇报，神父只是听着，一言不发，神色严峻得看上去像是一个被人群包围着的将军。

十八

马里厄斯坐在候车室角落里的长凳上吃着艾米莉递给他的三明治。他瘦了很多，凸起的颧骨在白色的皮肤上留下很深的阴影。一旁的艾米莉看着狼吞虎咽的马里厄斯，一直等到他吃得差不多了，才小心翼翼地问道："你确定吗？回去后你会安全？要知道你现在可是回家。"

艾米莉脸上的神情和说话的语气显然刺激到了马里厄斯,他不顾自己的嘴巴给食物塞得满满的,发出一连串的质问声:"哪儿还有安全的地方?我累了!我需要回家!"

艾米莉以她一贯的沉默态度表明自己接受了对方的解释。

"但是别以为我是想回到我父亲的身边,"马里厄斯替自己辩解,"我受够了他!但是他的那些地也有我的份儿。再说我恨蒙特利尔。"

"这我理解。有的时候我也恨这个国家,我是说有时候。"艾米莉的笑容里有着一丝温顺。

候车室里空气污浊,充斥着香烟、痰盂、消毒水、橘子皮、脏衣服和汗液混在一起的味道。等车的人们显然来自不同阶层,他们或坐或倚,每个人的脸上都透着拘束和不自在的神情。穿得齐整但脸色憔悴的乡下女人身旁放着用绳子捆扎打好的行李卷儿。军人和水手模样的人群可能是因为出来度周末的缘故,看上去悠闲了许多。男男女女的脚下一律放着粗制的行李箱,大部分男女看上去像是餐馆的打工人员或者干粗活的锅炉工。突然从候车室门前的广场上爆出一阵喧闹声和笑声,只见一个穿着紫红色丝质衣服的女孩儿,挽着一位穿黑色西装头戴礼帽的男人从广场上的人群里快步走出来。两个人一边躲闪着冲着他们撒过来的大米粒儿和彩色碎屑纸片,一边穿过候车室,径直上了等候在站台上的列车。正在候车的人的目光被这对新人吸引,大厅里的气氛变得活跃起来。

马里厄斯终于吃完了那块三明治。他用皱巴巴的手绢儿擦干净嘴巴,眼睛盯着对面墙上的挂钟,脸上还是一副恼怒的表情,嘴里没好气地嘟囔着:"等——等——等!今天做的只能是等了。"艾米莉把手放在马里厄斯的胳膊上,轻轻地抚摸着,她这么做显然是想帮马里厄斯舒缓一下内心的压力,可马里厄斯却并不领情,闪开了手臂。艾米莉很想知道这几个星期马里厄斯都躲在哪里,干些什么。她想问,但最终还是没有开口。只是心里暗暗地想,马里厄斯能来饭馆找她就已经谢天谢地了。

过了一会儿,艾米莉终于忍不住问道:"你是不是身上没钱了?也许这是你要回家的原因?"

"如果是呢?"

"那你应该来找我啊。我不会看着你挨饿不管的。"

马里厄斯笑了,说:"我一直在学习。"

"这么说你回学校读书了?"

"别把事情想得太简单了。你上过大学吗?"

"上帝,你真的没必要这样挖苦我。"

"我在思考很重要的东西,比如说穷人是怎么想问题的。"

"这个我就能告诉你。"

马里厄斯看着艾米莉,带着嘲讽的语气说:"我发现穷人没脑子。别人说什么他们就信什么,他们能记住已经很不错了。而且,他们都很懒。"

说完他从凳子上站起来,用力把手往衣服口袋里一揣。马里厄斯的动作引起了一个过路士兵的注意,那人转过头,盯着他看,马里厄斯不甘示弱地盯回去,直到把那个士兵盯得转过头去才收回目光。

马里厄斯居高临下地看着艾米莉,说:"在这个镇子里,我遇到的穷人都是法国人。我们是被那些英国佬的摩托车压扁了的人。"说完他斜楞起眼睛用不屑的眼神瞥了一眼坐在凳子上的艾米莉:"你是不是连为什么蒙特利尔只有几个英国佬这种事情都还没想明白?"

艾米莉摇了摇头。她对马里厄斯的这些话不感兴趣,而且她也不喜欢马里厄斯的说话方式。马里厄斯弯下腰,从地上捡起一粒大米,米粒显然是从刚才那两个度蜜月的男女身上落下来掉到地上的。马里厄斯用指尖捏紧那粒大米,看着它说:"虽然在蒙特利尔,法国人和英国人的人口比例是三比一,但是就整个魁北克省而言,这个比例却是七比一。即便法国人占大多数,但这里所有的一切却攥在英国人手里!蒙特利尔的英国人控制了一切。可是你知道吗?整个加拿大曾经属于我们法国人!"

艾米莉微笑着看着马里厄斯,但那笑容里透着一丝勉强的成分。她用手扯扯马里厄斯的大衣示意他坐下。马里厄斯没有理睬她,继续用高谈阔论的语气说道:"工厂里的那些老板都是英国人。一个英国老板,五百个法国工人,这个比例难道还不能说明问题吗?"他像掐一只跳蚤似的把手里的那粒大米用指甲掐碎,嘴里继续说道:"说到底,还是那些穷人太懒。富人也聪明不到哪儿去,但是他们知道害怕,有危机感,这样的人一般来说不会太懒。"

艾米莉从板凳上站起来,心里已有的常识告诉她马里厄斯不应该说出这些话来。她想,虽然马里厄斯的话似乎很有道理,但这样的话除了给说话人惹上不必要的麻烦外没多大意义。

艾米莉看着马里厄斯干瘦的脸庞,扯了扯他的袖子问:"你现在打算做什么?"

"我怎么知道?"

"他们会来抓你吗?你觉得他们能知道你想去哪里吗?"

马里厄斯没有回答,他瞪了艾米莉一眼,快步走出候车室。艾米莉急忙赶上去,吃力地跟在马里厄斯的后面,她这才意识到马里厄斯内心的恐惧,追他的人肯定能发现他在哪儿藏着,所以他得赶紧逃离这个镇子。还有,如果一个男人那样说话,通常都意味着他内心很恐惧。

两个人走到检票口,马里厄斯出示车票,检票员没有细看便放两人过去。艾米莉跟着马里厄斯来到月台。马里厄斯一直向前走着,直到最后看到一个乘客挤得满满的车厢才停下脚步,回过头看着艾米莉,脸上换上了一种优柔寡断的神情,甚至有点可怜兮兮:"如果我有点儿钱的话……"

火车开走了,艾米莉挥挥手,怅然若失地站在月台上。上车之前马里厄斯狠狠地亲了亲艾米莉,他亲的时候很用劲儿,牙齿都磕着她的嘴唇了。不过,除了疼外,艾米莉并没有从那亲吻里感觉出恋人之间的柔情蜜意。艾米莉这样想着,心事重重地往站台外走去,她能做什么呢?她只有七加元。也许她可以把这仅有的七加元捐给教堂,然后祈祷圣母玛利亚显灵,让她的马里厄斯变得和善些、快乐些,这样他们两个人在一起时才会快乐。可是如果她想得到圣母的庇佑,首先她得做得足够好,能够称得起庇佑。

十九

天还没亮保罗已经穿好衣服和袜子,摸黑下了楼。为了不吵醒屋子里还在酣睡的其他人,他把鞋子拎到厨房穿好,然后轻手轻脚地去了院子后面的一间小屋,拿上昨天晚上特意放在那里的鱼竿，扛在肩膀上出了院门。他穿过家门口的小路，来到那条通往河边的大路上，四周黑漆漆的，看不到一星亮光，整个村子显得非常寂静。保罗心里暗自得意：看来他蓄谋已久的在别人起来之前就上路的计划很成功。

保罗沿着那条大路向船长家走去。随着地平线尽头出现的一抹亮光，远处传来大公鸡唱歌似的打鸣声，晨曦渐渐扩散，依河岸而种的一排排树影跟着也清晰起来。不多时，保罗已经来到船长家的后门，他从窗外向屋里瞧去：达芙妮和海瑟一左一右坐在船长旁边，铺在桌子上的油布在灯下反射出黄色的微光，船长正在往嘴里送饼干吃，面前的一杯热可可冒着热气。保罗把肩上的鱼竿拿下来，靠墙放好后用手敲了敲窗户，海瑟听见敲门声，立刻睁大了眼睛，跑过来一边开门一边嚷道："我们要去玩喽！"

保罗跟着海瑟进到屋里。船长正在催促达芙妮多吃点儿。达芙妮一副迷迷糊糊的样子，眼睛又红又肿，好像是刚刚哭过。他知道海瑟几个星期前大哭过一场，但是现在已经好了，几乎不提她父亲的事儿了。

"喝点儿热可可，保罗，本来是想给你们熬点儿粥喝的，可是这两位小姐不愿意吃粥。"

"是外公您亲口说过喝粥会让我们胸口上长毛的，胸口上长毛太可怕了！"海瑟嚷道。

保罗喝了两大杯热可可，吃了两片涂了黄油的压缩饼干。海瑟和达芙妮把压缩饼干掰成小块儿，蘸着碗里的糖浆吃。

达芙妮提醒妹妹说："你下巴沾着糖浆呢。"

海瑟心不在焉地揩了一下脸，看着窗外灯光映衬的田野，问船长："外公，是不是太阳升起来，鱼就都跑到水底下游泳去了？"

"大部分鱼是这样。"

亚德里吃完了，站起来一瘸一拐地去了阳台，不一会儿手里拿着四根鱼竿回来，催促孩子们道："我们得赶紧走了。你们昨天晚上把装鱼饵的罐子留在小船里了吗？"

"留在那里了，外公。"海瑟答应着，转过身来看着保罗说，"那些小虫真可爱！它们在罐子里可活泼呢，不停地扭着身子，我看它们喜欢待在那里。"

亚德里出门后，海瑟俯下身子贴着保罗的耳朵悄悄说："我外公最近很不开心。"保罗被海瑟嘴里呵出的热气弄得耳朵直痒痒，他压低声音对海瑟说："我猜最难过的是你妈妈。"

"她的心都碎了，我也很难过，因为我不想当孤儿。"海瑟说。

三个孩子跟着船长出了大门，几个人穿过燕麦田里的一条小路直奔河边而去，萤火虫在他们前面发出明明灭灭的微光，被露水打湿的麦秆儿不客气地蹭着他们的腿肚子。海瑟显然很快就忘了自己刚才说的话，在路上她跑得比谁都快。

河边的芦苇丛里，一只平底小船系在桩子上，亚德里解开小船，把船往河对岸的方向推去，船底和岸边的河卵石摩擦，发出很大的声响。船头的一部分刚进到水里，船身就在浮力的作用下滑进了河里，好像等不及要去吻河水似的。保罗站在外面，两手抓稳船舷帮助达芙妮和海瑟先上了船。被露水打湿了的船身外壳挂着一串串小水珠，水珠儿很快连成一道道和船身一样颜色的灰色细流，从保罗的手上流过时，带给皮肤阵阵凉意。船里的海瑟举起装鱼饵的小罐子使劲儿地晃着。

"准备好了吗？"亚德里喊道。

孩子们齐声回答准备好了。

这个河段有一处回流区，河水平静鲜有激流，河面几乎有一个大湖那么宽。因为今天有雾，所以看不见对岸的景象，也愈发显得这片水域神秘而不可捉摸。

海瑟和达芙妮先上船，在船中间找个位置坐下。亚德里紧接着跳进船里，平衡好身体后侧着身子挪到船尾，像是吆喝开船号子似的喊道："开船喽！"高亢的声音在湿漉漉的清晨里回响，喊声打破了四周的静谧。保罗听到船长的命令，使出全身力气猛地一推小船，小船轻盈地向前滑去，保罗随着小船向前紧走几步，跟着抬起膝盖，搭在船头猛地一着力，身子一骨碌翻进了船里。他在船里找了个位置坐下来。亚德里两条腿一左一右贴紧船帮稳稳当当地站在船尾，手脚利索地摆动着手里那根长长的桨板，小船掉了个头，向迷雾笼罩的河水深处驶去。

"新斯科舍省的渔民就是这样划船的吗？"保罗问亚德里。

"是的。"

船滑进了深水区。除了船桨运动时发出的吱吱声和打击水面时溅起的水花儿声，四周再无其他声响。船头随着船桨划水的节奏颤悠悠地晃着，在一处立着桩子的浅水区，他们停住船，用绳子把船固定好后开始钓鱼。等到太阳升起的时候，保罗和海瑟已经各自钓到了两条，船长则收获了四条大鱼。只有达芙妮一条也没有钓到，两条鱼咬了钩却又跑了。

太阳从河面上冉冉升起，散发出的光线像红色箭头，把飘浮在河面上的迷雾撕得粉碎。这个从河里升起的圆球越升越高，渐渐地整个河面被黄灿灿的金色笼罩，保罗看着眼前的景象，仿佛看着千万支蜡烛在圣坛上燃烧，在众人的齐声高唱之下，从主持弥撒的神父的金色长袍上折射出万道金光，那是来自神圣天上世界的光芒。晨光开始只在村庄那边的教堂和河上游方向的教堂的尖塔上徘徊，后来又挪到了铝做的教堂屋顶上。这时，低沉有力的钟声从沿河的各个教区响起，钟声此起彼伏，顺着河面连绵不断地传过来，在钟声中，世界骤然变得明亮。保罗低下头，嘴里开始小声地祷告。达芙妮用诧异的眼神看着保罗，又转过脸冲着海瑟挤了一下眼睛，似乎在笑话保罗。船长皱着眉头看了达芙妮一眼。

等钟声停了，达芙妮问保罗："你每天早晨都祷告吗？"

"是的，每天睡醒后都要做奉告祷告。"

"挺好玩儿的。"

亚德里对达芙妮说："随便评价别人的宗教信仰不礼貌。"

"我只是觉得当天主教徒挺好玩儿的，没别的意思。"

"天主教徒还觉得我们新教徒狗屁都不是呢！"

"妈妈说不能随便说脏话！"达芙妮嚷道。

亚德里白了达芙妮一眼。

海瑟安慰保罗："别管她，保罗。达芙妮就这样。她有时候特别讨厌！"说完从装鱼饵的罐子里摸出一条蚯蚓拎到达芙妮眼前："你连把虫子挂在鱼钩上都怕，还是保罗帮你挂鱼饵的呢！"

达芙妮吓得脸色大变，她向船长告状："外公，海瑟吓唬我。"

"不许吓唬姐姐，海瑟。"亚德里说。

"您看她的手，"达芙妮说，"太脏了！"

保罗突然站起来，嘴里喊着："咬钩了。"

三个人顾不上自己手里的活儿，转头去看保罗和他手里的渔线。保罗一双眼睛由于紧张瞪得老大,嘴巴微微张开,门牙也露了出来,看得出他已经使出了全身的力气,渔线在空中晃来晃去,水面上,椭圆形状的水纹儿一圈一圈不停地荡漾开去。亚德里又往前划了划船,意图让船身和鱼隔开一定距离,终于,保罗把那条大鱼拉到了船舷处。他弯下身子,从水里抓起鱼扔进船舱。

"干得不错!"船长表扬保罗道,俯身从船舱抓起那条鱼。一只手抓着鱼头,一只手抓着鱼身子,在鱼鳃处用力一折,鱼身断裂发出的声音把达芙妮吓得一个激灵。

"外公,我不要您这样杀鱼。这么做太讨厌了!"达芙妮抗议道。

亚德里看着达芙妮说:"我可不能让这条鱼躺在船底一点一点地死去,那样做才叫残忍!另外鱼肉吃着也不新鲜。鱼快死的时候胃里会分泌出很强的酸性物质,一条快死的鱼其实是在消化自己的身体。"说完他拿出表看了一眼,又看了看天,"好了,我看我们得回去了,你妈妈一会儿就起来做早饭了。"

二十

博宾神父几乎一晚上没睡。马里厄斯昨天天黑时来找他,神父建议马里厄斯在自己这里住上一晚,明天再走,马里厄斯答应了。吃过晚饭后神父找了间可以住人的空房间安顿好马里厄斯,两个人交谈了好长时间才各自休息。

第二天一大早,神父独自一人去了教堂。进教堂后他做的第一件事便是为泰拉德和马里厄斯祷告。说实话他心里很为马里厄斯担忧,这个孩子一点都不宽容,甚至可以说无情无义;如果他一直这样下去的话，真不知道会变成个什么样的人。当然，神父也没忘替自己祷告一番，祈求上帝赐予他智慧和胸怀去保护圣马克教区。

十点刚过，神父出现在阿萨纳斯·泰拉德家的门口。仆人把他领到书房，然后去通报阿萨纳斯，几分钟后阿萨纳斯出现在书房门口。神父省去寒暄，直截了当地对阿萨纳斯说："泰拉德先生，我见到您儿子了，我们交谈过。"

"您是说马里厄斯？您在哪儿见到他的？"

"他说他现在不想见您，所以他在哪里并不重要。您不用担心，他看上去精神不错，我觉得过一阵子再见他比较好。另外，我也希望他看待事情的方式稍稍改变一些。"

"这么说他现在在我们这个村子里？"

神父朝四面打量了一眼，没有说话。阿萨纳斯拖过一把椅子，请神父坐下。

"我来这里不是为了马里厄斯，泰拉德先生。我来这里是为了您。"

阿萨纳斯磕磕手里的烟灰："您找我有什么事？"

"我和特伦布莱刚聊过，还和其他人也聊了聊，听说您要把他们的地买下来？"

"怎么了？"

"您不能这样做，泰拉德先生。这点你我都很清楚。"

"那你说我还不能做什么？"

神父面露不悦地摆摆手，很快又克制住自己，把手收回来放在大腿上，身子往前坐了坐，说："我从头到尾知道这事儿，这么说吧，您的意图是在圣马克建一座工厂，对吗？"

"这违法吗?"

"这不是法律的问题。您买特伦布莱家的土地,是不是为了在那里建座工厂?"

"如果我回答您是呢?"

"那我就命令特伦布莱,不许他卖给您土地。我还会要求其他人也不要卖地给您。"

阿萨纳斯猛地从椅子上站起来,因为愤怒,他的脸涨得通红。一阵大风从窗户刮进来,桌子上的纸被吹得七零八落,窗帘被风吹得紧贴在窗户上。天际尽头处,一大片黑沉沉的雷雨云正在往村子这边翻滚着扑过来,大地转眼之间变得阴森无比,就连河面上的涟涟波光也被罩在乌云下方巨大的阴影里。很快,窗户上传来雨点的噼啪声,紧接着,一道闪电划过,随后传来轰隆隆的雷声,一场暴风雨就要来了!房间里的光线暗了下去,就连书架上的书也跟着暗淡了不少。阿萨纳斯赶忙走过去关好窗户,然后回到椅子上坐下。

"你太过分了!神父。你凭什么如此仇恨我!你来这里到底想干什么?!"阿萨纳斯的脸色稍微缓和了些。

"恨您?!昨天晚上我还为您祷告来着!我一直都是这样,尽力去理解您的做法,可是您呢?"

暴风雨更猛烈了,雨水冲刷着窗户上的玻璃,大风变成了飓风。只一阵儿的工夫,天地间到处充斥着风的嘶吼声,白天的安宁气息被一扫而空。大风抽断了老树的枝条,抽打着田野里的老牛,庄稼无力地匍匐在地上。

"博宾神父,不管您怎么理解建工厂这件事情,可有一条您不能忘记,那就是我们现在生活在二十世纪,在圣马克建发电厂是迟早的事情，是谁都回避不了的。如果法国人自己不建工厂，英国人也会来建。现在看光凭种地根本养活不了这个教区的这么多人。除非我们把这些人赶到美国那边去谋条生路，否则我们就得在圣马克给他们提供机会，让他们能有份儿工作做。"

"那战争还是二十世纪的一部分呢！"雷声重新响起，隆隆声淹没了神父的讲话声，他不得不打住，一直等到雷声消失后说："可这是不是一定就是好事呢？"

惊雷"轰"的一声在阿萨纳斯·泰拉德家房子的上空炸响，巨大的喀拉声淹没了阿萨纳斯的声音。雨水狠命地打着窗户，屋子仿佛是被罩在暴风雨的空核中，屋子里的空气变得愈发憋闷……

"我可以告诉您的是，我第一次做神父时工作的教区是个工厂区，老板全部是英国人，那里的法国人一年中有三个月都没活儿干，穷得要命，好人的境地越来越悲惨，地位也越来越卑贱。因为贫穷，越来越多的私生子被生下来，可怜人越来越多。"神父直视着阿萨纳斯，"那里的人过去都是信仰上帝的天主教徒，可后来呢，他们都快忘了上帝的存在。有些人还脱离了教堂。那些英国老板可以大把大把地挥霍钱财，可工人们却越来越穷。从他们自己手上生产出来的产品价格提高了，但他们一点好处都得不到。"神父提高了声音，"这就是事实，您谴责我不喜欢英国人。从个人角度来说我对英国人没有任何成见。可是他们不是天主教徒，他们在感情上伤害了法国人，把法国人当廉价劳动力，用完了就扔在一边，所以我不会让您在这里建厂的，泰拉德先生。我不会让您这样的人毁了这个教区，我相信主教大人也不会同意。马里厄斯和我讲了您的一些事情。有一些我早就听说过,而且我觉得人们没有说错。干脆把话摊开了吧,您是个好天主教徒也罢,坏天主教徒也罢,你不能无所顾忌地违抗教会和神父的意见。如果说你我之间必须有一场战斗才能……"

风暴向着河的下游的方向走了,但雨水还在抽打着窗户。不知什么时候起屋子里的灯亮了。阿萨纳斯看着神父,眼神里虽然没有了刚才的讥讽之色,但看得出他还在生气:"你觉得你能阻碍得了这个地区的发展?"

站在屋子中间的神父一动不动,眼睛一直盯着阿萨纳斯:"您觉得这儿的人会听您的吗?听从您这样的人?如果他们知道您如此和教会唱反调?"看到阿萨纳斯没有说话,神父继续说道:"您以为这里的人会那么快忘记您的第一个妻子?"

这句话彻底让阿萨纳斯乱了阵脚,他看着神父,嘴巴嗫嚅着,似乎想说什么,却一句话都说不出来。

"她是个圣洁的女人。因为你她才受了那么多没法说出口的罪,因为你的……"

阿萨纳斯的脸猛然涨得通红,怒气让他热血上涌:"马里厄斯……?"

"您还记得您的前妻是怎么死的吗?"神父摆出一副不依不饶的姿态,继续追问道。

不知是因为生气还是害怕,泰拉德泛红的脸庞刹那间变得苍白,手指开始颤抖。他猛地站起来:"够了!"话没说完便噎在那里。

博宾神父站起身,看着阿萨纳斯,两个人的目光对在了一起。

"够了!听着,我现在请你离开我的家!"

神父还是一动不动地看着阿萨纳斯,过了好大一会儿,嘴里挤出一句话来:"泰拉德先生,请您回到我们中间来!"

阿萨纳斯不说话,一副对神父的话充耳不闻的样子,一直等到神父离开了房间,他才跌坐在椅子里,双眼紧闭,两只胳膊无力地垂在身体两侧。在博宾神父说出那句话之前,他一直以为没有人知道自己的秘密,他把它放在心里最隐秘的地方。正因为如此,他才能在神父面前保持着优越感。可是博宾神父刚才的那番话直击他身体里最隐秘的记忆,打得他毫无还手之力。

他脑子里不停地回响着神父的最后那句话。儿时受到的教育让他又一次感到自己罪孽深重。他甚至觉得自己几乎要晕倒在神父面前。他该怎样去给这种终身禁欲的人解释玛丽-阿黛尔死前的那个夜晚到底发生了什么呢?怎么去给别人说呢?经过那个夜晚后他自己都没法解释这一切,人生中哪里有那么多可以说得清道得明的事情?!

枕头上,玛丽-阿黛尔娇小的修女般的脸庞和亚麻一样白皙。颧骨上有两片异于肤色的红晕。阿萨纳斯双手抓着床沿儿的栏杆,马里厄斯在他身后跪着,不停地抽泣着祈祷着。在床的另一边是玛丽-阿黛尔的母亲和她的妹妹———一位乌尔苏拉会的修女。房间里还有忏悔牧师和医生。这两个人在门口站着,桌子上摆着圣水、花和蜡烛。神父主持了最后的仪式。阿萨纳斯站在床边,看着被单下躺着的玛丽-阿黛尔,她看上去如此虚弱,虽然眼睛还睁着,但是很显然她已经看不见东西了。阿萨纳斯回想起他和玛丽-阿黛尔在一起时那些美好的时光以及那些让人不无遗憾的时光,他的心似乎被掏空了。他觉得自己好无助,房间里的气氛让他再也忍受不下去了,他身体抖索着向门口走去,医生见状扶住他的手臂和他一起来到外面。"结束了。"阿萨纳斯听见医生说了一句。

已经是深夜了,阿萨纳斯在走廊里徘徊了一会儿后,离开医院来到大街上,周围空旷无人,温度只有零下十五六摄氏度,结满冰霜的树枝在寒夜里发出咔咔的声音,可是阿萨纳斯丝毫感觉不到寒冷。他心如死灰般地在大街上走着,几个小时过去了,耳朵都快冻僵了都不知道。后来他突然想起了凯瑟琳,于是便去找她。凯瑟琳随他出来,两个人一起重新回到医院。

他在医院多订了两个房间,两个房间和玛丽-阿黛尔的病房在一层楼上,一间是给他自己的,另外一间马里厄斯住。凯瑟琳陪着他去了他的房间。阿萨纳斯一个人先去了马里厄斯的房间,看到马里厄斯安静地躺着,他转过身来出了房间,轻轻带上房门。回到自己房间,凯瑟琳坐在床边等着他。两个人没有说话,只是目光里充满了安慰,整整一个晚上凯瑟琳陪着阿萨纳斯,把他搂在怀里,几乎一晚上没合眼。第二天阿萨纳斯醒来时,凯瑟琳已经走了,只有他一个人在屋子里。太阳从房顶那边升起来照着这个城市新的一天,窗外的积雪在太阳底下闪着细碎的光。他从昨天晚上寻死的想法中挣扎出来,回味着生活还得继续的道理:玛丽-阿黛尔为了死后能进天堂,没有一天真正地生活过。她信奉只有上帝才可以让她的灵魂安宁平静,她带着她的信仰去了另外一个世界。但是他还活着,而且要继续活下去。自从那天早晨起,他对凯瑟琳充满了感激之情,他知道自己从此要偿还那个夜晚她为自己所做的一切。

房间里回响着阿萨纳斯粗重的喘气声。这么看来马里厄斯知道那一晚上他和凯瑟琳睡在一起，这件事应该就是这么多年横亘在父子之间的矛盾的起因。现在，连博宾神父也知道了这件事。

阿萨纳斯勉力撑着站起来。那天晚上让他的生活发生了变化，即使他不愿意承认，这种变化也存在着。他做了一件令人憎恶的事情。但潜意识里他又觉得自己不应该受到这种谴责，他不认为任何人，不管是神父还是普通人，可以带着某种权威来谴责他。

窗外，暴风雨停了，从云缝里钻出来的阳光炽热地把能量洒在刚刚被雨水浸湿的大地上。阿萨纳斯感觉自己脑袋里好像有什么人在对他嘶吼着，又好像有人在不停地击打他的脑袋。他回到房间里，找到椅子坐下，头更痛了。他闭上眼睛，抬起手摁着额头，再睁开眼时，看见凯瑟琳站在门口。"也许她在那儿已经站了很久了。"他想。

"你气色看上去怎么这么不好，你生病了？"凯瑟琳问。

"头痛，老毛病了，这次又犯了，不过没事儿。"

"博宾神父刚才说了什么？"

"他就说了说马里厄斯的事儿，没什么大事儿。"

"噢！"看着丈夫的样子，凯瑟琳知道事情并没有那么简单，她走过去问，"那些人带走他了？送他去参军？"

阿萨纳斯微微抬起眼皮，眼前出现了凯瑟琳的脸，他无力地闭上眼睛："没有。"

凯瑟琳轻轻地吻了吻阿萨纳斯的嘴唇，说："阿萨纳斯……发生了什么？"

"没事的，上帝会帮助我们的。"阿萨纳斯脱口而出。

凯瑟琳困惑地看着丈夫："你真的没事？"

阿萨纳斯强撑着站起来往楼上走去，扶着额头说："我没事，不用管我。"

卧室里，阿萨纳斯缓慢地脱下身上的衣服，凯瑟琳跟在丈夫身后，一件件接过丈夫递过来的衣服，扶着他躺下。床单传递出的凉意让阿萨纳斯的内心稍微平静了些，他疲惫地闭上双眼，同时感觉到一双手放在自己的额头上，那是凯瑟琳。过了一会儿，他的耳朵里传来她离开时轻轻带上门的声音。

凯瑟琳离开了，房间里只剩下阿萨纳斯一个人，他躺在床上，想到自己升高的血压，心里有点害怕：不，他不能死，好好睡一觉，睡起觉明天早晨就没事儿了。还有那么多的事情等着自己去解决，他绝不能死，他要静下心来，一个一个去解决掉那些事情。阿萨纳斯灰白的嘴唇上闪出一丝不服输的笑意。不，他没有被打败，事情很快会有转机的，到那时他还可以做领头人，他一定要坚持下去，不让头脑里孩子气的东西阻止自己做下去，他没那么容易被打败，永远都不会被打败。

二十一

这个下午，保罗和布兰切特在地里刨土豆。空气又干又热，连着干了三个小时后，保罗的手磨起了水疱。布兰切特瞧见后让他停了手中的活儿，陪着他一起回到屋子里。厨房里，朱利恩拿来事先放在井里的啤酒和盛着大麦水的水罐儿，房间里的热气很快使罐子表面蒙上了一层儿水珠。布兰切特喝啤酒，保罗喝大麦水。朱利恩又端出她做的苹果馅饼儿，保罗一口气吃了好几个。到了晚上吃饭的时候，保罗因为下午吃得太撑，只喝了一杯牛奶便回了自己房间，准备睡觉。

保罗手枕着后脑勺躺在床上，虽然感觉一双手很酸很痛，身体也乏累得不行，心里却挺高兴。上个星期他从自己的房间搬到哥哥马里厄斯的房间来住，新房间比他以前的房间大很多，墙壁上贴满了白色光亮的墙纸，角落里立着一把短枪，墙上挂着一双雪地鞋。橱柜里挂着哥哥的套装和毛衣，还有一个行李箱和去年秋天打猎时哥哥用的睡袋。床头的墙面上方挂着一个青铜铸的十字架，十字架的对面安放着一个很小的祭台，祭台上摆放着圣母画像、蜡烛和另一尊较小的十字架，在圣母的画像旁还有一张耶稣的画像，画里的耶稣头戴荆棘编成的王冠，有血顺着他的额头淌下来。整幢大屋子里，只有哥哥和朱利恩有这样的照片，朱利恩的那张摆在厨房里。保罗看着房间里哥哥留下来的东西，觉得自己好像一下子长大了不少，他喜欢这种感觉。

床上放着两本书，一本是法语版的《三个火枪手》，另一本是他从船长那里借来的英语版的《金银岛》。虽然他现在已经可以凭自己读下来一本书，但因为不会拼写，所以并不能完完全全地看懂一本书。今天晚上，他实在是太累了，打不起精神读书。保罗躺在床上，看着窗外一点点暗下来的天空和窗檐底下钻进钻出的小燕子，想到远处的圣劳伦斯河河面，心里有说不出的高兴。

门开了，空气里传来一阵裙角的窸窣声，原来是妈妈，手里还抱着家里的那只猫咪。妈妈来到保罗的床边坐下，微笑着说："我把咪喏给你抱来了，不过你可别告诉爸爸。"猫咪跳到床上。保罗把身体往妈妈跟前挪了挪，伸出手去抓咪喏，却落了个空，咪喏闪到床的另一头儿趴下，只留给保罗一个脊背。妈妈把手放在保罗的额头上，保罗闻着妈妈身上淡淡的香水味儿，心里感到无比的惬意和温暖。

"妈妈，您今天去哪儿了？"

"我一直在陪你爸爸。爸爸累了一天，他有很多事要做。"

"人长大了就有很多事要自己去做，所以大人们都很累，是吗？"

"哦，也不是。因为你爸爸是个重要人物，所以很多事情他得操心。"

保罗犹豫了一会儿问妈妈道："妈，你说马里厄斯会不会不乐意我住在他的房间里？"

"当然不会！你怎么能这么想呢！"

"可是他脾气很大。"保罗停了一下又问，"妈，是不是马里厄斯碰到麻烦了？"

"没有。他是个大人了。"

"可是他为什么不回家看爸爸呢？他为什么要恨爸爸呢？"

"他不恨你爸爸。你可不能那么想哥哥，听见了吗？小孩子不可以管太多事情。"

"但是……"

"马里厄斯是个大人了，他又聪明，不会有麻烦的。"

听妈妈这样说，保罗一本正经地问道："是不是只有小孩子才会碰到麻烦呢？"

凯瑟琳笑了，把咪喏抱起来贴在自己脸上，咪喏显得很乖，一动不动。玩了一会儿后，凯瑟琳重新把猫放在保罗的腿上，手来回摩挲着猫的脊背，猫咪还是一动不动，看来它也很享受妈妈的抚摸。"看见了吗？咪喏喜欢你呢！"妈妈说。

保罗睡着了，口鼻里发出均匀的呼吸声。凯瑟琳轻轻抬起放在儿子额头上的手，低头温柔地吻了一下儿子的额头，轻手轻脚地离开了房间。

夜色中，这座大宅子里的每个人都进入了梦乡。保罗做了一个梦，梦里，耶稣基督被钉在十字架上，从天空中探出一束光照射到那十字架上和它的周围，四周充斥着可怕的嗡嗡声，在光亮照不到的地方是深不见底的黑暗。嗡嗡声停止了，黑暗迅速弥漫上来，手里拿着武器的士兵们从树林里钻出来，眨眼间地面上已经爬满了匍匐前进的士兵，炸弹在他们周遭爆炸。保罗看见自己躲在一块岩石的后面看着眼前的一切，他的两只手紧紧抓着岩石，嘴巴一开一合仿佛在祈祷。接着他看见两个士兵手拿刺刀捅进对方的身体，更可怕的是那两个士兵突然变成了父亲和马里厄斯。保罗抬起脸向上看去，十字架上的基督眼睛向上翻着。他不由得惊叫一声，醒了过来，蒙眬中感到自己的嘴给一双大手捂住了，黑暗里有人在说话：

"别出声！"

保罗吓得坐了起来。窗框被蒙上了一层深紫色的光晕，月亮和星星嵌在夜空中，借着月亮透进来的光，保罗看见一个影子，房间里同时传来划火柴的声音，接着，手里提着油灯额头上耷拉着一绺头发的马里厄斯出现在光亮处。

"发生什么事情了，哥哥？"保罗颤抖着小声问道。

"你在我房间里做什么？"

"他们说这个房间给我了。"

"他们是这么说的？他们真是这么说的？！"

马里厄斯几步走到橱子那里，又猛地跳了起来，差一点碰翻了油灯："那是什么？"

房间暗处，一团黑影伏在地上。

"是咪喏。"

"你把猫带到床上干什么?这些猫身上都是虱子。"马里厄斯打开衣橱。

"你刚到家吗?"

"我只是回来拿点东西。少问来问去!"

马里厄斯三下两下脱了衣服,一股强烈的汗馊味扑进保罗的鼻子。灯光把马里厄斯裸露的身体拉出一道长长的影子。因为瘦,他凸出的肋骨下方被灯光照出一道道的阴影。马里厄斯把旧衣裳挂回衣橱里,从里面拿出一套干净衣服和两件毛衣,接着又去了五斗橱那里,打开抽屉从里面拿出几件衬衫,给自己找出一件换上。保罗看着匆匆换好衬衫的马里厄斯,心里想:哥哥还是很帅的。马里厄斯穿好衣服后重新走到衣橱前,拿出原先搁在衣橱里的行李箱,把干净衬衫和毛衣放进箱子里,又把睡袋从钩子上拿下来卷好,放进行李箱里,然后又从橱子里取出一双厚靴子给自己穿上。一切都准备好后,马里厄斯戴上帽子,把帽檐拉低,扭头对保罗说:"不许告诉别人我回来过!知道吗?"

保罗点点头。马里厄斯向房间放枪的角落走去。他端起立在地上的短枪,眯缝着眼对着房间里的灯瞄了半天,还拉开枪身,似乎在检查里面有没有子弹。检查完后他把枪重新放回原地,嘴里小声嘟囔出一句:"带上也没用,没子弹。"

保罗耷拉着腿坐在床沿儿上,说:"秋天还没到,现在打不了猎。"

马里厄斯走过来,站到保罗跟前,眼睛死死地盯着他问:"你今天晚上吃的啥?"

"我就喝了一杯牛奶。"

"我是说别人都吃了啥?"

"烧牛肉吧。"

马里厄斯高兴了:"能剩下点儿就好了。"

"哥哥,你要去哪儿?"

"不要你管。记住!你假装没看见过我,闭紧嘴巴,不许和任何人说。"

马里厄斯提起行李箱和睡袋,踮着脚尖向门口走去。尽管他竭力放轻脚步,但脚下的旧地板还是发出嘎吱嘎吱的声音。到了门口,马里厄斯放下手里的东西去开门,他刚把门闪出一条缝,咪喏先从门缝里蹿了出去,马里厄斯轻声骂了一句,把睡袋拿出去放到门口,折身拎起行李箱迈出门外,带上房门走了。

第二天上午,阿萨纳斯把保罗叫到书房,一脸严肃地问他:"昨天晚上你房间里没事?"

保罗低下头,不说话。

"马里厄斯在你房间里,是不是?"

保罗还是不吭声,阿萨纳斯有点生气:"为什么不回答爸爸的问话?马里厄斯和你说了什么?"

"他拿了点东西就离开了。"

阿萨纳斯"哼"了一声后便不再说话。马里厄斯真不让人省心!本来昨天晚上他睡得还行,没承想身体刚缓过来点儿,神父一大早跑来找事儿!害得他现在心里还不舒服。不管怎么说,当前最要紧的是找到马里厄斯那孩子,家里到处看得出马里厄斯来过的痕迹:冰盒子里的食物给拿了个精光,朱利恩的女儿早晨打扫楼上时看见橱子里的脏衣服。

"他没告诉你他要去哪里?"

保罗一直低着脑袋,他摇摇头,怯怯地问道:"怎么了,爸爸?"

"没什么。但是你应该告诉爸爸他什么时候回来的,出去玩吧。"

保罗听话地离开了书房。

阿萨纳斯坐在椅子上,偶尔撮下手指打出几个榧子。思忖一会儿后他来到走廊上,把妻子凯瑟琳喊过来,凑近她耳边悄悄说:"我问保罗了,他说他也不知道马里厄斯去了哪里落脚。我觉得那孩子去了那间糖屋,我看他把屋里的睡袋拿走了,你怎么看?"

凯瑟琳点点头:"应该是去那儿了。"

"这个傻瓜!不争气的傻瓜!"

阿萨纳斯从墙上的麋鹿角挂钩上摘下帽子戴在头上,又从架子上取了根拐杖朝门口走去。凯瑟琳跟在他后面劝道:"你最好不要自己一个人去,再说今天天气不好,还是改天去吧。"

"就今天去,那马能骑着上山吗?"

"你非得要去的话,我和你一起去。"

"你?别帮倒忙了,这是马里厄斯,不是别人!"

阿萨纳斯出了大门,绕过牲口棚,穿过自家的田地朝山上走去。一路上他走得很慢,几乎是每走几步就得停下歇口气,一路走走歇歇,花了半个小时的时间才走到糖屋门口。打开门后发现马里厄斯并不在屋子里,只看到房间角落里放着一个行李箱,地上摊着一个打开的睡袋和几听罐头食品架在炉口的木板儿上,一条吃剩下的烤羊肠胡乱丢在上面。房间里的凌乱又一次勾起了阿萨纳斯的不满,他生气地嘟囔了一句,从衣服口袋里掏出一个小本子，从中间撕下一张纸，找到屋子里唯一一张板凳坐下，用铅笔在纸上写了几句话，无非是叮嘱马里厄斯别做傻事，先回家再商议这样的内容。做完这些他出了糖屋，带好门朝山下的家走去。

在回家的路上他碰到了保罗和亚德里的两个外孙女在路上玩耍着，三个孩子显然刚从果树园里出来，海瑟一见他就嚷道：

"我们刚才看见他，泰拉德先生，可是他都没有和我们打招呼！"

阿萨纳斯不由得暗暗骂了一句：这些讨人厌的英国孩子！生气和恼怒让他忘了这两个女孩是好朋友亚德里的外孙女，更让他感到不舒服的是马里厄斯逃避兵役的行为。想到这两个英国孩子不仅知道马里厄斯躲在这里，还见人就说，他心里不免有点担心，担心这两个女孩儿去告诉她们的母亲。他想马上叫住那两个孩子，告诉她们不许把看见马里厄斯这事儿和任何人说，可是内心的骄傲阻止了他这么做。他心里恨恨地想：现在局势这么紧张，这两个英国孩子去哪里不好，偏偏跑到圣马克度暑假，这里有她们什么事儿？

阿萨纳斯回到家时已经是筋疲力尽。他来到阳台上自己那张摇椅上坐下，阳台的圆桌上放了一张报纸，可阿萨纳斯累得似乎连够报纸的力气都没了。过了好一阵，感觉自己恢复了点，他拿起那张报纸。

报纸上登了一则消息：以皇家二十二营[①]为首的加拿大军队正在执行把战败的德国人押回莱茵河岸的任务。看到这个消息，阿

[①] 皇家二十二营：加拿大步兵的一个团，由法裔加拿大人组成，在第一次世界大战中第一次组团，以作战英勇闻名。

萨纳斯想：四年过去了，终于能从报上看见一点好消息了。可为什么马里厄斯那样的傻瓜看不到像二十二营这样的魁北克军人的英勇事迹？好消息让他高兴，但高兴过后又不乏担心：这场战争持续的时间太久了！已经有很多像马里厄斯这样的抵触这场战争的人站出来，看来只有上帝知道这场战争带给人们的苦难和创伤。

快到中午的时候，从门口的小路上传来一阵脚步声，阿萨纳斯立刻紧张起来。来人有两个，其中一个中士打扮，另一个五大三粗，看上去像个生意人。两个人都紧绷着脸，一双眼睛却不闲着，他们显然受过训练，似乎在找寻什么。这两个人来到阿萨纳斯跟前，介绍自己说叫罗杰和拉贝尔。阿萨纳斯看得出叫罗杰的是个英国人，中士军衔。拉贝尔则是法国人。阿萨纳斯没有搭腔，一直坐在椅子上不动，直到听完两个人说了来这里的目的后才冷冷地回了一句："您二位是在浪费时间，因为马里厄斯不在这里。"

拉贝尔和同伴交换了个眼色，虽然他并不相信阿萨纳斯的话，但并不敢太放肆，因为他知道他得按规矩来。

拉贝尔耸耸肩膀说："可我们认为他躲在这里，泰拉德先生。"

拉贝尔的这句话彻底激怒了阿萨纳斯，他烦透了来人用这样的口吻和他说话，在他看来，他们像世界上任何一个喜欢咬人的警察一样，让人难以忍受。他用法语发出一连串儿的质问："你是哪个警察局的？谁是你的上司？你来这里究竟是要什么？"最后他用威胁的口气对拉贝尔说："你是不是想丢工作？"看到阿萨纳斯发火了，拉贝尔耸耸肩膀，低着脑袋不再吭声。

英国中士说："听着，泰拉德先生，我们也是例行公事，谁都不想给自己惹麻烦不是。再说您儿子早晚都得去当兵。我们也就是大致检查一下。"

"我不允许你们搜查我的屋子。"

"有人在这附近看见过他。"拉贝尔说。

"撒谎!"阿萨纳斯反驳道,"即使这里有人看见过他,他们也不会告诉你们这些人的,这还用我给你们指出来吗?"

"我们必须检查您的……"

不等拉贝尔说完,阿萨纳斯指着两个人冷冷地说:"你,还有你,现在就给我滚!你们休想进到我的房子里搜查,如果你胆敢这样做,我就打断你们的骨头!我现在命令你们滚出我的庄园!听明白了吗?!"说完他拿起报纸,不再搭理那个英国人和拉贝尔。

来人看着脸躲在报纸后面不再理睬他们的阿萨纳斯,交换了一下眼色。拉贝尔耸耸肩膀没有说话,英国人勉强在脸上挤出一丝笑容,说:"好吧,如果您非得要这样,出了问题可别怪我们没提醒您,我们只是例行公事而已。"

两人悻悻地走了,阿萨纳斯挪开眼前的报纸,看着两个人的背影,轻蔑地笑笑,心说:"想从我这里打听到消息?休想!"

二十二

夜色中马里厄斯手拿烟斗坐在糖屋外那根被放倒了的圆木上。夜风和暖温存。他感觉自己像是包在贝壳里的被浓稠暗夜裹挟着的生命,虽然身处黑暗蜗居却给海水的击打声勾得心潮起伏不已。秋天特有的簌簌声兜着夜的底儿,偶尔响起的蟋蟀叫声和从河边泥地里传来的蛙鸣声像是河面上的水波纹,一圈接一圈不疾不徐地在夜色里荡漾开去。远远地从村子那里传来狗叫声，声音很整齐，可以想象得到它们是如何对着月亮亮开喉咙的。今晚是上弦月，近处的教堂屋顶给月光耀出闪闪的清辉。山坡下的田野因为给葱郁叠嶂的大树挡着，月光下只露出影绰的面目。再往远的河面因为没了树的遮挡倒是完完全全沐浴在月光里。枫树园像是隐匿在夜色里的一张大网，网上曝露出给月色染白的几块。山脚下的村子如一张铺展开来的地图。地图上一块细长的土地延伸进那条河里，河岸这边的土地和夜色融成一团看不清形状，伸到河里的部分给月光幻化成银白色，夜色中清晰可辨。泰拉德家的烟囱上，一缕轻烟孑孑而立。马里厄斯不由自主地数着自家房子的那几根烟囱，最终他确定那烟来自他家的厨房。

虽然他感觉很累，但并不着急回屋休息。这三个月来，他担惊受怕，也曾煞费苦心地立志要做一番大事来抚平自己内心的痛苦，可到头来除把自己搞得心神俱疲外一无所获。只是今晚，皎洁的月色和眼前熟悉的景色又让他恢复了以前那曾有的良好的自我感觉！他心里和自己说："你回家了！"如果他还能待在圣马克，他是决计不会再去别处漂着。他好希望那些仇恨从来不曾在自己的生活中存在过，这样便不必让自己卷入到这场处处和人找别扭的情势里。他这样想着，禁不住心里问自己："为什么你要把自己带进这样一种状态中？为什么你要遭遇如此不幸——这种似乎一辈子也无法摆脱的不幸？"

他把手伸进口袋，当摸到那张父亲留给他的字条时，心里涌起一股"这就去找爸爸……"的念头。此时此刻，他是多么渴望回到家里啊。字条上父亲写道："你这种一味把所有事情都归罪于英国人的态度一点意义都没有。如果你自己不伤害自己的话没有人能够伤害到你！如果一个英国人听到你的那些话他会觉得你是个不可理喻的疯子。回家吧，和爸爸聊聊。你现在才二十一岁，在这个年龄你有远远比这些更重要的事情可做……"

夜色愈加深沉了。马里厄斯抿着嘴唇，想：爸爸说自己还年轻，又说英国人没做对不起他的事。可是过去的三个月里难道不是那些像鹰犬一样的英国人一直在找他？原因仅仅是他不想成为帝国主义分子中的一个！

当这种问题烦扰他的时候，马里厄斯总是极力回避，选择不去想。可今晚不一样，他的心思仿佛被美好的夏日夜色和拂面的暖风抚平了熨展了，也勾起了他对自己的疑问：他问自己是否真的恨英国人，问自己为什么会如此仇恨英国人。他一向喜欢怀疑别人，可现在突然对自己也怀疑起来：他的脑子里闪现出继母凯瑟琳的脸，他应该明白自己内心的仇恨绝对不是只针对一个女人！他好像一直都仇恨女人！

马里厄斯起身向那片枫树林走去。他把手插在兜里，在月光下徘徊着，心里颇不宁静：答案在哪里？为什么他的内心总是充满了仇恨！他感到失落，父亲的话重新在他的脑海里盘旋："你只有二十一岁……"也许就是因为自己才二十一岁，所以才能看穿事情的真相，也许就是因为年轻，他才能做到拒绝出卖自己的内心！英国人拿着他逃避兵役的行为说事儿……就让他们说好了！英国人在这个国家里高高在上，他们可以随意拿捏一个人！只有你自己的人民变得伟大和有力量，你才能不再弱小，不再受人欺负！一直以来这个国家的英国人都在掐着法国人的脖子，法国人如何能强大起来？法国人在和一个大的势力对抗，除了把希望寄予在下一代身上，他们还能做什么？

马里厄斯重新回到刚才那根圆木上坐下，打开手里的烟斗盖子，给烟斗里填了撮烟丝。父亲总爱说大部分魁北克人不是民粹分子，还说他自己也是一个规规矩矩的种地的，但是马里厄斯可不认为自己是一个没见过世面的乡下男孩儿，相反，他认为自己是那种一眼就能看透事情真相的聪明人：在英国人的钳制下，作为一个加拿大法国人，你不可能有所作为。在英国人面前你必须卑躬屈膝，否则他们都不拿正眼瞧你！你必须按照他们做事的方式做事。如果你表现得不一样，他们会认为你是二等公民。如果你和他们想的不一样，他们就会认为你是脑子缺弦儿的蠢蛋。在英国人面前，加拿大人和美国人一样，都是倒霉蛋；英国人想从他们的国家拿什么就拿什么！在加拿大，英国人可以和军队做买卖，可以修铁路、开银行，总之想干啥就干啥！可是留给像他这样的法国人什么？不过是教堂、疾病和严苛的法律而已。虽然阿诺德神父说他对英国人的评价并不客观，还说他不适合做牧师，可总有一天，他要让阿诺德神父瞧瞧，让他看看自己究竟适不适合做牧师……想到这里，马里厄斯不由得咬咬牙关……目前来说除了学习法律他几乎没什么选择，学医不可能，时间太长，他没有那个毅力。可学法律有什么意思呢，在魁北克，律师要多廉价有多廉价，你甩出一毛钱，能找到一打点头哈腰的律师跑来听你指挥为你服务。

空气里散发着新木头的干爽味道和旧木头的陈年气味。马里厄斯抽完手里的烟，敲敲烟斗，看了一眼远处的山峰，回屋了。进屋后他点着蜡烛，脱下衣服靴子钻进睡袋，看着蒙上了一层淡淡月光的地板，看着被月光镀了一层银色的十字架形状的窗棂，不由得叹了口气。过一会儿，他从睡袋里探出脑袋，对着忽闪不定的烛火，噗噗吹了几下，蜡烛灭了，房间重新坠入黑暗中。

马里厄斯昏昏沉沉地睡着了。再醒来时发现自己被罩在手电筒的光中。他听到一个人用英语喊道："是他，找到了！"他挣扎着要跳起来，却被睡袋绊住，怎么也站不起来。手电筒的光刺得他什么都看不见，他下意识地用手捂住眼睛。

"起来！"来人命令道。

意识到躲不过去了，马里厄斯用胳膊肘撑住身体，慢慢从睡袋里爬出来，站在地中间一句话都不说，手电筒的光仿佛一只盯梢的眼睛，牢牢地盯在他身上。一只大手伸过来揪住了他："抓的就是你！这次把你送进去！"

马里厄斯挣扎着去拿地上自己的一件夹克衫。他瞪着眼睛，在手电强光的照射下，隐隐约约看到门口站着一个身材魁梧的穿制服的男人，那人手里拿着电筒，不停地晃来晃去。

马里厄斯问："几点了？"

两个人并没有理睬马里厄斯。就着从窗棂里透进来的月光，马里厄斯看到其中一个人是拉贝尔。

"别惹他们，他们不会伤害你。"拉贝尔用法语对他说。

马里厄斯看着拉贝尔，心想，再没有比这更丢人的了，抓他的人中竟有一个是法国人！两个人往前推搡着马里厄斯，刚走到门口，其中一个人一把扣住马里厄斯的手腕，用手铐铐住了他。

反应过来的马里厄斯骂道："王八蛋！"

他挣扎着想抬手去打那个英国人，却被对方牢牢钳制住不能动弹。这时拉贝尔也蹭了过来，抓着马里厄斯的另一只胳膊帮着英国人一起拽着马里厄斯来到门外的空地上，马里厄斯给两个人抓得紧紧的，反抗不得，只有干喘气的份儿。

"走吧，"拉贝尔说，"放老实点！"

马里厄斯跟跟跄跄地跟着那两个人往前走去，月光把他的眼睛照得分外明亮。三个人出了园子来到山冈，顺着田地边上的那条小路往山下走去。月光洒在山冈上，像是给山峦披了一件素洁的衣裳。渐渐地，三个人的背影越来越小，最后变成了三个小黑点。

二十三

马里厄斯被捕的消息第二天早晨便传遍了整个圣马克教区。德劳因的老婆说午夜时分她被一辆福特汽车的发动机声惊醒，于是迷迷糊糊地起来走到窗前想看个究竟，扬长而去的车里坐着英国警官和拉贝尔，从被两人一左一右夹在中间的那个人头上戴的帽子她认出那是马里厄斯。还有一个叫伯根荣的声称自己也瞧见了马里厄斯被押的一幕。他说当天晚上他在德劳因的店里和人下棋，店里关门后他去了位于圣贾斯汀车站附近的一家旅馆和他的一个相好幽会，凌晨从旅店后门出来时亲眼看见戴着手铐的马里厄斯被中士和拉贝尔从旅店里拉出来押上车走了。

整个早晨，人们在德劳因的小店里出出进进，同时带来了各种各样的故事版本：一个女人说她听到半夜里传来一声枪响，这么看来马里厄斯一定给打死了。后来有人和她说没有消息说有人在这场逮捕行动中死亡，她于是改口说马里厄斯一定是给打伤了，因为她看见自己房子附近的小路上有一摊血迹。德劳因老婆倒是很诚实，说她并没看清马里厄斯是否受伤，那摊血迹也许是白天勘测房子的人不小心受伤留下的，还说任何事情只要和政府有关联准没好事儿，所以政府派来的那个勘测员受伤也不奇怪。

后来弗雷内特来了，他说自己和神父一直在聊这事儿，神父只给他透露一件事，那就是他知道是谁跑去警察那儿告密，透露了马里厄斯的藏身地点。

中午前阿萨纳斯去店里取信，除了德劳因和他搭了几句讪，其他人只顾盯着他看，没有一个人主动过来和他打招呼。阿萨纳斯马上就猜到了自己被冷落的原因，他怒气冲冲地夹着信出了店门，跳上马车后大声吆喝着向家驶去。没走几步却看见神父从教堂里出来，站在路中间拦住了他。

阿萨纳斯吆喝住马，刚才待在德劳因小店里的那几个人也从屋子里跟出来，站在油泵附近一个劲儿地瞅着这边。

博宾神父脸色很难看。"您最好和我一起进屋里说，泰拉德先生。"他对阿萨纳斯说。

阿萨纳斯抓紧手里的缰绳，眼睛并不看神父，断然回绝道："我看没那个必要。"

神父往前走了几步，来到阿萨纳斯的马车边儿上站下。他的腰板儿一如既往地挺得笔直，一只手紧紧攥着胸前的十字架，阿萨纳斯听见他对自己说："想必您已经知道警察逮捕了马里厄斯？他们像对待犯人一样带走了他。"

不等阿萨纳斯开口回答，神父又说道："这就是您和外来人培养友谊的后果。您知道吗？告密的是梅休因夫人，是她告诉警察您的儿子躲在山上。"他表面上似乎不动声色，但语气里却充满了警告的意味。

阿萨纳斯的脸憋得通红。他想：这不可能。他记起来亚德里家的那两个女孩子，只有她们见过马里厄斯进了那座糖屋。

"还需要我说什么呢？你让保罗和那些英国人的孩子在一起

玩，你自己也和他们交朋友，现在你满意了？"

阿萨纳斯没有说话。他用余光朝德劳因小店的方向扫了一眼，发现店门前突然多了一群人，那些人显然是来瞧热闹的。

神父放慢了语速，但口吻明显强硬了很多："我要保卫我的教区。泰拉德先生。昨天晚上发生的事情只是一个警钟，如果您还是一意孤行的话，我相信我们这个地方将会有更多的比现在这件事情还要糟糕的事情发生。我希望您取消在这里建大坝的计划。希望您回到我们的教会，重新像一个基督徒那样生活。"

愤怒让阿萨纳斯不知道说什么好，只好提高嗓门嚷道："少来这套，你以为你是谁——敢命令我？"

神父抬起胳膊，用那双没有血色的大手紧紧抓住马车座位上的扶手，高声警告道："够了！泰拉德先生！我已经够给你面子了！"他眼睛盯着阿萨纳斯，脑袋向旁边轻轻地歪了一下，提醒似的说："那些人在看着我们，他们可不是傻子。他们比你想象的要聪明得多。他们在等着看好戏呢。"

阿萨纳斯紧紧地抿着嘴，眼睛看着神父没有说话。

神父继续一板一眼地说："这个星期天的布道，我要告诉这里的人们，告诉他们你不是一个好的天主教徒。我还要告诉他们你是个坏人，一个坏的榜样。我要警告他们不要再和你打交道。"说到这里，神父顿了顿，问阿萨纳斯："您还是要坚持自己的选择吗？"

阿萨纳斯气得失去了理智，他把手里的马鞭子抓得紧紧的，气急败坏地嚷道："少和我这样说话！谁都甭想这样和我说话！"

说完他举起手中的马鞭，那些看热闹的人惊呆了，看来阿萨纳斯要用鞭子抽神父，博宾神父毫不惊惧地盯着阿萨纳斯，一点都没有闪开的意思。鞭子终于没有落下来,空气中传来阿萨纳斯咬牙切齿的声音:"没有人敢和我泰拉德家的人这样说话,两百年来没有一个人敢这样。你离我远点!少来管我的事!上帝……"

阿萨纳斯猛地一转身,手里的鞭子狠狠往马背上抽去,空气里传来"啪"的一声脆响,那马先是仰蹄往后撤了一下,旋即沿着大路向前一溜小跑,坐在车上的阿萨纳斯身子前探,手里紧紧抓住缰绳。快到家门口的时候,马自动慢了下来,棕栗色的马背上赫然出现了一道又长又深的鞭痕,看着煞是丑陋。

阿萨纳斯从马身上卸下辔头时心里已经打定了主意:他不会再这样耗下去了!一个夏天,谁都可以像博宾神父今天这样以这种方式和他说话。这是玛丽-阿黛尔去世后第一次有人因为玛丽-阿黛尔的死当面质问他。不管怎么说,从今天起他再也不会做两头不讨好的事情,他要转教堂!永远离开这个地方,让那些人甭想再这样翻来覆去地折腾他!

二十四

那天下午,直到天色很晚了,亚德里才从村子里回来。他一瘸一拐走在出村的那条大路上,大路上空空荡荡,不见一个人影。等下了大路拐上去自家的那条小路,远远地看见阳台上达芙妮和海瑟正在玩推车游戏,达芙妮坐在小车里,海瑟在后面推着姐姐,车轮子在阳台上来来回回地碾过,发出隆隆的响声。亚德里挪着步子上了台阶,两个女孩儿看见亚德里回来,刹住车,齐声问外公好,亚德里答应着往屋里走去,进屋后他直接去了女儿的房间。

珍妮特坐在窗户旁,正在读一份星期六晚报。她看上去比一个月前老了十几岁,薄薄的嘴唇,嘴角旁深深的两道法令纹显得她的鼻子特别长,脸上挂着一副悲哀和不屑一顾的神色。亚德里一向不喜欢看女人穿丧服,在他眼里,一身黑衣黑袜打扮的女儿显得说不出的憔悴。

亚德里来到床边坐下,却并不抬头看女儿,眼睛盯着脚下的地面:"珍妮特——我想问你一件事。"

珍妮特收起报纸看着父亲。过去的几个月里珍妮特很少说话,即使是哭,她也是后半夜一个人的时候默默地啜泣几声。不管是哈维阵亡消息传来的当天还是在城里为哈维举行的追悼仪式上,她都表现得异常镇静,亚德里看在眼里,心里十分讶异。

"我想问你件事,珍妮特,也许和你没关系。但是我想问清楚。"亚德里用脚尖轻轻点着地面,过了一会儿,抬起头看着女儿,下决心似的问道:"是你告诉警察泰拉德家的那个孩子藏在哪儿的?"

珍妮特瞪大眼睛,目光里换上了挑衅的意味:"这么说他们找到了他?"

亚德里没有说话,默默地看着女儿,眼睛里渐渐溢满了泪水。

"您凭什么说是我告诉警察的?我没有告诉他们,是他们来问我,我才说的。"珍妮特瞪着眼睛提高嗓门嚷道,"再说了,为什么这些人可以不去参军打仗?为什么哈维必须得去?"

女儿话音里的讥讽和强词夺理让亚德里感到不舒服,但他尽量压住火气问女儿道:"你为什么要这样做,孩子?"

"因为那人是个骗子!就是这样,他是个骗子!"

"可是你有没有想过那是因为你不了解这个地方的人,可能你也从来没有想去了解他们是一群什么样的人。"

"是,我是不知道他们心里是怎么想的,但是如果我们对这些人听之任之,我们这个国家怎么能打赢仗?难道非得等德国人打进来他们才会明白吗?"

亚德里看着女儿说:"可这些人是我们的邻居啊,珍妮特。"

"我没有这样的邻居。"

"他们是好人——这里的人是好人。"

珍妮特咬着嘴唇说道:"看看这场战争吧,为什么有些人要上前线,付出生命的代价,为什么有些人却可以苟且偷生……"她的脸因为压抑着内心的情绪而涨得通红,"这样的事情让我感到愤怒。为什么我们一直对这些人如此宽容?是到了让他们服从这个国家的命令的时候了!"

亚德里摇着头,制止女儿再说下去:"孩子……孩子!你在说什么?你有听到别人说这样的话吗?"

珍妮特沉默了一下,脸色依旧涨得通红。

"你不应该这么说。你所说的这些不过是在重复那些自以为是的傻瓜的话。珍妮特,这些话太……"

"那要看您有没有爱国的心……"话没说完珍妮特闭上了嘴。

亚德里摘掉眼镜揉了揉眼睛,脸上依然是一副很难过的表情。他用脖子上的领带擦拭着眼镜片,语气也放柔和了许多,说:"你那么做不对,珍妮特。这不是你应该做的。战争不是你这么做的理由。"

珍妮特这一次没有反驳父亲,看着父亲不再说话,只是脸上还是带着正义凛然的神色。亚德里笨拙地戴上眼镜。意识到继续和女儿谈下去已经没有什么意义,他站起来,一瘸一拐地走出女儿的房间，走出屋门，来到院子里。他的眼睛里含着泪水，心里感到空荡荡的，似乎失去了什么东西，可是又很难形容那丢失的是什么，但那是他亚德里一直都拥有的东西，现在没了。

二十五

保罗害怕极了。虽然不明白家里到底发生了什么事情，但直觉告诉他肯定不是什么好事。朱利恩在哭，妈妈也一直在哭，爸爸朝着每个人发火，没有人和他解释家里到底发生了什么事情，懵懂之中他已经被父亲领上了去蒙特利尔的那列火车。

保罗坐在座位上，身上穿着自己最漂亮的衣裳。为了避免座位上的油污蹭脏他的手和衣裳，他坐得笔直，烦了的时候只能把两只脚晃来晃去地看看窗外。坐在对面的阿萨纳斯一直在读报纸，脸埋在报纸后面，时间已经过去了大半个小时，可阿萨纳斯没有和保罗说一句话，仿佛忘了儿子也和自己一样，在这辆列车上坐着。

终于，阿萨纳斯把报纸放到一边，对保罗说："你长大了，有些事情也该告诉你了。你认为马里厄斯做得对吗？"

虽然阿萨纳斯很少在保罗面前说起马里厄斯，家里也没有人敢提马里厄斯的名字，但保罗早已从外人那里听说了哥哥的事情。

不等保罗回答，阿萨纳斯自言自语地说道："你哥哥不会有事的，"似乎是为了让儿子宽心，他又补充了一句，"马里厄斯没做错什么。你不用担心他，他会没事的。"

保罗没有说话，低下头打量着自己悬在半空中的双脚，看着它们随着火车行进的节奏来回晃着。心想,只有亚德里船长会用轻松的语气和自己说话,爸爸显然不太知道怎么和小孩子说话。

阿萨纳斯的脸上挤出一丝笑容:"马里厄斯要当兵了,我们大家为他骄傲呢!"

"但是爸爸,马里厄斯不想当兵!"

阿萨纳斯没有回答保罗。他想换个话题,可又不知道说什么好,只好微笑着问保罗:"我猜你也很奇怪为什么我们突然要去城里是不是?"

"是的,爸爸。"

"那我现在就告诉你,我们是要去另外一个教堂。"

阿萨纳斯看见保罗对自己的话没什么反应,意识到孩子还不能理解转教堂这件事对他们意味着什么。他看着儿子,不知道该怎么解释给他听,他觉得和这孩子之间的交流更困难了,其实他心里很想知道儿子的小脑瓜里到底在想什么。

"你看,儿子。世界上有很多教堂,但你必须给自己选一个教堂加入进去。我们这次去城里就是想重新给你换个教堂。"阿萨纳斯说话的口气似乎很急切,"下一年我们就搬到蒙特利尔城里去住了,所以说早晚我们得在那里找间教堂,总不能每个星期都得跑到圣马克来做弥撒吧?"

保罗没说话,眼睛盯着地板。车厢地板上躺着一只打翻了的痰盂,烟头从里面倒出来,撒得到处都是,让本来就污迹斑斑的地板看上去更脏了。

阿萨纳斯继续唠叨着:"这么说吧,这个秋天你就要去一所英国学校上学了。不过这并不意味着你要成为一个英国人。你还是法国人,记住,只是你不再是一个天主教徒了。"

保罗一个劲儿地低着脑袋,眼睛盯紧悬在半空中的双脚,嘴里小声说道:"那博宾神父会怎么说呢?"

阿萨纳斯勉强笑道:"如果我们是新教徒了,那就不关他什么事了。"说到这里他加快了语速,"在新学校里,你会学科学,你会成为……"他一边说一边用手指指着窗外,好像是在给儿子描述一幅宏伟的蓝图,"……和这里孩子不一样的人。"

"那他们会知道我们不是……"

"不是什么?"阿萨纳斯身子往前坐了坐把手放在儿子的腿上。

"不是天主教徒。"

阿萨纳斯耸了耸肩膀说:"他们会知道的。在圣马克,什么都瞒不过这些人的眼睛。但是即使他们知道,没什么大不了的。我会给主教写封信——还有博宾神父——告诉他们我们准备从他的教会退出来。"这时他才看见儿子在哭,"别担心。我们不是普通老百姓,你和爸爸都不是。"

"那,那我会不会下地狱,爸爸?"

阿萨纳斯脸上勉强挤出一丝笑容:"不会,当然不会!"

"可是我觉得……"

"退出教会和下地狱是两码事。听着,孩子,你觉得上帝会把亚德里船长送进地狱吗?就因为他不是天主教徒?"

火车车身抖动了一下,阿萨纳斯把身体靠回到椅背上,刚刚燃起的对神父的愤怒已经消散,但随之而来的对未来的担心让他坐卧不安。为了让自己安心,他一遍又一遍对自己说:事情走到这一步也是迫不得已。但是,接下来他要怎么做呢?是不是自己得亲自去找马奎因一趟?现在看来只有马奎因出面才能搞定这件事情。英国人在好多镇子里都建了工厂，也没见那些镇子里的教会反对。只是如果马奎因知道自己和这个教区的神父闹翻了，他还会邀请自己成为他的合伙人吗？想到这儿他不由自主地叹了口气，等心里稍微松快些后安慰自己道：合同已经签了，对于马奎因来说，也没有什么后退的余地。如果马奎因想在这个地区建厂，他必须考虑自己这个合伙人。还有，如果自己加把劲，也许能很快从政府那里搞到一份建铁路支路的书面合同，这样一来，这件事就算是彻底落实了。

想着要面对的这些困难，他突然觉得自己的做法有点冒傻气：这个时候把保罗带到城里干吗？他们完全可以去圣戴维教堂找那里的主事神父，就和对方开诚布公地说他们父子要转为新教徒。可是，好像还没有哪个新教教会的主事神父会毫不犹豫地接受一个曾经信奉罗马天主教的人，如果他们同意接纳这样的人入教，也肯定会先做一番调查再做决定。想到这儿，泰拉德不由得后悔起来，他拍了拍脑门，心说：这件事他没做好，想事情像孩子一样幼稚。看来还是明天把保罗送回圣马克才对，留下他一个人去渥太华和蒙特利尔，到了渥太华后他便可以抓紧时间安排建厂和铁路的事情，同时抽空为保罗找一间新的教堂，安排这孩子入教。

泰拉德这时才注意到保罗一直在盯着自己看，他想，看来这孩子还有问题要问，果不其然，保罗问他："妈妈和我们一起来吗？"

阿萨纳斯拿起报纸，装出看报纸的样子，嘴上轻描淡写地回答道："你母亲知道我们要来蒙特利尔。"意识到自己的这句话并没有回答儿子的问题，他不禁有些尴尬，于是略微放低报纸，重新向保罗解释了一番。他说得很快，不外乎是生活会变得更好，新的工厂会挣到更多的钱之类的话。他似乎在给保罗描绘了一幅宏图。他说保罗应该学习理工科，上完大学后可以去旅行，还可以去牛津大学和巴黎大学参观，或者可以在加拿大完成学业后再去欧洲的大学深造。

"不是所有的孩子都有你这样的机会的，不过从现在起你就得努力学习，比以前要用功很多。机会取决于你自己。"说完这些阿萨纳斯便不再讲话。

火车咣当咣当地向前方驶去，车厢里肮脏不堪，到处都是翻倒的痰盂，座位垫子上油渍斑斑，保罗看着空气里飘浮着的细碎的灰尘，耳朵里却一个劲儿地回响着"牛津大学，巴黎大学"这些他从来没听说过的名字。

二十六

以后的几个星期里，凯瑟琳发现朱利恩干起活来总是一副很不情愿的样子，而且也不像往常那样跑来和自己唠叨一些事情。就连布兰切特和他雇来的几个帮工也都是尽可能待在地里干活，很少进屋来。一天早晨，保罗像往常一样去村子里取信，走近德劳因的小店时，他看见几个孩子正在附近玩耍，那几个孩子一看见保罗马上停止了游戏，一边拿眼睛死死地盯着他，一边闪到马路对面躲了起来。当他从德劳因手里接过信时，德劳因得十分冷淡，连一句话也没说。在回家的路上，经过村子时他突然听到有人喊他的名字，声音显然是从某个屋子里传出来的，他环顾四周，看见一间房子的窗户开着，却不见人站在那里。接着又传来一声女人的尖叫声，保罗猛地意识到那躲在屋子里的女人是在冲着自己喊叫，大路上空空荡荡，一个人影也没有，连刚才还在小店周围玩儿的孩子们这时候也不知道跑到哪儿去了。保罗突然害怕起来，他在路中间一动不动地站了几分钟，猛地拔腿向家跑去，一刻都没敢停。

有过这次经历后，保罗就不再去村子里了。每天都是亚德里不声不响地帮他们从村子里拿回邮件。珍妮特和孩子们回城里后，船长又成了孤家寡人。因为人缘不错，他没有因为珍妮特告密的事情而被这里的人赶出去，只是很少再出现在村子里，对于船长的回避，村民们似乎也很理解，知道他心里并不痛快。船长也曾找过德劳因，给德劳因和当时也在店里的几个人简单地道了歉。他还去了长老会教堂，和神父说了同样的致歉的话。神父和船长握手，算是宽慰，也算是冰释前嫌，在外人看来，神父的这一做法似乎违背他一贯的做派。

再往后的某天晚上，夜空中乌云密布，夜幕深沉，大风呼呼地刮着，空气里又热又干，院子里的杨树像是泼出去的水哗啦哗啦直响。半夜里凯瑟琳被从书房传来的喀啦声惊醒，她跑去查看，大风通过破了的窗户扑面而来，她打开灯，看到地毯上躺着一块石头。回来后凯瑟琳什么都没有说，但是第二天保罗看见地上的那些碎玻璃时便猜出来发生了什么。窗户就那么一直破着，凯瑟琳没有叫人过来修玻璃，因为她觉得没必要。她甚至没有告诉布兰切特。

第二个星期日，凯瑟琳像往常一样去做礼拜。当她走进教堂时，注意到原先属于泰拉德家的椅子上已经有另外一家人坐在那儿，她没有过去，而是在教堂最后面找了张空椅子坐下来。礼拜结束后,她第一个离开了教堂,没有和任何人打招呼回了自己的家。

阿萨纳斯的一意孤行让凯瑟琳心灰意冷,两个人的感情出现了裂痕。因为生丈夫的气,凯瑟琳对阿萨纳斯日益冷淡,倒不是因为阿萨纳斯把自己和儿子保罗转到新教而生气,而是气他给大家带来这些不必要的麻烦,担心生气之余,她甚至想到阿萨纳斯的决定会不会让一家人下地狱。地狱确实存在,可因为她自己从来没有碰到过去过地狱的人,所以这件事不是现实。在她的生活中,地狱只让她害怕过两次,一次是生病的时候,而且病得很厉害;另外一次是她父亲的死,那一阵子她天天做噩梦。

阿萨纳斯走的这段时间,凯瑟琳和保罗每天都在数着日子过,希望早一点离开圣马克,甚至希望永远离开这个地方,再也不要回来。时间已经是八月底了,除阿萨纳斯的那些书还没有装箱外,凯瑟琳把所有的物品都打包好,放在屋子里,随时准备安排搬家公司离开圣马克。

八月的最后几天,阿萨纳斯回到村子。这次出去似乎给了他信心,让他比上次离开时更加胸有成竹地对付村人对他的指指点点。他在渥太华和蒙特利尔的社交圈子还和以前一样,天并没有塌,没有人因为他退教而掀起什么轩然大波。事实上,他城里的那些朋友没一个人知道他退教这件事情。他手头的事情也办得很顺利。在渥太华,他收到一封从政府来的通告,通告说如果需要,政府随时会修专用铁路。在蒙特利尔,他安排好了加入圣戴维长老会的事情,这一件事比他先前想象的要复杂许多,那里的主教和他安排了好几次长时间的很直接的对话后才同意给他入会许可。在渥太华,他见到了马奎因,几番拐弯抹角后马奎因才终于说了实话,他说新年后他才能开始着手工厂的事情,说战争肯定很快就会结束,物价会大幅波动一阵子,他想等形势稍微稳定后再开始招标签合同。

除了对马奎因感到失望,其他事情阿萨纳斯还是相当满意的。凯瑟琳马上注意到了丈夫的变化,同时也发现有一些情绪是阿萨纳斯故意装出来的。其实凯瑟琳知道阿萨纳斯内心还是很紧张的,可她并不想揭穿他;一旦阿萨纳斯知道这里的人现在对他的态度,他会怎样?她不动声色地等着,她知道不用多久事情就会一目了然。

回来的第二天,阿萨纳斯去村子里取信和报纸,刚下马车便碰上了亚德里,两个人结伴儿去了德劳因的小店。进到店里后,阿萨纳斯兴致很高,一副快人快语的样子,他对亚德里递过来的眼色视而不见,可随后发生的事情结结实实地给了他一记闷棍。

德劳因说了句"报纸在柜台上"就掉过头去不再理他。阿萨纳斯很想多聊几句,无奈没有人过来接他的话茬儿。他拿起报纸,扫了一眼周围的人,却看到那些人立即别过头去。他主动朝福利特走过去,想和对方聊几句,可是那家伙和别人一样,一句话都不肯多说。阿萨纳斯感觉自己就像是站在四周空空如也的屋子里,一个人对着空气自言自语着。

阿萨纳斯有点不甘心,他倚着柜台,抬起手拍了拍德劳因的肩膀,说:"今天你怎么了,波利[①]?"

德劳因躲闪了一下,嘴里含混不清地敷衍了一句,然后就耷拉下眼皮,不再和阿萨纳斯说话。阿萨纳斯脸一沉,盯着德劳

---

① 对德劳因的昵称。

因,不客气地问:"你的舌头呢?"

德劳因没有吭声。阿萨纳斯心里明白德劳因是在冷落自己,虽然他知道和这些人闹没什么意思,但还是控制不住心里那股倔劲儿。他转过身,拍了下弗雷内特的肩膀:"还有你,朋友,你也傻了?"

弗雷内特没有躲闪,挺着啤酒桶一样的身体看着阿萨纳斯,也不说话,过了一会儿才把目光挪开,随即后退了几步躲到一边,脸上还挂着和往常一样恭敬的神态,那是属于他示好的姿态。

阿萨纳斯气不打一处来,愤怒让他感觉自己的脑袋瓜都要裂了:"弗雷内特,怎么你不认识我?你是刚来这里住吗?我家里的窗户碎了,你下午过去给我修好。"

弗雷内特嘴里嘟囔了一句,没人能听清他说的是什么。

"你到底想说什么?"

"对不起,我不能去,先生。"

"你他妈的傻瓜!"阿萨纳斯扬起手里的拐棍,"砰"的一下砸到柜台上,"你这个——"

亚德里忙用胳膊肘顶了阿萨纳斯一下,阿萨纳斯恼怒地回头瞪了他一眼。船长有点尴尬,不过他很快镇定下来,和颜悦色地对德劳因说:"您帮我割的那块玻璃怎么样了,德劳因?我上个星期和你说过尺寸。我今天下午能过来拿吗?"

德劳因明白船长这是在给自己解围,急忙回答道:"没问题,船长。交给我好了,今天下午包您拿到。"

亚德里拽着阿萨纳斯的胳膊出了门。两个人上了马车后阿萨纳斯狠狠甩了下马鞭,鞭子在空中发出清脆的响声,像是枪声。由于生气,阿萨纳斯情绪激动,亚德里生怕他骂出什么不好听的话来，在旁边一个劲儿地提醒他说："现在别说话。过一会儿我们两个人好好谈谈，但是现在没必要。"

那天下午，吃过午饭后阿萨纳斯待在自己的书房里看书。朱利恩来敲门。她没有像往常那样戴着围裙，而是穿着只有星期日做礼拜时才穿的衣服：黑衣黑帽，帽子上还插着根羽毛。平日里开朗的模样被一副闷闷不乐的神色取代。她站在书房门口，对阿萨纳斯说："我想提前和您说一声，我准备辞工不干了。"阿萨纳斯立刻怀疑自己的耳朵是否出了毛病，因为自打朱利恩还是女孩儿起就在泰拉德家里干活，这么些年过去后她已经被看成这个家的成员之一，现在她居然要离开这个家？！阿萨纳斯摘下眼镜，脸上勉强挤出一丝笑容，说："坐，朱利恩，请坐，你能告诉我为什么要辞工吗？"

朱利恩背书似的回答道："这里不是基督徒的家，所以我不能再在这里工作了。"

阿萨纳斯戴上眼镜，看着朱利恩说："你这么做不觉得自己很傻吗？"

朱利恩倔巴巴地回答道："您没权利那样说我，阿萨纳斯先生。"话音未落她已经控制不住自己的情绪，眼睛不停地眨巴着，脸上现出一副慌乱无主的表情，"噢，泰拉德先生……"泪水从她的眼眶里流出来，她小声哽咽着，最后竟大声地哭了起来。没等阿萨纳斯反应过来，朱利恩已经向大门口跑去，阿萨纳斯急忙从椅子上跳起来去追她，可是等他跑到大门时，朱利恩已经出了大门，沿着大路向村子那边的方向跑去。阿萨纳斯站在门前的台阶上，大声喊着朱利恩的名字，想叫住她。

朱利恩径直向大路那头的村子方向跑去，头上的帽子要掉下来也顾不上拿手去扶。阿萨纳斯反应过来：朱利恩这是要去她住在教堂那边儿的姐姐家。他站在门口，看着朱利恩的背影，她努力想跑得快点，可身体却歪歪扭扭地不听话，突然觉得眼前这一幕挺好笑，但想到刚才朱利恩那副伤心难过的模样，又笑不出来。

他看了一会儿，转过身来，这才发现凯瑟琳一直站在自己身后。

"你还指望她能回来？"凯瑟琳说完一扭身回了屋里。

一个小时后布兰切特来敲书房门。他站在门口，身子一动不动，可给人的感觉却像要随时拔腿走开似的。布兰切特摘下帽子，低着脑袋，眼睛看着脚下的地板，抓在帽檐儿上的手紧张地捏来捏去。阿萨纳斯坐在椅子上，身子往前，双手比成"V"字托着下巴，他看着布兰切特，不说话，他在等着对方先开口。

过了好一会儿，布兰切特开口了，先是咽了口唾沫，又咳嗽了两声，才说道："我打算帮您把这点庄稼收完。"说完他略微抬起头："至于其他人——我也会说服他们先干完地里这点活儿。"

"然后呢？"

"我一直在想……我自己的地，也许，那片地……"布兰切特捏着手里的帽子，很突兀地蹦出一句，"明年我就不在这儿工作了，阿萨纳斯先生。"

"好！"阿萨纳斯带着怒气应道，"没问题！你这次来是想拿回你的钱？"

阿萨纳斯猛地一转屁股底下的椅子，伸手去拉桌子下其中一个抽屉。由于动作太快太猛，几张纸从抽屉里掉出来。布兰切特往前急走几步弯下腰去捡掉在地上的纸，阿萨纳斯也弯下身子去捡那张纸,两个男人同时抬起头看着对方,脸涨得通红,阿萨纳斯冷冷地说:"不用你捡,约瑟夫!"

布兰切特局促地直起身,低垂了眼皮退一步站好,手里又开始捏着帽子转圈儿。阿萨纳斯从抽屉里找出一本黑色账簿,一页一页地翻过去,然后在其中一页停下来,皱着眉头仔细看了一会儿后拿起铅笔写下几个数字,合上本子,用挖苦人的口吻说:"我欠你十年的工钱,加上利息,再减去今年春天的那块地钱,剩下七千六百四十二加元,是不是这个数?"

布兰切特摇了摇头:"是七千六百三十九加元,阿萨纳斯先生。"

"你真是我见过的最会过日子的人!现在你发财了,你要用这笔钱做点事情?"

布兰切特点点头。

"那好,我给你写张支票。这笔钱一直替你存在我的另一个账户里。"

阿萨纳斯从抽屉里拿出支票簿,撕下一张,唰唰几笔写好,把支票从中间折好递给布兰切特。布兰切特毕恭毕敬地用双手接过支票,仔细地核对了上面的数字后,把它放进自己的裤子口袋里。

"别担心,"阿萨纳斯语带讽刺地说,"万一你丢了,我会再给你一张。你把这张支票拿到圣贾斯汀的银行去提现。如果你还不信我,那就去问你的神父好了。"

说完这些话他的脸红了,因为他看到布兰切特在哭,脸上布满了泪痕。阿萨纳斯心里立刻难受起来,他站起身,说:"坚强点,伙计!"

但是当他和布兰切特握手告别时,感觉到了从对方手上传来的压力，布兰切特好像是在用这种方式回答他，阿萨纳斯又突然觉得自己刚才的那句话显得太愚蠢。他看着书房的门在布兰切特身后关上，心里一阵恍惚，身体往后退了几步，一屁股闷坐在沙发椅子里。几分钟后他又转向身后的书架，漫无目的地拿下本书来，胡乱地翻着，找到要找的那一页，摘掉眼镜，用手抹了抹眼睛，然后用手绢儿擦干净镜片，重新戴上眼镜，开始读刚才找到的那一页上的一段话。

这是一本希腊诗歌，书很旧，有些地方折了进去。这是他祖父和父亲的书，阿萨纳斯自己在古典学院学习时也曾读过。他已经忘了自己学过的那些希腊语，但是书中传教士格言还是冲击着他的脑海，他还记得那些话语。他打开西摩尼得斯①的片段，努力地读着。

他一边读一边琢磨着书中的文字，某些词句他已经记不得准确的意思了，但是它们的确唤起了他内心的情绪。他记得自己曾不止一遍地读过这些文字，看得出来当时的他肯定认为这本书非常好，不然也不会在那首诗旁边做了那么多笔记，唯一让他感到奇怪的是自己学生时代的字是那么小。过去的片段重新出现在他脑海里，他想起在神学院时，老师给他们翻译讲解这首诗时脸上那生动的表情："作为人，不要说快乐是什么，也不要去找快乐的人，谁会有多少快乐时光好过……快乐转瞬即逝，如蜻蜓倏忽而至，又倏忽而去……"阿萨纳斯合上书，闭上眼睛，躺在沙发上，半晌没有动弹。

过了一会儿他站起身走到门口，喊了一声："凯瑟琳！"

---

① 西摩尼得斯（Simonides，前556—前468）：希腊诗人，其诗歌以抒情见长。

听到凯瑟琳上楼的声音，阿萨纳斯重新回到桌前坐好。凯瑟琳带着惯常的懒洋洋的姿态走了进来，让阿萨纳斯感到惊诧的是他竟然看到妻子的脸上挂着无所谓的神色。他心里有些震惊，在这个家里，还没有人敢对他摆出这样一副脸色来！他虽然很生气，但心里却不得不承认：在年轻的妻子面前，在女人那副依旧蕴藏着活力的身体面前，他确实有些羞愧。

"请坐，亲爱的，"阿萨纳斯竭力装出一副平静的神态，"我想和你谈谈。"

凯瑟琳拉开桌子抽屉，从里面找出一根香烟，给自己点着火儿，在椅子上坐下来。阿萨纳斯用指尖儿轻轻地敲打着椅子的扶手，说："看来我们必须离开圣马克搬到别处去住了，这下你开心吗？"

凯瑟琳耸耸肩膀没有回答。

等了一会儿，阿萨纳斯又问妻子："我很想知道你对这一切都是怎么想的。"

"我怎么想有关系吗？你做事从来都是自己决定，什么时候问过我的意见？至于我，保罗还有其他人怎么想和这一切有什么关系？"

"有一些事情我必须解释。"阿萨纳斯嘴上这样说，心里却着实不知道该如何继续这场谈话。他想告诉凯瑟琳，如果她还想继续在圣马克待下去，他完全可以接受，可是他又知道凯瑟琳不会相信自己这番话的。他还想说，他想挣钱，因为他知道在妻子眼里，他已经不再是那个能在性上满足得了妻子的男人，所以他才要挣钱，这样至少可以让她过上她一直想要的生活。但他心里又很明白，如果拿这套说辞来解释为什么他的生活一下子起了这么大的变化,不仅不能自圆其说,而且听上去也太虚伪。凯瑟琳肯定会拒绝再谈下去,他甚至能想象得到凯瑟琳盯着自己时无所谓的神态。

"每个男人……"阿萨纳斯寻找着合适的字眼,"每个男人做事得有目标,能跟得上社会前进的脚步,可是要想做到这一点,就得学会从现有的生活方式中走出来,按照科学的态度安排自己的生活。可是很多人并不了解这一点,马里厄斯就是他们中的一个,可是我意识到了,凯瑟琳,多少年来,我一直都有个理想,这就是我为什么……"阿萨纳斯没有说完便打住了,和凯瑟琳谈理想什么的有意义吗?不过是一滴水珠掉进一只空桶里,激不起任何涟漪。

凯瑟琳说:"这就是你和博宾神父争吵的原因?这就是你把朱利恩和布兰切特赶出门的原因?这就是你要让保罗成为新教徒的原因吗?"

凯瑟琳说这番话的时候语调压得很平,脸上也没有一丝儿生气或受伤的表情,似乎只是在尽力陈述事实。阿萨纳斯看得出凯瑟琳并没有要和他吵架的意思,但是如果她说的是真心话,那是不是说这个女人内心鄙视他呢?

但阿萨纳斯却很难再做到用平静的口吻交谈下去,相反,他感到愤怒。他冲着妻子嚷道:"别再装傻了,凯瑟琳。你不知道吗,这个世界已经变了,难道你还看不出来吗?难道还需要我解释……"

没等他说完,凯瑟琳站起身,用力把手中的香烟丢进壁炉,说:"你不用解释!你这辈子都在解释给这个听,解释给那个听,可是有用吗?你已经六十多岁了,阿萨纳斯,可为什么你还是那么犟，那么一意孤行，和以前一样，一点都没改变！我们别再说这些了，你应该出去走走，把这些事情忘掉。"阿萨纳斯看着那根香烟掉在一堆灰烬和废纸中，转眼间消失得无影无踪。

凯瑟琳离开了，留下阿萨纳斯一个人在房间里，他心里郁闷无比：一贯不关心外面世界只会用身体迎合自己的妻子怎么突然变成了一副比任何一个有头脑的男人都要了解他的样子？想到这里，他觉得自己几乎要崩溃了。他本来是想对妻子说男人应该按照内心的想法去开拓事业，可这时候他才意识到在妻子的心里，他所谓的"按照内心的想法"不过是为了满足他心底的不甘寂寞而涌起的冲动而已。是的！他天生就是不甘寂寞的人！当他年纪尚轻身强力壮的时候，是女人满足了他的这种性格。现在他老了，无法在身体上满足自己的妻子，而妻子呢？似乎也没有给予他平静生活的信心，所以他只能搬出"理想"这两个字眼来安慰自己。"上帝！"阿萨纳斯想，"难道自己的人生就这么结束了？！"一股绝望的情绪涌上他的心头，可又转念一想，战争和革命不也常常由某件无关紧要的小事引起的？这么多年来，他目睹这里的人们面对生活的窘困毫无办法，只能跑到教堂里，任由那些举着民族主义大旗的人摆布。想到这儿，他兀自笑了，笑声刺耳响亮，里面满是自嘲的意味，他想，在那些人里，不是也有自己的影子？七十年过去了，这片土地上的人们还是活在蒙昧和黑暗中，看不到科学的光明。"哼，等我挣到钱，让他们瞧瞧到底谁对谁错。"他这辈子还从来没有见过对金钱鄙视的人，这想法让他对自己的失态有了一点报复性的快意感觉。

那天晚上阿萨纳斯来找亚德里下象棋，开局五分钟不到他已经丢了"王后",由于出师不利,他很快缴械投降。棋局结束后两个人里来到阳台坐下,夜色和暖,田野里传来蟋蟀响亮的叫声,阿萨纳斯想,也许这是这个季节里最后留下的一只蟋蟀。两个人默默地坐着,谁都不说话,一轮满月挂在天上,月色如水,整个原野沐浴在月亮的清辉里,远处的河面上,一艘黄昏前从蒙特利尔港离开的轮船正在缓缓行进,巨大的身影打断了月光下的柔和意境。

一阵歌声飘了过来,声音是从大路那头传过来的,夜色遮住了唱歌人的身影,但歌声却清晰地传了过来,"森林里的夜莺……",歌曲的调子是男中音,听上去很抒情。阿萨纳斯偏过头看了亚德里一眼,心想:也许是弗雷内特刚刚在酒馆里下完象棋出来,往回家走的路上借着酒兴唱的,但是那歌声又不像是弗雷内特的,因为从音调到歌词唱得很地道。圣劳伦斯河沿岸的人家没有在野地里放歌的传统,但是在奥恩河[1]和塞纳河[2]口的小树丛里,常常会有这样的歌手唱歌给人听,这个传统从几个世纪前一直延续到今天。在魁北克,这样的人从没有被忘记……

---

① 奥恩河:法国西北部的一条河流。
② 塞纳河:法国北部大河。

篇二

1919—1921

二十七

参战六个月后,第一营团回到了自己的国家。

这个营被派到伊普尔①和德国人作战,德国人第一次在战场上使用毒气弹的那个星期,他们当中的一些人用浸透了自己尿液的破布堵住嘴才得以活命;在朗斯城②,他们像老鼠一样穿过城市地下室一堵又一堵的围墙,在每一堵围墙后面,等待着他们的也许是手榴弹,也许是刺刀;而那时,梅西讷山③被炸得像是冲天而起的黑色花朵,足足一个营的德国士兵的身体被炸飞,残肢断臂和成千上万吨泥土混在一起,飞起又落下;在维米岭④,这个营的士兵与普鲁士人激战,清晨的雨水在他们的帽盔上凝结了一层碎

---

① 伊普尔:这里指第二次伊普尔战役,同盟国部队对参战的加拿大第十六苏格兰营发动了一次毒气袭击,造成大量伤亡。
② 朗斯城:参考第193页脚注③。第一次世界大战期间,著名的朗斯之战发生在这里。
③ 梅西讷山(Messines Ridge):比利时地名,第一次世界大战时梅西讷战役发生在这里。德军在梅西讷山脊挖了无数条复杂的壕堑,全建了坚固的碉堡。协约国的英国决定采取挖洞爆炸的战术进攻。经过英国、加拿大和澳大利亚工兵们的艰苦努力,一共挖了5454米长的隧洞,通往德军阵地下的22个爆炸室。这些隧道大多在地下20~30米之深,爆炸室正好位于德军主工事下或地质构造最脆弱的要害处。战役中英国人成功引爆19个起爆点。这次突然爆炸造成了约1万名德军士兵当场死亡,伤者更是不计其数,其中一些人不是被炸死而是被下陷的泥沙活埋的。德军的坚固工事绝大多数灰飞烟灭。
④ 维米岭(the slope of Vimy):参考第193页脚注④。维米岭战役发生于1917年4月9日至12日期间,是第一次世界大战期间加拿大军队第一次独立作战的一场战役。

冰。攻打帕斯尚尔①时，他们曾数个小时站在充斥着血和粪便的河里，冰冷的河水一直没过了脖子。他们也曾躲在被敌人整整轰炸了三个月的村庄里，深挖地洞以藏身，却挖到了堆放着圣酒的教堂密室，以至于每个人喝得酩酊大醉。在一九一八年八月的亚眠战役②中，他们当中的一些人曾经像蛇一样匍匐着爬过亚眠东面的那片麦田。在战争即将结束的最后一个清晨，他们仍然在和德国的狙击手拼刺刀，仍然有无数的战友死在蒙斯城③的煤堆上。在四周静谧无人的气氛中，一些士兵们小心翼翼地穿过莱茵铁桥进入没有战争痕迹的德国小镇。在这场战争中，一些人赢得了勋章，一些人身上留下了永久的枪伤或者被瓦斯气体烧伤后留下的伤疤，一些人得了战壕足病、淋病、梅毒，一些人不得不面对每个夜晚出现的折磨人的幻觉。他们在战场上尽到义务后，重新回到自己原先的阶层——中产阶层，重新回到坐落在农场和林场中的家乡小镇，以及那些依铁路而建的小城中，回到仍旧在萧条中挣扎的多伦多和狂风肆虐的温尼伯城。战争让他们认清了自己，从此获得心灵上的宁静。现在，他们回家了，回到这片是非分明、邪恶不会明目张胆猖獗滋生的土地上。

---

① 帕斯尚尔（Passchendaele）：比利时地名，第一次世界大战期间在该地爆发战役，这场惨烈无比的战役最后以英军攻占帕斯尚尔宣告结束。
② 亚眠（Amiens）战役：1918年8月3日—11日，在第一次世界大战最后战局中，英法军队对德军发起的一次进攻战役。英法军队在亚眠战役中的胜利使协约国彻底掌握了战略主动权。它标志着德国军事失败的开始。德国终于在1918年11月11日被迫投降。
③ 蒙斯城（Mons）：1918年11月11日，第一次世界大战的最后一天，参战的加拿大军队攻打占领了比利时小城蒙斯，解放了这个自1914年就被德军占领的小城。在这场战斗中，加拿大军队有280人死亡、受伤或失踪。很多人质疑这场发生在战争最后一天（停火协议即将生效）的战斗是否值得。

能回到他们日思夜想的祖国是多么好的一件事啊！他们曾经那样熟悉这片土地。当他们乘坐的船舶向哈利法克斯港驶来，当祖国的身影尚未出现在地平线那端，他们已经闻到了她的气息，那是新斯科舍省四季常绿的森林散发出的香气，是橘子树的香味。火车行驶在沿海省份的大地上，橘子皮、来苏水、痰盂让充斥着煤烟味的车厢看上去污浊不堪，士兵们一律敞着衣服领口，身上散发出一股动物身上才会有的汗臭味。他们看着窗外的景象，头脑里似乎第一次意识到自己的国家是这样的辽阔宁静。一个又一个灰黑色小盒子似的小镇像是被一双大手随手丢在森林空地里的小木屋，小镇的街道是肮脏的，在每一个砖砌或者砂岩石砌的邮局旁边都有一段沥青马路。那些红色的木头或者红砖搭建起来的火车站，无论是图罗、春山、阿姆赫斯特、萨克维拉，还是在芒杜、新堡、坎佩顿和马塔皮迪亚，它们的外观看上去都一模一样。在新斯科舍省，鲑鱼小溪清浅而活泼的水流冲刷着琥珀色的石头，宽阔的呈钢灰色的米拉米奇河穿插于云杉林中。等到第二天醒来，圣劳伦斯河出现在他们的视线里，色泽暗淡的河水平稳地向前流去，像是大海夹在两块陆地中的一段。火车轰鸣着冲上铁桥，最后停在蒙特利尔城里的波拿文士拉车站。

这天下午，这座城市举行了一场盛大的士兵游行，在位于舍布鲁克大街的观礼台上，身系红绶带的将军、红脸的官员和灰呛着脸的政客们站成齐刷刷的几排，欢迎参战士兵的归来，有人摘下头上的礼帽向士兵们致意。士兵们在人群的注视下列队走过大街，虽然街道上已经没有了战时的紧张气氛，但是从那些士兵的眼里，人们还是可以看得到战争带给他们的疮疤和伤痕——他们曾经经历过什么，做过什么。而现在，他们重新从地狱爬回人间，回到向中产阶级目标奋斗的幻觉中。到家了，过去的经历开始慢慢地被遗忘，战争变成了回忆，变成人们想象中的模样，不再是那零散的、不完整的回忆片段——在泥土里艰难地爬行，向着前方深不可测的孤独爬过去，刺骨的寒冷从脚心沿着大腿一直蹿到大脑，每前进一步都异常艰难；当刺刀刺进对方士兵柔软的腹部的那一刻，胳膊和肩膀的感觉，或者是刺刀碰到骨头发出的声音，这种反应和原先想的是如此不同。敌人的脸也不是想象中的，那一瞬间给人带来的震撼是如此之大，意识本身反而变得不重要了。肉身也不重要了，只有恐惧和愤怒是真实的。那个瞬间是如此隐秘，没有人愿意和别人说起——只有过后你看着其他士兵的眼睛，你知道对方知道你的感觉，你们都知道想用语言描述它是愚蠢的。再往后，战争变成了画面，变成了它的鼓吹者和政客向世人描述的一幅画面，它不再是士兵脑中那一个又一个的片段，而是完整的一幅画面；战争变成了和地名、日期以及下士对手下的命令口吻有关的东西，归来的士兵投入新的工作（那些战争制造者提供的工作）中，在治愈的过程中，战争又变成了它并不曾是的模样。

《蓝色帽子》和《百风琴》的风琴曲子在蒙特利尔城上方回荡。当游行队伍里的法裔军人经过观礼台时，乐队奏起了《桑布尔-马斯军团之歌》[①]。队伍经过英国人的街区时，马上有脸上带着崇拜神情的男人们从后面跟上，随着游行队伍一起向前走去。感谢上帝终于结束了这场战争。加拿大履行了自己作为殖民地的义务，军人们回到了祖国，可是这个国家的未来依旧掌握那些手

---

① 法国军队的进行曲。

握大权的人的手中。

这是一个被批准了的军事游行,就连操练手册都是从国外进口的。在将军们和政客们的注目下,在人群的欢呼声中,游行队伍走过大街。欢迎队伍里既有法国人也有英国人,无论是谁,都热烈地拍着巴掌表示对归来的法国士兵的欢迎与尊敬。看着前进中的游行队伍,人们用兴奋的眼神彼此打着招呼,与其说这是游行,不如说这是一个亲人团聚的时刻或者一个小型的庆祝活动。每个人都明白,对于一个少数族裔的人群来说,他们的悲伤和骄傲对这个国家来说微不足道,就像是一个薪水微薄的人怎么可以在一个公司的大老板面前谈什么挣大钱的买卖呢?

妇女也是人潮中引人注目的一群,她们似乎是为自己而来,而不是奔着游行队伍来的。有的妇女面色灰暗,表情呆滞,那是因为她们知道自己的男人再也不会出现了。有些妇女毫无掩饰地用目光寻找着队伍里自己的男人或者家人,心里焦灼地猜想着,在经历了战争带来的一切后,那个人是否还是从前的那个人,他是否还能回到从前的寻常生活中——住在市郊的房子里,每天去市场买回来一家吃喝用的东西,付医药费,付保险费,未雨绸缪地打理这个家,为家人的一日三餐忙碌着。女人这样想着,空乏了几年的没有享受过男人温存的身体似乎也开始蠢蠢欲动起来。

在麦吉尔大学附近的一座豪宅里,珍妮特·梅休因和父亲亚德里站在楼上一扇可以俯瞰整个海湾的窗户旁边,在这里等待着即将从这条街经过的游行队伍。船长听说女婿哈维生前所在的那个团今天也在游行队伍里,担心女儿情绪上受刺激,所以特地过来陪着女儿观看游行。

让亚德里稍感诧异的是，女儿珍妮特看上去十分平静，过去几个月的紧张不安的情绪在她身上不见了，走路做事情的样子比以往沉着了好多。亚德里看着珍妮特苍白的脸庞，心里猜测，女儿的这副表现也许是因为她的心跟着哈维去了，哀莫大于心死，所以任何事情已经不能影响她的情绪，又或许女儿在她生命里第一次重拾内心的自信。

亚德里是一个小时之前赶到蒙特利尔的。父女俩来不及寒暄，便相跟着赶到这座宅子。这是斯坦斯特夫人的宅邸，她儿子也和哈维一样，牺牲在战场上，两个孩子生前是好朋友。亚德里和女儿并排站在窗户旁边，一边说话一边打量着街对面校园里那些躲在树影中的灰蓝色建筑物和更远处皇家山的山峰。他们的身后站着几个人，正在小声交谈着，亚德里看过去，他一个也不认识。

街道那边，大部分人家悬挂出英国国旗，也有几户挂着法国国旗或者美国国旗。亚德里注意到楼下等着看游行的人群几乎清一色是英国人，他想，法国人肯定都在最东头那儿等着游行队伍，这在蒙特利尔很平常。

珍妮特突然说了一句："告诉您个好消息，梅休因将军昨天说了，家里的二楼全都给我和孩子们住。"

亚德里苦笑着问女儿："这么说你一直要在蒙特利尔待下去了？"

"那个家已经接受了我，那是我唯一可以去的地方。"

大街上人群熙攘，船长把目光从楼下的榆树移开，转向远处的山峦，远处传来隐隐的风笛声，笛声让人听了肃然起敬。船长心里想：如果把那声音比作一种元素的话，那么它只可能是会唱歌的水。他朝女儿看了一眼，心想：女儿看上去是那么年轻，可是她刚才的那番话完全是一个中年妇人才会有的想法。

"这下我不用担心了,梅休因将军很喜欢这两个孙女。她们在这里结束学业后就去瑞士洛桑①待一年。战争结束了,一切很快会恢复正常。"说完她又加了一句,"哈维的母亲也去过洛桑。"

"听上去你把一切都安排好了?"

"如果哈维活着也会这样安排这两个孩子的。"

看着女儿一脸凝重的模样,亚德里说:"可是孩子,你完全可以再找个人重新生活啊。"

珍妮特吃惊地回过头,镜片后面父亲那双浅蓝色的眼睛没有一点躲闪的意思,珍妮特说:"爸爸,这时候您说这种话合适吗?!"

"可是大部分时候没有我说话的份儿啊!"

"可是,至少您也应该……"珍妮特打住了。

亚德里把粗糙的布满了青筋的大手扶在女儿消瘦单薄的双肩上说:"孩子,也许我从来在这样的地方说不出什么得体的话,可说总比不说强。即便是梅休因家的人,他们也得生活呀。记忆也许是圣洁美好的,可是它并不能给活人带来温暖,特别是在夜里,对男人对女人都是如此。"

珍妮特用眼睛迅速瞟了一眼周围,心里暗自庆幸他们父女俩站的地方离其他人较远,那些人应该听不到父亲刚才的话。

"爸爸,您能不能不说了,让您这么一说,感觉好可怕。"

亚德里的这番话并不是随随便便说的,这七个月来他一个人在圣马克待着,倍感孤寂,见不到阿萨纳斯,也很少见到保罗或

---

① 洛桑(Lausanne):瑞士西南部法语区城市。

者凯瑟琳，终日靠干农活、读书和伺候农场里养的那几头牲畜打发时间，好在他身体不错，有些活计还能干得动。哈维过世后，他一直想知道女儿的想法，要不要再嫁人，本打算给女儿写封信说说这个事情，但最终搁笔。今天见到女儿，便直接说了出来。

"如果像你说的那样，梅休因家族对你们母女不错，我也替你高兴。可是珍妮特，看在上帝的分儿上，你还年轻，人也漂亮，总不能一直和梅休因家的那些老头老太太住在一起吧，况且，海瑟和达芙妮有一天也要有她们自己的生活，你岂能让一些老头老太太们支配孩子们的生活，在这个世界上，谁敢说这个人或者那个人属于他自己。人嘛，都是自己作怪！"

珍妮特眉头紧蹙，对亚德里说："爸爸，您能不能说话谨慎些呢？不是所有的人都和你那些水手或者雇工的想法是一样的。"

"有啥不一样的？"亚德里说，"要我说人和动物没多大区别。即使是最野性的动物也会有孤独的时候。我们很多时候其实是在向动物学习，学习它们如何在这个世界生存。人类最初的狩猎行为不就是从动物那里学来的吗？还有……"

珍妮特不自然地笑笑，说："爸爸，如果您不是我的父亲的话，我肯定得……再说您嗓门也太大了。"

女儿显然没有听明白自己话里的意思。亚德里沉默了，神色凝重地等着即将过来的游行队伍，心想：如果哈维活着的话，应该是个少校，最起码也是个中尉什么的。他会走在营队的最前头。蒙特利尔是哈维的家乡。他若回来，肯定会轰动的，这里的报纸对蒙特利尔的名门望族总是毫不吝啬地给予关注。

"达芙妮和海瑟在哪里？"

"她们和同学在一起，也在大街上等着游行队伍。"

珍妮特并没有给父亲指点两个女儿站着的方向。船长想，一会儿回去前肯定是见不着两个外孙女了。随着管风琴吹奏出的音乐声越来越近，人群开始骚动起来。

在舍布鲁克大街设的观礼台附近，保罗和一百五十多位同学站在划定区域的马路牙子后面等着即将经过的游行队伍。弗罗比舍学校的队伍被安排站在人群最前面，这无疑让这所学校的所有孩子生出一种自豪感。队伍里还有身穿民兵服装肩扛来复枪的高年级同学，保罗站在低年级队伍的末尾处，旁边站着高年级的队伍，从那里不时传来上了油的金属的撞击声，那是等得不耐烦的高年级同学拉枪栓整出的动静。和队伍里的其他孩子一样，保罗头戴一顶别着弗罗比舍金色校徽的小圆帽，身上穿着弗罗比舍学校的校服——上身是蓝色海军条纹服的夹克衫打领带，下身是及膝短裤，站在队伍里。

弗罗比舍的全体学生都参加了这场游行的欢迎仪式，游行前一天，校长召开全校师生大会，会上，他给孩子们介绍了自打罗马时代起就有的欢迎归队士兵回到祖国的传统。弗罗比舍在战争中损失了九十二个高年级学生。仅仅去年秋天，每个星期都要传来从这所学校出去参战的孩子的阵亡消息。每次学校接到这样的消息，都会召集学生开会，会上，校长用深沉的嗓音读着阵亡学生的名字，讲起这个孩子在学校和军队里的表现，回忆他在弗罗比舍时的事迹，比如说在对比绍普学校的冰球比赛中，他是如何为弗罗比舍进了一球的，或者在足球比赛中他如何做过一次精彩的带球，或者提及他在学习上的上佳表现。有一次，在为弗罗比舍一个阵亡的高年级学生举行的追悼会上，校长亲自读了一封亚瑟将军①亲笔写来的悼念阵亡学生的信件。开这样的大会时，每当校长念出阵亡学生的名字，所有的孩子都低下头去，为阵亡的人祈祷，祈祷过后，孩子们嘴里唱起《天佑国王》②那首歌。每次抬起头瞻仰乔治国王的画像时，他们的目光也会落在旁边那张囊括了所有弗罗比舍校委会成员的集体合影上。照片里，鲁珀特·艾恩斯被奇斯利特、马斯特曼和麦金托什等一众人众星拱月般围在中间。

保罗正在遐想，队伍里，紧挨保罗站着的一个叫弗雷斯的脸上长满了雀斑的孩子和另外一个叫安德鲁的金发男孩因为各自的哥哥争吵起来。

"我哥哥杀死了三个德国人，他和他们拼刺刀，"弗雷斯说，"那可比在飞机上扔炸弹厉害多了。"

"你哥哥是步兵团的！"安德鲁说，"步兵是最没用的。"

"去你的！我哥哥说如果仗再打下去，步兵的装备你听都没听说过。他们坐在战壕里，直接朝离得很远的德国人发射火焰，飞机才做不到呢！"

"那有什么，我哥哥说飞机上马上就会安装射线，飞到德国人的城市上空，只要轻轻按一下按钮，那些德国人就得五马分尸，这是我哥哥亲口说的。"

"步兵也可以有射线！"

"才不会呢，步兵没有射线！"

---

① 亚瑟将军（General Sir Arthur Currie，1875—1933）：1917年接替朱利恩·宾（Julian Byng）爵士成为加拿大军队的总司令。
② 《天佑国王/女王》（"God Save the King/Queen"）：是英国、英国的皇家属地、海外领土和英联邦王国及其领地作为国歌或皇家礼乐使用的颂歌。

"和德国人拼刺刀比飞机上扔炸弹难,需要更大的勇气和胆量,这是军士长克劳奇说的。"

"你怎么知道你哥哥是用刺刀杀的德国人?好士兵从来不说他们杀了谁。他们只是做,但不说。"

"我哥哥才没说呢,是军士长克劳奇告诉我的。"

"好士兵从来不告诉别人自己杀过人。"安德鲁说完转过身看着保罗,"是不是,保罗?好士兵从来不告诉别人自己曾经杀了几个人,是吧?"

"他知道什么!他哪里有当兵的哥哥。"

"我有!"保罗说。

风笛的声音在远处回荡,人群骚动起来,动静像是一阵风卷起地上的落叶。克劳奇军士长的声音响起:"稍息!""立正!""稍息!"来复枪的枪托碰撞在沥青地面上发出铿锵有力的撞击声,继而归于寂静。体重两百多磅,从一九一七年退伍后就一直在弗罗比舍担任体操训练员和军事训练员的军士长克劳奇胳膊底下夹着一杆手杖站在队伍最前面,他曾经参加过第一近卫步兵团从蒙斯撤退的那场战斗,两次受伤并受到嘉奖。

克劳奇命令队伍:"大家一定要瞧仔细了,不要忘了我说的。"洪亮的声音整条街上的人都能听到:"记住队伍经过看台时,军人们是如何敬礼的,等到下一个弗罗比舍检阅日,你们也要这样做。"

克劳奇总是对学生们说,如果队伍敬军礼时都是一副七零八落的样子,那这样的队伍打起仗来肯定也是灰色软蛋,还说假如选举时发生骚乱,这样的队伍就是连酒窖也守不住。在克劳奇的训练下,每逢弗罗比舍检阅日,学校半英里外你都能听见弗罗比舍学生队伍的敬礼声。

保罗看着街对面。斜对面离他们远一点的地方站着蒙特利尔城另外一所学校的队伍，弗罗比舍的孩子们一律戴帽子穿夹克衫，服装统一正式，对面的学生则逊色很多。布洛克女校也在欢迎队伍中，她们在街对面，正对着弗罗比舍学校的队伍。那个队伍里，低年级的孩子还梳着两条辫子，搭在后背上。所有的女孩子穿着清一色的海军蓝上装和黑色条纹袜子。布洛克女校旁边是公立学校的队伍，占了足有两条街区那么长。

保罗盯着站在自己前面的军士长克劳奇那毛茸茸的脖后颈研究了一会儿，随后把目光转向对面的女校队伍。女孩子显得要比男孩子安静好多，她们脚底下很少动来动去，脑袋却不老实，东扭西扭，肩头上的辫子一甩一甩的。保罗突然在那支队伍里看见了达芙妮的那张脸。他想：如果达芙妮在队伍里的话，那海瑟肯定也在那儿。紧接着他便看见海瑟那张有着翘鼻子的脸庞，她头戴一顶水手帽，站在第二排，脑袋一晃一晃地正在和旁边的女孩儿说话。保罗突然担心起来：如果海瑟看见自己，肯定会冲着他这边招手，这会让保罗遭到队伍里其他男孩子的一番奚落。谁让自己认识一个女孩子呢？如果想不因为女孩儿而被笑话，你得长到高年级的孩子那样才行。保罗想到这儿，赶忙把帽檐往下拉了拉，让自己看上去更像个大男孩——海瑟认不出来自己最好。这时候他真希望自己头上戴的是一顶普通帽子，这样可以把帽檐拉到一侧耳朵上，让自己看上去更像大人，他甚至可以像个粗野汉子那样往地上吐口唾沫。穿着学校的这副行头，你即便用尽全身力气朝地上吐唾沫都装不出来一副硬汉模样！

风琴声越来越近，保罗从队伍里探出脑袋朝风琴声传来的方向看去，穿着苏格兰裙子的乐队队员出现在大街上，裙角在风中来回摆动着，太阳光在刺刀尖上发出烁烁的光芒。保罗想：不知那些刺刀是否就是杀死过德国人的刺刀呢？

坐在办公室的橡木桌子后的马奎因一脸殷勤地对阿萨纳斯说："对不起，泰拉德。很不幸我现在什么忙也帮不上，真是对不起啊！"

阿萨纳斯尽力控制着，不让马奎因看出自己的无助。整整一个冬天了，他一直在等他，等他告诉自己工厂要动工的消息。对于自己的转教①，他和马奎因说起过，马奎因听后，虽然眼睛里流露出一种难以捉摸的神情，但嘴上还是说了一番"祝贺他"之类的话。阿萨纳斯已经从圣马克搬到了蒙特利尔，虽然因为转教的事情，他和大部分法国朋友都不来往了，但是在蒙特利尔，他的日子过得也没有那么难受，在他看来，像马奎因这样的在圣詹姆斯大街办公的生意人是不会在意自己的生意伙伴转教什么的。而且，他们已经为建电厂做了好多前期工作，马奎因肯定不会那么轻易地就撂挑子不干，因为剩下的工作无非是从特伦布莱和其他几个农民手里买下瀑布附近的那几块地，然后再给圣马克教堂（建新教堂的事让圣马克教堂拉了不少饥荒）捐一笔钱就可以破土动工。至于主教那边，对方肯定不会反对建水电厂的事情，因为教堂也会从中受益。他现在只希望不是因为自己和教堂闹翻的事情影响到这件事，但是现在他从马奎因的表现看，这人没有忘记他转教的事情。

---

① 这里指阿萨纳斯从原来的天主教会转到新教教会。

"你的意思是……"阿萨纳斯尽量压住火气问,"你的意思是让我现在从这件事里出来?"

马奎因没有急于回答,他在故意拖延时间,以此来割断以往他和阿萨纳斯说话时那种自然的口吻:"我也不想这样,可是……"他终于开口说道。

"那么……"最近一段时间阿萨纳斯瘦了很多,他面色发黄,脸几乎瘦成了一条,又长又窄,像是生了大病。他抬起头,看了桌子对面那张堆满了肥肉的胖脸一眼,又低头看看自己那双因为攥得太紧而显得没有血色的手,心里恨恨地想:马奎因抛弃了他!自己在这个年纪竟然被马奎因这样的年轻人给结结实实地耍了一次!这和杀他没什么两样!

马奎因嘴里像含着食物,含混不清地说道:"一开始就和您说过,除非能被当地的人善意对待,否则的话我不会硬挤进一个地方建工厂。"马奎因的每一个字都说得很慢。

"我从来都是好心好意地对待别人,还有,是我帮你去谈的那些地,而且价格很便宜,不是吗?"

马奎因没有反驳阿萨纳斯,脸色却沉下来,显然他在强压内心的不满。他用那双浅蓝色的眼睛盯着阿萨纳斯,似乎要看穿阿萨纳斯,连同阿萨纳斯身后的那堵墙。

"你的意思是……"阿萨纳斯突然意识到了什么,用诧异的口吻问马奎因,"你的意思是你会建这个工厂,但是你不会带我进去。只要我不在里面,那些人就不会反对你建发电厂?"他的脸因为愤怒而扭曲,心里不由得骂了一句:这帮混账的英国人!嘴里为自己辩解道:"可我……可我是因为受到迫害才离开圣马克教堂的。因为你的工厂,我在圣马克没有容身之地。现在连议会也不要我了。现在……"

"镇静，泰拉德先生，讲点道理好吗？你们法国人总是要给自己招惹这么多的麻烦——这麻烦也太多了。"

马奎因的这番话彻底激怒了阿萨纳斯。他怒不可遏地冲着马奎因扑了过去，对着那张脸一字一顿地说："你这个英国佬也在我面前提什么招惹麻烦？！你们英国人自己不安生不说，还把这个国家带入战争，四处征兵，用完了就当垃圾一扔。你是说你从来不会惹麻烦吗？当然了，你不会惹麻烦的，你是在忙着挣大钱，不是吗？！"

马奎因赶忙摆出一副老好人的态度连连摆着手，似乎在恳求阿萨纳斯不要再说下去了，可这副息事宁人的态度并不能掩盖他眼睛里透出的冷漠和生硬。阿萨纳斯猛地意识到对方是故意要撇开他，原因极有可能是自己的私生活影响到了这个项目。但是如果真是这样的话，为什么在今天之前马奎因一点反感的意思都没有表现出来，也没有在阿萨纳斯面前露出颐指气使的态度，相反，他总是摆出一副配合的实事求是的态度，虽然这种化干戈为玉帛的态度常常配以一副若即若离的面孔。

"您现在很生气。发这么大的火是没必要的。生气解决不了问题。"马奎因说话的口吻像是正在布道的长老会神父，冷冰冰的毫无人情味，"毕竟，您的问题也很特殊，您的宗教信仰到底是什么？那些加拿大的法国人怎么看您，您怎么看自己？在魁北克省，所有的麻烦都事关宗教信仰。很少有生意人想在魁北克做点事情而不了解这一点的。"

阿萨纳斯反击道："你冠冕堂皇地到底想说什么？"

马奎因脸上露出一副皮笑肉不笑的表情："泰拉德先生，你得讲理啊。我们英国人确实有缺点，但是要想在魁北克省做点事情，这样的问题必须考虑。毕竟，您的例子就是个绝好的证明啊！"

阿萨纳斯感觉自己几乎要窒息过去。他已经不可能钳制住面前这个家伙，就好像他不可能抓牢一个巨大的皮球一样。马奎因一对灰蓝色的眼睛在他的眼前不停地睒来睒去，阿萨纳斯觉得自己就像被困在显微镜底下的一只苍蝇。他再也控制不住了，挥舞着胳膊喊道："你给我听好了，我对你的那些理论没兴趣。这和我们要做的事情有什么关系？你想说什么就直说好了！还有，我现在应该做什么？这是我想要知道的。"说完他又提高嗓门重复了一句，"我现在该怎么办？！"

愤怒几乎冲昏了阿萨纳斯的头脑，甚至没有意识到自己最后说的那句话显得多么幼稚，他这样说话只能让马奎因觉得他无能。他愤怒地闭上眼睛，对自己说，你不是无能，你只是从来没有在这种英国人和美国人习以为常的假面游戏中锻炼过。如果自己在去年冬天做的这个像是追求梦想的决定到头来证明太过幼稚，他应该怎么收场？可是，男人追求自己的梦想有什么错？人总要做事啊！在死之前总要证明自己不是一个一事无成的人不是？

"毕竟，"马奎因说，"事情还没有到无可挽回的地步。你的东西还是你的。你可以把你的抵押转换为现钱。还有，我的公司要收回你投进公司里的那些钱的利息。我要告诉你的是，泰拉德先生，我完全可以玩个手段，这么一来你就得赔光所有的钱，不过我没有这样做，所以，你没赔钱。"

"没赔钱？上帝！"阿萨纳斯盯着马奎因喊道。没赔钱？他已经赔掉了全部身家！唯一没有赔掉的就是那点可怜的养老金！

而且，就在两个星期以前，他得到消息说政府马上要收回那座桥的收费权。

马奎因突然问阿萨纳斯："为什么您事先不告诉我您和那位神父之间发生的争执？如果您早点告诉我的话，会节省我好些时间，也能减少一些令人不愉快的摩擦。"他的蓝眼睛里又恢复了常有的生硬和不近人情，"您怎么会不知道一个像这样的工厂规划意味着什么？"

愤怒让阿萨纳斯说不出来话，他甚至觉得自己的大脑丧失了思维能力："你想甩开我自己一个人建工厂是吗？你已经这样做了，不对吗？甩开我你就能买到那些地，你的计划也可以开始运作，只要没有我掺和在里面——这就是你要告诉我的吗？"

"我现在不会说得那么具体。不过有一点很肯定，我们不会马上动工。"

从窗户玻璃看出去，圣劳伦斯铁桥在明亮的阳光中发出青蓝色的光。阿萨纳斯感觉自己几乎要窒息过去，他从没有这么迫切地需要呼吸新鲜的空气。他猛地站起来，几步冲到窗边，手臂用力一抬窗棂，窗户打开了，一股大风扑面而来。桌上的纸给风吹得飞散开去，马奎因急忙伸出手去按。片刻后阿萨纳斯重新把窗户放下来，回到自己座位上坐下。

"毕竟，"马奎因说，"您还有很多事情能做。"

"那你觉得我还能在议员席位上待多久？"

"这个嘛……"

远处传来风琴隐隐约约的演奏声。风琴声似乎吸引了马奎因的注意力，他拧着眉头摇摇头说道："我猜您也会这么认为的，泰拉德，那些打完仗回来的士兵只能是些麻烦。战争让他们变得容易冲动，估计我们这个城市得乱一段时间了。经过这番折腾，我一点都不认为我们这个国家还会和以前一样。希望政府少说些废话，强硬点。毕竟，他们要保护自己。"

阿萨纳斯盯着马奎因，他很生气，这家伙这时候还在和自己说这些无关紧要的话。直到现在，他才意识到马奎因并非只是说说，这让他感到震惊。这家伙是在来真的！他控制不住内心的怒火，喊道："是你先提出建坝这件事。是你先来求我和你做这件事情，而不是我。现在你却想抛开我。好！算我傻！指望自己去信任一个生意人。看得出来那些人已经和你串通好了。但是你想好了，在圣马克建工厂，没我，单凭你一个人怎么能把这件事做下去？！"

"圣马克教区负着很大一笔债务。"

"这么说你已经和主教谈过了？"

马奎因的脸上仍然是一副让人摸不透的表情："我确实和主教交谈过，我和他说了在那条河上建坝建电厂的好处。电厂建立起来后可以留住很多年轻人，让他们不至于因为在圣马克找不到工作而去外面谋生。"

阿萨纳斯觉得自己马上会窒息过去。马奎因刚才说的这番话是他告诉马奎因的。

"现在看来，主教对建厂这件事的看法和你们那里的博宾神父的看法并不一样。"马奎因继续说道。

"你是说主教同意你在圣马克建厂，但条件是这件事我不能掺和进去，是吗？"

马奎因摇摇头说："您没必要把私人的恩怨扯到这件事上来，亲爱的泰拉德。主教提都没提您的名字。"

"但是你从他那里感觉到这一点了,不是吗?"

"这里面有很多东西需要考虑,"马奎因摇晃着那颗硕大的脑袋,"泰拉德,你自己也知道这种情况很特殊。是你把自己和教会的争执公开化了。"

阿萨纳斯僵住了,脸上却突然恢复了一种贵族式的矜持和持重,他站起来,用手指着马奎因,说:"没问题!"马奎因冷冷地眨了下眼睛,似乎也在压着内心的火气:"这不新鲜。是你挑起了事端,你习惯这样做了,所以也不知道自己到底在干什么。总有一天这个国家会为这种事情付出代价。"

阿萨纳斯转身向门口走去,他的腰板挺得笔直,看得出他在努力维护自己的尊严。马奎因见状赶忙绕过桌子,疾走几步跟上阿萨纳斯,伸出胳膊往阿萨纳斯的肩膀上搂过去,嘴里为自己辩解道:"亲爱的泰拉德——我们能做什么呢?这时候谁都没有办法抗拒趋势。我想你现在也不知道自己在说些什么。我从不和人玩什么阴谋诡计。我和您一直谈的也无非是生意上的提议而已。我只是想建一座工厂而已。主教也说了在圣马克那个地方建一座工厂是得人心的。"

"我印象中我们是合伙人来着,不是吗?"阿萨纳斯冷冷地回答马奎因,他躲开马奎因伸过来的胳膊和手,疾步向门口走去。马奎因的手落了个空,只得借势在他母亲画像下的鲜花花瓣上搓捻了几下,嘴里说道:"我真的不希望您生着气离开这里。看来您还是带着个人情感去看待这件事情。亲爱的泰拉德先生,做生意嘛,就得去掉个人感情!真是对不起,这件事我确实爱莫能助啊!"

阿萨纳斯打开门,跟在身后的马奎因嘴里还在不停地说着:

"请您不要急着做决定。您可以随时过来找我,我们可以再好好聊聊。我会和我的秘书说,让她替您安排好财务上的事情。"他伸出手,笑着对阿萨纳斯说:"给您个小窍门。别去买股票,因为市场很快就会下跌,经济萧条离我们不远了。"

阿萨纳斯没有握马奎因伸过来的手。他冲出马奎因办公室的门来到大厅,手按下电梯按钮,脑子不停地想着:就这样了?傻子,他的心里这样告诉自己,傻子,傻子,傻子!他的全部生活就是在这个圆圈里打转,最后在现实中化为青烟。为什么他要一次又一次地相信马奎因那压根儿没有兑现过一句的谎言呢?!

阿萨纳斯来到圣詹姆斯街上,他想招辆出租车过来,却发现大街上空空荡荡,不见一个人影儿。他对自己说,像他这样的人怎么能指望着会在这条街上成功呢?这条街是英国人的发财之路,他们把它变成了一个丑陋无比没有人味儿的阴暗无比的洞穴,而他压根不了解那帮英国人的规则。他心里骂自己:你就是个傻子,是个连一辆出租车都叫不来的傻子!随即又意识到这条街之所以空无一人是因为所有人都怀揣着满腔的爱国热情去看游行去了,当然,亨特利·马奎因除外。

阿萨纳斯向西走去,在维多利亚广场他上了一辆有轨电车,车厢里空空荡荡,车一路向前开去,到多彻斯特街,阿萨纳斯按了停车铃,从车上下来。

他来到多彻斯特街附近的广场。绕着广场周围而种的树虽然长得很高,但和附近带有乔治亚时代伦敦风格的商业建筑一比显得分外矮小单薄。广场两侧矗立着的建筑物在东边的贫民窟的衬托下仿佛孤零零的灰色岛屿。

头顶的绿叶让阿萨纳斯想起现在已经是春天了。在圣马克,用来供奉神明用的种子已经被撒在泥土里，太阳落山后，枫树林里飞舞着密密麻麻的黑蝇。如果没有战争，美丽的春天永远都是那么的清新诱人。

上帝啊，他现在能做什么？阿萨纳斯感觉脚下的地面似乎在打转，他抬眼望去，从广场延伸出去的四面八方的马路上空空荡荡。除眼前这几座突兀而起的建筑物外，四周阒静无人。他还能做什么呢？可是，这时候他怎么还有心思想自己还能做什么？

孩提时在学校的日子从记忆深处重新浮现出来。他想起学校里一身黑袍的神父那张严峻冷酷的脸。"那些你自己种下的树木，你带不走一棵，它们属于曾经的主人，除非令人厌恶的塞浦路斯……"他记得神父每次说完这些话总不忘再加上一句，说写出这些句子的异教徒死得都很悲惨。他也同样！他离开这个世界的时候甚至都没有一棵枫树属于他，他的所有的土地将被银行拿去抵债。也好，反正他也不能再回到圣马克，留着那些地有什么用？他失去了一切，连同那些他已经失去的东西：地位、家庭、朋友、生活。可是想着那些朋友有什么用呢？他们早就抛弃了他。

附近有一个俱乐部，那是个典型的英国俱乐部，他是最近才加入的这个俱乐部，也只是去过有数的几次。俱乐部显然有些年头了，里面都是些喜欢跟随英国潮流的富人，人人都是一副趾高气扬、不可一世的模样。长长的皮椅子，墙壁是红木贴边，相框里的画阴暗到人几乎看不清里面画了什么。出售的酒是冷的，即使里面有一夸脱[①]的酒精都难以让这些十分在意周围人对自己看法的英国人喝醉。阿萨纳斯不喜欢这个俱乐部，可是现在，就

---

① 1英制夸脱约等于1.14升。——编者注

是这样一个他不喜欢的俱乐部他也不能去了，因为那些英国人肯定会在他背后摆出一副高人一等的姿态窃窃私语地议论他。"很不幸。""也是，可是你能指望他干成什么呢？""我早就说过了，这些法国人一点都不实际。""难为他还是受过教育的。""这一家子就不应该离开他们的教堂，不应该不遵守当地的规矩。""还是做律师好啊，我和人合作做生意时就找了一个，真是人精，没他我真不知道怎么做。""这就是老掉牙的故事了，我早就说了，东是东，西是西，没见过东西合在一起的。"

"住嘴！"阿萨纳斯喊了出来。

他朝四周看去，周围一个人影儿也没有，没人听见他刚才的喊声。

往东走还有一个俱乐部，是法国人开的俱乐部。他是那里的会员很多年了。但是他现在也不能去了，因为他们要求他退出这个俱乐部。他还能去哪儿呢？他不能回家，今天的游行经过舍布鲁克大街，现在那里肯定被挤得水泄不通。他还能去哪儿呢？他不想见到熟人，他又一次想到了马奎因，心里立刻燃起了怒火。

阿萨纳斯站在人行道上，大风掀起他的外套下摆，他倔强地昂着头，脸上满是不服气的神色：他凭什么要羞愧？难道只是因为他尝试去做什么，失败了，就成了民族的叛徒？！他还有时间，他要证明给那些人看。马奎因说经济马上会进入萧条时期。可是十二月之前他不是还说战争三年之内不会结束，他准备马上建水电厂，可这才过了几个月，他就要延迟建厂计划！如果不是马奎因一直拖着的话，水电厂现在可能都建了一半了。就算像马奎因说的那样，战争结束以后，社会往往会进入一段萧条时期。但是每次经济萧条到来之前不是总会有一段繁荣期吗？马奎因他懂什么？他有自己读的历史书多吗？他和美国人没什么区别，只要谈到钱，便露出一副冷酷无情不顾一切的模样，除钱之外他们还知道什么？他阿萨纳斯也会有赚到钱的那一天。他要是有钱了，绝不学英国人，做一只抱窝老母鸡，害怕做出头鸟，只是瞪眼看着美国人事事走在他们前面。只要他有钱了，他就捐一座公共图书馆出来，建在圣丹尼斯大街的法国人聚居区，名字就叫阿萨纳斯·泰拉德纪念馆。如果他挣了大钱，他会在这个省的每个地方都建座图书馆；现在把整个魁北克的图书馆都算上也就十二个左右，而且没有一家是一流的。他要建一个规模庞大的图书馆，和教堂那么大，给所有人瞧瞧！不管是英国人还是法国人都来瞧瞧，他要证明给他们看，一个人即使他脱离了原先的教堂，可他还是忠于他的民族的。那些神父不会以为他们可以控制图书馆这样的公共设施吧？

阿萨纳斯低下头，把手揣进裤兜，向城市西面的方向走去。他感觉脚下的步子越来越沉重，马奎因的那张脸时不时出现在他的脑海里，让他气愤难耐。他想起过去马奎因曾经说过的一句话：你们法国人的悲剧就在于你们不能决定自己是做一个无拘无束的自由人还是做一个你自己的民族给你框架好的人……"心里愈加气愤得不行：像马奎因这样的英国人，他们夸夸其谈，妄自评论别的民族，可是他们有真心实意地伸出过援助之手吗？！指望他们来帮助自己这些法国人简直就是痴心妄想！你以为他们真的愿意给这里的法国人机会吗？

凯瑟琳肯定去看游行了。她喜欢这种热闹。自从他们搬到蒙特利尔后，凯瑟琳花了不少钱，心情看样子也好了很多。她现在讲究得很，使劲儿往年轻打扮。她出去的时候都做些什么呢？她认识其他男人吗？他觉得凯瑟琳不会，不过也许她会呢。他不是个自私的老男人，把自己的年轻妻子锁在家里，生怕她得到一丝一毫的快乐。可是现在他和凯瑟琳之间很疏远，当他想起她时，仿佛觉得她只是自己年轻时记忆里的某个人。她的美貌和温香软玉的身体对年老的他来说有什么意义呢？男人们大半辈子都生活在幻想里，他们认为拥有一个美丽的女人足够了，可是哪一个女人能填补他的孤独呢？

他的脑海里突然出现了一扇正在缓缓打开的门，门后似乎是一个博物馆的中庭，空间很大，一瞬间阿萨纳斯似乎回到了梦里，走廊里挤满了他过去认识的男人和女人。上帝啊！他怎么认识这么多女人呢？她们现在都在哪儿？她们叫什么名字？这怎么可能？！他认识这些女人，却叫不出她们的名字。人群开始沿着天庭缓慢地绕圈，里面有孩子、教师、牧师、农民、律师、政客、法官、士兵，还有那些阿萨纳斯认识却叫不上名字的女人。阿萨纳斯意识到似乎哪里有些不对，这些女人怎么都穿着同样的衣服？有些妇女肯定是早就不在人世了，因为她们不可能现在还活着，这一切好像有点不对劲……

他感觉自己的头颅突突地跳着，他用手去摸额头，额头湿漉漉的。他听见自己说："感觉不好的话就坐下来休息一会儿，没事儿的。"声音仿佛来自一个陌生人在他耳边的絮语，他重新抬起头，看到的是一模一样的街道、建筑物、树木。

阿萨纳斯慢慢地向西走去，一直走到圣詹姆斯街上的大教堂门口。这一段路很长，他不知道自己是怎么强撑着走过来的，他心里还憋着泰拉德家族轻易不被打倒的刚强劲儿。阿萨纳斯在教堂前停住了脚步，平静地看着教堂三角墙上摆放着的一组青铜像。这是一条被上帝赐福过的街道,几百号商业人士在这条街上工作,当然也有很多妓女在这里拉客,每天都有几百人来到这里,每个人的心里都背负着罪恶。圣人和布尔热主教①的青铜像立在路边,这些死去的魂灵在。这是一个有着钢铁般意志的人,一位基督王子——人们都在传颂一件事:他曾经意志坚定地挑战罗马教皇的使节。阿萨纳斯的父亲和布尔热主教相识,他自己曾经接受过主教的赐福,可是现在的主教已经成了一尊青铜像,铜像的身上已经有了锈迹,但是他的灵魂和精神不会消失。

阿萨纳斯走上教堂的台阶,穿过前厅,向教堂里面走去。安静的教堂让人感到周围凉爽了许多,空气里暗香四溢,散发出天主教堂圣洁庄严的气质,每到周日,这个城市里的平民百姓都要汇集到这里。阿萨纳斯很自然地走到前面,在圣坛前跪下。

他快速地瞟了一眼四周,没有人注意他。几个上了年纪的妇人跪在那里,双眼虔诚地盯着圣坛上摆放着的蜡烛。一个看着像是卡车司机的人和一个工人模样的人跪在最后一排,刚才阿萨纳斯经过那两个人时,闻到了一股汗馊味道,而且那味道很刺鼻。这两个人正在祷告,经过一天艰苦的劳作后,他们来到这里寻求上帝的庇佑。

"我在这儿干什么?"他自言自语道,"我,还有那些人,我怎么在这里,在这个时候?"他的腿疲软沉重得厉害,现在他即使想离开也走不了。他勉勉强强走到卡车司机和工人前面几排的凳子上坐下来,把帽子放在座位旁边,双膝跪倒,双手合十,

---

① 布尔热主教(Bishop Bourget,1799—1885):加拿大罗马天主教神父,1840年成为蒙特利尔的主教。——编者注

在昏黄的光线中看着祭坛上的蜡烛,泪水瞬间模糊了他的双眼。

当天晚上,在市中心一座便宜的小饭馆里,一身戎装打扮的马里厄斯和艾米莉正在吃饭。饭馆里人声嘈杂,马里厄斯说话声音扬得很高,似乎有意压住周围的噪声似的。自从马里厄斯九个月前被征兵办公室带走以后两个人一直没见上面,今天是马里厄斯第一次被允许离队,他赶来看艾米莉。艾米莉问身穿军服的马里厄斯这场仗要打到何时,马里厄斯说他也不知道。

饭馆里的摆设看着拥挤不堪且污秽肮脏,玻璃桌面上,打翻的冰激凌溅得到处都是,房间里弥漫着一股污浊的气味以及酸兮兮的刷锅水的味道。几个身穿卡其布制服士兵模样的人坐在饭馆卖苏打水的柜台前的凳子上,士兵们因为有很长时间没有机会吃到这些食物,现在敞开了大吃特吃;一个士兵面前放了好几杯不同颜色的苏打水。一个士兵正在大啖香蕉海绵蛋糕,一个士兵在吃加了巧克力汁的棉花糖圣代,还有一个士兵手里举着一个菠萝坚果的圣代品尝着。除了那个一直咬着吸管喝苏打水的士兵顾不上说话,其他士兵都是一边吃一边大声吆喝着,话题自然离不开食物。一个士兵说他明天早晨要去吃顿大餐——牛奶泡玉米片外加白糖,再配上培根和鸡蛋,而且是那种咬一口酥脆无比的培根,而不是自己过去三年里不得不吃的肥腻腻的培根。另外一个男人说他真希望现在是八月,这样就可以吃到新鲜的煮玉米。一个下士打扮的人说他这几个星期除了T骨牛排煎洋葱外什么都不吃,还说要想牛排好吃,必须是肉多且煎到五分熟。

几个人说完了食物就把话题转移到女人身上。下士打扮的人说自己在欧洲打仗的这些年没碰到一个喜欢的女人,那些女人要不圣洁得像名教师,要不放荡得像个妓女。最后他用一种听上去十分坦诚的口吻总结道:"我喜欢女人就像我喜欢牛排一样,必须是五分熟,刚到火候。"

吃棉花糖圣代的士兵打量了四周一眼,附和对方道:"兄弟,要我说,你回来就对了。"他把自己前面的空盘子推到一边,眼睛看着那个大啖香蕉海绵蛋糕的士兵说:"这家伙就不满足!上个月我和他去皮卡迪利①店里看看,有几个看上去像是女伯爵模样的贵妇人也在店里,那几个女人看中了我俩,可这家伙竟然在那几个女人面前说起他在安大略省博德威里镇的一个老相好。"

"怎么就不能说呢?"看上去是个下士的军官反问道:"我就喜欢小地方的女人,她们听话。"

喝苏打水的士兵把吸管从嘴里移开,问:"这个博德威里是个什么地方?"

"那地方有个火车站,"吃海绵蛋糕的士兵舔了舔勺子上的糖浆,然后把勺子放在柜台上,回答道,"那里有一间百货商店,还有一个教堂。还有一家酒店,是为那些春天过来的鼓手准备的酒店。"

"啊?!"士兵继续喝着他的苏打水,"怎么听上去像是多伦多!"

几个人的声音慢慢小了下去。马里厄斯靠在桌子上,身子凑向艾米莉,说:"知道吗?在军营里我和自己打赌,如果我能听到一次这帮家伙谈论的不是女人和吃喝拉撒那些事,我就给红十

---

① 皮卡迪利(Piccadilly):指伦敦的皮卡迪利广场,是索霍区的娱乐中枢。——编者注

字会捐一加元！"

"他们欺负你吗？"艾米莉说。

马里厄斯给她看左袖上的两道杠："我现在是下士了。战争结束五个月后，他们给了我个下士让我当。"说完低下头继续吃他的东西。

艾米莉看着马里厄斯，心里很欣慰：他看上去很健康，体重增加了，眼神看着也比过去清澈了不少。马里厄斯大口地吃着食物，也不说话，仿佛在和谁抢东西吃似的。吃完最后一点点心后，他用手绢仔仔细细地把嘴巴擦了一遍，这才抬起头，打量起艾米莉来：这女孩儿的穿着打扮比一年前他见到她时讲究了许多，现在的她看上去像个城里姑娘。他注意到艾米莉的手白净了许多，说话时斟酌字句，话语间的语法错误也少了许多。

马里厄斯眉毛一扬，脸色疑惑地问艾米莉："他们给你涨工资了？"

"我不在那家饭馆工作了。"

"被解雇了？"

"是我自己离开的。那份工作不是很适合我。"

"那你现在做什么工作？"马里厄斯的语气重新恢复了刻薄狐疑的口吻。

"我在一家制衣厂里做工。"艾米莉回答马里厄斯。她心里其实很为自己的新工作骄傲，同时也希望马里厄斯为自己高兴，因为是她自己做出的辞掉过去那份工作的决定。

"哪家制衣厂？"

"格林伯格制衣厂，就是从布勒里大街往上走那家。"

马里厄斯猛地伸出胳膊，紧紧地抓住艾米莉的手说："你在为犹太人工作？"

"他们给的工钱多。我一个星期能挣十二加元。如果我还能做得好点，他们还会给我涨工资。好多女孩……"

"可你在给犹太人工作！"马里厄斯攥着艾米莉的那只手抓得更紧了，眼睛紧紧地盯着艾米莉，搞得艾米莉不禁怀疑起自己是否说错了什么，"我记得你说你自己是个天主教徒！"

艾米莉使劲地把手从马里厄斯的手掌中抽出来："你弄疼我了。我是为犹太人工作，可那又怎样？你以为你自己是谁？神父！连哲维斯神父也知道我在那里工作。难道我不工作，每天饿着肚子你就高兴了？谁规定一个天主教徒不能给犹太人工作？"

卖苏打水的地方又响起一阵喧哗声。一个脸庞消瘦的高个子士兵停止了咀嚼食物，高声嚷道："我这次回来准备和老婆好好过日子，再不出去咋咋呼呼地打架惹事了。我就是要让我老婆看看，上过战场后，我变好了。我劝你们这些家伙也放聪明些，向我学习。"

"有啥用，你以为这些婆娘看不出来你是真变好了还是装的？"

"我老婆很老实的一个人，"脸庞消瘦的男人说，"她看不出来。"男人变得严肃起来："我不开玩笑。战前我是很没出息的一个人，可是打完这场仗后，我觉得我变了。"

"狗屁！"

"我告诉你，女人生下来就是管我们的，你去看看那些女人，我告诉你，她们追着要管我们呢！"

喝着苏打水的男人把手里的杯子推到柜台那边，示意餐馆主人——那个意大利老板他需要一根吸管。

"你们这些家伙最好学聪明点，"瘦脸男人继续说道，"我告诉你们,那帮老娘儿们喜欢团结起来收拾男人!"

马里厄斯抿了口咖啡,重新坐回椅子里看着艾米莉。他那双看上去纤细敏感的双手紧挨着艾米莉的手放在桌上。他伸手拽了拽艾米莉的袖子,问:"这件衣服你是从工厂里搞来的?"

艾米莉笑了,笑容里重新透出骄傲的神色:"这件衣服花了我一个星期的时间才做好,每天晚上都要忙到很晚。"

"这么说这个叫格林伯格的是个好人啰?!"

门"砰"的一声打开了,一个胸前佩戴着勇士缎带的士兵闯了进来,他个头矮小,大摇大摆地向吧台走去,两只手向后扶在胯骨的位置上,走路时两只胳膊肘前后摆动,架势活像一只正在呼扇翅膀的公鸡。他来到高个男人面前,扯开公鸡打鸣儿似的嗓子喊道:"老天!你们这帮家伙在喝什么呀?你们还有没有点良心?"

喝苏打水的士兵现在已经开始喝他的第四杯苏打水,巧克力色的苏打水冒着泡泡。他叼着吸管抬抬嘴角说:"皮特这家伙喝醉了,跑来闹事来了。"

马里厄斯放下手中的咖啡,眼睛盯着艾米莉说:"犹太人喝醉酒时是什么样子的?很奇怪——我从来没见过喝醉的犹太人!"

"格林伯格先生对我很好。他从来没喝醉过。"

"可他让你试衣服时肯定会摸你吧。"

"他?"艾米莉不想惹马里厄斯生气,于是装出不介意的样子吃吃地笑着说,"格林伯格先生是个小老头儿,全身都弯了,差不多七十岁了。"

马里厄斯的脸依旧绷得紧紧的:"据我所知,一个男人绝不会因为自己年纪大而停止追求女人。"

艾米莉的脸红了。

摆放苏打水罐子的地方传来一阵喧哗声,刚才进来的那个叫皮特的人醉醺醺地喊道:"是谁发起的骚乱?别告诉我说你不知道!那个他妈的英国首相判我有罪,把我发到一个黑鬼中士手下服刑,就那个黑鬼,我用刺刀顶着他的屁股一节一节往上移时,他不是照样一蹦老高吗?"

吃香蕉海绵蛋糕的士兵手里这时候已经换上了一筒顶儿上撒着坚果的樱桃圣代,他转过身去,对嘴里不停嚷嚷的醉汉懒洋洋地说:"你是说是你这头猪引发的那场骚乱吗?"

"我才是那个让你们回了家的人!"醉鬼继续嚷道。

站在苏打水柜台后面的意大利老板微笑着摆着手劝着:"先生们,先生们!请安静!"喝苏打水的士兵扭过头冲着叫皮特的人点了下头,然后回过头来面无表情看着意大利老板,嘴里叼着吸管说:"瞧见那人没有?可真能咋呼!"

吃着樱桃圣代的人问醉鬼:"请问你是怎么让我们这一群人回了家的?"

"我问你,那场骚乱①,是不是我们烧的营房?是不是经过那场骚乱,英国佬才恨不得早点打发我们回来?"

一个有着一张棱角脸、看上去很严肃的男人从后面搂住小个子醉汉,说:"听好了,皮特,你要冷静下来。上一次你生病好几天连饭也吃不成,是我一直照顾你来着,皮特。我可忘不了上一次你对我做了什么。"

"是谁先挑头说战争的事的?!"

---

① 这里指第一次世界大战结束后,一部分加拿大士兵依旧被要求滞留在英国,后来这部分士兵因为无法回国而闹事,骚乱发生后英国政府开始着手解决加拿大士兵的返乡问题。

"站好，皮特！"瘦脸男人一个劲儿地说着，"还记得吗？那次我们在矿上静坐了三天，你还记得吗？"

"这家伙是我们的朋友吗？"喝苏打水的男人问了一句。

瘦脸男人冲过去，瞪着眼对那个喝苏打水的男人嚷道："你说什么？！你敢说他不是我们的朋友？！"

叫皮特的人继续嚷道："给我倒满了！这场战争！我们出生入死，可那些在战争中发了财的商船老板们给了我们什么？！在他们面前，我们就是英雄！"他打了个嗝，继续磕磕绊绊地说道："还有你们，你们应该给我建座雕像。"说完他又开始呼扇胳膊，像一只扑动翅膀高声啼叫的公鸡。

"先生们，"餐馆老板身子向前，龇着白白的牙齿息事宁人地笑着说，"先生们，我们这儿还有顾客呢！"

吵嚷声平息了，马里厄斯站起身抬高嗓门嚷道："结账！"老板急忙过来，"我这顿饭多少钱？"马里厄斯问。

那老板一只手抓着围裙角儿，赔着笑，露着一口白白的牙齿说："一加元五十加分。"他以为马里厄斯也喝醉了，但是看得出他对穿军服的人是有几分尊敬的。

马里厄斯扔下一张一加元和五十分的钢镚，钢镚在玻璃桌面上发出响声："下一次有女人在这里吃饭，你先把桌子给我擦干净。"

等到两个人走出餐馆来到外面，艾米莉走上去挽住马里厄斯的胳膊说："那张桌子挺干净的呀！"

"我在军队里学到一件事，大嚷大叫会给对方造成错觉，让他觉得是自己的错。这样没等他回过味来，你已经把事情办完了。"

艾米莉没吭声，她心里不理解马里厄斯的做法。

"这场战争打完，不知道会有多少个在军队里当官的家伙沦为找不着工作的废物!"马里厄斯说。

"那些在军队里当官的人习惯了对下边的人喊来喊去,吆吆喝喝,可现在仗打完了,"马里厄斯点点头自言自语道,"这件事挺有意思,以后如果我看见一个对任何事都吆吆喝喝不满意的男人,我第一个猜他以前打仗时当过官,兴许是个连长。"

两个人沿着圣凯瑟琳大街向东走去。今天晚上大街上有很多人散步,人群熙熙攘攘,一派热闹景象。

"你下一步准备怎么办?"艾米莉说。

"什么怎么办?在军队里能怎么办?"

"噢,我知道,可是,他们什么时候还能让你再出来?"

"这我说不准。"马里厄斯有点故作神秘。

"我猜你还要回学校学习对不?"

大街上突然从四面八方涌出好多人,路灯下一对对男女悠闲地散着步,这是一个春意盎然的晚上,空气里暖暖的,洋溢着喜气洋洋的气氛,人们好像约好了在今晚一起来到这条大街上似的,人群中很少见到喝得醉醺醺的士兵。拐角处站着几个士兵,他们脸上怡然自得的表情表明即使只是站在这片土地上就已经足够让他们感到安慰和高兴。经过圣劳伦斯大街的拐角时,马里厄斯和艾米莉看到一个军士长模样的人正在和一位身穿司机制服的人用法语交谈着。那军人身上披挂着足足五条军章绶带,从徽章可以看出这名有着宽阔的胸膛和双肩、脸膛像是一只鹰的军人来自梅松纳夫步兵军团[①]。他有一头浓密油亮的黑发,脸上的胡子根

[①] 梅松纳夫步兵军团(Regiment Maisonneuve):加拿大的一支陆军精锐部队,于1880年组建于魁北克省的蒙特利尔。

根直立，硬刺刺的，这让他像是弗隆特纳克①的翻版，只不过体格比弗隆特纳克要大一倍。马里厄斯看了那军人一眼，把视线转向远处。

两个人继续溜达着向城市东面法国人的居住区走去。

"我们去你家好了，我想见见你父亲。"马里厄斯突然说。

"现在不行！"

马里厄斯捏住艾米莉的手腕，坚持似的说："我想见见他。我还从来没见过他呢！"

"我和爸爸提起过你。他同意我和你约会。"

马里厄斯停住脚步，路灯下，艾米莉的脸看上去柔弱而苍白。"上帝！"马里厄斯心里暗暗想，"这张脸太普通了，以至于自己常常忘了艾米莉长什么样！这世界上有那么多的女孩儿，可为什么自己会和这样一个貌不出众的女孩儿站在这里？愿意和她在一起？"

其实他自己非常清楚答案：他不喜欢漂亮女孩儿，见第一眼就已经够了。漂亮女孩儿本质上是出卖自己容貌的一群人。漂亮的容貌意味着地狱。他看着艾米莉，心想：这个女孩有一种由内而外的打动人的善良。虽然她并不是和自己一个阶层的人，可那又怎样？和自己一个阶层的法国女孩通常家教严格，他害怕和那样的女孩儿在一起。

看着马里厄斯直勾勾盯着自己的眼神儿，艾米莉感到有些尴尬，她把目光移到别处，她没有意识到马里厄斯内心情绪的起伏正是因为她。马里厄斯看着丰满健壮的艾米莉，突然意识到自己

---

① 参见第124页脚注②。

已经离不开这个女孩,他的心里涌起一股莫名的少有的欢喜,眼睛有点发潮。

"走,"他挽起艾米莉的胳膊,用不容反驳的口吻说道,"我们现在就去你住的地方。"

艾米莉没有说话,静静地和马里厄斯并肩向前走去,心里暗暗地想:明天要去教堂祈祷,祈祷上帝带走马里厄斯身上的仇恨,让他变得和善一些。

二十八

保罗在弗罗比舍学校住了三年。他已经长成了一个十二岁的少年。现在的他说话想问题都是用英语,就连说梦话也是用英语。他喜欢弗罗比舍,彻底融进了这里的生活。在学校里他学会了各种各样的运动——秋天踢足球,十二月到来年三月玩冰球,开春的时候打拳击(克劳奇军士长说保罗是个好苗子,还说他的左手出拳很快,左手出拳是英国拳击手最擅长的一种打法),到了夏天则开始打板球(学校门前有一片榆树掩映的绿茵场,那里常常可以看见穿着白色法兰绒球服的男孩子们在进行板球比赛,这样的场景据说可以让那些英国老师想起他们的故土——英国)。他们还打棒球,学校后面的一块活动场地是孩子们课间休息时打棒球的地方。

时间到了一九二一年二月的冬天。这天下午,孩子们照例来到学校后面的露天冰场上打冰球,界墙后面的雪贴墙堆得老高,空气中充斥着冰鞋摩擦的声音、球杆击打的声音还有冰球撞在柱子上的声音,里面偶尔夹杂着某个孩子的喊声或者裁判的口哨声。每当哨声响起,对垒的两个队的队员齐刷刷地盯着脚下,这时候所有的声音都停下来,空气里出奇的安静。不仅仅是在场上打球让保罗感到开心,他也很喜欢坐在场外看别人打球。天气寒冷,阳光却很充足,队友们看上去个个兴奋异常,每当比赛即将开始的那几秒钟,双方队员紧张地抓着冰球棍,汗水顺着脸颊流下,裁判站在中前锋的位置,手里的冰球就在冰球棍上端,队员们腿已经累得要命,肺里却充溢着新鲜的寒冷的空气。

比赛结束后,男孩们先去洗澡,洗完澡换好衣服,在饭厅简单吃点后就拿着书去了自习室。自习室最前面的讲台上已经坐好了一位上了年纪的老师,他是监督孩子们上晚自习的。老师的门牙很长,嘴唇上灰色的小胡子看上去像是一截牙刷。孩子们来到课桌旁坐下,两个小时的自习时间里,有的孩子在专心致志地学习,有的则扭来扭去,还有的递纸条玩儿,偶尔有个男孩会因为坐在他后面的孩子用钢笔尖戳了他而猛地一蹦老高。每到这时,讲台上的自习老师就会抬起眼皮,用铅笔敲敲桌子,而这时所有的男孩都会摆出一副无辜的表情瞪着老师,一直到老师又耷拉下眼皮才活泛起来。这些场景是这个很特别的学校里的常见画面。

一百多年前,在加拿大还只是几块拼凑在一起的由王室和英国总督等上层社会管理的殖民地时,一条英国小船就已经来到这里,船上的人落脚后建了这所具有浓郁英国风格的学校。学校对外只招收加拿大富人的孩子(从学校的角度来讲,这绝不是嫌贫爱富),所有的教师都是英国人且年轻人居多。每年秋天都有老师从英国来到这里工作,很多人工作几年后便离开学校去别处谋生,有的转了行,有的只是去了别的学校当老师,只有少数几个留下来专心在学校发展。这里的老师性格开朗,工作敬业努力,待人处世也是一副彬彬有礼的样子。每个老师，不管他们的年龄多大，六月份一放假当天他们就坐火车去蒙特利尔，然后在那里坐船回英国，到九月中旬再坐同样的船回到弗罗比舍。

在弗罗比舍保罗过得很开心，学校鼓励学生们有自己的想法，所以不用担心和别人不一样而惹来什么麻烦。在这里你也不用担心和别人的看法不一致而受到惩罚或者冷落，这里没有"标准"，老师们有自己独立的思想，对美国的看法他们倒是惊人地一致除外。除了这一点外，这里的学校生活很平静，一切都是按部就班地进行。而且学校很有自己的特点。孩子喜欢这里，那些留下来长期在这里教课的老师也说不喜欢回英国工作，喜欢在这里工作。男孩子们认为老师们对两件事是一致的，一个是那些年轻老师，他们总觉得这些加拿大的男孩子以为老师的英国口音听上去好细腻，所以想当然认为老师们是那种好欺负的老师，这也就让这些英国老师来这里的第一年时把心思用在把那些男孩子的想法扭过来。有些老师在大冬天专门不戴帽子露着耳朵来证明自己很行。

还有一件事就是老师们一致认为加拿大和美国离得太近绝不是什么好事。虽说美国人民不是坏人，不过最好还是让他们离加拿大远点。孩子们必须学英国的历史和地理，有的老师甚至还想教会孩子们英国式的礼貌，不过收效甚微。所有的男孩子对最流行的美国俚语不但耳熟能详还常常活学活用。他们打棒球比板球好。每到十月份，世界巡回赛开始时，孩子们便会在地下室里偷偷下注打赌。

学校安排给学生的课程很满。这里的老师在教孩子们时也很用心，如果孩子因为训练而不能完成其他科目作业的话就会挨鞭子,每逢有孩子挨鞭子的时候,老师们都是一副喜滋滋的表情,特别是军士长克劳奇总喜欢把这事儿搞得像军队里举行仪式似的。抽完第一下他会说这一鞭子是为让孩子们将来能当上海军陆战队的准下士抽的,抽完第二下,他说要想成为下士,就得挨这第二鞭子,就这样,他可以一直抽到孩子们成为授衔大将为止。对于孩子们来说,挨鞭子是一件很自豪的事。有的孩子因为胆子小而从不惹事,如果让克劳奇注意到了,他肯定会吹毛求疵地找那孩子点事儿,直到让他挨顿鞭子才算完。为了尽可能不让孩子对挨鞭子感到害怕,他也会尽量把场面搞得不那么阴森恐怖,不过等他把孩子摁在那儿,那可是一点情面都不留,挨了鞭子的男孩子离开时往往要做几下鬼脸,这表明从此以后他就有了向别的孩子炫耀的资本了。

保罗不仅学习在班里排前几名,他的体育也很好。他在同学中很受欢迎,胆子也变大了许多,不再像以前那样,对一点点小事都会感到害羞,现在的他甚至可以说是天不怕地不怕。刚进这所学校的时候他十分想念圣马克,一到晚上就想妈妈,特别想念妈妈坐在床边和他聊天的时光,有时候他也会想起某个星期六早上他跟在父亲后面,父子俩一起在田里漫步时的画面。每每想起圣马克,孤独的情绪便充斥着他的内心。他最遗憾的是不能再听到周围的人说法语。不过随着学习上的忙碌,这种陌生环境带来的想家的感觉很快就消失了。假期回到蒙特利尔的家中,他感到爸爸妈妈也不像以前那样把他当小孩子对待。妈妈总是忙着带他去看戏,看完戏后还有冰激凌吃。爸爸也对他在学校里的表现满意。假期结束后,他再高高兴兴地回到弗罗比舍,心里盼望着秋天一到,自己又可以踢足球,冬天则换成了冰球,春天大家一起玩拳击。他现在在弗罗比舍已经是个老人了,而且还算是个名人。

别的男孩从来没有因为他是法国人而招惹他。他们甚至可能都没想过保罗是法国人这件事儿,在他们看来,保罗是他们中间的一员。有时候这些英国孩子言语中会隐隐露出英国人比法国人优秀的看法,但也仅仅是随口说说,那些话也不过是他们从家人那里听来的评论而已。弗罗比舍设在法国人的地盘上,但是孩子并不觉得这有什么可大惊小怪的。他们常去附近村子那个小店里买糖和姜啤,糖果店在村子里开了好多年了,店主叫巴普蒂斯特,是法国后裔,他能叫上来光顾他小店的每个男孩的名字,即便他说英语时连比带画说,孩子们和他却不生分,反正大家也能听得懂。学校里的孩子从来没有谈论有关民族的问题,他们可能都不知道有这样的问题。所有的老师这样和孩子们说,他们的国家不是加拿大而是大英帝国。

昏黄的灯光下,男孩子们坐在书桌旁学习。长着一对大长门牙的班主任老师坐在讲台上批改作业。教室外,一轮满月高悬在夜空,因为下午刚打完曲棍球比赛,保罗感觉大腿酸软无力,连呼吸也有点懒洋洋的。因为学校允许高年级的学生上完自习后可以自己去滑冰,保罗决定今天自习完后去滑一会儿冰,然后再回宿舍睡觉。他把身子往后,靠在椅子背上,眼睛望着窗外的月亮,因为隔着玻璃,窗棂里的月亮显得清冷韶华。保罗的心思飞到了教室外面:新雪在脚底下发出的吱吱声,空气干冷干冷,水里的气泡在宛若深蓝色钢面的冰面上凝结成许多小的凸起,滑冰时在冰面上碰到这些小凸起,就要注意抬起脚闪过去。冰场外面是皑皑白雪,有些地方笼罩在夜色里,有些地方在月光下发出细碎的幽幽的白光，像是月光下的水晶，生动却神秘莫测。

出了一会儿神，保罗重新把注意力集中到读书上，可是默读了一会儿他就看不下去了，于是他抬起眼睛，百无聊赖地看着天花板，嘴里开始嘟嘟囔囔地背起书来。正在批作业的老师抬起头来："不许出声，泰拉德！"

"可是我在学习，先生。"

保罗没有把音量降下来。班主任不再理睬保罗，继续批改他的作业。保罗口里念念有词地背着单词。背完单词后他把书翻到画着希腊和罗马建筑物的那几页，盯着书上的帕特农神庙①陷入了遐想：他想起学校里有一位曾经参加过雅典海军的年轻老师和他说起过帕特农神庙的美——白色的石柱残留着锈红色的痕迹，太阳从山头落下时，山脊在平原上投下巨大的影子，围绕雅典的群山上闪耀着紫色的光芒，那时的帕特农神庙仿佛一处飘浮在光芒中的神迹，在平原的巨大阴影中夺目而出。保罗回忆起自己从《奥德赛》那本书上看来的故事，故事里那酒红色的大海以及大雾中的小船。他把书翻到印着帕特农神庙的那页，书里的帕特农神庙看上去普通得像是蒙特利尔街头的一座银行大楼，而且还有点丑。为什么一个在欧洲那么美的建筑物到了加拿大就变丑了？在雅典，帕特农神庙美是因为它周围的景色衬托。它在阳光底下，那里空气是自由的。那就是老师要告诉他的。保罗皱着眉头——他想想明白这里面的道理。

自习室的门打开了，校长闪了进来。所有的男孩都抬起头来，用好奇的眼神看着校长。校长微笑着和班主任点了点头算是

---

① 帕特农神庙：位于希腊共和国首都的雅典卫城。

打过了招呼,然后他扫视教室一圈,看到保罗后说:"跟我来,泰拉德,我有话和你讲。"

保罗从椅子上站起来,在同学们的注视中离开,其他男孩子在猜保罗是不是要去挨板子。保罗心里也在嘀咕是不是自己这几天做了什么错事。今天早晨排队时他因为动作慢挨了军士长几下,他脑子里能记起来的也就是这个事情。他跟着校长来到大厅。

"来我的书房一趟。"校长说。

从校长说话的语气保罗判断出自己不是去受责杖的。他跟着校长来到书房,校长打开书房门,说:"你先进去,我去去就来。"说完校长就走了。

保罗一眼认出房间里坐着的那个人是亚德里船长。

"你好啊,保罗!"

"您好,先生!"保罗高兴地笑了,这一笑露出两颗门牙。

亚德里站起身,稳了稳身子,船长的脸上还是带着一如往常的和蔼可亲的表情,不过他的头发看上去比过去白了好多,头发剪得很短,耳朵还是支棱着。保罗沉浸在和船长会面的惊喜中,可是很快地,他注意到船长并没有笑,也不像自己这么高兴。

"出什么事了,先生?"

亚德里把手放在保罗的肩膀上说:"瞧你,长成大孩子了!我坐的火车晚点了,所以这么晚到这里。"

保罗曲起肘部给亚德里展示自己上臂的肌肉:"您要摸摸我的肌肉吗?"

亚德里捏了捏保罗上臂的肌肉:"这块肌肉说明不了什么,只是看着好看而已。"他又捏着保罗后背上的一块肌肉说道:"如果和别人打架,用得上的是这块肌肉,就是脊背后面的这块肌肉，只有把这块肌肉练出来你才有劲儿。还有，小腿得有劲儿。对了，你怎么总是'先生''先生'的？自从我不再航海后再也没有听到人家这样叫我，是这里英国人教你这么称呼人的？"

"不知道。"说话间保罗已经跑到校长的办公桌前，屁股挨着桌子一角坐了上去，好像是在给亚德里看他很勇敢似的。不过船长看上去似乎有点闷闷不乐，保罗脸上的笑容消失了，船长用手里的拐杖不安地划拉着脚下的地板。

"保罗，你得和我回城一趟。"船长说。

"发生什么事了？"

"哦，还是告诉你吧。保罗，你父亲生病了，很重。"

保罗扭过头去，感觉自己全身紧张得要命，他甚至不知道自己该说些什么或做些什么。泪水在他眼睛里打转，他强忍着不让眼泪从眼眶里流出来。保罗感觉到亚德里把手搭在他的肩膀上，保罗转过身来问："我爸爸死了吗？"

船长摇摇头说："他只是想见你。我已经和校长商量过了，他告诉我说他已经安排管宿舍的人马上给你打包行李，这样我们就可以尽快上船，离开这里。中间我们还得倒趟火车，在圣海西火车站我们得等一阵子才能坐上车。明天一早才能到家。"亚德里船长一瘸一拐向门口走去。他打开房门，转过身对保罗说："我们今晚上就走。"

二十九

阿萨纳斯睁开眼睛：他还活着，只是整个人给裹在被子里。早晨的阳光照在对面的房顶上，反射出点点白光。屋子里洒满了晨光。等他再睁开眼时,房顶上的雪给夕阳染成了紫色,再后来到了灯影憧憧的深夜。他的心念像是一汪忽冷忽热的清水,不停地变幻着色彩。他一部分的大脑还在工作,告诉他自己还活着,还能喘气,而且这喘息声越来越大,像是打鼾,像是雷声滚过房间,仿佛他在通过这声音告诉别人他还活着。

"把这个吃了,泰拉德先生,来,张开嘴巴。"

一个温暖的东西沾到他的嘴唇上,已经干裂的嘴唇变得湿润了一些,但很快,嘴唇又恢复了原先干燥的状态。有人在用热手巾轻轻擦拭他的嘴唇和下巴。他想坐起来,但身体僵硬无比,不能挪动一下。

又过了一会儿,他感觉有人把手放在自己的额头上,还有一只手则轻轻扒着他的眼皮儿。他认出那是凯瑟琳,她凑近他时脸微微偏着,好像在躲避他的气息。看来凯瑟琳并不知道自己可以看到她。阿萨纳斯挣扎着吐出一声:"保罗!"声音微弱得就像没有一样。

"他马上到!保罗这个早晨就到,亚德里已经去接他了。"妻子的声音里并没有多少惊慌失措,听上去很清晰。

阿萨纳斯的身体微微颤抖着,他有很多话想说,可是却没有力气,他的脸因为用力而微微抽搐。"好黑……我怕……"记忆里的东西从远处飘来,"点着……蜡烛……"

凯瑟琳的声音再次响起:"阿萨纳斯,灯开着,房间里很亮。"

阿萨纳斯重新闭上眼睛。对孩提时代的回忆零零碎碎地在他的心里拼凑着又散开去,然后再重新回到他的脑子里,不是狠狠地冲击过来,而是很平稳,像是打开又熄灭的灯光,不停地一帧一帧地闪着。他看见自己站在圣马克家中的窗户旁，看着屋外的风景：一望无际的平原上，河水像是一道浓墨穿过白雪皑皑的平原，还是那条河，不过这次它是在明亮的阳光下，那是一条无比温暖的河流，河面上白云朵朵，堆砌成云塔，嘴里叼着烟管的布兰切特在田垄上走着。阿萨纳斯的嘴颤抖着，凯瑟琳俯下身子，努力想分辨出他在说什么，但听不到任何声音。"我父亲的房子，我们的房子，我自己的房子！"越来越多熟悉的面孔涌进阿萨纳斯眼前的光亮里旋即又消失了，他看着那些面孔，看着他们一个个出现又消失，身子却动弹不得。眼前出现了一张宛如处女般圣洁的面孔，那是一张修女的脸，黑色的头发用网套束起来。那是玛丽-阿黛尔！阿萨纳斯一动不动的身体突然微微颤抖起来。他嘴巴嗫嚅着，似乎要说话。

凯瑟琳急忙俯下身子，听他要说什么。过了好一阵子，阿萨纳斯喃喃道：

"别走……"

"我在这里，阿萨纳斯，我不会离开你。"

坐在对面椅子上一直观察着阿萨纳斯的护士站起身，找来一块湿手帕，递给凯瑟琳。凯瑟琳跪在病床边上，用手帕不停地替丈夫擦拭着额头，马里厄斯则站在床脚一动不动，没有任何反应。

阿萨纳斯嘴里喃喃着："玛丽！玛丽-阿黛尔！"

听到从丈夫嘴里冒出来的"玛丽""玛丽"的喃喃声，凯瑟琳的脸一下子变得煞白，她扭过脸，却看见站在床脚的马里厄斯正在盯着自己，脸上挂着一副胜利者的得意神情。凯瑟琳转过头，看着阿萨纳斯。阿萨纳斯雪白的头发和枕头的白色融在一起，脸颊上的肉变得松弛，颜色发灰发暗，只有嘴角和鼻子两旁的皱纹似乎没有多少变化,看上去和以前一样深,过了一会儿,阿萨纳斯慢慢抬起眼皮,眼睛竭力地望向她这边,最后终于凝固在她身上,不再移动。

凯瑟琳深吸一口气说:"我在这儿。"

阿萨纳斯嘴巴嚅动着,"玛丽!"隔了一会儿阿萨纳斯又吐出一句,"抓住我的手!"这次是用法语说的。

凯瑟琳犹豫了一下,抓过丈夫的手,放在自己的手心里摩挲着。阿萨纳斯的手冰凉而柔软,在凯瑟琳的掌心里,它显得那么柔弱。凯瑟琳把丈夫的手放在自己的脸颊旁,想到阿萨纳斯过去常常用手指摸着她的脸颊,夸她的皮肤光滑,就像花瓣儿一样润泽,心里掠过一丝羞愧。

护士拿来一勺温水放在阿萨纳斯的嘴边,水慢慢被喂了进去。

"皮埃尔,"阿萨纳斯开始说话,声音很微弱,"叫……叫……"他的眼睛睁大了,嘴唇翕动着,但是发不出声音。

"他在说什么?"马里厄斯小声说。

脸色苍白的凯瑟琳站起身来,用手背抹去眼里的泪水:"他不知道自己在说些什么。他从来不认识一个叫皮埃尔的人。"在昏黄的灯光下,凯瑟琳那苍白憔悴的脸既远又近,像是空气中飘浮不定的影子。

马里厄斯突然一个箭步冲过来,情绪激动地说:"他是说神父阿诺德。就是和他一个学校的那个人。他们曾经是朋友来着。感谢上帝!时间还来得及!"

一旁的凯瑟琳表情茫然地看着马里厄斯。

"你还不明白吗?父亲他是想回来!"说话间马里厄斯已经冲到门口,打开房门,嘴里说着"圣母啊,求你再多给我点时间"冲下楼去。

等到马里厄斯离开了房间,凯瑟琳才意识到发生了什么。她重新跪下来,嘴里喃喃地说着"圣母玛利亚"的话,心里努力地回忆着天主教的祈祷文。房间里响起凯瑟琳背诵祷告文的声音,那个红头发的从爱德华王子岛来的信奉长老会的护士惊讶地看着凯瑟琳。她刚才并没有意识到这户人家信仰天主教。凯瑟琳低声祷告:"我相信上帝,我相信上帝集合三人为一身,基督便是上帝,他是圣母玛利亚之子,我相信上帝,我相信……"她嘴里不停地念着祷告文,念着念着她哭泣起来,嘴里的祷告词变了味道:"噢,阿萨纳斯,原谅我,如果我做错了什么,原谅我,阿萨纳斯。"

马里厄斯从外面回来了。他不动声色地走到桌前,端起桌子上那张摆满了药瓶的盘子,放到地板上。一直坐在病床前用湿布给阿萨纳斯擦额头和脸颊的护士看着马里厄斯的举动,没有阻止他:眼前这个病人是典型的动脉破裂,除了让病人感觉舒服点,医务人员做不了任何事情,目前看自己还能应付得了,没有必要把正在旁边房间休息的大夫叫起来。马里厄斯把桌子擦干净,搬到床脚,离开了房间。不一会儿工夫,他手里拿着两个花瓶走了进来,一个花瓶里插着康乃馨,他把两个花瓶放在桌子上,把康乃馨抽出来,分成两束,分插到两个花瓶里。做完这些他又出去了一趟,这一次拿回来一座烛台(上面插着两根蜡烛)和一座小型十字架,他把烛台摆放在两个花瓶中间,十字架则放在两根蜡烛中间,归置好这几样东西后他离开了房间,这一次也许是出了医院,因为半个小时后他才回来,耳朵冻得通红,手里各端着两个盛满了水的水盆。他把水盆在桌子上放好,自己往后退了几步，站在离桌子稍远的地方打量着桌子上的摆设。忙完这些他看了一眼护士，眉毛往上一挑，示意护士自己有话要对她讲，护士点点头，跟着马里厄斯出了房间，走前她看了一眼桌子，注意到水盆里有根羽毛漂着。她猜这是圣水，虽然她不知道这水是不是真的从供奉的圣坛上拿来的。

马里厄斯示意护士，护士放下手里的毛巾跟着马里厄斯来到走廊。

"他还有多长时间？"马里厄斯问。

护士摇了摇头："只有病人出现潮式呼吸后我才可以做出判断。"

"什么？"

"唔……"护士皱起了眉头，她不知道如何和对方解释。

"还没有吗？"

"病人随时会死亡。我猜他现在已经没有知觉了。"

"他睡着了吗？"

"我不这么认为。"

马里厄斯转过身去，肩膀绷得紧紧的："阿诺德神父一会儿就会过来，他说他……"

护士以为神父来是听病人忏悔的，她的眉头又皱了起来："你应该昨天就请神父过来，您的父亲泰拉德先生现在已经说不出话了。"

马里厄斯竟微微地笑了："他会说的。"

马里厄斯又一次离开了房间，这次他来到楼下的书房，打开灯，拿起一本书想读，但读不进去，他在房间里走来走去。一种兴奋的感觉刺激着他：他的父亲会说话的！他的父亲会回圣马克的家！他的父亲会被救赎的！自己是对的！父亲现在走到黑暗的边缘才意识到他这个儿子是对的！父亲应该死在教堂里！他的罪被涤荡后他就可以长眠于上帝的怀中！马里厄斯耳边响起合唱团和众生，天籁般的女高音在金色的光芒中回旋。他的父亲就要回家了！不管护士怎么觉得不可思议，在马里厄斯看来，父亲肯定会说话的！

马里厄斯在房间里不安地踱着步。天亮了，晨光映射在雪地上发出细碎的光芒，房间里，随着台灯的光暗淡下去，书房里变得越来越明亮。马里厄斯重新回到病房，大夫正在探阿萨纳斯的脉搏。过了一会儿，他抽回手和护士交换了一下眼色，那意思分明是说：无须做什么了，油尽灯枯，终有一日，这很正常，谁都躲不过去。

这时门铃响了，马里厄斯急忙地跑下楼去迎接。来人不是神父而是亚德里和保罗。保罗跟在亚德里后面，一进入房间便看到了躺在病床上的父亲，他吓得瞪大了眼睛：在摇摇晃晃的烛光下，躺在床上的爸爸像是画像里濒临死亡的圣人。凯瑟琳看见保罗来了，赶忙走过来搂住儿子，把他带到丈夫的床边跪了下来。保罗不敢看父亲的脸，一个劲儿地盯着摇摇晃晃的烛光看着，他心里想祈祷，但大脑一片空白，耳朵里全是爸爸的呼吸声。这时，有人拍了一下他的肩膀，他抬起头，是亚德里。亚德里冲保罗点了下头，带着他出了病房。

在走廊里，亚德里安慰他说："保罗，每个人都要过这一关。生死是很自然的事情。"

"我爸爸要死了吗？"

"你爸爸现在看不见我们，也感觉不到痛苦。他就是睡过去了。"亚德里的假腿让他的身子趔趄了一下，他赶忙抓住栏杆稳住身子，"我们现在下楼吃点东西。"

保罗跟着亚德里来到大厅，仆人端来早餐。保罗嘴里嚼着食物，却尝不出任何滋味。他闻到一股特殊的气味，一种他从来没有体会过的气味。他不确定那是否死亡的气味。

"把粥喝完，保罗。"亚德里关切地对保罗说。

保罗喝下几口粥，感觉自己嘴巴里充满了一种奇怪的味道，他放下手里的勺子，不想再进食。他心里希望这一切赶快结束，他甚至想：为什么这种事情会拖得那么久，是不是爸爸死了就可以把死亡的气息从这房子里带出去？可是他马上又为自己的这个想法感到负疚。他的脑袋里空空如也，只有楼上那间房子的映像一直停留在那里，抹不去擦不掉，占据着他的全部头脑。从楼上传来父亲的喘息声，这声音让他不安。这里的一切都是那么不自然、那么奇怪，可最奇怪的还是躺在床上的爸爸，他看上去是那么无助。十字架和蜡烛的影像重新占据了保罗的脑海。他问亚德里：

"我们现在是天主教徒了吗？"

"我也不知道，保罗。好像他们有这个想法。"

泪水慢慢充斥了保罗的双眼："爸爸会下地狱吗？"

"不会的，怎么会呢？"

"可是当他不是天主教徒以后……"保罗感觉自己舌头好像给什么东西压住了似的，"他说过没有地狱。可是如果爸爸现在重新做回天主教徒那是不是说还是有地狱的……对吗？"

亚德里往手里的烤面包片上涂着黄油，假装没有听见保罗的问话。当他往嘴里送面包片时，一抬眼，看见保罗还在盯着自己，眼睛里流露出质询的神色。他知道自己回避不了这孩子的问题，只好放下手中的面包，嘴里呼出一口长气，声音大得像是打破寂静的军号声。

"保罗，你的父亲重新是一个天主教徒了——应该就是这么回事，那几根蜡烛和床边的那些东西，我猜那些东西的意思是说你爸爸很孤独，他这辈子都在努力成为他想要成为的人。也许那里面还有别的意思，不过我也不太懂。"

保罗没说话，亚德里继续吃他的烤面包片。过了好长时间，保罗打破沉默道："亚德里船长，有没有地狱呢？"

"这个问题嘛，"亚德里嗫嚅道，"我是长老会的人，我可不敢说没有地狱这样的话。如果没有地狱，那那么多的人死后都去了哪儿。"仿佛意识到保罗也许会想偏了，他又快速地补充了一句："你父亲不会去地狱的，保罗。"话没说完他哽咽住了，泪水模糊了双眼，"他是我的好朋友，是我认识的人里的大好人。"

这时门铃声响了，救了亚德里，因为他实在不知道该怎样给保罗解释这一切。他告诉保罗在原地待着，自己去大厅开门。来人是阿诺德神父。神父进门后径直去了走廊上的一个小屋子，不大一会儿，神父出来了，他已经换了装，身披白色法衣，法衣外面披着紫色的圣带，手里拿着一个装圣餐用的紫檀木的盒子。保罗注意到体格魁梧的神父的头发上还有刚才带进来的几簇没融化的白雪，脸上的大鼻子看着十分突出。马里厄斯领着阿诺德神父去了楼上，地板发出吱吱嘎嘎的声音，声音愈发显出神父手中那个木头做的圣餐盒子的素净。不一会儿，从楼上传来门被打开关上的声音，又过了一会儿，门重新被打开，听声音是凯瑟琳、马里厄斯、医生还有护士离开了阿萨纳斯的病房。凯瑟琳和马里厄斯从病房出来后立刻跪在地上开始祈祷，护士自觉地来到门口站下,医生用半是嘲弄的目光看了一眼凯瑟琳和马里厄斯,喉咙里重重地咳嗽了一声,下了楼。他走到亚德里跟前,用目光示意船长和他一起去餐厅,两个人一进餐厅马上关上了门。

保罗和亚德里以及医生待在餐厅里,空气凝重,医生默默地吃着自己面前的食物,亚德里却不停地说着话,表面上看他好像是在和保罗和医生两个人说话,但其实他是在用这种方式安慰保罗:

"有一次船沉了。我那时比你大不了多少,保罗。我们在哈利法克斯县①附近撞上了暗礁,天气是一月份,刮着大风,所有的船员都死了,只有我和一条狗浮了上来。那是一条纽芬兰犬,体型巨大,我抓着它身上的毛游到岸边。我当时还是孩子,所以那狗还能拖得动我,我们穿过海上的薄冰和暗礁,攀上一个石洞。那狗就一直守在洞口,一天后,我们的船的桅杆给几个打鱼的看见了,他们乘一艘小渔船在附近四处搜寻,狗的叫声引来了那几个渔民,过来救起了我们。就是从那天起,我成了一个有宗教信仰的人。"

亚德里絮絮叨叨地讲着故事,时间一点点地流逝。餐厅的门突然打开了,护士走了进来,冲他们点点头。医生跟着护士上了楼,亚德里和保罗也跟着他们进了楼上的房间,马里厄斯和凯瑟琳还在祈祷。船长领着保罗一同跪在阿萨纳斯的床边。保罗看出船长的假腿让他很不得劲儿,嘴里一直喘着粗气。神父先用沾了油的棉花去擦阿萨纳斯的脸,另外一只手在胸前画着十字,嘴里祷告着:"经过圣油的擦洗……圣主的仁慈,求您宽恕他在您眼里的罪吧。"他低沉的嗓音盖过了阿萨纳斯粗重的喘息声。马里

---

① 哈利法克斯县(Halifax County):美国北卡罗来纳州南部的一个县。——编者注

厄斯站在床头一动不动。凯瑟琳也在祈祷,眼睛看着神父胸前的十字架。

保罗看着神父动作敏捷地擦完了爸爸的鼻孔、耳朵和紧闭的嘴唇,直到最后擦完爸爸的脚背才算结束清洗仪式。爸爸的脚掌在灯光下看上去苍白而消瘦,那是孤零零的双脚,它们被放在毯子底下,却好像顽强地要探出来。保罗跪在那里,神父的一举一动让他感到震撼,泪水模糊了他的双眼。他听见神父的声音在房间里回响:"主的神力,他会宽恕你,为你打开天堂的大门,引领你去那欢乐之地。"

画完最后一个十字,神父阿诺德抽身退下。马里厄斯疾步走上来,抓起父亲的手放到嘴边亲了一下,然后把阿萨纳斯的两只胳膊交叉放在胸前。

几个人一起下了楼。房间里只剩下阿萨纳斯,空气里回荡着他的呼吸声。书房里,保罗呆呆地坐着,一旁的亚德里默默地陪着保罗。马里厄斯走了进来,挨着他们旁边刚一坐下,便神情激动地嚷起来:

"保罗,这是个奇迹!爸爸忏悔了。他说话了。阿诺德神父创造的奇迹!"他站起来走到保罗跟前看着保罗说,"这下你不用回英国学校读书了,你也不是英国人了。你回家了。"

亚德里拍了拍马里厄斯的肩膀,摇摇头没有说话。马里厄斯并不理会亚德里眼神里的意思,一脸兴奋地走回到他自己的椅子坐下。保罗听得见外面传来阿诺德神父的脚步声,他知道神父这是要回到刚才那个换衣服的小房间重新换回衣服。医生站在神父的旁边,两个人说着什么,房间里的人听到医生说:"我猜他根本听不到我们的话了。太不幸了……他们告诉我说他被彻底从教会开除了。"医生停顿了一下又加了一句:"就是这个原因导致了他的死亡。"

阿诺德神父后来说了什么,谁也没听清,只听见两个人一直在不停地说着什么。

书房里安静异常。太阳升起,下了一晚上的大雪终于停了。簇簇冰柱在阳光下闪着光。保罗向窗外望去,路上走着几个行人。女人身穿黑色的海豹皮大衣,手裹在手套筒里,男人戴着皮帽子,手揣在兜里,偶尔伸出手摩挲着冻得通红的耳朵。山坡上,一辆送牛奶的雪橇车正在前进,拉雪橇的大马显然使尽了力气,汗水凝结成冰,在它的脊背形成团团雾气。从校园里走出三个学生,他们把书本夹在胳膊底下,嘴里呵出团团水雾。这时,从楼梯那里传来嘎吱嘎吱的声音,不一会儿,妈妈走了进来,黑色的头发衬托得她的脸色愈加苍白,只有眼睛四周的皮肤是红的。她走到沙发坐下,动作迟缓地搂住保罗。

"可怜的孩子,别怕,别担心,有妈妈呢,妈妈和你在一起。"

"爸爸……"保罗咬着嘴唇,不知说什么好。

"他睡了,保罗。他睡过去了。"

凯瑟琳突然掉过身去,无声地哭了起来,泪水划过她的脸颊。

房间另一头的马里厄斯突然用法语说:"保罗,你要和我走。"他眼神凌厉地看着凯瑟琳:"是的,等我上完学,你和我……"

凯瑟琳猛地转过身抱紧保罗,眼睛里闪着怒火:"保罗不是你的!"

"他是我弟弟!"

保罗不知所措地站了起来，看上去更可怜了。亚德里干咳了一声，似乎想说点什么。一个威严的声音突然在屋子里响起："不要这样！不许你们这样！"

众人顺着声音望去，原来是阿诺德神父，他站在门口，脸上的大鼻子让他看上去很威严，头发给深色的皮肤映衬得雪白。

"不许你们这样！"神父走进来，把手放在保罗的头顶上，"别害怕，孩子，你父亲现在在上帝的手里。"说完他看了一眼马里厄斯，离开了房间。屋子里传来开门关门的声音。亚德里坐在沙发里，默默地抽着烟，凯瑟琳和马里厄斯两个人谁也不说话，保罗僵硬地坐在凳子上。楼上传来阿萨纳斯重重的呼吸声，每一声仿佛打雷似的，在保罗心头一一炸响。一个小时后，阿萨纳斯的呼吸声消失了，凯瑟琳低低的哭泣声在屋子里响起，之后，周围安静下来。

三十

保罗拉开客厅的窗帘，向楼下望去，妈妈的背影出现在视线里。妈妈今天穿了一件黑色丝裙，外面套了一件浅黑色白边大衣，头上戴一顶黑顶白边的帽子。保罗放下窗帘，回到房间，公寓里光线很暗，他向客厅后面的那扇折叠门望去，妈妈床上的床单皱巴巴的。

保罗百无聊赖地走到沙发跟前坐下来，呆呆地看着四面空空的墙壁。壁炉上方的墙壁上挂着两张照片，一张是爸爸的，照片很小，摆在左边儿上，妈妈的照片则摆在另外一头儿。

他和妈妈在这栋公寓里住了两个月了。从以前租的大屋搬出来后，阿萨纳斯就租下了这栋公寓。因为他的破产，泰拉德家在圣马克的所有房子和土地都被永久性地没收，就连家具也都被卖了还债，只有为数不多的几件家具连带那套红木桌椅被凯瑟琳留了下来。保罗睡在客厅的沙发上，妈妈则睡在里间的卧室里。房间里还有一个书架和一把扶手椅，也是亚德里帮着他们从圣马克的家里转移出来的，书架上的书是亚德里给保罗挑的，剩下的给了亚德里。房间里拥挤不堪，有些地方甚至保罗都要擦着身子走路才能过去。

为了找点事情做，保罗从书架上拿来《荷马史诗》的图画书坐到窗边的沙发里读了起来。只有读书的时候他可以忘掉现在的处境。他想知道阿喀琉斯①和阿伽门农②吵架时，阿喀琉斯的脸看上去是什么样的，他是否也会控制自己，从嘴角挤出几句话，还是整个人彻底爆发。为什么像阿伽门农那样地位低人一等的男人可以统治所有的英雄？为什么荷马如此不惜笔墨地描写这位英雄？阿伽门农说起话来肯定很冷酷，但他会用露出光洁牙齿的微笑来掩盖自己的感情。除了阿伽门农外，荷马笔下的人物一律如大海般深邃。他们的美无人可及。男人们穿着短上衣展示运动员一般的身材。女人高挑，穿着蓝色滚边的拖拽在地上的华美的长袍。他们呼吸的空气是如此纯净，阳光明媚，举目眺望便是一望无际的大海。保罗盯着一幅描绘特洛伊城夜晚的图画看了好久，他看着画上的海伦和躲在阴影里的两个特洛伊老者，想：住在那座城市里肯定棒极了，想到自己能爬到墙上，然后在上面朝城里

---

① 阿喀琉斯：《荷马史诗·伊利亚特》中参加特洛伊战争的一个半神英雄，希腊联军第一勇士。
② 阿伽门农：《荷马史诗·伊利亚特》中特洛伊战争中的希腊联军统帅。

瞟一眼就知道谁在里面。站在墙上你还可以看到平原，看到入侵者营地的篝火。再往远处是在爱琴海上的月光，迫在眉睫的危险让那一刻的特洛伊城和它周遭的景致更加美丽。

保罗把书放下，因为没什么事儿做，他觉得很闷。他从窗户里百无聊赖地看着街对面的房子，心想：如果爸爸还活着，穷就不是什么大事。因为他们还有人可以依靠。可是现在，他们什么都没有了，如果明天他和妈妈从这个世界消失，除了亚德里和马里厄斯，没有人会想起他们。爸爸的死对妈妈打击很大，有时候会没来由地哭上一会儿，她好像一下子不会照顾保罗了，很少把心思放在保罗身上，除了偶尔和保罗说几句话，或者在报纸上找一个两个人玩的填字游戏和保罗一起做做，大部分时间都只是自己一个人无所事事地待着。她也不像以前那样总在保罗身边陪着他。到了晚上，保罗做作业，妈妈就在桌子旁一个人玩纸牌。她玩得很专心，仿佛在解决一个重大问题，有时保罗睡着了她就自己一个人出去找她那几个跳舞打牌的朋友，不过保罗从没见过妈妈邀请她那些朋友来家里玩，一般都是她自己一个人去朋友家里。保罗有时候想：爸爸去世没多久，妈妈就出去跳舞是不是有点太那个了？最近妈妈总是说有可能他们会时来运转，重新住进一个漂亮房子，里面有很多漂亮衣服和摆设。等保罗长大了，他可以有自己的汽车，做自己喜欢做的事情。但是保罗已经是个大孩子了，他心里清楚如果他们就这样住在蒙特利尔的这条低洼的街道上，孤零零地住在这样的三间旧房子里，好运气无论如何是落不到他们头上的。

这条街曾经很漂亮。灰泥砌成的维多利亚式的房屋看上去持重庄严，美中不足的是这家人很早以前把房子卖给了靠出租房子赢利的房地产商，所以房子一看就是很久都没有修缮过。从马路牙子旁的水泥窟窿里长出来的大树几乎遮住了整栋房子。光线不是很强烈时，这条街仿佛一个被流放的贵族——只因为优雅已经深入骨髓，所以即使衣着褴褛依然费尽心力维持着得体的礼貌。白天总有男孩儿跑到房子旁边的柏油路上捡球，害得路过的大卡车不停地按着喇叭。到了晚上街上很少有人走动，不过从晚上八点到午夜这段时间常常能看到三个妓女在街上走来走去。冬天她们脚蹬镶毛皮靴子，夏天则穿高跟鞋。如果看到过路的汽车停下，三个女人当中的一个就会走过去和司机搭腔，她和司机说话的时候声音压得很低，有时候司机从车里出来和她一起进到那座房子里，有时候则是三个女人中的一个钻进司机的车里。车子扬长而去时，发动机的声音打破了静谧的夜色。大部分人都是开着车来找这几个女人的，偶尔也会有从那边酒店里出来的嫖客。昨天晚上，保罗即将入睡的时候，还听见窗户外面一个女人和一个男人讨价还价的声音。

保罗把书放回到书架上，决定出去走走：今天是星期六，这一天男孩子应该做点什么特别的事情。他离开自己的房间，穿过楼下大厅，摸摸口袋确认钥匙在自己口袋里，便带上房门，检查完门锁后向街里走去。

他想不起自己要去哪里，他在这座城市没有熟人。他现在上的公立学校很少组织活动。一个班里有五十个孩子，每天去上学，拥挤的教室一开始还弥漫着消毒水的味道，一个小时后教室里就只剩下孩子们身上散发出来的味道。那个上了年纪但一直没有把自己嫁出去的女老师总是板着脸，说话时露出一排长牙齿，仿佛只有板着脸才能震慑住学生，才能让孩子们听自己的话。每到星期五下午三点半,学校准时放学,这好像是这所学校唯一能严格遵守的事情。

保罗把手揣在上衣口袋里,沿着大坡漫无目的地向城市外围走去。他越走离城中心越远,心里的孤独感也比刚才少了许多。街道安静异常,两旁是一溜儿的参天大树,里面既有枫树和酸橙树,也有新绿色叶子的榆树以及花朵繁茂、树干挺拔的七叶树,新翻过的花圃散发出清新的泥土味道。从路旁的篱笆望过去,每家草坪的面积都很大,园丁正在修剪草坪,割草机在和风下拔高了音量鸣叫着。保罗想起有几个在弗罗比舍念书时认识的同学就住在这条街上。这条街上的房子全部是砖石结构,有些房子看上去就像是玻璃框子里房顶四角有怪兽石像装饰的城堡。保罗想,自己认识的那些孩子没有在街上玩耍。他们肯定是在学校门前那块四周有榆树环绕的操场上打板球,要不就是过河去到公路附近磨坊旁边的池塘里抓鱼玩。他还想起自己曾经在圣马克家中的储藏室里藏了一根鞭子,不过后来他跟着妈妈离开圣马克时忘记带了。

孤独又重新占据了保罗的心。他穿过青松大街沿着弯曲的土路向山顶爬去,走过好长一段木头栈道后到达第一个山峰,在这里放眼望去,一派乡村风光,城市被甩在后面。保罗又想起了圣马克,那才是真正的乡村,在这个季节里,枫叶正绿得绚烂,第一棵幼苗刚刚从土里探出头来。他们离开圣马克已经有三年了。在私立学校上学时他很少会想起圣马克,但是自从爸爸去世后,过去在圣马克的生活常常出现在保罗的回忆里,栩栩如生,仿佛自己刚刚离开。

保罗下了大路,来到一条两旁长满了蕨类植物的盘山小路上,路边躺着一块大石头,覆盖着苔藓的深灰色石头让保罗想起他现在住的房子的颜色。保罗停了下来,在石头背阴处找了个地儿坐下,随手从地上捡起一根棍子,掏出随身带着的小刀子,削了起来。

马里厄斯说只要他完成法学院的课程,他就要把那些人告上法庭,拿回泰拉德家族的田产和阿萨纳斯赔掉的那些钱。保罗知道马里厄斯之所以这样说只是为了让别人意识到他这个哥哥的重要性。因为欠债还钱而沦落为一无所有的家庭很普遍。他倒是希望马里厄斯最好来他和妈妈这里的次数少一点,因为每次来他都会和妈妈吵架。有时候马里厄斯坐在那里看着妈妈,眼睛一动不动,可当妈妈回过头看他时,他又把目光挪开。然后,莫名其妙地,他就又开始找茬吵架,这时保罗就成了他的话柄,他说保罗应该去法语学校,而他的这些话往往会惹妈妈生气。

保罗躺在大石头后面,有一搭没一搭地削着手里的细棍儿,阳光从树缝中漏下来,晒得他身上暖洋洋的。保罗的脑海里浮现出圣马克的那条河,在这样的季节里,它一定美得不可方物,天上是一朵连一朵的白云,和湛蓝色的天空交织在一起。他又想起自己最后一次在圣马克的日子,也就是父亲下葬那天,天空灰蒙蒙的,空气里传递着彻骨的寒冷的气息。

保罗忘不了那一天。整个教区都参加了爸爸的葬礼,一些他从来没见过的大人物也从渥太华和蒙特利尔赶来。葬礼上有弗雷内特、德劳因、布兰切特,连奥维德·比索内特也来了。身穿黑袍的博宾神父站在墓室最前面,挖出来的土在白雪的映衬下仿佛一道伤口。棺材被放进土里后,神父象征性地在上面扔了些土。等到人群散去,他们的脚和耳朵都快冻僵了。当天晚上亚德里用雪橇拉着保罗和凯瑟琳去了车站,保罗和妈妈坐上火车来到蒙特利尔。从此再也没回圣马克。

休息够了，保罗站起来沿着那条小道继续往山顶攀登。身边偶尔会过去几个骑马的人，骑马人的身体随着马的移动也一颠一颠的。快到山顶的时候他看到不远处有几个正在学骑马的女孩儿打马围成一圈儿，听教练讲课。保罗也想凑过去听听。这时其中一个女孩子掉过头来，挥动着手里的马鞭冲他这边喊了起来："保罗……你好，保罗……"

从女孩儿的翘鼻子和大嘴巴上保罗认出那是海瑟。他很想过去和她打个招呼，可是不知为什么心里慌得很。他假装四处张望，好像不知道海瑟在喊谁。过了一会儿他偷偷转过头来朝海瑟那边瞥了一眼，看见她一副迷惑的样子，心里想，看来自己的动作迷惑住了海瑟，不过他还是听见海瑟和她旁边的女孩儿说："我敢肯定那就是保罗·泰拉德。"保罗认出海瑟旁边那个高而苗条的女孩儿是达芙妮，她看上去很自信，教练显然不高兴海瑟打断自己的讲解，命令两个女孩儿专心点儿。就在海瑟好像是要纵马过来自己这边的当儿，保罗下了大路，消失在灌木丛里。这里没有上山的大路，只有一堵石头垒成的到处是裂缝的薄墙，保罗踩着墙一点点挪到了山顶。到了山顶再回头看，自己的袜子已经磨出了个洞，保罗有点沮丧。妈妈不喜欢做缝缝补补的事情，所以总是告诉他要好好爱护衣服，这下一顿责备是少不了了，除非他到家后自己偷偷把袜子上的洞补起来。

保罗终于站到了山顶上。从山顶往下望去，整个城市沐浴在阳光底下，铺展延伸气势宏大，看上去美丽极了！城市修建在山上的那部分更是美不胜收，光线到了那里变柔和了许多，各种样式的房子躲在树的阴影里，只露出房顶的部分。阳光在树丛的阴影间招摇地投下几抹柔光。只是这幅画面的中间和东面零零散散地散落着几处屋顶明显高出周围房屋的方形建筑，看上去有点破败。举目四望，四面都有教堂的尖塔和穹顶的影子，让这座城市的教堂显得比世界上其他任何一个商业城市的教堂都多。圣劳伦斯河沿着蒙特利尔岛的椭圆形边界蜿蜒流过，过了维多利亚桥下的拉欣激流，河流开始大面积地延伸出去，画了一个大大的曲线后在修女岛和圣海伦岛那里折回来。从凡尔登县方向飘过来的轻烟顺着西南方向吹过来的微风飘过来，透过轻烟可以看见在位于美加边界的山脉那边，一望无际的平原缓缓地朝低处斜伸过去。

保罗在山顶上晃荡了半个小时，之后他沿着那条去城市的斜坡下了山。在圣凯瑟琳大街上，他向东去了大学。此时是正午，大街上堵满了车辆，整个城市人声鼎沸，水泥马路、砖瓦、灰泥墙、红白两色的广告标语处处可见，人群熙熙攘攘，太阳把一切都晒得热乎乎的。保罗把手插在裤兜口袋里走着，他看见商店橱窗旁的钟上写着十二点三十分，心里猜测妈妈至少还有两个小时后才能到家。他不紧不慢地顺着大学路一直走到海狸大厅山，然后沿着维多利亚广场到了麦吉尔大街，再沿着麦吉尔大街走到蒙特利尔港口。

码头上，工人们正在忙忙碌碌地卸货装货。港口上停着很多从英国、法国、澳大利亚、印度、挪威、瑞典、荷兰来的轮船，保罗还看见几条自己以前在圣马克附近的河面上经常见到的那种红白两色的小船。因为在这里看到了以前他在书里读到的或者是亚德里告诉过他的场景，他心里似乎觉得自己找到了什么。他想，在这片大陆上，这些轮船所到之处，将会有越来越多的被人所知，那他长大后岂不是没什么地方留给他去发现了？他顺着每一座栈桥走到那些船的船尾处，以便看清船身上刻着的出发时的港口的名字：利物浦、格拉斯哥、圣纳泽尔、悉尼、卑尔根、哥德堡、阿姆斯特丹、孟买。保罗看着这些城市的名字，心里向往极了。

他在港口晃悠了半个小时，直到看够了码头上的风景，才意识到自己肚子饿了，到家还有两英里的路要走，他口袋里空空的，连坐电车的钱也没有，他忍着饥肠辘辘的感觉向家步行走去。离市中心近了，车也多了起来。街道的每个角落都有报童手里拿着星报和美国杂志吆喝着，法语，英语，保罗感觉自己被人群包围了。各种广告牌上打出的是从美国人那里照搬来的广告标语和口号，什么英国领事、黑马麦芽啤、妈妈面包，那些标语全部用英法两种文字写成，字体除了红色、白色和黄色再没有别的颜色：*可口可乐*[①]，*冰爽激凉——叔叔的治愈良方*[②]；大街上的路牌写着英法两种文字：*行人请靠右行*[③]，*不准停车*[④]，电影院门前，蒂达·巴拉[⑤]和卢·特勒根[⑥]的手握在一起，在另外一家电影院前，女演员梅布尔·诺曼德[⑦]头上顶着一顶看上去有十加仑那么重的大帽子微笑着。

保罗回到家，妈妈还没有回来，屋里空空荡荡的，妈妈走时没有叠被子，床上显得很乱。保罗去了厨房，他打开一听罐头，把里面的豆子倒进平底锅里，然后把锅搁在炉子上加热，又给自

---

①②③④ 原文为英法双语。
⑤ 蒂达·巴拉（Theda Bara，1885—1955）：美国无声电影演员和舞台剧演员。
⑥ 卢·特勒根（Lou Tellegen，1881—1934）：出生于荷兰的默片演员、导演和剧作家。
⑦ 梅布尔·诺曼德（Nabel Normand，1892—1930）：美国无声电影演员、编剧、导演和制片人。

己倒了杯牛奶,切了一片面包,给面包涂上黄油,吃了起来。

一直等到下午,妈妈才回来。保罗在沙发上读书,床已经叠好了,碗筷也洗了。妈妈搂住保罗,夸他做了这么多事情。在妈妈的怀里,保罗能感觉到那份柔软,还有妈妈身上的味道,独特的、清新的、甜甜的味道。妈妈的微笑在保罗的眼里特别可爱。但是即使这样,他还是感到孤独。爸爸走了,妈妈好像变了一个人;好像某些东西从妈妈身上溜走了,妈妈的笑容还是那么真切,可保罗知道那只是表面现象,就像妈妈走路时娉娉婷婷的样子,表面她还是那个妈妈,可是心里妈妈已经成了一个陌生人。

下午的阳光晒热了街道,窗外传来了这座城市的呢喃声。

篇三

1934

三十一

马奎因在自己的宅邸里举行了一场招待晚宴。十二年前马奎因买下了这座和梅休因家族祖屋面对面的山间宅邸,这是几个月以来这座屋子里第一次出现了客人的身影。这场宴会是特地为欢迎达芙妮夫妇举办的;两年前达芙妮嫁给了地位显赫的弗莱彻后跟着夫婿去了伦敦定居,直到最近两个人才从英国回来。

看着围坐在自家那张红木桌子旁用餐的客人们,马奎因心里有说不出的得意。他一直很喜欢自己亲自买的那张四条腿看着结实异常的桌子,总觉得这个城市里再也找不出一座像这样风格的家具,房间的装修风格也是他喜欢的,稳重大气,体现出他这个主人的气质。客厅的四面墙上镶着一人高的红木装饰板,再往上则用棕褐色的墙纸做装饰,一直延伸到天花板边缘。酒红色的金丝绒窗帘悬垂于宽敞的落地窗户两边,看着分外贵气。几百斤重的由金属和玻璃立方体做的巨大的水晶吊灯悬吊在屋子中央,让人不由得担心这熠熠发光的物体一旦掉下来,极有可能把它下面的桌子砸个稀烂。房间的一面墙上挂着一幅线雕画,上面画的是沃尔特·司各特爵士[①]和罗伯特·彭斯[②]在爱丁堡文学沙龙会面的

[①] 沃尔特·司各特爵士(Sir Walter Scott, 1771—1832):苏格兰著名的历史小说家和诗人。
[②] 罗伯特·彭斯(Robert Burns, 1753—1796):苏格兰农民诗人,在英国文学史上占有很重要的地位。

场景；房间的另一面墙上挂着马奎因母亲的画像，画像下面摆放着花瓶，花瓶里插着一束新开的牡丹。

吃完后，客人们被引到休息室里。这又是一个看着上档次的房间，地板上铺的是东方风格的地毯，房间里光是镀金的座钟就摆了三个，桌子是橡木做的，椅子上摆放着玫瑰色的锦缎，墙上挂着仿康斯太勃儿的风景画，镶嵌在巨大的镶金边的画框里。房间里还摆放着两座大理石基座的青铜雕像和几个德累斯顿雕像。四面墙贴着棕褐色的墙纸，因为房间正对着花园，所有的窗花都挂着暗红色的窗帘，原因是主人马奎因一向不习惯在太明亮的房间里待着。

穿着黑色晚礼服的珍妮特第一个走进房间。然后是达芙妮，她穿一件白色滚金边的礼服，苗条的曲线一览无余，海瑟穿了一件柠檬绿的衣服，显得青春活泼朝气十足。男人们也陆陆续续走进来：走在最前边的是个头儿高其他人将近一个脑袋的诺尔·弗莱彻；接着是梅休因将军，尽管老头儿把两只手插在上衣口袋里，看上去很随意，但走起路来还是一副昂首阔步一丝不苟的军人模样。马奎因笑嘻嘻地跟在将军身后，一只手扶着将军的肩膀。

其实马奎因的笑容底下隐藏着一丝不快，甚至可以说是愠怒。二十年在蒙特利尔的打拼让他早已收获了上流社会的认同，这种经年累月积攒起来的被认同的感觉不单是让他和人打交道时更加成熟老练，而且让他养成了唯我独尊处处要优于他人的良好感觉，这感觉让他潜意识里不喜欢扫自己兴致的人。

惹马奎因不高兴的人是诺尔·弗莱彻。倒不是晚宴上对方说了一些马奎因平常不肯也不愿提起的话题，而是弗莱彻身上那种傲慢的风格对马奎因来说是过去从未领教过的。那是一种随时可以在认为自己不过是来殖民地溜达一圈的某些英国人身上看到的傲慢。虽然弗莱彻只有三十七岁,可在他面前,其他人似乎只有自愧不如的份儿,觉得自己见过的世面远远不如这个年轻人多。更可笑的是这家伙似乎并没有特意为之,他做的只是和大家同处一室就取得了被人高看一眼的效果。

还有达芙妮。这女孩儿身上发生的变化在马奎因看来极其糟糕!不仅衣着打扮学巴黎女人的样儿,说起话来也是一副沾沾自喜的腔调,语气和她那个丈夫一样专横和压人一头。马奎因想,真不知道将军是怎么看这个外孙女的?——想到将军,马奎因不由得感叹那老头的精神气儿:虽然已是七十七岁的年纪,但老头儿饭量不减,席间没有一句自己哪儿不舒服的话。

"我们玩桥牌怎么样?"马奎因提议。

刚走到房子中间的达芙妮转过身来,捋头发说:"可是亨特利,我们有六个人呢,不是吗?"

将军说:"我们轮流着来。"然后他特地嘱咐马奎因道:"咱们俩一直能玩得来,你打牌时注意力集中,在我们家可从来找不到一个玩牌那么投入的人。"

一座漂亮的镀金座钟摆放在壁炉的台面上,站在壁炉前的将军身材适中,腰板儿笔直,脸颊上还有红晕,看上去很像皮卡迪利广场上军人俱乐部香烟广告牌上的老哥儿。虽然将军本人可能并不知晓自己身上的魅力,可是在众人眼里,他就是这个国家过去年代的缩影。今晚老人兴致颇高:外面是六月夜晚的美景,全家人都在马奎因这里聚齐了,他的胃今晚也没有给他惹麻烦。

"让海瑟也来玩嘛!"达芙妮说。

站在沙发椅子旁边的珍妮特说:"海瑟不喜欢玩桥牌。"说着扭头,用眼睛去找海瑟,灯光在珍妮特的脸上投下一道阴影,显得她的眼睛下面的黑眼圈又大又深,轮廓看上去也十分突兀,只有银灰色的头发梳拢得整整齐齐。马奎因看在眼里,心想:虽然珍妮特看上去不再年轻,但她显然已经练出了一套应付社交场合的本事,人前做事显得得体自信,虽然这本事还没到炉火纯青的地步,但已经够达芙妮之辈好好学学的了,不过话说回来,像达芙妮这样轻浮的女孩儿,恐怕学了也是白学。

珍妮特极力鼓动海瑟,说:"桥牌不难玩儿,想玩的话看看就能学会。"

马奎因干咳了一声。打桥牌是他提出来的,看到客人们没理会自己的样子,他心里很不舒服。他听见站在壁炉前面的梅休因将军正在和弗莱彻说:"选艾尔谷梗犬。这种狗是最厉害的,敢去抓熊。在新不伦瑞克省……"

弗莱彻有一副军人般魁梧的宽肩,人看上去很精神,只是头发略显蓬乱。他有一双湛蓝的眼睛。初识弗莱彻时这双眼睛给人的感觉有点孩子气。熟悉了便感觉出眼睛里传递出的成熟,不过这种成熟往往带给人不安的感觉。弗莱彻在哈罗公学和桑赫斯特上的学,在上一场战争中,他在空军服役。他说话时总是把调子拖得很长。在生意圈里,他是出了名的不讲情面,喜欢竞争。弗莱彻在英国拥有一个大型飞行器厂的控股权。马奎因和人打交道时,总是出于本能去思谋对方想要什么,可是碰到弗莱彻这样的,他反倒疑惑了。到目前为止,就他的观察,弗莱彻似乎对什么都没兴趣。

看到弗莱彻并没有用心在听,将军换了个话题:"希特勒也许很极端,可他不是个傻子。"

弗莱彻面无表情地回答将军道:"希特勒知道他想要什么。"

"但是他肯定得不到他想要的。就算那些德国佬的船已经出发了又怎样?如果他想玩花样的话,我们就把它们封锁到死。"

"哦?恐怕没有那么简单吧,"弗莱彻说,"您觉得英国的海军舰队还管用吗?"

"怎么不管用?"将军说,"海军一直是最重要的战斗力量。"

马奎因干咳了几声,他这么做是想把屋里人的注意力吸引到自己这里,可客人们的心思显然并不在马奎因身上;三个女人正在评论海瑟的服装,弗莱彻在窥测将军的脸色,将军也在打量对方,脸上带着警觉的神情,像是一只随时准备反击的狗。

"这次要是打起仗来,"弗莱彻说,"那些舰队唯一的命运就是给击沉然后沉入海底。"

"你这样说好像是仗真的要打起来了。"马奎因插了句嘴。

"难道不会吗?"弗莱彻反问道。

不等马奎因回答,将军轻蔑地哼了一声,说道:"都是那些自以为是的英国人让事情发展到这个地步,这种人太多……"老人的神态里有一种天生的对事情有着准确判断能力的自信。他在用眼睛告诉弗莱彻他对英国人的那一套深谙熟识。"虽然英国政府,"将军以不容置疑的口吻说,"是世界上最好的政府。在英国的时候我……"

弗莱彻手拿香烟,在大拇指上轻轻敲了几下放进嘴里,点着烟后顺手把火柴扔进壁炉,嘴里说了一句:"希特勒明白一点,那就是这个世界到了被瓜分的时候了。"

马奎因紧紧地盯着那根火柴在空中划过,心里浮上一丝不满。弗莱彻若是稍微扔偏一点火柴就极有可能掉在自己那条东方风格的地毯上,那可是他花一千五百加元买来的。他一扬头,反问了一句:"你有什么可以证明的吗?"

房间里突然安静下来,过了一会儿,弗莱彻回答马奎因说:"这还用证明吗?"

埋在沙发椅里的海瑟突然插嘴道:"听上去你好像很希望仗打起来呢!"

弗莱彻的脸上依旧是一副爱答不理的模样,但眸子里却透露出十足的兴趣,他居高临下地看着海瑟,说:"你没有明白我的意思。如果英国空军有一天强大无比,还要感谢希特勒!"

"可是要空军有什么用?"海瑟并不让步,"或者说任何和军事沾边的东西有什么用?"

"你别理海瑟,自从她上了大学后就成了一个社会主义者。"老人带着疼爱的眼神看着海瑟说。

马奎因决定让这场对话尽快结束。他用自己的胖手轻轻扶着达芙妮的胳膊肘拉着她来到桥牌桌前坐下,一路上马奎因很小心,尽量让自己的手少接触到达芙妮的身体,"你坐这儿,"他从旁边拉过一把椅子,"沙发椅让你爷爷坐!"

达芙妮从马奎因的手里滑脱,走到桌子另一头坐下来。

"真奇怪,"她说,"真的,我总觉得自己好像越来越不适应了。"

"适应什么?"珍妮特问女儿。

"回家后发现好多东西还是……像以前那样,估计永远都要这样了。"说完她微笑地看着丈夫,仿佛两人有什么心照不宣的看法似的,"诺尔,你说话要小心点,这里可没有人在乎你是不是曾经飞过喜马拉雅山脉或者还是一个飞行官。真的,没人在乎!"

将军迈着行进的步伐走到牌桌前坐了下来。珍妮特紧紧跟在他后面。弗莱彻紧挨着海瑟坐在离桌子远一些的沙发里。将军坐好后拾起桌上的一摞牌开始洗牌。

"诺尔还打猎吗？"将军一边给众人发牌一边问达芙妮。

达芙妮似乎没听见爷爷的问话，脸上始终挂着那种看似天真实则精于世故的表情。每次轮到她摸牌时，身子总是往前探一下，胸前的乳沟便显露无遗。马奎因看在眼里，恼在心里。这几个年轻人把他当傻瓜了！他很明白达芙妮刚才那几句话分明是故意让他难堪！一股无名火冲了上来，他真想说几句狠话，教训这丫头一顿！

"达芙妮，"珍妮特提醒达芙妮说，"你爷爷问你事情呢。"

"是，爷爷，"达芙妮用过于活泼的口吻回答道，"诺尔还经常打猎。"

马奎因摸到了好牌，他开始把注意力放在牌上。

"有一件事我不是很理解英国人。"将军一边说一边插着牌，"那就是他们捕猎水獭。就那么站在河里的淤泥里好几个小时，还往往一无所获。"将军又摸了一张牌："看一个人是不是英国人要看他是不是打水獭。诺尔打水獭吗？"

达芙妮睁大眼睛看着爷爷，脸上带着夸张的表情回答说："他打任何有腿的东西。"

牌开了，牌桌上的人不再说话。在那边的沙发椅子里，海瑟挖空心思想找个话题和诺尔·弗莱彻交谈，但又实在不知道可以说什么。诺尔递给她一根香烟，帮她点着后就表现出一副爱答不理的样子，仿佛忘了她的存在一样。这让海瑟觉得很不自在，她在想刚才聊天时自己是不是得罪了诺尔，所以对方选择不理她，但他并显然还在记仇。当她和诺尔单独在一起的时候,诺尔总是对她这样一副态度。她以前一直以为是因为自己太害羞所以很难去接近这个姐夫,但是今天晚上海瑟才突然意识到诺尔是讨厌她。

三年前达芙妮在一次宫廷晚宴上认识了诺尔·弗莱彻。一年后弗莱彻来到蒙特利尔要和达芙妮结婚。他们在蒙特利尔举办了婚宴,海瑟给达芙妮做的伴娘。婚后两个人离开了这个国家去了欧洲。海瑟一直盼着达芙妮和诺尔能早点回来。现在两个人是回来了,但又不是海瑟所期盼的样子。达芙妮似乎变成了一个陌生人,喜欢取笑海瑟,得意扬扬地说着海瑟不能理解也猜不透的一些道理。

海瑟想和诺尔聊聊天,她一连问了对方好几个问题,什么伦敦最近的局势,他的工厂如何,他们在圣约翰林的公寓是什么样的,他们这次来北美有事情要做吗,等等。可诺尔回答海瑟时态度不冷不热,只用寥寥几句便打发了她。海瑟觉得很尴尬,不知道说什么好,这好像是自从她参加晚宴以来最没意思的一次。她不由得问自己这到底怎么了。诺尔似乎喜欢和男人聊天,他聊天时用几句话便可表达清楚一个想法。海瑟想:诺尔现在肯定希望他坐哪儿都好就是不要挨自己坐着,看来一个劲儿地揪着诺尔问来问去只能让他更烦,也没什么用!于是海瑟闭上了嘴巴,由着诺尔的态度,坐在那里也不再吭声,耳朵里听着纸牌落在桌上的声音。

突然,诺尔好像有开口要说话的意思,海瑟有点讶异。可是诺尔只是把头扭过来盯着海瑟,身子依旧绷得笔直。他那双蓝眼睛打量着海瑟,眼神划过她的胳膊,最后落在海瑟丰满的胸部便不再游弋,嘴里说道:"如果你从这个屋子溜出去……"说完诺尔闭上了嘴巴。他给自己点了一根香烟,随手把火柴朝着壁炉方向扔了过去,火柴正落在那张东方地毯的边上。

海瑟看着那根火柴在空中划出一道弧线,她还在等着诺尔把话说完。但是诺尔似乎没有说下去的意思。不过至少他刚才打破僵局,说了点儿什么,海瑟也就没话找话地说:

"我总想知道一个陌生人,他是如何看蒙特利尔这个城市的。如果一个人对这个城市很了解的话,他是很难做到拿自己熟悉的城市和那些曾经去过的著名城市比较的。"

"蒙特利尔是无可估量的,金斯顿——1910。"

海瑟轻轻甩了甩额前的头发,她想找个话题,说说这个城市什么的。可是她却听到弗莱彻用似有若无的语调说道:"如果你给自己一个机会的话……在床上,你会是个好手。"

海瑟的第一反应是自己听错了,她扭头去看诺尔·弗莱彻,对方也在看他。海瑟看见弗莱彻的嘴角浮起一丝似有似无的笑,她真希望自己刚才听错了,可是耳朵里回响着的却是:"英国女人是没救了,只有你们美国女人……"

海瑟猛地站起来,走到牌桌旁。达芙妮还在专心致志地打牌,将军也是一副感觉良好的模样,嘴里唠叨着:"珍妮特,你父亲要是在这里就好了。他一个人过得还好吗?"

看到将军玩得很开心,马奎因急急忙忙地插了一嘴:"我这次本来邀请了船长,可是船长说他从来不参加宴会。"

达芙妮一边插牌一边说:"自打我回来后就见过外公一次,他说起他上的那些课,都是些什么呀!听上去很奇怪,我也没有细问。"

听到公公问自己的父亲,珍妮特的嘴噘了起来,回答说:

"孩子们的外公没救了。他离开农村来到蒙特利尔就是想放松，说他不想太累。可现在他又去了大学报了一些暑假课程学习。"

"我可做不到你父亲那样！"将军说，"那天我给自己找了本沃尔特·司各特的书来读，结果根本读不进去。"

海瑟站在爷爷身后，牌桌上的人开始叫牌。这时她突然看到达芙妮朝自己这边看了一眼，脸上浮现出一丝嘲弄的笑容。海瑟一下子疑惑起来，她想：自己是不是看错了？现在的姐姐和以前比做事更是滴水不漏，让人摸不清她究竟在想什么。海瑟突然意识到这里所有的人都知道弗莱彻的德行，只有她还蒙在鼓里；每个人都知道自己什么时候该说什么做什么。而她呢，总是和这些人意见相左，可是谁会在乎她的看法呢。她从来没有机会去证明自己的想法。她和达芙妮一起长大，从小就知道自己是个丑小鸭，是这个城市里最漂亮的女孩儿——姐姐达芙妮的陪衬。这也许就是为什么上个星期当艾伦·法夸尔向她求婚时，她虽然不情愿，但心里还是很感谢对方。艾伦·法夸尔留着一头又粗又硬的红头发，蓝色的眼睛又圆又大，身上总披一件浣熊皮大衣，开着一辆蓝色的帕卡德敞篷车，车一发动，那件狐狸尾巴就给散热器的风吹得飘飘忽忽。妈妈珍妮特对艾伦很满意，但海瑟心里明白，妈妈其实是对艾伦的家庭背景满意。

海瑟没有动，但她感觉到诺尔从沙发椅子那边走过来站在自己身边。姐姐究竟和这个家伙说了什么让他竟然敢对自己说出那样一番话来。如果这个男人不是自己姐姐的丈夫，她自然会当面用嘲讽的口吻顶回去，然后忘掉这一切。毕竟她已经不是个孩子。但是诺尔和别人是如此不同，他总是一副志在必胜的样子。

说话间几个人已经打完了一局。将军提议换一种玩法，大家同意了，将军开始重新发牌，他一边发牌一边问珍妮特："珍妮特，你父亲有没有定下来要多少钱卖掉他在圣马克的农场？"

过去的几个星期里珍妮特已经回答过不止一次公公的这个问题，显然老人并没有记在心上。所以她不得不再一次向公公解释自己的父亲已经卖掉了农场，又补充说道："这也是好事，以他的年纪，每天待在那些法国人的人堆里，确实是很尴尬的一件事。"珍妮特一边说一边把玩着手上的戒指。

"少活几年也不一定！"手里抓着满满一把牌的将军往上翻了个白眼儿，"噢，对了，马奎因，你在圣马克建工厂的事怎么样了？"

其实建工厂这事儿马奎因也给将军解释过好多次了。马奎因心里抱怨这老头子的记忆力恐怕是有点问题，嘴上却说："现在的圣马克已经建了好几座工厂。我最初的想法是对的，可是我对那个地方一直很失望。有渥太华那个协议在，艾恩斯家族也许能得到些好处。"

"就好像是昨天发生的事情，"将军说，"以前他们还不让艾恩斯加入俱乐部，可现在艾恩斯到处插手。"

"对了，亨特利——"达芙妮清脆的声音插了进来，"那家人怎么样了？就是泰拉德家，我们以前在圣马克认识的那户人家。"

海瑟离开祖父，她觉得太吵。马奎因好像也没心思打牌，一副心不在焉的模样。

"你知道，"达芙妮说，"那个因为和自己教区神父吵架而离开天主教会的老头儿可真有意思。后来他来了蒙特利尔，每次我们在圣大卫教堂做礼拜时都能看见他们一家人，就坐在我们对面的凳子上。教堂里突然冒出来一个天主教徒确实让人感到奇怪。"

"阿萨纳斯·泰拉德倒也不是哗众取宠的人，"马奎因说，"只是他的人生是个悲剧，这一点很遗憾。"

"泰拉德这个名字听上去不错，"将军开始叫牌，"其实我们不如过去那些法国人的大家族。每次我听到多伦多那些人说不好听的，我就和他们这样说。"将军停止了叫牌，手里还攥着一半儿的牌没有出。

马奎因打住了话头，看到一旁的将军显然已经忘了这个事情是他挑起来的，马奎因似乎在定夺自己是否应该继续说下去，迟疑半晌后才说："那件事的确很可惜，我也没想到因为我的建厂计划，阿萨纳斯会和教会的人反目。话说回来，阿萨纳斯本身就是一个摇摆不定的人——这倒很像今天的很多人。不过据我所知他死之前又回到了罗马天主教会。珍妮特，据我所知，您父亲一直和他保持着友谊，非常真诚的友谊。"

轮到将军发牌了，可桌子旁的人显然都已经对打牌没了兴趣，老人一边发牌一边嘟囔："他们离开教会的事情有好多说法，我对那些话是一点都不信。我在这个省生活了一辈子，我了解那些法国人。他们临死时手里得握着蜡烛才能咽气。"

海瑟重新回到沙发坐下，心里暗暗祈祷弗莱彻千万别再跟过来。泰拉德家族这个名字勾起了她的回忆：上个星期艾伦也提起过保罗·泰拉德。艾伦参加了大学的冰球项目，在联队里碰到过保罗几次。他说保罗是以半职业球员的身份参赛的，和他一起的球员都是一些工人，大部分球员来自汽车修理厂或者其他一些工厂，他们打球纯粹是为了挣钱，所以队员多半是在晚上出来比赛。不过他们的球队很厉害，每个人都在议论保罗的球打得好。海瑟不了解冰球的玩法，但是想到自己从小在一起玩的朋友现在以打球为生，她心里很不是滋味。有几次外公提起过保罗，她猜外公和保罗见过面，但是外公很少来梅休因老宅这里做客，偶尔过来也只是在节假日或者特殊的家庭聚会的场合出现。

房间里的气氛让海瑟感觉憋闷，确定没有人注意自己后，她偷偷溜出房间来到大厅，出大门后向街对面的梅休因家的老宅走去。空气里飘过新翻过的花圃散发出来的泥土的气息，马奎因家的草坪上，从洒水器里喷出来的水花嘶嘶作响，石子小路在月光下泛着白光。海瑟没有回家，而是来到屋子后面的汽车间，她发动汽车，沿小路往山下开去。

到达山脚下的大路后，海瑟向西拐了个弯，开过几个街区后沿着高德宁那条又长又弯的上坡路重新开上去。车子在山上的鹅卵石上颠簸起伏，拐弯的时候轮胎发出吱吱的声音。海瑟把速度放在每小时六十英里，向西山开去，途中她选择一条上山的斜坡路，经过一处观景台时她停下车，关掉车灯，安静地坐在车里，陷入了沉思。

她今年二十三岁了，第一次发现自己的生活遇到了危机。虽然从小到大她没有被灌输梅休因家族是多么富裕的观念，家里人也不告诉她并不缺钱这样的话，但是海瑟很清楚：自己不仅能从家族里继承好多钱，还能享受家族所拥有的社会地位，也正因为此，她一直觉得很孤独，只有几个同龄人愿意和她做朋友。妈妈珍妮特总是严格地遵照梅休因家族的规矩做事：梅休因家的人并不虚荣，他们并不因为自己有钱而骄傲，但是他们对自己的社会地位往往摆出一副自负的神态；他们也鄙视奢华的生活态度，所以海瑟的津贴费其实不多。这个家族的女眷实际上过着一种给关在紧闭的笼子里的生活，在这个笼子里，行为举止必须符合那些给在这个城市有钱有闲阶层生活的妇女设置的条条框框。

就像珍妮特遵循梅休因家族的规矩行事一样,海瑟遵循妈妈对她的意愿行事。她在洛桑待了两年,在那里学习法语,与其说学法语是为了在魁北克生活,倒不如说那是一个取得某种认同的标签。她比达芙妮晚两年出席了圣安德鲁的成人礼晚会。然后去大学学习了四年。学完后除了和妈妈那些朋友的儿子跳跳舞,或者出席一下初级联盟的委员会,她基本上不用做什么事情。

她知道自己的那些朋友在背后嘀咕她,说她过得不如意。她的大部分同学都已经结婚,其中两人嫁给了像弗莱彻那样的英国人,还有一个嫁给了法国伯爵,四个人嫁给了在债券行工作的公子哥儿,说是工作,其实就是在混日子,等着将来能从他们父亲手里继承信托和抵押房子的生意。在某些上年纪的人看来,这些姑娘过上了"美好生活"。自从达芙妮出嫁,从女孩儿们之间的竞争中退了出来,海瑟就成了接班人,成了焦点所在,妈妈珍妮特开始着急起海瑟的婚嫁来。虽然珍妮特当着外人的面很少说这件事,即便说语气也很委婉,但是最近这段时间,母女两人为这事儿吵了好几次。争吵以珍妮特的哭天抹泪和海瑟的悔恨交加和尽力弥补结束。后来珍妮特收敛了许多,不再当着海瑟的面念叨结婚的事情,但是私下里并没歇着,就比如她决定带海瑟去缅因州的海滩度假,而艾伦·法夸尔也和他父母在那里,这就很难说是巧合了。而且,马奎因一见海瑟总是有意无意提到艾伦,言语里不外乎说那是个好小伙子,其实到底好在哪儿也没说出个一二三来。

这就是艾伦的问题。海瑟想,生活对艾伦来说,可以说要什么有什么,根本无须为生活打拼。如果一个女孩儿找了艾伦这样的男人做丈夫，第一件事就是给他生孩子，六年生仨儿，然后再说别的。虽然一开始是住在西山的普通房子里，可是等艾伦的父母死后就可以搬去法夸尔家的豪华宅邸，那是坐落在舍布鲁克大街后山上的一座有滴水嘴的豪华行宫。他们的孩子肯定在私立学校上学，周围是一群和他们一样的非富即贵的孩子。由于房子太大，所以他们要处理没完没了仆人的问题。还有就是税的问题。冬天滑冰，夏天打打高尔夫和网球，间或去趟纽约或者伦敦。艾伦这辈子都要待在他父亲在圣詹姆士大街的信托公司里工作。快三十岁时出现肚腩，三十出头是头戴汉堡帽的男子，四十岁时已经在皇家山俱乐部里和马奎因那样的人一起用餐。他只读报纸和流行杂志。他也许会面露微笑看着自己在那里画画，不过前提是只能是她的爱好而不是职业。他会是一个好父亲，和善、温和，举止体面。不过他没有任何机会去完善自己，因为他的生活模式很早就已经定了。其实，任何一个和艾伦结婚的女孩儿不是嫁给了他这个人，而是嫁给了一种生活方式。

自打达芙妮从英国回来，海瑟就意识到自己再不能这样无所事事地待下去，这样的生活让她感到窒息。她一直生活在姐姐的阴影下面。达芙妮过去总是批评海瑟和其他女孩想的做的都不一样，但是现在看来，她在英国过得并不如意，这次回来她不像以前那样对海瑟说三道四指手画脚，但海瑟看得出来姐姐心里依旧瞧不起自己。达芙妮对诺尔·弗莱彻内心是否满意，海瑟不知道，但她知道，姐姐和诺尔之间的那种婚姻生活绝不是自己想要的。

她想要一份事业，一个她愿意为之努力的事业。她也明白事业和其他事情不同的，因为这个原因，她选择离开蒙特利尔去纽约发展。经济萧条后，她有些朋友虽说找到了工作，但无非是些打发时间的工作,比说给慈善机构做义工等。对一个生长在加拿大的女孩来说,即使受过教育,工作机会还是不多,无非也就是做护士、教师、图书馆馆员、营养师什么的;如果运气好并受过一定的技术培训,你也许可以在实验室找份工作。但是不管做什么,薪水肯定不高。美国女孩有的工作机会,比如说广告设计、电影编剧、编辑、装饰、销售员等,对于加拿大妇女来说,这些统统和她们无关,还有,美国女孩可以在律师行、药品公司和建筑公司里做到总裁的位置,可对加拿大的女孩子来说简直就是天方夜谭,虽然很多女孩儿很努力,但成功的概率几乎为零。

因为没有换便装,脚上还穿着一双凉鞋,海瑟下车后一直提着自己身上的软缎裙子,生怕不小心踩到裙子摔倒。她走到观景台短墙前,从这里望过去,可以看到躲在车里缠绵的男女和在平台下那一溜儿矮树丛里散步的男女。海瑟想:妈妈肯定认为她这么晚一个人出来玩儿不成体统。

海瑟倚靠在石头墙边,看着脚下的城市,嘴里不由自主地喃喃道:"哦,它可真可爱!"月光给山脚下的城市罩上了一层银辉,璀璨的灯光仿佛群星闪耀,人站在这里俯视脚下这座城市,好像是在仰望星空。因为韦斯特蒙公园里的山头要比左边的皇家山公园的山头要低,所以看不到全部城市,即便这样,在海瑟眼里,这依旧是一座宏伟庞大的城市,它从坡上往下,经过平原,一直延伸到圣劳伦斯河河岸,雅克·卡蒂埃大桥[①]从城市向东三英里跨越圣劳伦斯河,大桥带出平行的两道灯光,灯光和位于河中

[①] 雅克·卡蒂埃大桥(Jacques Cartier Bridge):蒙特利尔市的标志性建筑,横跨圣劳伦斯河。

间的圣海伦岛上的灯塔上方的星云交相辉映。河对岸,月光下的平原向遥远的佛蒙特州的绿色群山延伸过去。

就着夜色,海瑟脑海里隐隐浮现出几行诗句。从城市的方向传来一阵微弱的嗡嗡声,停泊在围墙外的汽车像是一块块黑色的石头。远一些下坡的地方可以看到低矮的围墙。围墙外面则是掩映在树木中的豪宅,那里住的人们海瑟大部分都认识。她想,不知道现在有没有人正闭上眼睛沐浴在月光中。那里有没有互相依偎的年轻的爱侣,满足地躺在沉默的爱人身边。如果夜晚醒来时看到自己爱的人就在身边,那种感觉一定很美好。

三十二

客人们离开了。一直看着客人的身影消失在大街那头儿,马奎因才返回楼上的书房。每天晚上睡觉前他都要在书房里待上一阵;这习惯是他多年以前养成的;他认为在书房里读读书能帮助他梳理一下白天处理过的事情,而且,读书对灵魂的滋养很重要。战后不久他参加了一个文学俱乐部,可以说他在俱乐部里攒起的声望和他博览群书的习惯不无关系。

今晚他打算花时间为俱乐部的秋季开门会写个发言稿,他所在的俱乐部是个精英汇集之地,所以写稿这件事一点都不能马虎。虽然离开会还有三个多月的时间,但他不想拖到最后再写,还有,他心里很想把自己这个发言稿写得比以往的发言稿都要好。如果从格式上讲,他的讲稿也许不如明托电力的主席(他是《绅士们,国王!》一书的作者)看上去花哨,但就摆事实和分析问题来说,他觉得自己不会比那个大佬写得差。他已经想好了发言稿的标题：《加拿大：混乱世界中的净土》。

想到这个发言稿会提升自己在其他成员中的印象，马奎因不由得微微一笑。他知道俱乐部的人背后开玩笑地叫他"老棍子"，说心里话他并不反感这个绰号，因为他觉得这个词儿透着某种尊敬和亲热的成分，至少说明那些背地里这样叫他的人认为他是个有个性的人。

窗户开着，夜晚的空气从外面渗透进来，和书房里的旧书以及油印墨水的香味混在一起。街灯下的一切笼罩着一层柔和的光。马奎因站在窗旁，闻着自家花园里的玫瑰散发出的阵阵花香，心里感叹道：从高处闻到花园里植物的气息的感觉真是妙不可言！从舍布鲁克大街向北，谁家的玫瑰都比不上自家园子里的玫瑰！就在这时，他突然听到花园里洒水器嗞嗞的响声，这声音让马奎因气得差点咬了舌头。明天早晨他就和园子里的工人说这件事，那家伙干活儿越来越不像话了！粗心大意，这是他第二次忘记关洒水器了，马奎因余怒未消，想："明天就提醒他这年头工作可不好找。"

从城市方向传来的噪声掠过山上的丛林，断断续续从窗户里传进来，声音并不吵人，但一点都没有停下的意思。

马奎因花了很大的力气才让自己的思绪重新回到正在准备的演讲稿上。他一定要写好这篇文章。加拿大目前有一百五十万人不得不依靠救济生活，这个数字相当于国家人口数的七分之一。然而即使这样，这个国家还维持着平稳的局面，没有骚乱，也没有什么类似新政①之类的胡说八道的东西,说来说去这还得归功于他这样的成功人士。

他身上成功者的标签和他在商业上的决断力以及他对市场导向的灵敏嗅觉让凡是从他嘴里说出来的话都带着不容置疑的成分。比如说他对工人阶级的看法,总有人觉得工人们目前的处境值得同情,但在马奎因看来,那些人是不懂得攒钱、没什么道德感的一群人。懒是他们的特点,说起来他们甚至都懒得闹事儿!这些人在蒙特利尔城南边的那几条大街上苦苦地挣扎生活,但是他们从来没有想过爬过那座小山,穿过舍布鲁克大街来参观一下他们的老板过的是什么样的生活。社会主义者向他这样的人甚至向梅休因将军这样的人扔石头,可是工人阶级似乎并不领情,也许后者也知道高失业率不见得是像他这样的老板们的过错。马奎因想,如果华尔街上的那帮家伙做事稍微谨慎一点,也不会有这场经济危机。

马奎因的心思游来走去,可每一件事都和他手头现在要写的讲稿挨不上边:海瑟那女孩儿真是一点礼貌都没有!连声招呼都不打就走了。尽管大家都知道她是个大咧咧的女孩儿,可是她今天晚上的做法马奎因是头一次见。是不是因为诺尔·弗莱彻,海瑟才早早离开宴会的呢?想到这些马奎因不由得皱起眉头,舌头一下下弹着上颚,口腔里发出"铮""铮"的声音。毫无疑问,有诺尔·弗莱彻那家伙在,珍妮特要有麻烦了。

多少年马奎因没有碰到像诺尔·弗莱彻这样的人了。那种人

---

① 新政(New Deal)是指1933年富兰克林·罗斯福任美国总统后实行的一系列经济政策,核心"三R":救济(Relief)、复兴(Recovery)和改革(Reform),也称"三R"新政。

只要往那儿一站就会让人感到不舒服,即使不吱声都会给人这种感觉。如果英国尽出些这样的人,将来不知这个国家会变成什么样!弗莱彻开飞机是个好手,可对马奎因来说,飞机是扬基佬的魔鬼发明,是多余的东西!它们把本来老老实实待在一个地方的人群变成了游牧民;美国人纯粹是金钱的浪费者!老天才知道他们要毁坏多少地方才肯甘休。

都怪弗莱彻这家伙把自己的这顿晚宴搞得七零八落,马奎因恨恨地想:如果他有女儿,绝对不会让自己的女儿给这样的家伙带出去逛街。真不知珍妮特是怎么想的,给女儿找了这么一个不三不四的人。看看达芙妮吧,几年前还是个甜美可人的小姑娘,可现在变成了什么样!

稍稍放松心情后,他回到书桌旁坐下,拧亮台灯,把心思重新放在自己要写的发言稿上。昨天晚上,他读那本名叫《政治学》的书时读到一段很有分量的话,他在那一页夹了张卡片。今天一天只要他想起那句话,心里便充满了一种仿佛遇到了知音般的愉快。他重新翻书找到那句话,让自己读了一遍:每一次革命都是由性格行为扭曲的人引起,然后被政治家利用,最后由士兵结束。读完后他想,这个观点很形象地批评了那些与社会格格不入的人。如果他把这段话引用到自己这篇文章里,再读给俱乐部里的那些同僚听,他们一定会一边哈哈大笑一边露出赞同的表情。

马奎因从椅子上站起来,黑色的眼镜绳一直垂到胸前的口袋里。他在书房里来回踱着步,表情恋恋不舍,确实,他爱死了自己的这些书。在圣詹姆士这条街上住的人家里还真没几个能像他这样收藏这么多书。那些人更多的是把钱花在高尔夫、汽车、俱乐部还有酒上面。马奎因不一样,他收藏各种各样的书籍。可以说这条街上谁家的书都没有马奎因家这么多。马奎因拿起埃德蒙·伯克①的一套演讲集,看看能不能在里面找到一句名言警句。他把书放到桌子上坐下来开始阅读,但心里却想着自己那些俱乐部的朋友里面有几个知道伯克的。

上身往前俯着紧挨着桌子而坐的马奎因脸裹在衣服领子里,眉毛上挑,嘴角下耷,头顶已经秃了,圆圆的脑瓜顶儿像是一只隆起的皮球,耳朵周围的头发已经灰白了,一抹头发从左边一直捋到右边。他读得很专心,嘴巴嚅动着,偶尔伸出手挠挠耳朵。

读了一会儿后,马奎因把手里的书重新放回书架上,心里想:伯克先生是一位优秀的辩论家。首相大人真应该好好研读研读伯克的演讲。凭什么性格沉稳的人外表就得看上去呆板木讷呢?他想起今天的晚宴:如果海瑟是这个国家年轻一代的代表,那这个国家可就麻烦了。这可不是什么夸大其词,有一句话说得好:哪里有硝烟哪里就有火光。凭什么大学里几个年轻教授轻而易举就把那些"主义"什么的灌输进海瑟这样的孩子的脑袋瓜里!她今天晚上在饭桌上说的那些什么主义和价值观的评论,简直就是一派胡言,纯属无稽之谈!有一点很肯定,那些人折腾来折腾去,最后等待他们的只不过是被一个更加有力的政权胁迫而已。任何理想主义者都逃脱不了这个结果。他们的所作所为不过是一场闹剧,而这场闹剧的结果就是给社会无赖和渣滓打开弥撒礼,让他们去实现所谓的理想。看看德国,那个国家的人四处宣传理想主义,于是就产生了希特勒这样的人物。这就是那些干预

---

① 埃德蒙·伯克(Edmund Burke,1730—1797):爱尔兰政治理论家、雄辩家和哲学家,1766年至1794年期间当选为英国议会的议员。

人们头脑中的有害的想法的后果。想到这里,马奎因不由自主用舌头抵住上颚弹着,嘴巴里发出"铮""铮"的声音,心想:活该!

他心里想自己是否要写一段妈妈对自己影响的话。她把他养大,教导他从来不做没意义的事情。他从一个安大略省小镇上长大的孩子,到现在拥有豪宅,而且宅子和梅休因先生的大宅子有得一比的成功人士足以证明妈妈对他的教育是对的,是成功的。他现在还是一所大学、两家医院和一个慈善机构管理委员会的委员,一周至少有两次在皇家山俱乐部和重要人物一起吃饭。他还是艺术委员会的成员。过去的十年里他常常为那些死去的百万富翁抬棺,照片出现在报纸上。两次被邀请去渥太华丽都宫和总督共进晚餐。为了对国家回报,他早就立了遗嘱,死后所有财产都用来资助和维持一个新教神学院的运作。这座学院会建在安大略省的乡村地带,设立丰厚的奖学金,学校的主席和高层的管理人员都是从爱丁堡和阿伯丁高薪聘来的神学家。

马奎因关上灯,轻手轻脚地下了楼。在文章的最后分析里,他要证明这个国家是一个健康的国家,就像他本人一样健康。对于蒙特利尔这个城市来说,从人们的脑袋里赶走那些胡言乱语,让它轻装上阵的时候到了。看看他自己,当他还是个年轻人时他也是让自己沉湎于幻想中。他曾经想过指挥整个国家,可是他认识的人中还没有一个人具备这种能力,即使鲁珀特·艾恩斯也做不到。虽然艾恩斯似乎曾经有过这个打算,可是一个国家怎么能够让一个华尔街的人来管理呢?这是不可想象的。

马奎因搓搓手,想:自己一定要在这篇文章中告诉世人加拿大社会远比美国先进开明。首先,他眼里的美国人和意大利人一样,都属于想一出是一出的一类人,看看他们在女人面前的无能就知道了,美国男人就差把整个国家交给女人管理,或许过不了多久他们真会这样做,到那时候才叫有好戏看呢!

带着已经完成任务的心情,马奎因穿过走廊向卧室里走去,一路走一路思忖:如果自己在文章里拿美国和加拿大做个对比,再用上点写作技巧,那这篇文章就显得生动多了,美国和加拿大是多么不同的两个国家啊!加拿大存在着两个民族;每一个民族都必须接受另外一个民族的驱使才能求得平衡。还有两个民族各自的教会,如果在教会(每到星期天挤满了前来做礼拜的人)间发起一场神学讨论的话,整个社会都会沸腾起来,可是问题不在他上面指出的这些,而在于在那些毕业生里,有百分之十的人发现他们很难在加拿大得到自己想要的,于是去了美国,也许这百分之十不是最优秀的,但是他们肯定是最不安分的一群人。他们在美国写书,宣传自己的主义,虽然和那些美国人比起来,他们甚至算是社会上不会闹事的一个人群,但是正是这些人给加拿大带来了隐忧。是的,马奎因满意地想,这就是问题所在,当务之急是努力解决它,而不是像别的国家对问题置之不理。

马奎因走进卧室,他没有开灯,直接走到窗户旁。街对面是梅休因家的宅子,从珍妮特房间的窗口里隐隐透出灯光。估计珍妮特已经睡了。马奎因想着珍妮特在宴会上的一举一动,心说这是个多么好的女人。她克服了多少困难,现在她终于可以踏实点了。自从哈维·梅休因死后,他一直无偿帮珍妮特打理投资事宜,在马奎因的精心打理下,珍妮特的投资已经翻了一倍都多。他对珍妮特很尊敬,一直倍加小心地维护着两个人之间的友谊。他还记得三年前在圣诞夜前夕,海瑟和达芙妮第一次亲昵地称呼他的名字"亨特利"而不是叫他"马奎因先生"时,自己内心那种激动的心情。

　　脚底下有什么东西蹭他的腿,马奎因弯下腰抱起自家那只玳瑁波斯猫,把它放到床上。他打开台灯,脱衣服的时候无意中瞥见床头镜子里的自己,突然想:珍妮特五十岁了,也许现在他向她求婚还不晚。这么一想,他突然有些激动,但很快这种情绪就消失得一干二净。在他这个年龄再去想婚姻这件事显得太荒唐,三十年前他就下定决心单身一人生活,这么多年过去了,这时候再去想结婚的事未免太荒唐。更何况珍妮特还有个姑娘没有嫁出去,如果海瑟做自己的女儿,那可够操心的!这孩子过不了多久就得给珍妮特惹一大堆事,对此他一点都不会感到奇怪。

　　马奎因披上睡衣进了卫生间,他细细地洗干净手,刷牙漱口,趿拉着一双毛蓬蓬的拖鞋重新回到卧室。他跪在床前,小声祷告着,祷告完后他上床躺下,给自己盖好被子,随手拧灭了床头灯准备睡觉。那只猫也跳到床上,蜷缩进主人的膝盖处打起了呼噜。

　　可是今晚,马奎因似乎并没有多少睡意,不仅没有睡意,思路反倒渐渐清晰起来:他认为加拿大一定能平安地熬过这段经济萧条时期。而且,这场萧条虽然难熬,但可以帮助把经营得不好的一些企业去除掉,给存活下来的企业腾出更多的空间,也只有这样,国家经济才能健康地发展下去。任何一场危机到来时,人们面前有很多条道路可以选择,在这很多条道路里,只有一条路是对的。人类社会在发展中遇到的问题往往复杂深奥,那种自认为用几条大道理就可以解决问题的想法无疑是自负而无知的。在面对经济萧条时,一个聪明的企业家最应该做的便是慎重、不轻举妄动。

一再提醒自己明天一早要把自己脑子里的这些东西记下来的马奎因终于睡着了。床上躺着两个圆滚滚的生物——马奎因和他的爱猫。两条生命躺在床上，紧紧地挨在一起，各自呼吸平稳，一动不动。

三十三

保罗站在教堂大厅的后面看着正在举行的婚礼，他的旁边站着教堂的守夜人。这座教堂坐落在市中心一条很古老的街道上，大街上汽车驶过的声音时不时从半掩着的门里传进来，干扰着主持婚礼的牧师的讲话。牧师是一位上了岁数的老人，等到婚礼仪式快要结束时，被堵在大街上的出租车此起彼伏的喇叭声彻底淹没了牧师那苍老疲惫的声音。

天气闷热潮湿，即使是在教堂里人也不得不忍受着热浪的进攻。保罗抿着嘴唇站在那里，一双眼睛在教堂昏黄发暗的光线里显得格外大，颧骨下方，一道阴影清晰可见，他的手紧紧地攥在一起，微微往前探着的肩膀衬出他略显驼背的身形，整个人显得清瘦而拘谨，汗水打湿了他的后背，衬衫紧紧贴在身上。

保罗看着妈妈，烛光下凯瑟琳的脸孔模糊不清。和妈妈一起跪在那里的是即将成为他的继父的亨利·克雷顿。克雷顿浑实的肩膀让人感觉这是一个憨厚老实的人。对这个男人来说，这一时刻是他九年来苦苦追求的结果。从现在起他就可以拥有这个女人，告诉全世界她是他的女人。他五十二岁了，五十二岁他才做到把身旁的这个女人领回他在匹兹堡教区的家，心里长年悬着的一块石头终于落了地。

对男人来说，如果说孤独是因为他们不会和他人分享自己内心的情感，那么这一刻一股从来没有过的孤独感袭击了保罗。他心里好似翻江倒海一般。婚礼上吃的东西一点都不新鲜，即便这样也没剩多少。他一个人站在教堂后面，对自己说"妈妈结婚对你来说和以前没有什么不同"，心里却五味杂陈。妈妈一直是他的依靠，现在走入另一段感情中，这种感情让保罗感到窒息，他觉得此时此刻似乎只有找到人倾诉一番才能舒缓内心的情绪。

牧师抬手在胸前比画了一个十字。外面，一辆出租车没完没了地按着喇叭，喇叭声让牧师吟诵的声音听上去更显单薄无力。克雷顿和凯瑟琳站了起来，从现在起，他们就是夫妻了。克雷顿站起来的时候有点趔趄，好像膝盖受不了长时间下跪。妈妈看上去还是那么轻巧灵活，同时又带着点慵懒的姿态。保罗和教堂司事跟在妈妈和克雷顿的后面去了旁边的房间登记名字，司事瘦骨嶙峋的手在登记册上翻着。保罗觉得司事的签名看上去有点孩子气。司事写字的速度很慢，墨水从他的钢笔尖里洇出来，在纸上洇成一团，他又急着用吸墨纸蘸，结果那些字显得更宽更大了。保罗的字小而整齐，每个字母工工整整，像是打印出来的，唯有一点和打印出来的字不同，那就是从字里能看出写字人很紧张。

全部结束后保罗跟着妈妈和继父出了教堂来到街上，三个人坐克雷顿的车子去了婚礼的早餐地点——皇家山上那个最豪华的饭店。挨着他们桌子旁边的两个男人在吃西红柿牡蛎，看样子昨晚这两个人没少喝，脸上带着明显的醉意。凯瑟琳和克雷顿面对面坐着，两个人的手自然而然地伸出去想握在一起，意识到保罗在旁边，又条件反射似的抽了回去。

保罗埋头吃着自己面前的那份饭菜，神情严肃，像个神父。

汗水不停地从克雷顿的脸上淌下来，他只要开口笑，汗水就汇成一小股细流流进他的领口里。他用一条丝质手绢不停地擦拭着脸颊和已经出现谢顶痕迹的脑门儿。凯瑟琳看上去比较自然，皮肤依旧像栀子花瓣般细腻丰腴，只是眼睛下面的皮肤有些松弛，这让她不说话时给人一种困惑不解似乎受过伤害的感觉。当凯瑟琳低头时，保罗注意到妈妈已经有双下巴了。即便这样，凯瑟琳看上去还是一个美人，柔顺的样子还是非常吸引人，特别是对那些没有多大本事的、性格孤僻且对一切失望的男人还是具有诱惑力的，在凯瑟琳这样看上去柔弱娇小的女人面前，那些人总会感觉热血沸腾，仿佛自己从来没有这般强大。

"你很快就会来匹兹堡看我们的，对吗？"妈妈的嗓音听上去沙哑。保罗垂下眼睑，不说话，迟疑片刻后，他抬起眼睛看着妈妈。妈妈爱他，她一直都很爱他。虽然有时候因为情绪上感到无助也会把火气往他身上撒，但她从来没有抛弃他。克雷顿在她略显荒芜的年纪带走了她，可是他不可能像保罗一样对这个女人的情感是如此之深。克雷顿性格开朗，一天到晚总是乐呵呵的，他才是凯瑟琳年轻时就应该嫁的男人。他来自得克萨斯，出身贫寒，曾经在牧场和铁路上干苦力活，后来上了点学，并开始做生意，一步步靠自己打拼走到今天。他体格庞大，身体也不错，人还热心，笑起来整个房间都是他的声音。他爱凯瑟琳。保罗看着自己的妈妈：他也深深地爱着妈妈。想到自己曾经惹妈妈生气，也顶撞过她，保罗的心突然内疚起来。

凯瑟琳把手伸过来放在保罗的手上，眼睛看着克雷顿，用骄傲的口吻说："我的保罗一直都很用功！他是好孩子。"保罗看着妈妈的手，那双手白皙细腻，像是从来没有干过家务活的贵妇人的手。

房间里很热。克雷顿穿了一件式样很土的双排纽扣的条纹西装，裤子膝盖上顶起了两个大包。他把手绢塞回胸前的口袋里，问保罗："你是怎么对付那些考试的，保罗？考试可不是个容易事情。我上学的时候，因为年纪大……"

"考过又能怎么样呢？没什么用处。"

"可别这么说，你还年轻，前途光明。"克雷顿轻描淡写地回答。

侍者端来了他们点的食物，盘子里有腌肉鸡蛋，上面还淋了一层白色的奶油。

"保罗，克雷顿和我商量过了，他说想给你在美国找份好点儿的工作，薪水高的工作。"凯瑟琳说。

保罗没有说话，用刀切下一小块腌肉放进口中。

"美国的经济刚刚起步，新政府出台的措施很给力，经济很快就会恢复。不久前有人在匹兹堡举行了场游行，美国人要是想做什么事，没人能拦得住他们。"克雷顿拍拍保罗的肩膀，开玩笑似的说，"我知道你们这儿的人认为美国人爱吹牛，吹牛的人哪儿都有，你去美国亲自走一趟就知道了，我在那儿能马上给你找份好工作。"

"什么样的工作，克雷顿先生？"保罗的声音里明显带了一丝讥讽的意味。

克雷顿笑了，保罗并没有把克雷顿那张带着笑容的脸当回事，也没有把他说的工作当回事。克雷顿显然不知道保罗的心思，不过，他不知道也好。

"这个国家也在发展。这对我们这样的生意人来说是一件好事，依我看美国和加拿大之间没有什么不同。唯一的问题是，这里干什么都不够快。这个国家的人不愿意热火朝天地做事情。可是在南边，美国人总是在不停地做着改变。这就是美国方式。还有，"克雷顿压低了声音，"不管这世界其他地方的人喜不喜欢美国人的方式，这是发展的必经之路。当事情开始好转往上走的时候，美国人绝不罢手，除非顶到头儿才罢休。"

保罗嘴里嚼着食物，心里却想：克雷顿会在蒙特利尔把生意做起来吗？克雷顿是典型的美国人，是那种加拿大人眼里的美国人，和他们这样的美国人打交道比较轻松，不用考虑太多。五年以前，克雷顿放弃了一个升职的机会，原因是他不想回美国总部工作。他的妻子是个虔诚的天主教徒，所以他也没法提出离婚，只好一直陪着凯瑟琳待在蒙特利尔，一直挨到六个月前他妻子在匹兹堡去世。

"那些人说起大萧条就好像是在说世界末日。说起来你们也许不相信，我经历过的比大萧条要糟糕多了，比如说一九○七年那次，还有……"

克雷顿喋喋不休地说着。他和他这个年纪大多数男人的想法一样：对当前的社会制度没什么不满，在他们看来，压力和担忧除了让你血压升高和肠胃不适外，没有任何好处。社会嘛，变来变去都差不多，不论外面世界怎么办，他这样的男人总能想办法生存下来。他很少忧虑，生活过得一点都不乏味，有那么多的赚钱的生意要忙，他操心的是生产，是利润，是如何把货物从一个地方运到另外一个地方，是如何买进更多的机器设备，特别是大的设备，可以节省人力的设备。克雷顿说话的时候，对面的凯瑟琳微笑地看着克雷顿，脸上带着崇拜的神色，那是一个女性给爱自己的男人奉上的笑容。保罗望着克雷顿看着妈妈的样子,他意识到妈妈对这个男人给予他的关爱是满意的。

保罗突然想起了父亲,想起父亲脱俗的贵族气,还有圣马克的宅院。他的嘴巴抿得更紧了:他没必要生气,更没必要对妈妈的选择感到惊讶。妈妈虽然美,但她不需要一个气质非凡的美男子,她需要的是感情和爱慕,需要的是在感情里她可以自在地做自己,而克雷顿身上那种雄性气息正是妈妈喜欢的。

吃完早饭,克雷顿仔细审视了一遍账单,然后才付了钱,又另外掏出一加元放在桌子上,算是给侍者的小费。三个人站起来向饭店门口走去。街道潮湿闷热。克雷顿的车停在麦卡夫街道上,后座上和后备厢里堆满了行李。保罗替妈妈打开副驾驶位的门,凯瑟琳坐了进去。克雷顿自己绕过去坐到驾驶座上。他选了个舒服的姿势坐好后从口袋掏出一根香烟,给自己点上,眼睛看着手上的香烟,脸上换上了一副志得意满的神情。过了一会儿,他用牙齿轻轻咬住香烟,嘴里嘟囔着:"这天也太热了,昨天我碰见一个英国人,他说我们这里比新加坡还热。这话我信。"说完他掏出手绢去擦脑门上的汗水:"还好我们今天就能到老果园海滩[①],那里还能凉快点。说实在的,我都有点等不及去吃那儿的海鲜。"

凯瑟琳拍了拍保罗扶在车门上的手,克雷顿向保罗这边瞥了一眼,似乎在说:"别担心!保罗。我会照顾好你妈妈的!"

保罗没有说话。他看着车里的人,脸上虽然露出一副希望对方赶紧离开的神情,但心里却盼望妈妈这时从车里出来,告诉他

---

① 老果园海滩(Old Orchard Beach),位于美国缅因州。——编者注

自己的决定是个错误。克雷顿发动了车,八个气缸一起运动产生的力量带动车身上下微微颤抖起来。克雷顿用手拍了拍方向盘,笑着说:"去年秋天我开车去芝加哥,一路上都是沙丘,就那我也每小时开到八十七英里,你猜怎么着?另外一辆车和我的车擦肩而过,然后……"

凯瑟琳回头看着保罗,脸上的笑容没了,眼里溢满了泪水。保罗看着妈妈,哽咽着说不出话来,他把身体从开着的车窗探进去,亲了亲妈妈那柔软的散发着香气的脸颊,凯瑟琳低声说道:"原谅妈妈,保罗!"

汽车向舍布鲁克大街的方向开去,妈妈的手仿佛一块白色丝绸的碎片,从窗户里伸出来挥舞着。保罗站在那里,看着汽车停在一个红绿灯前,转了个弯从保罗的视线中消失了。

保罗呆呆地站在原地:妈妈说原谅她?原谅妈妈什么?原谅她这九年里的辛苦?原谅她二十四年来和他相依为命?原谅她生他并把他养大?他挠挠头,不知道自己要去哪里,这种感觉不是第一次了。这些年来他一直居无定所,从一个地方漂到另外一个地方,对他来说,每个地方就像是火车沿线的车站,不过是一个个临时可以落脚的去处。他想起学校,想起比赛场,想起冬天的夜晚,路灯下冰场那黑洞洞的入口,明亮的灯光底下坐满了来看比赛的观众,连比赛场地四周也围满了人群,在紧张的气氛中,比赛队伍站在冰面上摆好架势。他打了上百场球,这样的时刻也经历了上百次;他又想起小时候每到暑假便到商店打工的日子。十八岁那年他就独自一人坐着火车去北边打工,和建筑工人们一起汗流浃背地工作;他还想起他们有一次去西面的曼尼托巴省和萨斯喀彻温省打比赛,坐在火车的皮椅子上是那么开心。他从自己的经历里学到了很多,他用打比赛的钱上完了大学。现在大学生活结束了,他的口袋里装着那张文凭,可是却发现自己无路可去。

保罗沿着去舍布鲁克大街的上坡一路走上去,从舍布鲁克大街上他去了杜罗切大街上自己的小房间。蒙特利尔仿佛变成了一个热带城市,喧腾的热气连皇家山在视野里都变了形。在麦吉尔大学校园里那些高大的榆树下,热浪紧紧裹住行人不肯撒手。保罗觉得心里空落落的,但他还是尽力控制着内心的情绪,不停地安慰着自己说:没关系,他这一生还有许多事情要做;当务之急是找份工作,先安顿下来。他想起有一天他在克莱格大街上的一家店里看到一架便携式打印机,很想买下来,但是掂量了一下自己口袋里的钱,便决定还是先找份工作再说。说来惭愧,过去几年里他的生活没有什么改善:总是被拒绝,总是要面对那些成功人士面带歉意的笑,他和许许多多和他一样的人一样,他们经年累月学到的知识,一钱不值,也没有人需要像他们这样的人。

三十四

自打那次参加完马奎因家的晚宴,弗莱彻对海瑟的态度就变了。只要有海瑟在场,他便阴沉着脸,一副爱答不理的样子。这几天他一直待在自己的房间里,埋头研究一堆文件和图纸,连达芙妮也很少能见他一面。虽然两个女儿没有说什么,可珍妮特对女婿的这种做法很恼火。

时间一晃到了七月中旬,弗莱彻提出要为生意上的事去美国西岸一趟,要去六个星期左右。出发那天弗莱彻满心欢喜。海瑟和达芙妮把弗莱彻送上那趟夜间出发的火车,回来的时候,看见妈妈已经按惯例在桌子上摆好了牛奶和饼干等着她们，母女三人一边吃点心一边聊天。

聊完天海瑟回到自己房间，脱了衣服正准备休息，达芙妮手里举着一件她在布洛克中学读书时常穿的水手衫闯了进来。"你瞧！"达芙妮说，"这是我在自己房间的衣橱里发现的。真没想到给我翻出这样一件衣服，太神奇了！我那时穿上这件衣服肯定像个一本正经的小傻瓜！"

海瑟边套睡衣边说："你那时候还真是这样呢！"

"噢，现在可不是了！"达芙妮把衣服往旁边一扔，兴致勃勃地说，"你还记得戴夫南特小姐吗？我那时候扮演克利奥帕特拉①时她总是挑我毛病！"达芙妮言犹未尽，学起了戴夫南特老师，她摆出一个威风凛凛的姿势，甩着英国腔说："克利奥帕特拉是一个闻名世界的女人，达芙妮。你要记住！她是王后！不是交际花！"

海瑟找了件外套披上，走到靠窗户的椅子上选了个舒服的姿势坐下，惬意地说："也就是戴夫南特老师才会选《安东尼和克利奥帕特拉》那样的剧本给我们演！"

"我们这群可怜的小羊羔！被她折腾得个个垂头丧气，可她却不知道是为什么。"达芙妮一边说一边把手绕到背后去解衣服后面的扣子，"我真想知道如果她见到现在的我会是一副什么表情。"

"说实话，德菲②！回来的感觉如何？"海瑟问。

达芙妮撇撇嘴，笑着反问海瑟："你说呢？"手依旧在背后

----

① 克利奥帕特拉（Cleopatra）：即"埃及艳后"，古埃及托勒密王朝最后一任女法老。
② 海瑟对姐姐达芙妮的昵称。

摸索着。

"我在问你啊,你心里怎么想的?"

"好吧,我觉得自己好老,这也是没法子的事。还有,我们小时候受的那些教育,相信罪恶什么的,想想都有意思,不是吗?"

听达芙妮这样说,海瑟忍不住笑了。达芙妮不高兴了,对她说:"看着我,你觉得被妈妈这样教育大的孩子能降得住诺尔那样的人吗?能给予诺尔这样的男人他想要的东西吗?"

海瑟收起笑容说:"这个我可不知道。"

"还好我应付得了,"达芙妮说,"相信我,诺尔知道他想要什么。上帝,每次当我想起来我们初次相处的那几个月……"她放下一直摸索着找扣子的手:"来帮帮我嘛!这纽扣真讨厌!怎么也解不开!"

海瑟从椅子上站起来,走过去帮忙,手蹭到姐姐柔软的金发时,不自觉在上面摩挲了一下。她想起以前达芙妮去参加晚宴时总是她帮她穿衣服,想到自己也是两年前才被允许参加晚宴的。达芙妮把衣服拉到头顶脱下来,甩甩头发说:"诺尔对你也很感兴趣呢!也许你没感觉,但我看出来了。"

海瑟刚刚回到椅子上坐下,听姐姐这样说,脸瞬间变得通红,嗔怪似的制止道:"德菲!"

"没关系。他只是喜欢女人,并不乱来。他就这样,这也是他是让别人吃惊的地方。说起来也没什么奇怪的,你还没见过他父亲呢!诺尔实际上还不太像典型的英国男人,他不喜欢英国人那套复杂的礼数,不过,他在英国的日子过得还算不错。他性格随他父亲,那老头儿!激动起来和演戏似的。"

海瑟显然不明白达芙妮话里的意思,追问道:"什么演戏?"

达芙妮笑了，笑声清脆，像是潺潺流淌的小溪："你真是个甜妞！如果诺尔知道你是这样的女孩儿，肯定会……"

海瑟突然不耐烦起来，打断达芙妮道："我不是小孩子了！看在上帝的分上，德菲，你什么时候能不再把我当十岁的小孩子看？你刚才说到诺尔的父亲，他父亲怎么了？"

"告诉你吧，那老头儿是个多金的花花公子。很多人都被他温文尔雅的外表欺骗了。"达芙妮告诉海瑟诺尔的父亲曾是英国驻印度军队的一个将军，混得不错且出身世家。但是因为曾经下令军队向孟买集会人群射击走了背运。后来他被调到德国的柏林外交事务办公室工作，一九一四年回到英国，但听说现在又去了德国。

说话间达芙妮已经脱光了衣服赤身裸体地坐在床上，海瑟问达芙妮："你爱诺尔吗？"

海瑟的问话惹得达芙妮又咯咯地笑起来，她动作麻利地把脱下的内衣扔到椅子上，指挥海瑟道："去帮我拿件罩衫来。"

海瑟走到衣橱那里，从里面的衣架上取下一件衣服递给姐姐。达芙妮穿好衣服说："亲爱的妹妹，爱是个很老套的词，现在谁还会提'爱'这个词？"

"那你有比爱更好的词吗？"

达芙妮没有回答，走到梳妆台前坐下，对着镜子里的自己自言自语地说："当然不是件容易的事情，离开妈妈的照顾，和诺尔生活在一起。"

海瑟看出姐姐有点不高兴，她想换个话题，却不知该说啥。

"我喜欢上层社会的生活，所以必须和诺尔待在一起。"达芙妮从镜子里打量着海瑟，"以前我并不了解诺尔，直到有一天我和他一起上了一架飞机，亲眼看到他似乎变成了另外一个人，一个让人由衷佩服的人，我才……"

海瑟没有说话，她微微一笑，略带讽刺意味的神情惹恼了达芙妮。"上帝啊！你还不明白我告诉你这些事什么意思吗？像诺尔这样的男人总是试图要压服他的女人。如果我乖乖地听他的话他就会鄙视我，可如果他征服不了我他又会恨我。反正，要我说的话，诺尔天生就不是一般人！"

达芙妮用滴管从一个小瓶子里吸出几滴黄色的液体，然后用手撑起眼皮，把液体滴进眼睛里。她对着镜子用指尖捋了捋眉毛，把头发挽到脑后，转过脸打量着镜子里的自己。海瑟看着姐姐，心想：姐姐真美，她的美让人无法忽视。

"别想太多了。总之，人必须长大。性这个东西可不仅仅是和男人上床那么简单，毕竟，连个卖菜的也需要性。"达芙妮说。

海瑟沉默着，似乎没有听见姐姐在说什么。她暗暗地想：从姐姐的言语间便可以看出她过得并不快乐，诺尔·弗莱彻不过是一个沾沾自喜的欧洲人而已。她意识到自己以前其实一直生活在姐姐的阴影里，就因为羡慕达芙妮的美貌，就因为看到姐姐受到很多人的爱慕，她便在姐姐面前丢失了自信。可是从今天起，她要丢掉这种自卑感。姐姐达芙妮嫁给诺尔·弗莱彻后并不幸福，一个冰美人，一个冷才子，这两人之间的那种靠情欲维持的婚姻关系绝不是她海瑟期盼的婚姻。在她心里，依旧相信世界上的某个地方，一定有她爱的人，她现在要做的便是去找到那团爱情之火。

三十五

第二天早晨没等人叫海瑟就醒了。房间里处处透着安宁平和的气氛，仿佛是放假的日子。海瑟躺在床上，心里有点恍惚，她看了一眼桌上的闹钟，天色还早，想到昨晚上和达芙妮聊天时说的那些话，她心里竟有点按捺不住的激动，那是一种渴望重新生活的感觉。

几分钟后，海瑟已经躺在了温暖的浴缸里。浴缸墙壁上方的小窗框住了一棵栗子树的枝枝叶叶，阳光在层层叠叠的叶子上婆娑跳跃，把每片树叶映照得华彩夺目。炎夏季节把圣劳伦斯河谷变成了一只杯子，空气中的水汽全部在这只杯子的上方，天气闷热得不得了。

海瑟抬起手臂挽头发时，浴缸里的水也跟着晃来晃去，一闪一闪的水波在视觉上拉长了她的双腿，显得那双腿是那么的修长可爱。海瑟打小就总觉得自己矮，天天盼望着自己能长高点。长大后听着达芙妮"肥妞""肥妞"地叫她，她又希望自己的腰再细点，臀部再翘些，双腿再修长些。可是从今天起，她再也不会这么想了。昨天晚上和姐姐的聊天让她第一次意识到她只想做自己，而不是生活在姐姐的阴影下。她是长得不漂亮，可是谁说一个脸蛋不出众的姑娘就不能向往爱情？即使因为相貌平平不容易被男人看上，可是渴望遇到一段珍贵的世间少有的爱情是很多女孩儿心里都有的想法吧。

海瑟活动了下身体，浴缸里的水又晃动起来。这么好的天，她应该做点什么——开车去镇子东面的那个湖附近去写生？只要能出去就好，放放风，也许她画不出什么来，不过至少这是个不错的主意。

自从毕业后，海瑟十分渴望有一份工作。在麦吉尔大学的四年她过得很愉快。她选择了文学专业并以优异成绩毕业。不过她的学士学位从来没有派上用场。只有画画是她一直坚持下来的爱好。她从小就喜欢画画，虽然妈妈也一直热心地帮她四处找老师，但在这个家里，似乎从来没有人去关心她的作品，妈妈还有那些朋友只会认为马奎因的豪宅里摆放的那些绘画作品才是最好的，他们不会认为海瑟的画有什么价值。他们的态度令海瑟有时候甚至觉得自己像是简·奥斯丁笔下的那些女主角，富有才华却默默无闻。

对于外人对她的画的看法，海瑟并不生气，甚至根本不当回事儿。她想，如果每天都想着别人的不好，那岂不是很傻？在她心里，自己的很多朋友都是好人，可是这些人没有一个人能唤起她内心真实的感受。妈妈的那些朋友似乎总在暗示说像她这样的女孩儿不需要工作，但是谁想做寄生虫呢？只有资本家才是社会的寄生虫。资本主义显然是人类选择的一条错误的道路。

海瑟从浴缸里站起来，擦干身子后光着脚从卫生间出来回到自己的卧室。这间卧室是这个大房子里唯一完全属于她的空间。房间的四面墙上挂着未上漆的木头画框，画框不大。其中三幅是海瑟自己画的，两张是风景画，画的是劳伦琴山区的乡村风景。另外一张则是她用蜡笔画的一个男孩儿的头部肖像。房间里最大的那面墙上挂着一幅裸体黑人女孩儿的画像，是海瑟几年前认识的一位捷克画家的作品。画里，一个乳房下垂、瘦骨嶙峋的黑人女孩站在那里，一只骨瘦如柴的手放在臀部，女孩儿的脸看上去疲倦而无助。

这幅黑人女孩的画像着实让珍妮特担心了一把。她从画像上判断出女儿正在和不良之人交往，于是跑到马奎因那里，让他帮着调查那个捷克人。直到调查结果出来，说那个男人是个在艺术委员会挂不上号的一位画家，没什么本事且有老婆孩子，珍妮特才松了口气。即便这样，她还是把海瑟叫过来训了一顿，说这个画家不仅画得不怎么样，连表达艺术的方式都很粗鲁，买这样的艺术品简直就是干蠢事。还说她希望海瑟把这幅画摘下来，以免给自己的朋友看见笑话自己。

海瑟选了一件蓝色的亚麻布长裙穿上，再用一条白色缎带绑好头发，她走到书架前，准备从最上面的那一排书中挑一本带上，这样画画累了，她可以看会儿书。书架上摆着劳伦斯[①]、阿道司·赫胥黎[②]、多斯·帕索斯[③]、海明威的小说和罗素[④]的社会学书籍，他们大多是海瑟喜欢的现实主义风格的作家。海瑟想，还好妈妈没有注意到自己的这些书，不然的话麻烦可就大了。

她又想起自己昨晚和姐姐的聊天，心里不由得笑话起达芙妮来。一直以来海瑟都是通过阅读小说来了解自己以外的世界，可是她只是从字面意思上了解人物的性格，从来没有想过书中人物是生活中某一类人的原型（其实她早就应该这样去理解人物），

[①] 劳伦斯（D.H.Lawrence，1885—1930）：20世纪英国小说家、批评家、诗人、画家。
[②] 阿道司·赫胥黎（Aldous Huxley，1894—1963）：英国作家。
[③] 约翰·多斯·帕索斯（Dos Passos，1896—1970）：美国小说家。作品反映了战后一代的迷惘情绪。
[④] 伯特兰·罗素（Bertrand Russell，1872—1970）：20世纪英国哲学家、数理逻辑学家、历史学家，无神论者，也是20世纪西方最著名、影响最大的学者和和平主义社会活动家之一。

现在,她终于碰到了一个类似小说里才有的人物——诺尔·弗莱彻,这个人甚至比她的书架上那些书里的任何一个人物都令人难以置信。姐姐达芙妮从来很喜欢把自己放进她喜欢的作者创造出的奇怪的世界里。也许这就是她和诺尔为什么能互相吸引,走到一起的原因。达芙妮是那些喜欢和少女交往的有钱人中意的类型,她也是那种多情的男人喜欢的对象。那样类型的男人,他们总是想尽一切办法和女人上床,过后再评论和他上床的女人,说女方乏味透顶,压根没有女人味,绝不是他想要的女人,等等。

想到这里,海瑟眨了眨眼睛,心说自己可真够刻薄的。可是当她读到书中的某些句子时又情不自禁地咧嘴笑了,心想:艺术是个很奇怪的事情,在某些方面是真理,但另一方面却是谬误。美国人也太直接了。她的手掠过站成一排的书籍,突然意识到里面竟然一个女性作家都没有,自己以前为什么从来没有想过这个问题呢?为什么自己喜欢的作家全部都是男性呢?这难道不能说明这个世界其实是一个男性主导的世界?可是对于女性来说,这个社会简直糟糕透顶!一切都不尽如人意,你能做的只是接受现状;如果你想追求社会主义般的男女平等,那么警察就会找上门来,追着你揍你,在你面前显示他们的武力和野蛮。没有什么工作是给女人准备的,即便你足够幸运得到一份工作,却又因为周围的事情是那么不尽如人意而恨透了这份工作。男人们悭吝、乏味、迟钝、干起活来肩不能扛、手不能挑,可是在床上,却生猛无比,像是大力神赫拉克勒斯[①]。他们缺乏责任心,追求享乐成了人生目的,尽管这样他们也不缺女人。身为女性,一出生便已

---

① 赫拉克勒斯(Hercules):希腊神话中的英雄,大力神。

经身处劣势，除非你不在乎沦为男人的玩物，对女性来说，在男权世界里想为自己争得一席之地意味着幻想和失败。想做一个好女人吗？先伺候好男人再说！在冰凉的床单上裸露自己细腻的皮肤，装出一副楚楚可怜的样子，脑子里想象着雨点打在夜晚的窗户上。男人得到了你，可你却说不准就会死于难产，或者其他什么，因为这就是生活。你即将咽气的时候，你的男人站在你的床前，不知该说什么好，可是在自己的生命之灯熄灭之前，你心里十分清楚：这个男人能够接受你死亡的事实。

她从书架上拿下那本《永别了，武器》读了起来，很快就被书中的描写吸引住了，她想，如果自己也能写出这样的书，她愿意放弃现在所拥有的一切。

吃完早餐后，她去了汽车间，开出自己那辆敞篷车，沿山路一直开到舍布鲁克大街上，在那里她掉头向东，朝她在拉贝尔大街上的画室的方向开去。为了支付这间画室每月二十加元的房租，她没少挨妈妈的埋怨。海瑟从画室里拿出画架、颜料、画笔、铅笔和速写本回到车上，重新发动汽车，向河边开去。

她的车在那些纵横交错的小巷里穿行，看时间八点不到，商店和办公室还没有开门，但是街两边的小道上已经走着好些衣着普通的男人，他们手揣在口袋里，身上的衣服看上去湿漉漉的，好像是刚刚淋过一场大雨。海瑟坐在车里，看着这些和自己年纪差不多的人的可怜样，心里有些不自在。如果这辆车是自己挣钱买的她心里可能感觉还好点，可长这么大她从来没挣过一分钱。她其实很希望自己能帮帮这些人，可是又不知道自己能做什么。她曾经在新生联会名下的一间施舍餐厅做过服务生。正是那一周的服务生工作让她彻底改变了以前的看法。那些只会把钱花在脸蛋上的女孩子们怎么好意思去施舍那些挣钱养家而今却不得不失业的男人,就是为了她们自己的虚荣。那行为下暗含的侮辱让海瑟感到震惊。她也看到了那些男人投过来的讥讽的一瞥。那里的很多女孩十分信奉自己的这份慈善工作,但是海瑟却觉得这样的施舍行为让人反感。当没有人需要施舍时,她们这样的女孩儿能做什么呢?换了马奎因,他肯定说这些人没饭吃是他们自己的错,还会说什么这些失业的人只会花钱不会攒钱。

经过雅克·卡蒂埃大桥时,蓝色的河水和运送谷物的白色电梯的倒影交相辉映,煞是好看。蒸腾的热气中,城市的倒影一直蔓延到对面的河岸。几乎没有几家工厂的烟囱在冒烟。一路上海瑟碰到了很多乞讨的人,他们向她伸着手,海瑟没有停车。车子穿过隆格伊城①弯弯曲曲的小道来到空旷的郊外,以六十迈的速度在平地上飞驰。阳光照在脸上和大腿上,路旁的庄稼地绿油油的,雏菊和紫色的苜蓿长势旺盛,几乎要贴着柏油马路的边儿。海瑟头上的白色缎带被风吹得飘飘忽忽,像是一面招摇的小旗。

很快,尚布利教堂的尖塔出现在地平线上。海瑟把油门几乎踩到底,马达轰鸣着,测速盘里的指针向上跳去,然后在七十三公里左右来回摇摆着,教堂在视线里越来越近。车外就是尚布利盆地,从树影的缝隙中可以依稀看到远处湖的影子。海瑟开着车,车窗外树影婆娑,耳朵里传来马达的轰鸣声,海瑟不由得哼起了歌儿:

"我跳到马镫上,杰瑞斯和我,马一路小跑,德克一路小

---

① 隆格伊城(Longueuil):位于蒙特利尔圣劳伦斯河南岸,属于蒙特利尔市郊。

跑，我们三个人一路小跑……"①

这里的地貌像佛兰德斯②，开阔无垠，处处是绿色，不过没有佛兰德斯风景里的那种哀愁。海瑟松开油门，让车子缓慢地开进那个叫尚布利的村子，路两边是挨挨挤挤的小木头房子，罗马教皇的旗子悬在街道两旁。车前方，一个牧师匆匆经过，身上的黑袍让人担心他会不会捂得慌。

两个小时后，海瑟到了门弗雷梅戈格湖③，湖周围是郁郁葱葱的山峦，海瑟离开湖边向南边的乔治维尔④的方向开去，最后找到一处岬角停下。她从车里拿出画画的东西，找到一处桦木林，在树下安置好画板，太阳烘烤着后背，眼前是湖的全景。她两手叉在腰上，眺望着、寻找着自己想画的合适风景。

光线让四周的景色看上去分外柔和，不过海瑟不喜欢画这样景色，她喜欢画线条轮廓分明、色彩夸张的景物，后者才是在这个国家里经常能见到的景色。摆好画具后，她开始速写，但是从一开始她就意识到自己铅笔下画出来的东西并没有什么新意。蚊子在她耳边嚣张地嗡嗡叫着，她不得不放下画笔去拍打蚊子，更多的蚊子扑了过来，有几只落在她的胳膊上。她一边拍打蚊子一边画着，更多的蚊子围了上来，一个小时不到海瑟彻底缴械投降，她停下手中的画笔，在车里换上带来的游泳衣，向四处空无

---

① 英国诗人罗伯特·勃朗宁写的一首诗。
② 佛兰德斯（Flanders）：佛兰德斯在历史上泛指古代尼德兰南部地区，大致包括今比利时、卢森堡和法国东北的部分地区。在美术史上，佛兰德斯是对15世纪早期至17世纪佛兰德斯地区美术的通称。15世纪，除了意大利，欧洲绘画的另一个中心便是佛兰德斯。
③ 门弗雷梅戈格湖（Lake Memphremagog）：位于美国佛蒙特州北部与加拿大魁北克省南部交界处的大湖。
④ 乔治维尔（Georgeville）：位于门弗雷梅戈格湖的东岸。——编者注

一人的湖边走去。不远处，一头牛正在悠闲地吃着草。

海瑟仰躺在水里，两眼凝望着湖水上方的天空，两条腿轻轻地划着水，水流漾过她富有弹性的胸部，仿佛一千双柔软的手轻轻抚过她的胴体。她觉得周身舒畅极了，这样的时光让她更觉得自己应该早日离开蒙特利尔，她心里好希望自己画得足够好，这样就能找到去纽约学习一年的借口。但是希望归希望，她甚至不能说服自己用这借口逃离蒙特利尔，更别说用这个借口去说服自己的妈妈了。

她游上岸。脚踩在湖滩的石头上，阵阵水花在小腿和脚周围形成一个个漩涡。她把泳衣褪到腰部，躺在沙滩上。这就是她在画里画的：无所事事地晒着太阳。她喜欢阳光普照的感觉。她心里漫无边际地想着事情：如果自己的生活不是这样舒适，那么自己是不是就可以成为一个真正的艺术家？这么想好傻，这样解释自己生活中的问题听上去浪漫得有点过头。海瑟把身上的衣服一直褪到腰部，背对着太阳躺好，裸露出来的胳膊、腿和胸口晒成了红褐色，只有躯干一部分的皮肤是白的。

一只蚊子落在海瑟的大腿上，她赶紧用手赶走蚊子。越来越多的蚊子扑上来，海瑟赶忙站起来，抬手扑打围上来的蚊子。这时桦树林子那边的大路传来马车吱吱扭扭的声音，海瑟朝声音传来的方向看过去，一辆大车正在朝自己这边驶过来，赶车人手拿缰绳站在马车上，大车走得很慢。海瑟突然看见那个赶车人似乎冲着自己这边笑了一下，虽然因为距离的关系她并不确定那人是否看见了自己，但是她还是找了个地儿躲了起来。马车过去后，她穿好衣服，沿着湖边的道路一直开到梅戈格①。等她到家时，天已经晚了，家里人已经吃完了饭，海瑟和谁都没有说自己去了哪里。这样过了一天，她心里美滋滋的。

三十六

热浪一直延续到月底才消退。已经一个星期了，每到傍晚，皇家山上方的天空便布满了阴沉沉的雷电云，从云层中透出一束束紫色的光线。笼罩在乌云阴影下的草坪和大街看上去乌漆麻黑，像是染上了大片油渍。城市里的鸟也在焦躁地等着大雨的来临，它们聒噪起来没完没了，可雨水却迟迟不肯光顾这座城市，太阳下山后，满天的星星在热浪埋伏的天空中眨着眼睛，第二天起来，城市重新被晾晒在火热的太阳底下，开始了新一轮被烘烤被蒸发的过程。这样的情况一直持续到七月底。一天晚上，暴风雨终于降临这座城市！雷电把梅休因家附近的一棵大树劈成两半，马奎因正坐在自己的书房里看书，那只猫被雷声吓得蜷缩在主人的大腿上，一动也不动。

海瑟正在书房里看书，听着雨幕发出的巨大声响，看到窗户玻璃仿佛变成了一块正在融化的冰，心情立刻振奋起来，她跑到自己的房间，穿好雨衣，拿头巾包住脑袋后顶着大雨跑到汽车房里，把敞篷车上的帘子仔细地固定好，然后发动汽车，顺着山坡向下开到大街上，向岛的最东边驶去，回来时她把车开到大学街外公的寓所前停下。大雨还是气势磅礴地下着，等雨势小些后海

---

① 梅戈格（Magog）：魁北克省东南部的一个小城。

瑟从车里出来，躲闪着跑上台阶，打开公寓楼的房门，穿过走廊进到大厅，外公的公寓在大厅右侧的一排房间中，海瑟摁响了门铃。

亚德里打开门，看到是海瑟，嗔怪似的说："这孩子，这样的天气还往外跑？"

海瑟上前亲了亲外公的脸颊，雨水蹭湿了亚德里的脸。进屋后她脱掉雨衣，找到一把椅子坐下，这才歇了口气，她的被雨水浇过的脸看上去十分红润，湿漉漉的头发紧紧贴着耳朵和前额。海瑟脱下脚上的雨鞋，一前一后扔进冰冷的壁炉里，嘴里嚷道："我差点让雨水浇透了！不过这样的晚上出来真好，我太喜欢下雨了！"雨鞋软软地掉到壁炉的地上，鞋上的雨滴发出细碎的亮光。

亚德里替海瑟把衣服挂在壁橱里。他的头发已经全部变白，脑门也秃了不少，只有头顶和耳边还稀稀拉拉留着一些头发，头发虽然不多，但根根直立。在海瑟眼里，外公比起他去圣马克那年，容貌变化不是很大，没有显老多少。他的耳朵还是支棱着，笑起来眼角皱纹堆在一起，乡下生活显然在他身上留下了印记，他的背已经有点佝偻，手指关节粗大，身上的衣服虽然是城里人常穿的款式，但整个人的气质更像一个在星期天里穿戴正式的农民。

壁炉台上方的墙上挂着一幅相框，画的是一艘即将起帆的航船。海瑟把目光从那幅画转向窗外，嘴里嚷道："外公，您这里真好，不过需要添几束鲜花，这样可以让房间显得亮点，还有，窗帘颜色太暗了，换一个颜色鲜艳的能好看很多。"亚德里一瘸一拐走过来坐下，镜片后面的一双眼睛熠熠闪着光芒，他笑着对海瑟说："说话和你妈妈一个样。她总说我应该搬到一个大点的屋子去住。"

"嘻，你知道的，妈妈就是那样的性格。"其实海瑟心里也认为外公应该搬到一个大一点的屋子住。这里确实有点小，只有两个房间，而且面积都不大，两个房间之间有扇折叠门，门上挂着帘子，一进门的房间虽然房顶高，但光线并不明亮，房间里的桌椅书架也给人以杂乱和拥挤的感觉。整个房间，只有外间的壁炉看着还算精致，除此之外还有一个很小的隔间，隔间里摆放着冰箱和煤气灶，外加一个洗碗的水池。从外间可以看见里间卧室那厚厚的窗帘。

"要不您搬到拉贝尔大街我那里去住吧？"海瑟说，"就是离大学有点远。"

"我喜欢住在这里，好了，我们不说这个……"祖孙两个正说着话，隔开客厅和卧室之间的那扇帘子被掀开了，从里屋走出来一个年轻人。海瑟的眼睛瞬时瞪得老大，对方也在打量着她，一旁的亚德里呵呵地笑了，说："就不用我介绍了吧，你们俩本来就认识啊。"

两个年轻人不好意思地笑了，不约而同扭过头，朝房间角落里桌子上的那张照片看去，那是一张有些年头的老照片，用相框镶着，里面是一个女人和两个小女孩的合影。

"你好，保罗。"海瑟的声音带着点羞涩。她迅速打量了保罗一眼，这是一个有着一双棕色大眼睛的年轻人，深棕色的头发打着卷儿，前臂肌肉鼓胀着，显得结实有力。海瑟想起保罗的父亲也有这样一个高高的额头。从保罗的穿着她判断出对方似乎过着并不富裕的生活，不过保罗看上去神情坦然，穷并没有拿走他身上的某些东西，相反，倒是为他添了些沧桑的气质。

保罗也在打量海瑟，嘴里说道："我想起来了，我们在圣马克的时候在一起玩过。"他说话时脸上一直挂着笑容，嘴角的纹路给他略显清瘦的脸上平添了几分活力。

"好像是很久以前的事情。"

"差不多有十六年了。"

保罗去了里面的房间,回来时手里拿着瓶啤酒,他把啤酒放在桌子上,然后又去了卧室。看着保罗的背影,亚德里和海瑟互相交换了一下眼色,亚德里一直微笑着,并不说话。保罗再回来时手里多了一个玻璃杯,他给杯子里斟满酒,递给亚德里,亚德里摇摇头,保罗于是把手里的酒递给海瑟,海瑟接了过来。保罗拖过来一把椅子,放在壁炉前面,让海瑟坐下,然后自己在海瑟对面的椅子上坐下,可能是因为羞涩,保罗脸上的神情略显局促。

海瑟率先打破沉默,闲聊似的问了亚德里一个无伤大雅的问题:"外公,您现在在学什么?"

"我在学希腊语,保罗帮我温习呢!"

"希腊语?学那个干什么呀?"

亚德里冲保罗笑了笑:"那是因为我学不了天文学。以前我在海上做事时常常能见到星星,从那时起心里便一直有个愿望,想着哪一天能学学天文地理啥的。来到哈利法克斯后我找到一位教授,和他说了我的想法,当时他看我的眼神好像是在看一个疯子,他告诉我说他们暑期里不开天文学课程,于是我就问他还有什么难一点的课程没有,他回答说希腊语挺难,我就选了希腊语课程。我猜那人以为我是玩玩而已,没想到我可是当真的。如果我没记错的话,加图[①]是八十八岁[②]开始学希腊语的,我七十六岁

---

① 加图(Cato,前234—前149):古代罗马议员和历史学家。
② 原文如此。据记载,加图80岁时开始积极钻研希腊语。——编者注

了,现在学也不晚,大脑嘛,就是这样,常用才灵光,越不用越不中用。"

"外公,你真棒!"

"哦?你这话可比你妈妈的话好听。她说我'冥顽不化',她这话是从你外婆那里学来的,当年我第一次听你外婆这样说我,还特地去查了下词典,词典上说这词的意思是不通情达理,这哪里像我嘛!"

房间里的紧张气氛顿时烟消云散。保罗和海瑟被亚德里的话逗乐了,两个人看着船长,心里不由得涌起许多往事的回忆。保罗还略显拘谨,海瑟已经放松了不少,人显得热情开朗。

"达芙妮今天晚上去哪儿了?"船长问。

"她在家里和妈妈玩牌呢!"

"她女婿呢?"

"诺尔去美国了,说是生意上的事情。他说他回来就来看您,我觉得他不是敷衍。"

"还记得达芙妮吧,保罗?"

"记得,当然记得。"

保罗亲密地看着船长。一旁的海瑟则悄悄从侧面打量着保罗。保罗拿出一盒烟,递给海瑟一根。海瑟瞥了一眼保罗点烟的手,那是一双看着十分硬朗有劲的男人的手,左手大拇指有点粗,似乎以前受过伤。

"达芙妮结婚了?"保罗问。

亚德里带着调侃的口吻说:"她嫁了个空军军官,英国人。那口音!你得花大价钱才有福听到!"

海瑟说:"严肃点嘛!外公。您当真是在学希腊语吗?"

"只是刚开始学,好在我有位好老师教我,我已经学完了全部字母。"

"你外公他还没有意识到希腊语有多难学。"保罗说。

海瑟好奇地问保罗道:"你是从哪里学的希腊语?"

"学校,和大家一样。"

海瑟的脸红了。

亚德里看看保罗又瞅瞅海瑟,说:"保罗是蒙特利尔大学毕业的,顺利完成学业!我说海瑟,你没看过报纸上那些关于保罗的报道吗?他可是个很优秀的曲棍球运动员!"

"也没有啦,只是中等水平罢了。"保罗说。

"差点就是曲棍球明星呢!"

有一瞬间保罗和海瑟的目光相遇了,但又马上岔开,两人都有些不好意思。保罗把目光转向亚德里那边,海瑟看着自己手里的啤酒杯,面带犹豫地说道:"我听人说过你是冰球运动员。你认识艾伦·法夸尔吗?他是麦吉尔大学代表队的。"

保罗想了想,说:"太多队员了,记不清这个人了。"

"艾伦·法夸尔说你冰球打得很棒。"

保罗淡淡地说:"哦。四年里我打了六十四场,也赚了点钱,不过现在已经放弃了。"

"放弃是因为不喜欢了?"

"还是喜欢吧。"

保罗说话时音调虽然不高,但是气息充沛声音洪亮。海瑟看着保罗前臂那隆起的饱满结实的肌肉,心想:这副身材倒很适合当肖像画的模特儿。

"再来点啤酒!反正今晚也不上课。"亚德里说。

海瑟急忙站起来:"外公,真对不起,我这一来打乱了您的计划,我马上走。"

亚德里说:"快坐下,孩子。本来我今天晚上也不想学习,你这一来倒帮了我的忙。"

保罗去冰箱那儿拿了一瓶啤酒,又拿来三个玻璃杯。他启开酒瓶,给杯子倒满酒,递给亚德里一杯,自己重新回到海瑟这边坐下。海瑟看着保罗,小时候两个人两小无猜的那种感觉又回来了。

三个人闲聊着,亚德里和海瑟说得多。保罗偶尔瞅瞅海瑟:海瑟的出现莫名地让他感到放松,但同时又有点不安,因为她唤起了他心里的回忆,她的出现仿佛是在说:"告诉我,我理解你。这就够了,因为我喜欢你。"不过从外人的角度看,保罗一直都是默默地坐在那里,低着头看着脚上的鞋。保罗从母亲那里继承了在外人面前不太喜欢说话的性格,这很容易让他人误以为他是个很大方镇定的人,但实际上他内心并不平静,甚至可以说紧张不安。

这种紧张的情绪自他还是少年时就有,一直伴随着他的成长阶段,现在越来越明显。除非是刚刚打了一场体力消耗特别大的比赛后他能够睡得很沉以恢复精力,否则的话每天早晨他都得被这个东西唤醒。这不是一种生理上的问题,也不是神经出了毛病,而是一种心境,同时伴随这种心境的还有孤独感。某些士兵笔下对战争的描写里也提到相似的事情;和意识到正在靠近的危险而产生的紧张感不同,这是一种内在的情绪,是当事者想在自己的心里加上一道锁,以防止那些东西某一天弥漫出来。当然了,你可以有选择,你可以让那种紧张情绪发泄出来,你也可以假装那东西不存在,或者你也可以守着它,甚至保卫,或者任由这种紧张情绪折磨你。如果你发泄出来或者假装它不存在，最后的结果是你倒霉。因为如果你发泄出来，你就成了一只空桶，如果你当它不存在，那等待你的只有自身的枯萎。如果你愿意和它——这种自己可以感到它的存在的东西同处的话，结果也好不到哪里，因为你终将被这种情绪击垮。

海瑟和亚德里各自喝光了他们杯里的酒，保罗站起来重新为二人添上酒。海瑟和亚德里还在聊着。保罗依旧不多言语。他喜欢聊天，但是如果没什么可说的事情的话，他也可以做一个安静的倾听者。

海瑟说："真的，如果下次马奎因还那样说我不可以这么着急，我真得讽刺他几句。外公，你年轻的时候，有没有人总是和你说'你不应该太着急'这样的话？"

这么说海瑟和自己一样，也有这种感觉！保罗想。

亚德里笑着回答："大部分时间他们告诉我快点行动。"

海瑟说："有时候我真想给马奎因画一幅画，就画那家伙坐在皇家山上，屁股底下是一把烧开了的水壶，而马奎因嘴里还在嚷嚷说热气不够，水还不够开。说到漫画家，我们国家真是缺乏这样的人才，可以说我们几乎没有能画出加拿大人心态的漫画家。"

一旁的保罗想：海瑟的这些认识是对的吗？她的这些想法其他人也有吗？问题是每个人都凭感觉去判断事实，而不是基于认知去判断事实。羊群表白自己是理想主义者，狼却说自己是现实主义者。海瑟见过像马里厄斯那样的人吗？马里厄斯到死都对别人拥有的某些东西发难，可殊不知那些东西正是马里厄斯没有的，而且在马里厄斯心里，凡是不赞同他的人都是叛徒。他的那些理论不过是简陋如伏都教①的东西。但是如果你让一个人四处碰壁,他最后能去哪里?还不是要回到伏都教的魔窟里。经济萧条已经肆虐了四年,人们现在就差回到森林里和原始人一样靠打手鼓过日子。一旦潜伏的恶魔被释放出来,在德国发生的事件会发生在每一个人身上。在德国发生的只不过是一场下意识的阴谋,这场阴谋让每一个人以别人的名义,以一些看似深奥的主义释放心中的恶,你还年轻,他们就告诉你急匆匆地生活是危险的,你去读书他们就告诉你那都是表面的东西,慢慢地,你开始以为整个世界是"他们"的。你为此感到愤怒,你想说:去他的!随那些恶魔怎么猖狂吧,你只想和某些人一起奔向丛林,靠打手鼓过日子。

保罗用隐藏在又长又密的睫毛底下的一双眼睛打量着海瑟。在他看来,海瑟是个没什么心机的女孩,想什么说什么,所以她想不到她的话意味着什么。还有,她来自一个富裕显赫的家庭。她怎么可能会和自己想的一样呢?

亚德里用手背遮住嘴巴打了个哈欠,海瑟赶忙站起来说:"外公,时间不早了,我得走了。"亚德里摇摇头,眨眨眼睛对海瑟说:"你要常来外公这里啊,海瑟。"

"外公,我也想经常来陪您呢,真的,外公,德菲和我上个星期来您这里两次,可您不在家。您总说不用给您安个电话……"

保罗去卧室把自己的大衣和领带拿出来。亚德里站起来说:"我想起一件很有意思的事情,很多年以前,有一次在布雷顿

---

① 伏都教:一种非洲宗教。

角①,那时候布雷顿角第一次有电话,是贝尔公司的,我和一个人说起电话发明这件事儿,他是个很有意思的人,我们常常坐在码头上东拉西扯。我对他讲我对电话的偏见,到现在这偏见一直都有,也许是因为我的耳朵太大,话筒太小。"

保罗系着领带,他在等海瑟。

"为什么您不去我们那里呢?"海瑟对外公说,"我可以开车来接你,随便什么时候,只要您说一声。"

"我一直想着一件事,也许下一年我就从这里坐船回老家。"

保罗已经走到了门口,手放在门的圆形把手上。

"可是我记得您已经把圣马克的农场卖了。"海瑟说。

"我是说回新斯科舍省老家,"亚德里说,"我猜你已经忘了你的四分之一属于哪里。如果一个人是在那里出生的,不管他后来走得多远、去了哪里住,最后还是要叶落归根的。"

"可是我以为您在新斯科舍省一个熟人都没有了。"

亚德里苦笑着说:"现在哪里都没有朋友了,即使是圣马克。自打你妈妈那个叫马奎因的朋友在那地方建工厂后,圣马克就彻底变了样。现在圣马克成了一个小城,表面看建了一些新奇的东西,可到处是失业的人。你进来那会儿,我正在和保罗说起德劳因,他也死了。你还记得德劳因吗?那个小店店主。"

海瑟摇摇头。

"所以说人住在哪里并不重要。我嘛,最后还是要回哈利法克斯的老家。保罗他们的船也很快会去那里。"看见海瑟脸上露出难过的表情,亚德里安慰她道,"千万别以为外公是在抱怨。

---

① 布雷顿角(Cape Breton):加拿大新斯科舍省东北部的一个与大陆分开的小岛。

要我说一个人如果有我这样的生活还不觉得自己是个幸运儿的话,那他一定是个傻子。"

想到外公在梅休因家的大宅子里几乎没有自在的时候,自己空闲的时候也很少过来看望他,这让海瑟心里有点后悔,泪水不由地溢满了眼眶,她问亚德里:"您这两天就去新斯科舍省吗?"

"那倒不会,但是也不会等太长时间。"

"可是您去那儿的话要在哪里住呢?住在哈利法克斯市吗?"海瑟感到心里隐隐的疼痛,外公不需要她了,这是她的错——世界上所有的人加起来都不如外公这样了解她。

"我还没有决定住哪里,"亚德里说,"新斯科舍省有五千多英里的海岸线,再加上那么多的海湾和小岛,我有好多选择。"

"您从来就没有喜欢住在这里,对吗,外公?"

"这可别这么想,即便我喜欢这里又怎样呢?打个比方说,我从来不想巴结马奎因那样的大人物,可是如果你想在这城里过得舒服,你得把每个人都放在眼里。"亚德里对着海瑟做了个鬼脸,"可是你外公从来没试过这么做。"

海瑟走上去亲了亲外公的脸颊,说:"我过两天再来看您。"保罗也和亚德里解释说自己第二天晚上还有一节希腊语课,也得早点告辞。他替海瑟打开屋门,跟在海瑟的身后离开了亚德里家。

两个年轻人走后,亚德里从书架上取下那本保罗替他从大学图书馆借来的书——色诺芬[①]的《长征记》,端坐在椅子上就着灯

---

① **色诺芬**(Xenophon,前440—前355):雅典历史学家,苏格拉底的弟子。

光读了起来。书是"洛布丛书"的译本,船长对照着右栏的英文读着左边的希腊文,半个小时后他把书丢在一旁。重新学一门语言对他这个年纪来说太困难了。他安慰自己说,如果他根本就学不好的话还坚持去学,那只能说他是在用学习来装装样子。

亚德里关了灯去卧室睡觉,脑海里却一直晃着海瑟和保罗的影子,这两个孩子无疑是这个国家民族矛盾下的牺牲品,在为两个孩子鸣不平的同时他也感到困惑:他不明白为什么那些老东西要千方百计地阻挠这两个孩子相爱,这些老东西在年轻时恐怕也没有听过他们上一辈的话,可是现在却表现出一副识时务的样子。如果海瑟不是生在有钱人家,她还会被这样对待吗?如果珍妮特不再给海瑟生活费,海瑟能勇敢地和保罗生活在一起吗?不管是法国人还是英国人,他们当中的老朽所做的只是抱着希望这个国家一成不变的想法,以此来阻碍它向前迈进。也许任何一个国家里的那些位高权重的老朽都是这样的做法,墨守成规故步自封,只是在这个国家这股势力更大,这种现象和做法也更明显。尽管这样,这个国家依然在变化!不管那些人想如何阻止这种变化,私下里,两个民族的人已经开始尝试抛却过去结下的宿怨,试着了解对方。现在的年轻人成熟理智,和自己那一代的年轻人完全不同,就拿保罗来说,这个年轻人肯定不会像他父亲阿萨纳斯那样想事情比较简单。他有自己的主意和想法,但是他并不公开地站出来,挑战那些旧有的势力。他是新一代加拿大年轻人的代表,可目前的局势对于他们来说,找到工作才是当务之急,才有机会证明他们自己的能力。

入睡的时候,亚德里昏昏沉沉地想,自己已经老了,也许等不到亲眼看着这个国家融为一体的那一天了。或许保罗还会有这样的机会。再过四年自己就是八十岁的人了，可是他感觉自己还没有看够这个世界，还有许多东西等着他去做去学。目前看他还算健康，精力和六十岁时没什么区别，再活个三年五年应该没什么问题，他的父亲一直活到九十二岁才离开人世。如果他也能活到那个岁数，还有十六年呢，这十几年他还可以做很多事情。

三十七

保罗和海瑟来到大街上。雨停了，空气里潮润润的，城市仿佛是被罩在云雾里。从几英里外传来轰隆隆的雷声，一直不停，好像远处什么地方正在爆炸似的。两个人走在街道上，弧形的路灯在他们身后拉出两个长长的圆锥形影子。

"你去哪里？我送你过去。"

"不用了，谢谢。我住在德罗街，离这里不远。"

"可是你没带雨衣呀！"

天已经很黑了，保罗看了海瑟一眼，说："也行，也许坐你的车回去比较好。"

保罗先替海瑟打开车门，海瑟麻利地上了车，坐在驾驶位上，保罗替海瑟关上车门，自己绕过去坐在副驾驶座上。海瑟发动车子，却没有反应，她又试了几次，车子依旧一动不动，海瑟熄了火说："车子的发动机给雨水淹了。"

几分钟后，海瑟重新打火。车还是没有发动起来。

"我去看看。"保罗从车上下来。他走到车前，打开引擎盖，点着根火柴借着光亮查看机身里面，又把手伸进去动了动什么东西，说："现在试试。"

海瑟重新打火，车子这次发动起来，等保罗坐进来后，海瑟说："看来你对车很熟悉。"

"打不着火不是因为发动机被水淹了，而是阻风门拉索有问题。不过是小毛病。"

"我自己做不来这个，我可不知道哪个是阻风门拉索，哪个是磁力发电机。"

"你干吗要知道这些？如果你都知道怎么修车的话，那些修理厂的工人怎么活？"

海瑟没有说话，只是空踩了几脚油门。过了几分钟她转过头看着保罗说："你好像话里有话？"

保罗不说话，用手绢擦着因为修车而弄脏了的手。海瑟的话的确触动了他心里的火气。海瑟这样的富家女孩怎么会理解"失业"这两个字真正的含义，就算是这两个字在她的脑子里闪过，充其量不过是一个学术问题而已。

"并不是只有那些经济上遇到麻烦的人才是最需要帮助的，比如我，连自己的车哪里出了问题都不知道，我不觉得这事儿有多光荣。"

保罗的脸色渐渐缓和下来。他想，这种事情有什么好争执的呢？于是说："我对车也是一知半解，我在修车厂干过几天。"语气明显平静了好多。

车子缓慢地向坡上爬去，在亚瑟街拐了个弯上了德罗大街。保罗给海瑟指路，车子很快开到了他住的地方。海瑟没有马上熄火，保罗也没有下车的意思。两个人坐在车里，黑暗中看着雨水不停地从车窗玻璃上淌下，谁也不说话。

最后还是海瑟打破沉默道："你会的很多嘛！会修车，懂希腊语，还会打冰球。自打上次我们在圣马克钓鱼后就再没见面，这些年一直在忙什么？"

"谋生而已，你呢？你在做什么？"

海瑟略微迟疑地回答："做些我这样的人常做的事情。没什么意思。"

保罗打开车门准备下车，海瑟见状赶忙问了一句："你觉得我变了吗，保罗？"

保罗重新坐回车里，关上车门，顺手从口袋里摸出一包香烟，他从剩下不多的几根香烟中抽出一根给自己点上，说："这我可不知道，我们有好长一段时间没见过对方了。"

"可是你常常来找我外公，不是吗？"

"是的，自从他搬到蒙特利尔后我常来看他。"这么多年来亚德里每个月都会给保罗写信。那些信足够装满两个鞋盒子的。

"你觉得和我比，外公是你更好的朋友吗？"海瑟问。

"我没这样比较过，你外公人很随和。"保罗仿佛在自言自语，"像他那样的男人现在很少见了，这倒是我一直觉得费解的地方。"

海瑟从侧面看了一眼保罗，黑暗中只能隐约看见他的头发和眼睛，"你离开圣马克后就去了弗罗比舍，是吗？"

"是的，你是怎么知道的？"

"好像听谁提起过。"

"是的，我去了弗罗比舍，后来又在其他的几个学校上学，彻彻底底变成一个混蛋。"看见海瑟没说话，保罗又加了一句，"至少照我哥哥的话说是这样的。"

保罗的话让海瑟想起了马里厄斯。记忆里的马里厄斯很瘦，像个鬼魂儿似的。他当时住在枫树林的糖屋里,总是躲着达芙妮、保罗和她。后来达芙妮告诉妈妈马里厄斯住在枫树林里,还告诉妈妈那个人和保罗说了什么。没过几天她听说马里厄斯给逮了起来——是妈妈告诉了警察马里厄斯的藏身之所。再后来他们和外公一起离开了圣马克,离开时谁都不开心,这一走她就再也没回去过。这件事她一想起来就觉得不舒服,好像是种耻辱似的。

保罗开玩笑似的说:"也难怪我说的话你不懂。毕竟,你是英国人。在加拿大你要么是英国人要么是法国人,就像是部落的风俗一样。可我既不是英国人也不是法国人。"

"我可看不出来这有什么不同。"

保罗看着海瑟,好半天没有说话。

"你为什么要学希腊语呢?我认识的人里好像都不会去学那个。"

保罗打开车门,把手里的烟头扔了出去,又从海瑟手里接过抽剩下的烟头也扔了出去。他关上车门,扭头看着海瑟,思忖一会儿后用平静的语气说:"有一阵子我想过为教会工作。那时我特别相信马里厄斯的话,他说每个人都应该有使命感。而且,如果你是住在魁北克的法国人,学习还不错,通常总会有人站出来鼓动你成为一个神父。"

"可是你不是法国人!你说英语没有一丁点的法国口音。"

"可是我说法语时也没有英国人的口音。"保罗开玩笑似的说。

黑暗中海瑟的脸红了,保罗没注意到海瑟表情的变化,继续说道:"我父亲希望我学科学。这也是他为什么送我去弗罗比舍的原因。也不是说弗罗比舍是所多么好的学校,他只是觉得在弗罗比舍接受科学教育的机会会多一些。"

"可你最终也没有把理工科当成自己的事业啊？你原来打算学理工科哪个专业呢？"海瑟没有问保罗为什么没有成为一个科学家，而是好奇地问了一个相关的话题。

"任何专业。有时候我也懊恼自己没有学成。其实在大学里我学习不错。天知道为什么在我们这个年代只有学理科的人才有出息，可和理科有关的科学现在不也差不多成了新的神学，若这人是一个物理学家，根本不用担心失业的问题，不高兴了还可以由着性子告诉别人离他远点儿。我若是学了理科，我就研究研究如何能把某些人送到地狱去。不过魁北克不一样，在魁北克人看来，数理化可扮演不了上帝的角色。没办法，谁让我们这地方的人思想这么保守呢！"保罗自嘲地笑笑，"我数学学得不好。虽然我的文凭是科学方面的，但我可不认为自己有朝一日能成为一个科学家。"

保罗要告辞了，他打开车门，说："谢谢你，海瑟。耽误你这么长时间。"

"我外公说你马上就要离开蒙特利尔，你准备哪天走呢？"海瑟问他。

"我还不知道。这要看我是否能得到那份工作。你外公给那些他认识的在船上工作的人写信，要帮我找份工作。我也盼着能在船上找份工作。"

"当一名水手，这工作可不咋的。"

"你没必要对那种工作有偏见。"

"可是它确实太那个了，而且那工作什么人都可以做。你，去做一个普通的水手？"

"不管怎么说那毕竟是一份工作。最近工作难找，好多公司都拒绝了我。"

"这是你想做的职业吗?成为一名海员?"

"我想去周游世界,当水手是唯一能让我周游世界的办法。不管怎么说,我必须离开,在这座城市生活我感觉太憋屈,让人喘不过气来。"

大街上,一个手拿雨伞的女人低着头急匆匆地走过,女人的背影很快消失在夜色里,一阵清风拂过,风拂街道旁的榆树叶子,一阵小雨从树上飘下。

"保罗,我们还可以再见面吗?"看见保罗有点犹豫,海瑟急忙解释道,"我正在学画画。有时间的话,你愿意来我的画室帮我指点一下吗?"

保罗微笑着说:"我可不懂画画的事情,你的画室在哪里?"

"在拉贝尔街上,很小的一个房间。喏,这个给你!"海瑟从手提袋里拿出铅笔和卡片,写了一个地址递给保罗,"不过明天不行,我得陪我妈妈。后天下午你去我画室参观怎么样?"

"可以,反正我最近没什么事,也不知道什么时候能找到活儿。"

"那就这么说定了,你过来,三点钟行吗?"

"没问题。我很愿意去。"

海瑟发动了车子。保罗一个人站在街道旁,看着海瑟的车渐行渐远。车灯发出的光在夜色里越变越小,最后,车拐了个弯,彻底消失了。远处传来隆隆的雷声,又是一阵风吹了过来,树叶上聚集的雨滴被风吹落,飘下一阵小雨。

三十八

保罗站在海瑟工作室的窗根旁。大街对面,建筑物暗红色的砖墙显得十分破旧,红色的大门给门口的人行道也蒙了一层淡淡的色泽。这场暴风雨已经持续了一天半,雨过天晴后,太阳从对面的屋顶反射出来,照得树叶油绿绿的,人行道的路面铺满了浅紫色的条纹状树影。

保罗回到房间,喝着海瑟刚刚给自己沏好的茶,打量着房间里的摆设:房间的角落里放着一个轻便电热炉。靠一面墙的地方摆着一张桌子和几把椅子以及一座扇着漂亮花布的长条沙发和一张摆满了绘画工具的工作台。在这面墙对面的墙根处放着一副画画用的支架。保罗闻到一股松节油和油彩混合在一起的味道,地板上溅着好些颜料点子。

海瑟抱膝坐在沙发上,这是个丰满的姑娘,圆润的大腿和浑圆的乳房在亚麻色的长裙下若隐若现,小巧的鼻子在那张脸上看着妥帖极了,说话时眉头微蹙,表情单纯,像极了一个小女孩。保罗走过去,在沙发另一头坐下来,心想:也许海瑟遗传了亚德里的艺术气质。他知道船长会做船模型,不过他倒是从来没见过船长画画什么的。海瑟示意保罗去看画架上的那幅画,问保罗:"你觉得那幅画画得怎么样?说实话。"

实际上刚才进来的时候,保罗已经注意到了那幅画,还多看了几眼。经海瑟这么一问,他又重新去打量那幅画——他觉得画里似乎缺了点什么,但究竟缺什么,他说不出来。他站起来,把手里的茶杯搁在桌上,说:"我不懂画,不过我觉得你画得不错。"

那是一幅景色怡人的风景画,画的是劳伦琴山脉下开阔无垠的绿色自然风景。看得出海瑟很喜欢那里的风景,保罗想:冷风便是从这里发源,然后一直向北吹过几千英里的大地,抵达那片由冰原和冻土组成的荒无人烟的地区。

"我专门挑了这种厚一点的纸来作画,我感觉如果我当初画得不是这么细的话,可能这幅画会更有看头。"海瑟微微皱了皱眉头,"可是当初画这幅画的时候我很怕别人认为我是在模仿杰克森[①],所以尽量不用那种粗糙的笔触来画。另外还有一点,劳伦琴山脉被好多人画过,画得好的作品也很多,所以很难画出新意,你认为呢?"

"这我可不知道,我没有看过几幅加拿大画家的画。别的国家的画家作品看得更少。"

"那你真应该多注意一下,有一些画画得特别好,称得上是我们国家最好的艺术品。"

"我对艺术没有多少研究。"保罗回答。

海瑟从沙发上起来,走到画架前拿开刚才那幅画,重新拿了另外一幅画放在画架上。这幅画的画布看上去比较粗糙,画里,几个人正在沿着从德拉蒙德街道到松树街那条盘山而上的木头阶梯往上攀爬。人物往上攀爬时臀部和肩膀线条应该有的节奏感被描摹得十分生动。保罗往远处站了站,想找出这幅画的特点,但对画画没什么研究的他很快放弃了这个想法,不过有一点他还是看出来了:海瑟在这幅画里特意用了灰色的笔触来表现画中人物生活环境的艰苦,比如说,画里的女人穿着破破烂烂的灰衣服,

---

① 杰克森(A.Y.Jackson, 1882—1974):加拿大风景画家。

看上去像是个逃犯。说心里话，保罗不是不喜欢这幅画里传递出的意思，因为它和他心里的某些东西不谋而合，但他始终觉得这种灰色压抑的调子遮住了人物本身的特点，所以看上去似乎哪里不太对劲儿。

他掉过头问海瑟："当你画它的时候，你相信这里面的人是存在着的吗？"

海瑟没有马上回答，过了一会儿说："我觉得相信吧。本来我也是想遵循一种风格的，同时又想让这幅画体现出它与众不同的地方。"海瑟指了指画里的几个地方："我是想让这些地方的线条能够弥补那部分的线条……我想尽量画出这几个人物移动时节奏的统一性。"

"我觉得节奏的统一性你做到了。"

"那么说不是节奏的问题，而是其他什么问题？"海瑟问。

保罗抬起手，指着画中色彩比较鲜艳的一角，说："从这里能看出这是你画的。颜色明快，十分漂亮。"

海瑟回到沙发上坐下，笑着说："某天马奎因也和我说过差不多意思的话。他还说我是想到这个国家的失业率便觉得自己不应该过得这么舒服的那种人。"

保罗看着海瑟说："我听说过那个人，我不喜欢他，陈腐守旧，你和他们不是一路人，为什么会有负罪感呢？"

"其实没有。像我这样的人也不好，因为四面八方有太多关心你的人。"

看到保罗笑了，海瑟摇摇头说："请别鄙视我，保罗。我是从来不愁吃穿，可这不是我的错。"

保罗给桌上的茶杯添满水，递给海瑟一杯，自己拿了一杯在沙发上坐下来。海瑟继续说道："我觉得你能理解我所说的关心是一种什么样的关心，都是一些虚头巴脑的东西。"

保罗喝着茶，没有说话。海瑟把头发往后捋了捋，脸上露出失望的表情，过了一会儿说："你认为人可以选择自己的生活吗？"

"我是一根筋的人，我认为有时候人是可以选择自己要过的生活的。"

"如果你是真的相信这一点，那倒也不错。"

保罗知道虽然自己听上去很坚决，但实际上心里未必像表面那么肯定。"可是认识到自己想过一种什么样的生活是需要时间的。这就是问题所在！时间！只有时间能让你认识自己！"保罗口吻平静，但他话里却带着一股力量，"这就好比我们常说艺术家的大脑是酿酒厂，时间越久酿出来的酒越好。"

"你是说我花在画画上的时间不够长？"

"已经很少有人再肯这样花费时间了。"

海瑟冲保罗眨了眨眼睛，可能觉得保罗说得未免过于严肃了，她换了一副调侃的口吻："你的意思是，我应该先去地狱里转一圈，经历过痛苦后，才能画出好画来？"

保罗显然没有听出海瑟话里开玩笑的意味，说："那倒用不着，痛苦可不是件浪漫的事情。"他往前坐了坐："你本来就是个快乐的女孩儿。你也喜欢去追求快乐，这并没有错，为什么要为这个感到羞愧呢？要知道我们这个世界本身已经很缺乏快乐了。"

海瑟有些惊讶。在大学里，她喜欢的同学都是些社会主义理论的拥趸，虽然她这辈子只见过有数的几个穷人和体力劳动者，但是她很快就接受了社会主义那套理论。她总觉得保罗认为她属于有钱阶级，所以对自己没有多少好感。不过她又想：保罗是在天主教那一套东西中长大的,不知道他有没有读过马克思的著作呢?

保罗从画架上取出一沓海瑟的画,一张一张地过目。有一些他只是瞟一眼便放在一边,有一些却看得很仔细,有几张他还特地拿出来把它们铺展在画架上,站在远处打量了好长一段时间。看完了画,他把它们重新放回原来的地方,用探讨的口吻和海瑟说,如果海瑟想画出好画,那她必须顺从她的内心去画,只有这样,才能表达出她对世界的看法,也只有这样创作出来的画才是她的作品,她无须去画那些和自己的生活经历无关的东西,也就是说,如果她对世间的疾苦根本没有体会,那就不要去画世间的疾苦。莫扎特写《E大调奏鸣曲》的时候也不是看着窗外维也纳的贫民窟写出来的。对于海瑟来说,她要记住的只有一句话:艺术家的创作源泉其实是艺术家本人。一个艺术家,不要去想给这个世界什么,而是要把自己捧给这个世界。如果她内心的东西是欢快的,那么就奉献欢快的东西,完全不需要在阶级性的问题上纠结。那些关注艺术品的阶级性的人懂什么艺术,他们只是一群追求权力的人。

"可是这需要时间,需要生活的积累。"保罗自上而下地看着海瑟,"它们必须是你内心里的东西。"

海瑟感到有点下不来台,甚至惭愧,因为保罗如此轻易地否定了她这么长时间来都在奋斗的东西。不过幽默的天性很快就让她就忘了不愉快,她微笑着对保罗说:"谢谢你的坦诚,保罗。"她突然想到一个问题:"我猜你对这件事件已经思考了好久。那么,什么是你想要的、而且是需要时间证明的生活呢?"

海瑟的话似乎触到保罗内心隐秘的部分。他没有马上回答,只是看了一眼海瑟,他突然很想过去吻吻海瑟,但是他克制住内心的渴望，低下头，看着脚下说："我想成为一个作家。"接着补充说："我不是一个喜欢把自己的想法说出来的人，也不喜欢动不动和人袒露自己的内心。"

其实从保罗的眼睛里，海瑟隐隐察觉到了这个男人内心的情绪变化，他刚才的话虽然简单，却移走了一直隔在两个人之间的几乎不为人察觉的障碍。她心里一下子踏实下来：保罗虽然没有向自己表白什么，但不代表自己在保罗心里是一个无关紧要的人。看着保罗默默不语的样子，她有点动心，再开口时，声音很自然地流露出一种亲昵感，很像小时候他们在圣马克时她常常对他说话的口吻。"你觉得要用多久才能写完那本书呢？"她问他。

保罗回答道："医生要想给人看病，先得学七年，取得证书后才能当医生。但从技术的角度讲，作家的活儿不比医生简单到哪里去。"

保罗心里其实不很愿意和任何人交流写作这个话题。很多人都会拿着写作这件事当一种炫耀说给众人听，但是保罗不是那样的人，他很少告诉别人自己对书或者写作的看法，但是他也不知道为什么今天自己会告诉海瑟自己想当一个作家的念头。

"我不是说我非得要成为一个作家，"他说，"你还记得我小时候和你说过我想做物理学家的事情吗？其实，我小时候的梦想不光是做物理学家，我还想做一名建筑师来着。说实话每次看到蒙特利尔的那些建筑我都为设计师感到难为情，最和这个国家风格一致的建筑是乡下那些谷仓。所以，和物理学家这个职业比较，我更愿意做一名建筑师。"

"那你也可以学着成为一名建筑师啊？"

"可我数学学得不好。我不具备学数学的脑瓜。"

保罗说完站起身，往前走了几步，表面看他似乎很平静，但内心却很紧张，看着面前的海瑟他很难不动心，他想对她倾诉，丢掉内心孤独的情绪，哪怕几分钟都行。但他没有那么做，而是换了个话题，告诉海瑟自己在船上找到份工作，而且一周后他们的船就要离开哈利法克斯港，他自上而下地看着海瑟，心潮起伏，在海瑟身上他看到了亚德里温厚包容的性格，那是一种让外人可以在他们面前展现真实的自我而不用担心受到打击的性格。海瑟抬起头，看着保罗，保罗也看着海瑟，过了好一会儿，海瑟说："你去当海员？那太可惜了！你上过大学，可以去教书啊。"

保罗摇摇头："我要离开这里，去看外面的世界。再说这里找不到教师的工作。"

"你是因为不喜欢这座城市，所以想离开，是吗？"

"嗯，有时候是的，"保罗走到房间那一头儿站住，"虽然这么想有点偏激。"

"我们这个城市工作机会太少，人们生活得很痛苦，但其实这是不应该发生的事情，大部分人挣着微薄的薪水，可他们创造出的财富远远多于他们得到的，在这个世界上总有亨特利·马奎因那样的资本家，他们靠压榨普通人发财，却不肯为穷人多做一点事情。"

保罗笑了笑，笑声里有戏谑的成分。

"告诉我，保罗，这些年你一直是怎么生活的？"

保罗避开海瑟的目光，沉默一会儿后他原原本本地告诉海瑟自己这些年是怎么过来的，他说自打从圣马克搬出来，他就失去了真正意义上的家。父亲死后他们一贫如洗。长大后他才意识到身为国会议员的父亲和这个国家的所有法国人一样，一出生便被套上了那件"紧身衣",像是宿命般无法逃避,而且这一点父亲到死都没有意识到。说这些话时,保罗自始至终一直看着脚下,既像是说给海瑟又像是在说给自己听。

海瑟认真地听着。她第一次听到有人说出"紧身衣"这样的词,虽然不是很理解,但她很想听下去。

"我几乎记不得你父亲的样子了。"海瑟说。

"我父亲很了不起,他的想法比他那个年代的人至少超前了五十年。"保罗这么评价父亲不是没有原因的,长大后他曾经读过父亲写的东西,从那时起他似乎有些理解了自己的父亲。

"回到刚才说的那些话,我还是不很明白你所说的'紧身衣'是什么意思?"

"你不是法国人,不属于少数族裔,而且你们英国人一直在世界上处于上层,自然不会理解我说的'紧身衣'是什么。这样的'紧身衣'不止一件。如果你没钱的话,自然会得到这样的'紧身衣'。如果在这个国家,你是个法国人,你生下来会被套上一件,加拿大只有三百万法国人,他们在和整整一个大陆对抗。可我并不想参与到这样的抗争中。"

保罗越说声音越低。他抓过沙发上的一支铅笔,放在指尖上转来转去。

"那时候在圣马克,我还是小孩子时,常去我父亲的书房里找书看,我对《奥德赛》里的故事印象深刻。很多年后我意识到它是一本万能的书。这本书可以说适用各个层面,包括对科学和战争的理解,上帝知道到底是什么把我们的根剥夺了去,让这个世界变得这样混乱。谁愿意背井离乡,去一个陌生的地方生活呢?除非这人是疯子。"保罗站起来,"这话听上去似乎很夸张，可这是我的真实想法。"

窗外，阳光明媚地照着世界，一个卖鱼人正在扯着嗓子沿街叫卖，糟糕的法语在街道上方一遍遍地回响着。保罗想：不知道自己刚才那番话是不是惹恼了海瑟，自己是否表达得清晰。他看着海瑟灰色的眼睛，想从那里找到答案，海瑟显然没有生气，她问保罗，是否还想回圣马克居住。保罗笑了笑，回答说就连马里厄斯也不认为回到圣马克就意味着回家。

海瑟问起马里厄斯的近况，保罗告诉她马里厄斯结婚了，生了好几个孩子，但日子过得并不富裕。马里厄斯这么多年来一心想做一个成功的政治家，为了这个目的，他不得不在公开场合掩饰他内心的民族主义情绪，但是私下里如果有人用英语和他交谈，他立刻换上一副听不懂的表情。他唯一热爱的事情是站在众人中间高谈阔论。保罗最后说："如果马里厄斯是生活在欧洲，可能会找到很多和他一样的人，但在加拿大这个国家，像马里厄斯这样的人虽然有，但不多。"

谈话似乎越来越没有什么意义。保罗突然转过身去吻海瑟，他感觉自己整个人像要爆炸了似的，欲望在他体内翻腾，两个人的嘴唇粘到一起。保罗一只手搂着海瑟，一只手抚着海瑟的后背，海瑟也一点点地贴紧他，身体扭动着，两个人仿佛融在了一起。这样的情形只持续了片刻，很快，海瑟推开保罗，坐直身体。

"不，这样不行。"她虽这么说，但是脸上渴望的表情暴露了她内心的真实想法。

房间似乎变成了一个牢笼，保罗站起来向窗户走去，海瑟看着保罗的身影，看着他把上身从窗户探出去看着外面。她心里诧异刚才保罗那出其不意的举动，现在的他仿佛刚才的事从来没有发生过似的。

"我们出去走走吧，趁天还早。"保罗建议道，他转过身看着海瑟。

海瑟已经坐直了身体，抚平身上的衣服，微笑地看着他，丰满的嘴唇让她的脸显得很有味道。她年轻的脸上洋溢着一种明快的色泽，见不到一点压抑的神情。看到海瑟并没有因为刚才发生的事情显出不悦的神色，保罗心里对海瑟有一点感激：她没有觉得自己冒犯了她。

"好的，我们现在就走，我的车在楼下，我们开车出去，去游泳怎么样？"

"哪里可以游泳？"

"我知道在多瓦尔有个可以游泳的地方。我一个朋友的房子就在那里，他们这个月不在家，那房子紧挨着湖滩。"

"行，不过得先去我住的地方，拿上游泳衣。"

两个人手拉手下了楼，发动车子往多瓦尔开去，途中他们停下车在一间路边店里买了些三明治和啤酒。等开到圣路易斯湖的时候，天色已经偏晚，不过天还是挺暖和。海瑟把车停在一座面向湖滩的大房子门前，两个人下了车，海瑟领着保罗穿过花园来到一处私人湖滩走去。湖滩的尽头矗立着一座船屋，海瑟在船屋旁边的石头下面摸到了钥匙，打开门后自己先走了进去。她指着地板上一双翻过来的小舢板对保罗说："你在这里换衣服，我去楼上换。"

"这可是共产主义啊，我是说你这样用你朋友的房子，他们没留条狗在这里吗？"

"这里没狗。"海瑟在楼上说。

保罗穿着游泳衣站在沙滩上等着海瑟。脱下的衣服被丢在附近的一只小船上。过了一会儿,等到海瑟换好衣服下来,两个人向湖心游去,四周的水浑浊得厉害,鼻腔里全是海草的味道。他们没游多长时间重新回到沙滩上躺下,欣赏着洒满了金色的夕阳的湖面。从这里看去,很难分辨出圣路易斯湖和圣劳伦斯河是相连的。湖面上,一条红白相间的模样丑陋的小船正在既定的由圆锥形浮标标出来的航道里缓缓地行走着,推进器击打在湖面上,泛出阵阵白沫。再过一阵子,这船就进入苏兰奇河道,也就是说再过半英里,它就只能在农场的土地上滑行。

他某年夏天在一条湖船上工作过。现在回过头去看那段时间的生活,感觉是一种奇怪的回忆。虽然他能回忆起的也只是些片段,但是那些回忆片段是如此生动,他一辈子也忘不掉。一次是去湖滩的路上(那是他第一次去那里),夕阳从威廉堡和亚瑟港的方向照过来,谷粒升降机在桑德湾波光粼粼的河面上投下巨大的阴影。粮食被吊车装载进船舱里后他们的船启动了,回头望去,如火的夕阳中,另外一艘船仿佛是巨型眼球上的一个小黑点。整个湖面笼罩在夕阳里,湖水一直向东面的暗处荡漾过去。暮色四合的时候,天地万物都不见了,只有从夜色中传来的波浪声和从森林上方刮来的风声,风在船身周围扫起阵阵水花,打湿了甲板。随后的几天,他们的船一直贴着安大略东部的海岸向前行驶,每当夜幕降临,船上的人便可以看见岸上人家屋里的灯光,这时候,原先那种由于地处大陆中心带给他的荒凉感才一扫而光。保罗从船上看到过坐在躺椅上读着报纸的男人、床上玩耍的小孩子,还有一次他甚至看到一个裸着身体的女人站在窗边,若有所思地梳着头发,她的嘴一张一合似乎在唱歌给她自己听。

船驶过去了,那女人的形象永久地停留在保罗的心里。

保罗把思绪重新转回来。下个星期他就要登上哈利法克斯港的一条船远航,那条船和在湖上逡巡的船非常不同。他不知道它会载着自己去哪里,也许是欧洲,也许是南美,也许只去趟纽芬兰①或者纽约就往回走。他只知道这条船叫"利物浦雄狮号",是一条载重四千吨的英国运输船。

亚德里说过在船上碰上英国人还好。他还说船上通常都会有一个从新斯科舍省来的人。如果那人还正好是船上的厨子的话,那保罗只需和那人聊聊他对那些老省的看法就行,然后那厨子自然而然会和他结成同盟,如果碰到船上好生事的荷兰人或者德国人找碴儿时,厨子肯定会帮他的。

保罗对自己笑了。亚德里在海上生活还是十八年前的事了。他一直好奇亚德里给他描绘的船上的生活是否真实,也许船长只是描述他自己的生活。船长给他讲过很多在船上发生的故事。有一次,他对保罗说,如果某人告诉他船上的生活听上去像是个悲剧或者让人郁闷的话,那也是说话人的个人看法。在船上,你必须找到自己的办法生存下去。

"你在想什么?"落日的余晖落在保罗的脸上,保罗闭上眼睛,耳朵里传来海瑟的声音,声音柔柔的,在暗夜织成的不时有红色的余晖划过的网中飘浮着。

"你外公。我在想他是不是个骗子。"

海瑟吃吃地笑了,保罗继续说:"也许他是和我一样的

---

① 纽芬兰(Newfoundland):是北美大陆东海岸的大西洋岛屿。西临圣劳伦斯湾口,北隔贝尔岛海峡,与拉布拉多半岛相望。

骗子。"

海瑟转过来，用胳膊肘撑着身体，看着身边的保罗。保罗闭着眼睛，嘴唇微微张开，头发在夕阳的余晖下看着十分柔软，他的眼角已经有了些浅浅的皱纹。海瑟内心涌起一股想抚摸对方的冲动。想到他刚才还在她的工作室里说的那些话，再看他现在如此安静的样子，海瑟心里有些好奇。她猜沉默才是保罗最自然的状态。他的力量似乎被什么东西束缚了。他的左大腿上有一道伤疤，胸前也有一道；当他把衣服褪到胸口以下，海瑟注意到他后背上也有一道伤疤。她伸出手去，轻轻地碰了碰他后背上的那道疤痕。

"怎么伤到的？"

"打冰球时受的伤。"

"全部都是？"

"是的。"

"如果是这样的话，不打冰球倒是件好事。"

"这不是我不打球的原因。"

"那是什么？"

"是因为我感觉自己精力不够了。"保罗穿好衣服，说，"每次打完球，感觉浑身像是散了架。每次上场前，我很难让自己振作起来。打球是这样的，除非你能专注，否则的话你在场上就没法发挥。"

"你不是一直非常热爱这项运动吗？"

"过去很爱。"保罗抬手遮着眼眶，躲避夕阳的光，"有的冬天我感觉自己好像还在打球的队伍里。我记得场地的木板上的每一道划痕。在被罚队员坐的地方，旁边的木板上有一道很深的划痕,每次比赛前我都要摸一下那里,我还知道那道划痕是怎么来的。"

"怎么来的?"

"是有一次艾迪·肖尔因为伤痛,一脚把自己脚上的冰鞋踢飞了,鞋砸到板子上留下的划痕。"

"你迷信吗?"

保罗看着海瑟:"对于冰球我是迷信的。"

海瑟用手摸了下保罗胸脯上的那道伤疤,说:"你是怎么想到去打冰球的?我的意思是不惜受伤也要去做这个。"

"因为我需要钱。"

"那为什么非得要选择冰球呢,而不是别的?"

保罗想了一会儿,说:"也许是因为我第一次接触的运动就是冰球。那年我十六岁,第一次看朱利亚特、莫兰兹和布彻①的比赛就迷上了,然后就强迫自己每天练八个小时,梦想着和他们打得一样好。"他摩挲着海瑟的头发说:"我现在老了,可是我连他们的四分之一都不如。"

"这么说有点妄自菲薄。"

"事实就是这样。"

海瑟做了个鬼脸。她喜欢他摸自己的头发,她能感受从他手上传递过来的热量。有些男人看上去彬彬有礼,但他们的手却笨拙得很,保罗不是,他虽然身材很像运动员,但抚摸海瑟时指尖传递出的却是温柔。

---

① 朱利亚特、莫兰兹和布彻(Joliat, Morenz and Boucher),都是加拿大著名的冰球运动员。

"你喜欢达芙妮吗?她可是金发美女。"

"谁告诉你我喜欢金发美女的?"

"她的皮肤在太阳底下看像是蜂蜜。"保罗没有说话,海瑟继续说,"身材也很棒,又高又苗条。"

"这么说达芙妮是万里挑一啰!"

海瑟笑了,半开玩笑地说:"她还有一个了不起的丈夫呢!不过不喜欢诺尔,虽然不是特别不喜欢。"

保罗走到湖边,跳进水里,向湖水深处游去,身后泛起阵阵水花儿。保罗水性很好,在水里不时地扎着猛子,又浮上来,游了一会儿后他回到沙滩,躺在海瑟旁边,胸脯一起一伏的。

"我倒是很希望自己能多知道点冰球知识呢!"海瑟说,"我妈不同意我去体育场看比赛,艾伦倒是带我去过几次,但是我看不出有多好玩儿,我也从来不觉得比赛中运动员的动作有什么美的。"

"那你去看朱利亚特、莫兰兹、杰克森、史密斯①怎么打冰球,他们可以说是这个国家最好的选手,他们也是艺术家。"

"有一次看比赛的时候,一个运动员被直接撞到边上观众席上,害得我没少嘘他。"

"看来你并不理解这些球员,你应该想,他们是非常棒的运动员。"

海瑟站起身,从车里取出刚在路上买的三明治和啤酒,她把啤酒放在湖水里,用几块小石头围好瓶子,以防瓶子被冲走,然

---

① 杰克森(Jackson)、史密斯(Smith)与前两位一样,皆为加拿大历史上著名的冰球运动员。

后走回来，站在保罗面前说："你有没有在赛场上打过架，被罚过呢？"

"很少，除非忍无可忍。"

"真希望有一天能看到你打比赛的样子。"

"太晚了，我的冰球生涯已经结束了。"

他们吃着买来的三明治和啤酒，时间过得很快，不知不觉夜幕已经降临，两个人各自回到刚才的地方换好衣服。海瑟说："我最不喜欢蒙特利尔的一点就是你要开车出城好远才能到乡村。在圣马克的时候，像这样的晚上，我喜欢去果园里玩儿，或者站在村子后面的那座山头上看大河，还可以去海边，听海浪的声音。或者几个人站在山的最高处，看着山下河谷的那些农庄。"

保罗把空瓶子放回车里，跟在海瑟后面回到船上。海瑟跑到船的上层甲板，招呼保罗也上来。两个人在空间狭小的甲板处站定，海瑟说："这里不算高，不过也可以凑合看一下风景。"

两个人站在甲板上眺望远处的湖面。湖面像是一片钢化镜面，静静地延伸出去。空气中传来一股淡淡的若有若无的水草味道。在半明半暗的光线中，别墅附近的草坪显得很是神秘。湖边的土地还残留着燠热。在湖的对面，霞光徘徊着不肯散去，天边飘荡着几片彩云。

"风景不错，"保罗拉着海瑟的手来到船上的帆布秋千架上坐下，说，"有意思的是，三天以前我还想，这次出海一走，除了你外公我不会再惦记这个国家。可是现在又多了个你，我会想念你的。"

过了一会儿他又说："我总觉得自己好像很早以前就认识你了，你是怎么看的？你觉得我们彼此了解吗？"

"当然了,我从来不害怕在鱼钩上挂虫饵,这个你肯定知道吧。"

保罗似乎没有听出海瑟话里揶揄的口吻。"如果只是我们两个,那些事情就不重要。"思忖片刻后他又说道,"这么说似乎也不对。如果我这会儿和你去你家,去见你的家人还有你的朋友,那么事情就来了,然后我们之间最重要的东西反倒不重要了。"

"他们有那么重要吗?我可不这样认为。不过我明白你的意思。"

保罗伸出手轻轻替海瑟把鬓角边的头发捋到耳后,问:"你有爱过一个人吗?"

"我不知道那算不算爱。可能有过几次心动的时候吧。第一次喜欢人是我十五岁时,在洛桑,不过我并不开心,所以我想应该不算人们嘴里常说的爱情吧。"

远处的湖面上,夜色渐浓,夜色在迅速凝聚,像是云。青蛙、蟋蟀和蚂蚱的叫声节奏井然地交缠在一起。

"海瑟,不要爱其他人好吗?"

"永远都不能吗?"海瑟似乎想要从保罗的怀里挣脱出来,却被保罗搂得更紧了。

"他们只能让你失望,让你无助,他们是在利用你。"

"他们?"

"对不起,我说习惯了。我们那里的人从小就说'他们''他们'的。"保罗解释道。

海瑟感觉有些喘不过气来。她坐下来,眺望着远处的湖面。星星点点的灯光从岛上的树丛里透出来。四周蚊子多了起来,围着他们嗡嗡叫着,保罗把手从海瑟的肩膀上放下来,从夹克衫的口袋里掏出一包烟来。他先递给海瑟一根,给她点上,又给自己也点了一根。火柴发出的亮光映衬出保罗大而明亮的眼睛,很快,周围重新坠入黑暗之中,只有两根香烟发出明明灭灭的微光。

"你认识很多女孩儿吗,保罗?"

保罗停顿了一下,回答道:"我认识一个女人。"他神色看上去很平静:"不过她好像从来没长大过。她和所有男人的交往都很自然,结果是我在其他女人面前很不自然。"

"你还和她联系吗?"

"她是我妈妈。"

烟抽完了,蚊子又嗡嗡地围上来。保罗不停地用手拍打着蚊子,海瑟站起身说:"我们还是离开这里吧,不然的话要被蚊子吃了。"说完往船舱走去,保罗跟在后面。

船舱里黑漆漆的,保罗忙说:"你在哪儿?等我先划火柴。"海瑟应了一声:"我在这里。"

黑暗中保罗碰到了海瑟的身体。两个人拥在一起,脸贴脸、唇挨唇站在黑暗中,他们的心似乎贴在了一起。

仿佛一个跳水的人,保罗一点点挣扎着浮出水面。他在兜里摸索着火柴,终于找着了一根,他擦亮火柴,海瑟的脸庞出现在火光中。她倚在墙上,眼睛里闪着光。保罗的手指被燃烧到尽头的火柴烫了一下,他急忙扔掉火柴,用脚踩灭。周围又暗了下来。

"海瑟,别……我不喜欢你这样。"

"为什么?"

"为什么?上帝,我不想你因为和我在一起而降低身份。"

"我才不管呢,至少现在我不去想那些。"那声音听上去像是从一个遥远的地方传过来的。

保罗掏出另外一根火柴,可是没有划着:"你得知道,下个星期我就要出海了,也许我们这辈子都见不到彼此。"

沉默重新占据了黑暗的空间,过了一会儿,海瑟幽幽地问:"你有别的女孩儿,是吗?"

"没有。"海瑟的问话明显惹恼了保罗,"我不是那种人。"

"你刚才吻我的时候我就感觉到了。"

"我刚才吻你,你介意吗?"

"当然不介意。"

保罗划着一根火柴,举在半空中,海瑟走在前面,在火柴的照亮下,两个人一步步下了楼梯,打开船屋的门来到外面的草坪上,这里的空气比船屋里清爽了很多,他们肩并肩仰头看着缀满了星星的天空。

"我不想让你离开我。"海瑟说。

保罗抓过海瑟的手。她的手在他的大手里更感觉小巧柔软,但海瑟很快拿开了手——显然保罗的沉默让她有点受伤。她说:"你是这个世界唯一的让我感到不孤单的人,不是只有生活在加拿大的法国人一辈子裹在'紧身衣'里生活的。这里的每一个女孩子都是这样,裹在'紧身衣'里生活,当然,达芙妮那样的女孩儿例外。"

海瑟向自己的车走去,保罗跟在她后面。

"我太傻了。"海瑟说。

保罗从后面揽住海瑟纤细的腰肢,把她拉进自己的怀里:"我们为什么要在对方面前伪装自己呢?为什么不能坦诚些呢?去年我一年都在找工作,鞋磨破了几双都没有找到一份像样的工作。虽然我不想和你说这些,但我不想瞒着你。"

"可这不公平,不公平。"

"说到感情,公平和事实算得了什么呢?如果不是我屡屡碰壁的话,我会和你说很多,可是我不能。"

在保罗结实有力的双臂下,海瑟的心渐渐踏实下来,两个人之间隔着沉沉的夜色。什么是爱情呢?仅仅是让你不再孤单,附加情欲的满足吗?他当然想要她,在未来的岁月里,他会天天在思念海瑟那洋溢着柔情和激情的身体中醒过来。

两个人向汽车走去,拐上那条小道时,脚下的碎石子发出沙沙的响声。

"你这次出海要走多久?"她问。

"也许一年,也许两三年,我也不知道。"

"你这一去,什么事都可能发生。"

"对你我都可能。"保罗抬起头看着夜空。北斗星悬在夜空,和城市灯光交相辉映。

车停了,保罗下了车,带上自己的车门后他绕过来走到海瑟车门的这一侧。他抓起海瑟的一只手,放在自己的掌心里:"你会给我写信吗?我想知道你过得怎么样、在做什么。"

"可是信里能说什么呢?也没有什么好说的呀。"

"不许你那么说,写信是因为你,和你做的事情没关系。"保罗看着海瑟的手,把嘴唇贴上去亲了亲,继续说,"如果你想我了,可以去哈利法克斯货运公司找我。"

海瑟缩回手,抓住方向盘,脚底松了离合器,嘴里对保罗说:"开心点,亲爱的,照顾好你自己。"

海瑟发动了车子,她从车子的后视镜里打量着站在街道上的保罗,车子拐了个弯,保罗从她的视线里消失了。海瑟突然觉得脑子里一片空白，只有嘴唇上还留着保罗的那一吻。

到家后海瑟把汽车停在车库里。路过书房时她看见达芙妮正在灯下读着什么。海瑟停下脚步，往房间里看了一眼。

"好啊你！"达芙妮一抬头看见了海瑟，"妈妈差点急死，她一直不停地给别人打电话找你。"说完不怀好意地加了一句："他在哪儿？"

海瑟仿佛看陌生人似的看了一眼达芙妮，一句话没说便上楼去了。

三十九

一个星期后，保罗站在了"利物浦战狮号"的甲板上。在领航员上船之前，他和几个船员早早把甲板打扫干净，压好舱门，把缆绳卷起收好，一直等到船开动，才彻底放松下来。

视线里的哈利法克斯港渐行渐远。来来往往的或出发或靠岸的船舶昭示着这个港口的忙碌。沿岸坐落着好多风景旖旎但又略显破旧的小镇。从这些小镇延伸出来的码头有的散发出一股鱼腥味，有的散发出一股饭菜馊了的味道，有的闻上去有一股晒鳕鱼的味道，可以说各不相同，但所有的码头又都少不了一股海水、船排出的污水和海草掺杂在一起的味道。保罗是第一次闻到这种味道，和内陆河流或湖水相比，这样的味道有点过于浓烈，让保罗感觉很不适应。他站在船上，听着从镇子里传来的汽车喇叭的嘀嘀声，看着建在高处俯瞰着小镇的城堡，仿佛这才意识到迎接自己的将是一种全新的生活，和以往他过的任何一种生活截然不同。

随着在晚风中猎猎飞舞的旗帜缓缓从桅杆上滑下，已经驶离码头的"利物浦战狮号"开始在码头和形似碗状出口的乔治岛之间的河面上行驶,很快,哈利法克斯港口外围的风景出现在保罗的视线里:海面从这里一望无垠地伸展出去,在水天相接的地方,是一层神秘宁静且深不可测的淡紫色重影。小镇已经被他们远远地甩在身后,火红的夕阳把天空染成水仙花的黄色,灼灼闪光。一小片玫瑰色的云彩从那流光溢彩中挣脱出来,缓缓地向大海的方向飘过去。

每到这时候,夕阳、天空、落日、港口和那些小镇总是让保罗内心充满了既激动又渴望归于平静的心绪,他极力把这种雨滴般的情感收拢在自己的心里,同时也在心里问着自己:这次出海不知要走多长时间?下次回来的时候是不是他已经在几条船上都待过了?对这些问题,他不知道答案,也不想知道答案。

几个人出现在船中间的甲板上,他们是在船上干活的海员。每个人的脸上都是一副饱经风霜的模样,一看就是些熟知海上规矩的老练人物。保罗明白这些人也在打量着自己。他想:很快就会熟悉的,这些人没有恶意,自己应该不会有事,和这样的人相处你只需让自己混进去,不要与众不同就可以。长这么大他似乎一直是这样,掩藏自己的个性,他应该能应付得了船上的生活。

船驶过防波堤,经过小镇脚下的那座公园,和船上的灯光相比,马尔海滩上来回逡巡的灯塔的光带着点虚张声势的味道。掩映在林中的约克城堡[①]看上去古老苍凉。保罗想,这是亚德里的家——新斯科舍省,海瑟身上四分之一的血统来自这里。和魁北克相比,这个地方一样历史悠久,却不保守,而是充满了新鲜的

---

① 约克城堡(York Redoubt):位于哈利法克斯港入口处的绝壁上的一处古堡。

气息。魁北克省因为是天主教区，处处让人感到压抑，而新斯科舍省则不然，它接受着海水和雨水的冲刷以及雾气带来的凉意，它是从大陆伸进海洋的一块土地，似乎是一处单独的领土。

在保罗看来，新斯科舍省和魁北克是两种截然不同的风格。不过话说回来，那是从他的视角看这片土地。保罗瞅了一眼船上的那几个船员，心想：这些人对新斯科舍省的评价肯定不是这样的，他们会说：这是什么鬼地方呀？！冬天天寒地冻，屁股都能给冻僵了，夏天里一天到晚地不是下雨就是有雾；没灯，没酒吧，这里的妓女奇丑无比，而且真要找女人也没有个去处，最后只好去公园林子里去干那种事。可是刚上来点兴致，天上又落起雨来。

船彻底驶出哈利法克斯港口到乔治岛之间那一段河面，开始了海面上的旅程。保罗想去上层甲板的船尾栏杆处观赏风景，正在踌躇之间，看见船上的厨子往船舱后面的厨房走去，这厨子是盖斯伯勒县哈伯村人，是船上唯一从新斯科舍省来的船员，他很少说话，体格十分魁梧，毛茸茸的胳膊像大树枝条般粗壮有力。保罗不由地想起亚德里和自己说过的话：在船上最好找一个新斯科舍省人交朋友。

夜幕降临，太阳坠到了海平面以下，哈利法克斯港被傍晚的夜色吞没。与此同时，陆地上的灯却亮了，灯光映在和陆地相邻的海面上。保罗贪婪地呼吸着清新的海上空气。只有在船上，他似乎才能做回海瑟眼里的男人——一个真实的保罗。只有在船上才没人因为他是少数族裔而攻击他。

船再往前走，便过了思拉姆海角。白色的海浪击打着褐色的堤坝。一直贴着船身飞翔的海鸥转而向海岸的方向飞去，仿佛一架架正在起飞的滑翔机。船猛然被海浪托了起来,浪打在船头上发出呼呼的响声,风声一声紧接一声,船一驶过麦克纳布岛①的尽头,空气马上变得寒冷了许多。从这里开始这艘船即将沿着新斯科舍省的海岸线向前行驶。陆地上的光打在海上,在海面上托出一轮如若新月般的光,四面的海角都有灯塔守航。推进器发出"砰砰"的击打声,船的尾部拖出一道长长的白色水痕,保罗从船舷上收回身体,抬头眺望着远处的地平线,看着夕阳的光芒渐渐从海面上隐去……

---

① 麦克纳布岛(McNabs Island):位于加拿大新斯科舍省南部,哈利法克斯港最大的岛屿。

篇四

1939

四十

晨光中的雅典深沉宁静。站在宪法广场远眺，吕卡维多斯山[①]顶峰清晰可见。广场旁边的咖啡店门口摆着几张大理石台面的小桌，这个时间只有寥寥几位客人光顾，街角的自动售货机旁站着几个穿深色西服的男人，他们是来买报纸的。妇女们从街边款款走过，身姿在和风里展现出动人的美态。她们看人时目光沉静而柔和，像是汇聚了光线的一口口深井，在这些女人身上，有一种只有地中海东部的女人才会有的独特的知性美。

保罗从邮局出来，口袋里揣着两封信，一封是妈妈凯瑟琳的，另外一封是海瑟写给他的。他转过街角来到广场，找到一张桌子坐下来，先给自己点了杯咖啡，然后拂干净桌子上的面包渣，表情平静地打量着四周环境，这是他的习惯，找一个人多的地方安静地坐着，看着来来往往的人群。离开加拿大已经五年了，从外表上看保罗变化很大，头发虽然浓密，但是发际线已经有些后移，显得原本就很饱满的额头看上去更加宽大。虽然还有一年他才三十岁，可头发有些地方已经灰白。他的胸膛变厚实了许多，肩膀宽而浑厚，走起路来步履稳重。他的手宽大有力，像是常年干活儿的人的手，但皮肤保养得还算不错。他上身穿一件哈里斯牌带衬里的夹克衫，胸口的兜里露出白色手绢的一角，下

[①] 吕卡维多斯山（Lykabettus）：雅典城中的一座山脉。

身穿一条灰色法兰绒裤子，脚上是一双棕褐色牛皮鞋。在欧洲人的眼里，保罗看上去像是英国人，但是在一个英国人的眼里，他却是典型的美国佬。

保罗划开信皮，抽出那封匹兹堡的来信，信是妈妈写给他的。读到妈妈说自己那里一切都好时，保罗脸上微微漾起一圈儿笑意：妈妈每封信的开头都一模一样。信里，妈妈说她和亨利·克雷顿买了一辆带收音机的新车，原因是去年慕尼黑危机时他们开着那辆旧车去圣路易斯，一路上好几天都收听不到喜欢的节目，所以与其再买台收音机安在车上，还不如买辆新车。她又说等亨利的薪水明年涨到八千加元后，他们便计划换一个好一点的房子住。她劝保罗不要待在欧洲了，实际一些，早日回来。欧洲人和他们不一样。还说每次想起保罗，不知道他漂到哪里了，她就开始为他担心。

保罗很快读完了妈妈的信，他抬起头，目光越过眼前的屋顶落到远处的吕卡维多斯山上：深蓝色的天空底下，吕卡维多斯山巅在阳光的照耀下闪着金光。雅典的五月像是加拿大的六月天气。想到自己不知不觉已经在外面漂泊了五年，想到再过六个星期，自己就要回到加拿大，保罗心里充满了难以抑制的激动。他在心里默默盘算着回家的计划：如果能一路工作着回去更好，但如果找不到工作的话，他手里的钱足够买一张慢船的票。

侍者给保罗端来咖啡和水。保罗把妈妈的信放回口袋，从兜里掏出来几个德拉克马硬币[①]递给侍者。侍者离开后，保罗安心地欣赏起附近的街景来：一个肤色白皙腰肢柔美的黑头发女人走过

---

① 德拉克马硬币：希腊流通货币。

街旁，在她身后，两个孩子叽叽喳喳地嚷个不停。

土耳其咖啡味道醇厚，里面兑了不少糖浆。保罗喝完咖啡后不忘往杯子里倒点开水，涮了涮后一口气喝干净剩下的咖啡底子。他拿起海瑟那封写给自己的信，先打量了一眼信皮，海瑟的字迹整洁清晰，信角盖着的邮戳显示信是从美国纽约发出来的。他拆开信封却没有急于读信。五年了，不管自己落脚于哪个城市或者小镇（对海瑟来说，这些城市或小镇的名字听上去一定很奇怪），总是能收到海瑟写给自己的信，信里海瑟无话不谈，这让保罗感觉自己比五年前离开加拿大时更了解海瑟。他常常想起海瑟，同时他也纳闷自己对海瑟的思念里有多少是真正的思念，有多少只是回忆。自从去年保罗开始尝试写小说，他常常感到自己对海瑟的思念似乎只是他挖空心思琢磨出来的小说中的生活的一部分。

他展开海瑟的信，读了起来，刚读到"亲爱的保罗"这几个字便情不自禁地抬起头，看着远处的吕卡维多斯山峰，心想，五年了，这五年海瑟有变化吗？对他们俩来说，五年不是一段很短的时间。这五年里两个人离开蒙特利尔各奔天涯，其实都是为了要甩掉那件强加给他们的"紧身衣"。海瑟现在自由了吗？还是和自己一样，过着漂泊无根的日子？她恐怕也和自己一样无时无刻不在思念家乡吧？不管他走到那里，过着什么样的生活，他骨子里还是一个加拿大人，一个身体里既流淌着法国人的血也流淌着英国人的血的加拿大人，一个想找到自己，靠自己的双手谋生活的人。这五年里，保罗一直是这样想也这么做的。

一九三四年夏天到一九三七年夏天这段时间，保罗一直在海上工作。其间有一年的时间,他所在的"利物浦战狮号"一直在纽芬兰和特立尼达岛[①]之间的海岸线上穿梭往来:从圣约翰斯[②]和哈利法克斯向西印度岛屿出发时,他们的船上载满了腌鳕鱼、五金、面粉、腌牛肉猪肉等各种各样的物资,回来的时候则换成了白糖、糖浆、朗姆酒、香蕉、柠檬和凤梨等东西。保罗在甲板上工作了很长一段时间,擦地,刷油漆,修机器,在甲板长和二副的带领下和船员们一起在储藏室里整理货物,直到后来才成为船上的舵手并在一九三四年的圣诞节前夕遇到的百慕大特大飓风中独当一面经受住了考验。到了第二年的二月,他们的船受到一股强风的袭击,当时的气温只有零下几摄氏度,这阵狂风一直陪伴他们从雷斯角走到三布朗角,当"利物浦战狮号"终于到达哈利法克斯港的时候,船身已经是遍体鳞伤。这年秋天亚德里返回哈利法克斯住,可两人却没能见面,原因是保罗跟着"利物浦战狮号"去了英国。

"利物浦战狮号"抵达利物浦后停下来整修,时间大约要用两个月。保罗在利物浦港附近找了个便宜的旅馆住下来,开始尝试短篇小说的写作。他很少出门,等到船出发的时候,他已经写完了六部短篇。这些短篇都是以他自己的海上生活为素材,只不过情节有些公式化,在船离港出发那天,保罗把完成的小说寄给一个纽约书稿代理商,几个月后当他们的船再次路过利物浦时,他接到几间美国杂志社打来的电话,说准备买下其中的四部小说。

---

① 特立尼达岛(Trinidad Island):位于西印度群岛最西南部,与委内瑞拉东北部海岸相望。
② 圣约翰斯(St. John's):是加拿大纽芬兰-拉布拉多省首府及最大城市,面向大西洋,是北美洲最东端的城市。

保罗所在的这条船航运任务繁重，货舱里总是塞得满满的，他们从斯德哥尔摩①携带自动高射炮到吕贝克②，从不来梅③运小型枪械去西班牙。从船行驶的路线和船上的货物不难看出战后的萧条已经开始转成另一场大战之前的繁荣。

来到船上打工最初对保罗来说只是一份谋生之道，渐渐地他意识到这份工作的好处在于让他有了一定的自由，也正是这份自由让他有时间思考，意识到过去自己所受到的伤害。当那些有关民族的东西停止撕扯他的内心，保罗变得沉静了许多。他在那条船上一直待到一九三七年，这期间只要腾出时间他就写作，手里也攒了一点儿钱。

到一九三七年的夏天，他已经攒了两千加元并离开了"利物浦战狮号"。几年前他申请过加拿大学校的教师职位，可是收到的回复说他必须有更高一些的文凭才有可能在众多的竞争者中胜出，也就是在那时候他想起父亲曾经说过的将来会送他去巴黎大学读书的话，父亲还说如果保罗能有机会去牛津大学或剑桥大学上学就更好。

经过这些年居无定所的生活，除了想念圣马克的老宅子和他父亲的那间书房，保罗渐渐对自己这种每天都是大汗淋漓的，靠出卖体力维持生计的方式感到厌倦。他想休息，想重新回到以前那种体面的生活中。意识到手里的钱够让他在大学待一年，他便对自己说："你为什么不去巴黎大学或者牛津大学学习呢？能不能去完全取决于你愿不愿意。"因为手里已经有了蒙特利尔大学

---

① 斯德哥尔摩（Stockholm）：北欧国家瑞典的首都。
② 吕贝克（Lubeck）：德国港口城市。
③ 不来梅（Bremen）：德国北部城市。

的文凭，保罗很轻易地拿到了巴黎大学和牛津大学的入学通知。保罗最终选了牛津大学，原因是他想正儿八经地学学英语文学，以便将来对自己的写作有所帮助。就这样，一九三七年的十月，保罗踏进了牛津大学的校门。

十六年的漂泊生活中，保罗曾经做过麦客，在田里汗流浃背出卖苦力；也曾经当过冰球运动员和水手，现在突然换了环境，坐在一个自己过去在书里才可以想象到的地方读书学习，这就仿佛在他面前打开了一扇大门，自打童年家里的变故后他第一次觉得不用担心吃饭的问题，心情也变得轻松下来。他在奥里尔学院里找了一份助教的工作，他只需一星期给学生上一次课，保罗做得很认真。

从他上课的办公室望出去，可以看到牛津大学四四方方的庭院以及围绕庭院而建的莫顿塔①，塔尖从长长的深色屋顶延伸出去。冬天的夜晚，他喜欢看灯光在学校古老的建筑物里亮起来的那一刹那以及镶嵌在彩色玻璃窗户上的在暮色中发出若隐若现微光的盾徽。雾天的晚上，他喜欢站在庭院门口的警卫室里，看着穿长袍的先生和学生三三两两地穿过庭院，看着他们的身影踏上台阶穿过门廊，最后消失在大厅里。他喜欢聆听每隔一个小时便响一次、优美得仿佛教堂里的颂诗一般的圣玛丽教堂的钟声。即使在意大利你也听不到这样美妙的钟声。这是世上最纯净的钟声，声音穿透玻璃，环绕在瓦片和塔楼之上。那一刻，所有音调的敲钟声都停止了，只有圣玛丽教堂钟声回荡在牛津城的上空。

在牛津大学保罗学的是文学专业，他很喜欢自己的老师，应

---

① 莫顿塔（the tower of Merton）：牛津大学莫顿学院（Merton College）里的建筑。

该说除亚德里外,这个老师是他最喜欢的一位朋友。他拒绝了大学冰球队的邀请,闲暇时他去酒吧喝喝酒,读几本多少年前他就想读的书。他开始为自己的小说做准备。他被自己记忆中的东西困扰了这么多年,他似乎一定要写出来才能摆脱它。

也是因为要写这本小说,他才重新回到希腊。一是在希腊生活比较省钱,二是因为一位住在奥里尔的老师帮他在斯巴达市的属于英国联会名下的一家博物馆里找到一份兼职工作。他在那里待了十个月,陆陆续续写完了四百多页的手稿后他来到雅典,准备在这里乘船回家。

其实如果写作比较顺利的话,保罗是计划晚些日子回加拿大的,他给自己的书起了个题目——《一九三三年的年轻人》,寓意很明显,一九三三年是希特勒登上德国总理之位的一年。在书里,保罗描写了一个被裹挟在战争中的年轻人,在年轻人看来,眼前这场山雨欲来的战争和过去的那场战争何其相像。保罗一开始一直顺着这样的思路写,可是写着写着,原来的主题模糊起来,最后不得不搁笔停止了这部小说的写作。他开始想家,后一种心情很快打消了写作带给他的困扰,回家成了他唯一想做的事情……

保罗从思绪中恢复过来,拿起海瑟的信,专心地读了起来:"你从来没见过我爷爷梅休因将军,是吗?他今天去世了,八十二岁。爷爷的离世让我觉得好像蒙特利尔精神的一部分被爷爷带走了,当然,是好的那部分跟着他走了。当我还是小孩子时,我以为只有他可以左右蒙特利尔城,可现在我知道,这个城市没有了他还是会往前走,不仅会往前走,而且某些让人感到沉闷、感到可笑的东西也会从这个城市消失。我马上就要坐晚上的火车回蒙特利尔，这一去我不知道自己还能不能回到纽约来。不过我又安慰自己，我曾经在那里住过，后来离开，现在又回去不是也挺好的吗？你觉得呢？可怜的妈妈，为了能待在那个家里，她一直苦苦熬着，现在好了，所有的东西都是她的了，滴水嘴的建筑，后花园，所有的一切都是她的了。"

保罗拿起信封，看了看上面的邮戳，心里猜测这封信寄到这里路上走了多少天。海瑟现在估计已经到蒙特利尔了。她能把纽约给她的那些气质带回去吗？

"纽约是这样一个城市，只要你在这里住下来，世界上的其他地方都是如此遥远。我有没有告诉过你外公去年冬天生病的事情？他现在自己一个人住在哈利法克斯市，身体虚弱得很。不知道外公有没有在信里和你说他在哈利法克斯交了很多朋友。我很想念外公。等到蒙特利尔这边的事情都安排妥当了，我就准备和妈妈一起开车去哈利法克斯看望外公，我想尽早见到外公，这对妈妈也好。看到这么多的好人都接二连三地离开了人世，真是让人难过。剩下的都是些什么人呢？亨特利·马奎因吗？也许吧。像马奎因这样的男人，他们究竟是什么样的人呢？在我看来，这些上了年纪的男人是一群麻木不仁的男人，他们紧紧握着手里的权力之球，不肯传给年轻人。可是他们自己也不知道究竟要把球扔向哪里，因为他们不知道目标在哪里！更可怕的是他们以为年轻人也不知道。在你的小说里，你能对马奎因这样的人说出我们的心声吗？保罗，请回来吧。我真的希望你能回来。我很快要去蒙特利尔，真希望我能在那里见到你。我甚至希望你今晚就陪在我身边。纽约今晚是下弦月，公园里还能看见那些刚绿起来的植物，在洛克菲勒中心大厅里，有人在发放蓝色的风信子和黄色的连翘。我不知道你会不会喜欢我在纽约的寓所，如果有人和我说加拿大税务局大楼不如帕特农神殿那么壮观，那我会说他错了。每次我对美国感到失望时（所有的加拿大人都会这样说，就好像美国人很在乎我们怎么评价他们似的，这事儿一点都不好笑），我都会跑去第五大道。走在那条街上，看着那些美丽的柱子，我就对自己说：一个国家，如果她能建造出这么宏伟的建筑，那这个国家可以做任何事情……照顾好自己，好吗？尽快回家来吧！"

保罗坐回到椅子上……一种熟悉的孤独感很快重新浮上心头。阳光下，人群三三两两地路过，也有人过来找桌子坐下。广场上，扩音喇叭正在放《蓝色多瑙河圆舞曲》。一个来回走窜的擦鞋男孩向他兜揽生意，两个长着杏核儿眼的女孩从保罗身旁经过，空气里闪过一串清脆的笑声。保罗站起身，穿过马路去对面广场的报亭买了一张明信片，然后重新回来坐下。他在明信片上写了几句话，大意是他马上就回加拿大，下一次海瑟若写信给他，他可能已经到了哈利法克斯了。写完后他贴上邮票，把明信片丢进街边的邮筒。做完这一切，他才重新回到桌边坐下，踏踏实实地看着周围沐浴在晨光中的风景。

海瑟不止一次在信里说过"希望他在纽约"这样的话，他非常理解海瑟说这番话的心情，其实他内心也盼着海瑟能来到自己身边。他想带她去大不列颠酒店一起吃晚饭，他们喝点红酒，在月亮升起前雇一辆敞篷马车去雅典卫城①，两个人手挽手穿过长

---

① 雅典卫城（Acropolis）：是希腊最杰出的古建筑群，是综合性的公共建筑，为宗教政治的中心地。雅典卫城面积约有4平方公里，位于雅典市中心的卫城山丘上。

廊，顺着被时光打磨得光滑无比的石头台阶一步步来到帕特农神殿。月亮升起来了，又大又圆，就挂在伊米托斯山①头。帕耳那索斯山脉②、彭特利库斯山③、利卡维特斯山④，和被一个个石柱框起来的萨拉米斯⑤八十六遗址环抱着雅典卫城；几只狗躲在帕特农神庙后面的乱石和石碑后对着月亮吼着。月光映照出石柱上女子的模样，在保罗的记忆里，海瑟也有像石像中的女子那样丰满成熟的身段。他想象着自己和海瑟依偎在一起，看着夜色中的平原，看着那座一直延伸到比雷埃夫斯市的城墙，看着从萨拉米斯到苏尼海角⑥那一段海面上的粼粼波光，他会说给海瑟听，在古代，当归家的雅典战船转过海角，太阳从雅典卫城顶投来的那一束晨光，舵手们是如何高举双臂欢呼着迎接自己的女神的。

  保罗站起来付完账单，他还得在这座城里待三天，可他没有地方可去，只能四处逛逛，他多么渴望海瑟现在就在自己身边啊！保罗感觉自己的心空落落的。他穿过广场，去了布列塔尼酒店里的那间酒吧。

  酒吧里人头攒动。走廊、大厅和吧台旁站满了人。这些人大部分是"快乐创造力量"组织⑦名下的船上的旅客。他们的船刚在法拉荣靠岸，船上的人跑来酒吧找乐子。保罗要了一瓶啤酒，在角落里找了个位置坐下，观察着屋子里的人群。几个年轻的德国军人在酒吧里走来走去，他们敞着领口，下巴抬得高高的，晒得黝黑的皮肤衬着亮闪闪的白牙齿，偶尔把手插进头发里摩挲几

---

① ② ③ ④ 全部是雅典城周围山脉的名称。
⑤ 萨拉米斯（Salamis）：古代首都的遗址。
⑥ 苏尼海角（Sunium）：位于雅典阿提卡南端。
⑦ "快乐创造力量"组织，原文是Strength-through-Joy。

把，从他们那堆人里时不时爆发出大笑声。几个希腊人坐在吧台边上，两个看来是常客的法国女人坐在离吧台不远的一张桌子旁边，一对英国夫妇坐在离保罗不远的一处角落里。酒吧里德国人明显占了多数，这么多德国人一起出现在这地方，这让酒吧里其他人感觉五味杂陈，恐惧、鄙视和敌意全都上来了。那些德国人当中，除了有几个看着比较粗鲁无礼，大部分人行为举止还好。保罗发现这些德国人很自信。他们似乎也知道自己并不受这里的人的待见，所以故意制造这种仇恨并从中得到乐趣。他一口口地抿着酒，心里涌起和那几个德国人打上一架的想法。如果真要打起来，整个屋子里也就他能和那些德国人比画比画。

吧台前坐着一个看上去像是法国人的女人，三十多岁的年纪，正在和她旁边的一个德国人嘻嘻地笑着。那女人长了一双棕色的大眼睛、一张小巧的嘴，身材不高，骨架也不大，但人并不瘦，看上去娇小可人。身上的衣服一看就是名店剪裁，或许出自法国旺多姆广场上名店里的一名女设计师之手，衣服衬出女人娇小玲珑的身材。保罗观察着那个女人，对方显然是受过良好教育，属于生活优渥的那一类女人，说一口巴黎腔调的德语，左手上戴着一枚结婚戒指，戒指上镶着的大粒钻石有人的大拇指那么大。看上去她和这个德国男人刚刚认识，但是她亲昵的态度似乎表明对对方很有好感。那个德国男人块头很大，但岁数看上去比女人小很多，厚墩墩的身材让他看起来更像是卡通画上的纳粹士兵，头发几乎全剃光了，只留了前面一小撮，他的手明显是职业拳击手的手。德国人转过身去，和坐在另一个桌子旁的正在端起酒杯向他示意的一伙德国人眨了眨眼睛，随后把自己厚实粗糙指甲剥落的右手伸过去压在女人的手上，他的这一举动显然弄疼了女人，女人脸上浮现出疼痛的表情，这让她看上去更加楚楚可怜。旁人从女人的眼睛里看出她内心复杂的情绪，里面既有感激，也掺杂着勇气和恐惧，德国人似乎对女人脸上的表情有点困惑，这种困惑和他一心想把面前的女人带出酒吧尽快搞定的渴望交织在一起。德国人似乎在追问那女人什么。女人一个劲儿地摇着头，德国人只好把身体撤回来，脸上依然挂着一副迷惑不解的神情，抬起胳膊，用手摸了摸脑袋，问女人："要啤酒吗？"

"什么都行。"①

德国人的手"啪"的一下拍在桌子上，嘴里喊了一声："啤酒！"桌盖差点被这一击打得跳起来。

保罗内心突然充满了抑制不住的烦躁情绪，这种感觉让他一分一秒都不想再在酒吧里待下去了。他去柜台付了酒钱，离开了酒吧。大街上空空荡荡，几乎看不到行人。他径直朝雅典卫城的方向走去，但一路上并没看到什么让人心旷神怡的景色。下午四点钟的时候他回到自己住的那条街上，为了排解心里的情绪，他重新来到早晨自己喝咖啡的广场附近，找了个地方坐下来，读着从报摊买来的英语和法语报纸。此时的城市在保罗看来仿佛一个巨大的盛满了孤独情绪的容器，但他对这种感觉并不陌生，因为他人生的大部分时间似乎都是沉浸在这种感觉中。这种孤独的情绪就像是定期光顾主人的疾病，只不过今天又袭击了他。在每个繁华的城市里，似乎都隐含着这种孤独。这就像坐在街边独自一人看着报纸的陌生人，因为孤独，内心翻涌着对新生活的冲动。他渴望着在下一个街角，新的生活在等着自己，于是他站起来走

---

① 原文为德语。——编者注

过去，却发现并没有他想象中的新的生活。他不甘心，顺从撞击他心扉的鼓声，不顾鼓声随时会被大街上来来往往的脚步声淹没的危险，继续往下一个街角走去。保罗想，如果海瑟也和自己一样被这种孤独的感觉困扰，那他们两个就是阳光普照下同样孤独的生命。越来越多的人从咖啡馆门前走过，穿着随意的少女，着装很巴黎范儿的成熟女人，后者往往有着保养得很好的光洁的肌肤，身上带着淡淡的香水味儿，举手投足间自有一种性感的味道，这些女人天生具备性感绰约的风情，在这种风情面前，保罗总是感觉到自己的稚嫩。保罗看到旁边桌子坐着的一个女人正在看着自己这边，女人嘴里衔着一根长长的香烟，手里轻轻地晃着酒杯打量着他。保罗看了那女人一眼，知道对方对自己有意。如果在往常，他也许会上前搭讪两句。但今天，他一点都没有这样的想法——这种孤独的情绪不是一个女人能帮他解决的。

保罗离开咖啡馆，漫无目的地在大街上走着。他进了一个小饭馆，饭馆里面坐着一帮工人，空气里充斥着廉价香烟和煎山羊肉混在一起的味道，保罗在那里吃了饭，喝了两杯味道不怎么样的红酒后重新回到大街上。

他脑子不停地重复着自己那本小说的章节内容。他想不去想它，可是做不到，这本小说伴随了他太长的时间。他的脑袋里仿佛有一面大鼓在敲打。他的脑子里闪过刚才在酒吧里那个法国女人对德国人说话时显露出来的样子。一九三三年的年轻人，一个竭尽全力拥抱生活的个体。一九三三年——希特勒之年——十百万人从大街小巷中走出来，争相响应死亡之灵的召唤，直到整个世界都陷入这种蛊惑中。

一九三三年的年轻人——这一年，农民们开始焚烧小麦，刨掉棉花地里的棉花，腌制卖不出去的猪肉；这一年，在里约热内卢的基督像的下面，码头工人把成堆的咖啡倒入海里。这一年，俄国有三百万人死于饥荒，也是在这一年，在有着希腊传统的欧洲大地上，商业大亨们却对经济问题视而不见推卸责任。

不知不觉保罗已经回到了下榻酒店的房间，他径直走到窗前，打开窗户，探身看着窗外：一九三三年的年轻人——这一年希特勒用沙哑的声音召唤着他脚下的八百万人群。这些人群仿佛是希特勒口中的上帝的羊群，也是这些人突然记起了他们的身体里流淌着哥特人①的血。而在西方议会和股票市场里，富豪大亨们聒噪着，在人民面前不加掩饰地推脱责任，仿佛他们是一群圣洁的白鸽。

那支撑希特勒的又是什么呢？是机械，是机械带来的强大冲击力，是人类对工业文明的崇拜，是人类开始追求效率的生活模式。原本就已微弱的上帝的声音现在彻底淹没在强权的鞭打声中，淹没在高压水龙头的冲击下，淹没在传送带发出的隆隆声中，淹没在人们的幻想中——整个城市可以在一夜之间消失，也可以在很短的时间内膨胀。在有计划的指令下，人口增长迅速，工程师描绘着模糊的蓝图，成千上百万的人在求救，成千上百万的人卷入战争，成千上百万的人祈求着和平，成千上百万的人走上自杀的道路，成千上百万的人在朝着伟大的目标前进，成千上百万的人在追求效率的道路上奔跑，成千上百万的人生活在孤独中。

---

① 哥特人（Goth）：哥特人是史上首批劫掠罗马城的蛮族势力，西方古典时代的秩序也因哥特人对罗马城的劫掠而开始瓦解。

保罗看着窗户底下的城市。雅典和伦敦、罗马、纽约、巴黎、柏林或者其他大都市没有区别，空气里弥漫着仇恨的情绪。从维也纳的低廉旅馆到神圣罗马帝国的闹市，在每个城市的上空回响着如泣如诉让人心碎的歌声。城市成了滋生仇恨散播仇恨的地方，各种各样的仇恨在这里生根发芽，贫民窟里对犹太人的仇恨（蔑视一切，除了聪明），老板对工人的仇恨，工人对自己胆怯的仇恨，资产阶级对自己深夜所思考的事情的仇恨。而所有的仇恨的根源不正是因为商业大亨们对社会责任的推脱。

保罗伫立在窗户旁边，陷入了沉思：每个城市都有群众在集会，可是和现实中集会的那些人对比，自己书里对主角以及配角的描写无疑是苍白的、是不真实的。从这样的背景中创作一部小说，能行吗？有作家写过类似主题的书吗？一部小说首先要关注人民，而不是主义，只是人民在主义面前显得如此微不足道。

保罗离开窗户，走到自己伏案工作的那张桌子前，蹾实桌上那一沓书稿，放进盒子里，然后脱衣关灯，把自己放倒在床上。一个孤独的身影在夜色中执着地前行着，更远一点的地方，在宪法广场那边，一辆出租车不停地摁着喇叭，像是野狼在暗夜里发出的嚎叫声，还好，那声音很快消失了。

四十一

亚德里住在哈利法克斯市南头的一座老房子里。这座房子是一户从外地搬来哈利法克斯的人家很多年前盖的，现在改成了旅馆。房子又老又旧，看得出很多年都未修缮过。亚德里租下三楼的一个房间，爬楼对年迈的亚德里来说无疑很辛苦，但这种辛苦和三楼窗外的风景比起来还是值得的。从这个房间可以俯瞰整个港口，有雾的晚上从港口传来的鸣笛声仿佛就在楼下呜呜呜响着，声音一下子就把亚德里拽回到过去四海为家的日子里。

过去的三个星期里亚德里感觉好多了，好到有时候他甚至觉得自己已经完全从去年冬天的病恙中恢复过来。他要求自己每天早晨八点钟必须起床，即使很累他也坚持，早饭有人直接送到他房间里，中饭和晚饭他去附近的一间饭馆吃。天气云淡风轻，在新斯科舍省，六月的气候干爽怡人。现在已经是七月初，日落后柠檬树散发出阵阵清香。大部分的时间他坐在窗户旁边的椅子里看着风景，晚上八点半才会去床上躺着，抱上一本书看，直到不知不觉睡着。

一个月前，珍妮特和海瑟来到哈利法克斯，过来陪他，亚德里感到自己不再是孤孤单单的一个人。唯一让他感觉别扭的是女儿珍妮特正在试图改变他的一些生活习惯，说是为了他好。珍妮特在这座城市没有朋友，找不到去处打发时间，所以往往在亚德里身边一坐就是几个小时。

这是一个很小的房间，即便房间小，房间里一面墙上还是被主人摆满了书，房间里只有一把椅子，紧靠书架放着。亚德里坐在窗边的沙发里，他的对面是床，占据了房间的大部分空间，再往远是门，通往外面的公共走廊。亚德里把所有的积蓄都用在购买圣马克的农庄上，除了几件衣服和书，几乎没有什么财产。

亚德里坐在窗户旁边看风景。珍妮特像往常一样走过来帮父亲调了调枕在脑后的枕头，手很自然地放在父亲的手上。女儿的举动让亚德里心里一阵感动，但是他并没有去握女儿的手，因为他知道不喜欢流露感情的女儿很快就会把手撤回去。果不其然，珍妮特很快就把手撤了回去。

"生活真是不容易,您说是吗,爸爸?"

亚德里没有说话。自从生病后,他变得多愁善感,容易掉眼泪。此时,看着女儿憔悴伤感的脸庞,他忍着不让眼泪流出来,脸上勉强挤出一丝笑容。可怜的女儿!她总是担心这个那个,很少过过什么消停日子,虽然有些也是她自找的。他其实可以教导女儿去发现生活中的乐趣。如果他是个读书人或者至少看上去不是现在这样的粗人,女儿也许会敬重他这个爸爸,多听听他的意见。但是妻子的教育让女儿从小时候起便一直看不起他这个父亲,即便懂事后她因为自己曾经那样看不起父亲而感到羞愧,但父女俩之间始终隔着一层。

"为什么这么问呢?"亚德里问。

"是海瑟的事情让我这样想,可我怕您听了会不开心,不忍心打扰您。"

"如果是海瑟的事情我当然不介意听听。"

珍妮特重重地叹了口气,忧心忡忡地说道:"海瑟上次从纽约回来参加她爷爷的葬礼,我以为她这次回来不会再走了,以为她已经过够了在外漂着的生活,可是现在看没有那么简单。您也知道我一直都盼着她能和我待在蒙特利尔,这里才是她的家!毕竟,她已经是二十八岁的大姑娘了,也该找好男人稳定下来,再说像她这样的孩子,在蒙特利尔有大把的机会。只是,这孩子太任性了,一点都不听话。"因为生气,珍妮特的嘴噘得老高。

亚德里眨眨眼,转过头盯着窗户里自己的脸庞。那是一张毫无血色垂垂老矣的脸庞,像是一具空皮囊。头发几乎掉光了,只有一双耳朵像以前一样支棱着,只有一双眼睛里略略还留着点儿神气,不过他的声音听上去没有多少改变,还和以前一样洪亮。

"你为什么说她任性呢?"

"唉,也许只是我自己这么认为吧,可是我又觉得我的想法不是无中生有。"

"好了,珍妮特,你怎么说话有点像马奎因,支支吾吾的。在爸爸面前,有什么不可以直截了当地说出来的?我又不会因为你说错了什么而揪着不放。"

珍妮特的脸红了,瞪着黑亮的眼睛替自己辩护:"我可不是马奎因。"亚德里看着女儿脸红脖子粗的样子,心想:怎么女儿年纪越大那张脸看上去越严厉。

"您就别装糊涂了。"珍妮特说。

"我不知道你在说什么。"

"爸爸,你非得让我说出来吗?那个叫保罗的年轻人!虽然我只是在他很小的时候见过这个孩子,但我一直对他有印象。我今天才从海瑟嘴里知道两个人一直在通着信,您说我该怎么办?"

"这么说你知道这件事了。"

"当然。"

"那好,我问你,海瑟为什么不能和保罗通信?两个孩子打小就很要好。"

"这么说您早知道这件事?"

"当然了,保罗一个星期前从欧洲回到哈利法克斯。我还想,这下俩孩子见面也方便了不是?"

"海瑟最近一直念叨,说让他和我们一起吃晚饭,就在今晚。我倒也不反对吃吃饭什么的,我也想见见这个男孩儿,省得心一直悬着,猜来猜去。"

"噢！那你担心什么呢？"亚德里疲惫地说。

"您知道我担心什么啊。"

亚德里笑了："这有什么可担心的，孩子。如果两个孩子彼此喜欢的话，他们可以结婚啊。"

"啊？！爸爸，您怎么可以这么想，这么想太可怕了！"珍妮特脸上瞬间换上了一副怒气冲冲的模样。亚德里想：这就是女儿的做事风格，先把她一直担心的事说出来，听到被别人证实后又一脸的紧张不安。女儿与其摆出这副焦灼万分又怒气冲冲的样子，还不如冲着他发一通脾气。

房间里的气氛一下子紧张起来，疲倦向亚德里袭来。他想：自己的身体现在已经成了这样，和女儿待在一起，怎么打发时间都可以，就是别在这种让人焦躁的气氛中待着。

"严肃点吧，爸爸。他们两个结婚，这事儿根本不可能！想都别想！"

"怎么就不可能？"亚德里看着珍妮特，二十年过去了，女儿的举止性情还是一点没变，坐在你旁边的时候，她总是两手紧紧地交叉在一起放在大腿上，白皙的关节看上去特别分明。女儿就是这样，在外人面前总是和和气气的，可一回到家里，就总是找家里人的事儿，制造紧张情绪。这显然对她的亲人不公平，可在不了解她的人的眼里，哈维·梅休因夫人可是一位非常有魅力的夫人。

"这两个孩子是哈维托付给我的，很神圣的托付！"

"每个孩子对父母来说，都是托付。"说完亚德里扭头看着窗外，继续说道，"你从来都不会把我和你说的话放在心里，所以我怎么想有什么要紧的？"

"您这样说对我公平吗？我怎么不把您说的话放在心上了？"

"算了，孩子，我们还是不要吵了。"

珍妮特的脸色和缓下来："请您从我的角度想想。说起来我们每个人都生活得很孤独，即便有海瑟和达芙妮这两个孩子陪着我，可我还是觉得孤独。"亚德里想，女儿说这话的时候肯定是想起了达芙妮，因为珍妮特的那张脸上瞬间布满了愁云。"我虽然没有给梅休因家生下儿子，但他们是我的家人，我不能不顾忌他们的想法。"

"家人？"船长直言道，"你是说哈维·梅休因那些表兄堂妹和他那些七姑八婆的亲戚吗？可是哪个对你最重要呢？海瑟的幸福还是那些闲言碎语？梅休因家亲戚喝茶时随便说说的事情有那么重要吗？"

"您还不明白吗？这些人喝茶时闲聊的几句话是极有可能关系到海瑟的幸福的，我看您根本就不了解生活在那样的家庭意味着什么。"

"那好，既然是你先提这件事，那我就替保罗说几句好了。他的祖上住城堡里，骑着高头大马为法国国王浴血奋战的时候，梅休因家的人在哪里？恐怕还是身上只有一条裤子，在英格兰某个地方给人挖渠谋生的穷汉吧？要不就是给附近村子里的小店送送杂物，或者驾着大马给停泊在格拉斯哥码头的那几条船送送酒什么的，也许连那样的活儿都揽不上。再说了……"

珍妮特生气地摆着手，似乎要阻止父亲说下去。亚德里没有理会女儿，自顾自地说道："这个男孩儿不是一事无成的孩子。海瑟是个幸运的女孩儿，如果你非得要问我，我会说这个男孩是个幸运儿，幸运终有一天会降临到这个有才华的男孩儿头上。你问我的看法?这就是我的看法。"

珍妮特低下头,双手握在一起,嘴又噘了起来:"好了,爸爸。您没必要这么激动,生气对身体不好。"

船长把手放在自己的额头上——他确实很生气。

珍妮特继续说着自己的观点:"您对梅休因家的看法是荒唐的。巴达霍斯围城战中,梅休因将军的爷爷是里面的一个大官!"

"也许这家人就是从那时候开始发迹的!"亚德里回敬女儿道。

珍妮特嗔怪似的看着父亲说:"您能好好听我说几句吗?爸爸!"

"你说吧!"

"您总得面对事实吧。这个年轻人也许人品不错。我不怀疑这一点。但是法国人和英国人结婚是天底下最糟糕的一件事,这也是梅休因将军常说的一句话。虽说梅休因将军也有一些法国人朋友,而且他也喜欢和他们来往,但即便这样,他还是说法国人自己就很反对民族之间的通婚,比他这个英国人反对得都要厉害。"

"那又怎样?"亚德里说。

"再说那男孩儿也配不上海瑟。他不过是个汽车修理工,一度靠打冰球讨生活,他甚至还做过水手。"

"我曾经也是一名普通水手来着。"

珍妮特的脸红了:"他和您可不一样!我是说这个孩子到现在为止都没有一份体面的工作。他二十九岁,还是三十岁了?也许三十岁都不止。可到现在还在晃着。您知道马奎因是怎么评价在这个年纪还没有一份体面工作的男人吗?"

亚德里双手紧紧抓住椅子的扶手。他讨厌别人对自己发火，更讨厌自己发火。他也知道自己现在的身体状况不允许他发火生气，可是他还是控制不住内心的火气："像马奎因这样的人可没有权利去谴责别人没有工作！这就像一个人从小猫那里抢走它的牛奶却反过来问小猫凭什么会饿一样。"

"请您别这么说，爸爸——我可不喜欢您这样说我的朋友。"

"那就别把马奎因当朋友，他这辈子帮助过别人吗？"

珍妮特还在揪着海瑟的事情不放："可您忘了一件事，我是海瑟的妈妈，我不可能就当没有这回事儿！"

"什么事？"

"那男孩儿是个罗马天主教徒！"

"噢！终于说到这上面了！"亚德里说。

"这确实是一个很重要的原因，即使换作您，不也得承认这很重要吗？"

"有什么重要的？即便保罗是个佛教徒又有什么关系呢！我有个伙计，原来是卫理公会的一个相当虔诚的教徒，我们的船到上海时，他认识了一个女孩儿，两个人结了婚，那女孩儿是佛教徒，也是个美人儿，身材和脸蛋没得说，有多少英国女人嫉妒她嫉妒得要命！两个人在上海住了三年，男人那时在卫理会的教堂唱诗班里工作，女人则去她的寺庙里拜佛。两个人很和睦，后来那男人回到英国，两个人就分手了。我上一次见到那个朋友时，看见他跟一个又老又丑的女人在一起，那女人脸扁扁的，看上去像把斧子，小眼睛红红的，鼻子长得像雪貂……"

"爸爸！"珍妮特阻止道。

"行了，不说了。"

"不管怎么说,这件事都是不可能的,两个人从任何方面来说都不般配,不过我还是担心,一旦两个人不听话在一起了怎么办?难道我们这些做大人的眼睁睁地看着海瑟的孩子成为一个天主教徒?法国人在宗教信仰这一点上很顽固的,这您不是不知道。在为小孩子选择信仰的问题上您根本争不过他们!"

由于气愤,亚德里的眼睛不停地眨巴着。他尽力压抑着内心的情绪,说:"听着,珍妮特!在这个国家里,把宗教喊成一面旗帜是不公平的。保罗是天主教徒,可他也是新教徒,然后他又转回到天主教,在宗教信仰上那些人已经把这孩子像足球一样踢来踢去。至于他现在信什么,我从来没问过。但是我知道每个人有他自己的个人信仰,如果海瑟真想知道他去哪个教会,那就直接去问他好了。这不是我要管的,也不是你要管的,这事儿和一个男人在床上如何爱自己的妻子没什么关系。"

由于生气,珍妮特的眼睛不停地眨巴着:"您难道非得这么说才解气?"她的语气变得急遽:"那些人死时一定要握着蜡烛才肯咽下最后一口气。我记得梅休因将军就常这么说。"她从椅子上站起来,"爸爸,我不会让我的女儿和这样的人结婚的!"

亚德里突然觉得好累。他努力克制着以不让自己倒下。心想,自己这么生气可不是好事,再过两个小时,他还得走下三层楼梯台阶,出大门一直走到那个饭馆去吃饭,保罗在饭馆那里等着他,他得攒攒精力,要知道保罗这次面对的人可是珍妮特,他得帮着这个小伙子。如果现在就给这股疲倦折腾趴下了,那得第二天才能缓过劲儿来。

珍妮特没有注意到父亲困乏的神情,依旧沉浸在自己的情绪中:"如果海瑟不是这样叛逆的话……"

亚德里彻底给激怒了。他身子前倾，生气让他的脸涨得通红：“听你这么说真要命！”

珍妮特一脸诧异地看着父亲。

"海瑟只是做她想做的事情，可你却拿这件事谴责她？！"

"但是爸爸！我是她的母亲！我必须得为她考虑。"

"考虑什么？！你这样做保罗和海瑟会怎么看你，你考虑过吗？你觉得当父母的如果这样做会让孩子们尊敬我们吗？我们是把自己对生活的选择强加给这些孩子，这么做只能把事情搞得一团糟。八年了，保罗不得不从一个地方流浪到另一个地方，四处寻找工作，不就是因为我们这一代人的做事方式吗？你在我面前说什么叛逆！那我现在就告诉你我的看法！在这个国家里，我们的小孩子听到的第一个词是'不'，听到的第一句话是'你得小心'，也许只有上帝知道我们怎么会变成这样！在我还是个孩子时，这个国家远不是现在这副样子。你和你的那些朋友，你们看见一个男孩和女孩结婚前待在一起就会指指点点说三道四。但是你知道吗？你周围的那些朋友，他们为这个国家做的错误决定已经让我们这个国家损失了成千上百万的人，这些人在战争中死去，而你和我却在这里纠结我们的孩子是不是能为她自己的事情做一回主？更何况这样的事情连不道德都谈不上。这样下去肯定还有让你觉得更糟糕的事情！只要是人，就不会喜欢成天有人对自己的生活指手画脚，说'你不能做这个，不能做那个'。所以，别在我面前提什么叛逆，因为我真的不想听！如果你也能做出点叛逆的事情来，那么你远比现在要快乐幸福得多！"

气愤让亚德里感到疲倦。他一直想忘记自己是个病人，可是病显然没有忘记他。他不能再这样生气了，他的身体不允许他这样，生气对他来说是奢侈品，一件他不该拥有的奢侈品。

"珍妮特，忘了我刚才最后说的那些话，算我没说！"

"这就是您的问题，爸爸。您从来都是没有想好就脱口而出。海瑟这一点跟您很像，亨特利·马奎因就这样说过海瑟。"

"我毫不怀疑。"亚德里嘟囔了一句。

"我看亨特利说得很对！"

"他怎么都对，行了吧？"

珍妮特从椅子上站起来:"我们别再说这件事了。我想让您帮帮我，因为海瑟总是听您的话。但是现在看来您不想理智地站在我这一边，帮我处理这件事。"

亚德里虚弱地笑了起来:"你应该知道的，孩子，你父亲从来就不是一个很理智的人。"

珍妮特勉强挤出一丝笑容，亚德里见此知道女儿那是在尽量打破父女之间的隔阂。他还知道女儿根本说服不了自己站在她那一边。

"爸爸，"珍妮特语气放缓说道，"我先离开一会儿，您睡上一觉，情绪太激动对身体不好。"

"我没事。"

珍妮特刚刚离开，亚德里就感觉自己整个人瘫软下来，体力透支得厉害，仿佛刚才的生气和愤懑让这几个月的静养付诸东流。他禁不住又想:海瑟和保罗似乎注定要忍受这些偏见的折磨，就像保罗的父亲阿萨纳斯经受的磨难一样。在阿萨纳斯的事情上至少还情有可原，因为阿萨纳斯当时站在了整个民族传统的对立面，但是保罗不一样，亚德里对女儿对保罗的看法感到失望，他没想到珍妮特会这样看保罗。他闷闷不乐地想着，慢慢地进入了梦乡。周围的一切安静下来……

当他再次醒来时,太阳已经西斜,屋外物体的影子被拉长了很多,窗外就是柠檬树的顶端,从那里看过去,亚德里看到乔治岛在海面投下的阴影。一时间他有点迷糊,仿佛整个人在漫无边际的云里飘着,他问自己:眼前的一切是他的幻觉还是真实的风景?他记得在这个时间段,从自己坐的地方是看不到乔治岛的。

天色看上去已经很晚了。窗外,知更鸟叽叽喳喳的叫声从草地那边传来,亚德里听出这是那只把巢安在离亚德里房间外不远的房檐底下的母知更鸟在叫。每天清晨,亚德里都会被这只母知更鸟喂食给刚孵出来的小鸟的声音吵醒。他猜测是不是快到和两个孩子吃晚饭的时间了?他一边把手伸进口袋,摸索着想找到那块手表,一边想:不知道海瑟这次是不是还穿着她那件绿颜色的衣服;那孩子说过她穿这件衣服是给外公看的,不过他心里明白:这丫头这样穿可不是为他这个老头子,她是为保罗穿的。海瑟长大了,长成一个聪明伶俐的丫头,看来她是在纽约学会如何扮靓的。想到这里,亚德里心里对自己笑了笑——只可惜珍妮特一直不喜欢海瑟的穿衣风格。

这一觉醒来感觉身体轻松了许多,随着身体的放松,他的思绪也渐渐变得漫无边际,头脑有点飘飘然,但对四周事物的体验却像清晨水里的石头,清晰,可触摸到的冰凉。他仿佛又一次闻到了以前的日子的味道,闻到了家乡阳光的味道——那摇曳在山谷中的三叶草散发出的气息,以及从一英里之外的码头飘过来龙虾的咸味。那时候生活艰难。不过人们从不抱怨。只要是健健康康地活着,再大的困难都不怕,为了开阔眼界,他当了水手,从此与船和大海为伴,他曾经在暴风雨中出生入死过,享受过那战胜暴风雨后心胸豪迈的感觉。后来还有了自己的船，但是他还是觉得生活并没有完全在他面前打开，船上的生活艰苦到让人不忍回忆，腌马肉又肥又腻，散发出一股腐烂的味道，除非饿得不行了才吃上几口垫垫肚子。船长们都很严厉，他不止一次看见过那些船长呵斥船员。即便你不想用"无情无义"这种字眼形容他们，即使上岸后他们往教堂跑得比谁都勤，你心里还是明白，他们不过是些无情无义的人。他第一次出海时才十五岁，船上的大副动不动就辱骂他，打发他去爬桅杆。吊在桅杆上面，他感到自己的后背心都冻麻了，可这就是船上的世道，因为工作太少，只有强者才能留下来。大副是一位虔诚的基督教徒，熟读《以赛亚书》，可以大段大段引用里面的话，后来另外一个人顶替了大副的位置，大副便从桅杆的最上头纵身跳进狂风掀起的海浪里自杀了，船上的人给他举行了葬礼，汉斯船长读悼词的时候嗓音平静，没有丝毫良心上受到责备的意思。他当上二副的第一年究竟干了些什么他已经记不太清了，只记得他曾经用木桶给一个男人的脑袋开了瓢，对另外一个男人拳打脚踢只因为那个上了年纪的人跑上来围观。他从来不强迫别人做事，不过当一个人老了，回头再看，这样想事情也许有点睚眦必报，因为有些事情不是每个人想做就能做的，有些人就是没有能力做好在他人看来轻而易举的事情。但是如果他不硬气的话，就换成那个人来揍他了。这就是世道。这就是生活。即便他不想承认，但是大体上说，在好人和坏人之间，一般人宁愿选择后者。老汉斯的声音又一次在他脑子里盘旋，那个狗娘养的是这样读经的：神给予，神取走。求神赐予。人们嘴上重复着上帝的话语，但做的又是另外一套。

生活就像在不同天气里行船。虽然这话听上去有些伤感，但却是事实。孩童时幻想奇迹发生；二十多岁炫耀武力和肌肉；三十岁野心勃勃；四十岁活得谨慎小心，不过心里仍存腌臜之念；之后如果你幸运的话，人也许会变得柔和。对于亚德里这样有天分亦有勇气的男人来说，他只是接受这世界给他的任何条件，而他从这条件中去尽可能创造。但是在创造的过程中，知识是必不可少的；否则的话这之中的美就浪费了。美在他的晚年来到他身边，但是他却不能纵情享受和体会生活中的美妙。

过去的几年里，他几乎每天都去达尔豪斯大学①图书馆读书，在那里他可以利用图书馆的许多资料充实自己。他发现很多年轻时因为无知而错过的东西。去年冬天，就在他生病的前一个星期，他发现一本书里面有瑞典和波希米亚风格的玻璃杯，就是那么一个小小的花瓶样的东西，一个男人可以任他的想象力翱翔，并在其中发现无尽的乐趣。他想起曾经有人给他看过一些陶瓷和水墨画，想以此引起他的兴趣。因为从小受过苦，所以那时候他觉得这些东西中看不中用，喜欢上了很容易玩物丧志。他认为一个人如果把自己的心思放在那些事情上，那他势必要变得软弱。等到下一次在船上碰上一个要修理人的强悍的家伙，他可不希望自己再也打不出一记疾风般凌厉的右勾拳来。所以，他只是看了看那些中国水墨画就回到了船上，那天晚上他和二副喝醉了，来到海边，和一艘从波士顿来的船上的几个家伙打了起来，第二天还在宿醉的他带伤继续出海。

但是现在，他感觉自己的生活为他打开了另一个奇迹，他一

---

① 达尔豪斯大学（Dalhousie University）：位于加拿大新斯科舍省哈利法克斯市，加拿大最好的大学之一。

头扎进新的生活里，一心希望这奇迹能多陪伴他一阵，不要痛苦，也没有悔恨。为什么不？如果他小心些，他的病症可以减退些。达尔豪斯大学里的那些人对他很友好。他甚至和大学里的一个科学家交了朋友。那个人对船和航海很有热情，也很佩服亚德里。通过这个教授的关系，他可以使用实验室的某些设备。他曾经通过望远镜仰望星空，看到绕土星的光环和月球上的那些山脉和火山坑。他也把望远镜转向猎户星座方向的星空，当浩瀚的星空展现在他面前时，他几乎被震惊到了，可以说望远镜让他看到了另外一个世界。对于亚德里来说，直到这把年纪他才看到一个高中生很容易看到的世界。他每天沉浸在实验室里，与其说是带着科学的态度研究那些生物，还不如说他是因为好奇心才这样做的。那些镜片下的微小生物，数目多到超出你的想象，根本数不清有多少个，直到你眼花缭乱，同时惊奇于由这无数微小生物组成的大千世界是如何和谐，承认人类的无知，作为这个世界的一分子，心甘情愿地去歌颂这个世界的美与和谐。一旦有了这样的意识，你便会觉得人类费尽心机的活动不过是在给人类自己制造尽可能多的麻烦而已，更不能理解为什么这个社会给予政治家至高地位。除非人类和这显微镜底下的生物一样，根本没办法左右自己的命运。不，他不相信这一观点，也拒绝去相信这种观点。

  一只知更鸟飞到窗户旁的窝巢里，那是只母鸟，嘴里叼着一只小虫子。亚德里抬起身子，想看看那些小鸟，但是看不到，鸟巢躲在角落里他视线够不到的地方。他用手抓住窗框儿，想从椅子上站起来，可是突然膝盖一软，紧接着，一阵钻心的疼痛从眼睛后面刺入他的大脑，一下子把浑身颤抖的他击倒在椅子上。亚德里疼得闭上了眼睛。黑暗中一束裹挟着微小尘埃的光线穿透进来，剧烈的疼痛让他想喊想叫，他挣扎着，想说那些光线里的微尘就是活着的生物，他因为能看见它们而感到欣慰和感激。可是脑袋却往后一仰，嘴里停止了呼吸。

一个小时后，海瑟和保罗来找亚德里想带着他去吃晚饭。他们以为他只是睡着了……

四十二

两个星期以后，海瑟躺在床上，晨光从外面洒进房间里，海风习习，远处传来海鸥和塘鹅的叫声。

海瑟动作轻盈地从床上起来，踮起脚尖走到窗边。波塞湾像是一把打开的折扇，嶙峋陡峭的"三姐妹"勾勒出海湾的部分轮廓，那块仿佛从天而降的巨石看上去颇像一艘搁浅在海面的大船。时间已是破晓时分，博纳旺蒂尔岛①像是一只浮在海面上的鸽子，把自己深灰色的脊背展现在游客眼前。北方的霞光破晓而出，橘红色的朝霞染红了天际，也染红了四周的赤松和近海海面。周围的一切沐浴在霞光创造的橘红色里。

海瑟蹑手蹑脚地重新溜回床上，钻进被子里，侧过身打量着睡梦中的保罗。天色越来越亮，先前照在保罗脸上的晨光消失了，保罗还在熟睡，呼吸平稳，嘴巴微微张开，手松松地攥成拳头搁在毯子上，像个小孩子，海瑟看着保罗的那双手，心想，自己以前从来没有这种感觉，在和保罗分开的这几年里，她记得最清楚

---

① 博纳旺蒂尔岛（Bonaventure Island）：位于圣劳伦斯海湾的一个小岛，博纳旺蒂尔岛也被称为"鸟岛"，是世界最大的塘鹅聚集地。

的就是保罗的这双手，它们在她的印象里一直是强壮的，可是昨天这双手抚摸起自己时是那么的轻柔，轻柔得她不用看也知道那是他的手在抚摸自己。

海瑟把脸颊贴在保罗的肩窝处。睡梦中保罗动了一下，像是要翻身，海瑟轻轻坐起来，保罗没有醒，又睡了过去。

海瑟回忆起过去两个星期两个人在一起的时光。他们从哈利法克斯出发，先是沿着新斯科舍省那条风景宜人的"长廊"开过来，然后拐上新不伦瑞克省的周围尽是云杉的那条路，最后开上那条几乎是贴着半岛的边缘向前延伸的大道上，汽车右侧是碧蓝的大海，左侧则是悬崖峭壁，天空蓝得出奇，这里的海鸟比其他任何一个他们去过的地方都多。处处可见在悬崖边上觅食的海鸥，它们在海边礁石附近的水域盘旋，身姿矫健且优雅，孤独却又残忍。还有塘鹅，这些鸟的翅膀展开来比天鹅的翅膀都要宽，它们瞪着血红的眼睛，像是炸弹一样从天空俯冲而下，然后掠过水面，扬长而去。

房间里越来越明亮，海鸟的叫声也变得愈加清晰。海瑟看着睡梦中的保罗，心想：保罗爱她，但并没有沉溺于两人卿卿我我的世界中而放弃自己的追求，对于这一点，她很理解，虽然她不是他的全部，但是她可以和他的那一部分一起存在。她永远都记得保罗脸上的神情，她想起昨天晚上临睡前他在床上读书时专注的样子。保罗的脸给人一种老成持重的印象，看上去比他的实际年龄显得要大，也许是因为他总是给人一种过于严肃的感觉，所以每次他笑的时候却显得非常年轻，特别是他露出惊讶的神色时。每当海瑟抚摸他时，他脸上展露出来的柔和神色和他平时的样子特别不一样。每次海瑟赤裸着身子躺在他身旁时，他看着她的眼神分明是在说他看不够她的曲线曼妙的胴体，看着保罗这样，海瑟甚至怀疑自己是否有那么美。

和保罗在一起的这些日子，海瑟彻底丢掉了以前的包袱。她只想过好和保罗在一起的这几天。就像是突然的新生？对于一个女孩来说，这就是新生。但是对于保罗来说是什么呢？——她不知道。她想到保罗正在写的小说，心里希望自己要是没有在他们刚在一起的那几天读那本小说就好了。是她告诉保罗一直等到自己读完全部手稿后才可以和他探讨这本小说。小说里的情节让她想起保罗过去的那些经历，那是一段混乱的生活，他现在终于可以和她一起躲在时间的小屋里，享受时光的美妙。

保罗的身体动了动，海瑟努力控制住自己不去叫醒他。睡梦中的保罗看上去那么放松。海瑟突然有了恶作剧的想法，她想把他叫醒，可如果那样，他很快又会带着她一起沉浸在爱河里。想到这里，海瑟的心充满了柔情蜜意。

昨天他们去了海边，一条条被挖去内脏放在阳光下晾的鳕鱼躺满了海滩。海边的空气里弥漫着一股鳕鱼散发出的气味以及渔夫们给船补漏时用的材料的味道。保罗把海瑟一个人丢在礁石上，独自穿过海滩去和在渔船上忙碌的渔夫说话。他说的是法语，是那种特别口语化的法语，保罗和渔夫的闲聊隐约传到海瑟的耳朵里，可是她只听得懂很少的一点，海瑟心里明白，保罗其实是喜欢回到魁北克的感觉，他把这里当成了自己的家乡。想到这儿，海瑟心里竟然有些害怕，是不是所有的女孩都是这样，她们爱上一个男人，全心全意地爱他，可有一天突然意识到那男人很可能会轻易地忘掉自己，她们会感到恐惧。海瑟看着保罗站在海滩上，一直在和那个渔夫说着话，用的是他们自己的语言，而她只能在外围看着他。一个小时过去了，也就在那时，海瑟突然意识到自己和保罗属于不同的民族，他们说着不同的语言。看着保罗穿过那些礁石向自己这边过来，她心里竟有了一种触电般的喜悦感觉。保罗把手伸向她，两只手接触的刹那间那种隔膜便消失了。他们穿过一大片开满了巨大野生雏菊的草地，爬上右手边那座被当地人叫作"曙光"的悬崖，站在悬崖上看着海鸥在天边盘旋，感受着强劲的海风拂过脸颊，头顶上方的大朵白云在海风的推动下缓缓在天空漂移。

外公去世后，马奎因一听到消息立刻从蒙特利尔乘飞机过来帮助珍妮特料理葬礼上的事情。马奎因的这一举动让珍妮特十分感动，因为她知道马奎因一向很讨厌坐飞机。葬礼结束后，珍妮特虽然不愿意把海瑟一个人留在哈利法克斯，可是害怕晕车的她没有选择和海瑟一起开车回去，而是在马奎因的陪同下坐火车回了蒙特利尔，留下海瑟一个人开车回去。

海瑟不记得以前在哪里读过一段话，大意是说一个人，如果心里有些想法，那么在某些时间他必须讲出来，否则的话他一辈子都不想再说，而这就是海瑟的感觉。她和外公的心靠得很近，她回忆起外公的时候并不感到十分悲痛，外公走时并没有多少遗憾。珍妮特很伤心，可是也许她没有意识到那伤心里有很多是为自己的。周围的人一个又一个离开了她，空把珍妮特留在这种孤寂的生活里，她自己把自己和这种孤单的生活捆绑在了一起。

海瑟一个人留在哈利法克斯，好像是上天的安排，她又可以开始自己的生活了。就在珍妮特和马奎因离开哈利法克斯的第二天，海瑟和保罗结婚了，这之前两个人并没有任何预谋。而她终于找到了归宿，对于自己的选择，她心里感到很平静。她看着他的眼睛,他是诚实的,那双眼睛分明告诉她他没有钱和工作,海瑟也是第一次能自己做主,说出自己的意愿。她接受这个风险,知道自己没有回头路可走。只是因为她如此爱保罗,把他视作自己生命的一部分。对于一个男人来说倒不尽然,他要工作,他心里有这强烈的动力,这种动力陪伴着他,让他并不感到孤单。

保罗微微动了动,呼噜打得更响了。海瑟看着睡梦中的保罗,微微一笑,脸上露出半是恶作剧半是开心的表情。她把手放到保罗的嘴唇上,把那两瓣嘴唇轻轻地捏着合到一起,没过一会儿,保罗的嘴唇又张开来,呼噜声重新在房间里响起,听上去有趣极了,甚至带着点自得的意味,给周围的空气平添了一份温暖和惬意。海瑟贴近保罗的身体,喃喃地说道:"亲爱的,想到你会这样的。"

保罗的身子动了一下,睁开眼睛看着身边的海瑟。他终于醒了。

海瑟朝保罗做了个鬼脸:"你刚才打呼噜了。"

"真的吗?"

"你睡得很沉。一直打呼噜。你是被自己的呼噜吵醒的。"

"我是因为想着你才醒过来的。"

"你是因为想我所以才打呼噜的!"

保罗看着海瑟,一脸的庄重之色,海瑟把头靠近保罗。保罗搂住海瑟,她听得见他的心跳,享受他把手放在她的后背的感觉。这双手真神奇,粗糙,却又无比温柔体贴!

"你真的在想我吗?"海瑟耳语般地问道。

"嗯。"

"睡梦中也想?"

保罗没有回答,似乎从睡梦中醒了过来。这让海瑟纳闷这人是不是总是醒来得这么快。

"我想起了什么事情,所以醒了。"保罗说,"我得告诉你。"

"什么事?"

保罗迟疑了一下:"我爱你。"

保罗突然这么说似乎有些奇怪,但海瑟知道他是发自肺腑说的这句话。他以前从来没有这样对她说过"我爱你",但她知道保罗爱自己,她知道他对自己的爱有多深厚。

"亲爱的!"海瑟也喃喃地说着。她安静地躺在保罗的坚实的臂膀里。保罗的胸膛是那么结实,大腿上的肌肉是那么有力,那种生命的张力是多么生机勃勃。海瑟娇小而光洁的身体依偎着保罗。保罗总说她的皮肤像是丝绸,海瑟很高兴保罗这么说自己的皮肤。也许真是这样,因为他很少和她说这样的恭维的话。也许保罗爱的是躺在他身边的这具身体,富有弹力而又柔软的丝滑的身体。不是任何一个女孩,而是她——海瑟。海瑟安静地躺着。

"我从来没有想过我们会在一起,可是就是这样。我知道我爱上了你,不管未来怎样,我现在不是我自己一个人,而是还有你,我想我得告诉你这一点。"保罗说得很慢。

过了好长一会儿,海瑟小声说:"你后悔吗?"

"为什么会后悔呢?我们已经在一起了。"

海瑟给了保罗一个长长的吻,心里想着保罗的那些话,唇间感受到保罗的心跳。过了一会儿,她抬起头,看着保罗,调皮地笑着说:"亲爱的,当你那样说时,我心里好爱你。"

"我说的是实话。"

"反正你现在即便后悔,也来不及了。"海瑟开玩笑地说。

"我爱你是因为你是你。因为你的美,因为……"

"可是达芙妮总说我太胖了,还说我的嘴太大。"

"达芙妮是傻瓜,你的嘴很漂亮。"

"我觉得自己太矮,再长高四英寸①就好了。"

"那是不是说我得再长高五英寸才行呢?"

"亲爱的,我猜你总想比我强。当你爱我,你想征服我这个人。"

"你低估了自己。"

"不管怎么说,我的眼睛分得太开了。"

"但是比例刚刚好,美和比例分不开。"

"你从哪儿看到的这个句子?我喜欢这句话。"海瑟突然严肃起来,"我真的希望自己在你眼里是美的,保罗。"

"你是美的。我爱你身上的好多地方,我甚至自己也不明白为什么会这样。"

"你这样说我很开心,似乎都有点承受不住,但是老天,你千万别是因为我的家庭那些事实才会爱上我。"

"你是我生命中最重要的人。"

"保罗,你也是我这辈子我见过的最把我当回事的人。保罗,我只想让你放松。"

"那你最近和我在一起,你心里一直怎么想?"

"我想让你开开心心的。我想让你躺在那里看着蓝天,一连几个小时什么都不用做。我想让你过各种各样的生活。我也认真想过我们俩的事情。"

"你还记得昨天我们在海滩上遇到的事情吗,海瑟?"

---

① 1英寸等于2.54厘米。后同。——编者注

"哪件事情？"

"当时我和那些渔夫说话来着，一转身看见你坐在礁石上等我，那一刻我感觉自己好像是回家了。"

海瑟脸上原来带着的调皮的笑不见了。她看着保罗的眼睛。

"可是那是个让人感到危险的幻觉，"保罗平静地说道，"我还有很长的路要走。"

"你知道吗，我现在很喜欢闻晒干了的鳕鱼的味道。一开始我不喜欢，但是渐渐地有点喜欢了，你呢？"

保罗抓过海瑟的手握在自己手里："你也知道，我很穷，甚至现在连工作都没有。你也看了我那些手稿，它没有那么好，我根本指望不了靠它能……本来我以为……"

"不，保罗！你写得很好！"

"海瑟，我讲的是事实。其实一直我们结婚那天我心里都很愧疚，当时我没有说出来是因为觉得你明白我的处境。梅休因家族给你的，也许我一辈子都给不了你。你知道那意味着什么吗？有时候……"

"说得好像是你必须给我点什么，难道你非得要给我点什么，我们才能在一起？"

海瑟低头折着手里的纸，不看保罗。

"我不想让你和我过苦日子，挤在一个小房间里，天天为柴米油盐操心。我更不想花你的钱，那不是我的性格。我一直在想某一天我会让我们两个过上好生活的，不过在那一天来到之前，我不想说得比做得多。可是在哈利法克斯……"保罗也低下头，看着海瑟忙碌的手，"你想没想过如果你家里的人知道我们已经结婚了，他们会怎么说？"

"想过，"海瑟放下手里的纸，平静地说道，"我当然想过，但他们的想法对我没什么影响。而是你，保罗，不管怎么说，你都不可以让他们伤害到你。"

沉默一会儿后，保罗用手捋了捋头发，准备起床。他对海瑟说："我并不担心因为没钱而被人瞧不起，我想给你名分。本来我是想等自己的小说出版后再向你求婚。这样在你那些家人的眼里我们的婚姻似乎更体面一些，或许也会让你心里舒坦些。可是现在呢，我们得忍受他们的说三道四。不过有一天会证明给你看，也给我自己看，或者说给每一个人看，我可以在我的事业中做出点成绩。"

"你已经证明了。"

"没有，我还没有。写作不像其他工作，它需要天赋，我还在摸索的路上，不知道自己是不是有这种天分。"保罗扶着床脚的栏杆，眼睛看着海瑟，"我会对你负起责任的。但是你不用对我负有义务。你还是自由的，海瑟，即使我们结婚了，但是你还可以选择……"

海瑟冲过去，用手指轻轻掩住保罗的嘴唇："亲爱的，有时候你说起话来像个傻瓜……"

四十三

第二天天气就变了，他们在滂沱大雨中开车离开了皮尔斯[①]。

[①] 皮尔斯（Percé）：加拿大魁北克省的一个小城市，位于加斯佩半岛（Gaspé Peninsula）的顶端。

到里维艾-奥-雷纳①时空气里已是寒意十足，冷风也赶来助阵，嗖嗖地刮个没完。到了蒙路易②后雨终于停了，从拉布拉多③方向来的凛冽北风席卷了整个海湾。海水翻滚着冲上海滩再漫到道路上，海面上泛着阴郁的冷光，那是一种在纽芬兰岛沿岸常见的景象。他们沿着半岛的弯处向大河入海口驶去，身后一直被北风追逐着，天气也一天比一天冷。快到卡普沙④的时候太阳已经快要沉下海面。经过一座挂着旅店标志的古旧石头房子时，两人停下车，决定在这里过夜。

得知保罗在海上工作过，旅店女主人表现出十二分的殷勤好客。她挑了最好的房间给保罗和海瑟，还特地让自己孩子提前过去把房间壁炉里的火生着。客厅里暂时没有其他客人，所以显得有点冷清。女主人邀请他们二人到厨房一起用餐。厨房里摆着一张巨大的松木桌子，灶台上放着一口巨大的铜锅，所有的家居摆设被擦得锃光瓦亮干干净净。

旅馆的女主人叫罗西露，是个头发梳得溜光走起路来一板一眼的高个黑发女人，看脸庞便知是诺曼人。她给保罗和海瑟端上来一碗蔬菜汤和新鲜的蒸大马哈鱼，一边看着他们吃饭一边聊天。吃完饭后她拿来一瓶法国波尔多红酒，几个人边喝边聊，罗西露告诉他们自己的丈夫在河上做领航员，每年圣劳伦斯河一开河，就离家去河上工作，之后的大部分时间都待在河上。他们有

---

① 里维艾-奥-雷纳（Rivière-au-Renard）：位于加拿大魁北克省加斯佩半岛的一个小村庄。
② 蒙路易（Mont Louis）：加拿大魁北克省的一个市镇。
③ 拉布拉多（Labrador）：加拿大北部纽芬兰与拉布拉多省的一部分。
④ 卡普沙（Cap-Chat）：位于魁北克省的一个小镇。

八个孩子：老大是牧师，老二在加拿大太平洋铁路公司旗下的一艘船上做海员。他们刚才喝的酒就是这第二个儿子给带的（有两箱呢！），她看起来好像很为这个孩子骄傲。罗西露夫人说话不疾不徐，但思维敏捷，言语也很周到，即使笑也是小心地克制着自己，好像自己不应该大笑似的。交谈中她试探性地问保罗战争是否会打起来。看到保罗也是一副不置可否的模样，她脸上的神色严肃起来，摇摇头说："如果打起仗来，我的儿子肯定会去参加海军。"

"您儿子认为会打仗吗？"

"他一直待在欧洲。"罗西露夫人耸了耸肩膀，回答说："我的儿子上了很多年的学，他一直都认为仗肯定会打起来。"

"这里很多人都在海上工作吗？"保罗问道。

"我夫家那边总是有人去海上工作，"夫人说，"他哥哥就是上一次战争时在海上殉国了。如果打起仗来，您会参加海军吗？"

海瑟看了保罗一眼。女主人的直截了当让她有些吃惊。

"现在很难说。但是如果真的打起仗来……我可能会参战吧。"

"我儿子说肯定要打仗。"

"可是也许他们不会让战争打起来呢。"

"当人们不再相信上帝，就很难不卷入战争。"

"这里的人都觉得仗会打起来吗？"

"其他人好像不去想这种事情。不过我和他们的想法不一样，这里的人家只有我的孩子去了欧洲参战。"

聊完了天，罗西露夫人端上油灯带海瑟和保罗去楼上安排好的房间。

"这个房间很舒服，我丈夫在家时我们就住这个房间。"罗西露夫人向他们介绍说,然后道了晚安,带上门出去了。

房间里只剩下保罗和海瑟,海瑟说:"这女人很漂亮。"

保罗没有马上说话,他走到壁炉旁蹲下来看着里面木头上飘浮的火苗,微笑着说:"她倒不遮遮掩掩,心里有什么就说什么。"

"这一点和你很像。"

"我肯定不像她。假如德国人现在打过来,离我们只有十英里远,如果来得及带东西的话,她肯定要带上几袋土豆才离开。"

"那你会怎么做?"

保罗没有说话。

"在魁北克有很多像罗西露夫人这样的人吗?"海瑟继续问道。

"有很多像我哥哥那样的混得比较潦倒的政客倒是事实。"

海瑟走到壁炉前,挨着保罗坐下。两个人坐在方块毯子上,一起看着壁炉里正在燃烧的火苗。

"你骨子里还是个法国人,不是吗?保罗。"

保罗笑了笑:"如果我一直在魁北克待着,那肯定是。"

"那你喜欢在这种地方久待吗?"

"这和我喜欢不喜欢没关系,你也知道的,我自己做不了主。不过若是能自己选择的话,我愿意待在这里,在这里我能找回以前的感觉。它让我想起自己小时候在圣马克的生活,圣马克的生活也许简单,也许迷信落后,但是那里住着很多像罗西露夫人这样的人。我们这个国家的城市正在经历一场工业革命,即便这样,我们和欧洲的工业革命相比时间上已经晚了五十年了。一旦再打起仗来……"保罗稍微顿了顿,说,"在城里或许积攒了很多愤怒的情绪，可我不希望马里厄斯那样的人在里面煽风点火。"

"为什么马里厄斯不喜欢你呢？保罗。"

保罗还是笑着："因为我有一半的英国血统，不是一个纯法国人。他也知道我为这事儿纠结。对他来说，血统纯正才是最重要的。我猜这也是他从来不肯讲英语的原因。如果你总是说两种语言，你的想法就会不一样。"

"同时属于两个民族的感觉很奇怪吗？"

"哦，你可能会同时被两个民族的人歧视，这一点你肯定不喜欢，而且不舒服。"

"这种歧视还在困扰你？像过去那样？"

保罗盯着壁炉里摇曳的火苗，摇摇头说："我离开过去的生活已经太久了。我一直觉得爱国主义不过是人对自以为奇妙的孩提时代的记忆割舍不开而产生的一种情绪，如果能认识到这一点的话，就不难解释那些政客为什么喜欢标榜自己是爱国主义者，而且，他们不仅自己这样做，还处处为和他们有类似想法的人鸣锣开道摇旗呐喊。"

保罗不再说话，似乎在思考什么；壁炉里燃着的木头噼噼啪啪地裂开来，一阵大风吹来，窗户被震得喀喇直响。他警觉地站起身来走到窗边查看，窗外，整个镇子被夜色吞没，不见踪影，呼呼的风声淹没了一切。保罗重新回到壁炉旁蹲下，接着刚才的话继续说道："有一件事很肯定，这种爱国主义的旗号肯定不会席卷整个加拿大，原因是两个民族都有排斥其他民族信仰的习惯，所以加拿大倒也不会出现像希特勒那样的政客得势的一幕——至少不会让那样的人物来领导国家。但是当战争来临……"他耸耸肩膀不再言语。

"你是想说自己也会参加海军？"

"是的。坦白说，我已经下了决心要去参战。"

海瑟转过头看着保罗："一九一八年我爸爸在战场上牺牲。可我现在已经不记得他长什么样了。难道说我们这个国家还要再卷入一场战争吗？"

"这是一定的。好了，我们不说这个了。"保罗站起身，"一说这个很容易让人觉得热血沸腾。如果一个人属于一个少数民族群体，在那里长大，你从来不会觉得战争是很简单的事情。魁北克为了让它的传奇历史继续下去肯定也会参战的，好多人都会参军。包括马里厄斯那样的人，他会想起上次英国人对他们的羞辱。还有像我这样的愿意和魁北克甚至整个加拿大共存亡的人。好了，还是不说这个了。"

"保罗？"海瑟轻轻叫了声保罗的名字。

保罗低下头看着蜷在壁炉旁看着火光的海瑟，嘴里"嗯"了一声。

"我看完你的书稿了……"

保罗等着海瑟继续说下去，海瑟却不说话了。其实一整天海瑟都在想着自己应该怎么和保罗谈起他的那本书。两个人仿佛都知道他们的前程和这本书紧紧地联系在一起，最后还是保罗先开口道："你觉得会有出版社愿意出版这本书吗？"

海瑟始终看着壁炉里的火光："怎么不会？有些地方写得很好。写作风格也无可挑剔。读到好的地方我甚至怀疑这是不是你写的呢。"

"但是还有问题不是？你已经看出来了，而且不是小问题，从你声音里我就知道你看出来了。"

保罗的这本书确实让海瑟有点迷惑。她没做过职业编辑，但是以前在纽约工作的时候和博物馆打过交道，做过编辑之类的工作，她甚至还参与编写过一本为学校艺术课准备的小型教科书。也是在那段期间她学会了用职业的眼光去评价文字的好坏。在她看来，保罗这本书的故事主题很宏大。许多章节写得非常有力量，文字的描述也很新颖生动。但是就整本书来说似乎没有平衡好，所以整体看不那么尽如人意，这一点海瑟也感到奇怪。听海瑟这么一说，保罗拿来手稿和海瑟一起找到那些章节讨论起来。半个小时后，海瑟似乎觉得自己找到了原因。单就这本书来说，保罗有点雄心勃勃，就连海瑟自己也被他里面的故事设计搞得眼花缭乱。她看出他是想在小说里描述一个生活在一九三三年的分裂世界中的年轻人，可是在情感和心理分析的部分，保罗写得并不好。即便如此，因为从心里尊重保罗的工作，海瑟还是不愿意质疑保罗的写法。

"我记得自己好像在哪里读到过，说小说家的最基本的责任是赞美生活。"海瑟说。

"我也赞同这样的观点。"

"你在这个方面做得很好。你笔下的人物性格都很有生命力，属于不愿意屈服命运安排的人。但你的小说里带着宿命的调子，你没有给书中人物一个去和命运抗争的机会。"

听着海瑟的批评，保罗想起自己在牛津上学时和老师之间曾经有过的讨论。"也许我不应该把背景放在欧洲。虽然欧洲总是很容易成为焦点……"他突然跳起来，开始在屋里走来走去。

"上帝！"他喊道，"我真是个傻子！一年的心血！海瑟——我浪费了一年的时间！"

看到保罗接受了自己的观点,海瑟很高兴,她看着保罗,说道:"为什么你不把故事发生地放在加拿大呢?"

保罗停住了脚步:"因为没有一个世界性的事件是从我们这个国家开始的。我不是没想过你说的这个问题,可是那些能影响世界的东西,比如说法西斯主义、共产主义、大企业和大萧条,都是其他国家地区的哲学产物或者生产方式的产物。写一本加拿大的书好比要写上个世纪的事情!"保罗脸上带着困惑的神情看着壁炉里熊熊燃烧的火苗,他难道不可以从自己的故事中提取素材吗?即使这个故事是关于加拿大的又怎样?他一直以为加拿大人疏于创造只会模仿。也许他这么想很肤浅,也许这就是他麻烦的地方。想想普鲁斯特只写法国,狄更斯所有故事的背景都发生在伦敦,托尔斯泰只写俄国的事情,海明威笔下的人物倒是周游世界,但个个都是美国人。说到海明威,他可以把一个美国人放进意大利的军队里,然后再让他从那里逃出来,因为在英语世界里谁都知道美国人是什么样的。可加拿大是一个大多数人都不知晓的国家。虽然它在地图上是一个幅员辽阔的国家,也不缺山地警察、五胞胎这样的故事。但是因为她的语言是英语和法语,所以一本加拿大的书意味着它必须依着英国或者法国的传统。可这两种传统都因为太成熟而正在走下坡路,可是就加拿大本身而言,她还是一个新的国家。还有,故事背景的问题。读者可能并不了解生活在加拿大的英法两个民族之间的冲突和这个国家的价值观,这也给他出了一个非同一般的难题。如果他想让写出一本有意义的小说,那么他就得彻底扔掉以前写的东西,重新开始,先给自己的小说找到合适的舞台和道具,然后再去写这个故事的本身。

这么想着,保罗站了起来,他在房间里走来走去,一根一根地点着手里的香烟,没等抽完一根就扔了再点一根,嘴里还嘟囔着什么,海瑟从来没见过保罗这副样子,但她没有说话。终于,她从保罗的话里听出了什么,随即便为保罗难过起来。因为保罗的意思是他现在正在写的书是个失败,他根本没办法完成它。

壁炉里的木头烧成了红红的炭火。保罗走到壁炉前,深吸一口气,转过头看着一脸愕然的海瑟,苦笑着说:"我今天晚上才发现,全世界人早就知道的一个事情,一个艺术家是在生活中寻找艺术,生活无处不在,但是它没有外表和形式,是艺术赋予了它某种形式。"保罗虽然在笑,但他的脸瞬间似乎老了很多,只有眼睛看上去还和以前一样明亮。"所以,过了这么多年,只有今晚我才知道我应该做什么!"他拿起手稿,一甩手丢进了壁炉。他的举动是那么快,快得仿佛连他自己也不知道在做什么。海瑟大叫一声,想去救那些手稿,但已经来不及了,眨眼间火焰已经吞没了书稿。保罗抓着海瑟的胳膊阻拦她道:"不用管,已经烧了,我在把错误烧掉。否则的话它们会永远地折磨我。"

海瑟感觉自己的脸被火苗烤得发烫。她被保罗的镇定吓到了,她不敢相信保罗怎会如此轻易地烧毁了他一年的心血。看着壁炉里还在燃烧的手稿,看着那些手稿慢慢地卷边,皱缩,在火中微微地抖着,边缘发黑一直到中间也开始被火焰熏黑吞噬,她觉得自己不光是在看着一本没有写完的书在烟雾里被烧成灰烬——保罗烧掉的不是那本没完成的书,而是烧掉了她生命中的未来两年。

四十四

第二天他们起得很早。吃饱喝足后两个人沿着河边的高速公路向魁北克开去。在里穆斯基①他们看到大风扫过河面的迷雾。到达托雷斯-皮斯托雷小城②时,太阳已经升起老高,大地沐浴在阳光的普照之中。两人一直开到杜鲁普河小城③才停下吃午饭,天越来越热,远处河对岸的山峰在天空中呈淡紫色。再往前开时明显感到圣劳伦斯河越来越窄,到了下午晚些时候,奥尔良岛④出现在他们的右手边,夕阳里小岛轮廓渐渐地变得模糊。从这里开始,丰饶的土地和古老的教区出现在视野里,红色的谷仓、古老的带斜坡房顶的石头房子看上去十分可爱,农民割草的身影出现在地头田畔,苜蓿散发出来的气味让人陶醉。快到里维斯⑤时他们已经能看得见魁北克城了,夕阳下,这座占据圣劳伦斯河两岸的城市像极了一幅剪影:魁北克城里的城堡要塞在黄昏中突兀的轮廓,钻石岬角⑥的悬崖下,夕阳染红了河面。经过渡口时空气中明显有了凉意,但是在魁北克城里,即使太阳已经快落山了,热浪还包围着每一条街道不肯散去。海瑟知道一条小街上的旅店不错,两个人去了那里落脚,安顿好行李后在外面吃了一顿晚饭。

---

① 里穆斯基(Rimouski):位于里穆斯基河口的一座小城,行政上属于魁北克省。
② 托雷斯-皮斯托雷(Trois-Pistoles),加拿大魁北克省的一个小城,位于圣劳伦斯河的南岸。
③ 杜鲁普河小城(Rivière-du-Loup):魁北克圣劳伦斯河边上的一个小城。
④ 奥尔良岛(Île d'Orléans):圣劳伦斯河中的岛屿。
⑤ 里维斯(Lévis):位于圣劳伦斯河南岸,与魁北克城相对的一个城市。
⑥ 钻石岬角(Cap Diamant):魁北克城坐落在这个海角上。

第二天吃早饭的时候，保罗随手拿起放在一旁的《责任报》①，第一版刊登的丹泽的名字看上去十分显眼，他大致扫了一眼标题便扔在一旁，心想：欧洲人一向喜欢预测这预测那。看这架势，战争似乎是迟早的事情，不过秋收之前局势应该能稳定一阵子。

两个人开车离开酒店，保罗没有顺着他们来时的那条直达蒙特利尔的公路继续往前开，而是掉了个头向里维斯码头的方向开去，海瑟突然记起保罗的家乡圣马克就在那条公路的旁边，看来保罗是有意避开那条大路，不过她没有问。

保罗不紧不慢地开着，海瑟坐在副驾驶座上，一直没有说话，她心里想：再开几个小时就到蒙特利尔了，这个城市有他们两个人的根，是他们过去生活的地方，可为什么她心里总是有些隐隐的担忧，似乎这城里有什么不祥之物似的，只要她和保罗住进去，那个不祥的东西就会控制他们的生活，而且这么多年过去了，那东西还在，让人感到窒息，感到无法摆脱。想到这儿，她瞥了一眼保罗，心想，"丈夫"这个词对外人没有任何意义，可对自己来说，这个字眼就是一道篱笆，保罗和她站在篱笆这一面，共同抵御着来自篱笆那边的人，不让他们侵犯到篱笆这边自己的领土。

海瑟的手因为生气而攥得紧紧的，她紧闭双眼，心里千头万绪：长期以来自己仿佛是生活在囚笼里。妈妈和那些人肯定要千方百计阻挠她和保罗的婚事，而保罗也免不了要忍受妈妈的羞

---

① 《责任报》（Le Devoir）：在蒙特利尔发行的一家非常有影响力的法语报纸。于1910年为新闻记者、政治家和民族主义者亨利·博拉萨所建。

辱。如果告诉妈妈自己已经和保罗结婚了,她肯定不会善罢甘休,她甚至可以想见妈妈会如何蛮横地对待保罗,伤害他的自尊。想到这儿,海瑟扭头去看保罗,保罗嘴巴紧抿着,手里紧紧地抓着方向盘,看得出他也很紧张。"不知道保罗是不是和自己一样,在担心这件事情。一向稳重的保罗这么快就决定要和自己结婚,不知道在做决定之前他有没有意识到两个人未来要面对的责难。"海瑟扭过去,看着窗外,"如果不是必须回蒙特利尔,如果两个人可以去另外一个地方,一个谁都不认识他们的地方那有多好!当前最重要的是保罗能找到一份工作,可是如果让保罗工作养家的话,他怎么写作?"海瑟这样想着,看着保罗,不由得把手伸过去放在保罗的膝盖上,身体靠了过去。

两个人在路上吃过午饭,没开多久,视线里出现了蒙特利尔城。它矗立在地平线那端,热气像一把含着满满雾气的伞,伞下是笼罩在青烟里的城市。隔得很远他们就看到皇家山山顶上的大十字架[①]和雅克·卡蒂埃大桥上的钢筋铁柱。圣劳伦斯河流到这里便丢掉了原先那清澈透明的本色,颜色变深了许多。很快,他们来到大桥南端,付完过桥费后,车夹在一长串等着过桥的车龙之中。好不容易挪到桥中间的圣海伦岛附近,保罗说:"我们先不去城里。"他向左打方向盘,车顺着斜坡向圣海伦岛开去。

他们一直开到没有路了才停下。天色已晚,四周没有什么人。两个人从车上下来,肩并肩坐在草地上看着眼前这座城市。

[①] 1642年,蒙特利尔建城,不久就面临着洪水的威胁,当时的人们向天祈祷,恳求上帝让城市能够在洪水中生存下来。1643年1月6日,城市的创建者梅松纳夫(Maisonneuve)背负着一个木制的十字架爬上皇家山,向上帝表示感谢。1924年,为了纪念这段故事,蒙特利尔人在山顶立起了这个高约31米的十字架。

保罗问海瑟："我是一九三四年离开这里的,你觉得这几年这座城市的变化大吗?"

海瑟回答说:"我看没有多少变化。马奎因、奇斯利特、鲁珀特,他们还和以前一样,其他人也是。"她看着河对面的码头,沉默片刻后说了一句:"我不喜欢这里。"

两个人不再说话,过了一会儿,保罗说:"我也是。"

海瑟脸上挤出一丝无奈的笑容。

"我常常想起圣马克和我家的那座庄园,不是因为有所可以住的房子,而是单纯地怀念。我猜法国人就是这样,骨子里对生养他的土地有份依恋。"

海瑟没有说话,手轻轻揪扯着地上的小草。

"说真的,我也很想和你有一个我们自己的屋子,不需要多奢华,每天,看着你在花园里修剪玫瑰就很满足。"

海瑟握住保罗的手,看着他的眼睛说:"我们会过上那样的生活的,总有一天!"

"可惜我现在只能让你和我挤在一个小房间里生活。"

海瑟不说话了,她想:如果自己和保罗生活在一起的话,妈妈肯定会在金钱上周济他们,作为母亲,她不可能看着自己的女儿过清贫的生活而袖手旁观。可是若是他们用妈妈的钱生活,那肯定要受制于妈妈,她说什么他们都得听着,问题是像妈妈那样的人是不会理解保罗的生活方式的。

保罗仿佛看穿了海瑟心事似的说:"海瑟,结婚是我们自己的选择。"他冲着河对岸点点头:"不是他们的选择,所以我们要靠自己生活。他们也不是坏人,你知道吗?我们这个国家有一个很奇怪的现象——我们这里没有十恶不赦的坏蛋,但却有像你母亲这样的人，他们本质不坏，可是他们的思维是错的。你看那些管理这个国家的上层人物，因为他们的思维是错的，导致他们为这个国家所做的选择也是错的。看一下张伯伦你就知道了。"

海瑟看着保罗："靠我们自己吗？保罗。"

保罗从草地上站起来。远处，一架升降机正在往甲板上吊货物。船尾的桅杆上写着"博尔库姆①，汉堡"几个字，纳粹十字徽章的旗子在桅杆上乱飞。

保罗看着那艘船说："仗很快就会打起来，这也是我为什么向你求婚的原因，虽然我现在没有工作，但是我不想等。"

海瑟看着远方，心想：是啊，此时此刻在这个世界上有多少人正在和他们一样，等待战争的到来，对于某些人来说，这场战争也帮他们去掉旧有的社会身份，或者给他们工作，切断他们和过去联系的脐带。

"从雅典回哈利法克斯的路上，我一直在想，我们是两个来自不同社会阶层的人，生活在一个等级分明的社会里。不管你对自己的阶层有什么样的感情，但是对我来说，我认为它对我没有什么用，而且我也融不进你现在所处的阶层，我也不想融进去那个阶层。"

一艘拖船被人从那艘船舷上写着"博尔库姆"字样的船上放了下来，水面出现了波峰。

"如果战争打起来，"保罗的声音里掺杂了一点儿苦涩，"我这样的人对这个社会来说就有用了。替这个国家打仗可以让

---

① 博尔库姆（Borkum）：一艘德国商船，在1939年11月23日因携带违禁品被德国潜艇U-33击沉。

我赢得一份尊敬。"说完他微微一笑,弯下腰拉海瑟起来,"可是对我来说,当前最要紧的事情还是找份工作养家糊口。"

海瑟这样听保罗说,心里不由得高兴起来,那种休戚与共的感觉比什么都重要。

"如果我们没有结婚,你这时候会是在干什么呢?"保罗问海瑟。

"我曾经答应过妈妈和她去缅因州待一个月。"

"不如你和你妈妈去缅因州吧,我一个人在这里待着,看看能不能找到工作,或者等我把那本书完成后,我们那时再告诉他们结婚的消息,你觉得好吗?"保罗脸上的表情有点僵硬,伸出手把粘在海瑟衣服上的一片落叶掸掉。

海瑟点点头,她心里明白这可能是唯一的选择。如果他不能写作而只是找其他维持生计的活儿无疑是在浪费他的天赋。海瑟也知道一旦保罗下了决心,那谁也劝服不了他。可是不管发生了什么,她都会支持他完成那本书的。

他们回到汽车里,发动车子,汽车爬上桥的大上坡,驶进蒙特利尔城。在保罗五年前住的那所老房子前,海瑟拎着行李箱下了车。房子前的广告牌上,"客房未满"几个字看着煞是显眼。

四十五

和海瑟分开后的第一个星期对于保罗来说漫长而难熬,漫长得仿佛是有生以来自己度过的最长的一个星期。海瑟的消失带给他的是身体上的痛楚,那是一种思念家乡的痛苦,比他在欧洲体会到的痛苦还甚。在蒙特利尔,这种思念的痛苦更是让人难熬。

过去有过的失败的感觉和那种在砖头上刻日期打发时间的感觉重新一股脑儿地倾倒在保罗身上，让他感觉沉重无比。

这周他去了大学，想看看那里有没有给毕业生的工作，却空手而返。找一份文字工作本来就不容易，更难的是敲开每一家门，打听有没有工作时所要面对的尴尬。从报纸上的招工广告的情况来看，工作并不好找。没人能帮他，就像以前一样，没人会帮他。

在以后的几天里保罗一直在大街上溜达，四处打听招工的消息。他一次次走进那些大公司的办公室，询问有没有工作机会，可得到的却是千篇一律的微笑和摇头。有一次，他经过那个差不多有半个街区那么长的冰球场，灰色的天空底下，它还保留着以前的模样孤零零地立在那里。想到多年以前，多少个冬天的夜晚，他就在那里打球，保罗突然觉得自己老了。

每次经过寓所大厅里的公用电话旁，保罗内心都会产生一种负疚的感觉——他觉得自己应该给马里厄斯打个电话，但是又害怕过去的那种不好的感觉重新像幽灵般折磨他，让他喘不过气来。马里厄斯肯定会因为保罗娶了海瑟而语出讽刺，他一直都对珍妮特曾经告发过他一事耿耿于怀。保罗觉得自己如果和哥哥见面，两个人肯定还会像以前那样吵起来，马里厄斯肯定还会揪着他的身份不放，而保罗也不得不为捍卫自己而反驳马里厄斯。想到家族破产后这些年自己在外的漂泊生涯，保罗便不由自主怀念起圣马克的日子，这种思念的情绪甚至压得他透不过气来。他多少年都没有回去圣马克了，十八岁后他就再也没有见过这个能给他家的感觉的地方。

他挑了个不是周末的早晨下山，打算去车站给自己买一张去圣贾斯汀的车票，一路上他的心里不停地回忆着往昔的一幕幕：打理小店的德劳因和弗雷内特；山顶上枫树林以及从那里看到的圣劳伦斯河上的美景；一瘸一拐的亚德里走在路上给他讲着故事；破晓时分挂在小船座板上的露水带给人的凉爽感觉；燕子在废弃的石头磨坊的屋檐下进进出出。买好车票后他急切地盼望车站的门赶快打开，可是等火车进站，乘客蜂拥着去了站台，他却转过身出了车站，重新返回自己租来的小屋里。

再回圣马克已经没什么意思了。德劳因死了。亚德里和他的父亲都死了。弗雷内特现在已是耄耋老人，勉强维持铁匠铺好几年后，他最终还是进工厂当了工人。博宾神父去了另外一个教区，圣马克已经不复从前村庄的模样，它现在变成了一个小厂区，过去属于泰拉德家的土地则成了一个大公司的高尔夫球场。过去人们随时可以去德劳因的小店里下下象棋，现在只有星期六晚上才可以去一个所谓的社区大屋里玩玩中奖游戏。

自己的家现在已经和海瑟联系在了一起。想到海瑟，保罗的心瞬间柔软了许多：如果没有爱，即使天天见面也不记得对方什么，但是如果你爱她，你就会记得她的举手投足、一颦一笑。他还记得沉浸在爱河中的她脸上的表情，那是克制的、兴奋的表情。过后她喜欢咬着他的右耳朵，轻轻地含在嘴里。海瑟的气息里充满了生机，那气息仿佛声音一样烙在他脑海里。

保罗回到寓所躺下。这段日子以来，隔壁的男人天天都要听收音机，也许是因为耳朵不好使的原因，他总是把音量开得很大，声音大到连保罗这边也听得很清楚。他已经习惯了，每天早晨八九点钟是英国广播，到了十点钟换成其他台，然后再回到英国广播电台和美国广播电台。评论员的声音在公寓的这些房间中回响着。在保罗看来,每一场关于战争和和平的传言,每一个卖给媒体的模棱两可半生不熟的预测不过都是为了赚钱而已,毫无价值可言。

转眼又是一个星期天,热浪重新席卷了城市:潮湿的街道上没有几个行人,穿着制服的工人在教堂进进出出,就连那些开着车到位于舍布鲁克大街上的教堂做礼拜的新教徒的脸上也是一副郁闷模样。保罗从别人那里听说马里厄斯刚从大弥撒回来,于是打电话过去,接电话的是艾米莉,保罗告诉艾米莉说自己想上门拜访,和哥哥一家吃顿晚饭,放下电话后嘴里却不由自主叹了口气。

马里厄斯和艾米莉一直住在刚结婚时搬进的那座房子里。随着孩子们的出生,他们又租下了上面一层的几个房间。那条街上的每座房子大同小异,好像是同一个建筑公司建的,用的是同一张图纸,甚至连材质都一模一样。每座房子都是两层,楼前是灰色的石头,两层和后墙由黄色的砖头垒成。外面还有一道铸铁楼梯,以螺旋的样式从地面人行道一直延伸到二楼,因为楼梯的遮挡,一楼的窗户看上去很暗。所有的房间都有小而凸出的阳台,热天阳台上挤满了大家庭的成员。保罗到达大街时已经是六点半左右,街上到处是玩耍的孩子,热闹得很。他通过从街区尽头挨个数楼梯的方式找到了马里厄斯家的房子。他记得莫瑞家是在从拐角数第十一个。保罗刚刚迈步上了楼梯,几个侄女侄子已经从阳台看到了他,蹦蹦跳跳地冲下来把他迎到家里。

和哥哥一家共度的这个夜晚,保罗并不感到特别自在。因为好久没来,他甚至都搞错了孩子们的名字,这让他很是尴尬。不过,艾米莉的持家本领让保罗佩服,虽然小一点的孩子身上的衣服一看就是大孩子穿剩下的,但是孩子们个个都穿得很整洁。大家一起愉快地吃了晚饭,中间艾米莉问起凯瑟琳的情况,马里厄斯却一副对继母不闻不问的样子。吃完晚饭,艾米莉招呼小一点的孩子去卧室睡觉,稍微大一点的孩子允许出去玩一会儿,保罗听见最大的那个侄子声称自己要找"朋友"去玩。马里厄斯领保罗来到客厅。客厅里摆满了家具,都是哥哥和艾米莉多年前从拍卖会上买来的,一面墙上的书架上放着一排法律书,客厅里有张桌子,那是马里厄斯晚上伏案工作的地方。窗台上堆满了报纸、期刊、宗教册子、政治宣传册,以及那些和政治有关的演讲笔记。看得出来,马里厄斯的律师事业并不是很好。但是对马里厄斯来说,这只是他开心不起来的一个原因,而且他自己似乎并不明白原因。他似乎对自己了解加拿大法国人这一点很自信,但是却不肯接受他所知道的不过都是些常识而已。保罗想:再没有什么地方比魁北克更能容纳这么多水平不怎么样的律师了。

马里厄斯似乎只关心政治。他还是那么愤世嫉俗,一说话就像要和谁干上一架似的,而且还和以前一样,喜欢一边说一边比画,像是在舞台上演戏。他声称自己是民族主义者,不是法西斯主义的追随者,战争并没有让他扭转自己的政治倾向。他骂魁北克的政客们没一个好东西,不是太软弱就是被收买了。在他看来,魁北克的经济好坏没什么大不了的,民族血统和语言是否纯正才是魁北克最应该担心的。只要是法国人的地盘,就不应该有英国人掺和进来。还有,魁北克应该由教会来控制一切——只有这样这里的人民才能过上太平日子。保罗想,现在的科学家可以轻而易举地做到分裂原子,或者一个星期内让人类环游整个地球,马里厄斯呢,他可以不费吹灰之力把所有的问题归结于种族、宗教和政治。之前他陆陆续续加入了四个政党,却又一一闹掰了，现在他又开始忙着找下一个政党。

三个小时里，都是马里厄斯在说话，他声音时而高亢，时而尖厉，艾米莉坐在角落里，手里做着毛线活儿。保罗几乎不说话，只是听着马里厄斯在那儿喋喋不休，心里想，其实哥哥身上一直有件"紧身衣"，现在这"紧身衣"越来越紧，这和他在欧洲看见的何其相像。可悲的是马里厄斯并不知情。在欧洲，那些人用民族主义控制科学，上帝，难道这一幕也要在加拿大上演吗？

当保罗对马里厄斯说他的观点不仅荒唐，而且只能代表占这个国家人口百分之三的人群时，马里厄斯马上跳了起来，气咻咻地说："你有什么资格和我说这个，你早就不是法国人了！"

看到马里厄斯这样，保罗很失望，哥哥一点儿改变都没有，这太让人失望了。二十年过去了，哥哥身上唯一有变化的地方只有头发，原先乌黑的头发现在添了些白发。他还是一贫如洗，所以必须通过高谈阔论的方式来维持自己的希望。艾米莉和他待在一起，用她的不善言辞和体贴入微以及真情实意陪伴马里厄斯。可是马里厄斯并不在意艾米莉，不是因为他有其他女人，而是因为他从来都是一个只想着自己的人。可是艾米莉看不出来，她只是一个简单快乐的女人。离开时她在门口对保罗说："我真希望你还是一个天主教徒，这样你就不会担心很多事情。"

保罗走在回家的路上。夜风习习，吹走了空气中的潮湿气味，他的心思也和这夜色一样，一点点清晰起来。这次去马里厄斯家，不仅仅是见到了哥哥，更重要的是马里厄斯让保罗看到了自己的过去，找到了外部强加给他的让他一直不开心的原因。在为马里厄斯感到遗憾的时候，他也明白了一点：从此要离哥哥远一点。想明白看明白这一点后,他瞬间觉得轻松了不少。他没有直接回家,而是去了一家小店,点了些咖啡和三明治。午夜过后,小店里拥进来很多上夜班的工人,里面既有法国人也有英国人,他们是无线电技术工人、剧院里的工人、电报员还有刚从火车上下来的人,没有一个人看上去担忧和紧张。

保罗回到家时,天已经很晚了。他心里想:要是早几天去看马里厄斯就好了。他从马里厄斯身上,从自己以前的生活里,从自己与生俱来的对这个地方的情感里找到了自己小说的主题。他坐到桌子跟前,拿出纸和笔,开始写小说大纲,一直写到凌晨三点他才打住。这期间他思路十分清晰,下笔即来,在以前的写作中他从来没有这般胸有成竹。里面要写的东西和那些具有象征意义的内容在他的头脑里栩栩如生:那就是他这辈子一直处于的两难处境,一直让他呼吸不过来的东西,一直让他极力逃避的东西。现在他可以看着这些东西,仿佛这是别人的故事;虽然心情很复杂,同情,脆弱,但是很清晰,从远处打量事情反而更清晰。一个又一个场景浮现在他的脑海里。他整整写了十页纸,纸上画满了潦草的笔记。当他重新读那些笔记时,他发现那里面的场景清晰得就像是平静透彻的水面。

最后他把纸摊在一旁,上床睡觉。有好长时间,他躺在床上,盯着天花板上从窗外透进来的街灯的光,心里冷静地盘算着自己的写作计划:如果他不需要做其他事情的话,差不多要用六个月完成手稿;如果工作,至少一年才能写完;他还有能维持到九月底的钱;这样的话他两个月之内还是不用工作的。他又一次想到海瑟,想到他对她说过马上找工作的许诺。可是写完眼下这本书的计划几乎又一次把他对海瑟的许诺碾个粉碎。他宽慰自己道：海瑟会理解的。在九月底之前,他要全身心投入在这本书的写作中。

黑暗中保罗自嘲地笑了起来。他似乎忘了战争,忘了是什么给了自己娶海瑟·梅休因的信心。在蒙特利尔,很多人认为战争会在秋天打起来,而且大部分的人认为加拿大肯定会参战的,英国人也不会袖手旁观。但是在战争到来之前,加拿大还会稳定一阵子。对保罗来说,他可以利用这段时间把全部精力放在自己的创作上。

保罗翻了个身,睡着了。

第二天早晨一醒来,他便投入到写作中,一直写到下午一点钟才搁笔。吃完午饭后继续写,一直写到五点才睡下,七点时他醒来,随便吃了点就出去散步。一个小时后回来继续写,又是写到凌晨一点才休息。一天天下来,他一直保持着这样的工作节奏。到八月份的第一个星期,他已经写完了一百多页,而且全部是改好的,不过有五百多页被他丢进了垃圾筐。他对这本小说的框架胸有成竹,小说里的每个场景在他眼前栩栩如生,睡不着觉的时候,他眼睛盯着天花板,脑子却想着书中人物的对话。书的节奏起伏仿佛跟着他的血液的流淌一起起伏着。

这样的社会对他这样的人的偏见曾经让他失望沮丧,最终逼着他学会忍受,现在,他似乎可以不用再委曲求全,因为他可以透过他笔下人物的性格和行为表达自己的想法。他似乎找到了这个国家的根。在他的生命里,他从来没有看见一个英裔加拿大人和法裔加拿大人当面互示敌意。他们不喜欢对方,其实是不喜欢对方所在的一群。加拿大依旧是一个简单淳朴的地方,没有敌对,没有明显的无情无义,像是一个人,常识告诉他做对的事情,就像一个做了好事但觉得其他人没有兴趣听自己的事迹而闭紧嘴巴的小孩子;只有在更大的空间,人们才会纠缠于忠诚、技术、骄傲,记住种族之间的记忆。

四十六

戴着墨镜的海瑟躺在肯纳邦克波特①的海滩上看着海浪层层涌来。夕阳西下,浪花画着一道道弧线冲上海滩,停顿片刻后又急急退去,融入后面涌上来的波浪中。空气中回响着海浪的声音,阳光明媚得让人想一直待在沙滩上,看着自己被阳光镀了一层亮光的身体,想到明天就能见到保罗,海瑟心里的愉悦难以抑制:不知保罗见到她会不会也喜欢自己现在这副样子——后背、胳膊和腿被阳光一看就是晒足了阳光,身体其他部位则白嫩得像牛奶。明天他的眼睛一天都要黏在自己身上了。

保罗在信里说他还是没有找到工作,不过写书的事一直比较顺利。海瑟替保罗高兴。保罗如果去找工作肯定不能安心,明天她就和妈妈回蒙特利尔,回老宅去住,虽然她没有和保罗在一起住,但她理解保罗,她要在蒙特利尔一直等到保罗把书写完。

她披上浴袍向酒店走去。时间已经是大下午。短短的一段路有七八个人和她打招呼,那几个人都是从蒙特利尔来的。回到房间后,她洗了个热水澡,换上一件长点的衣服,然后去休息室找珍妮特。珍妮特对海瑟不肯为爷爷穿丧服一直颇有微词,可是在海瑟看来,妈妈那身黑色绸子做的衣服、黑色丝袜加上黑色的配

---

① 肯纳邦克波特(Kennebunkport):位于美国缅因州约克县肯纳邦克河畔的一个镇。

饰足够表示这个家对爷爷的哀痛。

珍妮特正在休息室里和她那几个从蒙特利尔来的朋友打桥牌。一个下午她都是一副喜滋滋的样子。海瑟给妈妈和自己各要了一杯鸡尾酒,珍妮特一边教海瑟怎么玩桥牌,一边和自己的那些朋友寒暄着。等珍妮特玩完了,母女俩去了餐厅。

"宝贝儿,我在想我们要不要在这里待到九月一日再回去。我今天下午刚和这里的经理说了,告诉他我们准备在这里再留一段时间。"珍妮特说。

"但是,妈妈——"海瑟放下手中的汤匙,"不是说好的明天回吗?"

"我们俩住在这里不是挺好吗?"珍妮特说,"你刚从新斯科舍省回来时看上去又瘦又累。反正我是需要好好休息休息,今年一年太多的麻烦事。"

"妈妈,您现在的气色很好啊!"海瑟拿起手里的勺子。

门开了,一对夫妇走了进来,因为没有关门,从休息室的收音机传来的播音员的声音回荡在餐厅里。过去的二十四小时里欧洲的局势好像很不妙,有消息说希特勒召集齐亚诺伯爵[①]去了贝希特斯加登[②]。

"真希望他们关了那台收音机!"珍妮特说,"播音员的声音听上去要多糟糕有多糟糕。"

[①] 齐亚诺伯爵(Count Ciano,1903—1944):意大利贵族,是意大利法西斯领袖墨索里尼的女婿,曾于1936年至1943年期间担任意大利法西斯最高委员会委员和外交大臣等要职,是第二次世界大战期间意大利政坛的风云人物。
[②] 贝希特斯加登(Berchtesgaden):德国东南部一城镇,位于阿尔卑斯山脉的巴伐利亚州,是冬夏旅游胜地。从阿道夫·希特勒在战争期间的别墅所处的山顶可俯视该城。

"那不如我们回蒙特利尔?"海瑟柔声劝妈妈道,"回了家您可以听到英国广播电台。"

"我们在这里得到的消息更多。弗洛伦丝今天下午还在说战争的事儿呢。弗洛伦丝说她不明白美国为什么不肯出面干预欧洲战事。看来美国人里好人也很多啊。"

珍妮特喝完了汤,看着窗外。海滩上的灯光渐渐暗了下去,海浪变得细碎,透着寒意,海面上升起了一层薄雾。"这个地方不错,能碰见这么多朋友,这时候回蒙特利尔不明智,弗洛伦丝今天下午和我说这个俱乐部三届主席现在正在这家酒店住着。"

侍者过来,撤走她们面前的盘子和碗。沉吟半响后海瑟对珍妮特说:"对不起,妈妈。我已经计划好了,明天我就要离开这里。"

珍妮特狐疑地看了海瑟一眼:"可是计划可以改啊,亲爱的。"

海瑟看着窗外没有说话,第二道菜被端到她们面前。

"真是不明白你,海瑟。"珍妮特说。

"好了,妈妈,我们先吃饭吧。"

"可是你知道妈妈不可能一个人待在这里啊。"

"我喜欢这里,"海瑟说,"这里确实很好。但是恐怕我不能和您在这里继续待上三个星期,因为我已经和一个人约好在蒙特利尔见面。"

珍妮特漫不经心地划拉着盘子里的烤牛肉。"什么事情比陪伴妈妈还要重要呢?八月份谁会待在蒙特利尔?"

海瑟没有回答,过了一会儿问珍妮特:"说说达芙妮信里怎么说的吧,您下午不是收到她的信了吗?"

珍妮特的口吻变得轻松起来,边吃边说:"你看那封信了?

你指望达芙妮能在信里说什么呢？我一直认为她在瞒着我们什么事情，不让我们知道。"

珍妮特低头吃着自己盘里的佳肴，脑子里却想着达芙妮的那封信：达芙妮六月初去了巴黎，很快又返回伦敦。诺尔一直忙，他的工厂夜以继日地开工，连达芙妮也很少见到他。她抬起头，问海瑟是否也觉得诺尔回到皇家飞行大队这件事是好事，接着又说："当然了，如果那帮人早听诺尔这样的人的意见，那就不会有这些麻烦。可是那些人偏偏就不。"

"我觉得他们倒是可以听听其他人的意见，只是除了诺尔。"海瑟回答说。

"好了，也没有真正好担心的。弗洛伦丝·默多克说她来这里之前见过诺恩夫人，还记得吗？就是那个叫帕梅拉·史密斯的女人，结婚以后成为诺恩夫人。她对弗洛伦丝说目前没人认为战争会打起来，只有美国人在这里杞人忧天。你爷爷过去常说，什么时候美国人担心英国的形势了就说明英国还在英国人手里，一切都在掌控之中。"

一直到吃完冰激凌和蛋糕，珍妮特还在喋喋不休地讲着。咖啡上来了，海瑟给自己点了根烟，同时递给珍妮特一根，珍妮特没接，说："美国烟太辣嗓子。"

母女两人走出大厅去了休息室。休息室里坐着很多织毛衣的女人，以及一群跟着玩耍不愿意早睡的小孩子。她们进去时，那些手里做着毛线活儿的女人抬起头打量了她们一眼。刚走到房间正中，珍妮特站住了："你在这里等妈妈一会儿，我去和经理说我们不退房了，继续留着那个房间。"

海瑟碰了碰妈妈的胳膊肘，平静地说："妈妈，我已经说了,我不能和您继续待在这里。"

珍妮特先是瞪了海瑟一眼,然后扭过头,扫了一眼休息室里的人群,手下意识地抚着自己黑色丝绸衣服上的褶子,回过头看着女儿说道:"你不要这么倔,好吗?什么约会这么重要,不能取消?"

海瑟看着妈妈,心想:和以前一样,自己说与不说根本没什么区别。她欲言又止,最后终于说道:"保罗·泰拉德在蒙特利尔。"珍妮特顿时诧异得说不出话来。"我们相爱了,我们——"

珍妮特站在那里没动,说了一句:"别闹了,海瑟。你知道那是不可能的。"

珍妮特的脸色明显有了变化,但表面上还是忙着和认识的人优雅地点头打着招呼。外人根本看不出珍妮特任何情绪上的变化,包括那几个织毛衣的女人。这时俱乐部委员会的管事弗洛伦丝向这边走过来,珍妮特身子轻轻一扭,热情地迎上去,和对方寒暄起来。

"我们都准备好了。桌子已经摆好了,就在太阳长廊那里。我们又找到一个爱打牌的……"弗洛伦丝用胖手握住珍妮特的手,用演员在舞台上耳语时惯用的音调说:"是福尔肯里奇夫人。昨天喝茶的时候遇到的。我敢说她绝对是个好心眼儿的美国人。"说完她转头看着海瑟,"海瑟还是不玩桥牌吗?"

"海瑟说她不喜欢打桥牌。"珍妮特一边笑容可掬地替海瑟回答,一边在自己的黑色包里找手绢。

弗洛伦丝笑了:"那天我读毛姆的一本书。毛姆先生说打好桥牌比买保险好。差不多就是这个意思。哎,海瑟,你真应该读一下那本书。"

"海瑟读书很多,"珍妮特说,"你记得你读过那段吗,孩子?"

海瑟当然记得——毛姆说学会打桥牌是抵御因为年老而感到乏味的最好的保险。

"当然了,说到书……"弗洛伦丝继续喋喋不休地和珍妮特说着话,话题转移到福尔肯里奇夫人。珍妮特也寒暄着说她嫁到梅休因家这么长时间,只是在去年冬天,梅休因将军说美国人好像变好了点儿,不像以前那么招人讨厌了,而且,将军也只讲过这么一次。她对弗洛伦丝说自己一会儿就过去桥牌那边,弗洛伦丝终于走了。

房间里的上了年纪的妇女们还在那里忙着手里的毛线活儿。珍妮特站在休息室中间,胳膊底下紧紧夹着她的女式小包,右手攥着刚掏出来的白色手绢。她回头看海瑟,却发现女儿已经不见了,她不由地叹了口气,但马上又抬起下巴,深吸口气,仿佛自己是在人群的注视中,然后,迈开步子走到前台。

"请给我接通一个长途电话,"她说,"要快,马上。打给蒙特利尔的马奎因。接通后去太阳房那里通知我,我在那边儿打牌。"声音里全然没有以往常带的那种英国腔。

四十七

第二天早晨七点钟,海瑟醒了。窗外是一个灰色的虚无世界,雾气很重,空气里有着一股咸咸的味道。海瑟躺在床上,心里乱纷纷的,脑子里的念头一个接一个向她袭来。很长时间她才让自己的情绪平复下来，重新进入梦乡。再醒来时已是九点半，海滩上的雾还没有散去，窗外有几个孩子嘟嘟囔囔地抱怨着糟糕的天气。这一觉让海瑟觉得自己体力彻底恢复了过来，她穿好衣服准备去楼下吃早餐。

大厅里几乎没人。妈妈和马奎因正在靠窗的一张桌子旁用餐。马奎因还是老样子，圆圆的脸，面孔阴沉，眉毛往上挑着，嘴角下耷，脖颈后的肥肉似乎揪着前面僵直的下巴，圆脑袋架在肩膀上像是顶了个圆圆的屋顶，再加上一圈干枯的头发，这让他的脑瓜儿顶看上去像是个马蹄。虽然天气又闷又热，马奎因却穿着一套深色西服，脖子上还打了个奶白色的领结。他一边听珍妮特说话一边频频点头，一抬眼，看见海瑟过来，马上冲海瑟点点头，脸上挤出一丝笑容，竭力装出一副和蔼可亲的样子，殊不知这让他看上去更像一只乌龟了。

海瑟走过去，马奎因赶紧站起来示意海瑟坐下，然后自己也坐下。海瑟给自己铺好餐巾。

"海瑟！"珍妮特责备海瑟道，"你怎么这么没礼貌，怎么不和客人打招呼呢？！"

海瑟只管把眼睛盯着菜单，说："看到了。"

"海瑟！"

马奎因清了清喉咙，说："珍妮特，没事儿，我理解。"

"我不饿，"海瑟对走过来的侍者说，"给我来杯橘子汁和一片烤面包就够了，噢，还有咖啡。"

一旁的马奎因清了清喉咙，说："你妈妈和我正在聊你的事情呢。"

"我知道。"海瑟回答。

珍妮特冲着不远处的几个朋友微笑着算是打招呼，然后回过头来看着海瑟，刚才脸上还挂着的甜蜜笑容消失了："我们都是为你着想，这你也知道。亨特利专程为你的事情赶来，路上还不好走。下了火车，他还得从波特兰①一路开车过来。"说完她扭过头看着马奎因说："你一直都很讨厌坐那种有空调的火车，对吗，亨特利？"

海瑟没有说话，马奎因尴尬地笑笑，干咳几声后说："海瑟，我们是不是该谈点正经事了，嗯？你母亲和我说你自己已经想好了。"

侍者端来了面包、橘子汁和咖啡。海瑟往后挪了挪身体看着侍者把食物放在自己面前的桌子上，等到侍者离开了，海瑟才开口说道："亨特利，您大老远从蒙特利尔来就是为了关心我的私事？"

"你这是什么态度！"珍妮特急忙训斥海瑟。

海瑟一口气喝光橘子汁，把空杯子放在一边。"您有没有从我的角度想过？"她说，"昨天晚上我已经告诉过您了，我和保罗相爱了，您已经知道了，所以这件事没什么好说的。"她目光直视着马奎因，补充道："我可没想过把这事在大庭广众再说一遍。"

马奎因把手交叉放在桌上，身体微微前倾，好像是在想如何反击。海瑟拿起餐刀把黄油涂在面包片上。

"还是理智些吧，海瑟，我是看着你长大的。你妈妈碰到麻烦时能去找谁倾诉呢？"

"我妈妈碰到了麻烦？"

---

① 波特兰（Portland）：美国西北部的一个城市，邻近加拿大。

马奎因先抻了抻衣服，然后才说："你妈妈这几个月来一直压力很大，这我无须提醒你吧。我们得为她考虑考虑不是？"马奎因说话的语气愈来愈做作，"你现在这个态度有点让人无法理解。我们没有一个人说要反对你和保罗在一起。我们只是想了解一下情况。对于你这样的女孩儿来说，婚姻大事一定要慎重。"

海瑟看着马奎因说："我只希望和自己的妈妈谈这个问题。"

马奎因把目光从珍妮特移到海瑟身上，"呵呵"笑了两声，说："和我说说那个年轻人，他是做什么的？"

"他是作家。"

"噢，他还做什么？"

"目前只在做这个。"

马奎因和珍妮特交换了一下眼色："这就是我和你妈妈担心的。"

"你们不用担心。写作是份很好的职业，能养家。"

马奎因把身子往后一仰，眼睛望向窗外，从那双灰色眼睛射出来的视线似乎能穿透海边浓重的迷雾，过了一会儿他说："我在加拿大生活了一辈子，几乎在每个城市都住过，也拜访过不少名人，说起那些作家，我认为除了拉尔夫·康纳[①]和斯蒂芬·里柯克[②]，我还没见过一个能靠写作维持生活的作家。这是一个很现实的问题，难道不是吗？"

海瑟喝完杯中剩下的咖啡，说："我不想冒犯您，但是我认

[①] 拉尔夫·康纳（Ralph Connor，原名为Charles William Gordon，1860—1937）：加拿大宗教人士，著有很多畅销小说，作品传递宗教理念。

[②] 斯蒂芬·巴特勒·里柯克（Stephen Butler Leacock，1869—1944）加拿大著名幽默小说作家，也是加拿大第一位享有世界声誉的作家。在美国，他被认为是继马克·吐温之后最受欢迎的幽默作家，代表作为《小镇艳阳录》。

为我和保罗比您更了解这个职业。"

"也许你是对的。毕竟我这个人比较实际。从我来了解的情况看,那个年轻人倒也聪明。而且,我也认识他的父亲,我想这件事你也知道。"

看到海瑟瞪了自己一眼,马奎因马上换了一副缓和的口吻:"不管怎么说,我猜对那个年轻人来说,当前最要紧的事情是有份工作,当然,前提是他可以找到一份工作。昨天晚上我和别人打听了一下,如果我没猜错的话,这个叫保罗·泰拉德的年轻人从来没有做过一份正式的工作。他现在都是快三十岁的人了,可却一直这样晃荡着。我觉得这不是个小事情。尤其是男人,到了他这个年龄很关键,这时候他应该是踏踏实实做事情而不是想东想西,最后一事无成。"

海瑟点着一根烟,没有吭声。马奎因扯扯马甲,抬起一只手搓着下巴说:"我当然不能保证给他一份写作的工作。就像你说的,我对写作一窍不通。但是我能给他一份实实在在的工作。"

海瑟脸色缓和下来。看到海瑟脸上的表情,马奎因心里暗自得意:看来形势转过来了,他总有办法扭转形势。

"什么样的工作?"海瑟问。

马奎因和珍妮特交换了一下眼色:"我现在还不能马上就定下来。这事也没必要太着急。等我回到蒙特利尔再说。不过,这事儿肯定我会帮忙,海瑟,如果这个年轻人希望工作,我可以保证会给他找到一份工作。"

"什么样的工作?"海瑟继续追问道。

"现在不知道。"马奎因竖起食指说,"这事交给我来办,没什么大不了的,你不用担心。你只需给我他的联系方式,我一回去就给他打电话。"

犹豫片刻后海瑟还是把保罗的地址和他住的地方的电话告诉了马奎因。马奎因戴上眼镜，在自己的小记事本上记着。写完后他把本子放回口袋，说："海瑟，还有一件事我得和你说，你妈妈太累了，我们得多为她的健康考虑。我觉得你应该和妈妈在这里待上十天半个月。你得负起责任来，这是不能逃避的。"

海瑟站起来和马奎因告辞："我要出去散会儿步。"说完便离开大厅，上楼回到房间，拿上雨衣向海滩走去。浓雾包围了她，脸上头发上全是冰冷的带咸味的潮乎乎的气息。她一直都很喜欢雾和雨。她喜欢它们就像喜欢阳光一样。海滩上空无一人，海瑟走得很快，耳朵里不停地回响着浪花敲打海岸的声音。

她的思绪也随着那声音起伏伏：她二十八岁了，她一个人在纽约住了快四年的时间。现在她爱上了一个男人，在法律上已经成为他的妻子。可是家里人还是把她当孩子对待。即使他们也经历过婚姻，可要让他们理解自己的想法就好比要他们和因纽特人交谈。老天，为什么这些人不能给她一些自由！她是爱妈妈？还是可怜她？又抑或只是惯性使然？她想到马奎因，还有他的米达斯之手，还有他不能让人理解的从别人那里夺取工作和能量的能力。马奎因和保罗是不可能相处的两个人，可以说不是你死就是我亡。在人类历史上有没有存在过一段像现在社会的一段时期，老一代的人对年轻一代奋不顾身追求的东西置若罔闻。

海瑟放慢脚步，爬上一处礁石，在上面站了一会儿后，然后下来重新回到那条从海边去酒店的沙路上。她的手揣在雨衣口袋里，心里一遍又一遍想着马奎因刚才和她说的那些话，听上去似乎都是大实话，正如马奎因这样的人所说，这世界变成了处处和他们预想的不一样的一块地方。好吧，他们可以发动战斗，但是他们绝对不能让这场战斗继续下去。海瑟揣在口袋里的手有点微微发抖。每天报纸上那些新闻标题的字体越来越大，战争就要来了，无情地、不可阻挡地，像是浓雾后面的潮水，正朝着他们冲过来。

妈妈和马奎因伤害了她的自尊，海瑟为他们脸红。但同时她也发觉自己似乎正在努力遗忘和保罗在一起的时光。她这种软弱和妥协的性格也许是从妈妈那里遗传来的，也许只是人的本能，也许是因为多年习惯了这样，这种性格一直在左右她的生活。她害怕和妈妈翻脸，害怕因此而导致的对彼此的伤害和仇恨。她一直在努力缓和自己和妈妈之间的矛盾，说是保护自己也好，说是装糊涂也好，她这么做只是为了不惹妈妈珍妮特生气。她有点担心起来，不知妈妈会采取何种方式去伤害保罗的自尊，就因为保罗的父亲是法国人、母亲是爱尔兰人，妈妈就要这样做，说到底还是因为她嫌保罗穷。妈妈的做法会伤害保罗的自尊心的，给他留下一个难以愈合的伤口。

当海瑟走到酒店门前的草坪那里时，看见妈妈和马奎因并排坐在阳台上，两个人都穿着雨衣，像是船上的旅客。珍妮特一边说一边比画着，似乎很兴奋，马奎因不时重重地点下头，偶尔抬起食指好像在强调自己所说的话。

海瑟掉头重新向大雾深处走去。她在外面晃悠一个小时，在海港附近的小村里吃了点东西才回来。这一次马奎因终于走了。

四十八

马奎因坐在后座上看着司机用千斤顶换下被戳破的轮胎。

回波特兰的路上马奎因乘坐的出租车的轮胎被划破了。等到抵达波特兰时时间已经很紧张，他匆匆买了两本杂志（一份财富杂志和一本左翼期刊）和一份报纸，着急忙慌地上了火车。

连续的长途跋涉让他感觉筋疲力尽狼狈不堪，身上的衣服几乎给汗水浸得透湿，连脸上也汗淋淋的。他找到自己的卧铺车厢，掏出几加元小费打发走了帮他把行李拎上火车的工人。车厢里的空调送来的阵阵凉风让本来就烦躁不安的他感到十分不爽。"看来一场伤风感冒是躲不过了！"他愤愤地想，"美国佬追求舒服简直到了病态的程度！照这样的做法，不出二十五年他们就得把自己国民的健康给毁了！"

安顿好行李后马奎因向餐车车厢走去，一边走一边用手帕擦着额头上的汗水。在餐车吃完饭后他重新踅回到卧铺车厢，小心地锁好门，然后脱掉外套和里面的马甲，换上一套自家工厂生产的棉质居家服，脚上也换上了一双毛茸茸的拖鞋。他把买来的报纸和杂志放在旁边，人这才感觉彻底放松下来。

上个星期一位内阁议长给他打来电话，问他如果战争爆发他是否愿意到他的部门来工作。虽然他一直都不喜欢去政府工作，但如果战争真打起来，他觉得自己还是应该承担起一份责任来。渥太华政府里的那帮人现在肯定都是一副惶惶不安的模样！别说他们，自己又何尝不是呢？！每次从报纸上读到欧洲局势时他都感到烦躁不安。虽然他一直都不愿相信会再来一场战争，然而……

还有海瑟，那姑娘选择这个时候给珍妮特惹麻烦，只能说明她对母亲连一个仆人的责任心都赶不上。马奎因阴沉着脸想：世风日下，现在的年轻人既缺乏对家庭的责任感，又缺乏对社会的责任感,这样下去,能指望他们什么呢?而且,下一代可能会更糟糕。可是又有什么办法呢?海瑟如果和保罗·泰拉德结婚的话,那什么事情都可能发生。听说那人是个作家?他倒是想看看这家伙写的东西,左右不过是些鼓吹社会主义和男女性别之类的文章,那样的东西怎么能有出版社看上,给他发表呢?

海瑟需要的是一个安分守己的男人,这样才能让她在这个家庭里待得住。如果她和这个叫保罗·泰拉德的人结婚,不过几年珍妮特那点儿钱就得被这两个年轻人榨干了。到了这个年纪都没有一份体面的工作还不能说明什么吗?估计他们继承梅休因家老宅的那一天,做的第一件事就是把它卖给房地产公司,任由后者拆了这百年老屋,然后在上面建一所十层楼的公寓。

马奎因站起身,找了块毛巾抹去额头上的汗水,又从行李袋里找出一条围巾把脖子裹严实了。现在他才感觉好点了——说不定能躲过这场伤风呢!

他收起二郎腿重新坐好,心里想:事情理清楚了就没有什么好担心的了。还是别去想这些乱七八糟的事情了!据说保罗·泰拉德是一个鼓吹社会主义的人,可是没钱他怎么结婚?没有工作他又怎么来钱?如果海瑟还是不听劝继续作乱,珍妮特最好停了这孩子的生活费。想到这里,马奎因禁不住微微地笑了,那是得意的笑——做事向来很公平的他知道怎么"帮助"保罗这样的年轻人。先给那年轻人找份工作,就在不列颠哥伦比亚省找,对方肯定会对落到自己头上的这份运气感激涕零的。如果他努力工作的话,有可能十年后攒够结婚的钱。不过肯定不是和海瑟结婚!没门儿!一旦这两个人天各一方,中间隔着的四分之三大陆的距离过不了多久就会让海瑟回归理性,而且以后海瑟一定会感激他马奎因为她所做的这一切的,这一点他和珍妮特可以说不谋而合。

马奎因拿起报纸,扫了几眼后便气不打一处来。他生气地把报纸扔到地上,想:事情越来越像是一场噩梦。希特勒是个无赖,你让他一寸而他却一寸都不想给你剩下。如果大战打起来,谁还管你钱放在哪儿,政府早晚都得给你收了去!

更让马奎因生气的是到现在为止谁都给这个国家指不出一条路来,谁都说不出个究竟来。一年以前他还很乐观地认为慕尼黑会议后张伯伦让希特勒领教了什么是真正的治国才能,可是现在呢?上个星期奇斯利特把他叫到一旁,偷偷和他说什么如果战争打起来政府极有可能断了他们这些生意人的财路。如果像奇斯利特那样的人都说出这种不该说的话,那只能说明这世界糟透了!这种话如果传到那些坏蛋耳朵里完全有可能被抓住话柄。真要打起仗了,马奎因只希望这个国家的首相是个知道什么时候该说话、什么时候就得把嘴巴牢牢闭上的人。如果能碰上这么一个首相的话,他马奎因还真是要好好地感谢上帝呢!

平复了一下心情后,他捧起周刊,头两页写的都是些强调资本主义的自私自利的颓态才是引发了这场战争危机的东西,说资本家们才是这场战乱的罪魁祸首。文章中还说,欧洲人出卖中国东北、阿比西尼亚[①],然后是捷克斯洛伐克[②],现在可好,他们终于尝到了战火烧到自己头上的滋味。

[①] 阿比西尼亚(Abyssinia):历史上的埃塞俄比亚帝国,又称"阿比西尼亚帝国",是1270年到1974年期间非洲东部的一个国家,历史复杂,被很多欧洲国家占领殖民过。

[②] 这里指1938年9月29日至30日英法德意签订的《慕尼黑协定》,在这个协议中,英国出卖捷克斯洛伐克利益,将苏台德地区割让给德国,以换取德国不发动战争的承诺。

马奎因愤愤地把手里的杂志甩了出去：警察怎么不管管他们，任由这些人胡说八道！照那些人的说法，他马奎因也是腐朽分子了？！看来希特勒和墨索里尼镇压布尔什维克的做法没错！政府应该把这些人抓起来，看看他们敢不敢在法庭上胡说八道满嘴放炮！像自己这样的人，一辈子辛辛苦苦，挣点儿钱都用在扩大产业上，不酗酒不找女人。如果有那样的人跑到自己面前慷慨激昂地胡说八道一番，他一定会驳得对方哑口无言体无完肤！

马奎因怒火中烧且越想越气：就让希特勒这样搞下去！让那家伙放马过来！这情绪汹涌无比，他觉得祖先的那种好战精神重新回到了自己身上。

四十九

星期一早晨，不到九点半马奎因已经出现在他的办公室里，他做的第一件事情就是让秘书给保罗·泰拉德打电话，让对方十一点四十五分来自己的办公室。

自从四年前德鲁小姐去世后，马奎因一直都找不到一个合适的秘书。他前后雇过三个秘书又先后解聘了她们。现在的这个秘书是个头发稀稀拉拉、很少吭声的男人。他显然很了解这场经济危机的严峻性，比前几任工作干得都好，但马奎因还是不大看得上他。

马奎因拿起报纸，大致瞄了几眼便判断出欧洲的形势正在滑往更坏的方向！他正要把报纸往废纸篓扔，秘书走了进来。

"事情办得怎么样了？哈德逊。"马奎因问秘书。

"我和泰拉德先生通了电话，他……他说他很忙，没时间来拜访您。"

马奎因瞪了一眼秘书："你没和他说清楚是谁要见他吗？"

"说了，马奎因先生。可是他态度并不友好！"

马奎因哼了一声，说："你现在再给他打个电话。接通后先给我接进来。"

哈德逊退了出去，出去的时候脚底好像滑了一下。马奎因不满地嘀咕了一声。即便是要哈德逊寄封信他都要特地嘱咐几句。就像他自己常常说的那样：那些曾经在经济萧条中失去工作的人通常都变得在工作中对自己没有信心，啥都干不好。

电话铃很快响了，马奎因拿起话筒，不等对方开口便甩开单调呆板的声音自顾自地说了起来，过一会儿，当他意识到话筒那端对自己的话没有反应时，眉头马上皱了起来。他极力压住内心的怒气，换上一副关心对方的语气。时间又过了几分钟，电话那边的人还是缄默着，这时哈德逊手里拿份纪要轻手轻脚走进来，马奎因用眼睛示意他把纪要放在桌子上，嘴里依旧滔滔不绝："听说你写了一本关于加拿大的书？年轻人，其实我倒觉得你应该先在这个国家走走，先看看这个国家。"

马奎因手里抓着话筒，用眼睛扫了一眼那份纪要，纪要上的几行字吸引了他的注意：鲁珀特·艾恩斯十五分钟前去世。马奎因立刻没有了心思关心电话那边的保罗在说什么，他对电话那边的人说："你太傻了，你知道你自己在说什么吗？我肯定会把你的这些话告诉梅休因夫人的，今天晚上就会告诉她！"

马奎因"啪"的一声压了电话，打开纪要快速浏览起来，看完后他把纪要一扔，手里连着打了几个榧子，吩咐哈德逊："给我接马斯特曼，接奇斯利特，接布坎南，还有霍森先生，他现在在巴哈马的拿骚,我要马上打给他。"

那天中午马奎因是在皇家山俱乐部吃的午饭。吃完后他坐在椅子里看着晚报上登的讣告,陷入了沉思:报纸上已经顾不得登关于世界危机的消息,全部换上了悼念艾恩斯去世的文章——这个方头方脑、宽肩阔嘴、目光犀利的小眼睛男人把希特勒挤出了报纸的头版。报纸的第二页登满了艾恩斯为这个国家做过的事情,还有他名下的无数大公司的名字。

对于马奎因来说,艾恩斯这个人的是非功过很难评价。将近四分之一个世纪的时间艾恩斯在圣詹姆斯街上扮演大佬的角色。现在,他的帝国悄无声息地回到他曾经控制了一辈子的寡头集团那几个人的手中。天啊,马奎因想,这就是教训!应该说自己从这件事中看到了一个现实:这人的所有公司业务并没有因为他的去世而陷入混乱状态,他的离世并没有让他企业的股票在市场上贬值,连一个小数点都没有。

看着报纸上的那张照片,马奎因习惯性地用舌头弹着口腔上颚,嘴里发出"嘚""嘚"的声音。这几个大佬都走了!麦金托什去年二月去世。马斯特曼最近看上去身体很不好,奇斯利特今年前就看上去不大行了。不过艾恩斯这时候去世倒是马奎因没想到的,如果这场战争打起来,这家伙倒不用躲避了。马奎因读着介绍鲁珀特·艾恩斯生平的文章,心里暗自思量:如果自己某一天离开这个世界,死后绝对不会像艾恩斯这样,受到如此多的关注。有一点毋庸置疑,艾恩斯代表了一个时代,也算是一个响当当的人物,没有了他这个国家肯定要有些变化。

接下来的两天里马奎因忙得不可开交,原因是他接下了在艾恩斯的葬礼上抬棺的任务,他甚至差点忘了要给珍妮特打电话,告诉她自己和保罗在电话上的交谈结果。对于马奎因来说，艾恩斯的葬礼比他以往参加的任何一个朋友的葬礼都要隆重。每个城市都有它向世界展现自己精神面貌的方式。伦敦是市长大人出来作秀，纽约是英雄出现在百老汇大街上。在蒙特利尔的法国人是在圣约翰日在法国人的聚集区里游行，而他们这些在蒙特利尔的英国人通常愿意选择一个更私人和重大的场合向外族人展示自己人群的精神面貌。只有在某个大人物的葬礼上，这个民族有头有脸的人物以及那些严格遵照等级界限的大商人才会一起出现在公众面前。

马奎因还从来没有见过这般诸多安排的葬礼。艾恩斯没有家人也没有亲戚。他那一长串的遗嘱搞得事情有点复杂。他生前表示过他的葬礼不会在他惯常去的教堂举行，而是要在他长大的工业区里的一个小教堂里举行。他还特地要求从多伦多来的一个部长来主持自己的葬礼。马奎因认为艾恩斯的要求似有大题小做之嫌，有些安排根本就没有必要。这就是艾恩斯，总是要和人不一样，死后依然如此。艾恩斯给自己选的那间教堂不仅又小又破，而且地处偏僻。他们这些前来哀悼的人必须步行两英里才能到达那个地方。马奎因对此并不觉得奇怪。他甚至想：不知奇斯利特会不会也效仿艾恩斯的这一做法。据他所知，自打一九一二年奇斯利特给他自己买了辆劳斯莱斯后，可能连一百码①都没步行走过。

葬礼正式开始的几个小时前，已经有人群聚集在教堂前的大街对面。参加吊唁的人在进入大厅前一律要向门口站得笔直的登

---

① 1码约等于0.9米。——编者注

记员说出自己的名字,登记员则匆匆忙忙地在本子上记下以便为这些名字在第二天的报纸上出现。好多人专程从多伦多、汉密尔顿、渥太华和温尼伯赶来,其中包括全国各大银行和各大公司头头脑脑们。每个人神情严肃地坐在早已安排好的长板凳上。为了向这位身家上亿、在这个国家里最有钱的人致敬,抬棺人都是身家至少四亿加元以上的富豪。

葬礼开始了。主持葬礼的部长的演讲带着明显的浸信会的色彩,下面坐着那些董事、银行家、保险会的主席、铁路巨头、股票行业的经纪人、啤酒厂老板、酒商、法官、公司律师、大学委员会里的委员、艺术委员会的委员、校长、慈善组织委员会的委员、总裁、股票公司老板、四位政客、三位参议员以及两位内阁部长等有头有脸的人物,部长的声音在这些人的头顶上方盘旋着。

部长言辞铿锵,对自己悼词里提到的"富人进天国比骆驼穿过针眼还难"的名言特地做了如下解释:智慧和仁慈的上帝并没有说富人进天国的可能性一点都没有。艾恩斯先生,作为一个掌管千万财富的人深深地了解进不了天堂的危险,也正是因为这个原因,他一生远离浮华,他的宅子里除必需品外没有任何奢靡之物,他全心全意地为这个国家的人民服务,不惜牺牲自己的利益,他甚至从来没有给自己放过一天的假。艾恩斯先生常说贫穷才是培养美德的最好学校。也很少有人能像艾恩斯先生这样,年轻时便深深体会到贫穷为何物。他的企业为成千上万的人创造了工作机会,让他们不再忍饥挨饿。他知道自己生活在一个商业时代,他谦虚地把自己比作为上帝保管金钱的人,一个忠诚的上帝的管家,就好像埃及富人的守卫神约瑟夫①。像艾恩斯这样的人可谓是凤毛麟角。

部长大人接着又用反问的语气问那些前来吊唁的人:如果世界上没有像鲁珀特·艾恩斯这样的人,怎么会有慈善事业的存在?如果没有慈善事业,我们这个民族如何生存?他指出艾恩斯本人一直牢牢记着上帝的教诲,从来没有在救济穷人的事业上怠慢过,而且从来没有吹嘘过自己。

每个人都会记得艾恩斯公爵的那句名言:乞丐可能会把他自己的最后一分钱花在咖啡上,但是一个银行家却会把最后一分钱都借出去。他们的这个朋友是如何这样按照自己的这句看似平常的座右铭生活的。如果说加拿大的财政结构目前算是全世界最好的,如果说现时的加拿大算得上是这个动荡世界的一片绿洲的话,那么这个国家的人应该感谢像鲁珀特·艾恩斯这样的人。

重新响起的风琴声打破了这支队伍的死寂,八位行业巨头抬起棺材无声地沿着教堂的走廊抬向门厅,再由门厅走向灵棺,新闻记者们不停地按着快门,警察齐刷刷地抬起胳膊敬礼,参加围观葬礼的人们聚集在路边,有几千人之多。一群头戴丝绸小帽的银行家、经纪人、政府官员、法官、啤酒厂老板、白酒厂商老板,安静地跟在灵棺后面。

这里是贫民窟,街道窄窄巴巴、崎岖不平。那些前来吊唁的人恐怕这辈子也没有到过这样的地方,他们头上的丝绸小帽歪歪扭扭,在暗淡的太阳光下闪闪发亮。不过当他们跟在棺柩后面向

---

① 埃及富人的守卫神约瑟夫:约瑟夫是雅各的第十一子,遭兄长嫉妒,在年少时他被卖往埃及为奴,后来做了埃及的统治者。

山上走去时，步调还算一致。那些工人、小职员、家庭主妇、游手好闲的人、孩童和失业的工人默默地站在马路牙子外面，看着这一行人。大街上静悄悄的，空气中只有脚在路面的摩擦发出的声音和粗重的喘气声。马奎因也在队伍里，他听着自己身后奇斯利特重重的喘气声，心想：这家伙恐怕也不会在舍布鲁克大街上举行葬礼。肯定的！奇斯利特就是第二个艾恩斯。

终于，一行人到达了大街。但是即使到了他们的地盘，这个世界也不会放过他们。就在不远处，报童叫卖着晚报的头条，马奎因听见希特勒的名字一遍又一遍被重复着。报童看到这里人多，急忙向这边跑来兜售报纸：**希特勒发出最后通牒……希特勒动员大军……希特勒说他会战斗到底……**

为什么这些家伙不能让人安静一会儿呢？为什么不能给大家点安宁呢？

五十

至少在几个小时之内，鲁珀特·艾恩斯去世的消息在沿波特兰到基特里[①]那一溜儿海滩的酒店里造成了不小的骚动。这消息带给人们的震撼不亚于前一次的世界危机。虽然不是人人都和艾恩斯相识，但是在这一带住的很多人都听说过这个名字。

蒙特利尔报纸上刊登这个消息的那天早晨，海瑟在客厅里碰到了福尔肯里奇夫人。

"你们那位艾恩斯先生肯定是个很了不起的人。"福尔肯里

---

① 基特里(Kittery)：属于美国缅因州的一个城市。

奇夫人说。

"好多人都这么认为。"

"有件事挺让人惊讶!你们加拿大人好像特别了解美国。好多加拿大人和我谈起罗斯福还有约翰·刘易斯①来头头是道。但是我们美国人好像并不了解你们的国家。我自己还是今天早晨才知道鲁珀特·艾恩斯这个名字的。"

"福尔肯里奇夫人,对加拿大人来说,这个人的去世就仿佛上帝死去一样。"

海瑟离开时,看见福尔肯里奇夫人还是一副若有所思的模样。大堂里站着几个上了年纪的女人,也在议论鲁珀特·艾恩斯去世的消息。她们谈论他的虔诚,打听是什么事情让他一辈子都没结婚,猜测他的钱都去了哪儿,遗产税要有多少。一个上了年纪的女人还记得艾恩斯曾经站出来指责加拿大自治领政府无能的轶事。所有的人都说这个国家如果没了鲁珀特·艾恩斯,就不再是过去的加拿大。

那天早晨珍妮特在床上吃的早饭。九点刚过,海瑟从门口探进头来,看见妈妈还在床上闭目养神,就悄悄带上门没有进来。可是一等海瑟离开,珍妮特马上睁开了眼睛。

在珍妮特的生活里,她从没觉得自己像现在这样伤心难过过。自从昨天晚上接到马奎因的电话后,她就一直惝惝惶惶地没法入睡。电话里,马奎因一上来就告诉她艾恩斯死了,还说他一天到晚忙着张罗艾恩斯葬礼的事。后来才用一副漫不经心的口吻说,既然保罗拒绝接受自己给他的工作机会,那自己能做的也就

---

① 约翰·刘易斯(John L. Lewis, 1880—1969),美国劳工领袖。——编者注

到此为止了,说完继续揪着艾恩斯的话题说个没完,再也不提珍妮特要他帮忙的事情。可是谁在乎那个艾恩斯死还是没死?梅休因将军就曾经说过艾恩斯是个大老粗,那人的父亲不过是一个给啤酒厂送酒的马车夫。

就这样,她一直折腾到凌晨两点还没有入睡,马奎因太自私了,明知道她遇到了难处,却摆出一副事不关己的态度,可是他早前不是答应过自己的吗?昨天晚上的电话里他还说了半天欧洲局势,说战争早晚要打起来,这种事情难道还要他来告诉自己吗?就好像她不识字不读报似的?珍妮特翻来覆去地想着,再看钟时已经到了三点,她还是睡不着,开始怀疑马奎因这么多年和梅休因家族的交往是否另有目的?她想,这个自私的家伙根本不懂女人,更不关心他人的痛苦。如果他不是只图自己舒服的话,早就应该结婚成家了,要不然也不会沦落到这把年纪还是一个人的境地。

天蒙蒙亮时,珍妮特泡了个热水澡,原意是想让自己放松放松,结果不仅没放松,心里还更乱了:女儿是她的全部,她为这两个孩子牺牲了那么多,可是女儿却全然不管妈妈的喜怒哀乐。她送海瑟去上大学,可是她毕业了却学会了批评自己的妈妈,还说自己不了解自己的女儿,她怎么不了解海瑟?倒是海瑟,动不动就搬出书里的几段话讲给她听,希望她接受那些看法,可在珍妮特看来,那些话往往都是些偏激的言论。现在的大学里就教心智上还不成熟的女孩这些东西,真是不知廉耻!弗洛伦丝·默多克昨天还提到类似的事情,说这些孩子去了大学,出来后却学会了不知感恩、厚脸皮和自私自利,还总是以为他们比长者知道得都多。说白了就是一些能说会道的年轻教授没有教给孩子们养活自己的本事却教给他们一些任谁也听不懂的屁话。难道她这个当妈妈的还不了解自己的女儿吗?

九点钟了,珍妮特还躺在床上,她要了几片烤面包和咖啡,在床上吃完后披上自己那件黑色睡衣坐到梳妆台前,拍化妆水、涂乳液、打粉底,再敷上一层不算特别白的妆粉,最后戴上那条用来遮盖因为割甲状腺而留下的疤痕的黑玉项链。

忙完后珍妮特端详着镜子里的自己,没有涂胭脂的脸苍白憔悴,一副病恹恹的模样。她一动不动地坐在梳妆台前听了一会儿自己的心跳,长长地叹了口气,拿过梳妆台上的梳子梳起头来。她一下一下地梳着,心思开始活动起来,她想着自己马上要面对的问题,神情仿佛一只刚来到一个陌生房间的猫,小心翼翼地查探着房间里的每个角落。

其实她心里并不糊涂,有些事她还是很清楚的,她知道自己现在面对的不适和痛苦纯粹是由于她要求太高引起的,她一辈子都是这样要求自己的,也想当然地要把自己的想法强加到孩子身上,再加上她为了两个女儿牺牲了自己的生活,所以会不自觉地要求从女儿那里得到回报。遗憾的是她现在必须独自面对女儿对自己的反抗!珍妮特想,如果哈维还活着就好了……

泪水开始在她的眼睛里打转,她努力不让眼泪掉下来,可最终还是没忍住。她抽泣着,眼泪不停地流过她的脸颊,冲花了脸上的妆容。哭完后珍妮特看着镜中的自己,心里满是孤苦悲凉的情绪:这么多年来,她孤单一人,辛辛苦苦,比家里的任何人都小心翼翼地做事,搞得自己筋疲力尽,身体每况愈下,可海瑟这个孩子却还是让她不省心,特别是孩子们的外公和爷爷几个月前才去世,这个女儿就如此无情无义,一点都不顾及她这个妈妈的感受,真是一点良心都没有。

珍妮特越想心里越悚惶：亲人们一个接一个离开了她。一开始是妈妈，然后是哈维，然后是达芙妮，这个女儿一去了英国就和她疏远了。然后是身为将军的公公，她的父亲亚德里船长，现在是海瑟！再往后就轮到马奎因了。

想到马奎因，珍妮特气就不打一处来：老天，经过这么多年，经过将近四分之一世纪的时间，谁成就了马奎因？如果不是搭着她珍妮特的话，他算老几？他的社会地位还不是靠梅休因家的人？他以为他很聪明，但是她早就看透了他的心机，现在好了，鲁珀特·艾恩斯死了，马奎因也终于等到了出头的机会。

不管怎么说，她要吸取教训，她再也不会相信其他人的话。她得为自己的健康考虑。珍妮特这样想着，用梳子草草拢了拢头发，走到床边躺好，给自己盖好毯子，再把胸前弄皱了的被单抚平，然后才从床头拿起电话，问前台是否能帮她接通女儿的电话，她一边等海瑟的回电，一边数着自己的脉搏。

看到海瑟进来，珍妮特招呼道："孩子，来这儿坐，别担心。"

海瑟不安地问："妈妈，您没事儿吧。"

"没有，你放心好了，我没事儿的。我肯定没事儿。"

坐下来后，海瑟说道："妈妈，昨天晚上我也没有睡好，估计今天一天都要迷迷糊糊的了。"珍妮特重重叹了口气，说："你终于能好好想想了，妈妈替你高兴。"

"妈妈，您感觉好点了吗？"

海瑟紧张地看着妈妈，珍妮特的脸惨白，眼睛仿佛在瞪人，显得出奇的大。

"孩子，你得先答应妈妈一件事。"

"嗯？"

珍妮特脸上勉强挤出一丝笑容，手微微抬起，装出一副身体虚弱得厉害的模样："我想让你答应我，你那天晚上对我说的那些话只是说着玩儿，不是经过认真思考后的决定。我猜你过后又好好想了想，你也知道，你和保罗怎么可能在一起？"

海瑟从手提袋里拿出一包香烟，抽出一根点着吸了起来。她吐出一口烟，平静地对坐在一旁缄默不语的珍妮特说："我一直想和您说保罗的事。但是您一直没问，看起来您也不想让我提起他。您给马奎因打电话把他从蒙特利尔叫来，然后你们两个人背着我制订什么计划。我并不想惹您生气。妈妈，可是这就是您的作为！如果您年轻时想和我父亲结婚，可是外婆却像您这样，您肯定也不理解对不？"

珍妮特一只手痉挛似的按在胸口上，脸上换了一副恼怒的神情："你怎么了？你怎么能对自己妈妈这样说话？"

"这不是很自然吗？妈妈，我这么说怎么了？"

"我不知道。"珍妮特的声音似乎是在让自己从刺人的疼痛中走出来。"我疼……疼……"她无力地喃喃道，"我的心脏！"

海瑟急忙走到床边，把手放在妈妈的胸口上。妈妈的心跳很有规律，也很有力量，于是她说："也许是因为您昨天吃龙虾吃坏了，我给您倒点苏打水好吗？"

珍妮特呻吟起来。

"妈妈，您怎么了？妈妈。您到底哪里不舒服，我怎么做才能让您满意？"

"你们怎么都这么无情无义！"珍妮特从床上坐起来，哭诉道，"真不敢相信这是我女儿对我说的！我这辈子为了你们操碎了心，可是你们是怎么对我的？"

海瑟不安地说着:"妈妈,请您别这样!我不是故意的,只是控制不了自己。对不起,妈妈,我不知道您会生这么大的气。您哪里疼?"她把手放在珍妮特的肚子上。

珍妮特躲开海瑟的手:"别碰我,你坐好了。一会儿就没事的。坐下,海瑟,别慌慌张张的。我,我今天必须和你说清楚……哎呀,疼。"

"要不让医生来吧?"海瑟关切地看着妈妈。

珍妮特摇摇头:"不需要。你先坐下,别站在那里。"

看到海瑟坐下了,珍妮特重重地咽了口唾沫,轻轻咳嗽了一声,身子往后仰过去,闭上了眼睛,没过一会儿又睁开眼睛,叹口气道:"好点了,不太疼了。"

"那就好,妈妈。"

"亨特利昨天晚上打来电话……"珍妮特看了海瑟一眼,看见女儿没有什么表示,便接着说,"他也很担心你呢。不过这几天他有点事,很忙,他事情太多,如果我们还不知好歹,对人家态度不好,肯定会伤他的心。他很敏感的,和其他人不一样。"

"我知道他很敏感。"海瑟说。

珍妮特恢复了惯常的声调:"他和泰拉德家的那个男孩子通电话了,他答应帮那个男孩儿在哥伦比亚省找间学校,去那里当老师,教法语,这已经很好了。"

"一年挣一千加元?"海瑟平静地说。

"他没提薪水的事。那个年轻人很没礼貌,我不知道亨特利是否和他提薪水的事情。那人直接和亨特利说,让他管好自己的事情。"看见海瑟微微一笑,珍妮特声音不由得提了上去,"他拒绝和亨特利谈条件。搞得亨特利很生气,要我看亨特利已经很够意思了。"

"保罗没说他为什么拒绝吗？"

"亨特利在电话上给我说的这些事，我一下子也记不住。别以为我不知道，那种人，我早就说过，那些加拿大法国人就是这样，都一个德行。噢，海瑟……"珍妮特的声音开始发颤，"别装得以为我不知道似的。你和这事没关系吗？真的没关系吗？"

海瑟的手抓紧了手里的提包，不过她还是控制着自己："妈妈，保罗没说为什么拒绝亨特利给的工作机会？"

"有什么区别吗？关键是他这次露出了本来面目。他是个不知感恩的孩子，你爷爷就常说天生的血统很重要，老天保佑，你和这个男孩子没有来往吧。"

海瑟面无表情地问道："亨特利还说什么了？"

珍妮特摇摇头道："海瑟，你难道看不出吗？我们都是为了你好。你们两个，来自不同的民族，如果要结婚，那就铸成大错了。我知道他也不是坏孩子——就是在他那堆人群里还显得不错。可你……"珍妮特从床上坐起来，拢拢头发，"海瑟，你得知道妈妈这辈子就为了你们能快快乐乐地生活。你肯定会找个好人家的，我肯定。"

海瑟站起身，用困惑不解的眼神看着凯瑟琳，冷冷地说："妈妈，您不用说下去了，我比你们谁都更了解保罗。除非您告诉我保罗和亨特利是怎么说的，他为什么拒绝这份工作，说了半天，您重要的事情一点都没说。"

珍妮特摇摇头，脸上换了一副冷淡的表情："噢，他是提起他正在写书，所以不能接受这份工作。都是些荒谬的借口啊！他还大言不惭地说我们这个国家马上要卷入战争，他没等他离开这里去哥伦比亚省,还说他要参军似的,一个加拿大法国人说自己要参军,你能想象吗?像他那样的人,乳臭未干,竟敢当着亨特利的面说加拿大肯定要参战!亨特利一直说我们肯定不会打仗。结果亨特利几句话就打发了他,就像多少年前他和那男孩的父亲打交道时那样。"珍妮特坐了起来,伸出手摩挲着海瑟的头,"亲爱的海瑟,我觉得我可以起来了。你帮妈妈把拖鞋拿过来好吗?"

海瑟好像没有听见妈妈的话。她安静地站在房间当中。"这么说他写得很顺利,这太好了。"

珍妮特盯着女儿。

海瑟微微一笑,说:"妈咪,您告诉我这些太好了。这下事情清楚了。我今晚就坐火车回去。"

"什么?"

"如果保罗拒绝了亨特利,那不正说明他的写作很顺利吗?肯定是比他想象的顺利他才会这么做。他应该没有多少时间完成这本小说。也许我可以过去照顾他,帮他誊稿子,或者……"

"你正经点好不好?"珍妮特说。

海瑟看了妈妈一眼,没有说话。珍妮特瞪了女儿一眼:"我不许你那样做。"

海瑟不甘示弱地看着妈妈。过了一会儿,她叹了口气,压低声音说道:"妈咪,我现在已经是保罗的妻子了。"

窗外,海浪奔涌而来,天地间似乎只剩下一种声音。

"这件事,我也不想以这样的方式告诉您,可是还有什么其他办法呢?参加完外公的葬礼后,也就是离开哈利法克斯的两天前,我和保罗结婚了。"

珍妮特双眼紧闭,突然哭了起来,哭声很大,眼泪从她的脸上流过，冲花了她脸上的妆。她的右手痉挛似的揪住自己的左胸口不放，好像要透过那里抓到心脏似的。然后，那双手又冲到额头上，不停地揪起自己头发来。接着她猛地摇晃了一下身体，然后僵直地立在那里不动，几秒钟后又直挺挺地躺倒在床上，一动不动了。此时的珍妮特脸色惨白，颜色仿佛白色的面粉，脸上布满了一道又一道泪水冲过的痕迹。

海瑟显然被母亲的举动吓坏了。她跑过来，嘴里不停地说着安慰的话，想让母亲平复一下情绪，但没有用。她抬起妈妈的手臂，把手搭在她的手腕上，想去号妈妈的脉搏，但一度紧张的她怎么也探不到母亲的脉搏，于是放下母亲的胳膊，任由那胳膊如沉重的钟摆一样在床边耷拉着。

连海瑟自己也不记得她是怎样想起打电话给医生的。一个小时后，她一个人呆坐在自己的卧室里，头脑里依然是空的，她吓坏了，以前母亲也生过气，但从来没有像这次这样厉害，以前妈妈发起脾气来也是这样，声嘶力竭，但时间不长，她内心的骄傲和控制力让她很快就能恢复常态。

有人敲门，是医生。这是一个头发花白的老人，手虽然有些微微颤抖，声音听上去也没有多少力气，不过厚厚的镜片下面一双眼睛看上依然炯炯有神。海瑟并不认识这位医生，梅休因家的人很健康，很少和医生打交道。她也没有意识到这是五个月内这位医生第一次到这个酒店出诊。

给珍妮特看完后医生摇摇头说："您母亲病得很厉害，梅休因小姐。"

"我妈妈得了什么病？"海瑟眼睛直视着医生。

"哦……"医生干咳了两声，"哦……应该是心脏的毛病。

不过不要担心,也许……老了后,我们每个人都得面临的问题。就是那样的病,以您母亲的这个年纪……"医生说着轻轻拍了拍海瑟的手,海瑟闪开了,"您母亲需要静养,让她安安静静地待上一两个星期,然后我可以给她做个测试。但是从现在起一定不可以打扰她的情绪。"

"我妈妈不是中风,是吧?"

"这个嘛,局部的脑血管问题肯定是有的,但不厉害,总的来说没有什么。目前最重要的要让她卧床休息。我刚给她服用了镇静剂,我会按时探访的。"

"明白了。"海瑟犹豫道,她看着面前的医生,想从那双眼睛里看出点什么来,但是一无所获,"我本来计划今晚回蒙特利尔。我必须明天早晨到那儿,这对我很重要。"

"不能那样!您不能那样做,我看不行。"医生摇了摇头,他不同意海瑟那样做。"可是妈妈的病很重吗?您确定我在这里能帮上忙吗?"海瑟带着绝望的神情看着医生的面孔。

"您母亲一直在喊您的名字,梅休因小姐。您要知道如果她这时候休克过去,生命就会有危险。您母亲的健康就在您手里了。"

"明白了,"海瑟无精打采地回答道,"我会按照您说的去做的。"

医生点点头后下了楼。那几个打桥牌的人在楼下等他。海瑟则独自去了海边。

五十一

九月一日的凌晨,保罗坐在桌旁。桌子上码着一摞手稿,足足有两百多页,看样子他已经完成了这本书一多半的写作,一只纸篓在他的脚边搁着,里面堆满了废弃不用的稿纸。保罗静静地听着从墙那边邻居收音机里传出来的德国军队穿过波兰边境的新闻,几分钟后,收音机里的声音一点点小了下去,直到消失。房子里又恢复了寂静无声的状态,窗户外边也是一个阒静无声的世界。保罗拿起桌上的手稿,蹾整齐后小心地放在抽屉里。然后把自己那台打字机放在行李箱里,锁好箱子,把钥匙放回兜里。周围重新恢复了宁静……

五十二

三十二个小时后,在缅因州肯纳邦克湾的海边,保罗和海瑟坐在海滩上看着夕阳下的大海。海面上金光粼粼。海浪涌上来又退下去,一遍又一遍地拍打着沙滩,发出嘶嘶的声音。

"你的书写得怎么样了?保罗。"

保罗摇摇头,说:"实在没有什么好说的,现在才写到一半,也许我应该放下其他事情,集中精力先把它写完。"他无奈地耸耸肩膀:"也许我永远都写不完了。其实连我自己也不知道何时能完成这样一本书。"

沙滩上,海浪不停地涌过来,无休无止,单调而枯燥。

"今天早晨我妈说她要留在酒店里,说英国首相张伯伦要发表演讲。现在好多人坐在收音机旁边等着呢,据说英国国王可能一会儿也会发表演讲。"

保罗没有说话,眼睛看着前面的大海,海瑟看着保罗,他比几个月前看上去老了很多,眼睛眯缝着以躲避从海上照过来的刺眼光线,脸上的神情似乎很疲惫。两只手随意地垂在身体两侧。

看了一会儿大海,保罗从沙滩上站起来,也拉海瑟起来,问:"你妈妈的身体怎么样了?"

"医生也说不出她究竟得的是什么病。"海瑟快快地回答保罗,心想:这里是加拿大,夕阳下大海是那么的美,可是此时此刻欧洲已经变成了硝烟弥漫的战场。

"保罗,我有时候觉得自己很没用,什么忙都帮不上。"

"别折磨自己了,好吗?"保罗安慰着海瑟,随后又问了一句,"后悔嫁给我了?"口吻虽然是淡淡的有点轻描淡写,但脸上的神色却很认真。

海瑟用手挽住保罗的胳膊,把脸颊紧紧贴上去,说:"请别这样问我好吗?每次看见妈妈躺在床上,我就舍不得丢下她不管。我知道我应该有自己的生活。我也对自己发过誓说我永远都不要让妈妈伤害到你,可是……"海瑟迟疑了一下,轻声补了一句,"我总是害怕妈妈有一天会离开我。"

保罗沉默了一会儿,然后说:"你妈妈她总是这么喜欢干涉别人的生活吗?"

"她其实没那么强势。可怜的妈妈!她活得并不开心。如果要怪的话,你还是怪我吧,是我没用,什么忙也帮不上。"

"她过得不开心?"

海瑟抓起保罗的手,紧紧地握住,说:"其实她过去不是这样的。"

保罗扭过头看着海瑟说:"也不奇怪,生活中有很多这样的人。我们去找医生问问妈妈的情况,你同意吗?"

"当然可以,一般这个时间医生在玩桥牌。我猜他现在坐在收音机旁和大伙儿一起听新闻呢!"

保罗说:"走吧,我们这就去找他。" 保罗拉上海瑟,两个人一起向酒店方向走去。

酒店的休息室里,收音机里的评论员正在呼吁公众把孩子从伦敦撤离出去。海瑟很快就瞧见了医生,对保罗说:"喏,就是那边那个上了年纪的人,我现在去找他过来。"

海瑟找医生去了,她身上那件颜色鲜艳的棉布衬衫愈加显得休息室里沉闷无比。保罗一个人站在门口。房间里所有的人都在专注地听着广播,脸上的表情凝重肃穆,其中几个人在交头接耳地说着什么。人群里还包括几个美国人,他们的脸上同样显露出一副紧张不安的表情,也许美国人和加拿大人一样憎恶希特勒,对伦敦发生的战争感到惋惜和难过,不过对美国人来说,这场战争还好不是发生在自己国家。 海瑟返回来了,身边跟着那位医生。医生走得很慢,步子轻微地颠着,左手紧紧地揪着自己的夹克衫,手上的老年斑十分显眼。海瑟给两人做了介绍。

"我们去阳台上谈这件事,您看可以吗?"

医生狐疑地打量了保罗一眼,答应了。

两个人一直走到阳台最里面,确认已经听不见收音机广播的声音才停下。远处传来大海的涛声,空气里有咸丝丝的海风的气息。 海瑟站在离他们远一点的地方观察着两个男人:保罗的脸色有点苍白,神情也有一丝紧张,但是眼睛依旧明亮,像士兵一样站得笔直。胡子修得整整齐齐,衣服干净整洁。可是医生看上去好像有点迷失困惑。海瑟想:医生经历过多少次战争?第一次战争开始的时候他那时多大?头发还是乌黑的吗?

海瑟听到保罗问医生:"您可以告诉我梅休因夫人究竟得的是什么病吗?"

医生咽了口唾沫,迟疑地说道:"梅休因夫人的病很厉害。她已经有两个星期卧床不起。我每天都去给她检查一次。"他勉强挤出一丝笑容:"梅休因夫人的女儿一直很周到地照顾她。"

保罗看着医生说:"如果她想起来听听收音机里的广播,您说她可以下楼吗?"

海瑟听得出保罗话里对立的情绪,不过那情绪谈不上咄咄逼人,在海瑟看来,这种情绪更像是浓雾后面的物体,只是隐隐地露出轮廓,而非锋芒毕露。医生没有生气,只是用略显浑浊的双眼看着保罗严肃的脸庞。在保罗看来,医生显然是在隐瞒什么。

"梅休因小姐……"医生清清喉咙,冲着海瑟这边说,"我差点忘了,我本来是要告诉您的,珍妮特夫人可以下楼。你可以通知她吗?"

海瑟看了看两个人,转过身走开了——她去了妈妈的房间。

医生避开保罗的眼神,低着头向前走去,像是数阳台木头台阶到底有多少裂缝似的。

"要我说,泰拉德先生,像梅休因夫人这样的病人,他们很容易激动。如果她激动起来,谁都没办法。昨天她听到战争打了起来,她似乎感觉好点。"

医生走到休息室门口,迈腿走了进去。

"您是说她没事了吗?"保罗问。

医生缓慢地转过身子,欲言又止,当他的目光从保罗的肩头看过去,眺望着远处波光粼粼的大海时,脸上便重新换了一副惯常的威严表情。

"是的，"医生说，"她没事。"说完回过头去，直接进了休息室。

收音机还在广播关于儿童撤退的消息，保罗想，这帮政客，他们就是通过让人群关注这些日常琐碎小事来弱化真实的战争的。保罗走到桌子那边，叫住一个服务员，问清楚梅休因夫人的房间号，然后径直来到楼上敲响了珍妮特的房间门，海瑟过来开的门。房间里，珍妮特脸色苍白、眼圈发黑，但眼神依旧凌厉，一副老于世故誓不罢休的样子。

"妈妈，您认识保罗吧？"

珍妮特没有理睬海瑟的问话，只是说："我要下楼。"

海瑟退到窗户边上坐下，手足无措地看着妈妈和保罗，他们的每一个动作，甚至他们眨眼的动作她都看得清清楚楚。珍妮特一身黑衣黑袜，头上戴了一顶宽边黑帽，绷直了身体坐在那里，嘴巴紧紧抿着，眼睛盯着保罗身上的衣服好像在判断那件衣服的价钱。海瑟依旧坐在那里，没有起身，她既为妈妈害臊也为自己害臊。直到这时她才意识到妈妈根本没病，妈妈前两天躺在病床上好像晕过去一样都是装的。若不是长久以来内心里形成了遵从妈妈意愿的习惯，她一定会几个星期前就拂袖而去。她难过地闭上了眼睛，眼前好像又看见自己小时候的样子，妈妈用手抚摸着她的额头，她是妈妈珍妮特的骨肉，是从她的身体里长出来的骨肉。

海瑟觉得眼下这一幕真是一点意义都没有。她想到这场战争，多少个民族和文明正在滑向自杀的边缘，而她、保罗还有妈妈即将成为那些人中的一员。空气中回荡着珍妮特的声音："恕不奉陪，我要去听张伯伦首相的演讲了，除非听到他亲口说，我才相信战争确实打了起来。"

珍妮特步履机械地向门口走去,经过保罗身旁时她的神态仿佛在表明保罗只是一个前来伺候她的仆人。海瑟睁开眼睛,看见妈妈那挺直的后背,接着她听到保罗的声音,是保罗惯常的声音,但是因为是当着珍妮特的面说的,那声音就有了不一样的感觉,有点慑人,但是并不可怕:"我可以告诉您张伯伦会怎么说,梅休因夫人。他会说他对不起我们,然后他说他要宣战。"

海瑟看见妈妈低下头去,过了片刻猛然转过身,眼睛盯紧保罗,手里紧紧抓着她的黑色手提包。还是那样的站姿,还是那样的表情——谁说只有真理才会压倒一切,妈妈的那颗心才是战胜一切的东西。比乌龟执着,比鸵鸟有力,一副自己永远是对的神气。

珍妮特换了一副英国人的说话腔调:"请原谅,我的想法和别人没关系,我想这一点我还是知道的。"说完她看着海瑟,命令似的说道:"过来,我们没时间浪费。"

"不,海瑟你留下来。"保罗平静的声音停顿了一下又重新响起来,"梅休因夫人您也留下来。"

好像给保罗扇了一巴掌似的,珍妮特猛地用手捂住自己的一侧脸颊,嘴唇哆嗦,却一句话也说不出来,一旁的海瑟看着妈妈,也紧张得不知说什么才好。她见过妈妈神经质时曾经把外公气得差点背过气去,她也见过马奎因对妈妈哭笑不得的表情,就连爷爷有时候也拿妈妈没办法,她很怕妈妈说出什么狠话来伤害到保罗。

保罗把目光转向珍妮特:"如果是因为我们结婚没有通知您,我很抱歉。但是我认为这绝不是您这样做的原因。"

珍妮特眼也不眨地盯着保罗,握着包的手不停地松开又握紧。保罗退后一步,朝海瑟伸过去胳膊想拉她过来。

"海瑟和我一直在等您接受我们结婚的事实。可是现在没有多少时间让我们再这样等下去了，明天我就要去参军了。"珍妮特张着嘴巴似乎想说点什么，可还是一句话都说不出来。

保罗对珍妮特说："我们现在要去休息室那里，希望您也和我们一起去，顺便考虑一下我刚才说的那些话。"

保罗牵着海瑟的手去了休息室，海瑟一直没敢回头，保罗也一直握着海瑟的手没有松开。他们在角落里找了椅子坐下来。几个靠在收音机旁坐着的人身子前倾，神情紧张地听着。收音机里，张伯伦的声音消失了，取而代之的是英国国王那缓慢迟疑带着几分悲凉的声音。这时候珍妮特出现在休息室门口，她小心地下了台阶，向海瑟、保罗这边走过来，她的脸上已经恢复了平静的表情，却并不和海瑟、保罗说话。保罗站起来给珍妮特让座，珍妮特坐到保罗的椅子上。国王的声音还在房间里回响，几个人默默地听着。演讲终于完了，休息室里鸦雀无声，不远处一个孩子的笑声从海滩那边传过来，清脆之极。

五十三

一九三九年的秋天，加拿大的乡村似乎从来没有这么平静过。金色十月的景色美轮美奂。在新斯科舍省和新不伦瑞克省广袤的森林边缘，是宁静的沉浸在月色中的湖泊。麋鹿三三两两从森林里走出来，在月光下站成一个个美丽的剪影。住在安大略省沿河边古老小镇里的人家常常可以看到边境对面公路上的车灯，美加边境线与其说是隔开两个国家，不如说是连接着这两个国家。平原上，收割机忙忙碌碌，粮仓里的粮食让人觉得世界上得有多少张嘴才能把这些粮食都吃完。不列颠哥伦比亚的河流上，一捆捆木头被人们顺河漂下；在这片土地生活的人们，纵然隔着千山万水，依旧惦记着大西洋那边英国的小村庄，他们用画笔描述它曾被炸弹蹂躏的惨状，而他们居住的这片陆地仿佛太平洋和白雪皑皑的山峰之间的一座孤岛。圣劳伦斯河流过古老的教区，河流从奥尔良开始变得狭长，这之后铺展开来一直流向塔杜萨克①的方向。河两岸是由猩红的枫树、金色的山毛榉、墨绿的云杉和枞树组成的郁郁葱葱的森林。这便是一九三九年的秋天。最北边住在荒原地带的人们从手提式收音机里听到世界大战的消息，心情从此不再宁静。这些探矿者似乎才发现自己已经不能再忍受这片荒原带给他们的孤寂冰冷的生活，他们离开营地，由丛林里的向导带领，或步行，或划船，冲出那片荒原冻土，一路南下，出现在埃德蒙顿②、巴特尔福德③、布兰登④的征兵站点或者是离自己最近的镇子上，最后消失在行进中的队伍里。

　　一九三九年⑤，人们对战争的态度和一九一四年迥然不同，大街上没有多少标语和游行，这个国家似乎进入了新的历史时期，河流和铁路上处处可见工程师们的身影，他们出现在滨海省份的造船厂，出现在世界上最大的沙格奈⑥铝厂，出现在各种各样的水力发电厂里。这个国家有了西部帝国食品厂这样的企业，也有了

---

① 塔杜萨克（Tadoussac）：一个坐落在圣劳伦斯河岸的魁北克小村，只有不到900名居民，以观鲸闻名。
② 埃德蒙顿（Edmonton）：加拿大阿尔伯塔省省会，加拿大第五大城市。
③ 巴特尔福德（Battleford）：加拿大萨斯喀彻温省（Saskatchewan）西北部的一个小城。
④ 布兰登（Brandon）：属于加拿大中部曼尼托巴省的一个城市。
⑤ 1939年，第二次世界大战爆发，加拿大军队参战。
⑥ 沙格奈（Saguenay）：加拿大的一个城市，位于魁北克省中部。

从埃德蒙顿到阿拉斯加沿线的飞机生产基地和沿海岸线而建的海军基地。大量的坦克、卡车、布朗式轻机枪、炮弹和子弹被源源不断地生产出来。加拿大和世界的联系越来越密切。

即使这两个民族还记得历史上的不和,他们还是清醒地意识到,他们曾经一起经历过上一场战争,现在又要肩并肩共同进入另一场战争。一百年来这个国家占据着这片大陆的最北边,即使两个民族就像装在一个瓶子里的酒和油,很难相融,可毕竟瓶子还是完好无损。即使这种融合带着勉强的成分,即使这样的选择是出于本能,即使迈出的每一步似乎都是迫不得已,可她还是迈出了不能回头的一步又一步。因为她知道,在民族问题上,她并不是唯一的一个,她和世界上所有的国家一样,只有用科学武装自己,才能创造历史,奔向未来……